Albert Camus

Albert Camus: A Biography
by Herbert R. Lottman

카뮈,
지상의 인간 ❷

허버트 R. 로트먼 지음 한기찬 옮김

한길사

카뮈, 지상의 인간 ❷

지은이 · 허버트 R. 로트먼
옮긴이 · 한기찬
펴낸이 · 김언호
펴낸곳 · (주)도서출판 한길사

등록 · 1976년 12월 24일 제74호
주소 · 413-756 경기도 파주시 교하읍 문발리 520-11
      www.hangilsa.co.kr
      E-mail: hangilsa@hangilsa.co.kr
전화 · 031-955-2000~3
팩스 · 031-955-2005

상무이사 · 박관순 | 영업이사 · 곽명호
편집 · 강진홍 박희진 최원준 박계영 | 전산 · 한향림 김현정 | 저작권 · 문준심
마케팅 및 제작 · 이경호 | 관리 · 이중환 문주상 장비연 김선희

출력 · 지에스테크 | 인쇄 · 만리문화사 | 제본 · 상지사피앤비

제1판 제1쇄 2007년 2월 28일

값 25,000원
ISBN 978-89-356-5837-4 04800
ISBN 978-89-356-5835-0 (전2권)

이 도서의 국립중앙도서관 출판시도서목록(CIP)은
e-CIP홈페이지(http://www.nl.go.kr/ecip)에서 이용하실 수 있습니다.
(CIP제어번호 : CIP2007000523)

미국의 뉴욕에서(1946)
미국으로 여행을 떠난 카뮈는 뉴욕의 뒷골목을 돌아다니며
삶의 구체성을 실감했노라고 털어놓았다.
"강렬하면서도 덧없는 감정, 조바심 어린 노스탤지어, 비탄의 순간들."

미셸 갈리마르(오른쪽)와 함께
카뮈는 제2차 세계대전 말에 가스통 갈리마르의
조카 미셸 갈리마르와 가까운 친구가 되었다.
그는 이후 미셸 갈리마르가 운전하는 자동차를 타고
파리로 오는 길에 교통사고를 당해 세상을 떠났다.

「칼리굴라」 초연 당시 제라르 필리프(왼쪽)와 함께 한 카뮈
카뮈가 1945년 9월에 무대에 올린 연극 「칼리굴라」는 그에게
부조리한 인간과 세계에 대한 하나의 상징이었다.
그는 무대 위에서 천사와 같은 측면은 물론 어두운 면까지도 보여준
신인배우 제라르 필리프에게 주역을 맡겼다.

왼쪽 위부터 시계 방향으로 장 폴랑, 시몬 드 보부아르, 윌리엄 포크너, 르네 샤르
카뮈는 많은 예술가들과 교류하며 영향을 주고받았다.
"내 인생의 행운은 내가 비범한 존재들만을 만나고 사랑했다는 사실이다.
나는 '타인들'의 미덕과 위엄, 그리고 고결함에 대해 알게 되었다."

가브리엘 오디시오(왼쪽)와 카뮈
작가 가브리엘 오디시오는 알제리의 작가 지망생들에게 아버지나 다름없었다.
그는 프랑스의 심장부에서 지중해인의 독특한 재능을 발휘했고,
카뮈와 쥘 루아, 에마뉘엘 로블레 등 북아프리카 출신 문인들을 후원했다.

에드몽 샤를로의 서점 '진정한 보물'
알제 시절 젊은 카뮈는 출판업을 시작한
에드몽 샤를로의 서점에서 많은 시간을 보냈다.
나중에는 샤를로의 출판사에서 원고 검토를 해주면서
원하는 모든 책을 무상으로 읽을 수 있었다.

프로방스에서 르네 샤르(오른쪽)와 함께
카뮈는 때로는 격정적이고 때로는 고요한 은둔자의
면모를 지닌 시인 르네 샤르를 알게 된 후 그를 삶의 본보기로 삼았다.
카뮈는 그로부터 세상과 군중에 대한 거부, 그리고
파리 문단 생활의 무익함과 탈속을 배웠다.

갈리마르사의 사무실에서(왼쪽에서 세 번째)
카뮈는 자신의 작품을 출간한 갈리마르사에서 고문으로 일했다.
그에게 갈리마르사의 사무실은 다른 작가들을 만나는 응접실이자
집필실이었으며, 또한 휴식처이기도 했다.

「정의의 사람들」을 공연하고 있는 마리아 카자레스(1949)
카뮈는 스페인 내전을 피해 망명한 여배우 카자레스의 재능에 감탄하며,
"일일이 말하지 않아도 모든 것을 다 이해하며" "필요한 모든 재능이" 갖춰져 있다고
평가했다. 한때 카뮈의 연인이었던 그녀는 그의 생애 마지막 순간까지 가깝게 지냈다.

장 루이 바로의 단원들과 함께 마리니 극장에서 「계엄령」을 공연할 때(앞줄 오른쪽)
카뮈는 인생 후반기에 소설보다 연극에 열중했다.
그는 연습에 참석하지 못할 때면 배우와 연출자에게
제안이나 격려의 말이 씌어 있는 메모를 보내 의사를 주고받았다.

빌블르뱅에서 일어난 교통사고 현장(1960)
카뮈는 미셸 갈리마르 가족과 함께 루르마랭에서 연말 휴가를 보내고
파리로 돌아오는 도중 빌블르뱅에서 교통사고로 사망했다.
사고 당시 카뮈가 가지고 있던 가방에는 『최초의 인간』 원고가 들어 있었다.

ALBERT CAMUS EST MORT

Une conscience contre le chaos

카뮈의 죽음을 알리는 『콩바』의 기사(위쪽)와 루르마랭에 있는 카뮈의 무덤(아래쪽)
카뮈의 추모비에는 다음과 같은 문구가 새겨져 있다.
"여기서 나는 사람들이 영광이라고 부르는 것을 이해한다.
그것은 제한 없이 사랑할 권리임을."

침묵과 창조를 완성시키기 위해 노력할 것.
다른 것은 내게 아무래도 상관없다.

• 알베르 카뮈

3 영광과 상처의 나날

4 길 위의 배덕자

5 루르마랭의 노래

카뮈, 지상의 인간 ❶

3 영광과 상처의 나날

28 생 제르맹 데 프레

11월, 32살.
자신의 내면에 있는 최대의 가능성, 최후의 힘을 계발할 수 있느냐는
우리들 각자에게 달린 문제. 위대한 행위에는 하나의 목표밖에 없는데,
바로 인간의 풍부한 창조력이다.
그러나 그러기 위해서는 먼저 자신을 정복해야 한다.
• 『작가수첩 1』

카뮈의 초기 계획 중 하나였으며, 적어도 초고 상태로나마 완성을 본 최초의 작품 중 하나라는 사실을 상기할 때 희곡 『칼리굴라』를 평생에 걸친 작품이라고 말할 수 있을 것이다. 1945년 9월에 첫 공연이 열린 뒤에도 이 작품은 거듭해서 손질되었다. 1944년판과 1947년판 사이에는 중요한 차이가 있으며, 1957년의 '성난 제전'과 1년 후 파리 공연 때도 손질이 가해졌다.

카뮈 연구자들의 방대하고 설득력 있는 논문에서 입증된 것처럼, 끊임없이 수정하는 과정에서 부차적인 인물들은 변모를 겪었으나 칼리굴라 황제의 행위와 그의 근본적인 성격과 동기는 거의 변하지 않았는데, 이것들이 물론 호기심과 반발을 동시에 자아내는 희곡의 주된 특징들이다. 사실상 카뮈의 글쓰기의 모든 단계에서 『칼리굴라』가 차지하는 위치는 확고하다. 즉 그것은 카뮈에게 부조리한 인간과 부조리한 세계의 상징으로서 중요한 작품이라는 것이다.

가장 깊은 이해도 오해일 뿐

극장주 자크 에베르토는 젊은 배우 지망생 제라르 필리프에게 그 연극의 주역을 맡겼다. 파리 배우 학원의 학생이었던 필리프는 에베르토의 극장에서 공연한 장 지로두의 「소돔과 고모라」에서 단역을 맡아 갈채를 받았다.

시몬 드 보부아르는 자신의 일기에 "모두가 그랬듯이 우리도 제라르 필리프라는 한 천사의 등장에 주목했다"고 기록했다.[1] 제라르 필리프는 1945년 3월 마튀랭 극장에서 젊은 작가 르네 라포르트가 쓴 『페데리고』를 공연할 때 잠깐 거론되었는데, 그 연극은 주역을 맡은 마리아 카자레스가 부각되었던 작품이다. 당시 비평가 필리프 에리아는 다음과 같이 썼다.

최근 들어 일종의 완벽이라 할 경지에 이른 마리아 카자레스 양에 대해 어떻게 말하면 좋을까? 그녀에겐 모든 것이 갖춰져 있다. 독특한 품격을 갖춘 아름다움, 아주 가벼운 몸짓에서도 드러나는 품위, 매력, 감탄을 금치 못할 상체…… 그것 말고도 그녀에게는 열정과 시와 신념이, 그리고 다양성까지도 있다.

『칼리굴라』에는 이제 카뮈와 멀어진 마리아 카자레스가 맡을 만한 배역이 없었다. 그녀는 잠시 이유를 알 길 없는 휴지기를 거친 다음 다른 곳에서 자신의 경력을 계속 쌓아나갔다. 그녀의 친구이자 교사는 12월 카자레스가 『카라마조프가의 형제들』을 공연하고 난 후 "요즘 들어 지쳐 보인다. 독감에라도 걸린 것일까?"라고 의아해했다.[2] 1월에는 그녀의 어머니가 세상을 떠났다.

괴로운 일이지만 카뮈는 멀리서 그녀를 위로할 수밖에 없었다.[3] 그 달에 또 하나의 안타까운 죽음이 있었는데, 카뮈의 은인인 귀스타브 아코의 죽음이었다.

그런데 당시 스물셋이라는 젊은 나이의 제라르 필리프가 칼리굴라 역을 맡을 만큼 성숙했을까? 카뮈는 스물다섯 살 때 집단 극장에서 스스로 그 배역을 맡을 생각을 한 적이 있었다고 훗날 한 라디오 인터뷰에서 말했다. 당시 인터뷰한 내용은 그의 플레야드 판 작품집에 나와 있다.

에베르토는 원래 1917년에 이미 코메디 프랑세즈에서 연기를 시작한 1888년생의 노숙한 배우에게 배역을 맡겼는데, 그 배우가 병에 걸리고 말았다. 그래서 '필리프에게 대신 맡겨서 그 배역에 젊음의 원기를 불어넣으면 어떨까?' 하고 생각했다. 그 젊은이가 천사와 같은 측면은 물론 어두운 면까지도 보여주었기 때문이었다.

무대에 선 그를 보기 위해 카뮈는 배우 학원 학생들이 치르는 마지막 시험으로 오데옹 극장에서 사흘간 열린 시험 공연에 참석했다. 카뮈는 미셸과 자닌 갈리마르에게, 자신이 필리프를 보고 흥분했노라고 고백했다.[4] 카뮈는 당시 19세였던 또 다른 젊은 배우 미셸 부케도 주목하여 그에게 다가가 「칼리굴라」에서 함께 공연하겠느냐고 물어보았다. 부케는 자신은 그해 가을 공연할 작품이 있다고 대답했다. 그러자 카뮈는 그건 중요하지 않다, 앞으로 적어도 30회의 공연에서 스키피오 역을 맡기고 싶다고 말했다. 부케는 감명을 받고 카뮈를 마음에 들어했다. 이후로 두 사람은 연극 동료인 동시에 친구가 되었다.

이번 연출은 카뮈와 가까운 친척이며, 르 파넬리에에 사는 사라

외틀리의 아들 폴 외틀리가 맡았다. 8월 중순에 시작된 리허설 동안 외틀리가 적극적으로 배우들의 위치를 정하고 세트를 지시한 반면 연출 기법이라든가 무대의 기계적인 면에 대해 일견 아무것도 모르는 듯이 보이는 카뮈는 텍스트가 거론될 때마다 참견하면서 한쪽에 서 있었다.[5] 무대 장치는 알제 시절의 옛 친구 루이 미켈이 맡았으며, 또 다른 친구 마리 비통이 의상을 디자인했다. 미켈은 카뮈가 비록 뒷전에 물러나 있긴 했어도 실제 연출자라는 느낌을 받았다. 그는 특히 연극 전체가 진행되는 동안 무대에 밝은 조명을 비춰야 한다는 카뮈의 유별난 고집에 깊은 인상을 받았다.[6]

1945년 9월 26일 「칼리굴라」가 개막됐을 때 그에 대한 평가는 각양각색이었다. 최악의 평은 포병 대령의 아들이며 우파 작가이고 전전 및 전시 동안 협력지의 필자였던 클레버 에당에게서 나왔다. 에당은 『에포크』(*L'Epoque*)에 이렇게 썼다. "그들은 생각하는 그림자이며 단조로운 실루엣으로서…… 잡다하게 흩어져 있는 철학적 단상들을 합해놓으려는 듯이 보인다."

그러나 이 연극으로 필리프는 스타덤에 올랐다. 카뮈는 일기에 이렇게 기록했다.

서른 가지의 평론에서 찬사의 이유는 비판의 이유만큼이나 어설프다. 진심이 담기거나 자극적인 비평은 한두 가지도 채 되지 않는다. 세평이라니! 가장 깊은 이해도 오해일 뿐. 하지만 비평을 경멸하는 자의 우월한 태도는 취하지 않겠다. 그것은 또한 사람들의 무관심이나 우정, 또는 증오심만큼도 중요하지 않은 인간의 징후일 것이다.

그는 이 "오해"를 "해방"으로 간주했다. 그에게 야심이 있었다 해도 차원이 다른 것이었다.

밤의 카페들

같은 해 10월, 카뮈의 「반항에 관한 성찰」이 장 그르니에가 '실존'에 관한 주제를 한데 모아 엮은 책에 포함되어 출간되었다. 그 글은 『반항인』의 초기 원고로서 단순한 개괄 이상으로 전체 내용에 대한 암시가 담겨 있었다.

그르니에가 이후 5년간 카이로와 알렉산드리아 대학에서 재직하기 위해 이집트로 떠난 시점에 출간된 에세이는 그 책 자체에 대한 새로운 기폭제 역할을 했다. 카뮈의 일기에는 이에 대한 풍부한 증거가 담겨 있다. 그르니에의 앤솔로지에 수록된 에세이는 좀 추상적으로 보인다. 정치적이라기보다는 실존적인 쪽에 가깝게 기록되었다.

카뮈는 또한 러시아 혁명에 대해 전후 변증론자들과 일정한 거리를 취하게 된다. 보부아르는 카뮈와 사르트르 그룹 간의 불화에 대한 최초의 사례를 기록해놓았다. 카뮈가 그녀를 집까지 태워주었던 1945년 11월의 일이다. 카뮈는 공산당 당수 모리스 토레즈에 대한 드골의 입장을 옹호했다. 차를 타고 떠나던 그는 차창 밖으로 이렇게 외쳤다. "아직은 드골 장군의 얼굴이 자크 뒤클로 씨보다 나은 것 같은데요."

공산당 지도자 뒤클로는 얼마 후 프랑스 의회의 부의장으로 선출됐다.[7]

카뮈는 자신의 일기에서, 어떤 권리로 공산주의자나 기독교인들이 자신을 비관론자라고 비난하는지 의아하게 여겼다. 신이 없는 인간이 길을 잃었다고 여기는 것, 또는 마르크스주의자들처럼 동료들에 대해 의심을 보이는 것은 '그'가 아닌 것이다. 기독교 정신은 인간에 대해서는 비관적이고 인간의 운명에 대해서는 낙관적이며, 마르크스주의는 운명과 인간의 본성에 대해 비관적이고 역사의 진행에 대해서는 낙관적이다. "나는 인간 조건에 대해서는 비관적일지 몰라도 인간에 대해서는 낙관적이라고 말할 수 있다."

카뮈 부부는 쌍둥이 아이들을 키우며 계속 부지발에 살았다. 슈멩 드 페르가의 넓은 대지 위에 자리 잡은 커다란 집이어서 하인이 필요할 정도였으나 카뮈 부부는 하인을 둘 만한 여유가 없었다.[8] 그들에게 정말로 필요했던 것은 난방이 편하고 일하기 쉬운 시내의 주거지였다.

이 무렵 카뮈는 전해에 『콩바』에서 1년간 분주하게 일했던 것처럼 갈리마르 사무실에서 규칙적으로 일을 하고 있었다. 그리고 어쨌든 쉴러의 집은 일시적인 거처에 지나지 않았다. 결국 언제나 믿음직한 갈리마르 부부가 이번에도 도움의 손길을 뻗어주었다. 그들은 옛 좌안 깊숙이 위치한 세귀에가 18번지에 건물을 갖고 있었는데, 그 건물에는 그림책을 출판하는 그들의 자회사 가운데 하나의 사무실이 있었다. 18세기의 학자이며 철학자인 앙리 프랑수아 다그소가 살았던 집이다. 그 오래된 타운 하우스는 천장이 높고 창문은 길쭉하여 외풍이 심했는데, 그 주택을 사무실로 바꾸면서 방들이 이상하게 나뉘어졌다. 그러나 이후 4년간 세귀에가는 카뮈 부부의 집이 됐다.

사무실을 다시 거처로 꾸미는 동안 2월 중순 부지발의 집을 비워줘야 했던 카뮈 부부는 잠시 위니베르시테가의 갈리마르사 타운 하우스 맨 위층에 있는 미셸 갈리마르의 집에서 살았다.[9]

세귀에가의 아파트와 갈리마르 출판사 건물은 당시의 문학 및 지적인 사교 생활의 중심과 가까운 곳이었다. 그 일대는 중세 수도원의 흔적을 간직한 채 광장 모퉁이에 위치한 9백 년 된 성당의 이름을 따서 생 제르맹 데 프레로 알려져 있었다.

그러나 생 제르맹 데 프레는 이미 성당이나 역 이름 이상의 의미를 지니고 있었다. 그 이름은 1·2차대전 사이에 몽마르트르가 그랬듯이 파리의 문화 중심지를 상징했다. 뉴욕의 그리니치 빌리지, 런던의 첼시, 뮌헨의 슈바빙과 같은 곳이었다. 출판사와 서적상들이 먼저 자리 잡은 뒤 그 구역을 정의하고 작가들을 끌어들였다. 가까운 곳에 있는 소르본 대학과 서적 노점상들이 늘어서 있는 매혹적인 센 강 역시 명성을 보태주었다.

몇백 년 전, 그 동네는 디드로, 볼테르, 루소 등 '백과전서파'를 옛날 카페 프로코프로 끌어들였다. 훗날에는 극작가 보마르셰가, 그리고 테오필 고티에, 뮈세, 조르주 상드, 그 다음에는 발자크, 졸라, 위스망, 모파상 등이 그곳의 단골이 되었다. 제2제정 말기에 문을 연 카페 드 플로르에는 레미 드 구르몽과 위스망스가 자주 드나들었으며, 샤를 모라스의 '악시옹 프랑세즈'라는 우파 단체가 그곳을 본부로 삼았다. 불과 몇 블록 떨어진 곳에서 살았던 아폴리네르도 그 카페에서 친구들을 만나곤 했다.

처음에 작가들과 그 친구들이 생 제르맹 데 프레로 모여든 이유는 그곳이 몽파르나스가 '아니기' 때문이었다. 몽파르나스처럼 볼거리가 많지 않았던 그곳은 임대료가 쌌다. 제2차 세계대전과 독일 점령기 동안에는 사르트르와 보부아르가 자기 집처럼 플로르에서 글을 썼다. 사르트르의 초기 추종자들이 이곳에 모여들었고, 카뮈, 케스틀러 등과 토론을 벌이기도 했다. 이웃에는 카페 레 되 마고, 그리고 생 제르맹가 건너편에는 성공한 작가들은 물론 그들의 출판업자들, 영화 감독, 정치가, 그 밖에 다른 유명 인사들의 회합 장소이며 말년의 카뮈가 즐겨 찾은 리프 식당이 있었다.[10] 카페 레 되 마고는 훗날 자기네 업소가 "지식인들의 랑데부 장소"라고 광고했다.

물론 전후 생 제르맹 데 프레를 유명하게 한 것은 '실존주의'의 명성이었다. 일간지를 읽는 일반 대중들에게 그 구역은 쥘리에트 그레코가 노래하고 작가이며 번역가이자 작곡가인 보리스 비앙이 트롬본을 연주하던 지하 클럽을 의미했다. 그는 훗날 생 제르맹 데 프레의 클럽 안내서를 쓰게 된다.[11]

그 동네는 대중적으로 신성시되었는데, 이를테면 대중 주간지 『삼디 수아르』(Samedi-Soir)는 1947년 5월 3일자에 "실존주의자 지하 술집 입구에서 우울한 사상을 주고받는" 쥘리에트 그레코와 로제 바딤의 사진으로 전면을 채우기도 했다. 『삼디 수아르』의 기사를 보면, 그 동네의 삶이 "분명 자신들에게 소중한 원자폭탄을 기다리고 있는 실존주의자들이 현재 술을 마시고 춤을 추고 사랑을 하고 잠자는" 이들 지하 클럽을 중심으로 이루어지고 있음이 분명했다. 처음엔 그들도 가난했으나 이제 사르트르와 보부아르와 카뮈는 문학으로 돈을 벌었고(아무튼 그 기사의 내용은 그랬다), 혹자는 영화로, 또 어떤 이들은 프롤레타리아 리얼리즘으로 돈을 벌었다. 도팽가의 타부 클럽은 새로운 세대의 성소였다.

독자들은 신문에 게재된 시간표를 통해, 무일푼인 실존주의자를 어느 시각에 어떤 곳에 가면 만날 수 있는지를 알 수 있었다. 이를테면 오전 11시에서 오후 1시, 오후 3시에서 6시, 오후 6시 30분에서 8시 사이에는 카페 플로르, 점심은 자콥가에 있는 아사신 식당, 8시부터 자정까지는 같은 거리에 있는 베르 술집, 자정부터는 타부 클럽이라는 식이었다. 실존주의자들은 매일 오후 6시에서 6시 30분까지 자신의 방에서 작업을 하고 일요일에는 플로르에서 되 마고로 자리를 옮긴다고 나와 있었다.

일종의 패러디인 『삼디 수아르』의 기사는 그 동네 단골의 도움을 받아 씌어졌을 텐데, 전쟁 직후 생 제르맹 데 프레의 모습을 정확히 묘사하고 있다. 무엇보다도 대중지와 일반 대중들에게 '실존주의'가 무엇을 의미했는지를 시사하고 있다. 진정한 생 제르맹 데 프레는, 적어도 그곳에서 실제로 일을 했던 사르트르나 카뮈 같은 주민들에게는 전혀 다른 것이었다. 그러나 당시는 격동의 시대, 격동의 장소였다. 카페 안팎의 테이블, 그리고 다음엔 주점이나 지하 술집에 앉아 있는 일은 전쟁 직후의 그 시절에 일상생활의 태반을 차지했다. 물론 카뮈도 그 일부였다.

그 당시 매일매일을 기록한 시몬 드 보부아르의 일기는 대화와 술자리, 춤, 그리고 다시 술자리로 이어지는 과정에 참석한 카뮈의 모습을 설득력 있게 그리고 있다. 갈리마르 근무가 끝나면 카뮈는 비서를 동반하고 나섰다. 그들은 생 제르맹 데 프레의 카페에서 사르트르와 만나 주점에서 저녁을 먹고 타부나 생 제르맹가의 메피스토에서, 또는 플로르 바로 아래에 있는 생 브누아가의 카브 생 제르맹 데 프레에서 친구들과 어울렸다. 로즈 루주에서 보리스 비앙과 쥘리에트 그레코의 공연을 관람하기도 했다. 그리고 밤이 되면 마지막 한잔을 위해 샹젤리제의 옥외 카페를 찾았다. 그런 저녁 시간에 아서 케스틀러나 마네스 스페르브, 또는 메를로퐁티, 로맹 가리, 장 피에르 비베, 장 코 같은 젊은이들을 만났다.

사르트르는 술기운이 돌면 자신이 얼마나 잘생겼는지 떠들어대기 시작했는데, 사람들이 그를 집으로 보내기 위해 억지로 차에 태우려 할 때나, 카뮈가 자신이 좋아하는 여자를 빼앗아갈 것처럼 보일 때는 호전적이 되곤 했다. 적어도 한 번 카뮈는 눈자위에 멍이 든 채 갈리마르사에 출근한 적이 있다.[12] 쇠이유 출판사의 폴 플라망은 이 무렵 카뮈가 점심 약속 장소에 눈이 멍든 채 나타난 것을 목격했다. 카뮈는 그에게 케스틀러가 택시 문을 닫는 바람에 부딪쳐서 생긴 멍이라고 해명했다.

카뮈는 술에 취하면 창백해지고 성마르며 때론 호전적이 되곤 했다. 시몬 드 보부아르는 분명 카뮈에게 관심이 있었는데, 카뮈는 한 친구에게, 자신은 그녀가 잠자리에서 지나치게 말을 많이 할까 두려워 그녀와 애써 거리를 두고 있노라고 고백한 적이 있다. 그녀가 회고록에서 카뮈를 신랄하게 평한 것은 앙심 때문이었다. 그것은 사르트르가 지성과 명성을 이용하지 않고도 여자들을 매혹시키는 젊은 남자에 대해 저 유명한 질투심을 품은 것과 마찬가지다. 실제로 보부아르는 회고록의 다른 부분에서는 그렇게 신랄하지 않다. 어떤 부분에는 다정함마저 섞여 있다.

그 당시 떠돌던 전설에 의하면 카뮈가 한 존경받는 여류 문인에게 이렇게 말했다고 한다. "우리는 지금 고상한 주제에 대해 이야기하며 멋진 저녁나절을 보내고 있지요. 하지만 지금이라도 그럴싸한 여자가 들어오면 전 당신 곁을 떠나 그녀를 쫓아갈 겁니다."[13]

어느 날 저녁, 사르트르가 1945년 12월 중순에서 이듬해 3월까지 미국에 가 있는 동안이었다. 보부아르와 카뮈는 단둘이 리프 식당에서 식사를 하고 갈리마르에서 가까운 퐁 루아얄 술집에서 폐점 시간까지 앉아 있었다. 그 후에는 샴페인을 사들고 호텔에 있는 그녀의 방에 가서 새벽 3시까지 이야기를 나누었다. 그녀가 여자였고 따라서 이 봉건적인 남자(보부아르는 자신의 회고록에서 그렇게 말하고 있다)와는 똑같은 족속이 아니라는 이유에서 그는 그녀에게 속마음을 털어놓을 수 있었다. 그는 자신의 일기에서 그녀와 관련된 구절을 읽어주고, 사적인 문제들을 이야기했다. 때로는 자신을 사로잡고 있던 주제로 돌아갔는데, 언젠가는 진실을 쓸 수 있게 되어야 한다는 것이었다.

그녀가 보건대, 카뮈에게는 그의 삶과 글 사이의 괴리가 다른 많은 사람들의 경우보다 훨씬 컸다. 함께 외출하여 밤 늦도록 술을 마시고 대화를 나누며 웃을 때의 카뮈는 익살스럽고 냉소적이며 짓궂고 장난기로 가득하여 자신의 감정을 토로하거나 충동에 몸을 내맡기기도 했다. 그는 새벽 2시에 눈 쌓인 연석에 주저앉아 사랑에 대해 묵상할 수도 있었다. "당신은 선택해야 합니다. 사랑은 지속되거나 불타오르거나 둘 중 하나예요. 문제는 사랑이 지속되면서 동시에 불타오를 수 없다는 거죠!"

그러나 진지한 토론을 할 때의 카뮈는 폐쇄적이고 뽐내면서 고상한 표현을 구사했다. 그러다 펜을 손에 쥐면 그녀로서는 알아볼 수도 없는 도덕주의자가 되었다. 그녀는, 카뮈 자신은 자신의 공적 이미지가 자신의 사적인 진실과 부합하지 않는다는 것을 알고 있다고 결론지었다.[14]

바로 이것이 카뮈의 다른 친구들이 인정하거나 고통스럽게 여긴 가면이었다. "천성에 안주할 것, 그러면서도 가면을 쓸 것."

이것이 그가 자신의 일기에서 표현한 방식이다. 그러나 보부아르의 경우, 생 제르맹 데 프레의 떠들썩한 시절을 기록할 때의 그녀는 더 이상 역할 연기의 이면에 숨어 있는 동기를 찾을 생각이 없었다.

카뮈의 그늘에 가려 성장한 프랑스계 알제리인 장 다니엘은 자신의 우상이 "아주 잘생기고, 삶에 대한 강한 열정을 지닌데다 일본인다운 마스크를 한" 젊은 험프리 보가트 같은 인물이라고 여겼다. 갈리마르사를 방문한 그에게 카뮈는 어느 미지의 특파원에게 자살을 단념시키는 급한 편지를 다 쓸 때까지 기다려달라고 말했다. 카뮈는 다니엘에게 "이번 주에 벌써 열 번째 편지라네" 하고 말했다. 이 만남은 아마도 1947년 말, 『페스트』가 간행되고 난 후의 일이었을 것이다.

다니엘은 카뮈가 추종자들에게 에워싸여 있다는 말을 들은 적이 있는데, 그들은 동성애자들이 아니었는데도 실제로 질투심에 불타 소동을 벌이기도 했다. 『콩바』 시절 한 젊은 영화 비평가가 어느 나이트 클럽에서 술잔과 위스키 병을 깨뜨리고 난 후 바에 올라가 이렇게 선언했다. "난 이제 여러분께 지식인을 위한 우리 일간지에서 매일같이 비난하고 있는 불의보다 훨씬 나쁜 불공평에 대해 이야기하려 합니다. 이 불공평은 살아 있으며 지금 우리의 눈앞에 있으니…… 바로 카뮈입니다. 그는 여자를 유혹하고 행복하고 명성을 누리기 위한 모든 조건을 갖추고 있으며 뿐만 아니라 감히 모든 미덕까지 갖고 있습니다! 그런데 우리는 이런 불공평에 대해 전혀 손을 쓸 수 없습니다."

다니엘은, 사르트르가 훨씬 중요한 작가라고 여기면서도 그보다 카뮈를 더 좋아하는 사람들이 있음을 알게 되었다. 카뮈가 "더 잘생기고 자기 자신을 좀더 좋아하고 있기" 때문이었다. 어느 날 장 다니엘과 함께 춤추던 카뮈는 자신을 "호색적인 청교도"라고 표현한 적이 있다.

카뮈를 만나러 갈리마르사에 찾아간 다니엘은 그가 지나칠 정도로 공손하다고 여겼다. 그는 사무실 문이 열릴 때마다 부드러운 목소리로 "조금 뒤에 와주시겠어요?" 하고 말하곤 했다. 그는 여전히 프랑스계 알제리인 특유의 억양을 지닌 시골뜨기였다. 그는 카뮈가 알제 시절로부터 전혀 변하지 않았다고 느꼈다. 카뮈가 자신을 찾아온 손님에게 사무실 밖의 조그만 테라스를 보여줄 때 다니엘은 그의 목소리에서 긍지의 기미를 느끼고 깜짝 놀랐다. "난 이 회사에서 테라스가 있는 사무실을 가진 몇 안 되는 사람 중 하나일세."[15]

카뮈는 알제리식의 화려한 정장에 종종 트렌치 코트를 걸치곤 했다. 그는 낡고 까만 시트로앵 자동차를 몰고 생 제르맹 데 프레를 돌아다녔다. 친구들은 그를 보면 "여! 알베르!" 하고 외치곤 했다. 그러면 그는 마주 외치는 대신 그저 손을 흔들기만 했다. 어느 한 목격자의 눈에는 그런 카뮈의 모습이 마치 아직 끝나지 않은 영화 속에서 자신의 배역을 연기하는 배우처럼 보였다.[16]

아마도 그가 말하거나 글로 쓴 것 이상으로 개인적인 관계를 맺고 있었을 사르트르 패거리와의 관련 덕분에 카뮈는 일반 대중에게 '실존주의자'라는 낙인이 찍혔는데, 그는 이를 요구한 적도 없고 좋아하지도 않았다. 그러나 그 문제는 평생 동안 그를 괴롭혔는데, 특히 독자가 아닌 언론과의 정기적인 인터뷰 때마다 불쑥불쑥 터져 나오곤 했다.

"아뇨, 난 실존주의자가 아닙니다." 그는 『누벨 리테레르』와

1945년 11월 15일에 한 인터뷰에서 그렇게 말했다. "사르트르와 나는 언제나 우리의 이름이 함께 거론되고 있다는 사실에 경악을 금치 못하고 있습니다. 우리는 아무런 공통점도 없으며 타인의 빚에 대해 답변하기를 거부한다는 광고를 내려는 생각까지 하고 있습니다."

자신과 사르트르는 만나기 전에 이미 "모든" 저서를 출판한 상태이며 두 사람이 만났을 때 주목한 점은 오히려 서로의 차이점이라는 것이다. 그는, 사르트르는 실존주의자인 반면 자신이 출판한 유일한 사상서인 『시시포스의 신화』는 이른바 실존주의 철학자들과는 방향이 전혀 다르다고 했다. 그 자신과 사르트르 둘 다 신을 믿지 않지만, 쥘 로맹, 말로, 스탕달, 사드, 알렉상드르 뒤마, 몽테뉴, 몰리에르 역시 마찬가지였다. 그렇다면 그들 모두 같은 학파 취급을 받아야 하는가? 자신의 부조리 철학에 대해 이야기할 때 카뮈는 훨씬 웅변적이 되었다.

우리 주변의 모든 부조리성을 인정하는 일은 하나의 단계, 하나의 필수적인 경험이다. 그것은 최종적인 단계가 아니어야 한다. 그것은 생산적이 될 수 있는 반항을 불러일으킨다. 반항의 개념을 분석함으로써 실존의 상대적 의미를 복원할 개념들을 발견하는 데 도움이 될 수 있다.

그로부터 1개월 후에 게재된 한 인터뷰 기사에서 카뮈는 자신과 키에르케고르, 야스퍼스 같은 종교적 실존주의자 및 후설, 하이데거, 사르트르 같은 무신론적 실존주의자들과의 차이에 대해 설명했다.[17] 그리고 잡지 『네프』(*La Nef*) 1946년 1월호에 실린 서한에서 그는 앙리 트루와야가 『칼리굴라』에 대해 "이 희곡 전체는 사르트르의 실존주의 원리의 예증에 불과하다"라고 평한 것을 꼼꼼하게 부정했다. 카뮈는 다음과 같이 주장했다. 『칼리굴라』는 1938년 프랑스 실존주의가 현재의 무신론적 형태를 취하기 전에 씌어졌으며, 『시시포스의 신화』는 실존주의 철학에 반하여 씌어졌다. 자신에게는 하나의 철학 체계로 들어갈 만큼의 합당한 이유가 결여돼 있고, 바로 그 때문에 자신은 『탕 모데른』지 창간호에 실린 사르트르의 선언문을 받아들이기 어렵다고 했다. 이어서 카뮈는 이렇게 결론지었다. "내가 『칼리굴라』의 가치에 대해 그다지 많은 환상을 갖지 않고 있음에 유의해달라. 그렇지만 차라리 실재하는 내용에 대해 비판받는 편이 훨씬 낫다."

그는 자신의 일기에 이렇게 썼다.

"참여 문학에 대한 반감. 인간은 사회적인 존재에 '불과한' 것이 아니다. 적어도 그의 죽음은 그 자신의 것이다. 우리는 타인을 위해 살도록 되어 있다. 그러나 인간이 실제로 죽는 것은 오직 그 자신을 위해서뿐이다."

갈리마르의 테라스

그해 크리스마스 때 처음으로 카뮈는 미셸 갈리마르 부부와 함께 보트를 타고 칸까지 항해했다.[18] 이 무렵 카뮈는 갈리마르에서 총서 편집자로서 준비 작업을 하는 한편 독자 겸 조언자 역할을 계속하느라 분주했다. 병을 앓던 1년을 제외하면 카뮈는 남은 생애 동안 무엇을 쓰거나 제작하든 언제나 갈리마르사에 자신의 사무실을 두었다. 세바스티앙 보탱가가 내려다보이는 테라스가 딸린 그 사무실이었다.

비서 서비스를 이용하다가 얼마 후에는 개인 비서를 두게 된 카 뮈는 모든 편지를 갈리마르에서 보냈다. 그 대부분은 내용에 상 관없이 갈리마르사의 공식 편지지에 씌어졌다. 그의 사적인 친구 들까지 전화로 연락을 주고받았고, 젊은 작가들 대다수가 원고를 보여주거나 위안을 얻는 등 지도를 받기 위해 그의 사무실을 거 쳐 갔다. 얼마 후 고정된 일과가 생겼다. 즉 아침에는 집에서 작업 을 하고, 점심 식사 후에는 사무실에 나와 편지를 읽거나 받아쓰 게 하고 전화에 응하고 제출된 원고를 읽고 약속 있는 손님들을 접대했다.[19]

원고 심사 회의는 정원을 향해 퇴창이 나 있는 반원형의 넓은 방에서 열리곤 했다. 실제로는 갈리마르의 사무실이던 그 방은 일주일에 한 번씩, 프랑스에서 가장 널리 알려진 문인 집단이며 갈리마르의 직원인 남녀들의 회의실로 쓰였는데, 한 사람 한 사 람마다 자리가 정해져 있었다. 카뮈의 자리는 창을 향해 일렬로 늘어선 의자 중 오른쪽에서 여섯 번째 의자였다. 자신이 인정한 원고에 대해 말할 차례가 되면 카뮈는 상체를 약간 앞으로 숙인 채 짧막하고도 정확하게, "이건 아주 훌륭한 원고입니다" 하고 말 하곤 했다. 회의 때 아무 말도 않는 미셸 갈리마르는 창을 등지고 방 맞은편에 앉았다.[20]

편집자가 총서를 맡게 되면 이는 그의 이름 자체로 사람들의 이 목을 끌 수 있다는 것을 의미한다. 카뮈는 어느 정도 자신이 원하 는 책을 출판할 수 있었지만, 다른 편집자들의 강한 반대에 직면 하면 고집을 피우지 않는다는 것이 서로간에 암묵적으로 정해진 약속이었다.[21] 총서 책임자는 보통 총서의 타이틀당 판매고에 따라 1퍼센트의 인세를 받게 마련이었지만, 카뮈는 자신의 인세를 사양하고, 갈리마르에서 지급하는 정규 급료와 총서 책임자로서 특별 사례금만을 받았다.

돈이 있든 없든 적군의 점령기 동안 속속들이 착취당하고 힘겹게 회복기에 접어든 나라로서는 전쟁 직후의 악조건들을 완화할 수 있는 방도가 거의 없었다. 2월에 카뮈는 아이들을 추위에서 막아주고 음식을 구해주느라 겨울의 절반을 보냈다고 장 그르니에에게 말했다. 비록 수완 좋다고까지는 할 수 없어도 세심한 아버지였던 카뮈는 그렇지 않아도 생존이 힘겨운 마당에 아이들까지 양육해야 하는 부담을 떠안았다. 특히 힘겨운 하루를 보내고 돌아온 날이면 아기들의 울음 소리에 익숙해질 수가 없었다. 그래도 갓난애들을 보면 마음이 누그러져서, 아기들에게 스페인 자장가나 스페인 노래들을 불러주곤 했다.[22]

아직 식량 배급제가 실시되고 있었고, 갓난아기 신발을 사는 일조차 소모적인 노력이 필요한 때였다. 이때 도움이 된 사람들 중 하나가 니콜라 치아로몽테였는데, 그는 뉴욕에서 카뮈에게 식료품과 기저귀, 비누, 심지어는 프랑신이 쓸 양말까지 보내주었다.

『리바주』 편집위원이었던 알제의 교수 장 이티에가 오데옹가의 아드리엔 모니에 서점에서 카뮈와 맞닥뜨린 것은 아마도 이 무렵의 일이었을 것이다. 그 서점은 모니에의 친구 실비아 비치의 '셰익스피어 앤드 컴퍼니' 서점 맞은편에 있었다. 그때 카뮈는 아르헨티나에서 프랑스 작가들에게 선물로 우송된 식품 꾸러미를 들고 가던 중이었다.[23]

희망을 위한 출판

카뮈의 친구들 사이에는 에스푸아르(희망) 총서의 첫 번째 책이
『질식』(*L'Asphyxie*)이라는 말이 농담처럼 나돌았다. 그 책은 사르
트르와 보부아르의 친구인 비올레트 르뒤크의 책이었다.[24] 사실
자크 로랑 보스트의 『마지막 직업』(*Le Dernier des métiers*), 콜
레트 오드리의 『지는 게임』(*On joue perdant*) 등과 함께 에스푸
아르 총서의 초기 목록은 어둠이 지배적이었다. 그 책들은 갈리
마르의 문학총서인 '블랑슈 총서'와는 다르면서 어두운 느낌을
더해주는 회색 표지로 인쇄되었다. 그리고 책 한 권 한 권마다 표
지에 다음과 같은 내용이 적혀 있었다. 이 총서 역시 갈리마르의
모든 초판과 마찬가지로 소프트 커버였다.

에스푸아르 총서

N. R. F.

알베르 카뮈

책임편집

비록 *N. R. F.*는 사실상 흔적뿐이긴 했어도 그 이름은 갈리마르
의 모든 간행물에 계속 표기되었다. 당시 그 잡지는 금지까지는
아니더라도 여전히 위축돼 있었다. 에스푸아르 총서에 든 책의
뒤표지에는 카뮈가 쓴 다음과 같은 내용이 서명 없이 실렸다.

우리는 허무주의 속에서 살고 있다. 우리 시대의 사악함을 못
본 체함으로써 혹은 그것을 부인함으로써 허무주의를 극복하

지는 못할 것이다. 그와 반대로 유일한 희망은 허무주의를 명명하고, 질병의 치료약을 찾기 위해 그것을 목록화하는 데 있다. 요컨대 지금이 희망의 시간임을 인식하자. 비록 실현되기 어려운 희망일지라도.

그 총서에는 소설과 비소설 모두가 포함됐다. 카뮈는 자신의 친구인 보스트, 블로슈 미셸, 로제 그르니에, 알제리계 프랑스인 동포 장 세나크, 가까운 친구가 되는 시인 르네 샤르, 사무실 동료 브리스 파랭 등의 책을 출판했다. 훗날, 아마도 파랭을 통해 이 총서에는 시몬 베유의 유작 『뿌리 내리기』(*L'Enracinement*)도 포함된다. 카뮈는 1948년 3월에 그 원고를 처음 읽었을 때 열광했다. 그는 이 책을 일종의 계시라고 여겼는데, 비폭력과 심지어 반(反)역사에 대한 관점을 구체화하는 데 도움이 되었다.[25] 1949년 6월 『*N. R. F.* 회보』라는 신간 홍보 월간지에 쓴 소개글에서 그는, 1940년 프랑스의 도덕적 상황에 대한 보고서인 『뿌리 내리기』가 전후에 나온 가장 중요한 책 가운데 하나라고 썼다. 그는 베유의 글에서 두 곳을 인용했다.

"공식적 역사는 살인자들의 말에 대한 믿음으로 이루어진다."
"천박한 영혼이 아니고서 어느 누가 알렉산더를 성심껏 찬미할 수 있겠는가?"

카뮈는 양차 대전 사이의 프랑스에 이와 같은 외로운 영혼이 있었다는 사실을 상상해보라고 덧붙였다.

에스푸아르는 출판사들의 총서가 그렇듯이 단명했지만, 시몬 베유의 작품 상당수는 이 총서로 간행되었으며, 그중 일부는 카뮈 사후에 발행되었다. 카뮈와 파랭 두 사람 모두 베유의 상속자들과 출판 문제를 의논했다.

　그러나 카뮈는 자신의 총서를 위한 원고 외에도 유명 무명의 작가들이 갈리마르에 보낸 원고를 검토했다. 비올레트 르뒤크를 소개하기도 했지만, 그가 파리에 도착하기 훨씬 전부터 갈리마르 출판사에서 책을 냈던 루이 기유 같은 원로 작가들과도 관계를 맺었다. 그리고 기유는 『맞추기 놀이』(Le Jeu de patience)를 완성하자 친구 카뮈를 통해 원고를 심사위원회로 넘겼다.[26]

　카뮈는 북아프리카에서 나온 것은 원고든 사람이든 우호적으로 대했으며, 특히 젊은 작가들은 우선순위로 다루었다. 그는 작가들에게 개인적으로 밝은 전망을 약속하는 답장을 보내주었다. 그는 처음에 자신의 에스푸아르 총서에 최고의 신예 작가들을 확보하기 위해 노력했지만,[27] 나중에 가서는 그런 일이 반드시 작가에게 도움이 되지는 못한다는 사실을 깨달았다.[28] 그 총서가 성공을 거두지 못했기 때문이다. 시몬 베유의 책들을 빼놓으면 총서의 다른 책들은 우호적이든 아니든 비평다운 비평을 받지 못했다.

　갈리마르의 편집자는 프랑스의 다른 출판사 편집자와는 하는 일이 달랐다. 다른 출판사 편집자들은 보통 원고 접수에서 출판에 이르는 제반 과정에 관여하며, 때로는 제작과 판촉, 광고를 감독하기까지 했다. 갈리마르의 유명한 원고 심사위원들은 그러한 상업적 고려로부터 지나칠 정도로 멀리 있었다. 그러나 카뮈는 원고에서 나타나는 편집상의 제반 문제에 관심을 가졌다. 젊은 알제리 작가 마르셀 무시는 처녀작을 카뮈에게 보내고 나서 출판이 결정됐다는 통지를 받은 다음, 카뮈와 마주앉아 세부적인 수정 문제를 놓고 토의를 벌였다. 카뮈는 1945년대 탱고 제목에 나오는 오류를 지적하고 무시에게 자신의 말을 납득시키기 위해 그 곡조를 콧노래로 불러 보였다. 그는 또한 프랑스계 알제리인이 쓰는 단어가 프랑스 본토에서는 이해하기 힘들지 모른다면서 대체할 다른 단어를 찾았다. 그러고서 회의가 끝날 무렵 갑자기 어조를 바꾸더니 무시의 눈을 똑바로 들여다보면서 엄숙한 어조로 이렇게 말했다. "무엇보다 명심할 것은, 야심이 있어야 한다는 거요."[29]

아마 이런 일은 뉴욕이나 런던의 출판계에서 별다른 편집 행위로 여겨지지 않았을 테지만, 그 당시 파리나 갈리마르에서는 통상적인 업무 이상의 것을 의미했다. 젊은 작가는 카뮈의 제의가 카뮈 자신을 위해서가 아니라 그 작가가 최선을 다하도록 도와주는 것이라고 여겼다.[30]

29 뉴욕 여행

나는 때때로 막막함과 혐오감을 안겨주는 그런 강력한 감정으로
뉴욕을 사랑했다. 망명을 필요로 하는 때가 있게 마련이다.
• 「뉴욕의 비」

카뮈는 벨쿠르의 늙은 초등학교 교사 루이 제르맹에게 이렇게
썼다. "전 잠시 이 파리 생활을 벗어나는 일이 그렇게 언짢지 않
습니다. 파리는 신경을 소모시키고 가슴을 메마르게 하는 곳이니
까요."[1]

프랑스 저항 단체의 대표적인 인물이며 문화계 및 사회의 젊은
유명 인사 카뮈는 프랑스 정부의 후원하에 미국, 특히 그곳의 대
학들에 파견되기에 적임자였다. 그의 여행은 프랑스 외무부 문화
교류국의 후원을 받았다. 미국에 있는 동안 그는 프랑스 공화국
임시 정부를 위한 공적인 업무를 수행했다. 하지만 특별한 의무
조항은 없었다. 이런 여행은 파견 당국, 즉 정부을 위한 훌륭한 홍
보인 동시에 저명한 시민을 위한 보상(유급 휴가)인 셈이었다.

카뮈는 르 아브르에서 화물 및 여객선으로 프랑스 항로에 투입
되던 오레곤호를 타고 출항했다. 카뮈는 그 배가 화물선이라는
사실에 놀랐는데, 특히 모든 승객이 비좁은 식당에 끼어 앉아야
한다는 사실을 알고는 경악했다. 그러한 여건은 전시의 긴축 경
제 때문에 벌어진 상황이었다. 프랑스는 전쟁에서는 벗어났으나

독일과의 전쟁에서 패했고, 정전 협정이 체결된 지는 1년이 채 지나지 않은 상태였다. 카뮈는 다른 세 사람과 함께 선실을 같이 썼는데, 그들 중 의사 한 사람과 친구가 되었다.

정신과 의사인 피에르 뤼베 박사는 전쟁이 발발하면서 군의관이 되어 병원 열차에 배속되었다. 그는 1940년 6월의 퇴각 때도 참가했으며, 몇 차례 프랑스를 탈출하려던 시도가 실패로 돌아간 후 몽펠리에에서 지하 단체에 가담한 후 가까스로 스페인 공화국 안내인과 함께 피레네로 탈출했다. 그는 바르셀로나에서 체포된 후 수용소에 6개월 동안 억류되었다가 북아프리카로 보내졌으며, 그곳에서 르클레르 사단과 함께 전투를 하며 사단을 따라 노르망디, 파리, 스트라스부르 전장을 돌다가 다카우 수용소 해방에도 참가했다.

파리로 돌아온 뤼베는 세상일에 비관했으며 나치 협력자들이 역겨웠다. 한 친구가 그에게 미국에 가서 정신과 팀워크를 공부해보도록 사절단에 끼워주었고, 그 역시 흥미를 느꼈다. 그는 여행 서류를 신청하는 과정에서 카뮈와 만났는데, 그 역시 같은 수속을 밟고 있었다. 뤼베는 얼마 전 에베르토 극장에서 「칼리굴라」를 보고 깊은 감명을 받은 참이었다. 그는 자신을 소개한 뒤 그 연극에 대해 찬사를 던졌다. 마침 눈이 오고 있었는데, 두 사람은 비자를 받기 위해 미국 영사관으로 가야 했다. 카뮈가 자신의 까만 시트로앵에 태워주겠노라고 했다.

그들은 오레곤호에 숙박 설비뿐 아니라 오락 설비도 제대로 갖춰지지 않았다는 사실을 알게 되었다. 영화나 다른 유흥거리가 없었던 것이다. 하지만 유머 감각이 뛰어난 카뮈는 모든 승객들과 농담을 주고받고 젊은 여자들과 시시덕거렸다. 뤼베는 이 새 친구의 특징 한 가지를 알게 됐는데, 그는 지중해 남자의 전형적인 특징으로서, 문을 나설 때 언제나 여자가 아니라 자신이 먼저 나가는 것을 당연하게 여기고 있었다.

원하면 언제든 샤워를 할 수 있었지만, 그들과 좁은 선실을 함께 쓰고 있던 프랑스인 영사관 직원은 샤워를 하는 법이 없었다. 그래서 카뮈와 뤼베는 어떻게 하면 그 사람을 목욕시킬 것인지 고민을 했다. 마침내 뤼베가 한 가지 아이디어를 짜냈다. 그는 팁을 주고 선실 계원의 도움을 받기로 했다. 다음날 아침 선실 계원이 선실 문을 노크하고는 이렇게 말했다. "영사님, 샤워하실 준비를 해놓았습니다." 그리고 선실 계원이 비누와 수건을 내밀었다. 그 전략은 먹혀들었다.[2]

우리 시대의 카프카

저녁에 허드슨 만 한가운데 정박한 배가 이튿날인 1946년 3월 25일 뉴욕 항에 들어선 후 외국인 승선자들은 이민국 조사관의 심문을 받았다. 승객들은 무엇보다도 공산당에 가입한 적이 있는지, 또 친구 중 공산당원이었던 사람이 있는지를 추궁당했다.

아마도 카뮈는 두 질문 모두에 답변하기를 거부한 것 같다. 뤼베와 같은 무리에 있던 사람들이 조사실 밖에서 카뮈가 나오기를 기다렸으나 아무리 기다려도 그가 나오지 않았다. 한 시간이 지나고 다시 30분이 지났다. 마침내 한 사람이 무슨 일인지 알아보러 갔다. 화가 잔뜩 난 카뮈가 그에게, 자신은 공산주의자 친구들이 있지만 그들의 이름을 댈 생각은 없노라고 말했다. 마침내 그들이 프랑스 문화국을 찾아가 사정을 설명하자 카뮈를 꺼내오기

위해 문화국 직원이 파견되었다.[3]

카뮈는, 자신이 모호한 정보 출처를 갖고 있는 듯이 보이는 이민국 조사관들에 의해 억류되었지만 나중에는 입국을 지연시킨 데 대해 사과를 받았노라고 말했다.[4]

공교롭게도 당시 뉴욕 주재 프랑스 문화국의 우두머리는 인류학자 클로드 레비스트로스였다.[5] 그는 훗날 그 사건을 전혀 기억하지 못했다. 확실한 것은 '문화 담당 고문'이던 레비스트로스가, 피에르 앙드레 에므리가 카뮈의 친구라는 사실을 알고 역시 프랑스 문화 사절단으로 미국에 와 있던 그 건축가를 불렀다는 사실이다. 레비스트로스는 뤼베와 다른 사람들로부터 카뮈가 이민국에 억류돼 있다는 말을 듣고 나서 에므리를 불렀던 것일까? 아무튼 에므리가 부두로 내려갔다.

신경이 잔뜩 곤두선 채 이민국에서 풀려난 카뮈는 알제의 친구에게, 자신이 공산주의자로 카드에 기록돼 있다는 이유로 심문을 받았다고 말했다.[6]

부두에는 카뮈를 마중 나온 또 한 사람의 친구가 있었다. 반파시스트 이탈리아 망명 작가 니콜라 치아로몽테였다. 그는 카뮈의 도움으로 알제리와 모로코를 거쳐 점령지 프랑스를 탈출한 이후 전시 동안 『뉴 리퍼블릭』『네이션』『파르티잔 리뷰』 같은 미국 잡지들에 글을 쓰면서 지냈다. 그는 미국인 아내까지 얻어 살고 있었다. 카뮈는 뉴욕에 있는 동안 니콜라와 미리엄 부부를 자주 만나게 된다.[7] 마침내 자유인이 된 카뮈는 지쳐 있었고 독감에 걸렸다. 카뮈는 휘청거리는 발걸음으로 맨해튼의 몇 블록을 처음으로 걸었다.

도착 다음날 5번가 프랑스 문화국의 커다란 살롱에서 미국 및 프랑스 언론을 위한 기자 회견이 열렸다. 레비스트로스가 내빈을 기자들에게 소개했다. 카뮈는 곧 자신이 지나치게 추상적인 질의를 받고 있다는 사실에 대한 놀라움을 표했다. "아무튼 사람들 말이 미국인들은 구체적인 질문을 좋아한다고 했거든요."

철학적 입장에 대해 질문을 받은 카뮈는 자신의 철학은 당분간 의혹과 불확실성으로 이루어질 것이라고 대답했다. "어떤 '체계'를 지니기에는 너무 젊은 나이니까요."

카뮈는 이번에도 유행하는 학파이자 하나의 철학 체계로서의 실존주의에 대한 거부감을 드러냈다.

물질주의 문명의 중심부로서 미국을 정의하는 데 대해 어떻게 생각하느냐는 질문을 받은 카뮈는 이렇게 대답했다. "오늘날 모든 인간이 물질주의 문명의 고통을 받고 있습니다. 가난과 허기에 시달리는 유럽인들 역시 물질주의적이죠. 어떻게 그렇지 않을 수 있겠습니까?" 그러면서 카뮈는, 과연 인간이 곤경에 처한 현 상황에서 그럼에도 불구하고 행동할 수 있겠는가가 진정한 질문일 것이라고 말했다. 그러면서 그 질문에 대한 답은 '그렇다'라고 했다.

자신의 작품에 대해서 그는, 자신이 '삶의 우연적 요인'에 의해 극작가가 되었는데, 이는 배우로서 생계를 유지하지 않을 수 없었기 때문이었노라고 설명했다. 적어도 인용된 기사에 의하면 그렇게 설명한 것으로 되어 있다. 그러면서 다음번 작품은 페스트에 관한 소설이 될 것이라고 했다.

또 다른 질문에는, 자신이 더스 패서스에서 포크너에 이르는 미국 소설을 읽은 적이 있으며, 미국 소설의 내면 묘사 기법에 분명히 영향을 받았다고 답변했다. "하지만 나는 이 기법이 문학 표현

수단을 불모로 이끌어가지 않을지 의심하고 있습니다. 게다가 미국 소설가들은 이 공식에서 자유로우니까 말입니다."

그는 유진 오닐의 작품을 제외하면 미국의 연극에 대해 거의 아는 바가 없다고도 말했다.

레지스탕스 활동에 대한 질문을 받은 카뮈는, 자신은 동지들에 대해 이야기하는 편이 더 낫다고 생각하는데 그 이유는 그들이 자신보다 더 많은 일을 했기 때문이라고 대답했다.

그는 예언자적으로 보인 카프카의 작품을 읽고 또 읽었으며, 카프카야말로 우리 시대에서 가장 의미심장한 작가 중 한 사람이라고 했다. 뉴욕의 프랑스어판 신문인 『빅투아르』(La Victoire)의 기자는, 카뮈를 "몽상이 제거된 우리 시대의 카프카"라고 표현했다.[8] 그 기자는 'P'라고 서명했는데, 십중팔구 편집자 미셸 P. 포베르의 서명이었을 것이다.

카뮈의 미국 도착은 3월 24일자 『뉴욕 헤럴드 트리뷴 주간 북 리뷰』에 다음과 같은 표제의 전면 기사로 예고되었다.

오늘날 프랑스에서 가장 선이 굵은 작가

그 기사에서 컬럼비아 대학의 로망스어과 교수인 저스틴 오브라이언은 미국 독자들에게, 카뮈가 "프랑스에서 가장 활기찬 두세 명의 젊은 작가 중 한 사람이며, 그가 이 달에 미국에 도착한 것은 문화적 사건으로서 많은 이들의 주목을 받고 있다"라고 썼다.

당시 미국인들은 프랑스어판을 제외하고는 아직 카뮈의 작품을 읽을 수 없었다. 『이방인』은 그해 4월에 영어 번역본이 나올 예정이었다. 오브라이언은 계속해서 다음과 같이 썼다. "사르트르가 그를 위한 길을 닦아주었고, 베르코르는 뉴욕과 시카고, 샌 프란시스코에서 자신의 젊은 친구에 대해 찬사를 늘어놓았으며, 우리의 얼마 안 되는 서평들도 이제는 경의를 품고 그의 이름을 언급하기 시작했고, 제네트(재닛 플래너의 필명)는 현재 파리에서 공연 중인 그의 유명한 연극에 대해 『뉴요커』지에 요란스럽게 언급한 바 있다."

이 기사는 카뮈가 뉴욕을 방문하는 동안 나온 소개글 중 가장 완전한 내용이었다.

뉴욕 체류 3일째인 3월 27일, 카뮈는 에세이 작가이며 『뉴요 커』의 기자인 A. J. 리블링이라는 인물과 중요한 만남을 갖게 된 다. 그 만남은 특히 리블링에게 중요한데, 그는 자신이 사랑한 프 랑스의 모든 것을 잊지 못하는 것과 마찬가지로 이 젊은 프랑스 친구에 대해서도 결코 잊지 못하게 된다.

1904년 뉴욕에서 애벗 조지프 리블링이라는 이름으로 태어난 그는 소르본 대학에서 1년을 보낸 뒤 1939년부터 1944년 사이에 프랑스와 영국, 북아메리카에서 전쟁을 취재했다. 그는 프랑스 레지옹 도뇌르 훈장을 받았으며, 주목할 만한 세 권의 저서를 썼 다. 『파리로 돌아가는 길』, 『다시 찾아본 노르망디』, 그리고 프랑 스어판과 영어판으로 출간된 레지스탕스들의 문집 『침묵 공화국』 이었다.

비록 1946년 4월 20일자 『뉴요커』의 「도시 대담」난에 실린 카 뮈와의 인터뷰 기사는 무기명으로 게재되었고 그 잡지의 기록에 기자의 이름이 나와 있지는 않지만, 그것은 1964년 2월 8일 『뉴 요커』에 발표한 미국판 카뮈 일기의 서평에 나와 있듯이 리블링 자신이 쓴 것이다. 그 서평은 리블링의 마지막 기사가 되었다.[9]

전쟁 직후 처음 뉴욕을 방문했을 때 카뮈는 서른두 살이었지만, 나는 그가 만화 주인공 '해럴드 틴'을 연상시킨다고 쓴 바 있다. 그런 인상은 주로 전쟁 전 정도가 아니라 1929년의 주가 대폭락 이전의 유행을 따른 프랑스 재단사의 작품일 게 분명한 우스꽝스러운 양복 때문에 생긴 것이다. 『이방인』을 간행하는 그의 뉴욕 출판사는 후속 작품에 대한 선금까지 지급하지는 않았으며 그는 이미 『이방인』의 선금을 모두 써버린 상태였기 때문에 옷장을 개선할 만한 입장이 아니었다.

리블링은 웨스트 70번가의 호텔방에서 서른두 살에 '해럴드 틴'처럼 옷을 입은 카뮈를 만났으며, 카뮈의 선조를 언급하면서 그가 "프랑스인이라기보다는 스페인인 같은 인상을 주는 들창코"를 하고 있다고 묘사했다.[10] 아마도 카뮈는 리블링에게, 외가가 스페인계이고 친가가 알자스계라는 사실을 일러주었을 것이다. "그의 이러한 탄생 배경은 특이한 작용을 했을 텐데, 프랑스령 북아프리카에 위치한 유럽 도시들은 버밍험이나 디트로이트처럼 새롭고 삭막한 상업 지역이기 때문이다."

익명의 『뉴요커』 인터뷰 기자는 계속해서, 카뮈가 프랑스에 대해 부담스러워하는 부분은 역사와 문학을 연상시키는 것이 지나칠 정도로 많다는 점이라고 언급했다. 그는 다음과 같은 카뮈의 말을 인용하고 있다. "마음이 열망하는 것은 종종 시가 없는 장소이다."

「도시 대담」의 필자는 "결국 웨스트 70번가는 그와 딱 어울리는 곳"이라고 말을 맺었다.

프랑스에 대한 열렬한 예찬가임은 물론 저널리스트이기도 한 리블링은 물론 언론인 카뮈의 면모에도 관심이 있었다. 그 인터뷰는 "많은 재미를 끌어낼 만한 일간지에 대한 아이디어"에 대한 질문으로 시작되었다. 카뮈가 그에게 말했다. "그것은 아마도 다른 신문의 1판이 나온 지 한 시간 후쯤 발행되는 비평 신문이 될 겁니다. 조간과 석간 두 차례 발행되고 말이에요. 그 신문은 다른 신문들의 주요 기사에서 사실 가능성이 있는 요소들을 해당 신문의 사설 방침이라든가 기자의 과거 업적 등과 관련지으면서 평가합니다. 일단 기자들을 카드화하기만 하면 비평 신문은 신속하게 가동할 수 있어요. 몇 주쯤 지나면 언론의 어조 전체가 보다 현실에 맞게 될 겁니다. 국제 서비스도 가능하고요."

인터뷰 기자는 『칼리굴라』의 뉴욕 공연권이 계약됐다는 사실도 보도했다. 카뮈의 작품과 철학, 그리고 산 위로 바윗돌을 굴려 올리도록 저주받은 운명이라는 상징을 종합하면서 「도시 대담」의 기자는 이렇게 언급했다. "이와 같은 모진 결론을 가지고 온 사람치고 카뮈 씨는 지나칠 정도로 유쾌했다. 사실상 몇 주일 전 이곳에 왔던 사르트르 씨의 경우에도 그랬듯이."

그에 대한 카뮈의 답변도 인용되어 있다. "비관적인 생각을 하고 있다고 해서 비관적으로 '행동'할 필요는 없는 겁니다. 어떻게 해서든 시간을 보내야지요. 돈 후안을 보세요."

인간의 위기

3월 28일 카뮈는 미국 방문 중 가장 중요한 행사에 참석하게 된다. 프랑스 레지스탕스 출신의 다른 두 작가와 함께 컬럼비아 대학 구내의 맥밀린 극장에서 강연을 하게 된 것이다. 발기위원회

위원장인 저스틴 오브라이언은 전날 연사들과 함께 강연에 대해 의논을 했는데, 오브라이언이 훗날 상기한 바에 의하면 그 장소는 "브로드웨이 북쪽, 벌레가 들끓는 카뮈의 호텔방"이었다고 한다. 다른 두 연사는 이미 프랑스의 지하 운동 인쇄소에서 출간한 『바다의 침묵』 영어판을 낸 바 있는 베르코르(장 브륄러의 필명)와 미뉘출판사에서 비밀리에 출간한 에세이가 아직 미국에 상륙하지 않아서 미국인에게는 낯선 티메레스(레옹 모찬)였다.

오브라이언은 후에 카뮈의 미소가 "지극히 천진난만하여 파리 거리의 개구쟁이를 연상시킨다"고 기록했다. 카뮈는 그룹에서 최연소자여서 그들과 함께 엘리베이터를 탄 매력적인 여성의 눈길을 한 몸에 받기도 했다. 그들이 카뮈의 방에 들어섰을 때 "그 발랄한 젊은이는 몇 장의 메모를 앞에 놓고 침대에 큰대자로 누운 자세로 다른 이들을 쉽사리 압도했다."

이것이 오브라이언의 눈에 비친 카뮈의 모습이었지만, 사실상 카뮈는 강연 원고를 쓰느라 꼬박 하루를 보냈으며, 맥밀린 극장에서 청중을 마주하고 섰을 때는 새삼스럽게 무대 공포증까지 겪어야 했다. 그날 저녁 강당에는 적어도 1,200명이나 되는 청중이 들어찼던 것이다. 그 당시 프랑스의 어떤 집회도 뉴욕에서처럼 300명이 넘는 청중을 끌어들인 경우가 없었다. 다시 오브라이언의 회상에 의하면, 카뮈는 그 많은 청중을 압도한 듯이 보였다. "그는 전승국과 패전국의 구분 없이 제2차 세계대전의 유산인, 무서울 정도로 타락한 인간의 개념을 순식간에 묘사해 보여주었다. 그가 20세기의 인류인 우리 모두가 전쟁과 공포에 대한 책임이 있다고 말했을 때 그 커다란 강당에 들어찬 청중 모두가 우리들 모두에게 공통적인 과오를 확신하는 듯이 보였다. 그런 다음 카뮈는 인간의 정직성과 존엄성을 재정립하기 위해서는 어떻게 아주 소박한 방식으로 기여할 수 있는지에 대해 이야기했다."[11]

아마도 그날 저녁 심포지엄 주제인 "인류의 위기"의 재번역일 「인간의 위기」라는 제목의 프랑스어 강연 원본은 발견되지 않았지만 영어 번역판이 남아 있으며 출판된 바 있다.[12]

카뮈는, 자신은 아직 강의를 할 만한 나이에 이르지 않았지만, 이 자리에서 자신의 개인적인 견해를 피력하는 것이 아니라 프랑스에 관련된 기본적인 사실들을 제시하는 것이 중요하다는 말을 들었다면서 강연의 서두를 떼었다. 그는 문학이나 연극이 아니라 자신의 세대가 겪은 정신적 경험담을 이야기하기로 마음먹었다. 그 세대는 "제1차 세계대전 전이나 전쟁 중에 태어나고 세계 경제 위기 속에서 청소년기에 이르렀으며 히틀러가 권력을 장악했을 때 스무 살이 되었다. 그들은 스페인과 뮌헨 전쟁, 1939년의 전쟁과 패배, 그리고 4년간의 점령과 비밀 투쟁 속에서 교육을 받았다."

카뮈는 인간의 위기를 보여줄 네 가지 이야기를 예화로 들었다. 게슈타포가 있는 한 아파트 건물에서는 수위가 두 사람이 꽁꽁 묶인 채 피를 흘리고 있는 것을 무시한 채 청소를 했다. 고문을 당한 희생자 중 하나가 그 수위를 비난하자 그녀는 이렇게 대꾸했다. "나는 이곳 사람들이 뭘 하든 상관하지 않아요." 이 이야기는 카뮈의 일기에서 이미 언급된 내용이다.

한 독일 장교가 리옹에서 카뮈의 동지를 심문했다. 바로 전 심문 때 그의 귀가 찢어졌는데, 그 장교는 애정과 염려가 깃든 어조로 "이제 귀가 좀 어떻소?"라고 물었다.

그리스에서는 독일군 장교가 어떤 여자에게 인질로 잡혀 있는 세 아들 중에서 어떤 아들을 살리고 싶은지 선택할 것을 요구했다. 그녀는 가족이 있는 맏아들을 선택함으로써 다른 두 아들을 독일군의 처분에 맡기는 결과가 되고 말았다.

카뮈의 동지가 포함된 한 무리의 추방된 여자들이 스위스를 거쳐 독일로 보내지던 중의 일인데, 장례식 행렬을 본 그들은 히스테리컬하게 웃음을 터뜨렸다. "여기서는 죽은 자가 저런 대접을 받는군요."

이런 이야기들은 인간의 죽음이나 고문이 현대 세계에서 무관심이나 호의, 혹은 실험적인 흥미나 아무런 반응도 없이 받아들여질 수 있기 때문에 인간의 위기가 존재한다는 사실을 확언하게 해준다. 그는 "능률과 관념의 숭배로 묘사되는 단일한 경향"에 내재한 오류를 종합했다. 문제는 인간이 역사를 위해 존재한다는 헤겔의 "가증스러운 원칙"이다. 역사에 이바지하는 모든 것은 선한 것이며, 행위는 선악이 아니라 그 유효성에 의해 정당화된다. 그의 세대에 속한 사람들은 어떤 것도 참된 것은 없다, 또는 역사적 운명이 유일한 진리라고 여기는 경향이 있다. 그들의 반항은 세계의 부조리에 대해서, 추상적 관념에 대해 '아니'라고 말하는 것이지만, 그럼에도 불구하고 우리에게는 모욕을 거부하는 것, 끝없이 수모만 당할 수 없는 무엇인가가 있다는 것 역시 확실하다.

과연 우리가 무엇을 해야 할 것인가? 카뮈는 반문했다. "우리는 사물들을 각각의 올바른 이름으로 명명해야 하며 어떤 생각을 허용할 때마다 수백만의 사람을 죽인다는 사실을 자각해야 한다."

우리는 공포로부터 자유로워져야 하며, 정치를 그 본연의 자리인 2차적인 문제에 두어야 하며, 부정에서 긍정적 가치로, 즉 보편 구제설(universalism)로 나아가야 한다. "오늘날 프랑스와 유럽에는 인간 조건을 신뢰하는 사람을 무조건 광인으로, 자포자기하는 사람을 무조건 겁쟁이로 간주하는 세대가 있다. 사람들은 프랑스나 다른 국가 혹은 권력 문제에 대해 비판을 할 때면 언제나, 논리적으로 인간을 훼손시키는 결과가 되고 말 인간 개념을 방조하거나 장려한다."

브라이언의 학생 중 하나가, 그날 저녁 프랑스 전쟁 고아를 돕기 위해 모금했던 돈을 방금 도둑맞았다는 쪽지를 단상의 의장에게 건네주었다. 카뮈가 강연을 끝내고 난 후 브라이언이 자리에서 일어나 "인류의 위기"가 바로 그 자리에도 있다고 말했다. 그러자 청중 가운데 한 사람이 일어나 강연이 끝나고 나가는 길에 출구에서 두 번째로 모금을 하자고 제의했고, 돈을 도둑맞은 두 여학생은 모금함을 다시 설치했다.

두 번째 모금액은 첫 번째보다 더 많았는데, 오브라이언은 그것을 카뮈의 '설득력 있는 언변'의 결과라고 생각했다. 연사 중 하나는 『피가로』지에 그 사건을 언급하면서 갱단에 대한 미국의 관대함을 이야기했다.[13] 카뮈 자신은 그 사건에 마음을 빼앗겼고, 그것을 미국 범죄의 상징적 표현이라고 여겼다.[14]

『빅투아르』는 컬럼비아 대학의 저녁 강연을 "프랑스 잔치"였다고 대서특필하면서, 그날 모임은 미국 내 프랑스 거류민단의 연대기에 기록될 만하다고 단언했다. 그 기사에는 카뮈의 강연에서 일부 발췌한 내용이 들어 있는데, 그 내용은 온존히 보존된 것 같았다.

그런데 강연이 끝난 후 질의 시간이 있었을까? 프랑스 문화국의 한 직원은 청중들로부터 나온 질문 중에 "레지스탕스에 가담한 프랑스인이 몇 명인가?"라는 것이 있었다고 회상했다. 그러자 카뮈는 재빨리 360,728명이라는 식으로 정확한 숫자를 댔는데, 이런 상황에서 숫자는 중요치 않다는 사실을 암시하듯 빈정거리는 어조였다고 한다.[15]

어쨌든 카뮈는 컬럼비아 대학 프랑스관에서 질의 응답회를 가졌다. 카뮈는 셰퍼의 이전 학생이며 한때 유나이티드 프레스(UP) 특파원이고 파리의 전쟁 첩보부 심리전 부서장이기도 했던 피터 로즈의 제의를 받아들여 그곳 관장인 유진 셰퍼에게 전화를 걸어서 미국 학생들과 만나보고 싶다고 말했다. 셰퍼는 프랑스관의 살롱에서 모임을 갖기로 하고 컬럼비아 학부생 50명 정도와 몇 명의 동료 교사들을 초대했다.

자리에 들어서는 카뮈가 천진난만한 미소를 짓자 순식간에 편안한 분위기가 되었다. 카뮈는 청중들에게 자리에 앉도록 부탁하고는 곧이어 자신이 질문을 던졌다. 카뮈는 자신이 유럽의 대도시들을 방문할 때면 거리에서 남자들이 여자들을 빤히 바라보곤 했는데, 뉴욕에서는 그렇지 않은 것 같으니 그 이유가 무엇이냐고 물었다. 그 질문에 당혹스런 침묵이 흘렀다. 이윽고 교수인 오티스 펠로즈가 침묵을 깨고 말했다. "카뮈 씨, 이 나라에서는 모든 일에 때와 장소가 있답니다."

그 말에 놀라 한순간 펠로즈를 멀뚱거리며 쳐다보기만 하던 카뮈가 곧 큰소리로 웃음을 터뜨렸다. 그는 이 말이 아주 훌륭한 대답이라는 사실을 인정했다. 그 자신은 그런 생각을 해본 적이 없었던 것이다.[16]

친구 에므리가 카뮈를 위해 루드비히 아이델베르크 박사와 그의 부인 마르트의 집에서 접견회를 마련했다. 원래 프랑스 태생의 젊은 과부였던 그녀는 1938년 아이델베르크와 만났다. 아이델베르크는 비엔나의 신경학 클리닉 책임자로서 비엔나 정신분석 연구소에서 교편을 잡고 있다가 영국과 미국 동료들의 도움을 받아 나치 통치하의 오스트리아에서 빠져나온 정신분석학자다. 파리에서 마르트와 만났을 때 그는 옥스포드에서 개업 중이었다. 결혼을 한 뒤 그들 부부는 미국으로 건너왔고 아이델베르크 박사는 개업의로 일하면서 한편으로 정신분석 연구소에서 교편을 잡았다. 훗날 그는 최초의 『정신분석 백과사전』을 출간했으며, 1971년에 세상을 떠났다.

아이델베르크 부부는 센트럴파크 저수지가 보이는 조지워싱턴 다리 방향 이스트 86번가의 조그만 아파트에 살고 있었다. 그날 만찬 참석자는 10여 명 정도였다. 아이델베르크 부인은 카뮈와 저녁 내내 대화를 하느라 안주인 노릇도 제대로 하지 못했다. 7년간 망명 생활을 하며 외로움에 시달리다가 동포 곁에 앉게 됐는데, 그는 게다가 위대한 작가이고 레지스탕스 영웅이기까지 했던 것이다. 마침 에므리가 중고서점에서 찾아낸 『독일인 친구에게 보내는 편지』 한 권이 있어서, 카뮈는 그 책에 다음과 같이 서명을 한 다음 부인에게 주었다.

"우리에겐 공통된 정열이 많기에……."

에므리는 또한 파리 해방 때 카뮈가 쓴 원고가 담긴 레코드를 가져왔지만, 실망스럽게도 나약한 남자 목소리로 녹음돼 있었다. 비록 안주인에게 사로잡혀 있긴 했지만 카뮈는 짬을 내어 그녀의 남편과 함께 정신분석과 『칼리굴라』에 대해 토론했고, 심지어는 비엔나의 한 정신분석학자가 쓴 로마 황제에 관한 희귀한 논문에 대한 지식까지 내보였다.

카뮈는 아이델베르크 부인에게, 뉴욕에서 강렬한 인상을 받았다면서, 저녁이 되어 모든 전등이 켜지면 도시 전체가 불붙은 것 같다고 했다. 그에게는 놀라운 경험이었다.[17]

며칠 후 마르트 아이델베르크는 이스트 60번가의 프랑스 연구소에서 카뮈를 주빈으로 열린 칵테일 파티에 그와 함께 참석했다. 미국 내 프랑스 이주민들 대부분이 반(反)자유 프랑스파, 즉 페탱이 아니면 지로 장군 패거리들이었는데, 그럼에도 파티석상에서는 모두가 주빈과 악수를 나누고 싶어 했다.

비시 정부 지지자로 소문난 사람과 마주칠 때마다 아이델베르크 부인은 카뮈에게 "저 사람은 악당이에요" 하고 속삭이곤 했다. 그들은 즐거운 시간을 보냈다.[18] 아마도 이 파티는 카뮈가 그 연구소에서 한 "오늘날의 파리 연극"이라는 강연 때문에 열렸을 것이다. 그런데 연구소 일지 외에는 그 강연에 대해 남아 있는 기록이 전혀 없다. 그 일지에는 참석자가 294명이었으며 날씨가 좋았다는 사실만 적혀 있다. 일지에 반드시 날씨가 기록되는 이유는 그것이 출석에 영향을 미치기 때문이었다. 그 강당의 인원 수용 능력은 3백 명 정도였다.[19]

카뮈는 또한 뉴욕의 리세 프랑세즈도 방문하여 학생들의 수준에 맞춰 잡담을 나누고 질문에 대답하기도 했다. 그는 또한 그곳 교사로 재직하고 있던 피에르 브로데와 대화를 나누고 자필 서명한 『이방인』 한 권을 선물했다.[20]

미국식 식사

카뮈는 뉴욕 체류 초기에 벌레가 들끓는 호텔방을 벗어나 62번가와 63번가 사이 센트럴파크 웨스트에 있는 쌍둥이 고층 빌딩의 어느 조그만 복층 아파트에 묵을 수 있었다. 그 아파트는 1930년대 풍의 유선형 건물이었는데, 카뮈는 방세를 전혀 내지 않아도 되었다. 카뮈의 후원자는 폴란드 혈통으로 추정되는 자하로라는 모피 상인이었다. 교육 받지 못한 이민자였던 그의 부친은 모피로 돈을 벌어 부자가 되었다.

자하로는 아마도 카뮈의 강연에 매혹된 것 같다. 그는 카뮈의 호텔로 전화를 걸어 자신이 사업상 집을 비우게 되었으니 제발 자기 아파트에서 묵으라고 사정했다. 카뮈는 처음에 그 제의를 사양했는데, 자하로는 그래도 자신이 이따금 전화를 걸어 마음이 바뀌었는지 알아봐도 되겠느냐고 물어보았다. 얼마 후 카뮈는 감기에 걸렸고, 마침 그때 다시 전화를 건 자하로에게 그 제의를 받아들이겠노라고 했다.

카뮈는 아내에게 자하로에게서 들은 이야기를 들려주었다. 자하로의 부친이 시력을 잃자, 아들인 그가 책을 읽어주곤 했다. 그러던 어느 날 아들이 소크라테스의 죽음에 관한 플라톤의 글을 읽어주었다. 그러자 아버지가 말했다. "이제부터 내가 죽을 때까지 그 얘기를 읽어다오." 그래서 아들은 아버지의 지시에 따랐다는 것이다.[21]

그 아파트는 품위와는 거리가 멀었다. 한 층은 거실과 주방으로, 위층은 한두 개의 작은 침실과 욕실로 구성된 아파트였다. 카뮈는 길모퉁이 가게에서 오렌지주스, 달걀 두 개와 베이컨, 토스트 그리고 커피로 미국식 아침 식사를 하곤 했다.[22]

얼마 안 가서 카뮈는 같이 술을 마시거나 말동무가 될 친구들을 한 무리 사귀었다. 피에르 뤼베와는 계속 연락을 주고받았으며,

종종 그렇듯이 몸에서 열이라도 나면 전화를 걸어 조언을 구했다. 뤼베는 카뮈가 남자든 여자든 끊임없는 교우 관계를 맺고 싶어 하며, 또 그럴 필요를 느낀다고 여겼다.

두 사람은 함께 값싼 식당과 카페테리아를 찾았으며 재즈를 들으러 할렘의 댄스홀도 찾았다. 카뮈는 분명 지금껏 알았던 그 어떤 도시와도 다른 이곳에서 외로워하고 있었다. 뤼베는 또한 자신처럼 나이가 약간 연상인 남자들은 언제나 카뮈에 대해 아버지 같은 느낌을, 그리고 여자들은 어머니 같은 느낌을 받는다는 사실을 알았다.

카뮈는 미국 여자의 아름다움에 감탄을 금치 못하면서도, 무섭고 가까이하기 어렵다고 말했다. 뤼베는 프랑스 남자들이 미국 여자들과 성교 불능에 빠진 경우를 알고 있었다. 그들이 뤼베에게 고백했기 때문이었다. 카뮈는 늙고 황폐한 여자들이 몰려 있는 바우어리가(싸구려 술집과 여관이 몰려 있는 뉴욕의 거리—옮긴이)를 편안해했다.[23] 석 달 동안 그곳에 체류한 카뮈와는 거의 만나지 않았던 클로드 레비스트로스조차 한번은 카뮈를 차이나타운에 데려가서 식사를 했으며, 그런 다음에는 나이든 여가수들이 나오는 바우어리가의 화려한 카바레에 갔다. 그곳은 "대체로 괴기스럽고 불쾌했다."[24] 그렇다면 카뮈를 '새미의 바우어리 폴리스'(Sammy's Bowery Follies)라는 카바레에 데려간 사람이 레비스트로스였을까? 정말 그렇다면 유쾌한 일이다.

어느 날 저녁 피에르 뤼베와 카뮈는 『뉴요커』사에 가서 퇴근하는 A. J. 리블링을 만났다. 리블링은 그들을 리틀 이탈리아로 데려갔는데, 상점 진열장에는 싸늘한 그 거리와는 전혀 어울리지 않는 우아한 웨딩 드레스가 전시돼 있었다. 리블링은 술집에서 술집으로 그들을 데리고 다녔지만, 건강이 염려된 카뮈는 술을 많이 마시지는 않았다. 얼마 후 리블링은 두 사람에게 바우어리가를 보여주었으며, 삼류 가수들의 노래를 들을 수 있는 술집으로 데려갔다. 그렇다면 카뮈를 그토록 매료시킨 그곳으로 안내한 사람은 리블링이었을 가능성이 높다. 그날 밤이 끝날 무렵 두 친구는 만취한 리블링을 택시에 태우고 운전수에게 그의 집 주소를 일러주었다.[25] 카뮈는 훗날 파리의 한 친구에게, 자신이 첫눈에 리블링에게 반했다고 했다.

카뮈는 어느 날 밤 공개적으로 술 마시기 시합을 하여 자신이 이겼다고 회상했다. 물론 이는 조심성 있는 음주에 대한 뤼베 박사의 충고에 크게 어긋났다.

리블링은 자신이 가공의 권투 선수를 만들어서 『뉴요커』에 정기적으로 기사를 쓴 이야기를 들려주어 카뮈를 즐겁게 했다.[26] 카뮈와 리블링 사이의 우정은 훗날 미국 작가들이 프랑스를 방문했을 때 이와 비슷하게 떠들썩한 여건에서도 지속됐다. 그리고 생애 마지막 며칠 동안 최후의 혼수 상태에 빠지기 전 리블링은 프랑스어로 헛소리를 했는데, 마치 친구 카뮈에게 말을 하는 것처럼 보였다고 한다. 그러나 그때는 이미 카뮈가 세상을 떠난 뒤였다.

생애 마지막인 1963년 봄에 리블링은 우울증을 완화시켜보려는 희망에서 북아프리카로 여행을 떠났는데, 그의 부인은 그 일을 카뮈에 대한 조사 활동으로 여겼다.[27] 리블링은 언젠가 자신의 친구에 대해 희극적으로 말한 적이 있다. "그의 정력이 글쓰기에 소진되는 바람에 우린 훌륭한 기자 한 사람을 잃은 셈이다."[28]

하루는 카뮈가 프랑스관의 유진 셰퍼에게 자기와 함께 새미의 바우어리 폴리스에 가자고 청한 적도 있었다. 셰퍼는 그곳 광고를 보고 호기심이 부쩍 동했다는 카뮈의 말까지 기억하고 있었다. 그렇다면 셰퍼는 맨해튼 아래쪽의 '발푸르기스의 밤'(노동절 전날 벌어지는 축제로서 일종의 봄맞이 행사. 세상의 모든 마녀들이 브로켄 산에 모인다는 전설에서 유래되었다-옮긴이)에 입문하는 카뮈를 본 목격자였을까?

셰퍼는 이제는 중년을 한참 넘긴 전직 스트립 쇼걸들이 벌이던 믿을 수 없는 쇼를 회상했다. 눈앞에서 시들고 살찐 여자들이 외설스럽게 허리를 비틀어댔다. 그는 유쾌하면서도 왠지 좀 창피스럽다고 생각했다. 셰퍼는 카뮈가 그 공연을 무척 재미있어한다는 것을 알았다.[29] 그때 카뮈가 느낀 것은 일기에 적은 내용처럼, 마침내 여기서 삶의 구체성과 만났다는 느낌이었다.

방금 살펴본 바대로 카뮈는 오랑을 연상시키는 이 도시에서 다양하게 맛본 무질서한 인상에 모종의 질서를 부여하려고 애썼다. 그는 자신이 보고 느낀 것들 대부분을 장황하고도 재미있는 편지에 담아 미셸 갈리마르 부부에게 보냈는데, 카뮈는 그 편지들을 그 무렵 위니베르시테가의 갈리마르 타운 하우스 꼭대기에 있는 그들의 아파트에서 '야영 중'이던 자신의 아내 역시 읽으리라는 것을 알고 있었다.

귀국한 후 카뮈는 그 편지들을 빌려와 「뉴욕의 비」(Pluies de New York)라는 에세이를 썼으며, 그 작품은 플레야드판 작품집에 수록되었다.[30] 에세이의 주된 자료는 갈리마르 부부에게 보낸 4월 20일자 편지였는데, 카뮈는 여기에 "알 카포네"라고 서명했다. 미셸과 자닌에게 보낸 그의 편지들에는 대부분 우스꽝스런 인사말과 함께 익살스러운 서명이 담기곤 했다.

무엇보다도 이 인상기는 친구와 가족에게 쓴 것이기 때문에 그 당시 카뮈가 실제로 느낀 감정에 가장 가까웠을 가능성이 높다. 현존하는 간행물에서 내용들을 접할 수 있기 때문에 이 책에 수록하지는 않을 것이다. 다만 바우어리가에 관한 부분을 인용하겠다.

나는 바우어리의 그 밤들에서 무엇이 기다리고 있는지 잘 알고 있었다. 5백 미터 가까이 죽 늘어선, 웨딩 드레스가 걸려 있는 저 눈부신 상점들(밀랍으로 만든 신부 마네킹 중에는 미소 짓고 있는 것은 하나도 없었다)로부터 불과 몇 발짝 떨어지지 않은 곳에는 잊혀진 사람들, 이 은행가의 도시에서 가난에 빠지고 만 사람들이 살고 있다.

이곳은 이 도시에서 가장 불길한 구역으로, 여자를 만나볼 수도 없고, 남자 세 명 가운데 한 명은 술에 취해 있으며, 겉보기에 서부 영화에서 나온 것 같은 이상한 카페에서는 늙고 살찐 여배우들이 황폐한 삶과 모성애를 노래하며 후렴에 맞춰 발을 구르고 관중의 고함 소리에 따라 발작적으로 세월이 덮고 있는 흉측한 살덩어리를 흔들어댄다. 또 다른 나이든 여인은 드럼을 연주하는데, 흡사 올빼미처럼 생겼다. 어느 날 저녁, 건물이 사라지고 고독이 혼란스런 진실이 되는 희귀한 순간이면 그녀의 인생살이를 알 것 같은 기분이 들기도 한다.

그는 그 도시에서 "강렬하면서도 덧없는 감정, 조바심 어린 노스탤지어, 비탄의 순간들"을 맛보았다. 그는 뉴욕의 아침과 밤을 모두 사랑했던 것이다.

뉴욕의 낮과 밤

4월 16일 프랑스 연구소에서 강연을 마친 카뮈는, 어머니와 함께 청중석에 앉아 있던 한 젊은 여성을 소개받았다. 그녀의 이름은 패트리샤 블레이크였는데, 스미스 대학을 막 졸업한 상태였다. 그녀는 『보그』(Vogue)지에서 일을 하는 한편 『뉴욕 타임스 북 리뷰』에 글을 쓰고 있었다. 열아홉 살의 매력적인 그녀는 지적이며 프랑스어를 유창하게 구사한다는 사실 덕분에 여행자 알베르 카뮈의 가장 바람직한 말동무가 되었다. 그는 지체하지 않고 그녀와 데이트를 시작했다. 바로 그 다음날부터.

그녀가 낮 동안은 직장에 나가야 했기 때문에 두 사람은 함께 점심을 먹었으며, 밤이면 관광을 하고 친구들을 만나거나 아니면 그저 산책을 하곤 했다. 그녀는 그의 강연장에도 같이 갔다. 카뮈는 『페스트』 원고를 갖고 있었는데, 그가 뉴욕에 있는 동안 원고의 일부를 그녀가 타이핑해주었다.

두 사람은 진지한 토론을 나누기도 했는데, 그녀는 카뮈의 말을 듣고 자신의 정치관을 바꾸기까지 했다. 공산주의에 동조적이었던 그녀는 스탈린주의의 범죄상을 듣고 소련에 대한 생각을 바꾸게 되었다. 패트리샤 블레이크는 훗날 소련과 공산주의의 권위자가 된다.

카뮈가 프랑스로 돌아가고 난 뒤에도 두 사람의 관계는 서신 왕래로 지속되었으며 패트리샤 블레이크가 프랑스를 방문하기도 했다. 그녀는 작곡가 니콜라스 나보코브와 결혼했을 때 잠시 파리에 살기도 했다.

그녀는 카뮈가 대중들로부터 필사적으로 감추려 한 부분이 있음을 알고 나서 그에 관해 염려하기 시작했다. 뉴욕에 있던 카뮈는 매일같이 열에 시달리고 있었던 것이다. 카뮈는 몸이 좋지 않을 때면 그녀에게 자기를 혼자 내버려둬 달라고 부탁하곤 했다. 그런 일이 네다섯 번 있었다. 그녀는 그가 각혈을 한다고 생각했지만 확신하지는 못했다.

그가 미래를 대하는 태도를 보면 오래 살려는 생각이 없는 사람처럼 보였다. 그는 한번도 명확하게 자신의 병이 위험할 수도 있다는 말을 한 적은 없었지만 그녀는 그렇게 여겼다. 그녀는 카뮈가 의사를 만나고 있다는 사실은 알고 있었지만, 그 의사가 누구인지는 몰랐다. 그러나 그녀는 이따금씩 카뮈와 동반하여 피에르 뤼베와 함께 산책하곤 했다.

삶에 대한 그의 대화는 냉소적이었으며, 블랙 유머의 형태로 나타났다. 그는 이를테면 작가 알프레드 자리가 임종하면서 유언처럼 남긴 농담을 들려주기도 했는데, 친구들이 병원 침대에 누운 그에게로 몸을 굽히자 그는 마지막으로 "이쑤시개를……"이라고 말하고는 죽었다는 것이다. 앵그르가 죽을 때가 되자 그의 아내가 신부를 데려왔다. 그런데 그 화가는 평생 동안 무신론자였다. 신부가 말했다. "이제 곧 하느님의 얼굴을 뵙게 될 거요." 그 말에 앵그르가 이렇게 대답했다. "그분은 언제나 옆 얼굴이 아니라 정면으로 보는 얼굴뿐이잖소."

카뮈는 뉴욕의 장례 방식에도 마음이 끌린 나머지 패트리샤 블레이크에게 『서니사이드』라는 장의사 업계의 정기간행물을 구해 달라고 부탁하기도 했다.

그녀는 카뮈가 차이나타운이나 바우어리가, 통속적인 댄스홀, 플로어쇼를 벌이는 화려하고 번쩍거리는 나이트클럽 등 뉴욕 특유의 전통을 몹시 좋아한다는 사실을 알게 되었다. 영어를 어느 정도 듣고 이해할 수 있었지만 그는 자신의 젊은 말동무에게, 식당의 옆자리에서 벌어지고 있는 대화를 듣고 해석해달라고 부탁하곤 했다. 그는 영어로 대화를 하지는 못해도 영어로 된 글은 읽을 수 있었으며, 이따금씩 그녀에게 짤막한 문장들을 영어로 쓰곤 했다.

그들은 '르 스테이크 폼므 프라이즈'나 '라레' 같은 레스토랑을 드나들었고 수없이 많은 연극을 보러 다녔다. 올드빅 극단이 로렌스 올리비에와 함께 뉴욕에 왔을 때는 같은 날 셰리던의 「혹평가」(The Critic)와 소포클레스의 「오이디푸스 왕」을 관람한 적도 있었다. 카뮈는 음악에 별 관심이 없어서 연주회에는 가지 않았지만, 중국 경극을 보러 간 적은 있었다. 그 무렵 맨해튼 남쪽 어느 다리 밑에서 공연된 그 경극에서 카뮈는 한참 공연이 진행되고 있는 동안 장면을 바꾸기 위해 무대 위를 드나드는 무대담당에게 매혹되었다. 이외에도 그들은 차이나타운에서 여러 식당을 다니며 음식을 맛보기도 했다. 패트리샤 블레이크는 훗날 『라이프』지를 위해 차이나타운에 관한 기사와 미국의 "죽음의 산업"에 대한 보고서를 쓰게 되는데, 모두 카뮈를 통해 관심을 갖게 된 분야다.

두 남녀는 그랜드 스트리트로 가서 일렬로 죽 늘어선 웨딩드레스 상점들을 구경하기도 했다. 그가 이곳을 처음 찾은 것은 리블링과 함께였을 것이다. 카뮈는 센트럴파크 동물원을 좋아해서 그곳에 자주 갔다. 블레이크가 그와 함께 동물원을 가본 것만도 스무 번은 되었을 것이다. 그들은 주로 오후에, 때로는 저녁 나절에도 센추리 아파트 쪽에서 공원을 가로지르곤 했다. 카뮈는 동물원의 원숭이를 보며 즐거워하곤 했다.

그에게 상점 안으로 들어가는 데 대한 공포증이 있음을 알게 된 패트리샤 블레이크는 그를 대신해서 물건을 사러 가곤 했다. 이런 경향이 오해를 낳은 적이 있다. 언젠가 피에르 뤼베는 카뮈, 블레이크와 함께 도심을 걸어가다 초콜릿 상점 진열장 앞에서 걸음을 멈췄다. 아마 57번가였을 것이다. 그때 카뮈가 이 젊은 여성에게 자신이 가리키는 초콜렛을 사오라고 부탁했다. 뤼베는 카뮈가 여성에게 왕처럼 군다고 여겼다.[31] 그런데 사실 그것은 블레이크가 이미 목격했던 공포증 때문이었던 것이다.

카뮈는 뉴욕에서 만나봐야 할 사람들을 만나는 자리에 이 젊은 추종자를 데리고 다녔는데, 그중에는 작가 피에르 드 라뉘도 있었다. 그는 카뮈에게 아름다운 풍경을 보여주기 위해 차를 타고 포트 트라이언 파크에 간 다음 뉴저지로 향했다. 그곳에서 그들은 이스트 오렌지 공립도서관과 그곳의 커다란 아동 전용 도서실을 보고 감탄을 금치 못했다. 그런데 카뮈는 그 도서관의 철학 분야 장서 목록에 윌리엄 제임스밖에 없다는 사실을 알게 되었다.

그들은 지드의 친구였던 자크 쉬프랭도 만났다. 카뮈는 그에 대해 조롱조로 말을 해서 폭소를 자아냈는데, 블레이크는 카뮈가, 그 사람이 지드의 재능을 제대로 인정하지 않은 일 때문에 조롱을 한 것일지도 모른다고 여겼다. 카뮈는 토마스주의 철학자인 에티엔 질송과도 함께 저녁 시간을 보냈다. 저녁 식사를 마친 다음 그들은 시끄럽기 그지없는 나이트클럽에 갔다. 질송은 현기증을 느꼈다. 그녀는 그곳과 어울리지 않는 인물이었다. 그녀는 카뮈와 함께 조지 데이와의 인터뷰를 위해 NBC 방송국 스튜디오도

찾아갔으며, 그 프로그램은 4월 27일 프랑스에 방송되었다.[32]

조지 데이는, 예의를 차리는 판에 박힌 내용은 원치 않으며 "우리 나라"에 대한 카뮈의 인상을 듣고 싶다는 말로 인터뷰를 시작했다. 카뮈는, 사실상 인상을 느낄 수 있을 뿐 판단은 하기 어려운데, 양쪽 연안을 가로지르는 데 엿새나 걸리는 국가를 판단하기는 쉬운 일이 아니기 때문이라고 대답했다. 세부적으로는 그 자체에 아무런 의미도 없을 것이다. 그는 자기 방에 들어온 쓰레기 수거원이 장갑을 낀다든지, 광고는 온통 희색이 만연한데 상점 쇼윈도 안의 신부의 표정은 슬퍼 보이는 것 등을 유심히 보았노라고 했다.

일반적인 견해로는 다음과 같은 것들이 있다. 카뮈 자신은 다른 유럽인들이 그렇듯이 유럽에서 현재 추구하고 있는 방식이라든가 생활 양식을 이곳에서도 찾아볼 수 있으리라는 막연한 희망을 품고 미국에 왔다고 했다. 그런데 자신이 이곳에서 발견한 사실에 대해 그런 확신을 가질 수 없었다. 미국인들은 프랑스 문화에 관심이 있는가? 대학생들이 보인 호기심이라든가 그들의 논문이나 시험 과목이 기준이 된다면 그렇다고 할 수 있다.

미국과 프랑스 젊은이들의 욕구와 문제와 혼란은 비슷한 반면, 미국의 젊은이들은 사물을 변화시킬 준비가 돼 있지 않은 것 같은데, 아마도 그들이 안정된 사회에서 살고 있기 때문일 것이다. 그것이 그들에겐 유리한 점일지 몰라도 외로움을 덜 느끼고 싶어 하는 프랑스인의 경우에는 안정된 사회라는 것이 유리한 점이라고 할 수 없다. 미국 젊은이들이 변화에 대비가 되어 있지 않다는 것이 역동성 부족 때문인가? 그렇지는 않다고 카뮈는 인터뷰어와 프랑스 라디오 애청자들에게 말했다. 그는 미국 젊은이들의 활기와 건전함에 깊은 인상을 받았고, 그들의 표정이 천진하다는 사실에 충격을 받았는데, 유럽에서 온 사람에게는 그 점이 중요해 보인다고 대답했다.

카뮈는 데이에게, 미국 젊은이들에게 가장 부족한 점은 자신이 알고 있는 의미의 정열, 이를테면 정의에 대한 정열의 부족 같다고 말했다. 아마도 프랑스인은 최근에 일어난 일련의 사건들 때문에 그런 정열을 갖고 있는 것 같다고 말한 카뮈는 마지막에 가서는 미국인들 역시 프랑스인만큼이나 정의에 대해 정열적이라는 데 동의했다. 데이는 전통적인 앵글로색슨계의 겸양 때문에 흥분을 자제하고 있는 것이라고 말했던 것이다.[33]

카뮈가 처음으로 시내를 벗어난 것은 4월 6일 바사 대학 캠퍼스를 방문할 때였는데, 카뮈는 그곳에서 잔디밭을 수놓고 있는 긴 다리의 멋진 여대생들을 수없이 볼 수 있었다. 대학 신문 『바사 미셀러니 뉴스』 4월 3일자는 카뮈의 미국 방문을 "시즌의 문화적 사건"이라고 대서특필했는데, 아마도 저스틴 오브라이언이 『헤럴드 트리뷴』에 쓴 표현에서 따온 듯하다. 카뮈는 프랑스학과와 프랑스 클럽의 주최 아래 에이버리 홀에서 "오늘날의 프랑스 연극"에 대해 강연했다.

바사 대학은 사르트르가 뉴욕에 있을 때 방문 요청을 했는데, 그는 이를 정중히 사양하면서 카뮈가 방문할 것이라고 말했다. 그래서 카뮈가 오는 중이라는 소식을 들은 당시 프랑스학과 과장인 마리아 테스트빈 밀러 여사는 뉴욕의 프랑스 영사관에 카뮈의 외모에 대해 문의했다. 기차 편으로 푸킵시에 도착한 카뮈는 테스트빈 밀러 학과장에게 그 대학의 학생 수, 무엇보다도 프랑스어를 구사할 줄 아는 학생 수에 깊은 인상을 받았다고 말했다. 그

는 통역을 쓰지 않은 채 프랑스어로 강연을 했다.[34]

4월 15일에는 맨해튼 사회연구소의 뉴스쿨에서 "인간의 위기"를 강연하고, 4월 16일에는 프랑스 연구소에서 강연한 뒤 패트리샤 블레이크와 뜻 깊은 만남이 있었으며, 4월 29일에는 웰슬리 대학 펜들턴 홀에서도 강연을 했는데, 주제는 "오늘날의 프랑스 문학"이었다.[35]

브린모어 대학에서 강연할 때는 오랑의 포르가와 어린 시절부터 친구였던 제르멘 브레의 집에서 머물렀다. 훗날 그녀는 카뮈의 글에 관한 전문가가 되었다. 그는 격식을 차리지 않고 학생들과 대화를 나누었는데, 그가 일반적으로 선택한 주제는 형이상학이나 학설 따위가 아닌 현대의 제반 문제들에 대처하는 방법 같은 것이었다.[36] 그날의 모임을 비롯하여 대학생들과의 다른 모임에서 카뮈는 전쟁이 미국에 이제 막 소개되기 시작한 프랑스 작가들에게 미친 영향에 대해 토의했다. 누군가가 실존주의 운동을 떠난 이유에 대해서 묻자 카뮈는 자신은 실존주의자가 아니라고 답변했다. 그는 사르트르와의 견해 차이에 대해 설명하고 도스토예프스키에 대해서는 감동적으로 이야기했다. 또 마르셀 프루스트에 대해 어떻게 생각하느냐고 묻자 그는 "별로"라는 정도로 대답했다. 청중 가운데 한 사람은 카뮈가 끊임없이 담배를 피워댄다는 사실에 주목했다. 패트리샤 블레이크와 합류한 카뮈는 곧이어 필라델피아의 큰 강당에서 또 한 차례 연설을 한 다음 기차를 타고 뉴욕으로 돌아왔다. 그때의 후원 단체나 청중에 대해서는 알려진 바가 없다.[37]

그는 다시 뉴욕에 돌아와 브루클린 대학에서 강연을 했다. 그 학교에서 두 번째로 '프랑스의 날'이 거행되고 있었던 것이다. 카뭐가 강연을 하기 전에 해리 D. 기데온스 학장이 프랑스에 관한 짤막한 연설을 하고, 한 학생이 폴 엘뤼아르의 자유 찬가를 읊었다. 카뮈는 학생들에게 자신이 여러 캠퍼스에서 만난 미국 젊은이들에 대한 인상을 들려주었는데, 그곳이 동부 대학의 마지막 순례처였기 때문이다. 그는 세계 어디나 젊은이들은 똑같을 것이라고 생각했다고 했다. 그는 미국 젊은이들이 좀더 정열적일 것이라고 생각했다. 타성은 인간에게 가장 큰 유혹이다. 자신의 일을 하는 것만으로는 충분치 않다. 젊은이들은 적극적으로 세계적인 활동에 나서야 한다. 왜냐하면 이 세대에 의해 구원받지 못하면 세계는 구원받지 못하기 때문이다. 그는 "불행의 연대 책임"에 대해서도 말했다. 만약 힘의 원리를 인정한다면 우리는 분투해야 한다. 그는 유럽의 비관주의(인생은 비극이다)와 미국의 낙관주의(인생은 경이로운 것이다)에 관련해서는 종합이 필요하리라고 생각했다. "우리는 법률적인 수준에서는 세울 수 없는 세계에, 감수성의 수준에서 미합중국을 창조해야 한다." 그는 프랑스 학생들에 대한 물질적 원조를 호소했으며, 그와 동시에 서신 교환과 인적 교환도 제의했다.

그는 강연을 마친 후 질문을 받았다. 이번에도 카뮈는 그가 실존주의자인가에 대한 질의를 받았다. 그는 자신은 실존주의자가 아닌데, 왜냐하면 실존주의는 모든 문제에 대답하려 하기 때문이라고 답했다. 모든 문제에 대한 답변은 단일한 철학으로서는 불가능한 일이며 자신은 '그렇다'는 물론 '아니다'라고도 말할 수 있는 자유를 원한다고 했다. 그 모임은 드뷔시의 피아노곡 연주회로 끝났다.[38]

그는 워싱턴 D.C.도 방문했다. 그는 이곳과, 센트럴 파크가 보이는 플라자 호텔 맨 위층에서 내려다본 맨해튼의 리버사이드 드라이브에서 미국 특유의 풍경에 자극받아 몽상에 잠겼다. 이곳의 군중들은 이 나라의 부드러움과 긴장의 결여를 애써 훼손시키려 들지 않는 것처럼 보였다.[39] 그는 케이프 코드의 폴마우스 해변에서 이틀을 보냈으며, 랍스터 뉴버그라는 요리도 맛보았다. 또한 자신이 존경하며 대화를 나눌 만한 많은 사람들과 만나 이야기를 했는데, 그중에는 왈도 프랭크 같은 인물도 있었다. 카뮈는 그를 자신이 미국에서 만난 몇 안 되는 훌륭한 인물로 여겼다. 그는 또한 웨스트 8번가 그리니치 빌리지의 아파트에 사는 치아로 몽테 부부를 방문했고, 작가이며 비평가인 라이오넬 아벨 같은 명사들을 만났다.[40] 또한 웨스트 11번가에 위치한, 『파르티잔 리뷰』의 공동 창립자 윌리엄 필립스의 아파트에도 갔다. 형식에 구애되지 않는 그 살롱은 뉴욕 지식인들의 본거지였다.[41] 아마도 카뮈를 그곳에 데려간 사람은 치아로몽테였을 것이다.

카뮈는 미셸 갈리마르의 친구인 기와 형제간인 자크 쉴러와도 어울렸다. 그는 시시한 잡지를 내던 가스통 갈리마르의 제드 출판사에서 초기에 일한 적이 있었으며, 후에는 갈리마르사를 위한 광고 대행사를 설립했다. 전시에 그는 수용소를 탈출하여 북아프리카를 거쳐 멕시코로 간 다음 그곳에 라디오 방송국을 세웠다. 그는 뉴욕을 잘 알고 있어서 주로 도보로 카뮈를 안내했다. 그들은 할렘가와 코니 아일랜드, 브루클린, 웨스트 사이드 하이웨이, 나이트클럽, 오르간 음악으로 스케이트 선수들의 곡예를 반주하는 52번가의 오래된 스케이트장 등을 돌아다녔다.

쉴러는 카뮈가 순박하고 수줍음이 많으며 넓은 세상에 대한 경험이 거의 없다는 사실을 알게 되었다. 그의 솔직한 성격은 거의 천진해 보일 정도였고 자신감도 없어 보였다. 카뮈는 다른 의무적인 문화 행사가 없을 때마다 쉴러에게 전화를 걸곤 했고, 두 사람은 리셉션이나 다른 사교 행사 말미에 만나 함께 시내로 외출하곤 했다.[42]

이제는 돌아갈 때

4월 11일, 앨프리드 A. 크노프 출판사에서 스튜어트 길버트가 번역한 『이방인』 영어판이 출간되었다. 같은 날 『뉴욕 타임스』에서 찰스 푸어는 『이방인』을 "죄와 벌을 다룬 소설"이라며 다음과 같이 호평했다. "이 소설과 더불어 현재 다른 어느 나라의 작가들보다 비상한 문학성을 보여주고 있는 젊은 프랑스 작가들에 대한 논의가 활발하게 이루어질 필요가 있다." 서평자는 길버트의 "영국식" 번역투에도 불구하고 카뮈의 소설이 "탁월하게 표현되었다"고 단언했다.

그 책과 작가는 현대 유럽 문학을 개척해온 크노프로서는 성공이 보장된 패였다. 앨프리드 크노프의 부인이며 스카우트에 뛰어난 재능을 지닌 블랑슈는 이미 1년 전 파리에서 카뮈를 만난 적이 있을 뿐 아니라 훗날 유럽 여행에서도 여러 차례 만나게 된다.[43] 크노프는 타임스 스퀘어 위쪽의 오래된 애스터 루프에서 카뮈를 위한 파티를 열었다.[44] 그 직후 『뉴요커』의 「도시 대담」에 인터뷰 기사가 실렸다. 『뉴욕 타임스 북 리뷰』는 이미 파리의 존 L. 브라운 기자의 말을 인용하여 카뮈가 전후 프랑스에 등장한 신예 작가 중 가장 주목할 만한 인물이라고 보도한 바 있다. 얼마 후 치아로몬테는 『뉴 리퍼블릭』 4월 29일자에 카뮈라는 인물과 작가를 장황하게 소개하는 형식으로 『이방인』의 영어판에 대한 서평을 게재했다. 여기서 그 소설은 "걸작"으로 표현되었다.

카뮈는 『보그』지 6월 1일자에서 일종의 서품식이라 할 만한 대우를 받았다. 한 페이지 전면에 사진작가 세실 비턴이 찍은 약간 수줍어하는 카뮈의 얼굴 사진이 실렸고 카뮈를 "호리호리한 서른두 살의 프랑스인"이라고 묘사한 사진 설명이 뒤따랐다. 『보그』에선 카뮈를 호리호리하다고 보았지만, 미국식 기준에서 볼 때에는 호리호리하다는 표현이 맞지 않았다. 비턴 자신도 1미터 80센티미터가 넘는 신장이었던 것이다. 그 당시 카뮈는 극도로 여위었으며, 종종 피로하고 병약해 보이기까지 했다. 옷은 잘 맞지 않아서 헐렁해 보였는데, 이 점도 카뮈에 대한 인상에 한몫했을 것이다.[45] 그럼에도 그는 『보그』의 여성 독자들에게 젊은 험프리 보가트라는 인상을 주었고, 카뮈는 그 사실을 즐거워했다.[46]

또한 『뉴욕 포스트』는 6월 5일 잡지부를 개설하면서 도로시 노먼의 특집 인터뷰 기사를 실었다. "'레지스탕스' 시절에서 부상한 프랑스의 가장 재능 있는 젊은 작가인 그는 우리나라 도처에서 따뜻한 환대를 받았다." 그녀는 그가 실존주의자인가라는 질문을 받고 몸을 떨었다는 사실에 유의했다. 카뮈는 "주의라든가 이념으로는 아무것도 설명할 수 없다"고 단언했다. 그는 "반항"이라는 말은 보통 바이런식의 낭만적 반항이라든가 마르크스주의의 한 형식을 함축한다고 보았다. "그러나 반항은 훨씬 더 수수한 의미를 띨 수도 있다." 그러면서 그는 『이방인』의 주인공을 예로 들었다. "거짓을 거부하는 인간…… 어떤 사람이 감히 자신이 진정으로 느끼는 바를 말한다면, 다시 말해서 거짓말을 해야 하는 상황에 반항한다면, 사회는 결국 그 사람을 파멸시키고 말 것이다."

인터뷰 기자는 뉴욕 인상기를 포함해서 카뮈의 논평이 전반적으로 수수하다는 사실을 발견했다. 그는 한 번 더, 자신이 이곳의 초고층 빌딩들이 아니라 바우어리가에서 깊은 인상을 받았다고 말했던 것이다. 그는 20세기 다른 어떤 작가보다도 허먼 멜빌과 헨리 제임스를 좋아했다. 또한 허물없는 옷차림을 하고 허물없이 말했다. 그는 신분증 없이도 미국 전역을 마음대로 돌아다닐 수 있다는 사실에 충격을 받았다면서, 흑인에 대한 미국인의 태도가 혼란스럽다고도 했다. 그는 자신이 리처드 라이트의 작품이 파리에서 번역되고 출판되도록 주선함으로써 이미 흑인에 대한 자신의 감정을 표시한 바 있다고 말했다. 또 그는 유럽이 미국에 불안에 대한 감각 같은 것을 일깨워줄 수도 있다고 보았다.

자신의 장래 계획에 대해 설명하면서 카뮈는 부조리에 대한 전집의 완성을, 그런 다음에는 반항에 대한 전집의 완성을 이야기했다. 마지막으로는 "현재의 우리"라는 개념에 기초한 소설과 에세이와 희곡을 쓰게 될 것이다. 그런 다음에는? 그 질문에 카뮈는 미소를 지으며 이렇게 말했다. "그런 다음에는 네 번째 단계로 사랑에 대한 책 한 권을 쓰게 될 겁니다."

그는 글쓰기에 전념하기 위해 언론 일을 포기했지만, 오늘날의 프랑스에서 그런 식으로, 더구나 타협과 통속화를 거부해가면서 아내와 두 아이를 부양하기가 쉽지 않다고 했다.

뉴욕에 있는 동안 카뮈는 갈리마르의 친구들을 위해 한 가지 중요한 일을 했다. 갈리마르사는 1929년 앙투안 드 생텍쥐페리와 계약을 맺었다. 차후에 나올 그의 작품에 대해 전권을 갖는 계약이었다. 1957년에 프랑스 법률이 이러한 계약을 금지할 때까지, 출판사는 차후에 나올 작가의 작품에 대한 옵션을 획득할 수 있었다. 그러나 1938년 미국에 온 생텍쥐페리는 미국 출판사 레이 날 앤드 히치콕사와 『인간의 대지』라는 작품의 계약을 맺었으며, 독일의 프랑스 점령기 동안 같은 출판사에서 『전시조종사』와 『어린 왕자』를 출판했다. 이제 생텍쥐페리가 고인이 되자 갈리마르 사는 뉴욕에서 미국 출판사를 상대로 소송을 걸었다.[47] 가스통 갈리마르의 동생이며 미셸의 부친인 레몽이 소송 절차를 밟기 위해 뉴욕에 왔는데, 뉴욕의 프랑스어판 주간지 『빅투아르』는 무자비하리만큼 그를 비난하고 있었다.

그는 점령이라는 암울한 시절에 프랑스 작가들을 도와준 죄밖에 없는 미국 출판사들을 상대로 말도 안 되는 소송을 제기하러 오는 것일까? N. R. F.에서는 드리외 라 로셸을 책임자로 앉힌 마당에? 그게 아니라면 반대로, 프랑스의 망신스러운 출판 정책을 마무리 지으러 오는 것일까?

당시 뉴욕에 살고 있던 생텍쥐페리의 미망인이 잡지사 측에, 갈리마르의 대리인이 뉴욕에 올 때까지 그 문제를 거론하지 말아달라고 요청했기 때문에, 잡지사 측에서는 이제 소식을 캐내기 위해 혈안이 돼 있었다.[48] 카뮈는 중재자로서 미망인과 만나 레몽 갈리마르의 입장을 도덕적으로 옹호했다. 그는 갈리마르사의 도덕적 권리와 미국 출판 활동, 특히 전시 프랑스 작가들의 취약한 상황을 확신하고 있었다. 또는 적어도, 그것이 그가 갈리마르사를 옹호하기 위해 이용한 논법이었다.[49] 그 소송은 양쪽 모두를 어느 정도 흡족케 한 법원 명령과 더불어 별 탈 없이 끝났다.

『칼리굴라』의 미국 공연을 위한 각색은 해럴드 브롬리라는 젊은 연출자가 했는데, 공연 자체는 성사되지 못했다. 그래도 카뮈는 이 진취적인 젊은이에게 깊은 인상을 받았다. 카뮈가 5월 말 캐나다에서 강연하기로 한 약속을 이행할 때가 됐을 때 브롬리는 카뮈를 그곳까지 태워다주겠노라고 했으며, 그 여행을 위해 중고차를 사기까지 했다.[50] 두 사람은 5월 25일 뉴욕을 출발하여 아디론댁 산맥을 관통하다가 그 지역의 외진 곳에 있는 여인숙에 묵었다. 자연의 침묵을 대면하고 외진 곳의 소박한 숙소에 머무는 짧은 시간 동안 카뮈는 자신이 기존에 알고 있던 세상과 단절된 채 그곳에 영원히 체류하리라는 상상을 했다.[51]

두 사람은 5월 26일 몬트리올에 도착했다. 그러나 이제 여행에 지친 카뮈는 한시바삐 프랑스로 돌아가고 싶었다. 그는 심지어 몬트리올의 강연 일정을 바꿔보려는 시도도 했지만, 캐나다인들은 강연을 연기할 수는 있지만 일정을 앞당길 수는 없다고 했다. 카뮈는 이 캐나다 경험이 그리 즐겁지는 않았지만, 대륙을 가로지른 여행에는 대체로 만족했다. 그에게 유익한 여행이었다. 그리고 그는 자신이 대중 연설에 서투르지 않다는 사실도 알게 되었다. 육체적으로는 실로 오랜만에 건강을 회복했다. 온수욕과 비타민 복용 덕분에 어느 정도 체중이 불기까지 했다. 하지만 이젠 귀국할 때였다.[52]

그는 가족에게 식료품을 소포로 부치겠다고 한 약속을 떠올렸다. 실제로 배 편으로 부친 그 화물은 80킬로그램짜리 상자였는데, 그 안에는 설탕, 커피, 분말 달걀, 밀가루, 쌀, 초콜릿, 유아식, 비누 등이 들어 있었으며, 그 밖에 카뮈 자신이 160달러어치의 물품을 운반했다. 열흘간의 항해가 끝나고 6월 21일에 카뮈는 보르도에 도착했다. 그의 아내와 미셸 갈리마르 부부가 마중 나와

있었다. 미셸 갈리마르가 카뮈를 파리까지 태워다주었다.[53]

배에서 다시 여행의 감상이 그를 엄습했다. 그는 귀국 후 자신에게 어떤 운명이 닥칠지 생각할 여유가 있었다.

25년 후에 나는 57세가 된다. 결국 25년간 글을 쓰고 내가 찾는 바를 추구하게 될 것이다. 그 다음에는 노년과 죽음이 찾아올 것이다. 난 내게 가장 중요한 일이 무엇인지 알고 있다. 그리고 나는 아직도 사소한 유혹에 굴복하여 공허한 대화나 쓸모없는 방황을 하고 있다. 나는 나의 내부에 있는 두세 가지 성질을 정복했다. 하지만 내가 그토록 간절히 원하는 탁월함에서 얼마나 멀리 떨어져 있는 것일까?[54]

30 희생자도 처형자도 아닌

> 결국 우리 모두 한 점 의혹도 없이 우리가 추구하고 있는 새로운 질서가
> 민족적이거나 대륙적인 것이 아니며, 서양적이거나 동양적인 것도
> 아니라는 사실을 알고 있다. 그것은 인류의 보편성을 지닌 것이어야 한다.
> • 「희생자도 처형자도 아닌」

파리로 돌아온 카뮈는 자신이 레지스탕스 훈장 수여자로 선정 됐다는 소식을 들었다. 그가 원하지 않았는데도 수여될 훈장들 중 첫 번째 것이었다. 그는 되도록이면 훈장 받는 것을 사양했다. 그러나 이번 경우는 정부의 공식 행사로서 『공화국 관보』에 발표 된 법령에 의거한 것이었다.

그에게 주어진 훈장은 원래의 훈장보다 등급이 몇 단계 높은 로 제트 훈장이었다. 정규 레지스탕스 훈장 수여자 42,902명 외에 로제트 훈장 수여자는 모두 4,345명이었다.[1] 초등학교 시절 교사 였던 루이 제르맹의 축하 서신에 대한 답장에서 카뮈는 이렇게 말했다. "저는 훈장을 요구한 일도 없고, 그것을 달지도 않을 것 입니다. 제가 한 것은 아주 작은 일인데, 저와 함께 일하다 죽은 친구들에게는 아직 훈장이 수여되지 않았습니다."[2]

그러나 이제 훈장을 받지 않으려 애써도 그가 유명 인사가 되었 다는 사실에는 의심의 여지가 없었다. 명성은 다양한 형태로 나 타났다. 카뮈가 미국에 있을 때 쌍둥이 갓난아이와 함께 미셸 갈 리마르의 집에 살던 프랑신 카뮈가 자신을 도와줄 사람을 구하기

위해 신문에 광고를 냈다. 한 젊은 여자가 광고를 보고 지원하여 바로 채용되었다. 그런데 그녀는 호기심이 유별났다. 자닌 갈리마르의 집에서 일하는 가정부가 프랑신에게, 새로 온 사람이 경험이 많지 않다고 말해주었다.

이 새로운 가정부는 그 집을 방문한 사람들에 관해 수많은 질문을 던지곤 했다. 카뮈는 프랑스로 돌아온 후, 『콩바』에서 일하는 젊은 작가로서 훗날 영화 제작자로 성공하게 되는 알렉상드르 아스트뤼크를 저녁 식사에 초대했다. 식사 도중 새로운 가정부가 커피를 가져왔는데 그녀를 본 아스트뤼크의 얼굴이 빨개졌다. 나중에 그는 자닌에게 전화를 걸어, 그 가정부가 사실은 기자이니 주의하라고 일러주었다. 자닌에게서 그 말을 들은 프랑신이 아이들의 변기를 들고 침실에서 욕실로 가려던 가정부 기자를 불러세웠다. "5분 안에 이 집에서 나가세요." 프랑신이 그녀에게 말했다. 그러자 가정부가 "이 변기만 비우고 나가도 되겠어요?" 하고 말했다. 그녀는 자신이 프리랜서이며, 주간 스캔들 잡지를 위해 기사를 쓸 계획이었노라고 실토했다. 카뮈는 그 신문에 어떤 기사도 게재하지 못하도록 경고했다.[3] 시몬 드 보부아르는 그 사건을 자신의 소설 『레 망다랭』(Les Mandarins)의 소재로 활용했는데, 그 작품에서는 희생자가 사르트르였다.

루르마랭의 매혹

문제는 카뮈가 '물질적'인 면에서는 아직 성공적인 작가가 아니라는 데 있었다. 카뮈가 『콩바』의 편집자로서 알려지고 『이방인』이 팔리기 시작했으며 「칼리굴라」 공연으로 대중에게 이름이 알려졌다 해도, 직장 생활이나 글로 벌어들이는 돈은 많지 않아서 파리 해방 후 내핍 경제의 와중에서 갈리마르의 후원을 받지 않을 수 없었다.

설상가상으로 당시 쓰고 있던 작품이 갈수록 힘들어지고 있었다. 벌써 몇 년에 걸쳐 『페스트』를 쓰고 있었던 것이다. 그는 그 원고를 오랑과 르 파넬리에, 파리, 뉴욕 등지로 갖고 다녔다. 이 까다로운 소설보다는 프랑스의 역사가 훨씬 빠르게 진행되고 있었다. 카뮈처럼 현재의 업적에 관심이 있는 사람에게 중요한 것은 진행 중인 작업이었다. 실제로 그는 다시 한 해를 『페스트』 작업으로 보내게 되지만 어느 하루도 즐거운 날이 없었다. 카뮈는 일기에 이렇게 썼다. "내 평생에 이처럼 실패감을 맛본 적도 없다. 끝낼 수 있을 것인지조차 확신이 서지 않는다. 하지만 언젠가는……."

지적인데다 그와 마음이 맞을 뿐 아니라 그의 예술적 문제들에도 공명할 수 있었기에 이제부터 수많은 고백의 수신자 역할을 맡게 된 젊은 패트리샤 블레이크에게 카뮈는 이러한 상황을 이야기했다. 그는 설혹 실패작으로 끝나는 한이 있더라도 원고를 완성시키기로 작정했는데, 어찌 됐건 그 원고가 출판될 수 있을 것이라고 확신하고 있었다. 그러나 글을 쓸 수 없었고 제자리만 맴돌았으며 어떻게 해야 좋을지도 알 수 없었다. 그는 시골에 가서 글을 쓰는 게 나을지 모르겠다고 생각했다.[4]

카뮈 부부는 또 한 번 교외 주택을 이용했는데, 화가 클레랭에게 빌린 그 집은 치즈 생산 중심지인 브리 인근의 생루프드노드에 있었다. 그 다음에는 방데의 레무티에 인근에 있는 미셸 갈리마르의 어머니(레몽의 전처 이본) 집인 '레 브레프'에서 묵었다.

이 집은 소나무 숲 한복판에 있는 조그만 성이나 다름없었다. 카뮈는 낮 동안 내내 일을 했고 저녁나절에는 승마로 보낼 짬이 났다. 그 집에는 전기가 없었기 때문에 침실로 갈 때는 가스등을 들고 다녀야 했다.

카뮈는 그곳에 머무는 동안에 파리로 갔다가 미셸 갈리마르 소유의 경비행기를 같이 타고 돌아왔다. 그 비행기는 미셸 갈리마르의 부친이 그에게 준 것이었다. 미셸은 이듬해 겨울 카뮈와 함께 튀니지아까지 비행해서 그곳에서 휴가를 보낼 예정이었으나 카뮈 부인이 단호하게 반대했다. 결국 그 계획은 미셸의 발병 때문에 취소되고 말았다. 미셸이 결핵 진단을 받은 것이다.[5]

9월에 파리로 돌아왔을 때는 소설이 완성되어 있었다. 카뮈는 처음에는 원고를 다시 읽어볼 엄두를 내지 못했다.[6] 그는 "『페스트』는 팸플릿"이라고 일기에 적었는데, 아마도 절망 끝에 나온 표현이었을 것이다.

그는 9월 말이 되기 전에 한 번 더 여행길에 올랐다. 그 마을의 주민인 소설가 앙리 보스코의 초대를 받은 친구 쥘 루아와 함께 카뮈는 자신의 마지막 정착지이자 안식처가 될 남쪽 프로방스 지방의 루르마랭을 여행했다. 그들은 작가이자 편집자 장 앙로슈와 훗날 오딜 트위디 부인이 되는 오딜 드 랄렌을 동반하고 3등 객차를 탔다. 카뮈는 루르마랭에 매혹된 듯이 보였지만,[7] 그가 전에도 이곳을 방문한 적이 있다는 사실을 아는 친구는 없는 것 같았다.

카뮈가 그 방문이 "실로 오랜만에 다시 한 번 맞이한 저녁"임을 고백한 것은 일기 속에서였다. 그는 또 이렇게 기록했다. "무한한 정적, 편백나무 우듬지는 내 깊은 피로에 몸을 떨었다. 그 경이로운 아름다움에도 불구하고 엄숙하고 금욕적인 전원."

카뮈가 이때 아비뇽에서 르네 샤르를 만났는지 여부에 대해 약간의 혼란이 있다. 플레야드판 카뮈 작품집에는 그가 이때 르네 샤르를 만났다고 되어 있지만, 모든 자료를 종합해볼 때 그들은 그 이듬해에 만나게 되었을 것이다.

파리의 가을은 언제나 짜릿한 흥분을 자아낸다. 그 가을은 '회귀'라고 불리는데, 파리의 문화 및 사교 생활 전체가 사실상 정지되는 여름철의 대이동 때문에 이 시기가 중요해진 것이다. 생 제르맹 데 프레의 주민으로서 7월 1일과 9월 15일 사이에 파리에 있을 때는 친구들에게 적절한 변명을 할 필요가 있었다. 1946년 가을은 카뮈에게 특히 중요한 '회귀'였다. 미국 체류기의 오랜 부재가 끝난 이제 진지한 작업을 해야 할 차례였다. 물론 『페스트』를 손질해야 하는 일도 있었지만, 가능하다면 반항에 대한 에세이도 완성시켜야 했다. 그는 초여름에 프랑스로 돌아오자마자 일기에 그 에세이의 시작에 대해 다음과 같이 기록했다. "단 하나의 진정하고 중요한 도덕적 문제는 살인이다."

이는 『시시포스의 신화』 서두에 반어가 섞인 되풀이였다. 다만 "자살"이라는 단어가 여기서는 "살인"이라는 단어로 대체되었는데, 세계에 대한 개인적 관계에 관한 관심이 역사적 필요성에 따라 세계에 대한 인간의 관계, 즉 제도적 살인(스탈린주의의 세계)으로 전환된 것을 반영하고 있다. 실제로 『반항인』의 서두가 정확히 그런 의미는 아니라 하더라도 서문의 유용한 주해 역할을 하고 있는 것이다.

진실을 글로 쓸 수 있다면

파리로 돌아온 카뮈는 『콩바』지에 들렀다. 그러나 그곳의 광경이 마음에 들 리가 없었다. 무엇보다도 레지스탕스 시절의 일체감이 이미 오래 전에 산산조각 난 상태였다. 세력이 강한 공산주의자들이 한쪽 방향으로 이끄는가 하면, 이제 반공산주의적이면서도 엄격한 민족주의 이념을 형성하게 된 드골주의자들이 또 다른 방향으로 이끌고 있었다.

국제적으로는 강대국들이 전시의 연합에서 이탈하고 있었고, 각국은 프랑스에서 흡사 달처럼 한쪽(미국)과 다른 쪽(소련)으로 견인력을 시험하는 듯이 보였다. 가장 이상적이면서 당파성이 옅은 레지스탕스 신문 『콩바』에서조차 이 모든 분열 때문에 보편적이면서도 특수한 레지스탕스 이상이 쑥밭이 된 상태였다.

옛 친구들을 만나기 위해 과감하게 레오뮈르가를 찾아간 카뮈는 신문사가 처한 문제점을 어렴풋이나마 눈치 챘다. 카뮈가 뉴욕에 있는 동안 레몽 아롱이 편집진에 합류하여 사설을 집필했다. 사르트르의 오랜 친구로서 교사 경력이 있는 아롱은 전시에 런던에서 『프랑스 리브르』(France Libre)의 편집장으로 일했다. 그는 사르트르의 초기 원고들을 말로와 갈리마르사에 소개한 적이 있다.

그러나 아롱이 출현함으로써 신문사가 우파 노선으로 전향하게 된 사실을 모두가 달가워했던 것은 아니다. 이미 5월에 자크 로랑 보스트는 사르트르와 보부아르에게 "자살이나 다름없는 신문 죽이기에 정열을 쏟아붓고 있는 피아에 대해, 그리고 모두가 미워하고 스스로도 그 사실을 알고 있는 올리비에에 대해, 또한 자신이 『콩바』지를 아주 잘 알고 있다고 말해서 혐오의 대상이 된 아롱에 대해" 이야기한 바 있었다. 아롱이 『콩바』에 대해 잘 알고 있다는 것이 무엇인지는 조만간 명확해진다. 보부아르는 이 문제를 자신의 회고록에 기록했다. 그녀가 보기에 뉴욕에서 돌아온 카뮈는 소련에 대한 적대감이 줄어든 것은 아니지만 사르트르가 그랬던 것보다 미국에 대해 덜 호의적인 관점을 취하게 된 것 같았다. 그녀는 카뮈가 없는 동안 아롱과 올리비에가 태반이 프티 부르주아인 사회당을 편들었는데, 카뮈는 그들의 행위를 부인하지 않았다고 했다.

귀국 직후 카뮈는 자신의 옛 사무실에서 보스트와 만났다. 아롱은 곧 자리를 뜨면서 "난 이제 우파 사설을 쓰러 가야 해"고 말했다. 카뮈가 놀라움을 표하자 보스트가 그에게 신문사의 현재 노선에 대해 이야기해주었다. 그러자 카뮈는 "이 일이 즐겁지 않다면 그만둬"라고 대꾸한 것으로 전해지고 있다. "그게 바로 내가 지금 하려는 일이야." 보스트는 이렇게 말했다. 카뮈가 밖으로 나가는 보스트를 쫓아가서 말했다. "정말 고마운 일일세."[8]

보부아르는, 카뮈가 『콩바』에 글을 쓰지 않기로 한 것은 아롱의 영향력이 커졌기 때문이라고 보았다. 그는 고의적으로 정치판을 피하고 있었다.[9]

사실상 아롱은 카뮈가 지병과 집필 때문에 그만둔 지 한참 지난 후 『콩바』에 합류했는데, 카뮈와의 관계가 그다지 친밀했던 것 같지는 않다. 아롱은 편집진에 지식인들이 너무 많으며 지도자가 누군지도 확실치 않다고 조롱했다. 직원들이 자기에게 "우리에겐 한 명의 보스가 필요하다"고 하소연했다는 것이다. 피아 자신은 보스가 되는 데 관심이 없었다. 충실한 독자들이 있었지만 딱할 정도로 적은 수였고 시간이 흐를수록 그 수는 점점 줄어들었다. 아롱은 이렇게 농담을 하곤 했다. "물론 우리 신문은 모두가 본다 구. 하지만 그 모두의 숫자가 4만 명뿐이란 말이야."[10] 그리고 1946년 5월, 이미 (공산주의자들에게서는 지지를 받는 한편, 의회에 의한 정부에 역점을 두었다는 이유에서 드골이 반대한) 제헌 의회에서 채택된 새로운 프랑스 헌법에 대한 유권자의 승인 여부를 묻는 국민 투표에서 반대 투표를 부추기는 아롱과 올리비에의 기사 때문에 『콩바』 내부에 동요가 일어났다. 보스트가 보부아르에게 말한 바에 의하면 그랬다. 신문사의 다른 임원들은 새 헌법에 찬성표를 던지고 싶어 했던 것이다. 보부아르는 그 일을 다음과 같이 기록했다. "모두가 개인적으로 피아의 매력에 끌려 신문사에 남아 있는 듯 보였다. 그의 반공산주의 견해 덕분에 사람들은 그가 좌파를 사칭하고 있다는 사실을 잊었다."[11]

실제로 그 당시 카뮈는 『콩바』에 복귀하지 않았다. 보스트와 대화하던 어조에도 불구하고 아직은 아니었다. 1946년의 그는 도의적으로만 신문사의 편집자이면서 책임자의 일원이었던 것이다. 그러나 그는 신문의 생존에 기여하게 되며, 뿐만 아니라 1946년 11월 19일에서 30일까지 「희생자도 처형자도 아닌」(Ni Victimes ni Bourreaux)이라는 제하의 연재 기사로 자신의 정치 및 도덕에 관한 견해를 체계적으로 정리하게 된다. 그에 대한 준비로 카뮈는 해방 후 파리의 정치적 동요를 다루었고, 사르트르와의 중요한 심야 대담, 그리고 이제 스탈린주의가 저지른 범죄의 산 증인인 케스틀러와의 대담도 가졌다. 그는 케스틀러와의 대화에 대해 일기에 다음과 같이 적었다. "목적이 수단을 정당화하는 것은 그 상호 교환이 합리적일 경우뿐이다."

한 연대를 구하기 위한 중요한 임무에 생텍쥐페리 같은 인물을 파견할 수는 있지만, 미래의 선을 위한다는 명목으로 수백만 명을 추방하고 자유를 짓밟을 수는 없다.

그러나 「희생자도 처형자도 아닌」을 쓰고 있던 중 그는 반신반의에 사로잡혔다. 일기에 쓴 표현에 따르면 "찢어지는 아픔"이었다. 한편으로 카뮈는 10월 22일 토론에 참석하여 몇 마디 말로 『반항인』과 생애 말년까지 자신의 모든 정치 철학의 주제가 될 내용을 설명했다. 그는 "내가 보기에 우리는 공포의 세계 속에 살고 있다는 것이 명백하다"고 단언했다.

인간이 진보의 필연성을 믿고 있다는 점에서, 인간이 자신의 절대적 합리주의에 의존하는 가운데…… 필연적인 역사적 논리를 믿고 있다는 점에서 인간은 역사적 가치를, 우리가 교육이나 선입관에 의해 정당하다고 간주하는 데 익숙한 가치들보다 우위에 두고 있다. 그러므로 만일 절대적 합리주의나 이런저런 진보 이념에 의지할 경우 우리는 목적이 수단을 정당화한다는 원칙을 용인하는 것이다.[12]

보부아르의 표현에 따르면 "격렬한 개성의 소유자이며 새로운 인물"인 아서 케스틀러는 1946년 10월 희곡 공연 때문에 파리에 오면서 그들의 삶에 들어왔다.

보부아르는 이 격렬한 개성을 상세하게, 그리고 애써 감탄을 숨기며 묘사하고 있다. 그것을 숨긴 이유는 그의 정견이 사르트르와 정반대였기 때문이지만, 보부아르와 케스틀러의 사적인 관계는 더 이상 가까울 수 없을 정도였다. 아니면 시몬 드 보부아르의

『레 망다랭』에서 케스틀러에 근거한 인물이 보부아르에 근거한 인물과 짤막한 정사를 나눈 까닭에, 생 제르맹 데 프레의 주민들이 보부아르와 케스틀러가 연인 사이라고 여겼기 때문일까? 아무튼 파리에서 보낸 몇 주일 사이에 사르트르–카뮈 그룹과 가까워진 케스틀러는 함께 술을 마시는 사이가 되었다.

보부아르는 『레 망다랭』에서도 회고록 『사물의 힘』 초반에 나오는, 화려한 카바레에서 러시아 집시 음악을 들으며 보낸 잊지 못할 밤에 대해 묘사하고 있다. 술에 취한 케스틀러는 사르트르뿐 아니라 카뮈를 소련에 대해 관대하다고 비난했다. 보부아르는 카뮈가 사르트르와 그녀 자신에게 털어놓은 고백을 다음과 같이 인용하고 있다. "당신과 나, 우리가 가진 공통점은 무엇보다도 우리를 중요하게 여기고 있다는 겁니다. 우리는 추상적인 것보다 구체적인 것을 선호하고, 주의보다 사람들을 선호합니다. 우린 정치보다 우정을 우위에 두고 있어요." 늦은 시각과 알코올 덕분에 사르트르와 보부아르는 그 말을 그대로 받아들였다. 그들은 계속해서, 자신들이 카뮈와 다른 것은 뉘앙스의 차이뿐이라고 여기고 있었던 것이다. "진실을 글로 쓸 수만 있다면 얼마나 좋을까!" 그녀는 카뮈의 말을 인용해놓고 있는데, 그 주제야말로 그에게 중요한 것이었다.

그들은 계속해서 레알의 술집에서 술을 마셨고 센 강의 다리를 걸으며 인류를 위해 눈물을 흘렸다. "이제 몇 시간 후에 내가 작가의 책임에 대해 강연할 거라는 사실을 생각해보게." 사르트르가 말했다. 그는 그날 소르본 대학에서 강연하기로 돼 있었던 것이다. 그 말에 카뮈가 웃음을 터뜨렸다.[13]

10월 29일 케스틀러의 제안에 따라 파리 외곽 불로뉴 비양쿠르에 있는 앙드레 말로의 아파트에서, 변화하는 세계에 대처하기 위한 보다 진지한 시도로서 모임이 열렸다. 케스틀러는 프랑스인권연맹이 공산주의자의 손에 장악되고 있는 상황에서 새로운 조직이 필요하며 지식인이 앞장서서 그것을 창설해야 한다고 여겼다.

말로도 물론 그 자리에 참석했다. 케스틀러는 말로를 그 운동에 가담시키는 일이 중요하다고 여겼다. 말로의 오랜 친구 마네 스페르버의 경우도 마찬가지였다. 히틀러 치하의 독일에서 망명한 유대인이며 코민테른의 밀사로서 모스크바의 숙청 때 스탈린과 결별한 그는 1930년대에 케스틀러와 알게 되었다. 사르트르와 카뮈도 모임에 참석했다. 케스틀러가 모임의 목적을 설명하고, 스페르버가 그 뒤를 이었다. 카뮈는 그 계획에 찬성했으며 말로는 회의적이었고 사르트르는 부정적이었다. 사르트르를 가담시키지 못한다는 것은 처음부터 계획이 폐기 처분되는 것과 다름없었는데, 사르트르의 『탕 모데른』이 여론에 지대한 영향력을 지닌 통로였기 때문이다. 말로의 망설임 역시 다른 참석자들을 낙담시켰다.[14]

카뮈는 일기에 그 모임에 대해 기록하면서 지식인의 정상 회담이라 할 수 있는 이 모임의 참석자들 각각의 입장을 밝혀놓았다. 그는 '피에로 델라 프란체스카(15세기 이탈리아 르네상스 초기의 화가―옮긴이)와 뒤뷔페의 그림' 사이에 앉아 있었다. 케스틀러는 최소한의 정치적 도덕성을 규정짓고 구체적인 행동 계획을 짜고 싶어 했다. 말로는 자신들이 프롤레타리아에 손을 뻗칠 수 있으리라는 믿음에 회의적이었는데, 그것과 상관없이 프롤레타리아가 '지고의 역사적 가치'를 지녔는가 하는 의문을 제기했다.

카뮈는 철학적인 수준에서 그 모임이 지속되기를 바랐다. 사르트르는 "난 내 모든 가치를 소련과의 대립에 한정시킬 수 없다"고 말했다. 케스틀러는 만약 비난받아야 할 대상을 비난하지 않고 넘어간다면 작가로서 그들은 역사 앞에서 배신자가 될 것이라고 경고했다. 카뮈는 일기에 쓰기를, 모임이 진행되는 동안 "각자의 언급 속에 공포 또는 진실이 얼마만큼이나 스며들어 있었는지를 규정짓기는 불가능하다"고 토로했다.

이 모임과 케스틀러의 계획은 더 이상 이어지지 못했다.[15)]

그 직후 보리스 비앙의 집에서 파티가 열렸을 때 모리스 메를로 퐁티가 손님으로 참석했다. 카뮈는 11시에 언짢은 기분으로 파티장에 도착했다. 이 일은 보부아르의 기록에 나온 대로다. 카뮈는 케스틀러에 대한 반론인 「요가 수행자와 프롤레타리아」라는 글을 쓴 메를로퐁티를 공격했는데, 그 제목은 물론 케스틀러의 「요가 수행자와 인민위원」을 풍자한 것이다. 메를로퐁티가 모스크바의 숙청을 정당화하려 하고 있다고 카뮈가 비난하자 사르트르가 메를로퐁티를 감싸주었다. "눈에 띄게 흥분한 카뮈가 문을 쾅 닫고 나갔다." 사르트르와 보스트가 거리까지 쫓아나갔지만, 카뮈는 돌아서지 않았다. 그들의 대립은 1947년 3월까지 지속되었다.

보부아르는 카뮈의 행동에 대해 논평하면서, 만인에게서 사랑을 받던 의기양양한 황금기가 끝나가고 있는 데 대한 두려움 때문이었을 것이라고 추측했다. 『이방인』의 성공과 레지스탕스 활약 이후 성공에 취해 있었던 그는 무슨 일이든 자신이 시도하기만 하면 성공하리라고 확신하고 있었다는 것이다.

그녀는 카뮈 자신이 훗날 『전락』에 묘사한 독선적인 남자의 초상을 인용했다. "생각해보세요. 사람들은 나를 매력 있다고 여겼습니다. 그런데 그 매력이 뭔지 알고 있어요? 사람들이 질문을 받지 않고도 '네'라고 대답하는 소리에 맛을 들인 일을 의미하는 겁니다!"

그녀는 또한 어느 연주회에서인가, 한 젊은 가수를 동반한 카뮈가 우아한 파리 명사들로 구성된 청중에 대해 했던 말도 기억했다. "내일 바로 이런 청중 앞에 그녀를 세운다는 사실을 생각해봐요!" 그는 강연에서 질문을 받고 당황한 보부아르에게 다른 질문으로 대답하라고 충고했다. 그녀는 학생들이 카뮈의 둘러대는 답변에 실망한 적이 한두 번이 아니었다고도 했다. 그는 책을 정독하는 게 아니라 훌훌 넘겨보았으며, 역사가 자신의 개인주의에 대립된다는 사실을 이해하려 들지 않았으며, 낡은 관념을 제쳐놓지도 않았다. 또 그에 대해 비판하거나, 모순을 지적하면 배은망덕한 짓이라고 소리를 지르곤 했다는 것이다.[16] 시몬 드 보부아르는 이러한 글을 사르트르와 카뮈의 최후 결별이 있는 1952년이 한참 지나고 카뮈가 사망한 이후인 1963년에 발표했다.

살인에 대해 생각하기

내밀한 일기에서 변화하는 세계를 이해해보려 한 카뮈 자신의 시도와 그의 자기 회의를 담은 여타의 글들을 볼 때, 보부아르는 잠시나마 친구였던 이 인물을 조금도 이해하지 못했던 것 같다. 그는 바로 그 무렵 일기에 "내가 알지 못하는 한 모든 창작 활동을 중단해야 한다는 것은 분명하다"고 쓰고 있었다.

내 작품들이 성공한 요인은 그것들로 하여금 나에 대해 거짓
말을 하도록 했기 때문이다. 실제로 나는 '평균치의 인간+요
구' 다. 내가 현재 옹호하고 설명해야 하는 가치들은 평범한 가
치들이다. 그러기 위해서는 내게 있을지 모를 얼마 안 되는 재
능만 있으면 충분하다.

　　그는 그해 11월에 「희생자도 처형자도 아닌」이라는 제목으로
『콩바』에 쓴 연재 기사에 상당한 의미를 부여했다. 그리고 그 글
을 1년 후 장 다니엘의 잡지 『칼리방』(*Caliban*)에 다시 수록했
다. 이는 그 글이 시간을 뛰어넘은 가치와 다급한 메시지를 담고
있다는 점을 암시하는 것이다. 카뮈는 그 글들을 1950년에 간행
된 자신의 첫 번째 정치적 에세이집 『시사평론 1』에 세 번째로 수
록했다.

　　카뮈가 『콩바』 11월 19일자에 기고한 「공포의 시대」(La Siècle
de la peur)는 그 글에 대한 사전 준비였다. 이 공포의 시대에 그
자신처럼 러시아나 미국식을 거부한 이들, 살인이 합법적으로 자
행되는 세계를 거부한 이들은 조국을 상실한 인간이다. 살해하거
나 살해당하기를 거부한 이들은 자동적으로 일련의 결론에 말려
들었는데, 그런 결론들 중 일부를 논의하는 것이 이 연재 기사의
목적이기도 하다.

　　그는 2회 기사에서 자신이 유토피아를 주창하고 있는 것은 아
니라고 했다. 이어서 자신은 살인이 자행되리라는 사실을 알고
있지만, 그것을 정당화할 수는 없다고 주장했다. 사회주의자들은
목적이 수단을 정당화하며 살인은 합법적이라는 공산주의 교리
와, 결정적인 도구로 쓰일 경우를 제외하고는 살인을 해서는 안

된다는 마르크스주의 사이에서 선택을 해야 한다. 만일 후자를 선택할 경우 그것은 우리 시대가 이념의 종말, 즉 "궁극적으로 치러야 할 대가로서 역사에서 자멸하고 마는 절대적 유토피아"임을 의미한다는 것이다.

이념의 종말은 강대국에 의해 지배되는 세계를 야기했다. 유혈에 대한 대안은 "상대적 유토피아"인데, 장기적으로 볼 때 이는 현대화된 무기로 수천만 명을 살상할 수 있는 전쟁에 의하지 않고 상호 협약을 통해 이루어지는 하나의 보편적 질서다. 이는 국제 정치의 해결뿐 아니라 자원의 공동 관리에 의한 경제적 해결을 의미한다. 기존의 국가 차원에서는 새로운 사회 계약을 위해 투쟁해야 하며, 세계적인 측면에서 볼 때 국제 협약으로 사형을 폐지해야 한다. 카뮈는 개개의 국가에서 유토피아를 위해서가 아니라 정직한 현실을 위해 협력하는 개개인들의 집단이 있다는 사실을 알고 있었다.

마지막 기사에서 그는 자신이 이미 선택했다고 여긴다고 썼다. 그것은 침묵과 공포와 투쟁하는 일, 대화를 지지하는 일이다. "이 무렵 내게 바람직해 보이는 유일한 일은, 살육의 세상 한복판에서 살인에 대해 생각하고 선택하는 것이다."

카뮈는 그런 다음 이 세상은 필요할 경우 살인자가 되기로 동의하는 자들과, 전력을 다해 살인을 거부하는 자로 나뉠 것이라고 생각했다. 그는 앞으로 몇 년 동안 모든 대륙에서 투쟁이 지속될 것이라면서, 만약 인간 조건에 대해 낙관적인 사람이 미친 것이라면 자포자기하는 사람은 겁쟁이일 것이라고 단언했다.

그가 한 친구에게 신랄한 어조로 써 보냈듯이 그의 견해에 대해 즉각적인 지지는 나오지 않았으나 비판은 가해졌는데, 그 연재 기사를 『칼리방』에 수록한 이후로 공격의 정도는 한층 의미심장해졌다. 한때 전국작가위원회의 동지였던 이들이 『레트르 프랑세즈』를 통해서 그를 비판했는데, 클로드 모르강은 카뮈와 말로와 케스틀러 중에서 누가 가장 활동적인 반동주의자인가 하는 질문을 제기했다.

카뮈는 이제 정치판을 떠나 『페스트』의 원고에 달려들었다. 그 원고를 들여다보는 데 신물이 난 그는 그것을 두 번 다시 보지 않아도 된다면 출판사에 넘길 각오가 되어 있었다.[17] 원고는 크리스마스에서 이틀이 지나 인쇄소에 넘어갔다. 그는 장 그르니에에게 그 작품에 대한 자신의 의혹을 고백했는데, 그 무렵 이집트에 살고 있던 그르니에는 실질적인 도움이 되기엔 너무 멀리 있었다. 사실상 카뮈의 작품이 그르니에의 검토를 거치지 않고 넘어간 것은 그때가 처음이었다.

친구들이 보기에 지나치리만큼 자신감에 차 있던 이 인물은 서른세 번째 생일을 한 달 남겨둔 일기에 자신의 기억력이 떨어지고 있다는 것, 이제 시간이 흐를수록 일기에 세부 사항을 기록하지 않으면 안 된다는 것, "더욱 나쁜 것은 개인적인 일들까지" 기록해야 한다는 것이라고 적었다. 그는 독감에 걸렸다.

마침내 카뮈 부부는 세귀에가에 아파트를 마련했다. 사무실로 개조되었다가 다시 주택으로 바뀐 이 낡은 집에서 무엇보다 놀라운 사실은 쓸모없는 공간이 엄청나게 많다는 것이었다. 이런 타운 하우스의 '주요' 층은, 홀을 분할한 방들은 작지만 천장은 터무니없을 정도로 높다는 것이 특징이었다. 이런 공간은 난방이 힘들고 방음도 불가능했다. 카뮈 부부의 아파트는 그 낡은 주택의 한쪽 날개에 자리 잡고 있었다. 창은 안마당을 향해 있었고, 반대편 창은 거리를 향해 나 있었다. 출입구 오른편의 식당과 거실에서는 세귀에가가 내려다보였다. 식당이 있긴 했지만 카뮈는 처음에는 식탁조차 마련하지 못해서, 니콜라 치아로몽테에게 저녁 식사를 하러 오는 건 좋지만 서서 식사해야 한다고 말했다. 거실에는 책상을 들여놓아 사무실로도 썼다. 출입구 왼편으로 복도를 따라서 카뮈 부부의 침실, 아이들 침실, 간이 화장실, 작은 부엌이 있었다. 이 아파트의 내부는 대표 단편 「요나」(Jonas)에 자세히 묘사되어 있는데, 이 이야기에서 카뮈는 세귀에가의 아파트에는 없는 임시 주랑을 덧붙여놓았다.[18]

이사 초기 몇 개월 동안 새 아파트에 가구를 들이고 석탄이나 장작으로 개별 스토브를 데워 난방을 하는 일, 그리고 아이들과 그들 자신의 생계를 해결하는 일 등 물질적인 문제들이 부부의 시간 대부분을 차지했다. 카뮈에게 물질적 문제 같은 것은 없었다고 믿는 사람이라면 세귀에가의 아파트에서 큰 소리로 우는 아기들과, 「요나」에 나오는 희극적인 묘사에서도 채 드러나지 않은 그곳 분위기를 경험해볼 필요가 있다.

사르트르 그룹과 『콩바』 그룹, 동료들과 시내에서 보내는 저녁을 제외하면 카뮈의 생활은 지극히 검소했다. 예를 들면 모두 3등급이 있었던 시절 카뮈는 2등 열차를 이용했다. 그는 필요한 돈만 인출하고 나머지 인세는 모두 갈리마르사에 고스란히 놓아둔 상태였는데, 자신의 계좌에 잔액이 얼마나 남아 있는지도 몰랐다.[19]

그러나 그 시절은 물론 이후에도, 파리 토박이가 아닌 사람이 파리에 어떤 형태든 주거지를 갖고 있다는 것은 축복이었다. 카뮈는 자신뿐 아니라 자신의 전처 시몬과 그녀의 남편을 위한 집도 구해주기 위해 노력했으며, 자신의 옛 장모에게 파리에서 무엇보다 희귀한 것은 아파트라고 말해줘야 했다.[20]

그 첫 번째 겨울에 대한 해결책으로 그는 아내와 갓난애들을 알제리로 보내, 오랑에서 지내도록 했다. 아무튼 그들 가족이 미셸 갈리마르가에서 지낼 수는 없게 되었다. 자닌과의 결혼을 위해 통상적인 검진을 받던 미셸이 결핵 진단을 받았고, 의사들이 그를 1년간 입원시켰기 때문이다.[21]

사형대 위의 고독

이제 『페스트』가 인쇄에 들어가게 되자 카뮈에게는 다른 일을 위한 짬이 생겼다. 그는 파리의 도미니코회 수도원에서 "이교도와 기독교도"라는 주제로 강연을 했는데, 그 내용은 훗날 그의 기독교 정신 또는 그것의 결여에 대한 실마리를 위해 널리 그리고 주의 깊게 읽히게 되었다. 그는 그 강연의 일부를 『시사평론 1』에 수록할 만한 가치가 있다고 보았다.

이 자리에서 그는 자신이 "신념을 공유하지 못하고 있는" 사람으로서 가톨릭 교도에게 이야기하고 있다는 점을 명백히 했다. 그는 기독교적 진리가 환상이라고는 하지 않았으며, 단지 공유할 수 없을 뿐이라고 했다. 그는 자신이 모리악과 벌인 나치 협력자의 재판에 관한 논쟁에 대해 숙고했을 때 결국 모리악이 옳았다고 판단했는데, 그 사실은 신자와 비신자 사이의 대화의 효용성을 잘 보여준다고 고백했다. 하지만 나치의 공포 앞에서 침묵한 교황에 대해서는 비난했다. 기독교인들은 그때 용기 있게 말했어야 했다는 것이다. 그렇지 못할 경우 기독교인은 살 수 있지만 기독교 정신은 죽을 것이라고 했다.

라투르 모부르 수도원의 모임을 나서던 카뮈는 자신이 저항 운동에 가입시켰던 옛 친구와 만났다. 그는 일기에, 그 친구가 우호적일지는 몰라도 과묵했다고 적었다. "자네 이제 마르크스주의자가 되었군." 카뮈가 먼저 입을 열었다.

"그렇다네."

"그럼 자넨 살인자가 되겠군."

"이미 살인자가 됐네."

"나 역시 그렇다네. 하지만 더 이상 살인은 하고 싶지 않네."

"그리고 자넨 내 보증인이었지." 그 남자는 카뮈가 자신을 비밀 행동단에 배속시켜준 일을 언급했다.

"이것 봐." 카뮈가 말했다. "그건 중요한 문제야. 무슨 일이 있든 난 언제나 자네가 총살형 집형대에 가지 않도록 애쓸 걸세. 그런데 '자네'는 내가 총살당하는 데 동의해야 할지도 모르네. 그 점을 생각해보게."

"생각해보겠네."

카뮈의 "참을 수 없는 고독"은 견지하기 까다로운 입장이었다. 그는 바로 다음에 이어서 이렇게 써놓았다. "내가 믿을 수도, 체념하고 따를 수도 없는 입장이다."

이후로 그는 적지 않은 고독을 맛보게 되는데, 그는 이러한 입장을 견지하고 또 발전시켜나가지 않을 수 없었기 때문이다. 그 입장은 점점 더 오해를 받았으며, 오해를 받았기에, 또는 이해되었기에 그만큼 비난의 대상이 되었다.

얼마 후 카뮈는 자신이 모리악의 견해에 동의했다고 한 말의 의미를 행동으로 보여주게 된다. 그는 법무장관에게 협력주의 신문

『즈 쉬 파르투』의 편집자들을 사면해줄 것을 요청하는 편지를 보냈다. 카뮈는 자신은 그들의 범죄를 경시하고 싶은 생각이 없으며 그들이 유죄라고 생각하지만, 매일 아침 처형되기를 기다리고 있는 것만으로도 충분한 처벌이 될 것 같다고 했다. 그는 오랫동안 정의가 지고의 권위를 가졌다고 믿어왔으나 이제 그 한계를 자각했으며, 국가 역시 연민을 필요로 한다고 했다. 그는 일기에, 로베르 브라지야크의 재판과 처형에 관련한 자료를 모아 출판해볼 생각을 토로했다.

그는 계속해서 프랑코 치하의 스페인을 우려했으며, 스페인 운동에 관한 책 『에스파뉴 리브르』(L'Espagne libre)의 서문을 쓰기도 했다. "분명코 내겐 이와 같은 선택을 할 개인적인 이유가 있다. 혈통으로 볼 때 스페인은 내게 제2의 조국이다." 역사를 기억하지 못하는 세상에서 신념을 품은 몇몇 사람이 남아 스페인과의 교역을 거부하는 것은 좋은 일이었다. 이를테면 스페인 오렌지 수입을 거부하는 것 등이었다.[22]

그는 '클럽 맹트낭'이라는 단체가 후원하는 프랑스령 북아프리카 문단에 헌정된 저녁 행사에도 참여했다. 그 행사는 당통가에 위치한 학술협회의 이상하리만큼 좁은 회의실에서 열렸다. 주제는 "현대 문학에 대한 북아프리카 문학의 기여"였으며, 회의를 알리는 전단지 명단에 의하면 가브리엘 오디지오가 주요 연사였고 카뮈, 앙루셰, 아르망 기베르, 프레멩빌, 라울 셀리, 쥘 루아 등이 참여 연사였다.

오디지오는 카뮈가 의장을 맡아야 한다고 여겼으나 카뮈가 알제 거리 특유의 억양으로 "이봐요, 당신이 의장 타입이에요. 당신은 진정한 의미에서 우리 모두의 아버지란 말입니다"라고 말했다고 회고했다. 당시 오디지오는 마흔일곱 살에 접어들고 있었고 카뮈는 막 서른세 살이 됐다.[23] 실제로 오디지오는 그 모임을 주관한 사람들이나 알제리 언론에 기사를 쓴 사람들보다 프랑스 문단에서 카뮈가 차지하는 위치를 훨씬 잘 알고 있었던 것 같다. 알제리 언론에서 카뮈는 여러 연사들 가운데 한 사람으로 취급되었으며 다른 두어 사람에 비해 주목을 받지 못했다.

12월 11일 밤은 추웠지만 1백 명 가량이 행사에 참석했다. 알제의 잡지에 게재된 기사에 의하면 당시 알제리에 있던 로블레는 행사에 참석하지 않았다. 연사들은 프랑스 문학에 대해 북아프리카 문학을 정의하고자 했다. 그런데 북아프리카인의 특징 중 한 가지는 자신의 비밀을 말하기를 꺼리는 '수줍음'이어서, 본토 프랑스인 청중들은 참석자들이 그룹의 일부로 간주되기를 꺼려하는 태도에 당혹해했다고 한다.[24] 참석자들이 한 사람씩 차례대로 알제리 학파라는 것이 존재하는가에 대한 질문에 답변했다. 의견의 일치는 찾아볼 수 없었다. 그러자 오디지오가 이렇게 논평했다. "여러분은 지금 아프리카의 야생 동물들을 보고 계신 겁니다."[25] 또 다른 청중은 베르베르족인 앙루셰가 겸손과 긍지를 섞어서 한 말에 감명을 받았다. "우린 외국인이 아닙니다. 한때 우리의 주인은 프랑스였습니다. 우리의 야망은 고전적인 작품을 창작하는 것입니다."

카뮈는 북아프리카인들이 프랑스 문화에 그 재능을 빚졌다고 단언했다. 그리고 그들만이 할 수 있는 기여가 있다면 그것은 "결핍감, 즉 겸양인 동시에 우정에 대한 의식, 곧 인류의 형제애"에 있다고 말했다.[26]

알제리인다운 느낌이 무슨 의미냐는 질문을 받자 그는 파리 지하철의 공포감을 묘사함으로써 답변을 대신했다. 이어서 어째서 질문에 좀더 자세히 답변하지 않는지 추궁을 당하자 그는 "아마 '수줍음' 때문이겠죠, 선생님" 하고 딱 잘라 말했다. 오디지오는 파리 토박이들은 그 말의 의미를 이해하지 못했을 테지만 알제리 인 동료들은 무슨 뜻인지 이해했을 것이라고 여겼다.[27]

1946년 카뮈는 생 제르맹 데 프레의 친구들에 대한 생각을 정리 하고 그 그룹에 대한 대중의 이미지에 극적인 형식을 부여하여 한 편의 짤막한 서재극(읽을거리로 쓴 희곡-옮긴이)을 썼다. 그의 『철학자 즉흥극』(L'Impromptu des philosophes)은 17세기 작가 가 자신의 비평가들에게 답변하는 단막 희극인 몰리에르의 『베르 사유 즉흥극』을 연상시킨다. 실제로는 몰리에르의 『평민 귀족』의 특색을 더 많이 차용하고 있지만 말이다.

카뮈의 그 짤막한 희극이 집필된 시기에 대해서는 다양한 설이 있지만 유산 관리인의 수중에 있는 원고에는 1946년으로 표기되 어 있다. 그 글은 분명 카뮈가 케스틀러를 공박한 메를로퐁티 때 문에 사르트르 그룹과 격렬한 언쟁을 벌인 직후에 씌어졌을 가능 성이 높다. 그 희곡은 파티 같은 곳에서나 읽힐 패러디로 씌어졌 을지도 모르지만, 타이프 원고에 표시된 카뮈의 가필은 그 원고 가 그에게 중요했음을 시사하고 있다. 그런데 어째서 카뮈는 거 기에 "앙투안 베이이"라고 서명했을까?

등장인물 중 하나인 네앙('무'라는 의미) 씨는 실존주의자다. 그 밖에 비뉴 씨, 그의 딸 소피, 소피의 구혼자 멜뤼쟁, 그리고 네 앙이 수용될 병원 원장도 등장한다. 멜뤼쟁이 비뉴에게 딸과 결 혼하고 싶다고 하자, 비뉴는 멜뤼쟁이 자기 엄마와 잠을 잤는지, 또 소피와 잠을 잤는지를 묻는다. 만일 그렇지 않다면 잠자리를 해서 그녀에게 아이를 갖게 해주었어야 했다고 말한다. 비뉴는 미치광이 교수인 네앙에게 현대적 방식으로 교육을 받은 인물이다. 고통이 "세상에서 가장 좋은 것"이라고 굳게 믿고 있는 그 교수는 멜뤼쟁에게, 당신은 결코 멜뤼쟁이 아니며 생애 마지막 순간에야 멜뤼쟁이 될 것이라고 말한다.[28]

31 투쟁의 끝

저널리즘으로 부자가 되는 데는 몇 가지 방법이 있다.
이 일간지를 가난하게 시작한 우리는
이 일간지를 가난한 채로 방치하고 있다.
• 「우리의 독자들에게」, 『콩바』

카뮈의 흉부를 들여다본 의사는 심각한 표정을 지으면서, 이제 지난 4년 동안 꼬박꼬박 받아온 기흉 주입을 중지할 때라는 결정을 내렸다. 그러나 동시에 카뮈는 난방도 되지 않는 세귀에가에서 음습한 파리의 겨울을 보내는 것도 그만둬야 했다. 그리고 병에 걸린 미셸 갈리마르로부터도 떨어져 있어야 했다.

의사는 그를 파리에서 640킬로미터 이상 떨어지고 고지 알프스의 해발 1,333미터에 위치한 휴양지 브리앙송으로 보냈다. 아주 외진 곳이었다. 브리앙송까지 가는 데 16시간이 걸린다는 사실을 알았더라면 카뮈는 가지 않았을 것이다.

그는 1947년 1월 17일, 밖에는 눈이 내리고 실내에는 온수도 전기도 없는 텅 빈 그랜드 호텔에 예약해놓은 상태였다. 그 경험은 곧 산에 대한 그의 혐오감을 확인시켜주었다. 카뮈는 그곳에 도착하자마자 친구들에게, 그곳에서 빠져나올 수 있게 되기를 바란다고 털어놓았다. 그러나 이 따분한 시골과 인적 없는 리조트 호텔에서는 요양뿐 아니라 다른 일, 즉 책을 쓰는 일도 할 수 있었다. 그는 일기에 "이 추운 산맥 위를 넘어오는 저녁은 심장을 얼어붙게 하는 한기로 끝난다"라고 썼다. 이 글은 그의 다음 번 대작이 될 작품의 첫 번째 장을 위한 초고 다음에 이어졌는데, 아마 오랜 기차 여행 중에 씌어졌을 것이다. "난 프로방스나 지중해 해변이 아닌 곳에서는 이런 저녁 시간을 견딜 수가 없다."

이제 여러 해 동안 고이기만 하고 아직 제목도 없는 "반항에 대한 에세이"의 기록들을 가지고 3부작의 두 번째 작품을 시작할 때가 되었다. 그는 일을 했다. 매일 밤 열 시간씩 자고, 시골 음식을 먹고, 식사 후 낮잠을 자는 생활 덕분에 체중이 늘었다. 그는 매일 아침 9시에 일어나 헤겔의 책을 읽고 11시까지 메모를 한 다음 12시 반까지 산책을 했고 점심 후에는 2시 반까지 낮잠을 잤고 4시까지 편지를 쓰거나 다른 잡무를 본 다음 책상 앞에 앉았다. 4시에서 8시까지, 그리고 저녁 식사를 마친 후 다시 10시 반까지. 침대에서는 몽테뉴를 읽었고, 일기에 의하면 조지 오웰도 읽고 있었다. 그러나 일주일간을 고독 속에서 지내고 난 그는 마음속으로 자신이 "광기의 극에 달한 야망으로 시작한" 이 일에 과연 매달려야 할 것인지를 의아하게 여겼다. "그 일을 포기하고 싶은 유혹"이 일어났다. 그는 자신보다 훨씬 거대한 진실과의 이 오랜 투쟁을 위해서는 보다 단순한 마음과 더 큰 지성이 필요하다고 여겼다. 그러나 카뮈는 계속 밀어붙여 3주간의 체류 기간 동안 내내 작업했다. 그는 2월 10일 알제리에서 쌍둥이를 데리고 귀국하는 프랑신을 마중하러 갈 때쯤 브리앙송을 떠나게 된다.[1]

그는 음울하고도 평화로운 알프스 산중에서 다른 몇 가지 착상도 했는데, 그중에는 훗날 1,500페이지짜리 책이 될 "시스템"(Système)이라는 제목도 들어 있었다. 아마도 포로수용소 시대의 공포를 다루게 될 "교정된 창조"(Création corrigée)일 것이다.

그는 또한 여성들이 통치하는 세계에 관한 희곡도 한 편 쓰고 싶어 했다.

『콩바』로의 복귀

카뮈는 파리를 떠나기 전에 『콩바』의 옛 동료와 진지한 대화를 나눈 적이 있다. 신문사의 사정은 악화일로를 걷고 있었다. 무엇보다도 용지 부족 때문에 충분한 뉴스와 논평으로 독자들의 구미를 맞춰줄 수가 없었다. 특히 논평은 지적인 독자들에게 호감을 사는 『콩바』지의 주요 항목이었다. 발행 부수를 줄여야 했기 때문에 판매량도 떨어졌다.

신문사의 한 핵심 간부에 따르면 해방 후 처음 몇 개월 동안 20만 부 이상을 발행하던 『콩바』는 파리의 유력지였으며, 진지한 신문들 중에서도 중요한 지위를 차지하고 있었다. 그러다 최초의 신문용지 공급량이 떨어지고 나서 전체 발행량에서 팔리지 않고 반품되는 부수를 제외한 분량을 계산하여 용지가 할당되었기 때문에, 할당량을 유지하기 위해서는 판매량을 최고 수준으로 유지할 필요가 있었다. 『콩바』지에서 일하던 사람들 또는 그중 몇몇은, 용지 배분을 담당하고 있는 한 인물이 자기 소유의 신문도 발행하고 있었는데 그자가 반품되는 자기네 신문더미의 맨 위에 『콩바』 몇 부를 끼워놓는 방식으로 통계를 조작했다고 여겼다. 왜냐하면 신문더미를 헤아리는 방식으로 계산을 했기 때문이다.

『콩바』의 인쇄 부수가 점점 줄어들면서 그만큼 판매도 줄어들어갔다. 여름이 되자 다시 판매가 줄어들었는데, 방학을 맞아 교수와 교사들의 구독이 줄었기 때문이다. 1947년의 판매량은 10

만 부 이하로 떨어졌다.[2] 질과 타협하지 않고 발행 부수를 유지한다는 것은 힘겨운 싸움이었다. 앞에서 보았듯이 레지스탕스지 『데팡스 드 라 프랑스』를 『파리 수아르』라는 대중지로 전환시킨 장본인인 피에르 라자레프는 친구들에게 조롱 섞인 진지함을 가장하여 "『콩바』에 있는 친구들은 오늘 일곱 부를 더 팔았다고 희희낙락하고 있더군" 하고 말했다고 한다.[3]

또한 드골 지지자와, 드골의 탁월함은 인정하지만 이 국민적 지도자의 참여 '없이' 의회 정치로 복귀하기를 원하는 사람들 사이에 불화가 깊어져감에 따라 『콩바』는 방향을 잃고 영향력도 줄어들었다. 원래의 팀이 운영하던 마지막 몇 개월간, 인쇄공들의 파업이 끝난 한 달 후 신문이 가판대에 다시 등장하게 되자 신문사 임원들은 신문을 폐간하거나 거물 실업가에게 매각하려 한다는 소문에 일일이 해명하지 않으면 안 되었다.

브리앙송으로 떠나기 전에 카뮈는 피아와 블로슈 미셸, 자클린 베르나르, 조르주 알트슐러를 비롯한 원래의 팀원들 몇몇과 만났다. 카뮈는 신문을 구하기 위해서는 자신의 존재가 필요하다는 사실을 납득했다. 그는 복귀하여 돕겠다고 약속했다. 이는 일시적으로나마 갈리마르에서의 직책과 새로 시작한 총서를 중단하는 것을 의미했다. 그는 갈리마르사에 그 사실을 알렸다. 그러고서 신문사 친구들과 협의를 진행한 끝에 매일 저녁 두 시간 정도 근무하면서 신문에 그의 이름과 서명을 올리는 데 필요한 최소한의 의무를 수행하기로 합의했다. 카뮈는 그 계획이 마음에 들었다. 그의 잠정적인 개입에 대한 상징적인 의미를 띠게 될 터였다. 계속해서 갈리마르에 남아 있으면서 두 시간씩 집필할 수 있었지만, 실제로 글을 계속 쓰고 싶었던 그는 그 시간을 남는 시간에서

빼서 쓸 생각이었던 것이다. 그는 3월 15일 무렵에 이 새로운 방식을 시험하고 있었다.[4]

카뮈의 약속은 진심에서 우러난 것이었다. 적어도 동료 가운데 한 사람은 그가 상근으로 복귀했다고 회상했다.[5] 차후의 문제는 『콩바』지의 자주성을 유지하기 위한 힘과 각오를 되찾는 일이 될 것이었다. 왜냐하면 정치 및 경제 단체에서 여러 유혹적인 제안이 들어오고 있었는데, 지금까지는 그런 제안을 계속 사양하기만 한 상황이었기 때문이다. 그중 가장 중요한 제안이 들어온 것은 1946년의 마지막 몇 주가 아니면 1947년 초였을 것이다. 그때 드골이 가장 신임하는 밀사 중 한 사람인 조르주 카트루 장군의 조카 디오메드 카트루가 『콩바』의 영업국장 장 블로슈 미셸을 방문했다. 카트루도 레지스탕스에 가담하고 드골 내각에서 영향력 있는 구성원으로 활동한 경력이 있었다. 그는 훗날 드골주의자들의 '프랑스 국민연합'(RPF)에서 언론 및 선전 책임자가 된다.

젊은 카트루는 블로슈 미셸에게, 드골 장군이 『콩바』의 지도부를 깊이 존경하고 있노라고 말했다. 그는 드골주의자들이 신문사를 살리는 데 필요한 자금을 마련할 수 있다는 암시를 하면서 『콩바』가 드골주의 운동의 기관지가 될 것을 제안했다. 블로슈 미셸은 『콩바』는 독립적인 신문이라고 대답하면서, 그래도 다른 책임자들에게 말해보겠다고 했다. 그는 동료들과 그 일을 의논했다. 아마도 드골주의를 옹호한 알베르 올리비에 한 사람을 제외하고 모두 카트루의 제안을 거부하기로 합의했을 것이다.[6]

그러나 카트루의 제안에 대해 이런 결정을 내렸다고 해서 신문사 책임자들이 드골에게 개인적인 감정이 있었던 것은 아니다. 전시 및 전후 드골주의자들 대부분에게 프랑스 동맹국들에 대한 드골 장군의 거부는 곧 힘의 과시이며 패전과 적군에 의한 점령이라는 굴욕을 겪고 난 후 강대국으로 돌아가기 위한 상징이나 다름없었다. 카뮈가 친드골주의자도 반드골주의자도 아니라 오히려 개혁과 사회적 진보를 편애하는 준(準)사회주의자에 가까웠다면, 언제나 그곳에 있었던 피아는 드골의 충성스런 대원이었다. 그러나 피아는 신문에 자신의 정견을 끼워 넣은 적은 없었다. 피아 덕분에 『콩바』는 1946년 1월 권좌에서 물러나는 드골에 관한 기사에서 프랑스의 다른 모든 언론사를 제치고 특종을 잡을 수 있었다.

어느 날 아침 드골이 내각을 소집했다. 그런데 그 전날 밤 말로가 자신의 친구 피아에게 전화를 걸어서, 드골이 사임한다는 정보를 전해주었다. 경쟁지인 『프랑 티뢰르』의 발행인 조르주 알트망이 두 신문사가 공동으로 쓰고 있는 조판실에서 활자를 읽을 수도 있었으므로 『콩바』는 그 기사를 2판에 실었고, 결국 이튿날 아침 내각 회의에 들어서는 장관들 손에는 『콩바』가 한 부씩 들려 있게 되었다.[7] 그러나 말로 및 다른 신봉자들에 의해 점화된 드골주의 운동이 프랑스 국민연합을 통해 본격적으로 시작된 것은 드골이 공직을 사임한 '이후'의 일이었다. 그 운동은 1958년 5월의 준(準)쿠데타 이후 드골이 복귀할 때까지도 사그라들지 않았다.

또 한 번 외부로부터 재정 지원을 받을 기회가 있었는데, 이번의 경우는 『부아 뒤 노르』(*La Voix du Nord*)와의 결연에 대한 제안이었다. 그 신문 역시 레지스탕스 운동간행물로 북동부의 산업도시 릴에서 발행되고 있었으며, 성공적인 다른 지역 신문들과 마찬가지로 파리의 일간지만큼 경쟁에 취약하지도 않았다. 그러나 결국 그 신문사 발행인의 제의는 거부당했다. 그는 『콩바』를

돈벌이 수단으로 여겼을 뿐 아니라 판형을 바꾸고 간부들이 원치 않는 내용까지 담기를 원했기 때문이다.[8]

그 외에도 오랑에 있던 피에르 갈랭도의 옛 친구 마르셀 슈라키가, 카뮈가 신문사의 운영을 계속 맡아주기만 한다면 재정 지원을 할 생각이 있노라고 말했다. 이 이야기를 전해들은 카뮈는 그 신문은 자기 것이 아니라 팀이 노력한 성과라고 대답했다.[9]

레몽 아롱까지도 신문을 구하기 위해 자신의 책임하에 신문을 지원해줄 가능성이 있는지 은행가들과 이야기해보았다. 그러나 가능성이 있는 은행가들마다 나름대로 독자적인 정치 노선이 있었으며, 아롱 역시 신문사의 임원들이 자신의 지도를 받지 않으리라는 사실을 알고 있었다. 그 자신도 정치적으로 명확한 입장을 취하고 있었던 것이다.[10]

경영 미숙 때문에 사태는 한층 악화되었다. 전문 경영진이 있었더라면 『르 몽드』가 석간으로 성공을 거둔 것처럼 살아남을 수 있을지도 몰랐다. 비관적이던 피아는 지식인 신문이 지속되기 어렵다고 여기고, 최상의 해결책은 폐간이라고 생각했다. 그러나 그의 동료들은 만약 그런 해결책을 받아들일 경우 모두가 실직하고 말 거라고 생각했다. 실제로 임원들은 상당한 퇴직금을 받지 못하고 말았다.[11]

조용한 편집자

피아와 카뮈 사이가 벌어진 것은 이 무렵이었는데, 그 이유에 대해서는 생존해 있는 증인들의 수만큼이나 많은 이야기가 나와 있다. 그중 가장 두드러진 증언은 피아 쪽의 질투 때문이라는 것이다. 피아 자신은 1944년 8월의 『콩바』 창간 때부터 쉬지 않고 일했는데, 카뮈가 마음대로 사퇴했다가 돌아오고, 「희생자도 처형자도 아닌」이라는 연재 기사를 발표하기도 하고, 위기에 빠진 왕국을 구해달라는 임원들의 간청을 받은 후 백기사로서 1947년 2월에 복직하는 것을 지켜보았던 것이다. 피아는 이 일에 분개했다. 한 번은 그가 카뮈에게 "자넨 우리에게 방해만 되고 있어"라고 말하기도 했다.[12]

그러나 피아는 언제나 자진해서 뒤에 머물렀고, 말로와 카뮈 같은 이들의 친구이면서 막후 참모 역할을 했다. 그는 자신의 생각대로 운영했던 『알제 레퓌블리캥』지에서는 카뮈에게 첫 번째 서명 기사를 쓰게 하고, 절망에 빠진 젊은 친구에게 『파리 수아르』지에 일자리를 마련해주고, 『이방인』을 비롯한 카뮈의 초기 작품들의 출판을 위해 끊임없이 수를 썼다. 그리고 만약 전시에 그들의 잡지가 빛을 보게 되었더라면 피아는 분명 조용한 편집자로서, 카뮈는 잡지의 눈부신 필자로 활약했을 것이다. 만일 카뮈 생전에 화해를 하지 못한 그 결별의 이유가 정말 질투 때문이었다면 피아가 변했다는 뜻이었다.

피아는 『콩바』 지면을 통해 카뮈에 대한 찬사를 표한 적도 있었다. 그리고 얼마 후에는 알트슐러에게, 자신이 카뮈를 파견했던 일, 그리고 『알제 레퓌블리캥』의 그 풋내기 기자에게 카빌리의 상황을 취재시킨 일, 카뮈가 기사를 제출했을 때 한 줄도 바꿀 필요가 없었다는 사실 등을 말한 적도 있었다.

카뮈에 대한 질투심 때문이라기보다는, 기명 논설을 제외한 모든 기사에 대해 책임을 지고 있는 사람이 자신인데도 『콩바』에서의 카뮈의 역할이 그처럼 널리 인정받고 있다는 사실에 분개했다고 보는 편이 자연스러울 것 같다. 카뮈는 찬미자에게 에워싸여 있었으며 그들 대부분은 매력적인 여성이었는데, 카뮈 역시 이를 즐기는 것 같았다. 카뮈가 두드러질수록 피아는 뒷전으로 움츠러드는 듯이 보였다.[13] 그러나 좀더 젊었을 때도 카뮈는 사교계의 명물이었고 문화계 유명인사였으며 새로 등장한 돈 후안이었다. 그때도 피아는 그의 곁에서 완벽한 조화를 이루며 묵묵히 일하고 있었다. 카뮈가 후에 피아에게 안겨준 감정이 매력이든 반감이든 그 싹은 훨씬 전부터 존재했을 것이다.

불화의 주된 이유가 정치적 견해 때문은 아니었을까? 신문사에서 매일같이 편집을 하면서도 자신의 드골주의적 선입관을 배제했던 피아는 『콩바』를 떠나자마자 '아장스 엑스프레스'(Agence Express)라는 통신사에 자리를 구했다. 그 통신사의 임원은 드골주의 주간지 『라상블르망』(Le Rassemblement)도 운영하고 있었고, 그곳에서 피아는 올리비에와 동료가 되었다.

그러나 그 시절의 측근 가운데 한 사람은, 두 사람이 불화한 원인이 정치적 견해일 리가 없는데, 피아가 어떠한 신념도 갖지 않았기 때문이라고 증언하고 있다. 그러나 신문은 폐간 위기에 몰려 있었고, 카뮈는 임원들을 계속 근무하게 하기 위해서라도 신문사를 살려야 한다는 도전에 직면해 있었다.

"그는 구세주로 돌아온 거야." 카뮈가 복직했을 때 피아는 그렇게 빈정거리고는 『콩바』 설립 이후 처음으로 휴가를 떠났다. 그는 떠나면서 "난 지쳤어"라는 말을 남겼다. 그런 다음 복귀하지 않겠다는 전보 한 장을 보냈다.

파스칼 피아는 너무 복잡한 인물이어서 카뮈와의 결별도 단순한 이유 때문은 아니었을 것이다.[14] 그 자신은 두 사람의 관계가

냉각된 것을, 가망 없는 적자에 허덕이면서도 신문을 폐간시켜야
할 것인지 여부를 놓고 벌인 논쟁 탓으로 돌렸다. 그러한 견해 차
이가 악화된 것은, 임원진 내에서 피아에 대한 비난이 나왔을 때
카뮈가 반론을 제기하지 않았다는 사실 때문이었다. 피아는 카뮈
가 자신을 옹호하지 않았다는 사실에 분개했다.[15] 실제로 동료
한 사람은 피아가 자신이 『콩바』를 그만두기도 전에 드골주의자
들로부터 일자리를 제안받았다는 소문이 나도는 것을 언급하면
서 그 이유를 카뮈 탓으로 돌리는 듯한 말을 하는 것을 들었다.

  자클린 베르나르와 다른 몇몇 사람들이 피아와 카뮈를 화해시
키려고 했으나 그때마다 피아는 "다른 이야기나 하자"고 말을 끊
었다.[16] 나중에 다른 친구들도 두 사람을 화해시키려 애썼지만
피아는 번번이 그 모든 제의를 거절했다. 피아와 카뮈는 서로 다
른 세계에 살고 있었다. 두 사람 모두 궁극적으로는 저널리즘에
그다지 신경 쓰지 않는 저널리스트들이었다. 그들은 '일과 관련
해서' 서로 알게 되었으며, 더 이상 함께 일하지 않게 되자 서로
만날 이유도 없었던 것이다.[17]

미국 문학

  카뮈는 『콩바』에 복귀하기에 앞서 미국 문학 관련 인터뷰에 대
한 답변으로 지면을 장식했다. 그 기사는 그가 브리앙송의 요양지
로 가는 중이던 1947년 1월 17일에 실렸다. 그는 현재의 미국 문
학이 '초보적인 문학'에 불과하다고 평가하는 한편, 미국 문학이
인기를 끈 이유는 '알기 쉬운 기법'을 차용했기 때문이라고 했다.
카뮈는 존 스타인벡을 허먼 멜빌과 비교하면서 19세기의 위대함

이 내면 생활을 아예 무시하는 잡지식 글쓰기로 대체되었다고 보았다. 인간이 묘사되고 있을 뿐 설명되고 있지 않다는 것이다. 더욱 나쁜 것은, 프랑스어 번역판으로 미국 소설을 읽는 독자들은 실제로는 그렇지 않은데도 그러한 기법에 뭔가 의미가 숨어 있을 거라고 여긴다는 점이다.

"우리는 『클레브 공녀』(La Princesse de Clèves, 1678년 라파예트 부인이 쓴 소설이며, 프랑스 문학의 이정표를 이루는 심리소설의 걸작—옮긴이)를 읽는 것과 같은 취지로 『생쥐와 인간에 대하여』(Of Mice and Men, 미국 작가 존 스타인벡의 중편소설—옮긴이)를 읽는다"라고 그는 인터뷰 기자에게 말했다. "그러나 미국 소설에 나오는 사람들은 지극히 기초적인 인물들이다."

카뮈는 미국식 기법은 뚜렷한 내면 생활이 없는 인간을 묘사할 때는 유용하다면서, 자신이 이러한 기법을 이용한 적이 있음을 인정했다. 그러나 이러한 기법이 일반적으로 쓰이면 불모를 야기하게 될 텐데, 예술과 삶을 풍요하게 해주는 요소의 10분의 9가 상실될 것이기 때문이다. 우리가 읽는 미국 문학은 윌리엄 포크너나 포크너와 마찬가지로 미국에서 성공을 거두지 못한 한두 명의 작가를 제외하면 자료로서 가치는 있을지 몰라도 예술과는 무관한 것이라고 카뮈는 언급했다.

그는 미국 문학이 이렇게 빈약해진 것은 문학의 상업화와 광고, 글을 씀으로써 엄청난 돈을 벌 수 있다는 가능성 때문이라고 했다. 그는 만약 유럽인들이 백만장자가 될 것인가, 아니면 위대하지만 발굴되지 못한 재능으로 남을 것인가 양자 중에서 선택할 수 있다면 같은 결과가 될 것으로 본다고 했다.

그러나 그는 만약 오늘날 미국에 위대한 작가들이 있다 해도,

그들은 멜빌이 무시당하고 에드거 앨런 포가 유럽에서 발견되고 『앰버는 영원히』(*Forever Amber*, 1944년 미국 작가 캐슬린 윈저가 발표한 소설로, 한 해에 1백만 부 이상 팔렸음—옮긴이) 같은 책이 수백만 권 팔리고 있는 동안 포크너의 책이 얼마 팔리지 못했던 것처럼, 알려지지 않을 것이라고 했다. 그는 헤밍웨이의 『태양은 다시 떠오른다』는 훌륭한 작품이지만 같은 작가의 『누구를 위하여 종은 울리나』는 말로의 『희망』과 비교할 때 MGM 영화사의 러브 스토리만큼이나 유치한 소설이라고 했다.

그렇다면 카뮈는 미국 문학에 반감만 품고 있는 것인가? 그 질문에 카뮈는 그렇지 않다, 그 이유는 다음과 같다고 말했다.

나는 미국에서 그들의 문학이 곤궁해진 이유와 동시에 아직 벗어나지는 못했더라도 앞으로 벗어날 가능성 모두를 발견했다. 그리고 나는 이러한 가능성과 마찬가지로 이러한 이유들에 대해서도 연대 책임을 느끼고 있다. 내가 같이 살았던 북아프리카인들도 그처럼 황폐하고 폭력적인 삶을 영위하고 있다. 미국은 아직 발휘되지 않은 힘으로 넘칠 지경이며, 앞으로도 얼마든지 세상을 놀라게 만들 수 있는 나라다.

그는 미국에서 들어오는 저속한 책이 아니라 엄밀한 의미에서의 예술 작품을 장려함으로써 도움이 될 수 있을 것으로 보았다. "예술은 정직함과 도덕적 규범이 이따금씩 보답을 받는 유일한 영역이기 때문이다."

증오에 대한 증오

카뮈는 인쇄공들의 파업이 끝나자마자 다시 『콩바』에 기사를 쓰기 시작했다. 비록 매달 두어 편의 사설을 쓰는 정도였지만, 언제 어디서든 연락이 닿았고, 바로 그 점이 그의 친구들이 바란 일이었다.

나치 부역 경찰에 협조했다는 혐의로 몇몇 사제들이 고발당하고 수도원이 그 동안 친나치 행위의 온상이었다는 여론이 끓어오를 무렵인 1947년 3월 22일, 카뮈는 막연한 비난을 부인하고 교회 내부에도 저항 운동이 있었다는 역사적 사실을 확증하기 위해 펜을 들었다. 그는 자신이 가톨릭 교도들을 옹호한다고 비난받을 것임을 알고 있었지만, "우리 같은 이교도들은 증오를 증오할 뿐이다"라고 썼다.

4월 22일에는 「선택」(Le Choix)이라는 제목의 기명 사설에서 드골주의를 다루었다. 그는 "우리는 선택을 해야 할 것 같다"라고 서두를 시작했다. 프랑스 국민연합을 지지할 것인가 아니면 반대할 것인가. 그는 이런 선택의 촉구 자체를 희극적이라고 여겼다. 집에 불이라도 났단 말인가? 그는 『콩바』가 어느 당 기관지로서가 아니라 자유로운 비판을 위해 설립되었다고 썼다. 드골의 프랑스 국민연합은 수많은 운동 가운데 하나에 불과하며, 따라서 "다른 당과 마찬가지로" 취급되어야 한다. 그는 드골주의자들의 제명이나 숭배 모두 똑같이 유치한 태도라고 보았다.

그러나 이 신문에서 드골에게 모욕을 가하는 일은 없을 것이다. "적어도 우리는 잊지 않고 있으니까." 『콩바』지에서 드골의 행동이 비판의 대상이 된 것처럼, 프랑스 국민연합 역시 아직도 모호한 그 주의 주장이 아니라 행동에 따라 심판받게 될 것이다.

『콩바』의 골수 드골주의자인 알베르 올리비에는 카뮈의 사설에 대한 답변으로, 자신이 카뮈가 말한 선택을 한 유일한 임원임을 주장하는 기사를 내고 싶어 했다. 카뮈는 신문을 구하기 위해 올리비에의 서한을 게재하지 않기로 했다고 한다.[18]

5월에 들어서면서 카뮈는 『콩바』에 두 편의 사설을 더 썼는데, 하나는 마다가스카르 출신의 어느 살인 용의자와 유대인에 대한 프랑스인의 인종 차별, 그리고 알제리의 이슬람 민족주의자들에 대한 무자비한 행태들을 공박하는 내용이었다. 다른 하나는 패전한 독일인들과의 대화 재개를 호소하는 내용이었다.

매일 저녁 신문을 잠자리에 재우고 나면 옛 팀은 인쇄공들과 어울려 한잔하러 가곤 했다.[19] 그들은 무리를 지어 그 당시 생 제르맹 데 프레에서 가장 활기차고 쥘리에트 그레코 부류의 가수가 나오는 르 메피스토에 가곤 했다. 그들의 친구이며 작곡가이자 사르트르의 『탕 모데른』에 음악 관련 기사와 오페라 역사를 쓰는 필자로서 훗날 오케스트라 지휘자가 된 르네 라이보비츠가 그곳 클럽의 피아노로 재즈를 연주할 때도 있었다.

『콩바』의 마지막 며칠 동안 그들은 얼마 남지 않은 신문사 공금으로 술값을 냈는데, 그 때문에 카뮈가 『콩바』를 나오면서 돈을 챙겼다는 소문이 돌기도 했다.[20] 이따금 카뮈는 르 메피스토를 나와 무리를 이끌고, 쌍둥이가 잠든 세귀에가의 집에서 얼마 떨어지지 않은 살롱에 가서 마지막 한잔을 하기도 했다.[21]

신문을 둘러싼 다툼

어느 날 신문에 대한 도덕적 소유권으로 무장한 클로드 부르데가 자클린 베르나르에게 전화를 걸었다. "『콩바』를 폐간시켜서는 안 되오. 내가 재정 후원자를 구해놓았소." 자클린 베르나르는 동료 임원들과 의논해봐야 한다고 대답했다. 그러나 부르데는 그 신문이 임원 소유가 아니며 그들에겐 폐간 여부를 결정할 권리가 없다고 대꾸했다.[22] 나치에 의해 노이엔가메, 자헨하우젠, 부헨발트 등지에 억류돼 있다가 마지막 수용소에서 들것에 실린 채 돌아온 부르데는 평의회 부의장으로 선출되고 한동안 프랑스 라디오 방송국 국장을 역임했다.

부르데는 『콩바』의 창설 간부였던 앙리 프레나이뿐 아니라 재정 후원자 앙리 스마드자까지 데리고 돌아왔다. 1897년 오랑에서 출생한 스마드자는 튀니지로 가서 성공한 올리브 재배업자로서 정치와 언론에 영향력을 행사하는 인물이 되었다. 그는 튀니스의 일간지 『프레스』의 발행인이었다. 부르데는 그가 비록 파리에는 알려지지 않은 인물이지만 흠잡을 데 없는 레지스탕스 출신이라는 사실을 알게 되었다. 스마드자는 전쟁 중 튀니지에서 해안에 정박 중인 영국 잠수함들과의 연락을 맡았다.

핵심만 요약해볼 때 스마드자의 제안은 적자를 떠맡는 조건으로 『콩바』의 지분 50퍼센트를 달라는 것이었다. 부르데는 신문사의 적자를 1,700만 프랑으로 보았다. 그는 신문의 기사와 논설 정책은 현재의 임원에게 맡기고 자신은 인쇄와 경영만 맡겠다고 했다. 그럴싸한 제안처럼 보였다. 아무런 조건 없이 최고의 레지스탕스 언론에 대해 생존을 보장하는 한편, 신문의 정치

노선은 레지스탕스의 전시 지도자인 부르데에게 맡긴다는 것이었다.[23]

부르데는 훗날, 『콩바』의 상황이 악화일로를 걷기 시작할 때 신문사를 자기에게 넘긴다는 생각을 해낸 것이 피아였다고 회상했다. 부르데의 회상에 의하면 카뮈는 정간을 원했다. 부르데는 피아와 의논을 시작했고, 얼마 후에는 블로슈 미셸도 불러들였다. 부르데는 카뮈에게, 그에겐 프레나이와 자신의 동지들을 파트너로 맞이할 도덕적 의무가 있다고 말했다. 역시 부르데의 말에 의하면, 그때 카뮈는 『콩바』가 전시 프랑스 때와는 달라졌기 때문에 자신은 그럴 수 없다고 대꾸했다고 한다. 카뮈는 그 말에 이어서 이렇게 말했다고 한다. "하지만 우리가 당신에게 지분 100퍼센트를 줄 테니까 뭐든 당신이 하고 싶은 대로 할 수 있소. 난 당신이 무슨 짓을 하든 알고 싶지도 않소."

알트슐러와 포트는 신문사에 남게 된다. 부르데가 그들을 설득한 것이다.[24] 부르데는 프레나이는 물론 자크 동이라는 인물을 포함한 '투쟁' 운동 당시의 동지들을 끌어들였다. 훗날 이 새로운 파트너들은 스마드자와 뭉쳐 부르데와 맞서게 된다. 정치적으로 부르데 편이었던 프레나이조차 식민지 문제로 등을 돌리고 만다. 결국 부르데는 자신이 끌어들인 바로 그 사람들, 즉 스마드자와 참전 용사들에 의해 축출된다.[25]

1947년 6월 2일자로 된 협의서에 의하면 『콩바』의 주주 여섯 명 가운데 다섯 명, 즉 카뮈, 피아, 자클린 베르나르, 블로슈 미셸, 올리비에는 각자 100주씩 보유하고 있던 주식을 명목 액면가로 클로드 부르데에게 넘겼다. 협의서에는 부르데가 이들을 대표하고 있었다. 스마드자의 이름은 협의서에 나오지 않으며, 그 내용

일부는 다음과 같다.

현재 상태로는 재정적 난관에 봉착한 신문의 생존을 확신할 수 없고, 최근 사내에서 문제들이 발생했기 때문에 현재 주식 보유자들은 이 신문사를 맡을 적임자로 클로드 부르데 씨를 꼽았다.

그 다음에는 부르데가, 자신은 사퇴한 임원들이 신문에 부여한 성격을 그대로 유지하겠다고 선언했다. 그는 '투쟁 운동 친목회'로 결성된 투쟁 참전 용사단의 지지를 받았다고 했는데, 회장은 자크 동이었고 부르데는 부회장이었다.[26]

신문사를 사직하고자 하는 임원들에게는 프랑스 언론법에서 '양심 조항'이라 일컫는 급부가 지급되었다. 소유주가 바뀐 신문의 임원에게 새 발행인과 새 정책을 위해 일하는 대신 보상금과 더불어 사임할 수 있도록 마련한 제도였다.

인쇄실에서 일하던 직원 하나는 부르데와 스마드자가 신문을 인수했을 때 카뮈가 안도의 숨을 내쉬는 것을 보았는데, 카뮈가 『콩바』를 자신이 원했던 바대로 참된 의미의 열린 토론장으로 만들 수 없었기 때문이라고 했다. 그것은 분명 비현실적인 희망이었다. 1년쯤 지나서 카뮈는 이들 인쇄공 중 한 명에게 자신들의 희망이 실패로 돌아간 데 관한 편지를 썼다. 그는 "그러나 우리가 무장해제 당한 것은 우리가 정직했기 때문입니다. 우리가 그 가치와 긍지를 기대했던 이 신문은 이제 우리의 불행한 국가의 부끄러운 부분이 되었군요."[27]

1947년 6월 3일, 카뮈는 「우리의 독자들에게」라는 제하의 사설을 썼다. 여기서 그는 신문의 정치 및 영업 책임자는 사퇴했지만 신문은 계속 발행될 것임을 고지했다. 이 일에는 해명이 필요하다면서 그는 말을 이었다. 『콩바』는 큰 야심 없이 사업을 존속시킬 만큼의 독자는 갖고 있지만, 대규모로 발행하는 신문만이 수지 타산을 맞출 수 있다. 현재의 적자 운영에도 불구하고 좋은 시절에 누적된 잉여자금이 있어 1년간의 유예 기간 동안 조직을 재편하고 발행 부수를 늘릴 수도 있었지만, 인쇄공들의 파업 때문에 그 자금까지 없어지고 말았다.

물론 우리로서는 외부에 돈을 요청할 수도, 또 요청도 하지 않고 돈을 받을 수도 없었다. 여러분도 상상할 수 있을 테지만 제안이 전혀 없지는 않았다. 그중에는 영예롭고도 관대한 제안들도 상당수 있었다.

그러나 임원들은 신문의 상황을 감안할 때 이러한 제안들을 수락할 수 없다고 판단했다. 여러 주일 동안 수입의 감소를 안고서라도 신문을 계속 발행하여 그럼으로써 직원들의 실직을 막아보려고 노력했으나 더 이상 지속할 수 없었다. 이 신문의 제호는 그들 자신의 것뿐만 아니라 도덕적으로 지하 『콩바』의 기사를 작성하고 인쇄하고 배포했던 모든 이들의 것이기 때문에, 그들은 이제 신문을 그 운동의 참전 용사들에게 넘기기로 했다. "투쟁 참전 용사 연맹과 합의를 보고 나서, 지하 신문 창설팀의 일원이며 우리의 동지로서 활동 중에 체포되어 유형에 처해지고 언제나 우리 신문과 밀접한 정치적 견해를 유지했던 클로드 부르데가 직접 이 사업을 떠맡기로 결정했다."

카뮈는 임원진이 바뀐다는 사실을 밝히고 싶어 했다. 그는 계속해서 말했다. "우리는 우리에게 그토록 소중했던 사업이 성공하기를 진심으로 기원한다. 그러나 내일부터 신문을 발행하게 될 우리의 동지들이 우리가 맡았던 짐을 넘겨받아야 하는 것과 마찬가지로 우리도 이곳을 떠남으로써 앞으로 의무를 지지 않게 된다."

부르데는 이 글이 미온적인 입장이라는 것을 놓치지 않았다. 그는 훗날 자신이 겪게 될 난관의 일부를, 카뮈가 사업에 가담하지도 않고 열성적으로 뒷받침해주지도 않은 탓으로 돌렸다.[28]

카뮈의 사설 바로 아래에 부르데가 서명한 두 번째 사설이 실렸는데, 모든 임원들이 현재의 직원을 규합했던 자신에게 도움을 요청했다는 내용이었다. 그러면서 잔류하게 될 직원들의 명단을 열거했는데, 모두 27명이었다. 그 중에는 기몽, 알트슐러, 훗날 아장스 엑스프레스에 있던 피아와 합류하고 이후 『프랑스 수아르』로 자리를 옮기는 로제 그르니에,[29] 장 세나르, 장 피에르 비베, 모리스 나도, 자크 르마르샹, 세르주 카르스키, 쥘 루아, 앙리 코클랭, 다니엘 레니에프 등이 포함돼 있었다. 부르데는 카뮈와 다른 모든 임원들에게도 계속해서 신문의 문호를 개방할 것이라고 밝혔다. 그리고 결론 삼아 이렇게 말했다. "1944년 3월 25일, 게슈타포의 개입 때문에 파스칼 피아에게 넘겨주었던 이 과업을 다시 떠맡는 본인은 『콩바』의 독자들을 실망시키지 않기 위해 노력할 것을 약속한다."

품위 있는 신문은 살아남을 수 없는가

마지막 날 옛 동지들이 세귀에가에 모였다. 카뮈는 한 사람 한 사람에게 다음 주에 발행될 예정이었던 『페스트』에 서명한 후 선물로 줬다. 그리고 그들은 무슈 르 프랑스가에 있는 쿠스쿠스 식당으로 갔다. 모두들 침울한 분위기였다. 『콩바』는 멋진 실험이었다. 그리고 그들은 부끄럽지 않은 신문을 만들기 위해 노력했다. 어떤 면에서, 품위 있는 신문은 살아남을 수 없다고 한 피아의 말이 옳았을지 모른다는 생각을 하면 유쾌하기까지 했다. 그들은 비즈니스계의 가혹한 현실은 물론이거니와 자신들의 서투름에도 어느 정도는 책임이 있다는 것을 알고 있었다. 그러나 누구를 탓하거나 앙심을 품지 않았다. 그들은 부르데와 협상을 하면서, 영업부를 포함한 전 직원이 '양심 조항'의 혜택을 받아야 한다고 주장했다. 이는 그들이 자신들의 실패 원인을 영업 탓으로 돌리지 않았다는 증거이기도 했다.[30]

카뮈가 사직하자 모든 계층의 지식인들, 모든 직종에 종사하는 사람들로부터 항의나 아쉬움을 표명하는 편지들이 쇄도하기 시작했다.[31] 쓰디쓴 감정도 있었다. 『파리 수아르』 시절부터 오랜 친구인 앙리 코클랭은 자신이 카뮈의 사퇴에 반대하자, 카뮈로부터 자신은 허비할 시간이 없으며 해야 할 일이 있다는 대답을 듣고 충격을 받았다고 했다.[32]

한 가지 사건을 제외하면 이후로 『콩바』의 이야기는 카뮈의 직접적인 관심을 끌지 못하게 된다. 그 일은 부르데의 분개를 자아냈는데, 부르데는 비록 정견은 달랐을지 몰라도 기본적인 감정에서는 공통점이 많으며 '십자군 동지'이기도 한 카뮈가 신문사로부터 등을 돌리고 나서도 자신을 철저하게 지지해주어야 마땅하다고 여겼던 것이다. 훗날 부르데는 카뮈와 그의 팀이, 자신과 스마드자가 맺은 계약이 자신을 불리한 입장에 몰아넣을 것이라고 미리 경고해줄 수도 있었을 것이라고 했다. 그는 또한 카뮈의 마지막 사설 「우리의 독자들에게」가 너무 미적지근했기 때문에, 많은 독자들이 카뮈가 신문사와 등을 돌렸고 신문의 정책이 바뀌는 것으로 여겼다고 생각했다. 그는 카뮈가 이따금씩 기사를 보내주고, 아무튼 새로운 체제를 시작하도록 돕는다는 의미에서라도 글을 써주기를 바랐지만, 카뮈는 그 두 가지 희망 모두를 만족시켜주지 않았다.

부르데는 자발적으로 자신의 신문사 주식을 프레나이와 공유했으며, 나머지 주식도 포트와 알트슐러뿐 아니라 투쟁의 참전 용사회 회원들에게까지 나누어줌으로써 자신의 입지를 복잡하게 만들었다. 그 덕분에 스마드자는 책략을 쓸 여지가 생겼다. 애초부터 주식의 50퍼센트로 무장한 그는 이제 프레나이 또는 투쟁의 참전 용사들 한두 명 정도를 자기 편으로 끌어들이기만 하면 되었다. 부르데는 스마드자가, 일단 부르데만 제거되면 참전 용사회 회장을 신문사 사장으로 만들어주겠노라고 약속하는 소리까지 들었다.

나중에 부르데의 이전 동료들의 도움을 받아 부르데를 쫓아낸 스마드자는 이런 재미있는 말을 남겼다. "부르데 씨, 당신은 분명히 내게 깊은 적대감을 품고 있을 텐데, 아무튼 당신을 위해 한 가지 해줄 일이 있소. 난 당신의 부끄러운 친구들이 당신을 배신하도록 함으로써 당신에게 복수할 테니까 말이오." 다시 말해서, 부르데 자신이 주주로 끌어들였던 투쟁의 참전 용사들로 하여금 스마드자 편에 서서 부르데에 대한 반대표를 던지게 만들겠다는 의미였다.[33]

부르데는 또한 스마드자가 『콩바』에 참여한 것이 영악한 사업적 포석이었다는 사실을 깨닫기 시작했다. 스마드자가 적자를 극복해야 했던 점은 사실이라 하더라도 그와 동시에 적지 않은 이익도 챙겼던 것이다. 신문은 그의 인쇄소에서 제작되었고 그는 비용을 꼬박꼬박 지불받았다. 스마드자는 또한 현대식 인쇄 설비를 수입하고 『콩바』의 연줄을 이용하여 저렴한 비용으로 건물을 구입할 수 있었다. 그런 다음 비용을 삭감하고 직원들을 해고하기 시작했다. 그는 "보수 공포증 환자"라는 별명을 얻었다. 그것은 『공포의 보수』(Le Salaire de la Peur, 프랑스 작가 조르주 아르노의 소설 ─ 옮긴이)라는 소설 제목에서 따온 말장난이었다.

스마드자를 제지할 길을 모색하기 시작한 부르데는 1950년 2월 27일 주주 평회의의 투표로 해고되었는데, 해고 사유 중에는 과도한 봉급과 몇 가지 다른 구실이 포함되어 있었다. 다른 편집자들이 부르데의 후임이 되기를 거절하자 스마드자 자신이 그 자리에 앉았고, '양심 조항'에 의거하여 임원을 사퇴시키라는 법원 명령을 받게 되었다.[34] 부르데는 직접 법정에 출석했으며, 사르트르와 블로슈 미셸, 피에르 에르바르 같은 전 『콩바』 직원들에게 증언을 요청했다. 카뮈는 1950년 3월 20일 법정에서 이렇게 진술했다.

부르데는 『콩바』의 전통을 따랐다. 현재의 사장 스마드자는 자신과 견해가 전혀 다른 사람들이 발행하고 헌신한 신문을 운영할 도덕적 권리가 없다.[35]

부르데는 스마드자에 대한 소송에서 이겨 보상금을 받아냈다. 1952년 기준으로 30만 프랑이었다.[36] 그러나 이제 『콩바』는 스마드자의 것이 되었다. 그 신문은 다른 편집자들의 손에 의해 1974년까지 발행되었다.

부르데와 카뮈가 연루된, 또는 분명히 연루됐을 그 사건은 주요 인물들이 세상을 떠나고 없는 현재로서는 분명치 않은 채로 남아 있다. 훗날 부르데가 회고한 바에 따르면, 스마드자와의 힘겨운 투쟁이 최고조에 달하고 카뮈에게 기사라든가 다른 지지를 수없이 호소했으나 물거품으로 돌아가고 난 후인 1950년 초에 스마드자가 갖고 있는 신문사 주식을 다시 사들일 수 있는 기회가 생겼다. 결국 그는 카뮈의 한 친구를 통해 가까스로 자금줄을 마련했지만, 그 후원자는 부르데와 카뮈가 공동으로 신문사를 경영할 것을 요구 조건으로 내걸었다. 부르데는 즉석에서 동의했고 카뮈에게도 동의를 요청했다. 부르데는 심지어 재편된 신문에서 자기는 카뮈의 부하가 되고 모든 권한을 그에게 주겠다는 제안까지 했다. 카뮈는 그 제안을 거절했다. 부르데는 카뮈의 건강이 원인임을 알고 있었다. 실제로 날짜가 정확하다면 카뮈는 결핵이 심각하게 재발한 후 남프랑스에서 요양 중이었으며, 회복기간이 1년 넘게 걸렸다. 그러나 부르데는 또한 카뮈가 더 이상 자기 소유가 아닌 신문과 아무런 관계도 맺고 싶어 하지 않는다는 사실도 감지했다.[37]

건강 문제는 제쳐놓더라도 이는 분명한 사실이었다. 카뮈는 자신의 이름으로 말하고 행동하는 모든 것을 책임질 수 없는 그런 곳으로 두 번 다시 돌아가고 싶지 않았을 것이다. 부르데를 싫어했기 때문이 아니라 저널리즘에 식상했기 때문이었다.[38] 그게 아니더라도 1950년이나 1951년의 그가 어느 신문사에 들어갔더라도 유력한 존재가 되기는 힘들었을 것이다.

물론 이는 지나친 단순화일 수도 있다. 이후의 사건들은 카뮈와 부르데 사이에 기본적으로 반목이 있었음을 입증하고 있다.

보다 사소한 일이지만, 스마드자 역시 카뮈에게 신문사를 구해 줄 것을 부탁할 생각을 하고 있었다는 증언이 있다. 그는 카뮈가 신문사에 입사시켰던 장 피에르 비베에게 그 말을 했다. 그랬더니 비베가 스마드자에게 이렇게 대꾸했다. "그 사람에게 빚을 지고 있다는 걸 잊지 마세요." 그 말에 스마드자가 이렇게 소리쳤다. "지금 설마 카뮈가 돈이나 밝히는 사람이라고 하는 건 아닐 테지?"[39]

32 베스트셀러

성공의 슬픔. 반대의 경우도 필요하다. 만약 전처럼 모든 것이
여의치 않았다면 나는 말을 할 권리를 좀더 얻었을 것이다.
나는 여전히 많은 사람들을 도울 수 있다. 한편으로 기다리면서.
• 『작가수첩 1』

카뮈에게는 분명 관심이 없어진 사람이나 일로부터 거리를 유지할 능력이 있었던 것 같다. 필요한 일은 했지만, 정신적으로는 벌써 오래 전에 『콩바』를 떠난 상태였다. 신문을 구하기 위해 필사적으로 노력했던 그 마지막 몇 주일 동안에도 신문에 대해 희망을 품고 있었다고 믿을 만한 이유는 거의 없다. 예를 들어서 그 무렵 씌어진 일기 어디에도 신문을 암시하는 말은 찾아볼 수 없는 반면 자신의 현재와 미래의 창작 활동에 관련된 부분은 가득하다.

그에게 『페스트』 자체는 이제 막 과거사가 될 참이었지만, 몇 개월간 진통을 겪은 끝에 베스트셀러가 되었다. 그 작품은 예술적인 기교뿐만 아니라 접근하기 쉽고 상기하기 쉬운 최근사의 상징이 되었다.

『페스트』는 공식적으로 1947년 6월 10일에 간행되었지만, 그에 앞서 '『페스트』 관련 문서'로서 초기의 소설 단편들이 『카이에 드 라 플레야드』(Cahiers de la Pléiade) 제2호에 수록되었다. 그 품위 있는 연간서는 장 폴랑이 N. R. F.의 빈 자리를 메우기 위해

편집한 책이었다. 목차에는 앙드레 지드와 앙리 미쇼, 로제 카유아, 르네 샤르, 모리스 블랑쇼, 마르셀 아를랑, 앙드레 말로, 자크 오디베르티, 마르셀 주앙도, 장 지오노 등의 기고문이 나열돼 있었으니, 가히 *N. R. F.* 대용물 역할을 하고도 남을 정도였다.[1)]

'관련 문서'로 발표된 발췌문에는 카뮈가 소설이라는 엄격한 틀 안에서 구사할 수 있었던 것보다 훨씬 자유롭고 거침없는 아이러니가 풍부하게 담겨 있다. 그리고 6월, 카뮈가 『콩바』에 고별 사설을 게재하고 나서 불과 일주일 만에 『페스트』가 초판 부수 22,000부로 간행되었다. 당시로서는 보기 드물게 많은 부수이긴 했지만, 갈리마르 총서 측으로서는 그 시대에 잘 어울리는 소설에 대한 과소평가였다.

왜냐하면 그 소설은 바로 일반인들이 기다리고 있던 소설임에 분명했기 때문이다. 그 작품은 그 시대에 대한 직접적인 언급 없이 그들이 겪어온 시련기에 대해 말하고 있었다. 즉 패전도, 나치 점령도, 잔학 행위에 대한 이야기도 없으며 모두가 알레고리로 처리되어 있었다. 알제리의 해안 도시 오랑을 엄습한 재난은 전쟁이 아니라 페스트였다. 주인공들은 레지스탕스 전사들이 아니라 의사들과 의료 보조원들이며, 그 도시는 독일군이 아니라 검역소에 의해 격리되었다. 아무튼 이것이 사람들이 그 소설을 읽은 방식인 것이다. 마르셀 아를랑은 『카이에 드 라 플레야드』 1948년 겨울호에 게재된 서평에서 이렇게 말하기까지 했다. "카뮈의 최근 작품 『페스트』를 좋아할 만한 많은 이유가 있음에도 불구하고, 그 작품의 여러 이데올로기가 소설을 소모시킬 뿐 아니라 어느 정도는 소설 자체를 약화시키고 있는 것은 아닌지 모르겠다." 아를랑은 독일 점령 치하의 파리에서 간행된 문화 주간지 『코메디아,에도 『이방인』에 관한 중요한 호평을 쓴 적이 있다.

베스트가 된 『페스트』

카뮈의 이전 작품들은 전시의 내핍 상태나 종전 직후의 물자 품귀 상태에서 간행되었다. 그러나 이제 신문에는 다시 서평을 실을 만한 공간이 생겨났고, 얼마 지나지 않아 카뮈는 넘치는 기사에 파묻힐 정도가 되었다.

그는 책이 출간된 바로 그 주에 받은 비평가상을 별로 달가워하지 않았다. 수상작은 세 번째 무기명 투표로 결정되었는데, 최종 투표 결과 카뮈가 일곱 표, 폴 가덴 두 표, 쥘리앵 블랑 한 표, 앙리 토마스 한 표, 피에르 클로소브스키가 한 표를 얻었다. 신문에는, 만약 심사위원들이 카뮈의 책을 좀더 일찍 읽었더라면 카뮈가 만장일치로 수상했을 것이라는 기사가 실렸다. 심사위원들 대부분은 투표를 불과 이틀 남겨둔 시점에서 책을 받아보았던 것이다.[2]

그때도, 그리고 이후에도 문학상 제도는 한심한 행사여서 "네가 이번에 내 등을 긁어주면 다음번엔 네 등을 긁어주겠다"는 식이었다. 그때도, 그리고 그 이후에도 문학상은 프랑스의 주요 문학 출판사들의 지지와 아울러 후원까지 받았다. 그러나 카뮈에게서는 지지를 받지 못했다. 그는 비평가상이라는 것이 대부분 갈리마르에서 자신의 동료였던 심사위원들에 의해 수여되는 것임을 알고 있었다. 폴랑도 그들 중 하나였다. 카뮈는 한 신문에서, 자신이 그 상을 받은 것은 갈리마르의 개입이 있었기 때문이며 그렇지 않았다면 상을 받을 만한 다른 신인이 수상을 했을 것이라고 빈정대는 기사를 읽고 괴로워했으며, 무엇보다도 그 영예와 더불어 받게 되어 있는 10만 프랑이라는 상금을 받지 못했기 때문에 더더욱 괴로워했다. 그는 다른 심사위원직인 플레야드상 심사위원직을 사임했다. 갈리마르 측 인사들로 구성된 그 심사위원단은 그해에 갈리마르의 작가 장 주네에게 상을 주기로 결정했다.

그러나 그는 갈리마르사가 장악하지 못한 또 하나의 인정의 징표인 레지옹 도뇌르 훈장 수여를 거절하게 된다.

수상 여부와 상관없이 『페스트』는 날아올랐다. 그해 가을까지 책은 거의 10만 부 가까이 팔렸으며, 카뮈는 미셸과 자닌 갈리마르에게 신세를 잔뜩 졌다면서 이제부터 모든 음식 값은 자신이 내겠다고 농담했다. 그는 자신의 세금이 세 곱이 될 거라고 생각했고, 프랑신은 이제 아이들 옷을 사줄 때가 됐다고 생각했다. 카뮈는 자신이 삽시간에 욥만큼 가난해질 거라고 예상했다.[3] 그러나 그에겐 책이 잘 팔림에 따라 즐거워할 충분한 이유가 있었다. 그는 그 어느 때보다 출판사와 유리한 조건으로, 즉 정규판 판매에 대해 15퍼센트의 인세를 받는 조건으로 계약을 맺게 된 것이다. 1년 전에 그는 『독일인 친구에게 보내는 편지』로 12퍼센트를 받았으며, 그 이전인 전시에 출간한 책에 대해서는 1만 부까지 10퍼센트, 그 이후는 12퍼센트를 받았다.

니콜라 치아로몽테는 뉴욕의 『파르티잔 리뷰』에 있는 친구에게 보낸 편지에서 "책을 산다는 것이 사치인 시기"에 카뮈의 소설이 성공을 거두었다고 기록했다. 치아로몽테는 『페스트』가 "결점이 없지도 않고 즐거움을 위해 씌어진 책도 아니지만 일반 대중은 그 책에서 평범한 인간성과 양식에 관한 자신들의 열망에 대한 해답을 찾은 것 같다"고 말했다.[4]

제2차 세계대전 이후 10년 사이에 프랑스에서 출간된 베스트

셀러 목록에서 『페스트』는 1955년까지 36만 부가 팔림으로써 7위를 차지했다. 1위는 조반니 과레스키의 『돈 카밀로의 작은 세상』이었고, 『어린 왕자』는 6위를 차지하여 근소한 차로 『페스트』를 앞질렀다.[5)]

소설이 출간되자마자 작가와 그 가족은 파리를 떠나 르 파넬리에로 향했다. 외틀리 부인은 그들을 농장 마당에 있는 높다란 석조 건물에 투숙시켰는데, 그곳은 '누대'라 불렸다. 카뮈는 사무실로도 쓸 수 있는 맨 위층 방을 차지했는데, 이 조용한 곳에서 일을 하러 왔기 때문이었다. 남부로의 여행길은 쉽지 않았다. 생후 21개월 된 아이들을 데리고 야간열차를 이용할 경우 충분히 예측할 수 있는 문제들이 일어났다. 쌍둥이는 곧 병에 걸렸고 2주 후에는 오랑에 있던 프랑신의 모친이 그곳에 나타났다.

전원의 평화로움이 깨진 것은 단 한 번뿐으로, 주간 대중지 『삼디 수아르』의 기자가 베스트셀러 작가가 된 카뮈를 인터뷰하기 위해 파리에서 그 먼 곳까지 찾아왔을 때였다. 카뮈는 산더미처럼 쌓인 호평을 읽으며 꽃다발에 묻힌 듯한 기분에 잠겼다.

그러나 잔뜩 찌푸린 하늘과 금방이라도 비가 내릴 듯한 날씨 등 르 파넬리에는 망명 시절의 그 울적한 풍경과 변함이 없었다. 그럼에도 카뮈는 그 풍경이 마음에 들었으며, 자신이 이곳에 온 것은 휴식을 취하고 체중을 늘리고 무엇보다 글을 쓰기 위해서라고 생각했다. 그는 6월 17일의 일기를 쓰며 이곳의 전원이 "놀라운 날씨"라고 운을 뗐다. 그러나 며칠 후 자신의 기록을 다시 읽어보고는 일기에서 풍경에 관한 내용이 조금씩 줄어들고 있다는 사실을 알았다. "현대라는 암이 나까지도 갉아먹고 있는 것이다."

그는 『사후 회상록』 등의 책을 읽고 반항에 관한 에세이를 위해 기록을 했으며 이제 무엇을 어떤 방향으로 해야 할지를 놓고 숙고했다. 삶의 방식을 바꾸고 싶었지만 여행 이외에 달리 아는 방법이 없었다.[6]

이제 현재의 생활 방식뿐 아니라 앞으로의 글에 대해 길게 내다볼 여유, 즉 힘겨운 작품을 완성한 데 따른 보상의 일부가 생긴 것이다. 그는 일기에 '부조리'(과거의 작업)와 '반항'(진행 중인 작업)의 다음에 올 단계가 정감, 즉 '사랑과 시'라고 토로했다. 하지만 그러기 위해서는 순결이 필요한데 그에게 이제 그런 순결은 없었다. 그가 할 수 있는 것은 그쪽으로 나아가는 길을 바라보고 "순결의 시간이 도래하기를 기다리는 것"뿐이었다. 그는 "적어도 죽기 전까지 그것을 확인할 것"이라고 결론지었다.

르 파넬리에서 그는 한 번 더, 대부분 3부작으로 돼 있는 과거와 현재와 미래의 전집들(그의 표현에 의하면 '시리즈')을 정리했다.

> 첫 번째 시리즈 – 부조리: 『이방인』/『시시포스의 신화』/『칼리굴라』와 『오해』
>
> 두 번째 시리즈 – 반항: 『페스트』(와 그 보유편)/『반항인』/ '칼리아예프'
>
> 세 번째 시리즈 – 사랑의 번뇌: '화형대'/'사랑론'/'매력적인 여인'
>
> 네 번째 시리즈 – '교정된 창조' 또는 '시스템': 중요한 소설 +중요한 명상서+공연하기 적당하지 않은 희곡

훗날 카뮈가 출판을 위해 일기 원고를 편집하면서 두 번째 시리즈와 세 번째 시리즈 사이에 "심판"과 "최초의 인간"을 포함한 또 하나의 시리즈를 끼워 넣은 것을 보면 그 시리즈를 이미 1947년 중반에 계획했음을 짐작할 수 있다. 그 시점에서 볼 때는 두 작품 모두 훗날의 착상이었다. 여기서 "심판"은 아마도 『전락』이 되었을 텐데, 후자의 임시 제목 역시 "최후의 심판"이었다.

그러나 1947년 6월 17일에서 25일 사이에 씌어진 일기에 나오는 다른 모든 작품 제목들이 실제로 르 파넬리에 있을 당시 노트에 적힌 것으로 가정할 경우, 『전락』과 『최초의 인간』(그 외에 몇 가지 이야기들)을 제외한 카뮈의 작품 전부가 이미 그때 심중에 있었던 것이다. 두 번째 시리즈에 들어 있는 "칼리아예프"는 『정의의 사람들』(Les Justes)일 텐데, 후자의 주인공 이름이 이반 칼리아예프다. 이후로 그의 일기는 이 희곡에 쓰일 대화에 대한 메모와 단편들로 채워지고, 희곡은 1949년에 완성되어 공연되었다.

아버지와 아들

7월 15일 카뮈 가족은 파리로 돌아왔다. 베르사유에서 멀지 않으며 나무가 우거진 전원 속의 널찍한 구릉지대인 슈아젤에 있는 집 한 채를 그들이 쥘 루아와 함께 세낸 것도 이 무렵의 일이었을 것이다. 그들은 돌보지 않은 정원이 딸린 매력적인 낡은 집을 찾아냈는데, 그 집은 카뮈의 가족들(그리고 카뮈의 장모까지)이 살기에 충분한 공간이었다. 카뮈 일가가 세귀에가로 돌아갔을 때는 루아가 그 집을 봐주었다. 카뮈와 루아는 이제 문학 동료일 뿐 아니라 가까운 친구가 되었다.

샤를로는 자유 프랑스에서 공군 조종사로 참전한 경험을 소설로 형상화한 루아의 『행복의 계곡』을 출간했는데, 카뮈는 샤를로의 잡지 『라르슈』에 쓴 서평에서 그 소설을 "현대인에게 잊혀진 힘과 자제력이 넘치는 작품들 중 하나"로 평가했다. 이 작품은 르노도상을 수상했다.

가족에게 보금자리를 마련해준 카뮈는 새로 구입한 검은색 시트로앵을 타고 8월 4일 장 그르니에와 함께 파리를 출발하여 그르니에의 고향 브르타뉴로 여행을 떠났다. 시트로앵은 전쟁 전의 프랑스 영화에서 경찰차와 갱들의 차로 나오다가 한동안 게슈타포 차로 쓰였으며, 그후 프랑스 치안군 대원들이 이용하는 차로 등장하던 11 CV 모델이었다. 그들은 도중에 관광을 즐기며 이틀에 걸쳐 천천히 차를 몰면서 386킬로미터를 여행했다. 그들은 카뮈가 읽고 있던 『사후 회상록』에 나오는 샤토브리앙의 성이 있는 콩부르와 요새화되고 유서 깊지만 아직 전쟁의 참화에서 복구되지 못한 생 말로 항구, 그리고 마지막으로 생 브리외를 방문하기도 했다.[7] 콩부르에서 카뮈는 그르니에에게, 자신은 샤토브리앙의 문체를 익히고 싶지만 스탕달의 문체를 버리고 싶지는 않다고 털어놓았다.[8]

생 브리외에서는 그르니에의 어린 시절 친구이며 갈리마르사의 동료 작가 루이 기유를 방문했다. 구둣방집 아들로 태어나 가난한 가정에서 성장하여 장학금으로 대학을 다녔고 인민사회주의의 영향을 받아 자신과 동료들의 모진 삶에 관한 작품을 쓴 작가 기유는 생 브리외 외곽에 있는 2층짜리 집의 작업실에서 일하며 소박하게 살고 있었다. 그들은 기유와 함께 차를 몰고 트레귀에로 가서, 에르네스트 르낭이 태어난 집과 그곳의 화려한 브르통 성당과 수도원 들을 둘러보았다. 카뮈는 그르니에와 토론하던 몇 가지 문제들을 그르니에의 연구서를 위해 메모했다. 그 연구서는 "말로와 상반되는 정신으로서의 G."로서, 두 사람 사이의 대화로 오늘날의 세계 문제를 다룬 것이다.

루이 기유는 또한 카뮈를 생 브리외 언저리에 위치한 생 미셸 공동묘지로 데려갔는데, 그곳 전사자 구역에는 카뮈의 부친이 묻혀 있었다. 기유는 카뮈를 그의 부친 이름이 새겨진 평범한 묘비가 있는 곳까지 데려다준 다음 그곳에 카뮈를 혼자 남겨두었다. 그때 무슨 생각을 했는지에 대해서 카뮈는 아무 말도 하지 않았다. 카뮈는 나중에 가서야 자신이 부친의 생몰 연도가 적힌 평범한 묘비를 보고 뤼시앵 오귀스트 카뮈가 그토록 이른 나이에 사망했다는 사실에, 아들이 이미 사망 당시의 아버지보다 훨씬 나이 들었다는 사실에 충격을 받았다고 말했다.[9] 그는 이러한 생각들로부터 자신의 잃어버린 유년기에 대한 탐색에 나서게 되며, 그 결과가 바로 『최초의 인간』이다.

그로부터 얼마 후 같은 프랑스계 알제리인인 장 다니엘이 매호마다 거의 알려지지 않은 작품을 수록하는 잡지 『칼리방』을 발행하기 시작했을 때, 카뮈는 그에게 가난했던 어린 시절을 다룬 기유의 작품 『민중의 집』(La Maison du peuple)을 재수록할 것을 제의했다. 다니엘은 카뮈가 서문을 쓰는 조건으로 그 제의에 동의했다.[10] 서문은 이렇게 시작된다.

오늘날 프롤레타리아의 이름으로 말하는 척하는 거의 모든 프랑스 작가들은 안락하거나 유복한 가정에서 태어났다. 그것은 흠이 아니다. 탄생은 우연이기 때문에, 좋은 일도 나쁜 일도 아닌 것이다. 다만 사회학자들에게 이런 예외적인 주제를 연구 대상으로 삼아볼 것을 권하고 싶을 뿐이다.

이 서문이 중요한 이유는 가난을 주제로 글을 쓰려면 가난을 경험할 필요가 있다는 그의 주장이, 과거에 썼고 앞으로 쓰게 될 그 자신의 작품에 대한 정당화이면서 가난 그 자체에 대한 비난도 되기 때문이다. 카뮈는 가난이 예술에 유익하다는 식의 견해에 동의하지 않았다. "지나친 가난은 기억력을 쇠퇴시키고 우정과 사랑을 위한 체력을 약화시킨다"고 그는 덧붙인다. "월 1만 5,000 프랑을 받으며 공장 생활을 하고 나면, 아무리 트리스탄이라도 이졸데에 대해 할 말이 없어지는 것이다."

르네 샤르와의 만남

카뮈는 6월과 7월에 파리를 떠나 있었기에, 출판계의 거의 모든 사람들이 휴가를 떠난 8월에도 일을 해야 했다. 갈리마르사에서 그는 문자 그대로 혼자 있었다. 카뮈는 미셸과 자닌에게, 자신이 전화를 건 상대방에 따라 영업부와 문학부, 제작부, 그리고 출판사에서 발행하는 잡지까지 상대해가며 그 엄청난 출판 제국을 혼자서 양어깨에 지고 있었다고 익살을 섞어 말했다.

저녁 때면 슈아젤의 집으로 돌아갔는데, 수영을 즐길 여유까지 있었다. 그러나 쌍둥이들이 백일해에 걸리자, 그 병을 앓은 적이 없던 카뮈는 집을 떠나 친구들과 함께 지내는 편이 나을 것 같았다.[11]

9월에 그는 남쪽 보클뤼즈로 여행을 떠나, 한때 교황의 도시였던 아비뇽에서 르네 샤르를 만났다. 그는 카뮈를 유럽 호텔로 데려갔다. 카뮈는 그곳에서 샤르의 친구들과 만난 다음 시인의 집이 있는 릴 쉬르 라 소르그로 차를 몰았다.[12] 카뮈는 일기에 "가을을 향해 트여 있는 커다란 방"이라고 기록했다.

이곳에서 그는 갈리마르사의 복도에서 여러 작가 중의 한 사람으로서 자주 본 적이 있는 샤르와 가까워지게 되었다. 그 만남은 실로 중요한 사건이다. 이후로 카뮈는 때론 격정적이고 때론 고요하며 억센 은둔자의 이미지를 풍기는 그를 삶을 위한 본보기로 삼게 된다.

그는 샤르로부터 세상에 대한 거부, 군중으로부터의 탈출, 그리고 생 제르맹 데 프레의 문학적 생활의 무익함을 배웠다. 한때 럭비 선수였다가 이제 서정 시인이 된 샤르의 일대기는 카뮈 자신의 삶을, 또는 그의 삶이 될 수도 있었던 삶을 환기시켜주었다. 강건한 영웅이면서 동시에 훌륭한 작가의 삶이었다.[13]

카뮈는 일기에 샤르가 들려준 일화를 기록했다. 1944년 레지스탕스 그룹을 떠나 북아프리카행 비행기에 오른 샤르는 비행기 안에서 동료 전사들이 그에게 보내는 작별 인사로 뒤랑스 계곡 일대에 지펴놓은 불빛을 볼 수 있었다고 한다.

다시 파리로 돌아온 10월, 카뮈의 일기에는 한 가지 기묘한 대목이 적힌다. 카뮈는 아마도 아이들 중 하나의 진찰을 위해 소아병원을 들렀던 것 같다. 낮은 천장, 밀폐된 공간, 지나친 난방, 기름진 부이용(고기에 야채를 섞어 끓인 다음 걸러낸 맑은 국 — 옮긴이)과 붕대 냄새 때문에 그는 거의 기절할 것 같았다.

카뮈는 11월이 되자 비행기를 타고 알제로 향했다. 그는 일기에 "현대적 부정과 추상의 요소들 가운데 하나인 비행기"라고 썼다. 그러나 그는 이내, 사람은 자신이 유년기를 보낸 곳에 돌아가

봐서는 안 된다고 생각하게 된다. 여자아이들은 뚱뚱한 엄마들이 돼 있었고, 사내아이들은 죽었다. 그리고 한때 기쁨의 원천이었던 이 도시는 이제 그가 문안을 드려야 할 대상으로 바뀌어 있었다. 그의 가족, 늙은 교사, 교수들, 그리고 한때 다녔던 학교들이 기다리고 있었다.[14]

여비서 쉬잔 라비슈

그해 가을 스톡홀름의 한림원은 카뮈에게 노벨상을 수여할 것인지 여부를 놓고 토의하고 있었다. 그의 이름이 수상 후보자 명단에 오른 것은 그때가 처음이었다. 만약 그때 아카데미가 카뮈를 수상자로 결정했다면 서른네 살이었던 그는 노벨상 사상 최연소 수상자가 되었을 것이다.[15]

카뮈는 그해 노벨상을 받지 못했지만, 지드의 '귀여운 부인' 마리아 반 리셀베르그의 필명인 "생 클레르 여사"의 개인 화랑에 초상화가 걸리는 영예를 안았다. 그녀는 『사적인 화랑』이라는 책에서, 자신이 살아오면서 만난 사람들 중 비범한 인물들을 묘사해 놓았다.

솔직히 말해 관능적인 그 입은 언제든 미소를 짓는데, 부드러우면서도 반항기와 약간의 경박함이 섞여 있다. 그런데 그 표정의 단단한 느낌은 어디서 나오는 것일까? 입을 꽉 다무는 모양에서 그런 단단한 느낌이 나올 수도 있을까? 그러나 그 단단함은 공손함과 잘 어울리면서 정중함을 위한 깊은 배려로 완화되어 있다.

그녀는 본질적으로 "카뮈는 정말 대단히 매력적이다"면서 이렇게 말했다.

그는 존재의 밀도, 결코 부족함이 없는 자연스러움으로 이루어져 있다.

자연스럽다고밖에 할 수 없는 태도를 지닌 '큰 사람'이다. 보브나르그가 말했듯이, "그는 탁월한 정신과 잘 어울리는 꾸밈 없는 외모를 지녔다."[16]

카뮈는 이제 늘어난 의무를 처리하는 동시에 작업을 어렵게 하고 삶을 견딜 수 없는 것으로 만들 숭배자들을 물리치기 위해 갈리마르사에 의지력이 강한 젊은 여성을 비서로 두었다. 카뮈와 이야기를 하고 싶은 사람은 먼저 쉬잔 라비슈와 이야기를 해야 했다.

라비슈도 결핵의 희생자였다. 그녀는 이제르의 남동부 생 틸레르 뒤 투베에 있는 대학생 전용 요양원에서 치료를 했는데, 1930년대 초 막스 폴 푸셰도 그곳에서 요양한 적이 있었다. 언젠가 연기 교사인 베아트릭스 뒤상이 그곳으로 와서 환자들에게 강의를 했다. 그때 뒤상은 19세기 희극 작가 외젠 라비슈의 후손이기도 한 쉬잔 라비슈에게, 파리로 오면 직장을 알아봐주겠다고 했다.

1946년 파리에 도착한 쉬잔 라비슈는 뒤상에게 연락했는데, 뒤상은 마리아 카자레스와 친구였기 때문에 카뮈와도 알고 지내는 사이였다. 카뮈가 중간에 나서서 그녀에게 철학 교수의 조수 자리를 주선해주었으나 그 일은 오래 가지 못했다. 원래 교사 지망생이었던 그녀는 병에 걸리는 바람에 교사직을 맡기가 불가능해졌지만, 요양소에서 법학사 학위를 따놓은 상태였다. 카뮈는 다시 그녀를 서점에 취직시켜주었다. 그녀가 실제로 카뮈와 처음 만난 것도 카뮈가 그 서점에 강연을 하러 왔을 때였다. 강연이 끝나고 나서 그녀가 자기 소개를 하자, 카뮈는 그녀에게 이보다 낫고 덜 피로한 일자리를 구해야겠다는 말을 했다. 그로부터 사흘 뒤 카뮈가 그녀에게 전화를 걸어서 자신의 비서직을 제안했던 것이다.

그녀는 하루의 절반은 카뮈를 위해, 나머지 절반은 그 당시 갈리마르사에서 『슈발 드 트루아』(*Cheval de Troie*)라는 잡지를 편집하고 있던 브뤽베르제 신부를 위해 일을 하기 시작했다. 카뮈는 그 잡지의 2호에 수록된 세기 전환기의 카탈로니아 낭만파 시인 후안 마라갈 이 고리나의 시편 번역을 감수하기도 했다.

쉬잔 라비슈가 처음 한 일은 『페스트』의 최종판을 타이프로 치는 것이었다. 카뮈는 석 달 동안 그녀가 혼자서 서신을 처리할 수 있는지 시험했는데, 그가 『콩바』를 그만두고 다시 갈리마르사에서 정식으로 일을 하게 되자 그녀는 그를 위해 상근하기 시작했다. 이와 같은 친교에 흥분한 그녀는 사적으로 일지를 기록하기 시작했지만, 카뮈가 그것을 발견하고 빼앗았다. 얼마 후 그는 일지를 되돌려주면서 계속 일지를 쓰면 일을 할 수 없을 것이라고 주의를 주었다. 그는 성냥을 꺼내 그 자리에서 일지를 불태웠고, 그녀도 이런 짓을 두 번 다시 하지 않겠노라고 약속했다. 그는 가끔씩 그녀에게 일지를 쓰고 있는지를 확인하곤 했다. 그녀는 카뮈와 13년간 일하는 동안 약속을 지켰다.[17]

그녀는 매력적인 여자였고 카뮈에게 헌신적이었다. 카뮈는 그녀를 "라비슈"라고 불렀다.[18] 얼마 가지 않아서 그녀는 성가신 숭배자들을 비롯해서 약속과 인터뷰, 연설, 집필, 탄원서 서명, 운동의 후원, 각종 공식 행사에 대한 요청을 물리칠 적절한 수단들을 강구해냈다. 그녀의 서랍 안에는 다양한 거절 문구가 적힌 서한의 모범 양식이 들어 있었다. 보기는 다음과 같다.

현재 건강상의 문제로 카뮈 씨께서는 주치의의 지시에 따라 활동을 자제하고 있습니다.

본인은 어떠한 명예직도 수락하지 않을 뿐 아니라 개인적으로 관여할 수 없는 일에 협력하지 않겠다는 원칙을 세워놓았습니다.

밀린 일에 쫓긴 나머지 본인은 이제 더 이상 어떠한 조사나 인터뷰에 응하지 않고, 새로운 일을 맡지 않기로 원칙을 세웠습니다.

본인은 서문에 대한 모든 청탁을 거절한다는 원칙을 택했습니다. 사실상 본인이 서문의 집필에 동의하는 순간 스무 건 정도의 청탁을 거절해야 하는 상황에 처할 것입니다.[19]

그가 나중에 거절한 사람들 가운데는 헨리 키신저도 있었는데, 당시 하버드의 국제 잡지 『콘플루언스』를 편집하고 있던 키신저는 몇 차례에 걸쳐 카뮈의 글을 받으려고 시도했다. 카뮈는 그의 요청 대부분을 거절했으며 키신저가 파리를 방문했을 때는 자리를 비웠다. 그러나 두 사람은 마침내 1953년 파리에서, 키신저의 표현에 의하면 유쾌한 대화를 나누게 되었다.[20] 카뮈가 명성을 얻은 초기에 쓴 서문 중에는 자크 메리가 나치의 잔학 행위를 고발한 책 『우리를 내버려둬』에 대한 짧막하면서도 인상 깊은 글이 있다. 그는 또 자신의 리옹 시절 레지스탕스 동지로서 나치의 총에 숨진 저널리스트이자 시인인 르네 레이노의 『유작 시편』의 서문도 썼다. 그 두 편의 에세이는 카뮈 전집에 수록되어 있다.

성공 때문에 알베르 카뮈의 성질이 나빠졌을까? 그 점에서 카뮈를 옹호하는 이들도 많았지만 그렇다고 여기는 증인도 그만큼 많다. 프랑스의 뉴미디어에 광범위한 선전과 즉각적인 명성을 보장하는 미국식 마케팅이 도입되면서, 생 제르맹 데 프레에서 사라지지 않을 하나의 전설로서 카뮈는 이후 좋은 뉴스감이 된다. 그러나 프라이버시를 지키려는 그의 끊임없는 노력은 오히려 사람들의 흥미를 부추기기만 했다.

확실히 명성 때문에 그의 사생활, 그가 의도했던 은밀한 삶은 침해받았다. 라비슈가 형식적인 회견이나 인터뷰 요청들을 막아줄 수 있었지만, 원래 야행성인 카뮈는 외식과 술과 춤을 즐겼다. 그런데 이제 명성을 얻게 된 그는 더 이상 그런 짧막한 외출을 즐길 수도, 익명인 채로 돌아다닐 수도 없게 되었다. 카뮈가 자신을 취재하려는 기자를 거칠게 대한 적이 한두 번이 아니었다.

물론 명성 덕분에 출판사와 협상하는 데 훨씬 유리한 입장이 되기도 했다. 돈이 많이 생기면서 더욱 안락한 생활을 할 수 있었고 사람들로부터 명사 대접을 받기 시작했다. 냉소적인 카뮈는 물론 이러한 대접 이면에 숨은 동기가 무엇인지를 잘 알고 있었지만, 그래도 어쨌든 그것을 즐겼다.

얼핏 모순처럼 보이지만, 명성 때문에 행동 양식이 바뀌었을지는 몰라도 작품이 변하지는 않았고, 명성 덕분에 자신에 대해 품었던 의혹이 해소된 것도 아니었다.

삶에서 공적인 부분이 늘어나면서 카뮈는 의무적인 일들을 취사선택해야 했다. 이제는 전처럼 옛 친구들을 만날 수도 없었다. 그는 북아프리카 동포들과 『콩바』지 주변의 젊은이들을 우선적으로 만났지만 그들에게도 충분한 시간을 낼 수 없었다. 그래서 자신이 카뮈로부터 푸대접을 받는다고 여긴 이들도 생겼다.

쉬잔 라비슈는 사람들이 그의 시간이 얼마나 소중한지를 이해하려들지 않는 것은 부당하다고 여겼다.[21] 한편으로 카뮈의 성공 초기에 파리에 있지 않았기 때문에 카뮈와 자주 만나지 못했던 장 그르니에 같은 인물은 자신들이 보낸 편지, 그중에서도 특히 도움을 호소하는 편지에 카뮈가 직접 답장을 보내는 등의 개인적인 배려를 하지 않는다고 보았다. 그르니에에 의하면, 자동차 문을 잠그는 법이 없었던 카뮈는 그 이유에 관해 "누군가 차를 훔친다면 그 사람이 그 차를 몹시 필요로 했다는 의미"라고 말했다고 한다.

그러나 그르니에는 카뮈가 자신의 중요성에 대해 정확히 파악하고 있다는 사실도 알고 있었다. 카뮈는 타인들의 인정이 필요하다는 것을 알았고, 그는 사다리의 맨 끝에서부터 시작했으므로 어느 누구보다도 성공이 필요하다고 여겼다는 것이다. 그런 성공은 카뮈에게 좋은 영향을 미쳤다고 그르니에는 생각했다. 그러나 그르니에는 카뮈에 대해 "위대한 욕망, 고귀함에 대한 동경……"이라고도 말했다.[22]

시간이 흐르면서 카뮈 가까이에 있는 사람들은 그가 자신의 말을 지나치게 중시하고 표현을 곱씹기 시작했다고 여기게 되었다.

그가 한 번 쓴 표현은 짤막한 글이나 작품에 다시 등장하곤 했다. 카뮈의 친구들 중 몇몇은 이런 '거드름 피우는 태도'가 '북아프리카인' 특유의 것이라고 여겼다. 같은 프랑스계 알제리인 장 다니엘도 비슷한 기미를 보였던 것이다. 카뮈는 말을 할 때마다 자신이 말을 반복하고 있다는 것을 느끼고는, 갈수록 말에 신중을 기했다. 결국 친구들조차도 그가 전에 없이 점잔을 뺀다는 느낌을 받게 되었다. 지인 가운데 한 사람은 카뮈가 지나치리만큼 빈틈없이, 대꾸할 여지도 남기지 않고 말을 하기 때문에 그의 말에 반박하기가 어렵다고 여겼다.[23]

카뮈는 자신이 주시당하고 있다고 느꼈다. 지식인층이 그의 다음 번 작품을 냉담하게 기다리고 있었던 것이다. 자신도 모르는 사이에 대가가 된 카뮈는 사람들의 상담 상대가 되었고, 정작 그 자신의 작품은 아직 원숙해지지 않은 상태임에도 여기저기서 그의 제자라고 칭하는 이들이 나타났다.[24]

명성의 효과에 대한 그의 반응은 나중에 가서, 이를테면 노벨상을 탈 무렵에 뚜렷이 나타났다. 그 사이에 친구들은 카뮈에게서 위험 신호로 여길 만한 기미를 느낄 수 없었다. 1950년에 씌어지고 『여름』에 수록된 「불가사의」(L'Enigme)라는 제목의 에세이는 손쉬운 문학적 성공이 의미하는 바를 말하고 있다.

문학에서 명성을 얻기 위해서는 더 이상 책을 쓸 필요가 없다. 석간신문에 거론된 책을 썼다는 사실이 알려지는 것으로 충분하다. 그 뒤에는 이제 기다리기만 하면 된다.

그리고 『유형과 왕국』(L'Exile et le Royaume)에 수록된 「요나」

도 예로 들 수 있는데, 그 작품은 『전락』과 더불어 카뮈의 가장 중요한 자전적 글로 손꼽을 수 있다.

세계 공동체 연합

카뮈는 『콩바』라는 모험이 끝나고 나서도 공적인 일에 참여했다. 냉전 초기의 세계 정치에 대해 카뮈가 실제로 느낀 바는 이 무렵 씌어진 짤막한 글이나 사설에서 살펴볼 수 있다. 그렇지만 어디에도 그 글이 발표되었다는 기록은 나와 있지 않다. 그 초고는 미국의 해리 트루먼 대통령이 공산주의 진영의 위협에 대해 자유세계 국가들의 노력을 결집할 것을 호소한 데 대한 논평으로 씌어졌다.

1947년 초 트루먼은 이른바 트루먼 독트린이라고 불리게 되는 선언을 했다. 소비에트의 세력 확장에 맞서 지중해 국가들을 지원하자는 내용이었다. 트루먼이 서반구에 그 정책을 반복해서 말했을 때 카뮈는 그것을 "전쟁의 문을 열 위험이 있는 블록 정책"이라고 규정할 만한 새로운 진술로 파악했다.

전쟁은 소련군에 의한 유럽의 점령이나 파괴를 의미하기 때문에, 또 프랑스나 유럽이 그 참화로부터 두 번 다시 회복되지 못할 것이기 때문에 저지되어야 한다. 초고에서 카뮈는 자신은 블록 정책이 힘의 균형을 마련해주리라는 것을 믿지 못한다고 했다. 무장된 평화는 평화가 아닌 것이다. 전쟁 또는 전쟁 준비는 각 진영이 보호한다고 주장하는 이념 자체를 파괴했다. 바로 그것이 러시아에 진정한 사회주의가 존재하지 못하고 미국에서 정치적 자유가 퇴보하게 된 이유를 설명해준다. 전쟁은 불가피한 것이 아니며, 반전 행위가 시대와의 절연을 의미하지는 않는다. 카뮈는 패권의 신화에서 벗어난 세계 공동체를 선호했다. 그는 유럽인과 모든 민족에게 반전의 연합을 호소하는 것으로 글을 끝냈다.[25]

『칼리방』 1947년 11월호에 카뮈의 「희생자도 처형자도 아닌」이 발표되었을 때, 장 다니엘은 정치적 선언으로서의 중요성에 역점을 둔 서문을 썼다.

『칼리방』은 외관상으로는 기묘한 잡지였다. 그 잡지는 1947년 2월에 포켓 사이즈의 잡지로 출발했다. 크기는 『리더스 다이제스트』 정도였으나 종이는 싸구려 펄프지였다. 주간지였으나 한동안 격월간으로 발행되었으며, 얼마 지나지 않아 월간지로 바뀌었다. 그리고 종종 표지에 몇 월호인지 표기되지 않은 채 발행되곤 했다.

비록 야한 표지와 더불어 발행되긴 했어도 내용은 아주 진지한 경우가 많아서, 다른 유명 중도좌파 지식인들의 기고문 사이에 실린 카뮈의 글들은 완전히 제자리를 찾은 듯이 보였다. 다른 진영의 주도적인 대변인 에마뉘엘 다스티에 드 라 비게리가 「희생자도 처형자도 아닌」에 대해 쓴 답변 역시 『칼리방』에 수록된 것도 별로 놀랄 일은 아니었다. 전쟁 전 우파였던 다스티에 남작은 나치 점령기 때 지하 저항 운동에 가담했으며, 전쟁이 끝날 무렵에는 드골주의자뿐 아니라 공산주의자의 동맹자가 되었다. 공산주의자들은 냉전 시대 이후까지 계속 간행된 그의 일간지 『리베라시옹』을 지지하게 된다. 다스티에가 독립의 징후를 보이기 전까지 그를 지지하던 공산주의자들은 그의 적자투성이 사업체가 붕괴하도록 방치했다.

다스티에는 드골과 스탈린 모두와 가까운 사이였다. 그는 드골을 위해 전시에는 맡은 바 임무를 수행하느라 심지어 워싱턴까지 갔으며 전후에는 드골 내각의 내무장관으로 재직했다. 그러나 동시에 소련이 후원하는 세계평화위원회 부회장이었고, 소련에 현저한 공적이 있는 외국인에게 수여되는 레닌 상을 받기도 했다.

『칼리방』 1948년 4월호에 발표된 다스티에의 답장은 「처형자들로부터 희생자를 선별하라」라는 제목이었다. 그는 레지스탕스 투사들의 동기가 다양했다는 고찰로 서두를 떼었다. 즉 나치의 힘에 의한 패배를 용인할 수 없었던 자존심 있는 자들, 억압받는 자 편에 선 고귀한 자들, 그런가 하면 파시즘과 자본주의 사이의 연결 고리를 인식한 혁명적 동기의 소유자들도 있었다는 것이다. 그는 자신이 마지막 그룹에 속한다고 했다.

오늘날 세 가지 선택이 가능한데, 공산주의 혁명, 자본주의, 제3세력이 그것이다. 다스티에는, 카뮈가 세 번째 선택은 필연적으로 두 번째 선택에 이바지하게 됨으로써 딜레마를 야기한다는 사실을 알고 있다고 주장했다. 그러나 카뮈는 선택을 거부하고 몸통을 살리는 쪽을 선호했다. "당신은 정치에서 몸을 피해 도덕에 안주하고 있다"라고 다스티에는 썼다. "『페스트』로부터 얼마나 멀리 떨어진 것인가!"

카뮈가 평화 그 자체를 궁극적인 목적으로 여겼다면, 다스티에는 전쟁의 원인을 제거하는 쪽을 선택한 셈이다. 왜냐하면 인간을 죽이는 것은 교수대만이 아니라 굶주림일 수도 있기 때문이다.

다스티에는 "나는 평화론자고, 당신도 평화론자"라고 단언했다. 그러나 카뮈가 제안한 평화를 위한 사회 운동은, 지나치게 가혹하다는 핑계로 질병 예방에 필요한 수단을 거부하는 결핵 퇴치 운동과 비슷한 것이다. 그 역시 목적이 수단을 정당화하지 않는다는 데 동의하지만, 목적을 원하는 자들이라면 어떤 수단의 '필연성'도 인정할 수 있어야 한다. 노예는 마땅히 주인에게 반기를 들어야 한다는 것이다. 그는 카뮈가 자본주의와 공산주의를 동등하게 다루고 있다는 사실에 충격을 받았다. 선택을 거부하고 "몸통을 살리려" 함으로써 "순진한 성인" 카뮈는 자신도 모르는 사이에 자본주의의 공범이 되었다는 것이다.

원자폭탄과 여인

이제 해방 후의 유럽에 남아 있는 선택이 무엇인지 좀더 명확하게 설명되었다. 얼핏 모순처럼 보이는 점은 카뮈가 힘의 블록과 거리가 먼 도덕의 길을 선택함으로써, 예컨대 '스탈린주의식' 입장에 대한 단호한 거부를 표명하기 위해 '미국식' 입장을 지지한다는 위험을 피했다고 여겼다는 데 있다. 그러나 이제 그는 합법적인 살인을 용납하지 않음으로써(그것이 「희생자도 처형자도 아닌」의 주요 논거였다) 블록의 한쪽과 공범자라는 말을 듣게 되었다.

그는 『칼리방』에 수록된 「어디에 속임수가 있는가?」(Où est la mystification?)라는 글에서 재빨리 반박을 시도했다. 그 글은 훗날 『시사평론 1』에 재수록되었다. 여기서 그는 자신이 비폭력적이라는 사실을 부인하면서, 자신은 나치 점령기의 교훈 덕분에 폭력의 불가피성을 믿게 되었다고 주장했다. 그러나 동시에, 절대주의 국가든 전체주의 철학에서 나온 것이든 폭력에 대한 어떠한 정당화도 거부해야 한다고 여긴다고 했다.

다스티에는 카뮈가 레지스탕스 편에 섰던 이유에 대해 물었다. 그에 대해 카뮈는 이렇게 대답했다. "그것은 나 자신을 포함한 많은 사람들에게 무의미한 질문이다. 레지스탕스 편이 아닌 다른 어느 편을 지지한다는 것은 상상도 할 수 없는 일이었다. 그것이 이유의 전부다."

그는 폭력 그 자체보다 폭력을 자행하는 기관이 더욱 가증스럽다고 했다. 저항자들은 공산주의자를 억압한 그리스 정부에 항의할 권리가 있지만 그렇다고 해서 비공산주의자들을 죽일 필요는 없다면서, 자신이 자유를 배운 것은 마르크스에게서가 아니라 '가난' 속에서였다는 점을 시인했다.

카뮈는 자본주의나 사회주의가 아니라, '제국주의적 자유주의'와 '마르크스주의'를 상대로 싸우고 싶다고 했다. 그리고 무엇보다도 이 원자폭탄 시대의 전쟁을 반대했다. 그는 마르크스주의에 대해서는, 마르크스 자신은 오늘날의 추종자들에 비해 한층 온건했다고 주장했다. 카뮈가 보기에 마르크스는 살아 있는 인간을 희생으로 삼은 미래 세대를 사랑한 것이 아니라 살아 있는 인간을 사랑했다.

부르주아 사회와 공범이라는 비난을 받은 카뮈는 다스티에에게, 그렇다면 '그'는 누구와 공범인지를 상기시켰다.

모든 것을 다 알고 있고 모든 것을 해결한다고 주장하는 사람들은 결국 모든 것을 말살시키고 만다. 살인 이외에 어떠한 규범도 존재하지 않고 흔히 살인을 정당화하는 데 이바지하는 형편없는 학설 이외에 다른 어떤 과학도 없는 날이 그런 자들에게 올 것이다.

여기에 『반항인』의 모든 메시지가 담겨 있다. 물론 이 무렵 카뮈는 『반항인』을 쓰고 있었다. 1947년 10월 17일자 일기에는 "데뷔"(Début)라는 글자만 적혀 있는데, 같은 주제를 다룬 3부작의 한 편인 희곡 『정의의 사람들』의 완결을 뜻하는 것이 아니라면 아마도 그 원고의 초고가 완성되었음을 의미하리라. 그는 "머릿속에 떠오르는 모든 것을 글로 쓰자"고 다짐하는데, 그 말은 에세이를 의미하는 것처럼 보인다.

그보다 며칠 전인 10월 14일 카뮈는 "이제 허비할 시간이 없다"고 스스로에게 상기시킨다. 그의 일기에는 프랑스와 독일 철학자들, 러시아 작가들과 혁명적 철학자들의 저서에 대한 독서 메모와, 단편 및 장편소설에 대한 착상들(이를테면 『심판』에 대한 것)이 가득 적혀 있다. 8월에 그는 미셸 갈리마르 부부에게, 제라르 필리프와 마리아 카자레스를 출연시킬 희곡을 구상하고 있다고 말했다. 그 희곡이 『정의의 사람들』일 수도 있지만 반드시 그렇다고 단정 지을 수는 없다.[26]

그토록 가깝게 지냈던 마리아 카자레스는 이제 너무나 멀어진 듯이 보였다. 게다가 그 무렵 그녀는 필리프와 함께 젊은 작가 앙리 피셰트의 말썽 많은 연극 「주현절」(Les Epiphanies)에 출연하고 있었다. 전하는 바에 의하면 그 연극의 충격적인 장면들 때문에 대관을 거부한 극장까지 있었다고 한다.

필리프가 카자레스와 연인이라는 소문이 나돌았고, 그 소문에 대한 카뮈의 반응에 대해서도 말이 많았다. 한 친구가 카뮈에게 피셰트의 연극을 봤느냐고 묻자 그는 짤막하게 "오, 자네도 알다시피 나는 시간이란 것이 도통 없다네" 하고 대답했다. 카뮈는 대학 동창인 또 다른 친구에게는 필리프에 대한 험담을 했다고도

한다.[27]

　물론 그 당시 카뮈는 제라르 필리프와 그녀의 관계를 진심으로 믿었든 믿지 않았든 간에 그녀가 출연한 연극을 보고 싶지 않았을 것이다.

　실제로 그녀는 당시에 연애를 하지 않고 있었다. 그녀는 많은 남자들을 사귀고 있었고 그중 두 사람과는 결혼까지 할 뻔했으나 마지막 순간에 파혼했다. 얼마 후인 1948년 늦봄(그녀는 그때가 노르망디 상륙 작전과 덜린스 축제 4주년 기념일인 6월 6일이라고 기억했다), 카뮈는 생 제르맹 데 프레 거리에서 마리아 카자레스와 맞닥뜨렸다. 그녀는 극장에 가던 길이었고 카뮈는 지드와 만날 약속이 있었다. 그러나 그날 그녀는 극장에 나오지 않았고, 카뮈 역시 지드와의 약속 장소에 나타나지 않았다.[28]

33 돈 키호테

우리는 이 나라의 수치인 언론 덕분에 온종일 거짓말을 믿으며 살고 있다.
이 거짓말을 덧보태거나 그것을 유지하기 위한 어떠한 사상,
어떠한 정의도 용납할 수 없다.
• 「민주주의, 겸양의 연습」

자유로운 서유럽에서 지식인들이 처한 딜레마는 갈수록 깊어지고 있었다. 핵 위협이 증대함에 따라 그만큼 다급하게 평화를 주장해야 했는데, 동유럽에서는 그러한 위험이 그만큼 뚜렷하게 커지고 있었다. 얼마 지나지 않아 체코슬로바키아의 민주 정부에 대한 쿠데타가 일어났으며 스탈린주의는 일종의 신격화에 이르게 된다. 그리고 6월에 베를린 장벽이 건설되었다. 7월에는 티토의 유고슬라비아가 공산주의 블록에서 축출되었다. 그때만 해도 소비에트도, 미국의 우산도 아닌 제3의 길을 제안한다는 것이 그럴싸해 보였다.

공식 사회주의당(SFIO)의 정견에 동의하지 않는 사회주의자들을 포함한 프랑스 좌파는 평화를 위한 연대 호소와 중립적인 사회주의 유럽을 제의했다. 메를로퐁티를 포함한 사르트르의 친구들과 앙드레 브르통, 『콩바』의 클로드 부르데, 『에스프리』를 중심으로 한 좌익 가톨릭 운동 등은 1947년 12월부터 평화를 위한 연대를 호소하기 시작했다. 그 그룹은 구체적 행동 강령을 세우는 단계까지 나아갈 수도 있었다. 그러나 당시의 한 역사가에 따르

면 시몬 드 보부아르와 카뮈, 브르통은 정치범에 대한 사형 폐지에 운동의 역점을 두고 싶어 했다고 한다. 보부아르는 훗날 "우리들 대부분"은 정치범이 사형이 합리화되는 '유일한' 범죄라고 여기고 있었다고 회상했다. 그 결과 그룹은 더 이상 합의를 보지 못하고 흩어졌다.

갈라서는 친구들

시몬 드 보부아르는 양자가 많은 면에서 정치적 견해를 같이했지만 사르트르 그룹과 카뮈 사이의 견해차가 컸던 사실에 대해서도 말하고 있다. 카뮈 역시 드골주의 운동을 혐오해서, 그것 때문에 알베르 올리비에와 관계를 끊을 정도였다. 비록 전만큼 친하거나 허물없는 관계는 아니었지만 사르트르와 카뮈의 관계는 지속되었다. 그러나 그해 겨울 어느 날 저녁, 카뮈가 보는 앞에서 사르트르와 보부아르는 완고하기 이를 데 없는 반스탈린주의자 아서 케스틀러와 갈라서게 된다.

처음 그 만남은 아주 우호적이었다고 한다. 1947년 가을 어느 날 아침 시몬 드 보부아르는 플로르 카페에서 글을 쓰고 있었다. 얼마 후 그들은 케스틀러 부부를 데리고 인상파 그림을 전시한 죄 드 폼 미술관으로 향했다. 케스틀러는 위대한 화가들이 사르트르나 자신처럼 머리가 작다고 말했다. 그의 자만심은 거의 측은할 정도였다. 얼마 후 그가 다시 이렇게 말했다. "『페스트』가 얼마나 팔렸죠? 8만 부죠. 그렇게 나쁘지는 않군요."

그런 다음 그녀에게 자신의 소설 『정오의 어둠』은 20만 부가 팔렸다는 사실을 상기시켰다. 나중에 케스틀러는 러시아 카바레에서 다시 한 번 전처럼 신나게 놀아보고 싶어 했다. 그 파티에는 케스틀러와 그의 아내, 카뮈, 사르트르, 보부아르가 참석했다.

술집에 들어서자마자 케스틀러는 급사장을 불러, 그가 카뮈와 사르트르와 자신을 시중드는 영예를 입고 있다는 점을 상기시켰다. 그런 다음 그는 본격적으로 화제를 꺼냈다. 정치적 합의 없이는 우정도 있을 수 없다는 것이었다. 이 무렵에는 모두 술에 취해 있었고, 사르트르는 케스틀러의 매력적인 부인과 시시덕거리고 있었다. 그때 갑자기 케스틀러가 사르트르의 머리를 향해 집어던진 술잔이 벽에 부딪쳐 깨졌다. 다른 사람들이 모두 일어섰으나 케스틀러는 술집에 남아 있고 싶어 했다.

사르트르가 비틀거리며 인도로 걸어 나왔다. 케스틀러 역시 술집을 나오기로 하고 층계를 엉금엉금 기어 길로 나왔다. 그러더니 다시 사르트르와 싸우려 들었다. "자, 이제 갑시다! 모두 집으로 가자고." 카뮈가 다정하게 말하며 케스틀러의 어깨를 잡았다. 그러자 케스틀러는 거칠게 몸을 떼어내더니 카뮈를 때렸다. 카뮈가 그에게 달려들려고 했으나 다른 사람들이 말렸다.

다른 사람들은 케스틀러를 그의 아내에게 맡긴 채 카뮈의 차에 올랐다. 보드카와 샴페인을 잔뜩 들이킨 카뮈의 눈에 눈물이 고였다. "그는 내 친구였어! 그런데 나를 때리다니!" 그는 차가 움직이는 것도 신경 쓰지 않고 핸들에 고개를 파묻었다. 기겁을 한 사르트르와 보부아르가 카뮈의 머리를 들어올렸다.

이후 며칠 동안 그들은 그날 밤의 사건에 대해 여러 차례 이야기했다. 카뮈는 이렇게 물었다. "그런데 그런 식으로 술을 계속 마시면서도 일을 할 수 있다고 생각해요?" 보부아르는 그럴 수 없다고 생각했으며, 자신의 회고록에서 그렇게 심하게 술을 마신

적은 드물었다고 주장하고 있다. 자신들의 전승(戰勝)을 도둑맞았다는 사실을 인정하지 않았을 초기에는 뜻이 통했으나, 이제는 그런 사실을 받아들이고서도 살 수 있었다. 드골주의자의 해석을 선호한 케스틀러는, 사르트르 역시 내심으로는 드골을 지지하기를 바랐다. 보부아르가 아는 한 그것으로 그들 사이의 관계는 끝나고 말았다.[1]

사르트르는 그해 봄 비공산주의 좌파에 속하는 인물들과 함께, 공산주의나 다른 어느 당에 결속되지 않고 유럽이 두 강대국 사이에서 조정자 역할을 할 수 있으리라고 믿는 지식인들을 규합하기 위해 '민주혁명연합'(RDR)을 결성했다. 사르트르는 이후 거의 2년간 민주혁명연합과 관련을 맺게 된다. 그는 이 조직의 친미적 성향과 싸우다가 결국 1949년 10월에 탈퇴했다. 카뮈는 그 단체에 가입하지 않았지만 이후 몇 차례 같이 활동하게 된다.

1948년 1월, 카뮈는 「세련된 살인자들」(Les Meurtriers délicats)이라는 에세이로 작은 소동을 일으켰다. 원래 그 글은 『반항인』[2]에 들어갈 한 장의 초고였는데, 당시 새로 나온 잡지 『타블 롱드』(La Table Ronde, 원탁) 창간호에 발표되었다. 그 에세이에는 같은 달부터 쓰기 시작한 희곡 『정의의 사람들』의 핵심 줄거리가 담겨 있다. 청년 혁명 단체의 일원인 칼리아예프는 1905년 2월 세르게이 대공이 탄 마차가 모스크바 거리를 지날 때 폭탄을 던져 그를 살해하겠다고 맹세한다. 그런데 그 마차에 아이들이 타고 있다는 이유로 폭탄을 던지지 않기로 한다.

비록 『반항인』의 도덕적 내용 전체가 그 안에 농축돼 있긴 하지만, 문제를 일으킨 것은 「세련된 살인자들」에 담긴 내용 때문이 아니었다. 문제는 잡지 자체에 있었다. 그 잡지는 같은 호에 나치 점령기 당시의 처신으로 공박을 받고 말썽을 일으킨 작가의 글을 게재했던 것이다. 『타블 롱드』는 또한 이후에도 앙리 드 몽테를랑처럼 물의를 일으킨 인사들의 글을 게재하겠다고 선언했다. 그 잡지의 편집위원회에는 레몽 아롱과 앙드레 말로, 장 폴랑, 카뮈, 그리고 카뮈와 평생 적대 관계였던 프랑수아 모리악도 포함돼 있었다. 시몬 드 보부아르는 『타블 롱드』가 "일종의 형제애 때문에 과거의 나치 협력자들과 그 친구들에게 지면을 개방했다"고 기록하면서, 카뮈는 창간호에는 참여했으나 그 이후에는 빠졌는데, 그가 사태의 진상을 알게 되었기 때문이라고 했다.[3]

전국작가위원회는 즉각 모리악을 제명하기로 결정했다. 그는 그 창간호의 서언에 해당하는 글을 썼던 것이다.[4] 『타블 롱드』는 다음 호에도 카뮈의 글을 게재하겠다고 약속했으나 카뮈의 두 번째 글은 발표되지 않았다. 카뮈의 이름은 2호의 편집위원회에는 포함돼 있었지만, 그 다음부터는 나오지 않았다. 3호에는 편집위원회의 이름이 아예 발표되지도 않았다.

인생에 대한 사랑

카뮈는 라이진의 호텔식 요양원에 살고 있던 미셸 갈리마르 부부를 방문하기 위해 1월 19일 스위스로 여행을 떠났다. 미셸의 장기 입원도 결핵 치료에 보탬이 되지 못했다. 효과적인 약은 아직 나와 있지 않았다. 미셸은 8개월 동안 스위스에 머물렀다.[5] 카뮈는 친구들과 함께 "골짜기에서 산봉우리까지 눈과 구름으로 자욱하게 덮인" 풍경 속에서 거의 3주 가까이 머물렀다. 그 당시 뭔가가 그로 하여금 일기에 다음과 같은 성찰을 쓰게 만들었다.

내가 세상에서 물러난 것은 그곳에 적이 있기 때문이 아니라 친구들이 있기 때문이다. 그들이 흔히 그렇듯이 내게 부당한 일을 했기 때문이 아니라, 지금의 나보다 더 나은 나를 믿고 있기 때문이다. 내가 도저히 용납할 수 없는 거짓이다.

그러나 그가 정말 세상으로부터 물러난 것인가? 일기 속의 표현을 문자 그대로 받아들일 경우 그럴지도 모르지만, 그는 여기서 『페스트』가 성공을 거둔 후 자신의 문학 세계와의 사이에, 또한 찬미자들과의 사이에 반드시 두어야 할 거리를 언급하고 있는 것이다. 그러나 그의 정치 활동, 연설과 논쟁의 여지가 있는 글은 결코 중단된 적이 없었다.

라이진의 고요함 덕분에 그는 『계엄령』 원고를 마무리 지을 수 있었다. 적어도 그는 원고를 마무리했다고 생각했다. 장 루이 바로는 그 희곡을 『페스트』의 주제와 유사한 주제로 연출하게 된다. 자신이 코메디 프랑세즈의 일원이던 독일 점령기 때 『칼리굴라』를 무대에 올리려다 실패한 이후 계속해서 카뮈의 작품을 뒤쫓던 바로는 오랫동안 페스트를 주제로 한 희곡을 쓰고 싶어 했다. 그는 전쟁 전 앙토넹 아르토와 함께 다니엘 디포의 『페스트 시절의 일기』를 각색할 것을 의논한 적이 있는데, 전후에도 다시 그 일에 매달렸다. 그러다 카뮈의 소설이 출간되자, 공동 작업을 좋아하던 바로는 카뮈에게 그 희곡을 가지고 공동 작업을 하지 않겠느냐고 물어보았다.

나중에 볼 때 정말 믿어지지 않는 이야기지만 그들의 계획에는 처음부터 큰 오해가 있었다. 바로는 아르토와 마찬가지로 페스트를 일종의 촉매로, 즉 세상을 정화해주는 질병으로 파악하고 있었다. 그렇다면 그는 어째서 페스트를 절대악으로 규정하고 파시즘과 나치 시대, 프랑스 점령 등의 상징으로 쓴 『페스트』의 작가에게 접근했던 것일까? 바로에 의하면, 그 자신도 카뮈도 훗날 『계엄령』이 될 작품을 함께 작업하고 있는 동안 그러한 모순을 깨닫지 못했기 때문이었다. 두 사람 모두 자신들이 머리가 둘 달린 괴물을 만들어내고 있다는 사실을 깨닫지 못했다. 바로는 그 원인을 순진성 탓으로 돌렸다.[6]

그러나 그 당시에는 만사가 순조롭게 진행되는 듯이 보였다. 스위스에서 초고를 완성한 카뮈는 이어서 『정의의 사람들』의 서막을 쓰기 시작했다. 그는 또 미셸 갈리마르의 주치의인 르네 레만과도 알게 되었는데, 그는 나중에 레만이 파리를 방문했을 때도 만나게 된다. 두 사람은 카뮈의 생애 마지막까지 친구로 남았다. 카뮈는 이따금 레만 박사에게 진찰을 받곤 했다.

그러나 이때 그가 무엇보다 열중한 대상은 미셸 갈리마르였다. 카뮈는 친구가 거의 언제나 우울증에 빠져 있다는 사실을 알았다. 미셸 갈리마르는 병 때문에 삶의 모든 가치가 위협받고 있는 듯이 보였다. 카뮈는 친구의 기분을 북돋아주기 위해 괴테는 완강한 사람만이 희망을 품을 능력이 있다고 했는데 그 말은 동시에 백치는 아무것이나 받아들인다는 의미라는 말을 해주었다. 카뮈는 어린 시절 처음으로 그 질병의 본질을 알게 됐을 때 자신만큼 그 병에 공포를 느낀 사람도 없었을 것이라고 고백했다. 그리고 그 공포감이 지금의 자신을 잘 설명해준다고 했다.

이 말은 카뮈가 현재의 자기 자신에 대해 만족해한다는 의미가 아니었다. 카뮈는 또한 도스토예프스키가 그의 소설에서 무관심하게 죽음을 대면한 신인간에 대해 묘사한 것도 상기시켰다. 인간을 정당화시켜주는 것은 인생에 대한 사랑이지만, 그것이 반드시 떠들썩한 파티나 부기우기 춤이라든가 시속 150킬로미터로 차를 모는 것을 의미하지는 않는다고도 했다.[7]

프랑신은 1월에 아이들을 데리고 이미 오랑에 가 있었다. 이제 카뮈도 오랑에 가 가족과 함께했다. 그는 아이들이 말을 배우는 소리를 듣고 있는 동안에도 페스트 생각만 하고 있었던 것 같다. 얼마 후 그는 니콜라 치아로몽테에게, 아이들에게 자신이 만든 연극을 가르쳤노라고 이야기했다.

먼저 카뮈가 묻는다. "페스트가 누구지?" 그러면 그의 아들 장이 "캐시예요" 하고 대답한다. 그런 다음 "콜레라가 누구지?" 하고 묻는다. 그러면 이번에는 카테린이 "장이에요" 하고 대답한다. "그럼 환자는 누군가?" 아이들의 아버지가 묻는다. 그러자 두 아이가 일제히 "그건 아빠!"라고 대답하는 것이다.

태양과 바다에 대한 향수

카뮈 부부는 아이들을 장모에게 맡겨놓고 시디 마다니로 갔다. 알제 시 남쪽 고르주 드 라 쉬파의 험준한 구역에 있는 낡은 호텔이 청소년 스포츠협회를 위한 교육 센터로 개조되었는데, 카뮈의 처형 크리스티안이 그곳 소장을 맡고 있었다. 그 교육 센터를 작가들이 찾아와 2주가량 머무는 일종의 문화 호스텔로 만들어달라는 요청을 받은 그녀는 초청할 인사에 대해 카뮈와 의논한 적이 있다. 그런데 이제 카뮈 자신이 프랑시스 퐁주, 브리스 파랭, 루이 기유, 에마뉘엘 로블레, 작가이며 『콩바』 필자인 앙리 칼레를 비롯하여 모하메드 딥 같은 몇몇 이슬람 교도 작가들과 더불어 그곳의 내빈이 되었다.

내빈들은 각기 독립된 방을 배정받았으며 무엇을 하든 완전히 자유였다. 공식적인 세미나도 없었다. 하지만 기유처럼 강연을 위해 나라 안을 여행하는 경우는 있었다.[8] 카뮈가 의무적으로 해야 하는 일이 있다면 지방 교사들에게 몇 차례 연속으로 강연하는 것뿐이었다.[9] 사실상 훌륭한 리조트 호텔에 훌륭한 식사까지 제공됨으로써 멋진 주고받기가 이루어지면서, 그는 자신이 이곳에서 일종의 요양 생활을 하고 있는 것이라고 여겼다.[10]

카뮈 부부는 시디 마다니에서 2주 동안 지냈다. 그들은 오랑과 알제 사이의 해변에 가기도 했다. 한번은 3월의 햇살 속에서 수영을 하러 잠시 해변에 머물렀던 그들이 자동차가 있는 곳에 와보니 차창이 깨지고 옷가지와 개인 소지품이 없어졌다. 그들은 소지품을 찾으려는 기대보다는 임시 신분증을 발급받기 위해 경찰서에 신고했다. 신분증도 다른 소지품과 함께 사라졌던 것이다.

오랑과 알제 사이의 중간에 위치한 산기슭에 자리 잡은 해안에서 카뮈는 완벽한 반원형을 그린 만을 보았다. 카뮈는 그때 일을 일기에 이렇게 기록했다.

땅거미가 지면서 고요한 바다 위로 번민에 찬 충만함이 솟아오른다. 그 순간 설혹 그리스인들이 절망과 비극을 품고 있었다 해도 그것은 오직 미와 그것의 억압적인 속성을 '통해서'였을 것이라는 사실을 이해하게 된다. 그것은 정점에 이른 비극이다. 그런 반면 현대 정신은 추악함과 범속함에서 절망을 구축했다.

바로 그것이 샤르가 의미한 것이다. 그리스인에게 미는 시작이다. 그런데 유럽인에게 미는 여간해서는 도달할 수 없는 목표다. 나는 현대인이 아니다.

물론 그는 티파사를 다시 찾아가지 않을 수 없었는데, 이번에는 루이 기유와 함께였다. 기유는 그곳이 브르타뉴 지방처럼 유적지를 덮고 있는 안개가 없이 온통 푸른 하늘뿐이라는 사실에 실망했다고 했다.[11]

알제로 돌아온 카뮈는 가족을 만난 다음 부자레아의 언덕 꼭대기 마을에 자리 잡은 로블레의 집을 방문했다. 원고를 갖고 다녔던 카뮈는 그곳에서 하루 종일 『정의의 사람들』 제4막 제1장을 썼다. 그런 다음 로블레가 알제 라디오 방송국을 위한 인터뷰로 질문을 던졌고 카뮈는 서면으로 답변했다. 나중에 로블레가 사람들이 예전에 그의 글에서 읽었던 절망이라는 말 대신 알제를 행복한 도시라고 언급한 데 대해, '행복'이라는 말을 들으니 기분 좋다고 하자, 카뮈는 그 원고를 다시 집어 들고 이렇게 덧붙였다.

우리 세대가 너무 많은 일을 보았기 때문에 오늘날의 세계가 동화책의 분위기를 띨 수 있으리라고 생각하지 못하는 것은 사실이다. 그들은 이 세상에 감옥과 처형의 아침도 있다는 것을 알고 있는 것이다. 그러나 이것은 절망이 아니라 명징함이다.[12]

이곳 부자레아에서 캅 마티푸가 내려다보이는 멋진 장소에 있게 되자 그에게 태양과 바다의 도시에 대한 향수가 되살아났다. 물론 고향 땅으로 귀환하고 싶다는 갈망이 생길 정도로 오랫동안 머물지는 않았지만, 이곳에 있자 세귀에가의 불편한 주택과 전후 파리의 생활이 훨씬 끔찍하게 여겨졌다.

파리에 있을 때 카뮈는 로블레에게 자신이 얼마나 알제리로 돌아가고 싶은지 말한 일이 있었다. 이제 돈도 약간 생겼으니 프랑스 문단에서 계속 글을 쓰는 한편 자신이 좋아하는 알제의 만이 내려다보이는 좋은 위치에 집을 한 채 갖고 싶다고도 했다. 카뮈를 위해 부자레아의 꼭대기에 있는 집을 찾아낸 로블레의 아내가 그해 겨울 안에 결정을 내려달라고 연락했다. 하지만 그때 그는 미셸 갈리마르 부부를 만나러 라이진에 가봐야 했다. 카뮈는 돌아오는 길에 답변을 주겠다고 약속했다. 결국 로블레는 자신들이 찾아놓은 그 빌라를 다른 사람이 가로챘노라는 소식을 전했다. 로블레가 카뮈가 놓친 그 빌라를 보여주자 카뮈는 그에게 이와 비슷한 다른 집을 알아봐달라고 부탁했다.[13]

그는 샤를 퐁세에게도 티파사에 집을 하나 구할 생각이라는 말을 했다. 퐁세는 이 옛 친구가 영구적인 주거지가 아니라 파리에서 달아나고 싶을 때 기력을 회복할 수 있는 오아시스를 원하는 것임을 알고 있었다. 퐁세는 티파사에 있는 친구들에게 그럴싸한 집을 알아봐달라고 했으나 성과는 없었다.[14]

나중에 카뮈는 가브리엘 오디지오에게 자신이 처리해야 할 여러 가지 문제가 없었다면 알제에 정착했을 것이라는 말을 했다. 파리에서는 '포위된' 느낌을 받았던 것이다.[15]

그는 프랑스 본토로 돌아가는 것이 달갑지 않았다. 그는 아내와 아이들이 3주간 더 오랑에 머물도록 놔둔 채 비행기를 타고 떠났다. 그런데 이륙 직후 비행기의 엔진 네 개 가운데 하나가 고장이 났다. 조종사는 비행기를 수리하기 위해 라 세니아 공항으로 회

향해야 한다고 말했다. 이때 카뮈는 밀폐된 공간에서 종종 겪곤 하던 밀실 공포증을 느끼고 기절해버렸다.[16]

파리로 돌아오자 그 문제는 여전히 현안으로 남아 있었다. 어떻게 하면 임시로 살림을 차린 세귀에가에서 벗어날 것인가 하는 문제가 해결되지 않은 채였던 것이다. 파리에 그대로 머물 것인가, 아니면 북아프리카나 프로방스 지방으로 갈 것인가?[17]

에마뉘엘 로블레는 자신의 서문에 의하면 그 주제가 고대 로마, 필립 2세 치하의 스페인, 점령기 프랑스 '등등'으로 얼마든지 전환될 수 있지만, 실제로는 1812년 베네수엘라의 스페인 정복자에 맞선 시몬 볼리바르의 해방 투쟁을 극화한 『몽세라』(Montserrat)라는 희곡 한 편을 쓴 적이 있다. 공교롭게도 로블레는 스페인 역사를 전공했다. 그 희곡이 4월 23일 파리의 몽파르나스 극장과 알제에서 동시에 무대에 올려졌다. 그 작품은 즉각적인 성공을 거두었으며, 22개 언어로 번역되기에 이르렀다.

카뮈는 『콩바』를 통해 그 희곡에 대해 "호기심을 끄는 강렬한 작품"이라고 찬사를 던지며 이렇게 덧붙였다. "『몽세라』의 배경은 아메리카 대륙이 아니라 모래와 바다로 이루어진 두 사막 사이에 있는 모리타니아 어딘가다." 고대 로마인들에게 '모리타니아'는 북아프리카 전체를 의미하는 단어로 쓰였다.

영국 여행

프랑신 카뮈가 돌아온 지 얼마 지나지 않아 카뮈 부부는 다시 여행을 떠났는데, 이번 여행도 공식적으로 후원을 받은 문화적 방문으로서 목적지는 런던과 에든버러였다. 그들 부부는 열차와 해협 페리를 이용하여 5월 4일 프랑스 연구소에서 자신들을 위해 베푼 리셉션에 참석하고, 그 다음에는 프랑스 대사관의 공식 만찬에 참석했다. 마침 그 자리에 있었던 오랑 시절의 친구인 장 폴 드 다넬상이 카뮈 부부를 자신의 낡은 차로 대사관까지 태워다주었다. 그때 카뮈가 그에게, 이 차를 타고 도착하는 것을 사람들이 보지 않도록 대사관에 못 미쳐서 내려달라고 했다.[18]

내가 기억하는 런던은 아침나절 새들의 지저귐에 깨어나던 정원의 도시였다. 실제의 런던은 정반대였다. 그러나 기억은 정확했다. 꽃 파는 수레들이 거리 곳곳에 있었던 것이다. 선창은 거대했다.

국립미술관에서 그는 피에로 델라 프란체스카와 벨라스케스의 그림들이 '경이 그 자체'라는 사실을 알았다.

그들은 옥스포드에 가서는 막달렌 대학에서 체류했다. "옥스포드의 정적. 사람들은 대체 여기서 뭘 하고 있는 걸까?" 그들은 이후 에든버러와 글래스고로 향했다.

스코틀랜드 해안의 이른 아침. 에든버러. 수로에 떠 있는 백조들. 가짜 성채에 에워싸여 있는 신비롭고 안개에 덮인 도시. 이 북방의 아테네는 전혀 북방의 느낌이 나지 않았다. 프린세스 거리에는 중국인들과 몰타인들이 있었다. 이곳은 항구인 것이다.

『계엄령』을 공연 가능한 희곡으로 만들기 위해서는 적지 않은 추가 작업이 필요했다. 연극 공연은 그해 가을로 예정되어 있었다. 내용 면에서 볼 때 카뮈가 바로를 위해 쓰고 있던 그 희곡은 『페스트』와는 아무런 유사점도 없었다. 배경은 이제 알제리의 오랑이 아니라 스페인의 카디스였다. 페스트는 반어적 재능을 지닌 한 거인에 의해 대표되는데, 그는 그곳 도시를 칼리굴라 황제와도 같은 독재적 잔인성으로 통치한다. 대학생 디에고가 그 공포에 맞서 카디스 시민들을 규합한다. 그러자 페스트는 자신의 공포 통치를 건드리지 않고 놔두기만 한다면 디에고와 그의 약혼녀를 탈출시켜주겠다고 제안한다. 디에고는 그 제안을 거부하고 죽지만 카디스는 구원된다.

타인들의 고결함

카뮈는 그 원고를 가지고 프로방스로 내려가, 릴 쉬르 라 소르그의 르네 샤르 곁에서 그해 여름 내내 작업을 계속했다. 샤르는 그가 외딴 곳에 커다란 전원주택을 세낼 수 있도록 도와주었다. 그 주택에는 "팔레르모"라는 이름이 붙어 있었는데, 그곳에서 살다가 멸문하고 만 팔레르느 공작 일가의 이름이 와전된 것이다.[19] 그곳은 낭만적인 샤르와 카뮈가 미처 예상하지 못했던 불편한 점들이 있었는데 교통의 차단, 한여름의 무더위, 아이들이 물가에 접근하지 못하도록 방책이 쳐져 있지 않은 운하 가장자리에 있다는 점 등이 그랬다. 카뮈는 처음에는 물론 그 격리를 매력적으로 여겼고, 가족이 자신보다 더 격리감을 느낄 것이라고는 생각하지 않았다. 하지만 가족은 카뮈보다 더 많은 시간을 그곳에서 보내게 되었다.[20]

샤르와 함께 파리를 떠난 카뮈는 기억에 남을 만한 자동차 여행을 하게 되었다. 까만 시트로앵은 이미 낡을 대로 낡았고, 프랑스를 가로지르며 내려가는 긴 여행은 십자가의 길과 비슷했던 것이다. 연료 공급 펌프가 제대로 작동하지 않자 카뮈는 파리 정비소의 기술자들을 탓했다. 숙소에 도착한 저녁 무렵에는 두 사람 모두 온통 더러워져 있었다. 카뮈는 자신들이 불량배처럼 보일 거라고 여겼다. 호텔 주인은 그의 생각을 확인해주었다. 그는 두 손님에게 정중한 어조로, 신분증 제시는 원치 않으며 이름을 마음대로 써도 좋다고 말했던 것이다. 몸집이 큰 샤르는 숙박부 카드에 공장장이라고 썼고, 카뮈는 기자라고 썼다. "이러면 됐소?" 두 사람이 호텔 주인에게 물었다. 호텔 주인은, 손님이 '미치광이 피에로'만 아니라면 아무래도 상관없다고 말했다. 대중지 때문에 유명해진 갱의 이름이었다.[21]

카뮈는 파리를 떠나기 전 「희생자도 처형자도 아닌」을 옹호한 자신의 글에 대해 에마뉘엘 다스티에 드 라 비게리가 쓴 장문의 답서를 읽었다. 그는 다스티에의 글에 대해 다시 한 번 답변해야 했으나 깜박 잊고 그의 반박문을 가져오지 않았다. 그래서 그는 미셸 갈리마르에게, 자기 책상에 있는 그 글을 찾아서 보내달라고 부탁했다.

다스티에는 「사형 집행인의 손에 떨어진 본디오 빌라도」라는 제목의 그 두 번째 글을 『악시옹』(*Action*)에 게재했다. 카뮈의 답변은 적절한 매체를 구하지 못하여 민주혁명연합(RDR)의 기관지 『고슈』(*La Gauche*)에 실렸다.

다스티에는 카뮈가 어린 시절의 가난을 공개한 사실을 비난했는데, 이에 대하여 카뮈는 친공산계 언론에서 툭하면 자신을 "부르주아지의 아들"이라 불렀기 때문에 이를 정정하지 않을 수 없었다면서 이렇게 말했다.

적어도 이번 한 번만큼은 당신들 같은 공산주의 지식인들 대부분이 프롤레타리아로서의 경험이 없다는 것과, 당신들이 우리를 현실을 모르는 무지한 몽상가 취급하는 것은 잘못임을 지적하지 않을 수 없다.

그는 자신은 일개 대원에 불과했다면서, 자신이 다스티에가 그랬던 것처럼 레지스탕스 운동에서 중요한 역할을 맡았던 것은 아니라고 인정했다.

다스티에는 카뮈에게 전체주의자들에 의한 폭력의 합리화라는 말이 무엇인지 설명해보라고 했다. 카뮈는 나치와 소비에트의 정치범 수용소, 정치범에게 집행된 강제 노동을 지적했다.

다스티에는 카뮈에게, 우파 그리스 정권의 정치범 처형에 미국이 연루됐다는 사실에 항의하는 공개서한을 미국 언론에 보낼 것을 제안했다. 카뮈는 다스티에가 자신의 진정한 견해를 모르고 있다고 말하며, 자신은 영국 방문 중에 바로 이 문제를 논의했으며 1946년에 미국에서 강연을 할 때도 유사한 문제를 다루었다는 사실을 지적했다.

그럼에도 불구하고 만약 다스티에 자신이 소련의 집단 수용소 제도와 강제 노동에 항의하고 아직도 소련 수용소에 억류돼 있는 스페인 공화파의 무조건적인 석방을 요구하기만 하면 자신도 다스티에에게 그러한 편지를 건네주겠노라고 했다. 다스티에는 그 제의에 아무런 대꾸도 하지 않았다. 카뮈는 결론을 내리며 다스티에게, 그리고 그로 표상되는 프랑스 좌파에게 다음과 같이 말했다.

내 역할은 세계와 인간을 변모시키는 것이 아니다. 내 역할은 아마도 나 나름으로, 그것이 없이는 설혹 변모된 세계라 해도 살아갈 가치가 없을 몇 가지 가치에 기여하는 일일 것이다.

마르크스주의자에게 양심이라는 것이 필요했던가? 그들이 양심을 필요로 하지 않을 경우 어느 누구도 그들을 위해 해줄 일이 없으며, 유럽은 대량 학살로 끝장나고 말 것이다.

그들이 양심을 필요로 한다 해도, 역사로부터 스스로를 절연시키지 않고도 자신의 한계를 의식하고 유럽의 불행과 희망에 대해 할 수 있는 일을 체계적으로 모색할 이 몇 안 되는 사람이 아니면 누가 그들에게 양심을 부여할 것인가. 단독자(solitaries)라고 당신들은 경멸을 섞어 말할 것이다. 아마 지금 당장은 그럴 것이다. 그러나 이 단독자들 없이는 당신들 역시 고립된 존재가 될 것이다.

스스로를 자유로운 양심, 단독자라고 하면서 카뮈는 냉전이 거의 모든 사람들을 어느 한 블록의 게릴라로 만들고 있을 때 서구나 동구권에서 자행되고 있는 자유와 인간 존엄성의 악용에 항의하며 이를 용납하려 들지 않는 자신의 친구들이 나아갈 항로를 그려 보이고 있었다.

릴 쉬르 라 소르그에 있던 카뮈에게 한 가지 기쁜 일이 생겼다.

그의 어머니가 그곳에 찾아온 것이다. 카뮈는 팔레르모의 맨 위층 조용한 방 하나를 썼는데, 그 방에서는 뤼베롱 산맥이 보였다. 그는 담배를 피우고 몽상에 잠기거나 작업을 하면서 그 방에서 몇 시간씩 보내곤 했다. 저녁때가 되면 늙은 개 한 마리를 데리고 시골길을 오랫동안 산책했다.

그러나 글쓰기는 어려움에 부딪혔다. 그는 바로를 위해 쓰고 있던 희곡 때문에 고통스러워했다.[22] 이 무렵 카뮈의 일기는 열의 높낮이를 기록하는 체온 기록, 독서록, 자연에 대한 성찰, 샤르나 그의 친구들이 들려준 이야기로 채워졌다. 샤르의 한 친구가 말했다.

"우린 스무 살 때 우리 심장을 향해 발사한 총알 때문에 마흔 살이 되면 죽을 것이다."

팔레르모에서 쓴 또 하나의 기록은 다음과 같다.

내 인생의 행운은 내가 비범한 존재들만을 만나고 사랑했으며, 그리고 실망했다는 사실이다. 나는 '타인들'의 미덕과 위엄과 넉넉함과 고결함에 대해 알게 되었다. 탄복할 만한 동시에 고통스러운 광경이었다.

카뮈는 10년 전의 자기 자신, 앞으로 쓸 책을 목록으로 작성했던 젊은이를 조롱했다. 그래도 그 젊은이는 자신만의 기교를 터득하고 있었다.

그는 다른 어떤 사람을 부정하지 않고서는 누군가를 위해 뭔가를 해줄 수 없다고도 생각했다. 사람들을 부정하지 못하면 너 자신이 불모가 된다. "결국 어떤 존재를 사랑한다는 것은 다른 모든 타자를 죽이는 행위다."

집필 장애든 아니든 카뮈는 이제 짤막한 에세이 「헬레나의 유형」(L'Exil d'Helène)을 쓰게 된다. 그 글에는 『반항인』으로 결말짓게 되는 철학적 명제인 지중해인의 균형 감각에 대한 주제가 담겨 있다. 그는 1948년 8월 30일자로 씌어진 그 글을 르네 샤르에게 헌정했다. 돌이켜보건대 그 글은 샤르가 반항에 대한 에세이에 영향을 미쳤다는 또 하나의 증거일 것 같다.

파리로, 군중에게로, 엉성하고 어두운 아파트로 돌아온 카뮈는 자신의 삶에 그 어느 때보다도 만족하지 못했다. 그는 『계엄령』에 모든 시간을 쏟아 부었다. 카뮈는 장 그르니에와 바로에게 리허설 시작 때까지 만족할 만한 원고를 넘겨주기 위해 5주 동안 매일같이 오후 2시부터 새벽 2시까지 작업에 매달렸다고 말했다. 그는 마지막 순간까지 그 원고에 매달렸을 뿐 아니라 리허설이 시작된 후에도 계속해서 작업했다.[23] 모든 배역이 정해졌다. 페스트에 맞서는 젊은 도전자 디에고 역은 바로 자신이 맡게 되며, 마리아 카자레스가 디에고의 희생으로 살아남게 되는 약혼녀 역을 맡았다. 페스트 자신은 피에르 베르텡이, 페스트의 비서는 바로의 아내 마들렌 르노가, 나다는 피에르 브라쇠르가 각각 맡게 된다. 명배우가 총출연한 가운데 '죽음의 심부름꾼' 역은 팬터마임 배우 마르셀 마르소에게 돌아갔다.

연극 제목을 정할 때 카뮈와 바로는 한 가지 게임을 생각해냈다. 두 사람 중 하나가 "여보, 어서 옷을 입고 ( )를 보러 갑시다"라고 말한 다음 빈칸을 채울 것을 결정하는 것이었다. 그러나 이를테면 "여보, 옷을 입고 '페스트'를 보러 갑시다"나 "까만 종양" 혹은 "하얀 악마"를 보러 가자고 말할 수는 없었다. 그러나 "계엄

령"이라는 희곡 제목은 그 빈칸에 딱 들어맞았다.[24]

세계 시민

1948년 9월, 카뮈는 외로운 미국인 게리 데이비스에게서 개인으로서 블록의 막강한 힘에 대항하는 시시포스에 대한 또 하나의 이미지를 발견했다. 『돈 키호테』를 다시 읽고 있던 카뮈는 장 그르니에게, 자신은 데이비스에게서 "미쳐버린 주인을 섬기는 가냘픈 산초의 유형"을 보았노라고 말했다.[25]

9월 12일, 데이비스는 파리의 팔레 드 샤이요에 있는 유엔의 임시 본부 앞에서, 자신의 미국 시민권을 포기하고 스스로를 세계 시민으로 선언한 저 유명한 시위를 시작했다. 경찰에 의해 유엔 구역에서 쫓겨난 그는 카뮈와 브르통, 좌파 가톨릭 철학자 에마뉘엘 무니에, 리처드 라이트가 이름을 빌려준 단독자위원회의 지지를 받았다.

11월 19일 데이비스는 유엔 회의에서 연설을 함으로써 또 한 차례 스캔들을 일으켰다. 그 사이에 카뮈는 바로 옆 카페에서 그의 의사 표시를 지지하는 기자 회견을 가짐으로써 그를 도와주었다. 12월 3일에는 3천 명 정도가 파리의 살레 플레엘 집회에 참가했으며, 다른 2천 명은 밖에서 스피커를 통해 카뮈와 브르통, 베르코르, 폴랑 등이 게리 데이비스를 옹호하는 변론에 귀를 기울였다.

12월 9일에는 보통 '벨 디브'로 알려져 있는 벨로드롬 디브르 강당에서 집회가 열렸고, 데이비스는 카뮈와 브르통, 폴랑 등과 함께 연단에 나타났다.[26] 사르트르가 운동에 참가하지 않겠다고 하자 마음이 상한 카뮈는 벨 디브 집회에 2만 명 정도의 청중이 모였다고 주장했다. 그러나 사르트르는 게리 데이비스 현상을 허풍으로 여기는 공산주의자들과 견해를 같이하고 있었다. 미국은 별것 아닌 슬로건을 외치는 괴짜들로 가득한 나라라는 것이다. 시몬 드 보부아르는 자신의 회상록에, 중요한 것은 데이비스가 유럽의 좌파 지식인들에게 중요하게 여겨졌다는 사실이라고 기록했다.[27]

"여러분은 무엇 하러 이곳에 모였습니까?" 카뮈는 살레 플레엘 연단에서 그렇게 물으며 연설을 시작했다. 그리고 자신이 던진 질문에 스스로 대답했다. "우리가 할 수 있는 일을 하기 위해서죠."

"그래서 무슨 소용이 있다는 걸까요?" "유엔은 대체 무슨 쓸모가 있는 걸까요?"

"어째서 데이비스는 소련으로 가지 않는 걸까요?" 카뮈의 수사학적 질문은 계속되었다. "왜냐하면 그들이 그의 입국을 원치 않기 때문이죠. 그가 다른 어느 나라나 마찬가지로 소련에 대해서도 대표로서의 소임을 다하고 있는데 말입니다."

카뮈는 데이비스가 미국 여권을 포기함으로써 많은 특권을 포기했다면서, 그렇다면 어째서 자신은 프랑스 시민권을 포기하지 않는 것인지 자문했다. 프랑스인이 된다는 것은 특권보다는 부담스러운 상황인데. 사람은 조국이 곤경에 빠졌다고 해서 자기 나라를 등지지는 않는다. 그렇다면 데이비스의 제스처는 쇼에 불과한가? 그렇다면 소크라테스는 시장에서 쇼를 한 셈이 될 것이다.

카뮈는 "여러분은 데이비스가 미 제국주의에 이바지한다고 보시진 않습니까?"라고 자문하면서 이렇게 대답했다.

데이비스는 자신의 미국 국적을 포기함으로써 다른 사람들처럼 미 제국주의로부터 스스로를 해방시킨 것입니다. 그럼으로써 그는 제국주의를 공격할 권리를 부여받았습니다. 소련 제국주의를 제외한 모든 것을 금지하고자 하는 이들은 부여받기 어려워 보이는 권리 말입니다.

그리고 소련 제국주의는? 카뮈는 제국주의는 쌍둥이와 같아서 함께 성장하게 마련이고 상대방 없이는 아무것도 할 수 없다고 했다. 만약 주권이 현실이라는 반론이 나온다면, 악도 마찬가지일 것이다. 그는 이번에는 자신의 비판자들에게 질문을 던졌다. 그들은 자신들의 정치적 신념이나 교리가 옳다고 확신하고 있는가?

그래서 수백만이 당하는 불행을, 결백의 외침을, 단순한 기쁨을 이야기하는 이들의 경고를 일고의 여지도 없이 거부합니까? 자신들이 옳다고 확신합니까? 그래서 점증하는 핵전쟁 위험의 천 분의 1의 가능성까지 걸겠습니까?[28]

『르 몽드』의 기자는 카뮈의 연설을 "탁월하고도 예리하다"고 보았다. 데이비스가 연단에 오르자 환호성이 터졌고, 그의 연설은 박수갈채로 여러 차례 중단되었다. 그 사건을 보도한 스페인의 신디칼리스트 기관지 『솔리다리다드 오브레라』는 그 집회에 중요한 평화주의적 의미가 있으며, 앞으로 적지 않은 여파를 미칠 수 있다고 보았다. 집회 참가자 중 일원인 에마뉘엘 무니에는 『에스프리』지에서 데이비스의 무익한 제스처에 찬사를 던지면서,

데이비스의 지지자들은 영웅이 아니라 자신들의 의무를 하는 것뿐이라고 했다.

친구들은 게리 데이비스에 대한 카뮈의 지지를 그의 소박한 이상주의의 반향이라고 보았다. 그는 데이비스가 성공할 수 있다고 믿은 것이 아니라, 데이비스의 성전을 소중한 메시지를 전파할 기회로 보았다는 것이다.[29] 프랑스의 무정부주의자이며 참전 용사로서 훗날 다른 좌파-이상주의 운동에서 카뮈와 연합하게 되는 모리스 주아외는 펠레 드 샤이요의 계단이나 셰르셰 미디 감옥 앞에 슬리핑백을 깔고 야영을 하는 "데이비스의 제스처가 반전과 감상적 평화론을 주장하는 젊은이들의 엄청난 열광으로 환영받았다"고 주장했다.

모든 부류의 무정부주의자들이 한때 폭격기 조종사였던 이 보이스카우트풍의 젊은이가 기적을 일으키기를 희망하고 이에 가담했다. 무정부주의 신문 『리베르테르』(*Le Libertaire*)는 이렇게 보도했다. "이는 우리가 늘 투쟁해온 인간과 세계의 해방을 향한 제1단계이자 첫 번째 발자국이다. 우리는 이에 경의를 표하는 바이다." 그러면서 다음과 같은 말도 덧붙였다. "이 평화주의 조류는 분명한 혁명적 단계로 발전하지 않으면 안 된다."[30]

카뮈가 데이비스를 지지한 일로 조롱과 모욕을 받아야 했을까? 카뮈는 12월 25일자 『콩바』에 실린 공개 서한을 통해 데이비스의 제스처, 그리고 카뮈처럼 데이비스를 지지하는 지식인들을 비웃는 모든 이들과 자신의 영원한 적 프랑수아 모리악에게 답변했다.

다른 몇몇 작가들과 나는, 혼자 힘으로 용기 있고 의미 있는 행동을 벌였으면서도 당신도 알다시피 이 나라에 영예를 돌릴 기회를 놓치는 법이 없는 언론에게서는 조롱이라는 보답을 받은 한 사람을 보호해달라는 요청을 받았다.

그것은 관료제에 맞서 데이비스를 옹호하고 그의 운동에 이목을 집중시키는 일이었다. 이 때문에 카뮈는 사회주의자와 드골주의자들로부터 유화주의자 또는 파시스트 취급을 받았다. 반소주의자들은 데이비스가 서방에 자신의 이념을 선전할 뿐이어서 자유세계를 무장해제시키고 소련 제국주의의 승리에 기여하게 될 것이라고 말하고 있는 듯이 보였다. 하지만 그 대안으로 미국과 드골주의자를 지지하게 될 수도 있다. 카뮈는 계속해서 "나는 우리가 아직도 유럽과 우리의 조국을 총체적인 파국에서 구원해야 한다고 여긴다"면서 다음과 같이 결론을 맺었다.

데이비스도, 그의 주장을 환영하는 이들도 세상의 진실을 쥐고 있다고 주장하지는 못한다. 그들은 자신들의 길, 자신들의 진정한 소명이 다른 어느 곳에 있다는 것을 잘 알고 있다. 그들은 그저 경고를 했을 뿐이다.

모리악은 『타블 롱드』 1949년 2월호에서 카뮈에게 답변하면서, 카뮈 역시 "의혹을 품고 있을 것"이라고 했다. 모리악은 아마 카뮈가 신랄함에 굴복한 것은 그가 '인간의 아들'을 거부한 이후 '왜소한 한 인간'을 따르기로 결정했기 때문일 것이라고 말했다. 모리악은 카뮈를 만날 때마다 별 탈 없이 저녁 식사까지 잘하곤 했으나 다음날이면 카뮈가 다시 예전처럼 거리를 두곤 했다고 말했다. 모리악은 그 이유를 세대간의 갈등 때문이 아닐까 생각했다. 그는 이제부터 그들의 대화는 논쟁 형식을 띠게 될 것이라고 단언했다. 그러면서 모리악은 성아우구스티누스의 표현을 빌어 카뮈를 "타고난 기독교도"라고 했다. 모리악은 카뮈가 제시한 대안을 억지로 받아들일 생각도, 세상의 수많은 문제와 직면하고 있는 지금 게리 데이비스의 효능을 믿을 생각도 없었다.

파리에서 뉴욕의 『파르티잔 리뷰』로 보낸 글에서 리오넬 아벨은 이렇게 썼다.

게리 데이비스라는 인물을 둘러싼 희극적인 사건이 있었다. 모두가 알다시피 이 젊은이는 자신의 여권을 반납하고 미국 시민권을 포기함으로써 최초의 세계 시민이라는 직함을 주장했다. 카뮈와 브르통, 부르데는 게리 데이비스의 행동을 개인이 새로운 형태로 정치에 참여하는 전조로 보고 결연히 지지하고 나섰다.

나는 그들이 게리 데이비스에 대해 쓴 글을 읽고 집회에서 연설한 것을 들으면서 경악을 금치 못했다. 분명히 박식하고 현명한 이 사람들이 어떻게 정치적으로 쑥맥인 한 젊은이가 벌인 오손 웰스풍의 제스처에 의해 역사의 흐름이 본질적으로 영향을 받을 수 있으리라고 생각하게 됐을까?

그런 반면 카뮈도, 브르통도 데이비스의 제스처가 대대적인 시민권 포기로 확산되기를 원치 않았다. 플레옐 집회에서 연설을 들은 젊고 예민한 시인 피셰트가 자신의 프랑스 여권과 신분증을 『콩바』지로 보내자 카뮈와 브르통은 그에게 이런 행위는 게리 데이비스의 행동이 지닌 상징적 가치에 오히려 해를 끼칠 수 있다면서 그것들을 도로 가져가라고 설득했다.

아벨은 계속해서 보다 막연하게 카뮈를 비판했다.

　내가 지금까지 살펴본 바에 의하면 카뮈의 정치론은 장황하고 유약하며 애매모호한 고결성만 강조해왔다. 최근에는 도덕적으로 바람직하고 정치적으로 효과적인 태도를 취해왔다. 카뮈는 명확한 선(善)에 대해서만 목소리를 높일 것이다.

34 유럽과 미국

이는 세상에 증오심을 가중시킨다거나 두 사회 중에서 선택을 하는
문제가 아니다. 다만 우리는 손에 잡히는 것에 매달린다는 유일한
목표를 가지고, 또한 언젠가 필요한 재건에 참여한 노동자가 되리라는
유일한 희망을 품고, 자신들을 분쇄하는 사회에 명확히 항변해야 한다.
• 국제연대그룹 선언문

마침내 1948년 10월 27일 마리니 극장에서 마들렌 르노·장
루이 바로 극단에 의해 「계엄령」이 개막되었다. 바로가 연출을 맡
고, 무대 장치와 의상은 아르토의 친구이자 프랑스에서 가장 유
명한 현대파 화가로 알려진 발튀스가 맡았으며, 아서 호네거가
음악을 작곡했다.

화려한 출연진과 저명한 예술가들이 참여한 이 연극이 잘못될
리는 없었다. 그런데 모든 일이 망가졌다. 비평가들은 이 연극에
서 생명을 찾아보려 했으나 발견할 수가 없었다. 연기는 인습적
이고 등장인물들은 설득력이 없었다. 어설프게 위장한 우화를 바
로 특유의 연극으로 개조하면서, 또한 페스트를 전체주의의 공포
로 보는 등 잘 맞지도 않는 물건을 통통한 배역에 억지로 짜 맞추
려는 시도 끝에 어느 누구의 마음에도 들지 않는 잡종이 나오고
말았다.

『피가로』의 완고하면서도 영향력이 지대한 비평가 장 자크 고
티에는 연극 속의 시 정신과 탁월한 출연진은 인정하면서도, 화
사한 언어에도 불구하고 "전혀 감이 오지 않았다"고 털어놓았다.

작가와 청중 사이에 어떠한 연결고리도 없다는 것이다. 소설가이자 에세이스트인 르네 바르자발은 『카르푸』에 다음과 같이 썼다. "극장을 드나든 이래 이처럼 괴로웠던 적도 없다." 『르 몽드』의 로베르 캉프는 연극이 "풍자적"이며, 그 알레고리는 "유치하다"고 했다. "실망스럽다! 실로 슬픈 일이다! 지루하기 짝이 없는 연극이다." 갈리마르와 『콩바』에서 카뮈와 함께 일한 친구 자크 르마르샹조차 예전에 카뮈가 있던 바로 그 신문에서 공연을 비난하지 않을 수 없었다. 하지만 그는 그 원인을 현대 작가에게 맞지 않는 바로의 무대 탓으로 돌렸다.

마리아 카자레스의 친구 뒤산 역시, 카뮈가 바로의 구상에 작사가 역할밖에 하지 못했다면서 연극의 실패를 카뮈와 바로의 부자연스런 결합 탓으로 돌렸다. 또한 이런 역할에 걸맞지 않게 연기해야 했던 마리아조차 배역을 잘못 맡았다고 했다.[1]

바로 자신은 훗날 이렇게 회상했다. "개막날 밤 파리 시민들은 우리가 실패했다는 생각에 기쁨을 억누르기 힘들 정도였다. 나는 육체적 고통을 느꼈는데, 그 상처는 1954년까지도 남아 있었다." 바로의 말에 의하면 그것은 자신의 첫 실패였으며, 앞으로 이 극단에서 카뮈의 작품을 공연하지 못하게 될까 두려웠다고 한다.

이 연극에 호감을 보인 몇몇 사람들이 있었고, 바로는 이 작품을 장기적으로 자신의 레퍼토리 프로그램으로 넣고 싶었지만 1백 명에 달하는 단원들에게 보수를 지불할 능력이 없었다.[2]

다른 사람들은 바로가 레퍼토리에 계속 넣어두었다면 그 연극을 살릴 수도 있었을 거라고 여겼다. 왜냐하면 아무튼 그는 매일 밤 그 작품을 공연한 것이 아니라 프로그램의 다른 작품들과 번갈아 무대에 올렸기 때문이었다. 그러나 17회 공연이 끝난 후에

는 그 작품에서 손을 뗐다.[3]

카뮈는 그후로도 몇 차례 「계엄령」을 되살리려 애썼고, 앙제 페스티벌에서 성공적인 야외 공연을 마친 뒤에는 극을 야외 극장용으로 수정하는 등 관심을 보였지만 바로와 함께할 생각은 없었다. 그들이 이제 마음 편히 공동 작업을 할 수 없었다. 연결 고리가 끊어져버린 것이다.[4]

이 희곡의 미국판에 대한 소개글에서 카뮈는 "이렇게 완벽한 혹평"을 받은 작품도 얼마 되지 않는다면서 『계엄령』이 "아주 간단하게 비평적 합의에 도달했다"는 사실을 지적했다. 그는 언제나 그 연극이 "가장 나다운 작품"이라고 여기고 있었기에 이는 더더욱 뼈아픈 사실이었다. 카뮈는 그 작품이 자신의 소설을 각색한 것이 아니며, 그보다는 도덕극이자 하나의 우화에 가깝다고 했다. "내 목적은 연극을 심리적 성찰의 대상에서 떼어내는 것, 그리고 웅얼대는 무대에서 오늘날의 인간을 굴복시키거나 해방시켜줄 거대한 외침을 들을 수 있게 하는 데 있었다."

자유의 증인

그에게는 풀어야 할 숙제가 하나 더 있었다. 가톨릭 철학자이며 극작가인 가브리엘 마르셀은 『누벨 리테레르』에 글을 쓰면서, 절망에 빠질 충분한 이유가 있는 동유럽이 아니라 스페인을 배경으로 한 용기에 대해 의문을 표시했다. 그에 대해 카뮈는 에세이이자 서한 형식의 「어째서 스페인인가」(Pourquoi l'Espagne)라는 글을 『콩바』에 실어 답변했다. 그는 스페인을 배경으로 삼기로 한 것은 바로가 아니라 그 자신이며, 기회주의와 부정직이라는 혐의 역시 자기에게로 돌렸다.

오늘날 사악함은 국가나 경찰 또는 관료 계급에서 나온다. 그러면 어째서 스페인인가? 왜냐하면 이 나라에서 "내 나이 또래의 인간이 역사상 최초로 불의의 승리를 보았기 때문"이다.

카뮈는 과거에서 현재에 걸친 프랑코의 범죄 사례들을 비롯하여 최근 프랑코 정권의 적대자 다섯 명에 대해 내려진 사형 선고를 인용하면서 자신의 나라가 스페인 독재자에게 협력했다고 비난했다. 자신은 결코 항의를 중단하지 않을 것이며, 자신이 희곡 속에서 가톨릭 교회를 비난한 사실이 있다면 그것은 프랑코 정권의 범죄자들과 협력한 스페인의 가톨릭 교회라고 해명했다. 그는 마르셀이 공산주의 정권이 저지른 범죄와 투쟁하기 위한 목적에서 스페인에 대해 침묵을 지키고 있다면서, 자신과 친구들은 어떠한 일에도 침묵하지 않을 것이라고 말했다.

실제로 그는 스페인 공화파의 운동에 점점 적극적으로 가담하게 된다. 여기에는 분명 마리아 카자레스의 입김이 어느 정도 작용했을 테지만, 카자레스만이 원인은 아니었다. 그 동안 카뮈는 무정부주의 노동조합인 전국노동연맹(CNT) 외에도 전시에 소련으로 끌려갔다가 스탈린에 의해 수용소에 감금된 스페인 공화파의 석방 운동을 벌이고 있던 스페인정치범연맹(FEDIP)의 간사 호세 에스터 보라스와 접촉했다.

두 단체 모두 프랑스에 망명 조직을 두고 있었다. 소련에 끌려간 사람들 대부분은 폭격에서 목숨을 구하기 위해 소개된 아동이었으며, 나머지는 소련에서 훈련 중인 조종사 및 해군 수련생들이었다. 그들이 출국을 원하면 프랑코 치하의 스페인으로 갈 수 있었지만, 프랑스 같은 자유 국가로는 여행할 수 없었다. 카뮈는 에마뉘엘 다스티에 드 라 비게리에 대한 두 번째 답서에서 그들의 문제를 다루었는데, 이제는 정기적으로 만나던 에스터와 프랑스에서 발행되는 전국노동연맹의 기관지 『솔리다리다드 오브레라』의 발행인 페르난도 고메스 펠라에스 같은 인물들을 통해 여러 단체와 깊은 유대를 맺게 되었다.

얼마 후 카뮈는 스페인정치범연맹의 후원하에 스페인 공화파 망명자들을 지원하기 위한 위원회 창설을 호소하는 글을 기초했다. 그리고 프랑스의 주도적인 지식인들의 서명을 받아주기로 약속했다. 1949년 8월 20일자 『솔리다리다드 오브레라』에 게재된 카뮈의 호소장에는 지드와 모리악, 사르트르, 샤르, 이그나치오 실로네, 카를로 레비, 부르데, 브르통, 오웰, 파블로 카잘스 등의 서명이 포함돼 있었다.[5]

망명자들의 좌파 신디칼리스트이면서도 철저한 반스탈린주의 성향이 자연스럽게 카뮈의 흥미를 끌었다. 그들의 투쟁은, 스탈린주의 전체주의자들의 손아귀에 들어가지 않더라도 얼마든지 반파시스트 원칙을 위해 싸울 수 있다는 것, 공산주의자가 되지 않고도 좌파가 될 수 있다는 사실을 입증하고 있었다.

한편 1949년 2월 2일, 스페인 공화국 망명 정부는 카뮈에게 해방 훈장을 수여했다. 포슈가의 망명 정부 본거지에서 스페인 공화국의 대통령이자 수상이 참석한 행사가 열렸다. 훈위 국장이자 법무장관인 페르난도 발레라는, 카뮈가 훈장을 좋아하지 않는데도 불구하고, 허영이 아닌 희생에 호소하는 이 훈장만큼은 수락했다고 말했다. 발레라는 카뮈에게 스페인 해방을 위해 협력한데 대해 사의를 표했다.

카뮈 역시 답사에서 "스페인의 유일한 합법적인 정부"에게 감사의 뜻을 표했다. 그리고 자신은 결코 정부들이 선심을 쓰는 식의 명예와 이런 명예를 혼동한 적이 없다고 말했다. "지금껏 내가 할 수 있는 일은 하찮은 것이었지만, 자유 스페인을 위한 진실에 대해서만큼이나 최선을 다해왔습니다." 카뮈는 이어서 자신은 그 일을 계속할 생각이라고 했다.[6]

1948년 12월 13일 카뮈는 살레 플레엘에서 열린 평화를 위한 국제 지식인 집회에서 연설을 했다. 그 집회는 민주혁명연합이 후원한 것으로, 이탈리아의 반파시스트 작가인 카를로 레비와 리처드 라이트 같은 연사들도 있었다. 시몬 드 보부아르가 리처드 라이트의 통역을 해주었다.[7] 카뮈의 연설은 중요한 부분이었다. 그 연설문을 자신의 첫 번째 정치론집 『시사평론 1』에 수록한 것으로 볼 때 그 자신도 그렇게 여겼던 것 같다.

그 연설은 "우리는 어설프고 흉포한 이념들 때문에 어떤 일에 대해서도 부끄럽게 여기는 데 길들여지는 시대에 살고 있다"라는 말로 시작되었다. 작가는 세계의 비참한 현실에 책임감을 느끼게 되어 있다. 하지만 그 자신은 양심의 가책을 느끼지 않는다. 그는 자신의 직업에 대해 감사와 긍지만을 느끼고 있다.

그는 공포에 싸인 오늘날의 세계를 묘사하면서, 예술은 이런 세계와 맞서야 한다고 주장했다. "정복자들이 바로 자기 생각의 논리에 따라 처형자와 경찰이 되는 이런 시대의 예술가는 결코 순종해서는 안 된다." 그는 계속해서 이렇게 말했다. "오늘날의 정치적 사회에 직면하여, 예술가가 취할 수 있는 유일하게 논리적인 태도는 양보 없는 거부다."

따라서 예술가에게는 변명이라든가 책임을 요구할 필요가 없다. 예술가는 자신의 뜻을 거스른다 해도 이미 책임을 지고 있는 존재이기 때문이다. "이미 그 자신의 기능에서 볼 때 예술가는 자유의 증인인 것이다." 진정한 예술가는 삶의 편에 서 있으며, 처형자를 제외한 어느 누구와도 적이 아니다.

알제로의 귀향

그는 1948년 12월 말에 다급한 연락을 받고 잠시 무대를 벗어나 비행기를 타고 알제로 갔다. 그가 사랑하는 은인인 앙투아네트 아코('게이비 이모')가 수술을 받은 것이다. 야간 비행기를 탔으나 잠을 잘 수 없었던 그는 밤하늘의 별들을 지켜보았다. 그는 일기에 "발레아레스 제도의 불빛들이 흡사 바다 속의 꽃처럼 보였다"고 기록했다.

그는 그 다음날 온종일을 병원에서 죽음이 임박한 사실조차 모르는 노파 곁에서 보냈다. 그의 어머니도 같이 있었지만, 그녀는 무관심이라는 자신의 미덕 덕분에 불안을 느끼지 않고 있었다. 병원을 나서던 그는 시내를 산책하고 싶었으나 비가 세차게 쏟아지기 시작했다. 카뮈는 세상에서 멀리 떨어진 기분에 잠긴 채 홀로 거리에 서 있었다. 다음날 그는 햇살 속에서 잠을 깼다.

그는 이모의 두 번째 수술이 끝날 때까지 적어도 열흘간 머물러야 한다고 생각했으며, 전후 처음으로 한가롭게 자신이 살던 옛집과 옛 친구들을 볼 수 있었다. "나는 잠시 주저하다가 나이든 그 얼굴들을 알아보았다"고 그는 기록했다. "구에르망트에서의 저녁이었다. 그러나 도시의 규모로 커진 그곳에서 그만 길을 잃고 말았다."

어느 날 저녁 그는, 자신들이 아직도 프랑스와 알제리 문학을 잇는 보다 큰 규모의 출판업을 시작할 수 있는지 알아보기 위해 로블레와 에드몽 브뤼아, 그리고 이슬람 교도 작가로 여겨지는 엘 부달리 사피르를 비롯한 오랜 지기 몇 사람을 학생 식당에서 만났다.

이 무렵 에드몽 샤를로의 파리-알제 간 출판 활동이 어려움에 부딪혔고 얼마 후에는 기진맥진한 끝에 폐업하게 된다. 카뮈의 생각은 전쟁 전의 『리바주』를 브뤼아가 창설한 칵튀스 출판과 합친다는 것이었다. 인쇄업자인 친구 에마뉘엘 앙드레오가 제작을 맡으면 되었다.

카뮈는 새 시리즈에 피에르 드 라리베이의 『정신』(Les Esprits)을 개작하여 내놓겠다고 했다. 그들이 처음 낸 책은 로블레가 쓴 가르시아 로르카 강연집으로, 4월에 2천 부를 간행했다. 그리고 결국 그것이 유일한 책이 되고 말았다.

설립 취지서에는 카뮈, 모하메드 딥, 카를로 레비, 아르투로 세라노 플라자, 사피르, 브뤼아, 오디지오 등의 작품을 출간하겠다는 약속이 들어 있었다. 그러나 얼마 후 앙드레오가 병에 걸려 쓰러졌다. 그의 죽음은 자신의 과거와 다리를 놓고 싶어 하는 카뮈의 지속적인 희망을 입증하며 새로 나올 『리바주』에 치명타가 되고 말았다.[8]

그는 예전의 벨쿠르 아파트도 찾아가보았다. 한 번은 어머니와 함께 그 아파트에 단둘이 남게 되었을 때 카뮈는 자신의 사생활에 대해 이야기하고 싶은 충동을 느꼈으나, 그러지 않기로 했다. 어머니가 자신의 상황을 이해할지 확신이 없었던 것이다. 그러나 그는 어머니가 자신을 이해하리라는 사실을 알고 있었다. 어머니는 그를 사랑했기 때문이다.

그런데 알제 시에 머무는 동안 이상한 불쾌감이 계속 그를 따라다녔다. 어머니는 별도로 하고 그는 되도록 알제리로 돌아오지 않기로 마음먹었다. 마침내 이모의 병이 나아질 기미를 보이자 그는 안도의 숨을 내쉬고 그곳을 떠날 수 있었다.[9]

이듬해인 1949년에 그는 문화 교류를 위해 또 한 차례 해외 장기 여행을 떠났는데, 이번 목적지는 남미였다. 카뮈는 항해 예약을 6월 말에 했지만, 1월 1일부터 여행 계획 또는 여행을 앞둔 시기의 계획을 짜기 시작했다. 그의 주된 관심사는 1월과 7월 사이에 세상으로부터 완전히 물러나 『정의의 사람들』과 『반항인』 집필을 끝내는 것이었다.

그는 2월에 이르러 그 무렵 "밧줄"로 가제를 삼았던 『정의의 사람들』, 그 다음으로 반항에 대한 장편 에세이, 마지막으로 자신의 문학적 · 비평적 · 정치적 에세이를 한데 모은 세 권의 책 등 6월까지의 우선순위 목록을 상세히 밝혔다. 카뮈는 2월에는 희곡을, 3월과 4월에는 『반항인』 초고를, 5월에는 선집의 편집을, 그런 다음 6월에 희곡과 에세이 개정 작업을 할 수 있으리라고 생각했다. 이 엄청난 계획은 바로 그 다음 일기에 나온 결심으로 뒷받침되어 있었다.

일찍 일어날 것. 아침식사 '전에' 샤워할 것.
정오가 되기 전에는 담배를 피우지 말 것.
작업에 대한 완강한 태도. 그것만이 나약함을 극복할 것이다.

그는 『결혼』부터 이제 쓰게 될 희곡과 에세이에 이르기까지 자신의 모든 작품이 각각의 방식으로 비인간화의 결과를 나타낼 것이라고 기록했다. "그런 다음 비로소 내 이름으로 말을 할 수 있게 될 것이다."

그는 미셸 갈리마르 부부에게 자신의 의도를 자세히 설명해주었다. 즉 그는 몇 년 동안 책상에 묵혀놓았던 모든 계획을 털어내고, 이를테면 남미로의 여행 같은 휴가를 떠날 것이며, 그런 다음에는 세계적 영광(그는 농담삼아 그런 표현을 썼다)을 안겨줄 일련의 작업을 시작할 것이라고 했다.

삶의 이유를 지키기 위한 노력

그러나 모든 공적 활동에서 물러날 수 있는 시기는 오지 않았다. 단명한 그의 삶은 이념 투쟁의 되풀이로 점철되어 있었다. 그는 막후에 있는 편을 좋아했지만 과묵한 성격과는 별도로 언제나 한두 가지 운동에 연루되곤 했고, 가능하면 언제나 당시 선호되던 집회와 청원, 선언 등의 방식을 지양하고 사적이면서 개인적으로 관여했다.

청원서 하단에 적히는 자신의 이름에 대한 성가가 날로 높아가자 그는 자신의 이름을 쓰고자 하는 사람들을 더욱 경계하게 되었다. 그는 조종받을 것에 대한 두려움 때문에 운동에서 빠지거나 맨 처음부터 참여하기를 거절함으로써 친구들을 실망시킬 위험을 감수하고서라도 단독으로 움직이기를 선호했다.

이러한 카뮈의 방침에 한 가지 중요하면서도 대체로 잊혀진 예외가 하나 있었는데, 카뮈와 그의 친구들이 '국제연대그룹'이라고 부른 단체가 그것이다. 뉴욕에서 유럽으로 돌아가기 전에 니콜라 치아로몽테는 그곳에 있던 친구들과 함께 곤경에 처한 유럽의 지식인들과 전체주의 국가들(공산주의든 파시스트든)의 정치적 망명자들을 도덕적으로는 물론 물질적으로도 지원하기 위한 계획을 품고 있었다.

1947년과 48년 사이의 겨울 어느 때, 아니면 늦어도 그해 봄까지, 이 토의에 참여한 치아로몽테의 동료 중 두 사람인 메리 매카시와 앨프레드 카진은 '유럽-미국 그룹'으로 명명하기로 한 단체의 헌장을 작성했다.

그들은 선언문에서, 세계를 분할한 주요 블록에 의해서 서로간에 연결 고리가 없는 유럽 지식인들의 결속과 지원을 위한 센터를 설립한다고 했다. 그들은 진정한 국제주의, 부의 공평한 분배, 개인에 대한 존중에 세계의 희망이 있다고 보았다. 그들의 목표는 곤경에 처한 이들에게 물질적 도움을 줌으로써 유럽에 만연한 절망의 기운과 투쟁한다는 데 있었다.

미국 서명자들에게는 스탈린주의가 유럽의 공적 제1호였지만, 적은 그것 하나만이 아니었다. 그들은 스페인의 프랑코, 유고슬라비아의 티토 같은 다른 형태의 경찰국가들뿐 아니라, 심지어는 프랑스의 드골주의 운동이나 이탈리아의 기독민주당 같은 독재주의에 대해서도 반대했다. 그들은 이런 분류가 미 국무성의 기준에 의한 것이 아님을 지적했다. 자신들을 미국 자본주의와 동일시하는 것을 거부한 그들은 평화주의자는 아니었지만, 군사적인 의미에서만 세계 공산주의와 투쟁한다는 것은 과오라고 생각했다.

서명자들은 구체적으로 프랑스와 독일, 이탈리아의 개인과 단체를 돕기 시작했으며, 얼마 안 되나마 서적과 잡지를 비롯한 정보들을 제공했다. 그들은 장차 물질적 원조를 확대하기를 희망했다. 이 헌장의 서명자들 중에는 치아로몽테, 매리 매카시, 앨프레드 카진, 윌리엄 바레트, 엘리자베스 하드위크, 시드니 후크, 드와이트 맥도널드, 니콜라스 나보코브, 윌리엄 필립스, 그리고 필립라프, 아이작 로젠펠트, 솔 스타인버그, 도로시 톰슨, 니콜로 투치, 베르트람 울프 등이 포함돼 있었다.

서명자들 자신도 돈을 기부했지만 그 외에 예술품 경매로 천 달러를 모았으며, 집회(그 일례로는 대통령 후보인 헨리 월레스에 대해 매리 매카시와 시드니 후크가 참여한 토론회) 입장료로 더 많은 돈을 모금했다. 미국과 유럽을 오가던 치아로몽테가 모금한 돈을 파리로 보내는 통로 역할을 했다. 그는 1947년 초, 1948년 봄, 그리고 다시 1949년 2월에 파리에 왔다.[10] 미국인들의 선언문은 1948년 8월 반스탈린주의 좌파 월간지 『레볼뤼시옹 프롤레타리엔』에 게재되었다.

미국의 이들 좌파와 반공산주의 지식인들의 도덕적 지지와 물질적 후원과 더불어 카뮈와 그 친구들이 얼마 후 파리에서 그와 비슷한 단체를 결성했다. 치아로몽테를 통해서 받은 기금에 덧붙여 그들은 또 다른 물질적 지원을 받았는데, 사회주의 노동조합의 사무실과 비품이 그것이었다. 스페인 공화파를 후원하는 집회에서 카뮈와 만난 적이 있는 경험 많은 노동 지도자 로제 라파이어는 전체주의 정권의 희생자들을 위한 구체적인 지원 프로그램을 돕겠다고 나섰다. 공교롭게도 그들이 돕게 된 처음 두 명의 희생자는 미국인 트로츠키파였는데, 그들이 프랑스에 체류할 수 있도록 숙소와 일자리를 마련해주었다. 카뮈는 갈리마르사의 사무실에서 라파이어의 도움을 받아 국제연대그룹을 위한 선언문을 작성했다. 그 문구는 유럽-미국 그룹의 호소문과 아주 비슷하다.

우리는 미국, 이탈리아, 아프리카 등 여러 나라의 친구들과 연계해서 삶의 이유를 지키기 위해 노력과 성찰을 결집시키기로 결의한 단체다.

이러한 삶의 이유는 오늘날 극악무도한 우상들에 의해, 무엇보다도 전체주의적 기술에 의해 위협받고 있다.

이러한 이유는 특히 스탈린주의에 의해 위협받고 있다.

이러한 이유는 비교적 사소한 정도이긴 하나 미국의 과학기술 숭배에 의해서도 위협받고 있다. 그러한 과학기술은 개인의 중립성을 용인한다는 점에서 전체주의적인 것은 아니다. 그러나 그 나름대로, 영화와 언론과 라디오 방송을 통해 심리적으로 그것의 존재를 필요불가결하게 하고 그 자체를 사랑하도록 만든다는 점에서 전체적이다.

카뮈의 그룹은 비관료적인 경로에 의한 물질적 원조와 함께 "구체적이고 국제적인 친교"를 제안하는 한편, 유럽인들에게 미국의 비순응주의자와 소련 반체제 인사들의 존재를 알리고, 미국인들로 하여금 소련의 지도층과 그 민중을 구분 짓도록 여러 사실들을 알려주는 정보 서비스를 운영하게 된다.

카뮈와 로제 라파이어 외에 선언문에 서명한 사람들 중에는 로베르 조소, 장 블로슈 미셸, 미셸 알펜 등이 포함돼 있었는데, 모두 카뮈와 가까운 사람들이었다. 그중에는 작가 질베르 시고, 나이든 무정부주의 교열기자 니콜라스 라자레비츠, 외과의사 다니

엘 마르티네, 그리고 좌파 신디칼리스트 성향 교사인 질베르 왈루진스키 등도 있었다.[11]

그 그룹의 회원들은 대부분 혁명적이고 노동 지향적이며 투철한 반공산당 성향의 잡지 『레볼뤼시옹 프롤레타리엔』이 기른 인물들이었다. 라파이어의 부친은 '혁명적 신디칼리스트'로 알려진 인물이었으며, 라파이어는 1920년대에 이미 그 운동에 뛰어든 인물이었다. 트로츠키파와 마찬가지로 이들 정의하기 어려운 좌파 노동 이념론자들은 보다 온건한 개량주의 사회당과 대립하는 한편, 공산당이 자본주의 두목을 당 간부로 대체했다고 여기고 있었다. 제2차 세계대전 이후 그 잡지는 프랑스 노동 운동의 모든 비주류 인물들, 심지어는 개량주의자들에게도 문호를 개방했다. 카뮈 자신은 어떤 특정 주의나 조직 기구에 동의하지 않은 채 이후 죽을 때까지 『레볼뤼시옹 프롤레타리엔』의 친구이자 재정적 후원자로 남게 된다.[12]

이 비공식적인 친구들은 물자를 보관하고 자신들의 관심을 끈 사항들을 원조하기 위한 접촉 때문에 위니베르시테가 78번지의 타운 하우스를 개조한 사회주의 노동조합 건물에서 만나곤 했다. 도움을 부탁받은 정치 망명자 대부분은 스페인 공화파였다. 정부에서 일하고 있던 조소는 그들에게 프랑스에 체류하고자 하는 사람이면 누구나 반드시 가져야 하는 노동 허가를 얻어주었다.

미셸 알펜은 시청에 있는 자신의 연줄들을 통해 그들에게 거주 허가를 얻어주었다. 망명자가 지식인인 경우 카뮈가 그 사람을 자신의 비서로 채용했다는 사실을 보증해주는 경우도 여러 차례 있었는데, 그 때문에 조소는 그에게 어떤 사람도 그렇게 많은 비서를 채용할 수 없다고 주의를 주었다. 그러나 조소는 실제로 자신들이 하고 있는 일에 대해 별로 걱정하지 않았는데, 자신들이 아직 해방 후 프랑스의 자유분방한 분위기 속에 있기 때문이었다. 좋은 목적을 위한 가짜 증명서는 얼마든지 입수할 수 있었다. 조소가 이 일을 하면서 문제로 여겼던 것이 있다면, 소련권의 망명자에게 서류를 얻어주는 일이었다. 그의 사무실에 있는 공산주의자들은 스페인 공화파는 언제든 도와줄 용의가 있었지만 반공산주의자들에 대해서는 그렇지 못했던 것이다.[13]

카뮈-라파이어의 '국제연대그룹'이 1948년 8월부터 활동을 시작했다는 증거가 있음에도, 그리고 당시 릴 쉬르 라 소르그에 있던 카뮈가 미셸 갈리마르에게 어느 스페인 망명자에게 전체주의 망명자 및 희생자를 위한 국제 원조 기구의 이름으로 얼마간의 돈을 건네줄 것을 부탁한 적이 있음에도,[14] 이 단체의 회보가 처음 세상에 모습을 드러낸 것은 1949년 3월이 되어서였다.

『국제연대그룹 소식지』 제1호 서언에는 이 조직이 대대적인 운동을 꾀할 생각은 없으며 논쟁이 아니라 정보를, 이념이 아니라 원조를 제공할 것이라는 내용이 담겨 있다. 창간호는 드와이트 맥도널드가 자신의 잡지 『폴리틱스』에 게재했던, 소련에 관한 평화주의의 문제에 대한 글로 시작되었다. 그 글에서 맥도널드는 평화주의가 유효하려면 순진한 평화주의여서는 안 된다고 주장하고 있다.

두 번째 글은 조지 오웰이 쓴 것으로 뉴욕 잡지 『코멘터리』에 실렸던 글을 재수록한 것이다. 세 번째 것은 소련 신문 『리테라투르나야 가제타』에서 찾아낸 것으로 『레트르 프랑세즈』 소속이던 클로드 모르강이 쓴 원문인데, 주요 내용은 비공산주의 프랑스인에 대한 탄핵이었다. 이 글에는 또한 민주주의 원칙에 대한 곡해

정도를 보여주기 위해 소련의 몽골 인민공화국 헌법의 일부 내용
도 실려 있었다. 이 첫 회보는 등사로 인쇄되었는데, 나중에는 정
식으로 인쇄되어 발행되었고, 스탈린주의의 범죄상을 주요 내용
으로 다루었다.[15)

카뮈와 다른 회원들은 집정 내각 시대의 실내 장식이 되어 있지
만 새로 페인트칠을 한 큼직한 사무실에서 모임을 열었다. 그 사
무실은 개조가 덜 끝난 품위 있는 맨션인 포르스 우브리에르 건
물의 정원을 마주보고 있었다.

선언문에서 약속한 것과 달리 그들은 많은 시간을 전략 토론에
보냈는데, 이는 노동 지도자들과 다른 여론 조성자들에게 영향력
을 미치려는 시도(그들의 소식지는 그 목적을 위한 또 하나의 매
개체인 셈이었다)에서였다. 라파이어가 보기에 망명자에 대한 원
조 역시 그 단체가 단순히 추상적 공론을 일삼는 토론장이 아님
을 입증하기 위한 노력의 일환이었던 것 같았다. 그러나 얼마 후
카뮈는 그 모든 노력에 실망을 금치 못했다. 소식지는 1백 명 가
량의 노동 지도자에게 발송되었으나 그 단체의 영향력은 계속 제
한된 상태에 머물러 있었던 것이다.

그 밖에 다른 문제도 있었다. 참석자들 중 일부는 회의 때 갖는
공개 토론에만 관심이 있는 눈치였던 것이다. 그들에게 이 토론
은 그룹의 존재 이유가 되었다. 예를 들어서 니콜라스 라자레비
츠는 1905년 러시아 혁명의 전통을 이어받은 무정부주의자로서
모든 회의를 끝도 없는 강연장으로 만들어버리기 일쑤였다. 염소
한 마리를 데리고 교외의 오두막에 사는 괴짜였던 라자레비츠는
다른 사람들을 격분시키곤 했다.

카뮈는 라자레비츠가 장황한 독백을 늘어놓기 시작하면 허비

할 시간이 없다면서 회의를 일찌감치 끝내곤 했다.[16] 어느 회의 에선가 그 늙은 무정부주의자는 카뮈와 블로슈 미셸에게, 그들이 언젠가 전시 레지스탕스 운동에 가담함으로써 자본주의 전쟁에 한몫한 사실에 아무런 양심의 가책을 느끼지 못하는 이유에 대해 설명해야 할 날이 올 것이라고 말하기도 했다.[17] 또 한번은 카뮈 가 회원들에게, 사르트르가 단체의 목적에 동의하여 「악마와 하 느님」(Le Diable et le Bon Dieu)의 하루 저녁 공연 수익금을 활 동비로 기부하기로 했다고 말했지만 성사되지 않았는데, 아마도 라자레비츠가 사르트르 같은 자들로부터 돈을 받고 싶어 하지 않 았기 때문일 것이다.[18]

위니베르시테가에서 열린 이런 모임 가운데 한 번은 소련에서 살다가 1930년대에 숙청되어 시베리아로 유형당했던 한 스위스 여성의 경험담을 듣기도 했다. 과학자이며 훗날 노벨상 수상자인 자크 모노 역시 몇 차례 모임에 참석했는데, 카뮈는 공산주의자 로서의 그의 경험담에 흥미를 보였다.

카뮈의 실망감은 참석자들이 그에게 제안한 일을 다른 할 일이 있다는 이유로 맡지 않으려 한 데서 잘 나타났다. 그는 왈루진스 키에게, 회의 때 쏟아져 나오는 광신적인 발언에 침울해졌다고 고백하기도 했다.

이 그룹은 카뮈가 1949년 여름에 남미 여행을 떠났을 때나, 그 해 말부터 1950년 여름까지 그가 병에 걸려 있었을 때도 활동을 계속했다. 카뮈는 왈루진스키에게 그룹이 활동을 계속하도록 돌 봐달라고 당부했으며, 자신이 장기 회복에서 벗어나 적극적인 활 동을 하게 되면 그룹이 새로운 활동 거점을 마련하게 되기를 바 란다고 말했는데, 아마도 단체의 기능을 마비시키던 말썽분자를 일소하겠다는 의미였을 것이다.

카뮈는 돌아왔지만, 그가 한 일은 대부분 그룹의 해체에 관련된 일이었다. 활동 중단의 여론이 일고 있다는 취지의 발제와 더불어 국제연대그룹 해산을 촉구한 장본인은 카뮈였던 것이다.[19] 그는 억지로 그룹을 살리려는 인위적인 노력을 할 게 아니라 냉정하면서도 자발적으로 정리하는 편이 수명이 다한 실험의 종지부를 찍는 최상책이라고 여겼다.[20]

카뮈는 그룹 해산과 관련하여 자신의 일기에 "우리가 사랑하는 대상을 위하여 새끼손가락 하나 들 힘도 없다"는 라자레비츠의 말을 인용했다. "아니, 우리가 무력한 것이 아니다. 우린 우리가 할 수 있는 아주 작은 일조차 하기를 거부하고 있는 것이다. 비가 온다느니, 집에 일이 있다느니 등등의 이유 속에서도 회의를 강행하는 것은 무리다."

그러나 이후에도 그룹에서 활동하기 위해 모였던 사람들은 계속 연락하고 지냈다. 카뮈도 언제나 정치 망명자를 돕는 일에는 기꺼이 응했다.[21]

사르트르의 어깨와 카뮈의 폐

비슷한 시기에 카뮈는 국제연대그룹과 비슷하게 짧게 끝난 문학 운동을 시작했다. 그는 샤르, 알베르 베겡, 그리고 작가 장 바그와 함께 월간 『엠페도클레스』의 발행에 참여했다.

1949년 1월에 간행된 창간호에는 집필 중인 에세이 『반항인』에 대한 소개문 형식으로 카뮈 자신의 「살인과 부조리」(Le Meurtre et l'Absurde)가 게재되었다. 또한 민주혁명연합의 지식인 모임에서 카뮈가 한 연설문이 「자유의 증거」(Le Temoin de la liberté)라는 제목으로 수록되었다.

창간호에 글이 실린 다른 필자들 중에는 카뮈의 친구인 샤르, 장 그르니에, 기유 등도 있다. 카뮈는 계속해서 그 잡지를 자신과 친구들의 작품을 위한 활동 무대로 활용했다. 마침내 그가 종종 이야기하던 자신만의 잡지를 손에 넣은 것처럼 보였다. 이후에도 『엠페도클레스』에는 시몬 베유, 블로슈 미셸, 퐁주, 파랭의 원고는 물론 심지어 앙드레 벨라미슈가 번역한 허먼 멜빌의 원고까지 수록되었다. 『엠페도클레스』는 1950년 여름까지만 발행되었는데, 그 잡지에 실린 글 중 가장 널리 알려진 것은 카뮈 그룹에 들어 있지 않은 젊은 작가 쥘리앵 그라크의 「대담한 문학」(La Littérature à l'estomac)이었는데, 이 작품은 전후 프랑스에 나온 프랑스 문학상 제도에 대한 비판 중에서 가장 인상적인 글이라고 할 수 있을 것이다.

1950년 1월, 『엠페도클레스』에는 프랑스 작가들에 대해 소련이 비평하고 분석한 글이 실렸는데, 『노비 미르』 1947년 8월호에서 카뮈를 "퇴폐적 개인주의의 선전가"라고 비난한 내용도 인용돼 있다. 그 글을 쓴 소련의 비평가는 계속해서 이렇게 언급했다.

알베르 카뮈는 마치 공무원처럼 무성의하게 존재는 부조리하다는 말만 되풀이함으로써 유럽과 미국 비평가들의 주의를 끌었다. 카뮈는 포의 우화에 등장하는 갈가마귀의 불길한 울음 소리를 어설프게 흉내내어 유럽 문학의 한 자리를 차지했다. 그는 사람들이 상아탑과 채식 생활보다 영웅적 투쟁과 행동을 더 좋아할까 봐 두려워하고 있다.

이 글은 계속해서 카뮈의 "허무주의적 궤변"에 대해서도 비난하고 있다. 그러나 『엠페도클레스』는 사르트르와 보부아르 역시 동시대 소련 비평가들에게 비슷한 취급을 당하고 있음을 보여주게 된다.

그러한 비난은 소련 진영에서만 나오지 않았다. 프랑수아 모리악의 아들이며 열성 드골주의자인 클로드는 1949년 2월 '청년 지식인'을 위한 월간지를 창간했다. 그런데 『리베르테 드 레스프리』(Liberté de l'esprit) 창간호에는 말로와 막스 폴 푸셰, 장 앙루셰, 장 레스퀴르 등의 글과 더불어 23세의 젊은 우파 논객인 로제 니미에르가 좌파 작가들을 통렬하게 비난한 글도 게재되었다. 그 글에서 로제 니미에르는 카뮈의 고매한 정서에 대해 조롱을 퍼부었다. 그는 카뮈가 사형에 반대하면서도 브라지야크의 죽음에 대해서는 그다지 분개하지 않았다고 주장했다. 그는 점령 당국과 협력한 지식인을 숙청할 동안에도 카뮈가 침묵했다고 비난했다. "카뮈 씨의 만능의 침묵은 만약 그 작가가 흑인과 팔레스타인인(그 당시 이 말은 유대인을 의미했을 것이다-지은이) 또는 황인종을 지지하는 발언(그것도 유창한)을 하지 않았더라면 별로 주목할 만한 일이 아니었을 것이다."

니미에르는, 프랑스가 전쟁에 말려들지는 모르지만 그렇더라도 "우리는 사르트르 씨의 양 어깨나 카뮈 씨의 허파에 의지해서 전쟁을 수행하지는 않을 것"이라고 했다.

논쟁에서 카뮈의 폐에 대해 언급한 것은 실언이었다. 그런 실언이 나온 것은 니미에르가 카뮈의 결핵 병력을 모르고 있었기 때문일 것이다. 모리악의 지식인 드골주의자와 공동 전선을 펴고 있던 작가들 중 한 사람이 그 문제에 대해 침묵하지 않기로 결정했다. 레지스탕스로서 『도멘 프랑세즈』와 『레트르 프랑세즈』에서 카뮈와 함께 활동한 적이 있는 장 레스퀴르는 원래 친한 친구인 말로가 클로드 모리악을 보내며 그를 도와줄 것을 당부했기 때문에 『리베르테 드 레스프리』에 글을 쓰기로 했다.

이제 그는 이 새 잡지 측에 공개서한을 보내, 얼마 전만 해도 사르트르의 어깨와 카뮈의 폐는 반나치 운동에 결코 모자람이 없었다는 사실을 지적했다. 레스퀴르의 편지가 실린 호에서 니미에르도, 자신은 지난 번 글을 쓸 때 카뮈의 병력에 대해 알지 못했었노라는 사과 성명을 발표했다. 그러나 카뮈는 결코 그를 용서하지 않았다.[22]

다시는 말려들지 말 것

카뮈는 3월 6일 「칼리굴라」의 공연 개막식을 위해 런던으로 향했다. 가까운 친구들에게 이야기한 어투에 의하면 카뮈는 그 짧은 여행이 즐겁지 않았던 것 같다.

그는 인적이 끊긴 채 눈으로 덮인 일요일의 런던에 도착하여 그리스 식당에서 형편없는 식사 대접을 받았다. 영국 공연의 연출자가 그를 대접했다. 그러나 그 식당과 바질 스트리트 호텔이 실망스러운 정도였다면, 연극의 성공 역시 확신할 수 없었다. 그는 배우들의 연기도 마음에 들지 않았으며, 연극에 도입된 발레극을 보고 말은 하지 않았지만 내심 소름이 끼쳤다. 그 시점에서 카뮈는 위스키 한잔을 할 생각으로 리허설장을 빠져나왔지만, 물론 때가 적절치 않았다. 문을 연 술집이 없었던 것이다. 그래서 그는 커피 한잔으로 때웠는데, 그 덕분에 하룻밤의 절반을, 그리고 그

날 먹은 그리스 음식 덕분에 나머지 절반을 뜬눈으로 지새우고
말았다.

3월 8일의 공식 개막식 때는 대사들과 귀부인들이 참석했는데,
카뮈는 그 사람들이 이 연극을 파리 연극의 표본으로 여길 거라
고 생각하며 몸을 떨었다. 그는 개막식 다음날의 귀국 시간만 초
조하게 기다렸다.[23]

카뮈는 파리에 있을 때, 아마도 좀더 그의 관심을 끌 한 가지 계
획을 의논 중이었다. 그는 런던으로 떠나기에 앞서 가브리엘 오
디지오, 배우 피에르 블랑샤르, 그 밖의 몇몇 북아프리카 출신 친
구들과 만나, 알제리를 영화에서 흔히 보듯 동양적이고 그림처럼
아름다운 나라가 아닌 색다른 곳으로 보여줄 영화 제작을 의논했
다. 그는 블랑샤르에게 "우린 우정을 다룬 이야기를 보여줘야 한
다"고 말했다. 블랑샤르는 훗날 그때의 카뮈에 대해 이렇게 회상
한다.

그의 주름살 속에 풍부한 표정이, 그리고 그 결과 예민한 감
수성이 확연히 드러나 보였다. 흔히 말하는 그의 '무관심'은 분
명 사람들이나 그 자신의 삶이 아닌 정신의 성찰과 관련된 말일
것이다.

그는 또한 "우리 나라에서는 보기 드문 연녹색의 눈동자 색깔
때문에 이국적인 느낌을 준다"고도 했다.

그러나 어떻게 하면 한 편의 영화로 알제리의 진정한 이야기를
보여줄 수 있을까? 그들은 방법을 알 수 없었다. 그러나 그들은
이런 계획이 이를테면 관광의 촉진 등으로 프랑스령 알제리에 도

움이 될 거라고 확신하고 있었다.

3월 9일 카뮈가 런던에서 귀국한 그날, 카뮈와 블랑샤르, 오디지오, 앙루셰, 라울 첼리의 서명이 든 편지 한 통이 알제리 지식인들에게 발송되었다. 이 영화를 위해 어떻게 힘을 모으면 좋겠는지를 묻는 내용이었다. 서명자들은 알제리의 진정한 영상을 보여주는 체하는 상업 영화가 오히려 "우리가 사랑하는 조국이 기부금처럼 이득을 볼 수 있는 건강하면서도 참된 영화"를 제작할 기회를 망치고 말 거라고 보았다.

그들의 생각은 호기심을 끄는 착상이었으나 너무 순진했으며, 물론 성과는 전무했다. 카뮈의 옛 친구인 브뤼아는 알제리 신문에 기고한 글에서, 그런 영화로 알제리가 안고 있는 문제들이 은폐될 수도 있다고 찬물을 끼얹었다. 어떻게 한 편의 영화로 알제리의 전부를 파악하게 할 수 있단 말인가? 그런 일은 서른 권의 책으로도 불가능하다. 브뤼아는 이런 계획이 "웅대한 환상"으로 알려질까 염려했다.[24]

카뮈는 그해 겨울, 책이 아닌 또 다른 계획에도 관여하게 되는데, 독일 점령기를 라디오극으로 만든 작품 「파리의 침묵」으로서, 4월 30일 공식 방송을 통해 방송되었다. 그는 대부분의 대화를 중고 서적 상인의 입을 통해 처리했는데, 그 상인은 독일 점령기를 기이한 시절로 회상한다. "하지만 좋지도 나쁘지도 않은 시절이었다. 시간이 부재한 시대였다. 또는 색채도 날짜도 없었던 시대였다. 매일 밤 자명종의 태엽을 감아놓긴 하지만 달력이 거짓인 그런 시간이었다."

라디오 방송이었으므로 1940년 6월 파리를 빠져나가는 피난길의 자동차 소리, 페탱이나 처칠의 연설 인용구, 식량을 사기 위해

줄을 선 사람들의 설명(이 내용은 카뮈가 썼다), 공습 같은 음향 효과가 동원되었다. 서적 상인은 영국의 BBC 방송에 귀를 기울인다. "그러나 결국 나는 이 감금된 도시에서 공범자들의 침묵에 귀를 기울였던 그때를 좋아하게 되었다." 교정의 아이들, 또는 아름다움…… "한 귀여운 소녀가 당신을 세상과 화해시켜준다."[25]

힘들이지 않고 할 수 있는 작업이 있는가 하면, 문인으로서 때때로 하지 않을 수 없는 일들, 즉 『시사평론 1』 서문, 다니엘의 『칼리방』에 게재할 글들, 서적상들에게 보내는 갈리마르사의 월간 회보, 인터뷰, 편집자들에게 보내는 편지, 심지어는 최근 작고한 아브드 엘 티프의 화가 리처드 마게의 전시회 서문 등, 이 모든 것이 그가 라틴아메리카로 떠나기 전에 하고자 했던 주요 작품들의 완성을 늦추는 데 한몫을 했다. "6월 1일까지 끝낼 것." 그는 일기에서 아마도 희곡 『정의의 사람들』을 지칭하며 그렇게 다짐했다. "그런 다음 여행. 사적인 일기. 삶의 활력. 결코 다시는 말려들지 말 것."

35 결핵 재발

이제야 사람이 '어떻게' 자살하는지 이해할 것 같다.
  • 『작가수첩 1』

이제 카뮈가 두 번째이자 마지막이 될 해외 장기 문화 여행을
할 때가 되었다. 이번 여행은 라틴아메리카의 몇몇 주요 국가를
1949년 6월 말에서부터 8월 하순까지 도는 일정이었다.

가족을 태우고 릴 쉬르 라 소르그로 내려간 카뮈는 그곳에서 다
시 팔레르모를 여름 동안 빌렸다. 얼마 후 그는 이웃인 르네 샤르
와 다시 만났다. 카뮈는 샤르와 함께 프랑스 전쟁 포로가 2백만
에 달한다는 증거에도 불구하고 1940년 독일군에 항복한 이슬람
교도 병사들에 대해 알제리의 프랑스 군사 법정이 내린 사형 선
고에 항의하는 서한을 작성하여 『콩바』지에 보냈다. 카뮈는 훗날
정부 사무실을 돌며 유죄 선고를 받은 병사들이 어떻게 됐는지
알아보았으며, 그 결과 형이 집행되지 않았다는 사실을 알게 되
었다.[1]

라틴아메리카로의 여행은 1년간의 노고 끝에 맞는 휴식과 기분
전환의 기회가 될 수 있었지만, 처음부터 뭔가가 잘못되었다. 카
뮈의 초대로 팔레르모에 와 있던 친구 로베르 조소는 카뮈 부부
와 함께 자동차로 마르세유로 향했다. 그곳에서 카뮈는 리우데자

네이루로 떠나는 캄파나호를 타게 돼 있었다. 조소는 친구가 좀 이상하게 행동하는 것을 보고 기분이 좋지 않은 모양이라고만 여겼다. 카뮈는 그에게 자신이 사악한 마법에 걸렸다면서 애초에 이 여행을 수락한 것이 잘못이었다고 말했다. 조소는 친구가 이처럼 의기소침해 있는 모습을 본 적이 없었다.[2]

카뮈는 스스로 우울증이라고 진단한 그 증세가 일단 해외로 나가게 되면 사라질 것이라고 생각했다. 그는 이처럼 나약하고 풀이 죽은 자신을 부끄럽게 여겼다. 배가 부두에서 벗어날 때 그는 나오려는 눈물을 참아야 했다.[3]

항해가 시작되면서 그는 매일 저녁 모든 일을 꼼꼼하게 여행 일지에 기록하기 시작했다. 긴 대양 항해의 단조로움 속에서는 침울한 기분을 씻어버릴 수가 없었다. 그는 일지에 "두 번 자살을 생각했다"고 적었다. "두 번째는 바다를 바라보고 있는데, 갑자기 관자놀이가 타는 듯한 무시무시한 느낌에 사로잡혔다. 이제야 사람이 '어떻게' 자살하는지 이해할 것 같다."[4]

브라질 여행

지브롤터 해협을 통과한 후 아프리카 해안을 따라 남쪽으로 내려가던 캄파나호가 다카르에 정박했을 때 카뮈는 육지에 상륙하여 몇 시간 동안 시내를 산책한 후 새벽 2시에 여객선으로 돌아왔다. 이튿날 아침에 깨어보니 배는 벌써 바다에 나와 있었다. 이 배는 호사스러운 여객선이 아니어서 선실은 비좁고 검소했지만 그는 감방처럼 황량한 방이 마음에 들었다. 그러나 배 안에는 수영장이 있어서, 카뮈는 아침 식사를 마친 후 남대서양의 햇살을 받으며 수영을 한 다음 글을 쓰기 위해 앉아 있곤 했다. 점심 식사를 마친 다음에는 바다를 바라보다 낮잠을 자고 나서 좀더 일을 했다. 그러나 그는 이제 곧 방문하게 될 나라들에서 무엇을 하든 울적한 기분을 치유할 수 없으리라고 확신했다.

배가 브라질 연안에 접근하면서부터 날씨가 나빠졌다. 배는 7월 15일 새벽 리우의 부두에 닿았지만, 정박하기도 전에 카뮈는 그곳 언론인들의 표적이 되었다. 그들은 배가 만에 들어섰을 때 벌써 승선한 것이다. 그들은 여느 때처럼 실존주의와의 관련에 대해 질문을 퍼부었고 카뮈 역시 여느 때처럼 관련을 부인했다.

카뮈는 오찬과 리셉션에 참석했다. 리셉션장에서 그는 『칼리굴라』를 무대에 올리고 싶어 하는 흑인 배우들을 만났다. 카뮈는 가톨릭계 시인이면서 성공한 사업가이기도 한 인물과 저녁 식사를 함께 했는데, 운전사가 딸린 크라이슬러를 타고 다니는 시인이 이렇게 말했다. "우린 불쌍한 국민입니다. 이를 데 없이 불행하죠. 브라질에는 사치라는 것이 없답니다." 열대의 나태와 미국식 개발이 한데 뒤섞여 있는 그 나라는 카뮈에게 끊임없이 호기심을 불러일으켰다.

문인들과의 오찬을 마친 카뮈는 다시금 자신이 이런 생활을 얼마나 혐오하는지를 깨달았으며, 두 번 다시 이런 일에 말려들지 않겠다고 결심했다.

프랑스 대사관에서 접대를 위해 나온 사람들이 그를 미국식 호텔로 안내했지만 카뮈는 그곳이 마음에 들지 않아 프랑스 대사관의 비어 있는 별채로 옮겼다. 그곳에서 그는 만이 보이는 발코니가 딸린 방에 들었다. 마침내 혼자가 되었다.

그는 흑인 배우와 함께 흑인 전용 무도회장을 찾아가 삼바를 추기도 했다. 역시 같은 동행과 함께 카뮈는 40킬로미터가량 달려 조그만 촌락에 이르렀으며, 그곳에서 다시 울퉁불퉁한 길을 따라 몇 킬로미터가량 산을 타고 올라갔다. 그리고 걸어서 정상에 이르렀다. 그곳에서 맞은편으로 내려왔다가 다시 또 한 차례 언덕길을 올라간 다음 어느 초가집 안으로 들어섰다. 그들은 춤과 노래가 한데 섞인 '마쿰바'를 보러 이곳에 온 것이었다. 지방의 종교 의식이 로마 가톨릭과 한데 융합된 형태였다. 그 의식의 목적은 참석자 한 사람 한 사람에게 신의 강림을 체험하도록 하기 위한 것이었다. 카뮈는 깊은 인상을 받은 나머지 여행 일지 몇 페이지에 걸쳐 그 긴 밤에 대해 상세하게 묘사해놓았다.

춤을 추던 사람들 중 하나가 그에게 팔짱을 끼지 말라고 부탁했다. 그러면 정령이 그들에게 내려오지 못한다는 것이다. 카뮈는 순순히 팔짱을 풀었다. 춤이 갈수록 격해지면서 젊은 흑인 여자들은 혼수상태에 빠져 땅바닥에 쓰러졌다.

어떤 사람이 쓰러진 여자들을 안아다 이마를 지그시 눌러준다. 그러면 그들은 다시 쓰러질 때까지 춤을 추는 것이다. 그 산의 정상은 모두가 이상하게 쉰 목소리로 마치 짖는 것처럼 고함을 지르는 상태에 이르렀다. 그 고함은 동이 틀 때까지 계속된다고 했다. 그때가 새벽 2시였다. 열기와 먼지, 담배 연기, 체취가 한데 섞여 도저히 숨을 쉴 수 없을 정도였다. 나는 비틀거리면서, 문자 그대로 신선한 공기를 마시기 위해 밖으로 나왔다. 나는 그날 밤, 그 하늘이 인간이 만든 신보다 좋았다.[5]

그는 매일 아침 일찍 일어나 여행 일지를 기록하고 어느 고위 인사와 점심 식사를 한 후 오후에는 이곳저곳 돌아다니다 다시 또 다른 고위 인사와 저녁 식사를 한 다음 밤이 되면 또 다른 곳을 방문했다. 그는 한밤중이 돼서야 잠자리에 들었으며, 곯아떨어질 때까지 『돈 키호테』를 읽었다.

7월 20일 카뮈는 리우에서 첫 번째 공식 강연을 한 다음 이튿날 다른 사람들을 만나기 위해 헤시피와 바이아로 출발했다. 그는 사람들이 자신의 말에 진정 관심이 있는지 확신이 없었고, 건강도 좋아지기는커녕 갈수록 악화되었다.

그는 자신의 침체된 기분이 단순한 우울증이 아니라 혹시 병의 재발은 아닌지 의심하기 시작했다. 확실히 그곳의 축축하고 무겁게 가라앉은 기후 때문에 쉽게 피로해지는 것 같았으며, 어쩌면 그것이 그의 신체와 심리 상태에 대한 이유일지도 몰랐다. 원인이 무엇이든 그는 자신이 하는 일의 의미를 제대로 파악할 수 없었고 눈에 보이는 광경에 정신을 집중할 수도 없었다.

7월 25일 바이아에서 돌아온 그는 문득 독감에 걸렸다고 여기고 다음날 온종일 침대에 누워 있었다. 글을 쓸 기운도 없었다. 그가 자리에서 일어난 것은 자신이 좋아하는 주제인 니콜라스 드 샹포르에 관해 강연을 할 때였다. 카뮈는 오랫동안 그 다재다능한 18세기 작가의 글은 물론 생활양식과 냉소하는 버릇까지 숭배했다.

그는 1944년에 출간된 샹포르의 『금언집』(Maximes) 서문을 쓴 적이 있는데, 거기에서 "탁월한 인물에게는 언제나 적이 있다"라든가 "천재는 반드시 외롭게 마련"이라는 샹포르의 견해에 이의를 제기했다. 또한 샹포르의 여성에 대한 경멸은 부당하다고 여겼다. 하지만 이제 자신이 깃털 모자를 쓴 귀부인들을 청중으로 모시고 샹포르에 대해 강연을 하게 된 것이다.

8월 3일 강연을 위해 상파울루로 떠난 그는 급속히 성장하는 대도시를 보고 경악했다. 그곳은 절반은 뉴욕, 절반은 오랑이었다.

그 지방의 신문 『디아리오』와의 인터뷰에서 전쟁과 평화와 시에 대해 상세히 논한 그는 다시 한 번 실존주의의 문제에 직면하게 되었다. 이 인터뷰는 플레야드판 카뮈 작품집에 재수록되었다.

실존주의처럼 진지한 철학 연구를 이처럼 경솔하게 취급하는 것은 심각한 잘못이다. 그 기원은 성아우구스티누스로 거슬러 올라가는데, 지식에 대한 실존주의의 중요한 공헌은 분명 그 풍부한 방법론에 있을 것이다. 실존주의는 무엇보다 하나의 방법론이다. 사람들이 사르트르의 작품과 내 작품에 대해 언급하는 유사점은 물론 우리가 같은 시대에 공통된 문제와 관심사 속에서 살고 있다는 요행 또는 불운에서 나온 것이다.

그는 자신의 건강 상태를 무시한 채 힘겨운 여행길에 올랐는데, 열두 시간 동안 처녀림 사이의 거친 길을 지나고 나룻배로 세 개의 강을 건넌 다음 자정이 가까워서야 이구아페라는 마을에 도착했다. 카뮈와 그의 동반자들은 외뢰 수브니르라는 병원에서 그날 밤을 묵었다. 병원에 물이 없어서 카뮈는 다음날 아침 자신들이 가져간 병 속의 물로 면도를 해야 했다.

다음날 그들은 주로 행렬로 구성된 축제에 참석했다. 행렬 선도자들은 그리스도 상을 들고 있었다. 그 사람들은 그리스도가 바다를 건너 이곳에 왔다고 믿었다. 다양한 종족과 피부색, 계층, 차림새의 사람들이 모여들었는데, 이곳에 오기 위해 닷새를 여행한 사람도 있었다.

카뮈는 훗날 자신의 소설 「자라는 돌」(La Pierre qui pousse)에서 외뢰 수브니르 병원 같은 세부를 포함하여 이 여행에 대해 묘사하게 된다.

상파울루로 돌아오는 여행 역시 갈 때만큼이나 길고 힘들었다. 그리고 도착 다음날인 월요일 아침 카뮈는 브라질 철학자들과의 원탁회의에 참석해야 했고, 그 다음에는 프랑스 거류민단과 오찬을 하게 돼 있었다. 2시 30분에는 알리앙스 프랑세즈에서 연설을 하고, 4시에는 뱀 싸움을 구경하고, 8시에 다시 강연이 있었다.

아몬드 꽃의 도시

그는 다음날 칠레로 떠날 예정이었으나, 포르투 알레그레에 도착하고 나서야 파리에서 비자 발급에 필요한 수속을 하지 않았다는 사실을 알게 되었다. 그래서 몬테비데오로 향했으며, 아르헨티나를 경유하여 칠레로 여행할 때를 기다리는 동안 거의 벽장 크기만한 호텔방에 투숙했다. 8월 14일 일요일, 카뮈는 부에노스아이레스 공항에서 비행기를 기다리고 있었다.

그해 6월, 마르가리타 크시르구 극단이 부에노스아이레스에서 「오해」를 무대에 올렸다. 비평가들로부터 호평을 받긴 했으나 연극은 무신론적이라는 이유로 페론 정부로부터 공연을 금지당했다. 브라질에 도착한 카뮈는 아르헨티나의 검열을 비난하는 성명을 발표했다. 독재 정권 국가의 언론이 어떤 반응을 보였을지는 짐작할 수 있는 일이다. 그때 카뮈는 자신이 그 나라의 좋은 친구들을 만나지 못하는 것은 유감스러운 일이지만, 자유로운 작가로서의 존엄성 때문에 페론 군사 독재의 전제적 태도에 침묵하고 넘어갈 수는 없다고 말했다.[6]

이제 카뮈가 그곳에 나타나자 프랑스 대사관에서는 그 나라에서 강연해줄 것을 원했다.[7] 카뮈는 자신이 강연 중에 검열에 대해 비판할 수 있다면 기꺼이 그러겠노라고 답했다. 대사관 측은, 그렇다면 다른 곳에서 강연하는 편이 낫겠다고 여겼다. 불안정한 비자에다 여행에 여러 가지 문제가 겹치게 되면서 울적한 상태는 가중되었다. 그는 고국을 그리워했다. 적어도 친구 하나가 곁에 있었으면 했다.

8월 14일부터 18일까지 카뮈는 칠레 산티아고의 크릴론 호텔에 묵었다. 그는 이곳에 있을 때 뜻밖에 유쾌한 경험을 했다. 태평양의 넓은 바다와 눈이 덮인 안데스 연봉 사이에 위치한 산티아고는 아몬드 꽃이 피어 있는 도시였고 언덕 꼭대기에는 오렌지 나무들이 서 있었다. 카뮈는 일기나 친구 앞에서 그렇게 말하지는 않았지만, 이곳에서 알제를 떠올리지 않았을까? 여행 일정은 이번에도 강행군이었다.

8월 15일 그는 칠레-프랑스 문화연구소에서 현대 프랑스 문학에 대해 강연했다. 강연이 끝난 후 그 자리에 참석한 프랑스 대사가 연구소 측과 함께 리셉션을 열었다. 다음날 카뮈는 칠레 대학의 명예의 전당에서 "살인자의 시대"라는 주제로 강연하면서, 고문이 국가의 필수품이 되고 인간이 소모품으로 전락한 세계에 대해 이야기했다.

그는 독일의 프랑스 점령기의 이야기를 들려주었다. 독일군 장교들이 옆 테이블에서 철학을 논하는 프랑스 젊은이들의 이야기를 듣고 있었다. 한 프랑스 청년이 어떤 사상도 그것을 위해 죽을 만한 가치는 없다고 말했다. 그러자 독일군들이 청년을 불렀으며, 장교 하나가 권총을 청년의 머리에 갖다 대고 방금 한 말을 다시 한 번 해보라고 했다. 청년은 그가 시키는 대로 했다. 그러자 그 장교는 축하한다면서 이렇게 말했다. "난 자네의 오류를 입증해준 거야. 자넨 방금 죽을 만한 가치가 있는 사상이 있다는 걸 보여준 셈이니까."

그곳의 팬들과 함께 호텔로 걸어 돌아오던 카뮈와 일행은 하마터면 거리의 싸움에 휘말릴 뻔했다. 그들은 걸음을 서둘렀다. 경찰이 학생 시위를 진압하고 있었던 것이다.

8월 17일 그는 다시 칠레 대학으로 가서, 이번에는 "반항적 도덕주의자 샹포르"에 초점을 맞춰 프랑스 도덕주의자들에 대해 강연했다. 그러나 애초에 그 강연 제목은 카뮈가 쓰고 있던 『반항인』의 한 장 제목에서 따온 「소설과 반항」이었다. 그는 아마도 몇 가지 강연을 미리 준비해두었다가 청중에 따라 혹은 자신의 기분에 따라 예정표를 짰을 것이다. 같은 날 카뮈는 프랑스 서점 리베리아 프란세사의 지하에서 자신을 주빈으로 한 칵테일 파티에 참석했다. 그는 그날 공공교육부 장관과 함께 오찬도 나누었다.

그는 칠레에서 언론의 열광적인 호평을 받았다. 처음 나온 기사들은 예상대로 그를 "실존주의 2인자"라고 표현했으나, 얼마 지나지 않아서 「나는 지금도 그렇고 앞으로도 결코 실존주의자가 아니다」 같은 카뮈의 반박 기사도 실렸다. 그럼에도 불구하고 어느 대중지에서는 "사르트르"라는 글이 적힌 스카프만 달랑 걸친 알몸의 여자 사진 곁에 그의 기사를 게재하기도 했다.

카뮈는 사르트르에 대해 찬사를 바쳤으며 자신이 사르트르의 작품 중에서 특히 『벽』(Le Mur)을 좋아한다고 말하고 그를 디드로와 비교했다. 미국에 관한 질문을 받았을 때는 포크너를 현대 작가 중 맨 위에 놓으면서, 프랑스 시인은 랭보 이래로 샤르가 가장 탁월하지만, 현대 프랑스 소설가 중에서는 대단한 인물이 없다고 했다. 그는 떠나기 전에 그곳 극단이 공연한 「오해」를 관람했다.

8월 20일 카뮈는 강행군이나 다름없는 일정에 지칠 대로 지친 채 리우데자네이루로 돌아왔다. 잠도 제대로 잘 수 없었다. 그는 탈진과 싸워왔고 우울증을 떨쳐내지도 못했으며, 자신을 만나려고 하는 어중이떠중이들을 상대할 수도 없었다. 그는 자신이 이 나라에서 페르난델이나 마를렌 디트리히 같은 명사라는 것을 별로 달갑지 않은 기분으로 받아들였다. 그런데 자신은 한 번에 네다섯 명 이상을 상대할 수 없었던 것이다. 그는 자기 역할을 제대로 하지 못하는 것만큼 피곤한 일도 없을 거라고 여겼다.

칠레 같은 곳을 제외하면 여행 다니며 본 것 중에서 마음에 드는 게 거의 없었는데, 자신의 삶에서 두 달이 훌쩍 지나간 것이다.[8] 그는 자신이 이 경험의 흔적을 영원히 간직한 채 프랑스로 돌아가게 될 것임을 알고 있었다. 그러고는 자신의 병이 혹시 독감 정도가 아니라 심각한 것은 아닌지 자문했다.[9]

고통받는 대지에 바치는 애정

그는 비행기를 타고 파리로 돌아가 마리아 카자레스에게 자신이 보고 느낀 바를 이야기한 다음 가족을 데리러 프로방스로 내려갔다. 그들 가족은 억수같이 쏟아지는 빗속에 파리로 돌아왔는데, 여느 때는 능숙하게 운전하던 그가 차를 도로 밖으로 미끄러뜨리고 말았다. 그러나 다친 사람은 없었다. 파리로 돌아오고 나서야 프랑신은 카뮈가 고열에 시달리고 있다는 사실을 알게 되었다.[10]

그들 가족은 얼마 후 르 샹봉 쉬르 리뇽으로 떠났다. 그는 그 외딴 르 파넬리에서 독일 점령기 동안 외롭고 힘든 몇 개월을 보내며 『오해』를 썼던 일을 떠올렸다. 이제 그는 장 그르니에게 제안한 사항을 참고하여 『정의의 사람들』을 마무리하고 있었는데, 그르니에는 그에게 원래 제목인 "결백한 사람들"을 다른 것으로 바꿔보라고 조언했다. 자칫하면 그 제목이 경박스러워 보일지도 모른다고 여겼던 것이다.[11] 당시 그의 기분을 다음과 같은 일기 내용으로 추정해볼 수 있다.

평생 동안 내가 기울인 유일한 노력(내가 무관심한 부를 제외하고, 그 나머지 것들은 대체로 지금껏 주어졌다고 할 수 있지만)은 평균치 인간의 삶을 영위하는 것이었다. 난 나락에 빠진 인간이 되고 싶지는 않았다. 그런데 그러기 위해 아무리 노력해도 소용없었다. 노력을 기울일수록 성공을 거두기는커녕 점점 더 나를 향해 다가오고 있는 나락이 보인다.

그는 우울증을 떨쳐버릴 수 없었다. 그것은 분명 병이었다. 그 무렵 카뮈가 결핵 재발의 초기 단계에 있었던 것은 분명하며, 그해 겨울 이후까지도 병을 앓게 된다. 르 파넬리에도 원기를 회복시켜주지 못하자 그는 다시 파리로, 언제나 불길한 예감으로 터질 것 같은 그 아파트로 돌아왔다. 그럼에도 불구하고 그는 쉬지 않고 『정의의 사람들』의 마지막 수정 작업을 했을 뿐 아니라 『반항인,도 썼다. 그 작품은 이렇게 시작된다. "그리고 나는 공개적으로 이 엄숙하고 고통 받는 대지에 애정을 바칠 것을 맹세했다."

그 잠언집은 특히 감동적인 어조를 띤 구절로 시작되는데, 그의 일기에서 나온 것이다.

클라이스트는 두 차례 자신의 원고를 불태웠다. 피에로 델라 프란체스카는 만년에 장님이 되었다. 입센은 결국 기억상실증에 걸려 알파벳을 다시 배워야 했다. 용기! 용기를 잃지 말 것!

그해 스톡홀름에서는 다시 한 번 그의 이름이 노벨상 후보로 거론되었다. 스웨덴 노벨상위원회의 제안에 따라 한림원의 프랑스 담당인 홀게르 알레니우스(그는 이전에 지드의 후보 선정 여부로 의논 상대가 된 적이 있다)는 알베르 카뮈에 대한 최초의 공식 보고서를 작성했다. 그해에는 포크너가 물망에 올랐으나 한림원은 만장일치를 보지 못했다. 포크너는 18표 중에서 15표만을 획득하여 상을 받지 못했다.[12] 물론 카뮈는 노벨상을 받기엔 너무 젊었지만 그럼에도 불구하고 그는 시간의 흐름을 의식하고 있었다.

그는 1828년에 태어났다. 그가 『전쟁과 평화』를 쓴 것은 1863년에서 1869년 사이였다. 요컨대 35세에서 41세 사이였다.

카뮈는 일기에 톨스토이에 대해 이렇게 썼다. 그때 카뮈는 막 서른여섯 번째 생일을 앞두고 있었다. 얼마 지나지 않아 병이 재발됐다는 공식적인 진단을 받은 그는 자신처럼 고통에 빠진 또

한 사람의 문우(文友)를 발견하게 된다. 서른다섯 살의 멜빌 역시 심신의 고통으로 암흑기를 맞았던 것이다. 카뮈는 패트리샤 블레이크에게 자신의 미래는 "바다에 수장되었다"고, 요컨대 존재하지 않는다고 말했다.

그는 이제 중병에 걸린 상태였다. 아니, 그 동안 내내, 남아메리카행 여객선에 오르기 전부터 병을 앓고 있었다. 단지 그것을 깨닫지 못했을 뿐이다. 독감과 우울증은 실제로 결핵의 심각한 재발을 의미했던 것이다. 그때도 아직 결핵 특효약은 없었으며, 그는 여전히 결핵균을 보유한 상태였다.[13] 일기에 결핵 '재발'에 대한 기록이 나온 것은 1949년 10월 말이었다.

> 그토록 오랫동안 치료되었다고 굳게 믿고 있다가 재발한 이 병은 나를 무너뜨리고 말 것이다. 아니, 실제로 나를 무너뜨리고 있다. 하지만 그 동안 끊임없이 나를 짓누르는 온갖 일을 겪고 난 끝에 다시 병에 걸리고 나니 지금은 오히려 웃음이 나온다. 마침내 난 해방되었다고 여긴다. 광기 역시 해방인 것이다.

이번에는 사태가 훨씬 심각할 수도 있었다. 부산스러운 집안에서 모든 시간을 자신이 선택한 일로 보낼 수 없는 사생활이 이미 거의 병과 같은 정도의 고통을 안겨주고 있었던 것이다. 그는 자신이 느끼고 있는 심적 고통에 대해 성찰하는 가운데 '정신적 고통'을 '육체적 통증'에 비유하면서 그렇게 말했다.

그는 교제를 피했다. 습진까지 걸린 상태였기 때문에 가까운 친구도 되도록 만나려 들지 않았다. 그러나 어느 날 저녁 장 블로슈 미셸과 함께 오페라를 보고 난 카뮈는 밤늦도록 이야기를 나누고

싶어 했다. 그는 신경이 곤두선 상태였다. 그는 하룻밤도 제대로 자본 적이 없는 사람처럼 보였다.[14]

「정의의 사람들」에 대한 갈채

카뮈는 가능한 한 조용히 있고 싶은 나머지 다시 미셸 갈리마르의 아파트로 이사를 했다. 마침내 항생제 스트렙토마이신이 나왔으나 자칫하면 귀머거리가 될 수 있었기 때문에 조심해서 사용해야 했다. 그 신약과 장기 요양만이 의사가 처방할 수 있는 최선책이었다. 스트렙토마이신이 나오기 전에 쓰이던 파라아미노살리실산(PAS)도 있었지만, 그것만 가지고는 결핵을 치료할 수 없었다.[15] 카뮈의 일기에는 다음과 같은 처방 내용이 적혀 있다. 11월 6일부터 12월 5일까지 스트렙토마이신 40그램 투여, 12월 13일부터 1월 2일까지 파라아미노살리시리산 360그램과 스트렙토마이신 20그램 추가 투여.

이전의 어떤 치료제도 막지 못했던 결핵균을 죽임으로써 스트렙토마이신은 결핵 퇴치에 큰 도약을 가져왔지만, 이소니코틴산 히드라지드만큼의 약효는 없었다. 흔히 이소니아지드(INH)로 알려진 그 신약은 1951년에 실험적으로만 쓰였고, 프랑스에서는 1952년 5월이 돼서야 일반 처방제로 쓰이기 시작했다. 이소니아지드는 더 이상의 허탈 요법을 받을 필요가 없을 만큼 치료 효과가 있었으며 대개의 경우 파라아미노살리실산과 저항균이 성장하지 못하도록 파라아미노살리실산과 함께 처방되었다.[16]

결국 카뮈는 다시 병상에 누워야 했다. 의사는 2개월간의 장기 요양을 처방했다. 그는 침대에 누워 독서와 집필을 할 수 있었으며, 때로는 오후에 폴 외틀리가 12월 중순 개막 예정으로 「정의의 사람들」의 리허설을 하고 있던 에베르토 극장에 가곤 했다. 마리아 카자레스가 젊은 테러리스트 도라 역을, 세르주 레지아니는 칼리아예프 역을, 미셸 부케가 페도로프 역을 맡았다.

그는 정식 리허설은 보지 못했으나 처형인 크리스티안이 전화로 진행 상황을 알려주었고, 공식 개막식에는 참석했던 것 같다. 공연 첫날 객석에 앉아 있던 시몬 드 보부아르가 보기에 카뮈는 피로한 기색이었다. 그러나 그녀는, 그가 사르트르와 자신을 따뜻하게 맞아주어 친분이 두터웠던 시절을 떠올리게 해주었다고 기록했다. 그들은 연극 자체는 좋았으나 대본이 학구적이라고 보았다.

카뮈는 미소를 띤 채, 축하와 찬사의 말을 "의혹의 기미가 있는" 천진한 태도로 받아들였다. 한 여성이 카뮈에게 달려와 바로 옆에 사르트르가 있다는 사실을 모른 채 "이 연극이 「더러운 손」(Les Mains sales)보다 좋아요" 하고 말하자 카뮈는 사르트르 쪽으로 공모자의 미소를 던지며 "그야말로 일석이조군요"라고 받아넘겼다. 보부아르가 알기로, 카뮈는 자신이 사르트르의 문하생으로 취급되는 것을 좋아하지 않았다.[17]

무대 위의 마리아 카자레스는 카뮈 한 사람만을 위해, 같이 있을 수 있지만 병 때문에 떨어져 있어야 하는 친구를 위해 연기했다.[18] 그러나 그 감정은 타인들에게도 전파되었다. 여간해서는 만족을 모르는 『피가로』의 장 자크 고티에는 다음과 같이 썼다.

놀라울 정도로 가냘픈 그 허리, 관자놀이 쪽으로 찢어진 가느다란 눈매, 끝이 가는 눈썹, 뾰족한 턱, 튀어나온 이마, 뺨에 빛나는 눈물 자국…… 그녀는 정열적이면서도 치밀하게 계산된 연기로 관객을 경악시켰다.

고티에는 그 점을 제외한 나머지 부분에 대해서는 엄격했다. 이보다 더 많은 비관, 실의, 부정을 쌓기도 힘들고, 이 이상으로 무(無)에 대한 애착을 보여주기도 어려울 것이다. 고티에는 이 연극에서 살인과 처형, 죽음, 죽음, 죽음만을 보았으며 그것을 보완해줄 부드러움을 찾아보지 못했다.

연극이라고? 아니다! 이것은 표의문자일 뿐이다. 살아 있는 존재들? 그런 것은 없다.

사람들은 이런 작품을 쓰는 사람들을 사상의 대가라고 부르는가? 나는 그런 사람들을 자신을 죽이는 대가, 자살의 광신도들이라고 부른다.

비평가들은 이념 노선으로 양분되었는데, 사회주의 신문 『포퓔레르』는 그 작품을 "강렬하면서도 감동적"이라고 평가했고, 공산주의 신문 『위마니테』는 정반대로 보았다. "차가운 것보다 더 심한 작품, 얼음장 같은 작품이다. 등장인물은 가공적인 냄새를 풍긴다. 대화는 진부하다. 연기는 믿을 수 없을 정도로 조악하다."

카자레스의 친구 뒤산은 이런 혼란스런 반응이 나온 것은 이 작품이 단순한 슬로건 이상의 것을 생각하도록 요구하는 거북한 연극이기 때문이라고 했다. 좌파는 감히 자신의 행동을 음미하고 성찰하려는 테러리스트를 비판했고, 우파는 폭탄을 투척하는 이상주의자를 거부했다.[19]

개막식이 있고 나서 6개월 뒤에도 「정의의 사람들」은 여전히 공연되고 있었는데, 치아로몽테는 뉴욕의 『파르티잔 리뷰』 독자들에게 이렇게 전했다. "연극으로서 「정의의 사람들」은 모든 문제점이 언급된 후에도 여전히 주목을 요하고 있으며, 극적이지는 않더라도 감동적인 작품으로 남아 있다." 치아로몽테는 "어린아이를 죽일 것이냐 말 것이냐의 문제를 다룬 5막극"이라는 몇몇 관객의 말을 인용한 뒤 다음과 같이 말했다.

파리 시민들로 하여금 「정의의 사람들」에 갈채를 보내고 몇 장면에서 눈물을 흘리게 만든 것은 몇 군데 개략적인 문장에서 제시된 혁명에 관한 논란 때문이 아니라 명확하게 표현하고 있는 레지스탕스 시절에 대한 회상 부분 때문이다.

치아로몽테는 카뮈가 궁극적으로 테러리스트 혁명에 대한 타당성 문제를 간과했다는 견해에 동의하면서도, 그가 "'인간'과 '개인'에 관한 서구의 개념에 포함된 정서의 힘을 예술적으로 동원하는 것"을 목표로 삼고 있다고 주장했다. 그는 그 언어가 "혼자 힘으로 인간성의 초보적 규범을 차근차근 재발견해나가는, 최근에 허무주의로부터 개종한 사람"의 성과라고 결론지었다.

카뮈는 자신이 유럽 최고의 신문으로 여기던 『맨체스터 가디언』지가 파리에서보다 훨씬 폭넓은 관점에서 연극에 대해 호평하자 우쭐해졌다. 그는 특히 다음과 같은 결론을 흡족하게 여겼다. "실로 오랜만에 우리는 이 작품에서, 그리고 다시금 극장에서 신의 도움 없이도 몇몇 인간의 가슴 속에 들어 있던 신의 진정한 음성을 듣게 되었다."[20]

요양소의 햇살

약물 치료에도 불구하고 파리 세귀에가의 싸구려 아파트나 갈리마르의 집에서는 병세가 나아지기를 기대할 수 없었다. 갈리마르의 집에 있는 그의 방은 소박하고 밝은 공간으로 4면이 책장으로 둘러싸여 있었으며, 잘 관리된 정원과 연못이 보였다.

의사는 환자가 건조한 고산지로 떠나기를 원했다. 마침 리비에라 해안의 산꼭대기에 있는 카브리스 마을에 이런 은신처가 있었는데, 거기에서는 거처를 선택할 수 있었다. 하나는 외딴 곳에 위치한 널찍한 저택으로 전망은 좋지만 편의 시설은 거의 없는 빅토리아조의 고딕식 성이었는데 마리아 반 리셀베르그의 친구가 건축한 그 저택은 훗날 작가들의 거주지로 쓰였다. 다른 하나는 마을 중심부에서 얼마 떨어지지 않은 산허리에 자리 잡은 피에르와 엘리자베트 에르바르트(마리아 반 리셀베르그의 딸)의 휴가 별장이었는데 크기도 적당했다.[21]

지중해 연안 해발 548미터에 자리 잡은 오지인 카브리스는 앙드레 지드가 즐겨 머물던 곳이기도 했다. 엘리자베트 에르바르트는 지드와의 사이에 딸 하나를 두었다.

카뮈는 갈리마르사에 1년 병가를 냈다. '병가'라는 형식적인 절차 덕분에 그는 봉급을 고스란히 받았는데, 그 일부는 사회보장청에서 출판사에 변제해주었다.

프랑신이 친정 어머니와 함께 이제 막 네 살을 넘긴 쌍둥이를 데리고 오랑으로 가 있는 동안 카뮈 혼자 카브리스로 내려가 낯선 지역을 답사했다. 그는 먼저 카브리스로 들어가는 갈림길 초입에 위치한 '황금 염소'라는 조악하고 불편한 여인숙에 묵었다.

그곳에 도착하자마자 빅토리아풍의 성에서는 살 수 없다는 것이 명백해졌다. 그곳에 있다가는 몸이 얼어붙을 테고, 살림을 돌볼 사람도 따로 두어야 했던 것이다.

'레조디드'라는 이름이 붙은 에르바르트의 집은 밝고 마음에 들었으며 난방도 훨씬 쉬울 것 같았다. 그런 곳에서는 백만장자가 아니더라도 살 수 있을 것 같았다. 마을 중심부에서 오르막길로 연결된 그 집은 수수한 프로방스풍의 2층 건물로서 그 지방 특유의 기와 지붕을 하고 있었으며, 발코니는 카브리스와 바다 사이를 갈라놓고 있는 완만한 산들을 향해 나 있었다. 실제로 정남향인 그 집은 알프마리팀 산맥의 마지막 산허리에 위치해 있으며, 주위는 단구 위로 올리브와 사이프러스 나무가 우거진 조그만 들판이었다.

에르바트르의 집 1층에는 거실과 부엌, 작은 침실 하나, 사무실 역할을 하는 방 하나가 있었고, 계단 하나를 올라가면 세 개의 침실이 있었다. 카뮈는 동쪽 끝에 있는 욕실 딸린 방을 썼는데, 두 개의 널찍한 퇴창은 남쪽으로 산과 카브리스 마을을 마주보고 있었다. 세 침실 어디서나 왼쪽으로 곶에 인접한 마을과 올리브 덤불이 우거진 풍경이 내다보였다.

오후에는 햇살이 내 방으로 흘러든다. 베일로 덮인 듯한 푸른 하늘, 마을에서 솟아오르는 아이들의 외침, 정원 분수의 노랫소리…… 이럴 때면 알제 시절로 돌아간 듯하다. 20년 전의 그 시간으로.

이렇게 그는 일기에 고백했다. 비록 자신이 염려하는 사람들과 관심사로부터 멀리 떨어져 있긴 했지만, 이곳 카브리스에서 한껏 행복을 누렸던 것이다.

그는 나름대로 파리에서 자신의 연극이 어떤 운명을 겪고 있는지 알아보려 애썼다. 그는 연극의 성공에 대해 아무런 환상이 없었고, 자신의 작품이 지금 당장은 기이하게도 대중의 지지를 받고 있는 듯 보이긴 하지만 「정의의 사람들」이 자신의 다른 작품들이 그랬던 것처럼 성공을 거두지는 못하리라고 확신했다. 심지어 그는 배역 문제에도 계속 관여하면서, 레지아니를 제라르 필리프로 교체할 가능성에 대해 한동안 생각하기도 했다.

1950년 2월이 되면서 매일 저녁 극장의 3분의 1 정도가 채워졌고 연극을 개선하기 위해서는 좀더 작업을 할 필요가 있었는데, 카브리스에서는 제대로 그 일을 할 수 없다는 생각에 좌절하기도 했다. 그는 마리아 카자레스를 위해서라도 연극이 계속되기를 바랐다. 그러나 사실상 극장주이며 연출자인 자크 에베르토와 카뮈의 관계는 결렬 상태였다.

에베르토는 만약 카뮈가 작품을 자신에게 헌정할 생각이 없다는 사실을 알았다면 그 연극을 공연하지 않았을 거라고 공공연히 떠들고 다녔다. 그 말에 격분한 카뮈가 에베르토에게, 하고 싶지 않은 일을 억지로 하느니 차라리 작품을 무대에 올리지 않겠다고 말했다. 실제로 에베르토는 「칼리굴라」를 다시 무대에 올리자는 제안을 하던 중이었다. 갈리마르사에서 출간한 그 희곡에는 아무런 헌사도 들어가 있지 않다.

2월에 마리아의 부친이 사망하면서 이틀 동안 연극 공연이 취소되었다. 카뮈는 그때 비행기를 타고 파리로 날아가 그녀와 함께 있고 싶었으나, 그럴 수 없다는 사실을 잘 알았다.

장 다니엘의 『칼리방』이 「정의의 사람들」의 한 장면을 게재하면서 이미 그 작품에 관해 발표된 비판을 일부 수용하는 듯이 보였을 때 카뮈는 그 다음 호 『칼리방』에 다니엘에게 보내는 서한을 게재했다. 카뮈는 그 서한을 『시사평론 2』에 재수록했다.

다니엘이 제기한 문제는, 간수에게 자식들이 있을 경우에도 자신의 탈옥을 위해 간수를 죽일 수 있는가? 하는 것이었다. 카뮈가 보기에 그 문제는 다른 방식으로 제기되어야 했다. 즉 모든 피감자를 해방시키기 위해 간수의 자식들을 죽이는 일도 유익할 것인가? 거기에는 한계가 있다. 아이들은 분명 한계이긴 하지만 그것이 유일한 한계는 아니다. 정의의 이름으로 간수를 죽일 수는 있지만, 그럴 때는 당신 역시 죽을 각오를 해야 한다. 카뮈는 그 질문에 대한 현재의 답변은 오히려 이런 식이 될 것이라고 보았다. 즉 거기에는 한계가 없다. 정의의 이름으로 모두를 죽이고 그와 동시에 레지옹 도뇌르 훈장을 요구해야 한다는 것이다.

1905년의 혁명적 사회주의자들은 소년 성가대원이 아니었다. 그리고 그들의 정의에 대한 요구는 오늘날 보이는 정의, 즉 책과 언론에서 다루는 선정적인 것과는 다른 수준에서 심각한 것이었다. 그러나 그들이 무자비한 처형자가 되기로 결심하지 못했던 것은 정의에 대한 사랑에 불타고 있었기 때문이다. 그들은 정의를 위해 행동과 테러를 선택했지만, 동시에 정의를 살리기 위하여 죽을 것을, 목숨으로 목숨 값을 치르는 것을 선택한 것이다. 그가 이제부터 1년 반 동안 고통스럽게 매달리게 될 『반항인』의 핵심 메시지 전부가 여기에 담겨 있다.

은총의 순간

카브리스에 도착한 그날부터 카뮈는 책상 앞에 앉았다. 그는 자신이 하루에 열 시간씩 글을 썼다고 친구들에게 말했다. 일을 끝낼 때까지 카브리스를 떠나지 않기로 결심한 카뮈는 아침 8시에 일어나 달걀과 토스트, 귀리 시리얼로 아침 식사를 한 뒤 9시에서 11시까지 글을 썼다. 정오까지 편지를 쓰고 산책을 한 다음 1시에 점심 식사를 했다. 4시까지 휴식을 취했으며 7시까지 일을 하고 저녁 식사를 한 후 아내와 함께 스페인어 공부를 했으며 밤 9시에 잠자리에 들었다. 이때 독서를 했다.

그는 건강해지기로, 이번 한 번으로 병을 끝장내기 위해 스스로를 단련하기로 굳게 결심했다. 카뮈는 자신이 전해에 되는 대로 지냈고 스스로 끌려 다니도록 내버려두었다고 여겼다. 아무튼 그 와중에 병이 재발했다. 이제는 잃어버렸던 스스로에 대한 통제력을 되찾고 싶었다. 이제 그가 성취해야 할 일을 성취하기 위해, 아니 계속 살아 있기 위해서라도 육체는 물론 의지력을 가다듬으며 길고도 가파른 길을 오르지 않으면 안 되었다. 성공할지는 알 수 없지만 실패의 결과가 참담하리라는 것만은 알고 있었다.

만약 이 산골에 체류했던 초기에 회복의 징후를 보이기 시작했다면 생활을 엄격하게 조직하고 스스로에게 가혹하리만큼 규칙을 부과했기 때문이었다. 언제나 느슨하게 생활해왔던 그가 일정한 시간 동안 회복을 위해 스스로에게 극기에 가까운 규칙을 부과한 것만으로도 기적처럼 보이기에 충분했다. 그는 1950년 2월의 일기에 "4월까지 단련. 그런 다음 미친 듯이 일할 것. 침묵할 것. 귀를 기울일 것. 범람하도록 할 것"이라고 스스로를 격려했다.

물론 그는 정기적으로 그라스에 가서 의사를 만나고 엑스레이를 찍고 체중을 쟀다. 체중은 꾸준히 불어났다. 처음엔 억지로 음식을 먹어야 했으나 얼마 후 식욕이 되살아났고, 무엇보다 중요한 점은 잠을 푹 자기 시작했다는 사실이다. 중요한 사실은 남아 있는 일자를 헤아리지 않기 시작했다는 것이다. 그 자신이 행복해지기 위해서는 파리로부터 떨어진 거리와 시간만 있으면 충분했다.

그는 산골에 혼자 있는 것을 즐겼다. 늦겨울의 태양이 온기를 주었다. 그는 제대로 공부만 했다면 훌륭한 연주가가 되었을 거라고 여긴 프랑신을 위해 피아노도 한 대 빌렸다. 수술 후 회복기에 있던 그의 형 뤼시앵도 그곳에 와서 한 달 동안 함께 지냈다. 미셸 갈리마르 부부도 차를 몰고 그들을 방문했으며 조소, 블로슈 미셸, 심지어 사르트르까지 그곳을 방문했다. 카뮈는 그들 한 사람 한 사람이 올 때마다 자신이 지친다는 사실을 알았다. 회복기의 일상이 조금이라도 흐트러지는 것은 짜증스러운 일이었다. 그러나 그곳에 체류한 초기에 로제 마르탱 뒤 가르가 피에르 에르바르트와 함께 영화를 찍으러 카브리스로 왔을 때 카뮈는 그 노작가를 자주 만나면서 그의 소박함과 정직한 생각, 생활 양식에 존경심을 품었다.

카뮈는 편지를 통해 외부 세계와 접촉을 유지했으며, 심지어는 필요할 경우 갈리마르사의 저자들과도 편지를 주고받았다. 그중에는 시몬 베유의 부모도 들어 있었는데, 그녀의 작품을 에스푸아르 총서로 출간하는 문제 때문이었다. 그는 또한 자신의 연극들이 겪고 있는 운명도 끊임없이 확인했다. 그 무렵 몬테비데오에서는 「칼리굴라」 공연이 성공을 거두고 있었다.

그가 읽은 책들 중에는 스탕달의 『연애론』, 랭보의 편지, 들라

크루아의 『일기』도 있었다. 그는 일기를 쓰지 않은 날은 아예 존재하지도 않은 날 같다는 들라크루아의 말을 옳다고 여겼다. 그는 파라아미노살리실산 때문에 자신의 기억력이 감퇴한다고 여기고 일기를 좀더 꼼꼼하게 써야겠다고 생각했다.

카뮈는 오랑에 관한 에세이 「미노타우로스 또는 오랑에서의 휴식」을 고쳤다. 그 글은 샤를로가 책으로 출간할 예정이었다. 그러나 결국은 그의 출판사를 넘겨받은 사람이 출간하게 되었다. 그가 카브리스에 도착해서 완결한 최초의 진지한 작업은 『시사평론 1』의 서문이었다. 그 서문에는 『반항인』에 대한 그의 생각이 선명하게 드러나 있다. 이 『시사평론』은 정치론과 에세이로서, 오래 전에 쓴 글들, 연재 기사 「희생자도 처형자도 아닌」을 포함한 『콩바』 시절의 사설들, 다스티에 드 라 비게리와 가브리엘 마르셀과의 논쟁, 여러 인터뷰와 강연 등으로 이루어져 있다. 그는 이렇게 오랜 시간이 지나서 서문을 쓰며 정확한 어조를 유지한다는 것이 어려운 일임을 깨달았다. 처음에는 지지부진했지만 얼마 후부터 글이 잘 풀리기 시작했다. 참으로 오랫동안 경험해보지 못했던 은총의 순간이었다. 그는 이제부터 쓰게 될 『반항인』에도 그런 순간들이 자주 찾아오기만을 바랐다.

36 반항인

1950년 5월 27일.
고독. 그리고 사랑의 불꽃이 세상을 밝힌다.
탄생과 성장의 고통은 겪을 가치가 있다. 하지만 그런 다음에도
살아야 할 것인가? 그때 모든 삶은 나름대로 정당화를 모색한다.
하지만 모든 삶이 살아남아야 하는 것일까?
• 『작가수첩 1』

서서히 봄이 오고 있었다. 언제나 관대한 자연에서는 초목이 한
층 더 우거졌다. 이제 사이프러스 숲 뒤편으로는 산뜻한 청색 하
늘이 보였다. 북풍인 미스트랄이 하늘의 피부를 맑게 해주었다고
그는 일기에 썼다.

사방에서 새들이 지저귀는 소리가 환희와 더불어 즐거운 불
협화음을 이루며 끝없는 기쁨 속에서 터져 나오고 있다. 하루는
천천히 번뜩이기 시작한다.

로즈메리에 꽃이 피었다. "올리브 나무 발치에는 제비꽃이 화
환처럼 우거져 있다." 어느 날 카뮈가 손님으로 찾아온 장 블로슈
미셸과 함께 칸에서 돌아올 때 그들은 페고마로부터 그 일대에서
'미모사 길'로 불리는 도로를 따라 노란 미모사꽃으로 덮인 오르
막길로 차를 몰았다.

10년 동안 쓴 작품

『반항인』 작업은 잘 진척되고 있었다. 그는 카브리스에 있는 동안 그 원고를 끝마칠 수 있으리라 생각하고 몇 주간의 계획표를 작성했다. 그의 일기는 다음과 같은 경고로 메워졌다.

3월 1일.
모든 면에서 완전히 자제력을 발휘한 한 달이었다. 그리고 이제 다시 시작할 것.
모든 것을 다 쓰고 난 후 원고 전체를 다시 검토할 것.

그는 적어도 4월까지는 초고를 끝내게 되기를 바랐다. 그는 장 그르니에에게, 그런 다음 다시 한 번 도움을 부탁하게 될 것이라고 말했다.[1] 그는 1950년 6월까지 원고를 완료한 후 그해 10월까지 출판하기로 계획을 잡았다.[2]

그 예측은 거의 1년이나 어긋났다.

약 10년 전 르 파넬리에에서 착상하고 메모한 이후 계속 책을 읽고 썼으며, 심지어 1950년 겨울과 봄에 카브리스에서도 작업을 계속한 이 에세이에서 그는 자신이 무엇을 하고 있다고 생각했을까? 실제로 그는 집필과 수정의 마지막 날까지도 여전히 독서와 노트를 계속하게 된다. 대체 여기서 무엇을 성취하려 한 것일까? 바로 이상이 왜곡되는, 다시 말해서 반항이 살인으로 바뀌는, 그래서 프로메테우스가 카이사르로 바뀌는 이유를 밝히기 위해 역사 속에서 반항의 이론들과 형식들을 깊이 조사하는 것, 그 다음 아무리 합법적이고 국가가 뒷받침하는 범죄라 할지라도 모든 범죄를 엄격히 배제한 상태에서 우리에게 공통적으로 주어진 운명을 거스르는 필수적인 반항으로 나아가는 진정한 길을 놓기 위한 시도인 것이다.

그것은 곧 러시아인들에게 영감을 주었던 반항의 철학을 포함하여 반항의 모든 철학을 파악한다는 것, 뿐만 아니라 역사를 통틀어서 근세(이때 비로소 반항의 이론을 전체주의 시대와 관련지을 수 있다)에 이르기까지 나와 있는 반항의 모든 이론들을 적용한다는 것을 의미했다.

카뮈는 전시에 르 파넬리에에서 책들을 읽으며 메모를 하기 시작했다. 이미 그 당시에 러시아 혁명 철학과 테러리스트에 관한 서적을 읽은 것이 『정의의 사람들』뿐 아니라 『반항인』을 위한 준비 과정이었던 셈이다. 그의 노트는 헤겔과 바쿠닌, 루카치, 로자 룩셈부르크, 알렉산드르 블로크 등의 책에서 뽑은 인용문들을 비롯해서 동시대 스탈린의 공포 정치에 대한 기록들로 채워졌다. 거기에는 도스토예프스키와 니체, 고비노, 시몬 베유도 포함되어 있었다. 마르크스와 베르자예프, 유럽 및 프랑스 사회주의 역사에 관한 적절한 문헌도 읽을 생각이었다.

필자가 반항이 취했던 예술 형식을 시험하지 않을 수 없었다고 해도, 그 결론에 지중해 특유의 전망을 적용하려 했다 해도 놀랄 일은 아닐 것이다. 그리고 처음 착상이 머리에 떠올랐을 때부터 출판하기까지 9년에 걸친 세월 동안 그 계획을 머릿속에 넣고 작업을 하면서, 마지막 몇 년의 에너지를 쏟아 부으며 집중했다고 해도 말이다. 이따금 진척이 더뎌지다가 중단되기도 하고, 때로는 자신이 그 작업을 다시 시작할 수 있을지 의구심을 품었다고 해도. 예술가들이란 흔히 작업을 돌연히 그리고 단호하게 중단하기도 하지 않았던가?[3)]

2월 중순 무렵 카뮈는 책 전체를 새로 고쳐 쓸 준비가 되었다고 여겼다. 작업은 아주 느리게 진척되었다. 그는 작업을 방해하는 일들에 대해 불평을 늘어놓았다. 쏟아지는 비까지도 그의 작업을 방해했다. 그러면서도 카뮈는 친구들이 방문해주기를, 그래서 고립감을 덜어주기를 원했다.

3월이 끝나갈 무렵, 카브리스에서 보내는 이 첫 번째 체류가 며칠 남지 않았을 때도 책은 완성과는 거리가 멀었지만 적어도 건강만큼은 회복되었다. 이제 체중이 75킬로그램에 달한 그는 예전의 체격을 회복했다고 여겼다. 그래도 그는 자신이 이제 더 이상 젊지 않다는 사실을 의식했다. 얼굴만 봐도 알 수 있는 일이었다.

파리로 돌아가기 전에 카뮈는 그라스에서 마지막 진찰을 받았다. 의사는 흉부 엑스레이 상태는 아주 좋지만 앞으로 오랫동안 조심해서 생활해야 할 것이라고 말했다.

카뮈는 남부에서 좀더 오래 체류하는 것이 좋겠다는 말을 들었으나 이제 더 이상 파리에서 떨어져 있을 수는 없었다. 확실히 과거 어느 때보다도 그 도시로 돌아가고 싶었던 것 같았다. 배역을 교체해야 하는 「정의의 사람들」의 리허설조차 도저히 그대로 건너뛸 수 없었다. 그리고 그는 살아남기 위해 필요한 예방 조치를 취하기로 굳게 마음먹었다. 그의 생존은 그 자신만의 의무가 아니었다.

그럼에도 카브리스에서 가벼운 빗속을 산책하던 어느 날 카뮈는 자신이 했던 맹세와 상충되는 듯이 보이는 몇 가지 결심을 했다. 이제부터는 하루하루를 알차게 살기로 마음먹었다. 외부 세계를 떠나 그저 동면을 하는 대신 다른 사람들, 다른 일들에 좀더 관심을 갖기로 한 것이다. 비록 병들고 불행할지라도 풍요로운 삶을 영위하는 일은 가능할 것처럼 보였다.

조심스러운 삶이든 하루하루를 알차게 사는 삶이든 파리에서 새로운 것을 시험해볼 시간은 없었다. 의사는 그에게 병이 아직 사라지지 않았다고 말했다. 카브리스에서 그토록 고립되고 버림받은 느낌에 잠겼는데 이제 다시 거기로 돌아가야만 했다. 프로방스의 산골에서 다시 석 달을 보내라는 처방이 떨어진 것이다. 4월 마지막 주에 카브리스로 돌아온 카뮈의 기분은 일기에 적은 한 친구의 자살로 나타났다.

물론 그를 무척 아꼈기 때문에 그렇기도 했지만, 문득 나 역시 그가 한 짓을 하고 싶은 기분임을 자각하고 충격을 받았다.

카뮈는 한 번 더 파리로부터, 그에게 중요한 의미가 있는 파리의 지기들로부터 고립된 채로 지내야 했다. 절망에 빠진 그는 마리아 카자레스에게, 만일 석 달 안에 정상 생활로 돌아가지 못한다면, 그래서 자신도 알고 있듯이 그 병이 계속해서 삶을 위협한다면 모종의 결심을 할 수밖에 없다고 토로했다. 그는 어떤 결심이라는 이야기는 하지 않았으나 서둘러서 그녀를 안심시켰다. 그는 살고자 애쓸 것이라고 말했다. 카자레스가 잠시 카브리스에 와서 그의 무거움을 덜어주기는 했지만 그를 구제해줄 수는 없었다.[4]

자발적 망명

두 번째 카브리스 체류기에는 에르바르트의 집을 쓸 수 없어서 '레조디드'와 마을 사이에 자리 잡은 다른 셋집을 찾아냈다. 처음 열흘 동안 비가 내렸다. 그러나 이 새로운 망명 생활의 첫 몇 주일을 악화시킨 것은 전혀 글을 쓸 수 없는 집필 장애였다. 이제는 가까운 친구들에게 편지를 쓰는 일조차 쉽지 않았다. 그는 독서하고 메모를 하는 것으로 만족했는데, 특별히 영감이 필요하지 않았던 그 일은 가장 암울한 순간에도 할 수 있었다.

책의 압축된 얼개, 그리고 꼭 해야 하는 독서와 자료조사 같은 모든 일 때문에 그는 다시금 '자유롭게 창작할' 수 있을 시기를 앞당겨 생각하게 되었다. 카뮈는 일기의 성찰 부분에서 자신의 작업 처음 두 사이클에는 거짓말을 하지 않는 존재, 따라서 비현실적인 존재가 담겨 있었다고 토로했다. 그런 존재들은 이 세상 사람이 아니었고, 바로 그 때문에 자신은 세상에서 통용되는 의미에서 소설가라기보다는 "자신의 정열과 번뇌에 상응하는 신화를 창조하는" 예술가였다는 것이다. 바로 그 때문에 그가 감동한 대상은 언제나 이런 신화의 힘과 독점성을 지닌 사람들이었다. 과거에 카뮈 자신이 쓴 글에 대한 이런 분석은 실제로 미래에 그가 쓸 작품에 나오는 주인공들에 대한 정확한 비평이며 프로그램이자 암시인 셈이다.

그러나 당장 중요한 것은 앞으로 남은 치료기를 보내는 일이었다.

사랑에 있어서 미친 짓은, 기다리는 나날을 다그치고 또한 잃어버리는 일이다. 결국 마지막을 향해 달려가기를 욕망하는 것이다. 사랑의 이러한 특성 때문에 사랑은 죽음과 부합된다.

6월 말, 『시사평론 1』의 저자 자필 서명을 위해 파리를 잠깐 다녀올 기회가 생겼다. 저자 자필 서명은 전통으로 굳어진 출판사의 홍보 방법인데 때로는 프랑스에서 신간을 판촉하기 위한 유일한 길인 경우도 있었다.

그 일은 결핵을 새로운 방향에서 치료해볼 기회이기도 했다. 파리에는 독자적인 방식으로 병을 치료하는 비정통적 의사가 있었는데, 그의 환자들 가운데는 갈리마르 사람들도 있었다. 분명히 갈리마르 가문은 그 의사를 신뢰하고 있었다. 자크 메네트리에 박사는 지칠 대로 지치고 절망에 빠진 환자들 앞에서 천분을 깨달은 인물이었다. 카뮈가 그간 만나본 의사들은, 그가 살 수는 있지만 활동을 줄이고 남부에서 살아야 확률이 그만큼 높아질 것이라고 장담했다. 하지만 아무 일도 하지 않는다면 그의 삶은 아무 의미도 없었다. 카뮈는 메네트리에에게 자신이 세속적이고 가정적인 모든 분야와 집필에까지 곤경에 처했으며 오랜 세월 동안 작업하고 있던 책을 끝낼 수 없다고 말했다. 메네트리에는 그가 절망에 빠졌음을 한눈에 알아보았다.

알렉시스 카렐(프랑스 외과의사로 1912년 노벨상 수상자—옮긴이)의 제자이며 독자적으로 생물학 연구 센터를 설립한 자크 메네트리에는 카뮈가 앓고 있는 것 같은 질병을 전통 의술이 아니라 신체의 자연 면역력을 키우기 위해 독자적으로 고안한 방식으로 치료했다. 그 방식은 본질적으로 추출해낸 무기물로 구성되었다. 촉매와 조절기 및 보정기 등을 사용하는 의술로서, 여기에서는 토양과 식물과 동물에 없어서는 안 되는 구성 요소로 간주되는 금속이 신체의 이온 변화를 일으키는 역할을 맡았다.

메네트리에는 해당 질병에 적합한 요소들, 이를테면 망간과 구리, 코발트, 아연, 은, 금 들을 조합해서 처방했다. 그는 예술 분야의 저명한 환자들을 상당수 치료하고, 현역으로 활동하는 동안 자신의 의술에 대해 10여 권의 저서를 남겼으며, 부자연스럽거나 때 이른 노화를 교정함으로써 병에 잘 걸리는 신체적 기질을 바꿔 환자 '수만 명'을 치료했다고 주장했다.[5]

카뮈는 의사가 처방해준 망간과 철과 구리가 든 칵테일을 가지고 미셸과 자녀 갈리마르와 농담을 했다. 그렇지만 결핵을 단번에 떼어낼지 모를 일말의 가능성도 놓칠 생각은 없었다.[6] 스위스인 의사 친구인 르네 레만은 "무기물이 몸에 해로울 것은 없다"는 모호한 말을 했다. 카뮈는 레만의 반응에 흔들리지 않았으며, 레만은 어쨌든 카뮈가 나중에라도 파리에서 가장 뛰어난 전문의인 브루에 박사에게 의지할 수 있으리라고 여겼다.[7]

얼마 후 다시 카브리스로 돌아온 카뮈는 즉시 메네트리에의 치료법을 따르기 시작했으며, 엑스레이 결과가 호전을 보이자마자 새로운 치료법 덕분이라고 믿었다. 실제로 몸이 나아지기 시작한 그는 갈리마르 식구들에게 메네트리에 덕을 보았다는 말을 하곤 했다.[8] 3개월 후 다시 환자와 만난 메네트리에는 치료를 몇 달 더 해야 한다고 주의를 주었다. 카뮈는 그 말에 회의적인 반응을 보이는 것 같았으나, 사실 특히 폐에 관련한 신체적인 문제가 없었고 삶에 대해서도 새로운 의욕을 얻은 듯이 보였다. 메네트리에는 책의 앞부분과 무관하게 삶에 대한 찬가로 일관한 『반항인』의 마지막 부분은 환자가 다시 삶에 대한 의욕을 회복하고 쓴 내용이라고 확신하기까지 했다.[9]

파리에 있는 동안 카뮈는 특별한 관계 때문에 그의 '편집자' 또는 갈리마르사와의 주된 연결 고리 역할을 맡은 미셸과 갈리마르 출판사에서의 지위 문제를 의논했다. 카뮈는 자신이 여전히 봉급 전액을 받고 있다는 사실에 괴로워했으며, 한동안만이라도 갈리마르에서 사회 보장으로 상환이 되는 반액만 지불할 것을 요청했다. 카뮈는 10월까지는 갈리마르 문고와의 관계를 결정짓겠노라고 말했는데, 그 말을 할 때는 그곳으로 돌아가지 않을 계획이었다.

한 가지는 확실하게 결정지었는데, 다시는 세귀에가로 돌아가지 않겠다는 것이었다. 그 아파트는 미셸 갈리마르의 누이 니콜에게 넘길 예정이었고, 시외에서 여름을 보내고 난 뒤 카뮈 일가는 다른 거처를 찾아볼 생각이었다. 카뮈는 미셸 갈리마르에게 『피가로 리테레르』에 실리는 광고를 주의 깊게 봐달라고 부탁했다.

메네트리에의 기적이 일어나기를 기다리고 있는 동안 여름의 무더위에도 불구하고 다시 일을 할 수 있었다. 카뮈는 만약 자신에게 재능이 있다면 『반항인』이야말로 걸작이 될 것이라고 여겼다.[10]

8월에 카뮈는 파리에서 동쪽으로 400킬로미터쯤 떨어지고 알자스 평원과 라인 계곡 위로 높이 솟은 보주 산에서 요양을 계속했다.[11] 그는 마리아 카자레스와 함께 해발 853미터에서 사실상 사람이 살지 않는 '르 그랑 발탱'이라는 마을을 찾았다. 그곳 들판과 높이 자란 나무들 사이에 있는 황량한 호텔에서는 현대식 편의 설비는 아니더라도 고요함이라는 이점을 누릴 수 있었다. 수도가 없고 화장실은 옥외에 있었다. 지루하면 언제나 낡은 시트로앵을 타고 그 지방의 중심지로 가서 쓸 만한 식당을 찾으면

될 터였다. 카뮈는 이곳에서 다시 일을 할 수 있다는 것을 알았다. 사흘에 이틀 꼴로 비가 내리고 쓸쓸할 정도로 기온이 낮다는 사실도 일을 할 수 있게 해줄 터였다. 휴식은 쉬웠다. 매일 밤 10시가 되면 전기가 끊겼던 것이다.

일기에서 작업을 분할해놓은 사이클은 그리스식 이름에서 따왔다.

I. 시시포스의 신화(부조리) - II. 프로메테우스 신화(반항) - III. 네메시스 신화.

외부 세계에서 일어난 두 가지 사건이 그해 여름의 요양과 집필을 방해했다. 하나는 국제적인 사건으로서 6월 25일 북한이 남침함으로써 한국전쟁이 발발한 일이었다. 그 사건에 경악한 카뮈는 전쟁이 곧 그치기를 희망했다. 카뮈는 자신의 견해를 요청하는 일본 작가들의 편지에 대한 답장에서, 자신 같은 예술가는 역사를 만들지 않는다고 했다. "우리가 할 수 있는 일은 가능한 한 많은 것을 창조에 보태는 것뿐이며, 반면 다른 이들은 파괴에 종사합니다. 인류에게 역사가 존재한 이래 진정한 의미에서 인간의 진보를 대표한 것은 이러한 길고도 참을성 있고 은밀한 노력입니다."[12]

또 다른 사건은 개인적으로 중요하다고 여긴 사건인데, 정치 에세이집을 출간한 일이다. 널리 읽히기를 바란 책이었다. 그러나 이번에는 대중이나 언론의 반응이 '경건한 침묵'에 잠긴 듯이 보였다. 그는 쓸쓸한 심정으로, 의미 있는 반응은 모두 해외에서 나왔다고 여겼는데, 그 가운데 특히 스위스에서 보인 반응이 그랬다. 그는 좋은 서평 하나를 개인 서류 사이에 보관해두었는데, 보수적인 비평가의 서평이었다. "프랑스의 양심에서 발로된, 단순한 문학적 사건 이상의 사건." 그리고 뒤늦게 무정부주의 신문인 『리베르테르』에 이보다 좀더 까뮈를 즐겁게 해주었을 만한 서평이 실렸다. "지드의 융통성 없는 태도와 완벽하리만큼 대조를 이루는 문체와 사상의 고결함 덕분에 알베르 까뮈는 삽시간에 우리 시대의 젊은이들 사이에서 남성다운 영향력을 얻었다."

카뮈는 르 그랑 발탱에서 "역겨운" 레닌을 읽고 있었는데 친구들에게는 재미삼아 읽는 게 아니라고 했다. 그리고 고립 속에 보낸 한 달 덕분에 그는 아직 할 일이 많이 남아 있기는 했어도 확고한 지반을 마련할 수 있었다. 9월 19일, 카뮈는 르네 샤르에게 이런 편지를 보냈다. "자네도 알다시피 이 일을 끝내려고 서두르고 있다네. 그리고 어리석게도 그 일을 마치고 나서 삶이 다시 시작될 거라고 여기고 있지."[13]

9월에 파리로 돌아와서도 그는 소설과 희곡들을 쓰기 위한 메모를 계속했다. 그는 언제나 글을 쓰는 동안 책 한 권에 집중하면서 온갖 착상을 하는 것 같았는데, 현명하게도 모두 일기에 기록했다. 이를테면 "시스템" 또는 "교정된 창조"라고 불리던 저 수수께끼 같으며 결코 씌어진 적이 없는 작품을 위한, 나치가 투옥된 지식인을 처리하는 방식에 관련된 메모가 이 무렵 일기에 나온다. 그 착상은 결국 『전락』에 일화로 쓰이게 되는데, 여기서 비좁은 감방에 감금된 죄수는 간수가 지나갈 때마다 얼굴에 침을 뱉는다.

마침내 아파트를 찾아냈지만 카뮈 일가는 바로 이사를 할 수가 없었다. 그 사이에 카뮈는 보졸레가에 있는 조그만 호텔에 묵었다. 근처의 품위 있고 유서 깊은 팔레 루아얄의 한 저택에 미셸 갈리마르의 부친이 살고 있었다. 소설가 콜레트의 전설적인 아파트 바로 위쪽에 있는 곳이었다. 그 동네가 마음에 든 카뮈는 이후 친구들로부터 잠시 벗어나고 싶을 때마다 팔레 루아얄 호텔을 임시 숙소로 썼다. 그는 샤르에게 다음과 같은 편지를 보냈다. "나는 일을 하고 있는데, 덕분에 모든 면에서 구원을 얻는 셈이네. 신체적으로나 도덕적으로 점점 나아지는 것 같아. 올해는 모든 면에서 내게 아주 힘든 해였지."[14]

그때부터 비좁은 마담가가 가족의 거처가 되었는데, 생 제르맹 데 프레에서 남쪽으로 걸어서 5분, 카뮈가 끝내 그만두지 못한 갈리마르사로부터는 10분쯤 걸렸다. '근사한' 마루가 깔린 아파트는 거리 쪽으로 아주 큼직한 철제 발코니가 딸려 있었다. 기껏해야 중급 부르주아 규모였지만 마침내 아이들과 친지, 방문객들을 위한 널찍한 공간이 생긴 셈이었다.

그가 살아 있는 동안 그리고 그 이후에도 아파트는 충실하고 참을성 많은 아내와 성장하는 쌍둥이들을 위한 집이 된다. 그곳으로 이사했을 때 쌍둥이는 막 다섯 살이 되어 있었다.

1950년 11월 스웨덴 한림원은 만장일치로 노벨상 수상자를 결정할 수 있었다. 그 전해에 수여되지 않았던 1949년도 노벨상이 윌리엄 포크너에게 돌아간 것이다. 카뮈는 그 미국 작가가 인터뷰에서 한 대답들을 일기에 기록했다. 거기서 포크너는 긍지, 명예, 고통 같은 영원한 진실에 대해 말할 줄 모르는 젊은 세대 작가들에 대해 회의적인 시각을 보였다. 포크너는 현대의 허무주의를 두려움 탓으로 돌렸다. 그러면서 인간이 두려워하지 않게 될 때 다시금 지속적으로 남을 작품을 쓸 수 있게 될 것이라고 했다. 『반항인』 개정판을 준비하던 무렵 『하버드 애드보키트』로부터 포크너의 업적에 관한 글을 써달라는 주문을 받은 카뮈는 포크너가 미국에서 가장 탁월한 작가이며, 유일하게 19세기 미국 거장들과 같은 반열에 놓을 만한 동시대 작가고 멜빌, 도스토예프스키, 프루스트처럼 독자적인 세계를 창조했다고 짤막하게 답변했다. 그러면서 『성역』과 『파일론』(*Pylon*)을 포크너의 걸작으로 꼽았다.[15]

가장 중요한 봄

이후로 카뮈는 사르트르 그룹이 중시하는 집회나, 말로식으로 정당과 정부에 참여하는 일, 전통적인 좌파의 청원과 선언 등의 조직화한 정치는 피하는 반면 좀더 효과적인 방법이라고 여긴 활동에는 점점 깊숙이 개입하게 된다. 그러나 나중에 가서 그 일이 남에게 인정받지 못하는 것임을 깨닫게 된다. 그의 이름이 조금이라도 가치가 있는 것이라면 적어도 생사여탈권을 쥔 이들에게 개인적이며 신중하고 은밀한 메시지를 전하는 데 이용해볼 수는 있을 것이다.

예를 들어서 카뮈는 공산주의자와 보수주의자 사이의 불화가 좌파 지식인들을 임의로 체포하고 투옥하는 지경에 이른 그리스의 상황을 점점 우려하게 되었다. 1950년부터 죽을 때까지 카뮈는 사적인 경로를 통해 그리스 당국과 서신을 주고받으며 자비와 관대함을 요청하게 된다. 그해 12월 카뮈는 한 번 더 사르트르, 브르통, 모리악, 르 코르뷔지에를 비롯한 다른 유력 인사들과 함께 구치소에 수용된 젊은 그리스 지식인들의 석방을 요구하는 청원 활동에 참여했다.

실제로 생애 마지막 해에는 그리스 수상에게 개인적인 서한을 보내, 제2차 세계대전 때 항독 운동을 벌인 영웅인 그리스 공산주의자 마놀리스 글레조스에 관한 문제를 공정하게 처리해줄 것을 탄원했다. 그때 카뮈는 자신의 개입이 외부에 알려지지 않을 거라고 확신했다.[16]

카뮈는 자신의 이런 조용한 활동에 동참하는 동료들이 주로 무정부주의자, 혁명적 신디칼리스트, 양심적 병역 거부자 같은 반스탈린 좌파들임을 알게 되었다. 실제로 그가 이후에 벌인 중재 활동 대부분은 자신의 신념에 따른 결과로 곤경에 처한 무정부주의자나 양심적 병역 거부자들을 구하는 일이었다. 그들은 『반항인』이 바로 자신들의 철학을 대변하고 있음을 인식했다. 마르크스주의 교리라기보다는 개개인의 열망에서 나온 반항이며, 총살대나 스탈린주의자들이 들끓는 강제 수용소로 귀착될 필요가 없는 반항이었다.[17]

『반항인』은 이런 식으로 홀로 자신의 양심과 정의감에 따라 행동한 1950년대의 카뮈에 대한 수수께끼를 풀 수 있는 실마리이며, 20세기 정치 상황의 부조리와 폭력에 대한 개인적인 항변의 표현이었다.

『반항인』 집필이 거의 끝나가던 1951년 1월에서 7월까지 세계에는 경보를 울릴 만한 이유가 수없이 많았다. 그 전해 11월 초에 중국이 한국전쟁에 개입했고, 그해 1월에는 서울 소개령이 떨어졌다.

프랑스 역시 전쟁의 열기에 사로잡혀, 소련의 침공과 자국 점령 가능성에 대해 지식인들 사이에 대화가 분분했다. 보부아르는 프랑신 카뮈와 함께 바르토크의 연주장을 나설 때 그녀가 이렇게 말하는 소리를 들었다고 한다. "소련군이 파리에 입성하면 난 아이들과 함께 자살할 거예요." 보부아르는 또한 고등학교 학생들이 '붉은 군대의 점령' 같은 사태가 벌어질 경우 집단 자살을 벌이기로 약속했다는 사실도 기록해놓았다.

소르본 대학 인근에 있던 발자르 카페에서 대화를 나눌 때 카뮈는 사르트르에게, 소련군이 침공할 경우 어떻게 하기로 마음먹었느냐고 물었다. 보부아르의 인용에 의하면 그때 카뮈는 "절대로 이곳에 남아 있을 생각은 하지 말아요!"라고 했다는 것이다. 사르트르가 카뮈에게 파리를 떠날 작정이냐고 묻자 그는 독일군 점령 당시 자신이 했던 대로 행동할 것이라고 대답했다.

보부아르는 사르트르 그룹이 카뮈의 이런 충고를 흥분 상태에서 나온 말로 묵살하지 않았음을 보여주고 있는데, 그날 대화를 나누고 며칠이 지난 후 자신이 카뮈가 한 말을 되풀이했다고 고백한 것이다. 사르트르가 침묵을 지킨다면 무사하겠지만, 사르트르가 침묵을 지킬 가능성은 없으며, 스탈린이 순종하지 않는 지식인들에게 무슨 짓을 했는지는 누구나 다 알고 있었던 것이다. 또 어떤 작가 친구는 사르트르에게, 계속 이곳에 머물 생각이라도 그 생각을 입 밖에 내지는 말라고 당부했다. 그러나 사르트르가 소련에 점령된 프랑스에서 사는 것보다는 달아나기를 바랐다고 해도, 그들 둘 다 자신들이 혐오하는 미국으로 갈 생각은 없었다. 그들은 전쟁을 시작한 것이 북한일지는 몰라도 애초에 덫을 놓은 것은 맥아더 장군이라고 여기고 있었다.

그해 봄 사르트르의 희곡 『악마와 신』(Le Diable et le Bon Dieu) 리허설을 하는 동안 카뮈와 사르트르의 우정이 잠깐 되살아났는데, 연극의 주역인 마리아 카자레스를 데리러 온 카뮈가 사르트르와 술을 한잔 한 일이 있다. 개막식 날 밤 카뮈와 카자레스는 사르트르 그룹과 함께 클럽에 갔지만, 두 사람 사이에 따스한 우정이 피어나지는 않았다고 보부아르는 기록했다.[18]

카뮈는 이번에도 음습한 파리의 겨울을 피해 카브리스로 갔다. 그는 차를 몰고 가다 발랑스에서 잠시 묵는 동안 쓴 일기에, 서른일곱의 나이에 혼자 사는 법을 힘겹게 다시 배우지 않으면 안 된다고 썼다. 샤르에게 이야기한 것처럼 그는 1951년 2월 내내 쉬지 않고 작업에 몰두했다. "완전한 고독, 그리고 작품을 완성하고야 말겠다는 의지 덕분에 하루 열 시간씩 책상 앞에 앉아 있을 수 있다네."

카뮈는 3월 15일까지는 원고를 끝내고 싶었지만, 이렇게 노력을 기울인 결과물이 만족스러울지에 대해서는 확신이 없었다.[19] 얼마 후 그는 파리로 돌아가서 책 전체를 다시 손질하게 된다. 그때는 5월까지 원고를 출판사에 넘길 생각을 하고 있었다.[20]

프로방스에 은둔하는 동안 쉬지 않고 비가 내렸다. 날이 갤 때는 추웠지만 적어도 그때는 계곡 저편으로 삼나무 숲을 볼 수 있었다. 그의 책상 위에는 마리아 카자레스와 젊은 러시아 테러리스트 칼리아예프의 사진이 있었다.

하지만 이제 머리가 피로했다. 카뮈는 그해 봄이 구원의 시기, 자신의 삶에서 가장 중요한 봄이 될 것이라고 기대하고 있었다. 그때가 되면 그 동안 내면에 쌓였던 모든 것으로부터 벗어나게 될 것이고 오랜 긴장의 세월로부터 해방되어 그토록 열망하던 인간의 온기를 얻게 될 것이라고 여겼다.

작은 글씨가 적힌 큼직한 원고지가 쌓여 자신이 스스로에게 부과한 일정보다 앞당겨 작업하고 있음을 확인하고 만족한 날들도 있었다. 그는 원고가 약 30장 정도의 분량이 되면 이를 갈리마르에 있는 자신의 사무실에 근무하는 쉬잔 라비슈에게 우송했다. 그녀는 그 원고를 타자로 치고 나서 교정과 수정을 하도록 카뮈에게 다시 보냈는데, 그때쯤이면 카뮈에게서 또 다른 원고가 오곤 했다.[21]

관대함을 잃지 말고 진실을 말하라

몽상에 젖은 그는 새로운 계획들을 일기에 기록했다. 운명에 관련한 에세이에 대한 언급도 나오는데 "네메시스" 또는 "네메시스 신화"가 그것이다. 그는 또 "축제"(아마도 『여름』을 의미하는 듯)라는 에세이집에 수록할 바다에 관한 에세이("가장 가까운 바다"[La Mer au plus près])도 쓸 계획을 세웠다.

희곡과 에세이집의 미국판 서문과, 셰익스피어의 『아테네의 타이몬』 번역, "머나먼 사랑"(L'Amour du lointain), "영원한 음성"(La voix éternelle) 같은 작품을 쓸 계획도 잡았다.

한 가지는 확실했다. 『반항인』을 마치고 나면 "적극적이고도 완강하게 체계를 거부할" 작정이었다. 이제 연속물 같은 것은 불필요했다. "이제부터는 아포리즘이다."

역설적이게도 이따금씩 우울한 기록들이, 생산적인 문학 활동을 암시하는 이런 계획들의 한복판에 나타나곤 한다. 카뮈는 카브리스에서 이렇게 기록했다. "오랫동안 찾고 있던 것이 마침내 나타나고 있다. 죽음에 동의하게 된 것이다."

2월 5일에는 이렇게 썼다. "어떤 것도 해결하지 않고 죽는다는 것. 하지만 모든 문제를 해결했다면 누가 죽겠는가? 최소한 자신이 사랑했던 이들에게 평화를 안겨줄 것."

카뮈는 일기에서 자신이 『반항인』에서 원했던 것은 "관대함을 잃지 않고 진실을 말하는 것"이라고 했다. 그리고 3월 7일에는 자랑스러운 어조로 초고를 완성했다고 기록했다. 그럼으로써 그의 작업 가운데 처음 두 사이클이 완결되기에 이르렀다. "37세. 이제 창조는 자유로울 수 있을까?"[22]

카뮈의 작품을 연구하는 제르멘 브레는 그가 『시시포스의 신화』 이후에 쓴 에세이 대부분이 아주 사소한 수정만 거친 채 『반항인』에 통합되었음을 입증했다. 그 사실은 『반항인』이 그의 머릿속에 떠오른 대로 문제들을 각기 다른 양상에서 다룬 책임을 시사한다는 것이다. 1943년부터 그가 쓴 정치적인 글과 「희생자도 처형자도 아닌」 같은 논설들의 대부분은 이 대작으로 귀착되었으며, 책에 들어갈 원고들이 발표되기 시작한 것은 1945년 「반항에 대한 성찰」에서부터였다.[23]

정치 철학 논문이라는 외관에도 불구하고 모든 면에서 『반항인』은 개인적인 진술이다. 그 책은 문학에 대한 카뮈의 관념을 비롯해서 공적인 사건에 대한 견해가 드러나 있었으며, 샤르와 같은 문학 및 정계의 친구들을 지지하고 적들의 오류를 증명할 수 있는 기반이 되었다. 이제 마침내 이 종합 세트가 세상에 나오려는 참이었다. 훗날 그 책은 장 그르니에에게 헌정되었지만 카뮈는 사실상 그 책의 대부나 다름없는 샤르에게 "나는 아직 몇 군데를 수정하고 있다네"라고 전했다. 6월 26일자의 편지는 이렇게 이어졌다.

마침내 이 책을 내놓게 되었지만 아무런 번민이 없는 것은 아니라네. 나는 진실과 유익함을 모두 원했지. 하지만 언제나 관대함을 잃지 않았네. 이 작품을 쓰는 내내 나는 몹시 외로웠다네.[24]

샤르에게 보낸 편지에 적힌 날짜가 정확하다면 7월 10일 즈음에 집필이 끝났다. "이제는 기다리는 일만 남았네." 카뮈는 그 다음날 샤르를 만나 원고를 검토했으며, 그 이튿날 그에게 다음과 같은 편지를 첨부하여 타자로 친 원고 사본을 보내주었다.

여기, 그토록 힘들였던 대상이 있네. 우리 생각만큼 형태 그대로 가치가 있으면 좋겠군. 물론 불안한 마음이 있기는 해도 어쨌든 원고를 자네에게 건네게 되니 형언할 수 없을 정도로 기쁘네.[25]

이제 그는 시간을 약간 할애하여 다시 스페인 친구들을 도왔다. 스페인 내전 15주년을 맞아 프랑스어 교육 연맹이 소유한 레카미에 소극장에서 카사 드 카탈루냐가 후원하는 집회에 참석한 것이다. 멕시코 작가 옥타비오 파스와 스페인 망명 정부의 각료인 페르난도 발레라도 연사로 참석했다.

카뮈는 무정부주의-신디칼리스트 친구들이 내던 『솔리다르다드 오브레라』지에 자신의 연설문을 재수록하도록 허락했다. 프랑스어 원문 그대로 게재한다는 조건이었는데, 그 간행물은 원래 좀처럼 프랑스어 기사를 싣지 않았으나 이번만큼은 카뮈의 말대로 했다.[26]

카뮈는 청중에게, 스페인 봉기는 사실상 제2차 세계대전의 첫 번째 전쟁이었고 지금도 스페인을 제외한 세계 곳곳에서 이어지고 있다고 말했다. 하지만 대의는 상실되지 않았다. 카뮈는 자신이 방금 끝낸 대작을 인용 없이 요약하면서, 스페인과 프랑스와 이탈리아는 부르주아 철학과 카이사르식 사회주의와 등거리에 놓인 사상의 비밀을 알고 있었다고 했다.

또 다른 종족…… 오로지 만인의 자유와 행복에서 삶과 자유를 추구한 이들, 좌절 속에서도 살고 사랑할 이유를 찾는 이들의 편입니다. 이들은 설혹 정복당한다 하더라도 결코 고립되지 않을 것입니다.

얼마 후 카뮈는 마리아 카자레스를 페리고르 지방의 브리브로 태워다주고 나서 르 샹봉 쉬르 리뇽에 있던 가족과 합류하러 길을 떠났다. 그는 출발 전에 릴 대학에서 여름 휴가차 파리로 온 장 그르니에를 만났다. 그때 카뮈는 그르니에에게, 자신은 『시시포스의 신화』와 『반항인』을 잇는 세 번째 대작 에세이를 쓸 생각이라고 말했다.

"네메시스 신화"라고 불릴 그 책은 푸아리에 교수에게 제출한 학위 논문이 그랬던 것처럼 헬레니즘 정신에서 기독교 정신으로의 변천을 입증하기 위해 기독교 정신과 헬레니즘 정신을 다루게 될 것이라고 했다. 그러면서 카뮈는 옛 스승에게 이렇게 말했다. "개인적으로 저는 헬레니즘 정신에 더 친근감을 느끼고 있습니다. 그리고 기독교 정신 안에서는 신교의 교리보다는 가톨릭 정신 쪽에 더 근접하고요." 그는 그 '반자연주의'(anti-naturalisme) 때문에 성서에는 거리감을 느낀다고도 했다. 그는 단지 불의를 철폐하기 위해서뿐 아니라 이승에서 행복을 얻기 위해서도 반항해야 한다고 생각했다. "아득한 미래가 아니라 바로 눈앞의 삶을 위한 지혜를 갖지 않으면 안 되니까요."[27]

상봉으로 가던 길에 카뮈가 '데스데모나'라고 이름 붙인 저 낡은 시트로앵이 목적지를 120킬로미터 가량 남겨두고 카날 지방의 외딴 생 플로르 마을에서 고장을 일으켰다. 그래서 카뮈는 지방 여인숙에서 하룻밤을 묵었다. 이튿날 상봉을 8킬로미터 남겨둔 지점에서 다시 차가 고장났다. 목적지에 도착했을 때 카뮈는 녹초가 되어 있었다.[28]

이번에 카뮈 일가는 르 파넬리에가 아니라 상봉 읍내의 중심지에서 멀지 않은 셔멩 드 몰이라는 산길 위쪽에 머물렀다. 그들은 뒤로 소나무 숲이 우거지고 널찍한 정원 한가운데 자리 잡았으며 전면을 치장 벽토로 바른 르 플라탄이라는 수수한 저택 위층을 빌렸다. 카뮈의 방에서는 소나무가 점점이 박혀 있는 널찍한 계곡이 내다보였다. 카뮈는 그곳에 머무는 기간 동안 잠을 자고 그저 이것저것 머릿속으로 궁리하면서 지내게 되리라고 생각했다.

그러나 처음에는 『반항인』과 관련해서 마지막으로 교정지를 손봐야 했다. 7월 30일부터 시작한 그 일은 일주일 뒤에도 끝나지 않았다. 카뮈는 마치 오랫동안 잠을 못 잔 사람처럼 자고 또 잤다. 그가 그토록 싫어했던 이 수수한 산골 마을에서는 그의 잠을 방해할 것이 아무것도 없었다. 이 마을 주민들조차 그의 관심을 끌지 못했다.

그는 생트 뵈브를 읽고 아직 여섯 살이 채 되지 않은 딸과 놀았으며, 책을 끝낼 때마다 엄습하곤 하던 우울증을 물리치기 위한 방법들을 찾았다. 그는 진공 상태를 두려워했으며 작업을 열심히 했기 때문에 그만큼 더 크게 느껴질 진공을 걱정했다. 저녁 식사를 마치고 난 뒤에 정원을 산책하고 담배를 피우며 하늘을 올려다보던 그는 갑자기 현기증을 느끼고 기절했다. 가까스로 일어선 카뮈는 집까지 기어가다시피 해서 침실로 들어가 쓰러지듯 침대에 누웠다. 그리고 잠시 후에는 데이지꽃만큼이나 싱싱하게 기운을 차렸다.

연일 비바람이 이어지는 날씨만으로도 우울증에 걸릴 정도였다. 카뮈는 아침 일찍 일어나 5킬로미터 가량 떨어진 르 파넬리에로 가서 폴 외틀리를 불러내서는 함께 송어 낚시를 하곤 했다. 그렇지 않을 때는 오전 나절 교정 작업을 하고 난 후 오후에는 오랫동안 산책을 하기도 했다.

르 파넬리에나 그 근처에서는 자신이 점령기 때 그곳에서 보낸 저 길고도 어려웠던 시절을 상기하지 않을 수 없었다. 멋쟁이에다 탁월하기보다는 겉만 번지르르하고 냉소적이던 알제리 청년 카뮈는 이제 자신이 갈 길이 얼마나 더 남았는지를 깨닫고 겸허할 줄 아는 야심만만한 작가가 되어 있었다. 그는 이제 1942~43년 사이 르 파넬리에에서 은거한 일이 자신에게 꼭 필요했던 시련이었음을 깨달았다.

어떤 면에서 샹봉은 이번에도 전환점이었을지 모른다. 그는 『반항인』이후의 시기, 다시금 자유로운 창조가 가능해질 시기를 고대하고 있었다.

8월 말에 아내가 이탈리아로 가자 카뮈는 아틀랜틱 해변 피서지에 와 있던 마리아 카자레스를 만나기 위해 남서쪽으로 차를 몰았다.[29]

티파사의 기억들

카뮈는 11월에 뜻하지 않은 여행을 한 차례 더 하게 된다. 그의 어머니가 골절 때문에 수술을 받게 된 것이다. 그는 소식을 접하자마자 즉시 알제로 날아갔다.

11월 19일 카뮈가 그곳에 도착했을 때 어머니는 이미 입원한 뒤였다. 그는 자정 무렵 병실의 어머니 곁에서 나지막한 신음 소리를 듣고 있었다. 그의 형은 병상 맞은편에 앉아 있었다. 카뮈는 어머니가 아파하는 딸이라도 된 것 같다고 생각했다. 수술은 다음날 아침에 집도되었고, 의사는 수술이 성공적이어서 어머니가 며칠 안에 퇴원하실 수 있을 것이라고 말했다.

그는 눅눅한 알제의 날씨에 풀이 죽은 채 그곳에 머물렀다. 비록 과거 어느 때에 비해 신체적으로는 건강해졌다고 확신했지만 숨을 쉬기가 어려웠다. 그는 아직도 메네트리에 치료법을 계속하고 있었다.

또한 대작을 끝내고 난 이제부터 자신이 해야 할 일에 대한 일말의 불안감도 있었다. 언젠가는 어떤 일을 하거나 어떤 글을 쓸 필요가 없는 때가 오면 좋겠다고 바라기도 했는데, 자신의 천직에 대한 모종의 두려움으로서 과거에는 한 번도 겪어본 적이 없는 감정이었다. 어쩌면 이런 불안감은 총체적인 피로 때문이었을지도 모른다. 그 동안 너무 오랫동안 자신을 혹사해왔던 것이다. 하지만 그는 이렇게 스스로를 밀어붙이지 않았다면 자신이 아무것도 되지 못하고 그의 작품 역시 아무 의미도 없었을 것이라는 사실도 잘 알고 있었다. 앞날을 생각하면 현기증이 일곤 했다.

그런 반면 알제의 어머니 곁에 있게 되었다는 사실이 기쁘기도

했다. 그는 자신이 곁에 있는 것이 어머니의 회복에 도움이 되리라는 사실을 알고 있었다.[30]

카뮈는 이런 말로 어머니를 웃기기도 했다.

"생각해보세요. 공화국 대통령으로부터 만나자는 초청을 받았는데 가지 않았답니다."

그러자 어머니가 이렇게 대꾸했다. "네가 잘한 거야. 그들은 우리와는 다른 사람들이란다."[31]

그는 파리로 돌아오기 전에 다시 한 번 티파사를 들렀다. 옛 친구들과 식사를 하기도 했다. 그는 소박하게 살다가 죽을 줄 아는 이 건강한 사람들과 술수에 넘치는 파리인들의 대조를 의식하고 있었다. 자신이 살던 도시를 떠나기 전, 날씨가 다시 좋아졌다. 카뮈는 어린 시절을 보낸 알제를, 좁은 뒷골목에서 풍기는 오렌지 나무의 향기를 다시 발견했다. 하지만 이곳에서 다시 살 수 있으리라고는 생각하지 않았다. 어쨌든 이 도시에서는 아니었다.[32]

그는 알제에 있는 동안 친구 샤를 퐁세를 통해, 그들의 친구이자 인권 변호사인 이브 드슈젤르가 도움을 필요로 한다는 소리를 들었다. 이브 드슈젤르는 메살리 하드지의 자유민주 승리운동(MTLD)에서 활동한 혐의로 블리다에서 재판을 받고 있던 일단의 이슬람 민족주의자들을 변호하고 있었다. 그는 그들을 변호하기 위해 법정에서 낭독할 진술서를 준비해주었다.[33]

37 사르트르 대 카뮈

『탕 모데른』, 그들은 죄를 인정하고 품위를 거부하고 있다.
• 『작가수첩 1』

『반항인』이 채 출간되기도 전에 논쟁이 시작되었다. 1951년 초, 그 책의 한 장인 「로트레아몽과 진부함」(Lautréamont et la banalité)이 『카이에 뒤 쉬드』에 발표된 것이다. 이 장에서 카뮈는 초현실주의의 선구자인 『말도로르의 노래』의 지은이 로트레아몽을 순응주의자이고 지적 노예라며 통렬하게 비판했다.

스스로를 초현실주의 운동의 대변인이라고 여긴 앙드레 브르통은 논쟁을 주로 다루는 주간 문화지 『아르』(Arts) 1951년 10월 12일자에 성난 논설을 게재하여 카뮈의 글에 응답했다. "대중의 인기를 누리는 작가들이 자기들보다 천 배는 더 뛰어난 작가를 공격하는 데 골몰한다면 마땅히 이의를 제기할 만하다."

카뮈는 그 다음 호에서, 브르통이 자신의 글을 읽지 않았으므로 그의 논증은 순전히 감정적인 것이라고 반박했다. 카뮈는 브르통의 반박문이 담고 있는 자극적인 어조를 받아들일 준비가 되어 있지 않았다. 그가 원한 것은 단지 로트레아몽을 새롭게 읽어볼 것을 제안하는 것뿐이었다.

이후 『아르』지 11월 16일자에 브르통과 에메 파트리의 대담이 실렸는데, 거기서 브르통은 자신은 해방기에 그의 목소리야말로 "가장 명쾌하고 가장 솔직한 것"이라고 여기고 카뮈를 존경해왔고, 실제로 자신은 그때 카뮈의 로트레아몽론을 읽었다고 말했다.

『아르』11월 23일자에 실린 장문의 서한에서 카뮈는 자신은 브르통이 좋아하는 시인들을 좋아할 생각이 없다면서 브르통-파트리의 대담에 나온 언급을 조목조목 반박했다. 그는 브르통이 오늘날 세계가 처한 상황에 대한 모든 책임을 마르크스주의자들에게 돌리고 싶어 하지만 허무주의자들은 그 진영에서 나온 것이 아니라고 여겼다. "나는 초현실주의자들의 무절제를 있는 그대로 수용한 것이다. 그 난잡한 슬로건은 젊고도 합리적인 반항이라면 결코 용납하지 않을 것이다. 초현실주의의 이런 소란은 여전히 유익해 보이기는 하지만, 현재의 상태가 아니라 앞으로 그것이 취할 수도 있는 가능성 때문이다."

그러면서 카뮈는 논쟁은 이것으로 종결되었다고 공표했다. 하지만 브르통은 그 다음 호에서 다시 반박했다. 자신은 카뮈를 존경하기 때문에 모욕할 생각은 없다면서, 보수주의자들이 카뮈의 반항에 대한 개념을 환호하며 신봉한 사실을 경고했다. 그리고 초현실주의는 『이방인』만큼도 위험하지 않다고 덧붙였다.

이 무렵 매주 끝없는 논쟁이 야기한 소동 덕분에 『아르』의 편집자인 루이 포웰도 싸움에 끼어들게 되었다. 그는 브르통으로 하여금 카뮈의 에세이에 논평을 쓰도록 권했던 책임을 인정했지만, 그것이 경솔했다고는 생각하지 않았다. 만일 자신이 카뮈와 브르통 사이의 불화의 원인이 된 것이라면 이는 저널리즘 탓이라는 것이다.[1] 얼마 후 브르통의 추종자들은 집단적으로 소책자를 내서 카뮈에게 반박하기로 결정했다. 자신을 공격하는 어조가 마음에 들지 않았던 카뮈는 그런 짜 맞춘 토론회에 참여하지 않았고, 『아르』지에 보낸 자신의 서한을 재수록하는 일도 허락하지 않았다. 토론의 주재자는 그 일에 '경멸'과 '오만'이 개입되었을지도 모른다고 여겼다.[2]

카뮈와 초현실주의자들 사이의 싸움은 이런 식으로 진행되었다.

살인에 대한 모호한 동경

『반항인』이 출간된 것은 1951년 10월 18일이다. 카뮈는 샤르에게 이렇게 썼다. "이 책을 내고 나서 텅 빈 것 같은 '공허한' 우울증에 사로잡혔네." 그는 자신이 브르통의 말에 반박한 것은 그의 "근거 없는 단정"이 그 책에 대해 거짓된 인상을 줄 위험이 있기 때문이었다고 말했다.[3]

그러나 이제 그의 에세이는 만인의 손에 넘어갔는데, 거기에는 그의 친구들만 있는 게 아니었다. 저자의 명백한 반스탈린주의적인 태도는 온갖 유형의 보수주의자들과 반공산주의자들로부터 공감과 인정을 받게 되어 있었다.

『피가로 리테레르』의 한 비평가는 그 책이 카뮈가 쓴 가장 중요한 책일 뿐 아니라 현대에 발행된 것 가운데 가장 탁월하다고 보았다. 『르 몽드』의 철학 비평가는 전후에 이 책만큼 가치 있는 저술이 나온 적이 없었다고 말했다. 역시 『르 몽드』에서 프랑스 아카데미의 에밀 앙리오는 프랑스 혁명을 이끈 과격한 지도자 생쥐스트에게는 찬사를 바치는 한편 루이 14세의 처형에는 반대한 카뮈의 자가당착을 지적했다. 프랑스 혁명 시절이었다면 카뮈는 어느 쪽에 투표했을 것인가? 앙리오는 카뮈의 경우 감정과 이상 사이에 모순이 있음을 발견했다고 했다.

그보다 좀더 곤란한 것은 '악시옹 프랑세즈'라는 극우단체의 기관지가 보낸 찬사였는데, 카뮈의 책이 민족주의와, 나아가서는 신에게 건전하게 복귀하고 있다고 주장했다. 부조리를 설교하는 『시시포스의 신화』가 청소년들에게 유해한 책이었다면, 『반항인』은 샤를 모라스와 마찬가지로 카뮈 역시 질서와 지속성을 추구하고 있음을 보여준다는 것이다.

적들 혹은 호의적인 적들은 예상 가능한 말을 했다. 그 책에서 "살인에 관한 모호하면서도 어느 정도 호기심 어린 동경"을 본 클로드 모리악은, 카뮈가 그들 공통의 적에게 공격 수단을 제공한 것이라고 결론지었다. 막스 폴 푸셰는 '절제'에 대한 주장에는 반대했다. 그는 "자정은 범죄의 시간인 반면, 정오(카뮈의 지중해 지역에 대한 은유−지은이)는 태양에 의해 무감각해질 위험이 있다"고 경고했다.

『콩바』에서 모리스 나도는 욕구를 충족시켜주는 그 책이 영향력을 발휘하게 될 것이라고 예언했다. "단지 명석하고 용기 있는 정신이 어느 한 시대를 의식하는 것 이상으로, 이제 오래지 않아 그 책이 그 시대의 반영물이라는 것, 몇 가지 문제들을 다른 방식으로 제기하고 난 뒤에 찾아올 전환점임을 확인하게 될 것이다." 그 역시 카뮈의 결론들, 특히 '공명정대한 절제'가 지중해인의 특질이라는 결론에는 의혹을 품었다.

훗날 나도는 대중들이 그 책의 분석 방식보다는 그 책에서 내린 결론에 실망했다고 회상했다. 그는 저자가, 자기들의 보수주의를, 변화에 대한 거부를 추인해주기만 기다리고 있던 사회를 선별한 것이라고 여겼다. 카뮈는 선한 도의심만 있을 뿐 아무것도

하려 하지 않는 자들에게 논쟁점을 제공했다는 것이다.[4]

물론 혁명적 이상주의가 판에 박힌 공식으로 퇴보하고, 그런 공식이 다시 경찰의 테러로 변형된 증거를 제시함으로써 카뮈는 당시 프랑스의 국내 정치는 말할 것도 없고 국제적으로 중요한 이슈가 되었던 공산주의자 대 반공주의자의 전쟁에서 어느 한쪽 편을 명확하게 선택했다. 그러나 그것이 그 책이 말하는 내용 전부였을까? 카뮈를 비평한 이들은 그것을 단지 반항(순수한 반항)에 대한 진짜 언질을 포장하는 겉치레 정도로 치부해버렸다. 다행히 그 책을 읽은 일부 독자층, 즉 프랑스는 말할 것도 없고 스페인의 혁명적 신디칼리스트와 무정부주의자들에게는 그 메시지가 제대로 전달되었다. 비공산주의 좌파들은 스탈린주의자들, 그리고 사르트르처럼 스탈린주의의 주요 옹호자 노릇을 했던 자들을 경멸했다.[5]

스페인 노동자를 위한 집회

그해 11월 알제의 어머니 병상 곁을 지키고 있던 카뮈는 그 책에 관한 논쟁이 자신을 격분시켰음을 깨달았다. 그렇게 대단한 자존심은 아니었지만 어쨌든 자존심 때문이었다. 카뮈는 문학적 관행이라든가 파리의 천박함에는 도저히 익숙해질 수가 없었다. 카뮈는 자신이 다른 이들로부터 거리를 두고 사는 이유 중 하나는 몇몇 일에 대해 그저 가볍게 흘려 넘길 수 없었기 때문이라고 한 친구에게 털어놓기도 했다. 그는 타인들의 무책임한 행동 때문에 자신이 상처를 입을 수 있다는 사실을 알고 있었다.[6] 카뮈는 샤르에게 그런 일은 실제로 구토를 일으킨다고 했다.

그는 더 이상 공적인 간행물을 통한 논쟁은 하지 않을 작정이었다. 적어도 일기에서는 스스로에게 그렇게 다짐했다.[7] 그러나 그는 몇 차례 자신이 정한 원칙을 깨고 『반항인』에 대한 오해나 잘못된 해석이 보이는 간행물의 편집자나 발행자에게 서한을 보냈다. 이를테면 그의 에세이를 가지고 종교적인 결론을 내린 어느 가톨릭 계열 잡지라든가, 그가 러시아 혁명에 관해서 쓴 내용을 명시한 무정부주의지 『리베르테르』에 서한을 보낸 경우가 있다.

1952년 초 카뮈는 그에게 우호적인 언론인 피에르 베르제와 인터뷰하는 것을 수락했다. 그는 자신의 책에 관한 평론 중 가장 인상 깊었던 기사가 무엇이었느냐는 질문에 답변하기를 거부하고, 자신은 서평자의 글보다는 개인적으로 받았던 편지가 더 분별이 있어 보였다는 말을 덧붙이면서, 지식인들이 "현대 허무주의의 두 가지 형식인 부르주아 허무주의와 혁명적 허무주의"를 구분함으로써 그동안 저질러온 해악을 복구할 방법이 있다고 했다.

1. 그것의 해로움을 인식하고 탄핵할 것.
2. 거짓말을 하지 말고 자신들도 모르는 것이 있음을 인정할 것.
3. 지배하려 들지 말 것.
4. 어떠한 상황, 어떤 구실이 붙었더라도, 설혹 일시적인 것일지라도 모든 전제 정치를 거부할 것.[8]

그는 이제 언제든 자신을 폭정에 팔아치울 지식인들과 거리를 두기 위해 실제적인 정치 활동에서 떨어져 나올 참이었지만 또다른 긴급한 사안 때문에 그들과 공동으로 행동하지 않을 수 없었다. 스페인에서 일단의 노동 운동 지도자들이 사형 선고를 받자 프랑스 인권 연맹은 1952년 2월 22일 파리에서 집회를 열었다. 물론 카뮈는 그들을 도울 준비가 되어 있었다. 카뮈는 여기서 연설했을 뿐만 아니라 연사들을 선별하기도 했는데 사르트르, 조르주 알트망, 루이 기유, 알베르 베갱 그리고 이탈리아의 실로네 등의 지식인들이었다. 르네 샤르도 집회에 참석하여 청중석에 앉았다.

카뮈는 또한 스페인 공화파의 대의를 위해서는 『아르』지를 통한 저 역겨운 공방에도 불구하고 브르통을 참석시키는 것이 좋다고 생각했다. 그는 집회의 스페인 측 발기를 맡은 전국노동연맹 기관지 『솔리다리다드 오브레라』의 페르난도 고메스 펠라에스와 스페인 정치범 연맹의 간사인 호세 에스터 보라스에게, 자신이 보냈다는 말을 하지 말고 브르통을 만나보라고 했다. 브르통 역시 카뮈가 집회에 참석할 예정이라는 사실을 알고도 연설을 하기로 했다. 그제야 비로소 고메스는 브르통에게, 사실은 카뮈가 당신을 참석시키려 했다고 말해주었다. 브르통은 너무 감동한 나머지 울음을 터뜨렸다고 한다.

나중에 카뮈는 이런 화해 비슷한 일이 가능했던 것은 자신이 브르통의 격앙된 어조에 같은 방식으로 대꾸하지 않았기 때문이라고 말했다. 카뮈와 브르통은 연단에 나란히 앉았으며 이야기를 나누는 모습이 목격되기도 했다.[9]

그러나 카뮈는 결코 프랑스나 유럽 좌파의 이데올로기를 수용하지 않았는데, 그 사실을 입증할 기회가 일찍 찾아왔다. 그는 한때, 어느 정도 허세가 섞인 일급 지식인들의 모임으로서 느슨하고 별다른 제한이 없는 유럽문화협회의 회원이었다. 회원 가운데는 칼 바르트, 사르트르, 브르통, 엘리자베스 보웬, 장 루이 바로 등이 있었고, 장 그르니에도 카뮈의 부탁으로 이름을 빌려주었다. 협회 본부는 베네치아에 있었는데, 움베르토 캄파뇰로라는 약간 공상적인 인물이 협회를 주관했다. 이따금씩 집회가 열렸고, 이는 『콩프랑드르』(Comprendre)라는 비정기적인 간행물로 발표되었다.

그러나 카뮈가 보기에 유럽문화협회는 동서 간의 대화를, 마치 그런 대등한 교환이 가능하기라도 하다는 듯, 그리고 소련 지식인들이 서방의 지식인들이 자기네 체제를 비판할 수 있는 것만큼 자유롭게 자신들의 체제를 비판할 수 있다는 듯이 지나치게 서둘러 촉구해온 듯이 보였다. 그런데 바로 그런 대화를 촉구하는 선언문이 협회의 이름으로 발표되었던 것이다.

1952년 3월 6일 카뮈는 캄파뇰로에게 서한을 보내, 자신은 언제나 개인적으로 그 활동에 참여할 수 없는 사람은 그 단체에 속해서는 안 된다고 여겨왔다고 설명했다. 카뮈는 "그런 규칙이 좀 지나칠 정도로 청교도적"이라는 점을 시인하면서 이렇게 말했다. "하지만 결국 단체나 해당 개인 모두에게 유익할 것입니다." 그는 몇몇 회원과 친구였기 때문에 지금까지 예외를 두었지만 이제 협회의 활동이 활발해지면서 자신이 용납하기 어려운 선언문이 나오게 되었다고 했다. 캄파뇰로는 카뮈의 결정을 유감으로 여기면서, 그가 말하는 구체적인 견해차가 무엇인지를 묻는 동시에, 그와 그르니에, 기유의 만남을 제안했다.

정치의 현장에서 멀리 떨어져 다시 한 번 이른 봄을 맞은 카브리스에서 카뮈는 협회의 정치 선언에 대한 반대 이유를 조목조목 설명했다. "나는 침묵으로 시작되는 대화를 믿지 않습니다." 양쪽 진영 모두가 자신의 입장을 명확히 드러내야 한다. "당신이 양쪽 진영에 대해 '예스'라고 말하는 바를 명확히 이해하기 위해서는 당신이 무엇에 대해 '노'라고 말하는지를 알지 않으면 안 됩니다."

문화적인 측면에서 미국의 기술 또는 도덕적 순응주의만이 아니라 미국의 정치적 자유에 찬사를 바치면 안 되는 이유는 무엇인가? 소련의 진보뿐 아니라 압제에 대해 말하면 안 되는 이유는 무엇인가?

진정한 대화는 거짓말이나 생략과는 공존할 수 없다. 그는 협회가 소련의 강제 노동 수용소 제도에 지나치게 관대하다고 여겼다.[10] 그는 조만간 다른 성향을 지닌 문화자유회의 같은 단체에도 비슷한 태도를 취하게 되며, 그 활동에 참여하거나 심지어 소련의 자유 억압에 반하는 공동 선언문에 서명하지도 않을 것이었다.[11]

4월 16일 카뮈는 샤르에게 이런 편지를 써 보냈다. "진실은 내가 몇 달 동안 무위로 지내온 그 구덩이, 특히 지난 몇 주 동안 파리에서 질식할 뻔했던 그 구덩이로부터 빠져나올 수 없다는 것이라네."

『반항인』에 대한 악의적 비난에 너무나 예민해진 카뮈는, 좌파 주간지 『옵세르바퇴르』가 무슨 언급 끝에 피에르 에르베의 공산주의 잡지 『누벨 크리티크』를 그 책의 '주목할 만한 연구서'라고 부르며 관심을 촉구하자 『옵세르바퇴르』를 발행하는 클로드 부르데와 로제 스테판에게 편지를 보냈다. 카뮈는 『옵세르바퇴르』가 객관적이 되려는 노력의 일환에서 대상에 상관없이 모든 기준을 저버린 것이 아닌지 우려를 표한 것이다.

스테판은 답장에서 카뮈가 에르베의 공박을 『옵세르바퇴르』지가 인정했다는 식으로 과장했다고 했으며, 부르데는 사석에서 카뮈가 그런 식으로 즉각적인 반응을 보인 데 화를 냈다고 한다. 더구나 『옵세르바퇴르』는 그 전해 12월에 『반항인』에 대해 2페이지짜리 기사를 두 차례에 걸쳐 실어 '호평'했고, 심지어 부르데는 그 책을 비난한 앙드레 브르통을 공박하기까지 했던 것이다.[12]

가혹하고 정중한 비판

1951년 8월에 『반항인』에 들어 있는 한 장 「니체와 허무주의」(Nietzsche et le nihilisme)가 사르트르의 잡지 『탕 모데른』에 수록되었다. 잡지 편집위원들은 2주에 한 번씩 모였는데, 카뮈의 에세이가 간행되고 난 이후로 모일 때마다 그 문제가 안건으로 상정되었다. 대개의 경우 이 편집회의에서 안건을 상정하는 쪽은 시몬 드 보부아르였는데, 그녀는 "카뮈의 책을 평할 일이 있다는 사실을 잊지 말아요" 하고 말하곤 했다.

물론 편집자들 모두 그 책을 읽었지만 서평을 쓸 준비가 된 사람은 없었다.[13] 『탕 모데른』 그룹에는 스무 명 남짓이 있었고 그들 사이에는 벌써 그 책이 2차적 자료에 근거했다는 말이 오가고 있었다.

사르트르는 카뮈가 그 자신이 이해하지 못한 것들에 대해 글을 썼고, 마르크스나 엥겔스의 저서도 읽지 않았다고 여겼다. 카뮈는 공산주의 철학자들의 사상에 대한 개요를 이용했던 것이다.[14]

마침내 사르트르가 말했다. "그 책에 대해 아무 말도 하지 않는 것이 반드시 좋은 것은 아니오. 그 책에 대해 혹평하는 것만큼이나 모욕이 될 테니까." 그는 프랑시스 장송에게 서평을 맡기면서 이렇게 덧붙였다. "상당히 가혹한 비판을 하겠지만, 정중하기는 할 겁니다."

당시 프랑시스 장송은 스물아홉 살이었다. 그는 소르본 대학에서 철학 교수 자격 시험을 위한 예비 과정을 마쳤으나 건강상의 이유 때문에 학위 시험이 허락되지 않았다. 역시 결핵이었다. 그는 북아프리카와 알자스, 독일 등지에서 '자유 프랑스'와 더불어 싸우고 난 후 본격적으로 집필을 시작했다. 1947년에 사르트르에 관해 소책자를 쓰고는 그와 직접 대화를 나누는 편이 낫겠다고 마음먹었다.

장송은 『탕 모데른』 사무실로 사르트르를 찾아갔는데, 그곳은 요일과 시간을 정해서 방문객들을 받고 있었다. 장송은 그 위대한 인물과 몇 마디라도 나눠보려고 기다리고 있는 사람들이 엄청나게 많다는 사실을 알고 기겁했다. 그래서 자기 차례가 되었을 때 장송이 이렇게 말했다. "선생님을 뵙고 싶습니다." 그러자 사르트르가 "여기 있잖소" 하고 대꾸했다. 장송은 사르트르를 설득해서 함께 옆방으로 들어가 몇 가지 질문을 할 수 있었다. 사르트르는 다음에 만날 약속을 정하고는, 장송의 책에 서문을 써줌으로써 그를 놀라게 했다.

장송은 1948년 1월, 『탕 모데른』에 자신의 첫 번째 글을 발표했으며 1951년에 메를로퐁티가 사퇴했을 때 뒤를 이어 잡지의 간사가 되었다. 타협을 모르는 성격인 장송은 훗날 자신의 이념을 좇아 위험을 무릅쓰고 알제리 민족주의에 투신한 몇 안 되는 프랑스 지식인 가운데 한 사람이 되었다. 그는 은밀하게 프랑스를 빠져나가 지하에서 활동하며 이탈리아에서 친반군 관련 서적들을 간행하면서 전쟁기를 보냈다.

물론 장송도 이미 『반항인』을 읽은 뒤였다. 그는 카뮈 역시 다른 많은 사람들처럼 노동 계급을 염두에 두지 않고 너무나 손쉽게 사회주의 문제를 처리하려 들었다고 판단했다. 사르트르와 마찬가지로 장송 역시 비록 그 자신과 사르트르를 공산주의자라고는 생각하지 않으면서도 반공산주의에는 단호히 반대했다.[15]

4월에 장송이 『탕 모데른』에 싣기 위해 카뮈의 에세이에 대한 서평을 쓰고 있을 때, 사르트르와 보부아르는 생 쉴피스 광장에 있는 조그만 카페에 앉아 있었다. 그때 카뮈는 자기 책에 대한 반론들 몇 가지를 비웃고 있었는데, 그는 친구들이 당연히 자기가 쓴 책을 좋아하리라고 여기고 있었다. 사르트르는 당황한 나머지 아무 대꾸도 하지 못했다. 그러나 그 직후 출판사 편집자와 필자들이 비공식적으로 만나는 장소인 퐁 루아얄의 술집에서 사르트르가 카뮈에게, 자신의 잡지에 나올 서평이 '신중하고' 어쩌면 가혹한 내용이 될 거라고 경고했다. 그 말에 놀란 카뮈는 언짢은 빛을 보였다.

보부아르의 말에 의하면, 예의를 차리겠다고 약속했으면서도 장송이 쓴 초고는 정말 가혹한 내용이었는데 사르트르가 몇 군데 거친 표현을 완화시키도록 설득했다고 한다.[16]

1952년 『탕 모데른』의 표지는 하얀 바탕에 검정색과 붉은색 글자가 들어간 깔끔한 디자인이었다. 사르트르의 이름은 표제 아래에 붉은 글자로 찍혀 있었다. 기고자들은 주로 좌파의 참여 지식인들이었고, 다루고 있는 주제는 정치나 철학, 문학과 예술이었다. 여기서 문제가 되는 1952년 5월호에는 한국전쟁에 관련된 글과 미국의 동성애에 대한 보고서가 실려 있었다. 거기에는 또한 프랑시스 장송의 서평이, 서평 대상인 책의 제목으로 말장난을 한 「알베르 카뮈 또는 반항심을 불러일으키는 영혼」(Albert

Camus ou l'âme révoltée)이라는 제목으로 수록되어 있었다. 그 논문은 잡지에서 21페이지나 차지했다.

장송은 그 책이 출간되자마자 거둔 성공은 예를 찾기 힘들다면서 그 책에 쏟아진 비평가들의 찬사를 빈정거리며 요약하면서 글을 시작했다. "탁월한 작품" "근래에 나온 것 가운데 가장 뛰어난 책" "서구 사상의 전환점" 같은 우파 비평가들의 말을 인용했다.

장송에 의하면 카뮈의 입장에서 볼 때 우려할 만한 사태였을 텐데, '실제로도' 카뮈는 우려했다는 것이다. 그렇지만 어째서 모두가 그 책을 그토록 좋아하는 것일까? 사람들은 그 책의 스타일을 좋아하는 것이지만, 그것은 스타일에만 주의를 기울이는 일을 경고해오던 카뮈에게는 몰인정한 처사가 아닐까? 나아가서 장송은 그 책을 이렇게 분석했다.

이 세상에서 이루어지는 모든 노력을 거부함으로써 세상의 운동을 멈추려는 것이 정말 카뮈가 희망하는 일일까? 그는 스탈린주의자들이 (하지만 그것은 실존주의 역시 마찬가지인데) 전적으로 역사에 매달려 있다고 비난하는데, 그가 역사에 매달린 것 이상은 아니며, 단지 다른 방식을 쓰고 있을 뿐이다. 카뮈의 반항이 고의적으로 정지 상태를 원한다면 그것은 카뮈 자신의 문제일 뿐이다. 세계의 운동에 영향을 주려는 의도가 있는 한 게임 안에 들어와야 하며, 스스로 역사의 문맥 속에 편입되어 거기서 목표와 상대를 구해야 할 것이다.

그는 카뮈의 음성이 "지극히 인간적이며 번민에 차 있다"고 호평하면서도, 그것이 "이른바 '혁명'의 가짜 역사라는 이 가짜 철학" 속에 묻혀 있다고 했다.

　『반항인』은 무엇보다도 발육부전의 대작이다. 따라서 엄밀히 말하자면, 만들어낸 신화에 불과하다. 우리는 카뮈에게, 매력이 있다고 해서 다른 것에 넘어가지 말고 그 자신 안에서, 어떤 것에도 불구하고 다른 것과 대체할 수 없는, 그의 작품만이 갖고 있는 본연의 액센트를 다시 발견할 것을 간절히 바란다.

　장송이 사르트르의 잡지에 쓴 서평 때문에 카뮈가 놀라고 충격을 받았으며 괴로워했음을 보여주는 명백한 증거가 있다. 비록 시간적인 거리를 둔 평자의 눈에는 그 일이 불가피해 보이기는 했지만, 돌이켜보면 카뮈와 사르트르 그룹의 결별 역시 불가피해 보일지라도 어떻게 된 일인지 카뮈는 그렇게 생각하지 않았다. 그는 그 사건을 실연당한 연인처럼 받아들였다. 그는 분명 예기치 못한 일격을 받은 듯이 반응했던 것이다.

　그는 반박을 해야 했을까? 카뮈는 장송의 서평에 너무 울적해진 나머지 대꾸를 할 수가 없었으며, 한 친구에게 삶에 대한 모든 의욕을 잃었다고 고백했다. 얼마 후 마침내 프랑시스 장송에게 보낼 반박문 초안을 썼을 때도 그것을 보내야 할지 확신이 없었다.[17]

　그해 6월에 카뮈는 선집에 수록할 허먼 멜빌론을 쓰고 있었다. 그는 또한 5월 30일 교육 문화 분야의 조사 활동에 참여해줄 것을 요청한 유네스코 사무총장인 저메 토레스 보데에게 강한 어조의 편지를 보냈다. 카뮈는 프랑코 치하의 스페인에 대한 회원 자격이 그곳에서 거론되고 있는 한 자신은 유네스코와 협력할 수 없다고 말했다. 스페인이 유엔에 가입함으로써 품위에 관한 문제는 물론 다른 심각한 문제들이 제기될 것이고, "다른 모든 전제주의 정부의 가입과 마찬가지로 스페인의 유네스코 가입 허가 역시 가장 기본적인 논리를 위반하는 셈"이 될 것이라고 했다. 또한 유감스러운 일이지만 자신은 토레스 보데가 서한을 받는 대로 편지 내용을 공표하지 않을 수 없다는 말도 덧붙였다.

저는 단지 저보다 중요한 인물들과 자유로운 예술가, 지식인들이 저와 견해를 함께하고 현재 공적으로 그 조직의 과거와 모순되는 활동을 벌이고 있는 조직을 보이코트할 것을 귀하에게 공표하리라는 희망 때문에 그렇게 할 것입니다.

그 서한은 언론에 공표되었다.[18] 이어서 카뮈는 프랑스 지식인들에게 스페인 가입 반대 촉구에 대한 서명을 받아 유네스코에 청원서를 보냈다.[19]

그리고 마침내 1952년 6월 30일 카뮈는 『탕 모데른』지에 보낼 답변을 마무리하여 우송했다.

7월에 그는 자신과 함께 일하기로 되어 있는 젊은 연극 연출가 장 질리베르에게 다음과 같은 편지를 보냈다.

나의 작품(그것을 내 작품이라고 말할 수 있다면 말이지만)은 아직 초기 단계에 있는 듯이 보입니다. 그러나 그 작품은 또한 끊임없이 성장하는 긴장이며, 내가 자신을 선의의 의미에서 내가 품은 예술적 야망의 수준까지 끌어올릴 수 있을 것인가 하는 문제는 더 이상 내가 알 수 있는 문제처럼 여겨지지 않습니다.

내가 알 수 있는 것은 단지 내가 이 긴장의 수준에 머물 수 있는가의 여부입니다. 바로 그 이유에서 『반항인』은 내게 하나의 시험입니다. 그 작품에 대한 사람들의 진부한 반응은 별로 놀랍지 않습니다. 오랫동안 나는 우리 시대에서는 동료들에 의해서만 평가받을 뿐이라는 사실을 알고 있었습니다. 하지만 끝없는 논쟁이 야기하는 무익함과 미숙한 고집과 소동은 내가 내 책에서 상쇄시켜보려고 한 둔함을 오히려 익살스럽게 제시하고 있을 뿐입니다.[20]

미셸과 자닌 갈리마르가 파리에서 80킬로미터쯤 떨어진 디안드 푸아티에의 성 근처에 사둔 집에서 며칠을 보낸 카뮈 일가는 르 파넬리에로 내려갔다. 완전히 텅비고 바닥나서 아무것도 쓸 수 없었던 카뮈는 낚시를 하러 다녔다.[21]

프랑시스 장송은 세인의 주목을 받는 데 익숙하지 않았는데 『반항인』에 대한 서평이 발표되자 소동이 벌어졌다. 그가 그때까지 출간한 책은 『도덕의 문제와 사르트르의 사상』 외에도 『웃음의 인문적 의미』, 『몽테뉴, 그 자신으로써』, 『현상학』 같은 것이 있었다. 그런데 이제 예기치 못하게 값비싼 대가를 치른 평판을 얻은 셈이었다. 그는 자신의 이름이 나오는 기사에만 비용을 지불하는 조건으로 신문 스크랩 서비스를 받았는데, 삽시간에 엄청난 분량이 쌓였다. 그러던 어느 날 시몬 드 보부아르가 전화해서 사르트르를 만나보라고 했다. 장송은 사르트르의 심기가 편치 않음을 알았다. 카뮈로부터 답장을 받은 것이다. 사르트르가 장송에게 말했다. "어쨌든 그에게 답변을 할 작정일세. 자네도 원한다면 그렇게 하게."[22]

그대는 어디에 있는가

『탕 모데른』1952년 8월호에 카뮈의 서한이 실렸는데 17페이지에 달했다. 그것에 이어서 사르트르가 카뮈에게 보내는 답변이 20페이지, 그리고 마지막으로 장송이 새로 쓴 글이 30페이지를 차지했다. 카뮈의 답변은 이렇게 시작된다.

나는 빈정거리는 제목으로 그대의 잡지가 내게 바친 그 글을, 그 글에서 볼 수 있는 지적인 방식과 태도에 관해 그대의 독자들에게 언급하기 위한 하나의 구실로 삼을 것이다.

카뮈는 "놀랄 만큼 결함투성이"인 그 글 자체보다도 그 글에 나타난 태도가 더 흥미로웠다는 말을 덧붙였다. 그는 그것을 자신의 책에 대한 연구가 아니라 하나의 징후로 간주했다고 했다. 그러면서 자신이 장송이 그랬던 것처럼 장황하게 쓰지 않을 수 없었던 점을 유감스럽게 여긴다고 했다. "그저 단지 좀더 명쾌하게 설명해보려고 하는 것뿐이다." 그는 우파 언론에게 받은 찬사를 무시하면서도 이렇게 덧붙였다. "만약, 결국 진실이 우파 쪽에 있는 것처럼 보인다면 나는 기꺼이 그쪽에 설 것이다." 그러나 카뮈는 진정한 우파 언론은 자기 책을 비판했다고 덧붙였다.

자신의 멋들어진 스타일 때문에 주제가 훼손되었다는 장송의 주장을 비웃은 카뮈는 장송이 왜곡시킨 자신의 주제를 옹호했다. 이어서 반격 삼아서, 자신을 비평한 자가 마르크스주의가 아닌 모든 혁명적 전통에 대해서는 침묵했거나 조롱하고 있다는 점을 지적했다. 이름을 거론하지 않은 채 카뮈는 장송을 부르주아 마르크스주의자라고 비난했다. 그런 다음 이렇게 말했다.

나 자신 그리고 당대의 투쟁에서 결코 벗어난 적이 없는 노련한 투사들이 역사의 의미에 관념 이상을 품어본 적이 없는 비평가들로부터 끊임없이 훈계를 받는 일에 신물이 나려고 한다.[23]

같은 호에 수록된 답변에서 사르트르는 카뮈처럼 개인적인 어조를 동원했다.

우리의 우정은 쉽지는 않았지만, 아쉬울 것이다. 그대가 오늘 그 우정을 깬다면 이는 분명 깨질 수밖에 없기 때문일 것이다. 우리들을 맺어준 일은 많은 대신, 우리를 갈라놓은 일은 거의 없었다. 하지만 얼마 안 되는 이것이 지나치게 많았던 것이다. 우정이라는 것 역시 전체주의적이 될 수 있다. 상대방은 모든 것에 동의해야 하며, 그러지 못하면 싸워야 하는 것이다.

유감스럽게도 그대는 고의적으로 나를 지목해서 그토록 언짢은 어조로 말을 했기 때문에 나로서는 잠자코 있다가는 체면을 잃을 지경에 처하고 말았다. 따라서 나는 분노는 없이, 그렇지만 우리가 서로를 알게 된 이후 처음으로 가리는 것 없이 답변을 할 것이다.

침울한 자부심으로 가득 차고 툭하면 상처를 입는 그대에게 사람들은 진실을 말하기를 꺼려왔다. 그 결과 그대는 서글프게도 절제력을 잃고 말았는데, 자신의 내적 곤경을 감추는 그것을 그대는 '지중해인다운 절도'라고 여길 것이다. 조만간 누군가는 그 말을 하게 되었을 테지만, 내가 그 소임을 맡기로 하겠다.

사르트르는 카뮈가 자신이 만들어낸 영웅들을 부인한 점을 비난했다.

뫼르소는 어디로 갔는가, 카뮈? 시시포스는 어디에 있는가? 영구적 혁명을 설교하던 저 용기 있는 트로츠키파들은 모두 어디로 갔는가? 분명 살해당했거나 아니면 유형 중일 것이다. 폭력적이고 기만적인 독재 권력이 그대를 사로잡고, 추상적인 관료주의의 뒷받침을 받아, 이제 도덕률에 따라 통치하는 시늉을 하고 있다.

사르트르는 어째서 사람들이 박애를 거론하지 않고는 카뮈의 작품을 비판할 수 없는지 의아하게 여겼으며, 카뮈가 소련의 강제 노동 수용소에 대해 장송이 침묵했다고 언급한 비판이 실제로는 자신을 겨냥한 것이라고 생각했다. 그런데 그는 실제로 강제 노동 수용소를 비난한 적이 있었고 공산주의자 비판을 망설인 적이 없었던 것이다. "어떻게 사람들이 미워하는 것이 그대가 아니라 나란 말인가?"

사르트르에게 카뮈는 과거에도 미래에도,

인간과 행동과 작품이 경탄스러울 만큼 조화를 이루는 존재였다. 1945년에는 그랬다. 사람들은 『이방인』의 작가 카뮈를 발견한 것이다. 그대 안에는 우리 시대의 모든 갈등이 요약되어 있었고, 그대는 그런 갈등을 몸으로 체현하려는 열의로 그것을 극복했다. 그대는 가장 복잡하고도 풍요로운 '인간'이었다.

사르트르가 보기에 카뮈는 계급투쟁을 간과해왔다. 뿐만 아니라 카뮈는 자신의 서평자인 장송에 대해 경찰이나 쓰는 수법을 동원했다. "그대의 도덕성은 먼저 설교로 바뀌었고, 오늘날에는 단순한 문학에 불과하며, 내일이면 부도덕이 될지 모르겠다."

사르트르는 결말에서 자신의 잡지가 앞으로도 카뮈에게 문을 열어둘 테지만, 자신은 대꾸하거나 싸울 생각이 없으며 논쟁이 더 이상 계속되지 않기를 바란다고 했다.

그러나 사르트르는 의도적으로 자신이 카뮈를 비난했던 바로 그 개인적인 어조를 동원했다. 관념적인 역사에 대한 카뮈의 언급에 대해서는 『탕 모데른』 이번 호에 들어오는 영예를 베풀어줌으로써 그대는 휴대용 흉상 받침대도 가지고 왔다"고 말했다. 그는 과연 카뮈가 '가난'의 대변자로서 자격이 있는지 의문을 제기했다.

그대는 과거에는 가난했을지 모르지만 지금은 더 이상 가난하지 않다. 그대는 장송이나 나와 마찬가지로 부르주아다. 그대는 배심원들을 울릴 절호의 기회를 노려서 "이 사람들은 내 형제요"라고 말하는 검사와도 같다.

사르트르는 또한 카뮈의 스타일과 "그대에게는 자연스러워 보이는 거만함", 외적인 냉정함 이면에 들어 있는 '술책', 그리고 물론 그의 철학적 무능에 대해서 공격했다. 그 뒤에 이어진 장송의 글은 「그대에게 모두 말하기」(Pour tout vous dire)라는 제목으로서 비평을 환영한다는 두 인용문으로 시작되며, 그 다음에 실질적인 답변이 이어졌다. 장송은 어느 누구도 "절대 도덕성의 대제사장"인 알베르 카뮈를 비판하도록 허락받지 못했기 때문에 자신이 금기를 깨고 있다는 느낌이 들었다고 했다.

『탕 모데른』은 뉴스거리가 되었다. 다른 언론에도 상당 부분의 발췌문이 발표되었다. 선정적인 주간지 『삼디 수아르』조차 2면에 다음과 같은 표제를 실었다.

사르트르와 카뮈의 불화가 극에 달하다

그 기사는 사르트르가 1943년 『카이에 뒤 쉬드』에 게재한 『이방인』론에서 시작된 두 사람의 관계를 개관하고, 이어서 『탕 모데른』지에서 오간 논쟁에서 몇 구절을 인용했다. 『삼디 수아르』지는 결론에서 그들 공통의 적들이 이번 논전에서 이득을 보게 될 것을 유감으로 여겼다.

물론 파리의 유명 인사들 모두가 그 기사를 읽었으며, 그들 대부분은 어느 한 쪽을 편들었다. 생 제르맹 데 프레에서는 일반적으로 이번 공방에서 가장 크게 상처 입은 쪽이 카뮈라고 생각했다.[24] 파리 지식인들은 그에 대한 공박을 농담거리로 삼았는데 대부분은 카뮈를 제물로 삼은 것이었다. 대부분 카뮈가 불충분한 철학 지식으로 논쟁에 임했다는 사르트르의 말에 동감했다. 지식인들 가운데 적어도 한 사람은 카뮈의 에세이가 실제로는, 르네 샤르가 카뮈를 내세워서 사르트르를 공격한 것이라고 여겼다.[25]

피에르 드 부아스드프레는 『르 몽드』에 두 사람의 논쟁을 요약하면서, 카뮈의 '실존주의'가 언제나 오해에서 비롯된 것이며, 똑같은 독자층을 갖고 있던 사르트르와 카뮈는 언제나 자신들의 견해차를 내세워왔다고 썼다. 그렇지만 그들의 성격은 더 이상 다를 수 없을 정도로 판이했다. 카뮈는 시인인 반면 사르트르는 비평가였다. 부아스드프레는 카뮈가 자신의 작품을 옹호하기 위해 지나치게 자주 언론에 개입하곤 했던 점을 유감스럽게 여겼다.[26]

파리로 돌아온 카뮈는 자닌의 누이 르네와 결혼한 로베르 갈리마르를 만났다. 카뮈는 출판사 사람들 모두가 자신을 적대시하기라도 하듯 굴었으며 거두절미하고 "그 일을 어떻게 생각하시오?"라고 물었다. 그는 우정이 관련된 한 선택을 하지 않으면 안 된다고 말했다.

로베르는 사르트르와 무관한 사촌 미셸이라면 카뮈를 편들기가 쉬울 것이라고 여겼지만, 그 자신은 사르트르의 친구였다. 마침내 로베르는 "미안하지만 나는 편을 들 수가 없소"라고 대답했다. 카뮈는 잠시 말을 멈추더니 이렇게 말했다. "알아요, 이해합니다. 그 문제에 대해서는 이제 말하지 말기로 합시다." 두 사람은 계속 친구로 남아 전보다 가깝게 지냈지만 그 논쟁에 대해서는 두 번 다시 이야기하지 않았다.[27]

출판사의 다른 사무실에서 카뮈는 『탕 모데른』지를 불쑥 내밀면서 밋밋한 어조로 물었다. "이걸 봤습니까?" 사무실에서는 여러 사람이 일하고 있었다. 아무도 대답하지 않았다. 이윽고 디오니스 마스콜로가 말했다. "나중에 레스페랑스에서 얘기합시다."

레스페랑스는 그곳 직원들이 드나들던 이웃 술집이었다. 그러자 카뮈는 그대로 몸을 돌려 밖으로 나갔다. 몇 년이 지나서 그때의 모임을 목격했던 한 사람인, 로베르 갈리마르의 아내 르네(그녀는 그때 마스콜로의 비서였다)는 무엇보다도 서글프게만 여겨진 그때 일을 회상했다. 그 방에 있던 사람들 모두가 사르트르가 옳다고 여겼으며, 아무도 카뮈를 위로할 말을 찾을 수 없었다는

것이다.[28]

　미셸과 자닌은 친구의 괴로움을 악화시키지 않기 위해 일부러 카뮈에게 논쟁에 관해 묻지도 않았고 그 일을 화제로 삼지도 않았다. 그는 분명히 상처받은 것이다.[29]

　카뮈 역시 아무 말도 하지 않았다. 대신 자신의 일기에 다음과 같은 성찰을 남겼다.

　『탕 모데른』, 그들은 죄를 인정하고 품위를 거부하고 있다. 순교에 대한 열망…… 그것이 이 끔찍한 시대에 그들이 내세울 수 있는 유일한 변명이다. 결국 그들에게 있는 뭔가가 노예 상태를 열망하는 것이다.[30]

38 요나

나를 파괴하기 위하여 한 사람 한 사람이 나를 적대시하고, 단 한 번도
내게 손을 내밀지 않고, 도와주려 하지 않고, 내가 있는 그대로 존재할 수
있도록 하지도 않은 채로, 쉴 새 없이 자신들의 몫만을 요구한다.
● 발표되지 않은 일기

사르트르의 역습에 카뮈가 놀랐다는 사실이 의의로 여겨질 수
도 있다. 돌이켜 보건대 그 결렬은 불가피하고, 오랫동안 준비
과정을 거쳐온 듯이 보였다. 전조가 그렇게나 많았는데 어떻게
카뮈는 그것을 깨닫지 못했을까? 카뮈의 한 친구가 보기에 그
결렬이 충격적이었던 것은 아무도 그것이 그렇게 널리 또는 그
렇게 뚜렷이 현실로 나타날 것이라고 예상하지 못했기 때문이
다. 어쨌든 『탕 모데른』은 『반항인』의 한 장을 발표한 적이 있는
것이다.[1]

훗날 장 블로슈 미셸은 시몬 드 보부아르가 정말로 그들의 우정
이 시작된 초기에, 자신의 회고록에 쓴 대로 카뮈에게 그 같은 감
정을 느꼈는지 궁금해했다. 카뮈는 그들의 우정을 믿었다. 거기
에는 아무런 단서도 없었다. 블로슈 미셸에 의하면 카뮈가 그때
가장 크게 괴로워했던 점은 사르트르 그리고 파스칼 피아와의 우
정에서 환상이 깨졌다는 사실 때문이었다고 한다.

갈등의 전조

결별의 가장 뚜렷한 동기는 정치였다. 카뮈와 사르트르 사이에 논쟁이 벌어졌던 1952년에 사르트르가 자신을 공산주의 편이라고 공식 선언했다는 사실, 그리고 당시는 바로 스탈린의 마지막 몇 달 동안 소련에서 공포 정치가 극에 달한 시기였다는 사실을 간과하는 것은 심각한 잘못이 될 것이다.

공산주의자에 대한 사르트르의 헌신은 「공산주의자와 평화」라는 에세이로 나타났는데, 그 첫 부분이 『탕 모데른』 1952년 7월호, 장송의 서평 다음 호이자 카뮈의 답변과 사르트르의 '일격'이 발표되기 한 달 전에 수록되었다.

사르트르의 친구들은 이 불화를 예견했다. 그 일은 카뮈가 『반항인』을 쓰지 않았더라도 일어났을 것이다. 어쩌면 깨끗한 결별은 되지 않았을지 몰라도, 두 사람은 더 이상 서로 만나지 않았을 것이다. 부분적으로는 그들이 카뮈의 성격을 좋아하지 않은 데 원인이 있었을 테지만, 알제리 전쟁이 두 사람의 결별을 확고하게 해주었을 것이다.[2]

카뮈의 경우 그 우정은 진지했다. 시몬 드 보부아르 역시 그렇게 말했다. "카뮈가 편집을 맡았던 초기의 『콩바』는 우리의 펜과 입에서 나오는 모든 말들을 호의적으로 보도해주었다."[3] 카뮈는 자신이 맡은 갈리마르의 총서에 사르트르의 무리를 적극적으로 끌어들였다.[4] 사르트르파와 토론을 하던 카뮈는 결국 그들이 자신들의 오류를 깨달을 것이라고 믿었다.[5]

그러나 양쪽 진영 모두와 친구였던 한 사람은, 그들의 관계가 처음 시작되었을 때부터 카뮈와 사르트르 진영 사이에는 진정한 의미에서 정신의 일치점이 없었음을 알고 있었다. 그들의 우정은 해방기의 들뜬 분위기에서 생겨났는데, 이는 결코 지속될 수 없었다. 다른 북아프리카인들 그리고 르네 샤르가 카뮈의 친구였다.

사르트르의 경우, 그와 그의 친구들은 『이방인』과 『시시포스의 신화』에 담긴 검은 비관주의에는 경탄했지만, 나중에 카뮈의 사실주의와 낙관주의에 대해 알게 되고 나서는 흥미를 잃었다. 실제로 어떤 비평가는 그때를 돌이켜보면서, 그들은 언제나 생각에서나 글에서나 분리되어 있었지만 그 점을 알지 못한 이들에게 1952년의 결별은 놀라웠을 것이라고 기록했다.[6]

카뮈의 한 친구는 사르트르 쪽이 얼마간 카뮈에 대해 질투를 품었다고 여겼다. 카뮈는 본격적인 저항 단체에 속해 있었는데 사르트르는 그렇지 못했다. 카뮈는 사르트르가 극작가 아르망 살라크루 무리와 함께 코메디 프랑세즈 극장을 '해방'시켰다는 보도에 내심 웃음을 금치 못했다. 카뮈는 여자들이 잘 따르는 미남형이었던 반면, 사르트르는 여성을 정복하는 데 카뮈 못지않게 관심이 있었으나 카뮈만큼 신체적 혜택을 받지 못했다.[7]

보부아르는 이들의 절교 사건을 요약하면서 그 일을 불가피하게 보았다. "사실상 이 우정이 돌발적인 파탄에 이르게 된 계기가 있었기 때문이다."

두 사람의 이념적 대립은 1945년 이래 점점 심화되었다. 카뮈는 이상주의자, 도덕주의자, 반공주의자였다. 1940년 이래 사르트르는 이상주의와 단절하고 역사 속에서의 삶을 원했다. 마르크스주의에 다가가면서 그는 공산주의자들과 제휴하고 싶어 했다.

카뮈는 원칙을 위해 싸웠고, 그 때문에 게리 데이비스와 연루되기에 이르렀다. 사르트르가 사회주의를 믿었던 반면 카뮈는 부르주아의 가치들을 옹호했다. 선택이라는 문제에서 두 진영 사이에 중립은 불가능했다. 사르트르는 시간이 흐를수록 소련과 가까워졌다. 카뮈는 그 나라를 혐오했지만 미국도 좋아하지는 않았기 때문에, 보부아르는 카뮈가 실제로는 자신들 편이라고 여겼다. "이런 차이점들이 너무 심각해서 우정도 흔들리지 않을 수 없었다."

보부아르는 또한, 카뮈의 성격 때문에 절충이 불가능했다고 여겼다. 그녀는 카뮈가 자신의 입지가 약하다는 것을 알고 있었기 때문에 반박을 받으면 성을 내며 부인했을 것이라고 생각했다. 「악마와 신」이 공연될 당시 잠시 화해의 분위기가 있었고, 그들이 카뮈의 니체론을 발표해주기도 했다. 그러나 사실 그들은 그 작품이 마음에 들지 않았다.

결국 이런 미약한 우정의 복귀는 지속될 수 없었다. 카뮈는 언제든 독재적 사회주의를 묵인하는 사르트르를 비판할 만반의 준비가 되어 있었고, 사르트르는 물론 카뮈가 틀렸다고 여겼다. 보부아르는 사르트르가 「공산주의자와 평화」 첫 부분을 발표한 일과 한 달 간격으로 『탕 모데른』에 수록된 카뮈에 대한 사르트르의 반박 사이의 관련을 옳게 보았다. 그녀는 사르트르의 미발표 기록을 다음과 같이 인용했다. "나는 나를 다른 누군가로 만들어줄 행동을 감행하지 않으면 안 되었다. 나는 소련의 관점을 전적으로 수용해야 했다. 그리고 나의 이런 입장을 유지하기 위해서는 나 자신밖에 의지할 사람이 없었다."

보부아르는 그 결렬 때문에 개인적으로 영향을 받지는 않았다. "오랫동안 내게 아주 소중했던 카뮈 일가는 이제 더 이상 존재하지 않았다."[8]

카뮈가 사르트르를 부르주아 스탈린주의자이며 친구임은 물론 우스꽝스러운 인물로 보았다는 것은 확실하다. 사르트르에게는 안락한 성장 배경이 있었고, 어린 시절부터 돈이 모자란 적이 없었으며, 자전적 회상록에서 말했듯이 성인이 되고 난 뒤에도 자신이 내야 할 세금을 어머니에게 의지할 수 있었다.[9] 마치 다른 어떤 무산주의자보다도 더 무산주의자가 될 만한 여유가 있기라도 한 것 같았다.

뉴욕에 있는 동안 사르트르가 여행했던 길을 따라 여행한 카뮈는 한 친구에게 사르트르를 부드럽게 조롱하는 언급을 한 적이 있다. "외국인들이 프랑스의 지저분한 지식인과 익숙해진다는 것은 좋은 일이지."[10] 빈한한 집안에서 자란 카뮈는 입술이나 셔츠에 니코틴 얼룩을 묻히는 것처럼 지저분하게 굴 만한 여유가 없었다. 카뮈의 처지에 놓인 사람이라면 재정적으로나 도덕적으로 노벨상을 거부할 여유가 없었지만, 사르트르는 그럴 수 있었다.

결별의 후유증

사르트르는 훗날 자신은 카뮈에 반대한 것이 아니라 카뮈가 장송에게 답변한 형식에 반대했던 것이라고 말하게 된다. 그는 카뮈가 편지에 쓴 "발행인 귀하"라는 공식적 서두가 마음에 들지 않았다. 실제로 카뮈는 언론사, 심지어는 가깝다고 생각한 언론사에 보내는 모든 편지에 "발행인 귀하" 또는 "편집장 귀하"라는 서두를 썼다. 시몬 드 보부아르처럼 사르트르 역시 그 결별 사건으로 영향을 받지는 않았다.

우리는 이미 별로 만나지 않고 있었으며, 최근 몇 년 사이에는 만날 때마다 그가 내게 호통을 치곤 했다. 그는 내가 이런 짓을 하고 저런 말을 하고 또 자기 기분을 언짢게 만든 이러저러한 글을 썼다고 호통을 쳤다. 그때는 결렬까지 가지는 않았지만, 기분이 언짢았던 것은 사실이다. 카뮈는 많이 변했다.

자신이 위대한 작가라는 사실을 몰랐던 초기에 그는 농담을 잘했고 함께 장난을 치곤 했다. 그는 나처럼 구변이 좋았으며, 지저분한 얘기도 많이 해서 그의 아내와 보부아르는 충격을 받았다는 듯이 굴기도 했다. 2, 3년 가량 우리는 정말 관계가 좋았다. 지적인 수준에서는 그렇게 깊이 있게 들어가지 못했는데, 그것은 그가 쉽게 두려워했기 때문이다. 사실 그에게는 알제리인 특유의 우악스러운 면, 하찮고 아주 희극적인 면이 어느 정도 있었다. 아마 그는 나와 가장 어울리기 힘든 친구였을 것이다.[11]

카뮈를 염려한 사람들은 그를 위로하려고 애썼다. 말로의 친구 마네스 스페르버는 카뮈에게 사태를 너무 심각하게 받아들이지 말라고 충고하는 한편 『탕 모데른』은 공산주의 쪽으로 경도되는 잡지이므로 카뮈가 그 잡지의 공박을 개인적인 문제로 받아들여서는 안 된다고 말했다. 자신이 그 잡지에 보낸 편지가 철학적 수준에 국한되었던 것이라고 여기고 있던 카뮈는 그 말에 동의하지 않았다.

사르트르의 우정은 확실히 중요했고, 그 동안 사르트르는 카뮈에게 따뜻하게 대해주었다. 어쩌면 카뮈는 호의적인 서평까지는 기대하지 않았을 테지만, 장송이 쓴 것처럼 그토록 모욕적이고 '개인'에 대한 공박으로 일관된 서평이 나올 줄은 몰랐을 것이다.

카뮈는 그 서평을 쓴 것이 사르트르 자신은커녕 관련자 아무도 아니라는 사실에 화가 났다.[12]

장 블로슈 미셸 역시 그 절교가 사르트르의 입장에서 볼 때 전술적이라고 느꼈다. 왜냐하면 사르트르는 공산당의 철학자가 되고 싶어 했고 공산당은 그에게 카뮈와 거리를 둘 것을 요구했기 때문이다.

그러나 카뮈는 위로를 거절했다. 그 사건이 있고 나서도 여러 해 동안 그는 당시의 상처가 지워지지 않기라도 한 듯 심각한 후유증을 겪었다. 생애 마지막 순간까지도 그 일은 상처로 남아 있었을 것이다. 발표되지 않은 그의 일기와 단편들은 초기의 분노의 폭발이 지나면서 논쟁에 관한 쓰라린 성찰로 채워져 있다. 가장 탁월하게 『전락』을 비평한 이들은 그 작품에 들어 있는 수수께끼 같은 독백이 사르트르와의 결별에 따른 외상을 몰아내려는 시도임을 깨달았다.

화해의 시도가 몇 차례 있었다. 이를테면 카뮈뿐 아니라 프랑시스 장송의 결핵도 치료해주었던 메네트리에 박사는 카뮈에게, 장송이 자신의 호된 공박에 대해 사과할 뜻이 있으니 두 사람이 진찰실에서라도 만나보면 어떻겠느냐고 말했다. 그러자 카뮈가 고함치듯 말했다. "그 불한당 같은 작자를 만나라고요? 절대로 안 될 말입니다!"[13] 그 일은 논쟁 당사자가 아닌 제3자들에게 카뮈가 어떻게 보였는지를 단적으로 보여주는 사례이기도 하다. 그의 주치의가 화해가 필요하다고 본 것은 카뮈의 고통이 커 보였기 때문이었을 것이다. 얄궂은 일은 장송과 카뮈가 만난 적이 없다는 사실이었다. 그는 사르트르와 보부아르의 '잔치판'에 낀 적이 없었다.

『탕 모데른』의 논쟁이 있고 나서 오랜 세월이 지난 후에 한 번은 아내와 함께 퐁 루아얄의 술집에 앉아 있던 장송이 어떤 사람을 가리키면서 아는 사람 같은데 누군지 모르겠다고 말했다. 그러자 그의 아내가 "농담하는 거예요? 카뮈잖아요" 하고 말했다. 또 한 번은 갈리마르 출판사에서 열린 칵테일 파티 때 장송이 카뮈와 자신이 등을 대고 서 있다는 사실을 알았다. 두 사람은 한순간 고개를 돌려 서로 얼굴을 마주보았으나 그 이상 아무 일도 일어나지 않았다.[14]

한편 온갖 계층의 수많은 독자들이 카뮈에게 편지를 써서 그를 지지한다고 말했으며 사르트르의 공박을 이해하지도 인정하지도 못하겠다는 말을 덧붙였다. 카뮈는 그 편지들을 큼직한 상자 속에 잘 포장해서 보관했다. 1952년 10월 31일 카뮈는 로제 키요에게 이런 편지를 보냈다. "문제의 핵심은 고스란히 남아 있소. 그것만은 확실하오. 그들은 내가 내린 진단에 대해 진지한 반론은 하나도 제기하지 않은 것 같소." 그러고서 이렇게 결론지었다. "따라서 나는 내가 같은 길로 계속 나아가도 좋다고 간주하고 있소. 게다가 그 길은 많은 사람들이 나아가고 있는 길이기도 하고 말이오."[15]

유배당한 작가

1952년 초, 『반항인』에 관한 첫 번째 서평들이 막 나오기 시작하고 장송의 반박을 몇 달 앞둔 시점에서 카뮈는 훗날 『유형과 왕국』에 수록될 이야기들을 처음으로 정리했는데, 이 무렵에는 그저 "유형에 관한 소설들"이라고 이름 붙였다. 그 가운데 하나가

"움츠러든 화가"(L'Artiste qui se retranche)로서 훗날 "요나"라는 제목으로 발표될 작품이었다.

『전락』과 더불어 「요나」는 아마도 카뮈가 성숙기에 쓴 가장 의미 있는 자전적 작품일 것이다. 처음에는 예술 때문에 가족을 포함한 모든 것을 희생시키는 성공한 작가 이야기로 착상했던 것이, 성공에 수반되는 파리 생활에 의해 파괴된 결과 희생시키는 자가 아니라 자신이 희생자가 된 화가의 이야기로 바뀌었다. 카뮈 전집의 편집자는 「요나」를 카뮈의 개인적인 위기, 할 일을 할 수 없는 무능력을 뼈대로 한 작품으로 간주했다. 이는 그의 일기에서 다음과 같은 애처로운 흐느낌으로 나타나 있다.

나를 파괴하기 위하여 한 사람 한 사람이 나를 적대시하고, 단 한 번도 내게 손을 내밀지 않고, 도와주려 하지 않고, 결국 나를 있는 그대로 사랑해줌으로써 내가 있는 그대로 존재할 수 있도록 하지도 않은 채로, 쉴 새 없이 자신들의 몫만을 요구한다.

사람들은 내 에너지가 무한한 줄 알고 있고, 내가 당연히 그것을 그들에게 제공하고 살아가도록 도와줘야 한다고 여긴다. 그러나 나는 쇠약해진 창조적 정열에 있는 힘을 다 쏟아 붓고, 다른 모든 이들 때문에 극도로 박탈당하고 빈궁한 존재가 되고 마는 것이다.

「요나」는 1953년 2월 카뮈가 신문기자 피에르 베르제에게 쓴 편지와 나란히 놓고 읽으면 더 의미심장하다. 베르제와의 약속을 지키지 못한 카뮈에게 그는 그런 약속도 제대로 처리하지 못한다고 나무란 것이다. 답장에서 카뮈는 이렇게 썼다. "만일 당신이 온갖 의무로 가득한 내 삶의 4분의 1이라도 안다면 그런 편지를 쓰지 못했을 것입니다."

이어서 카뮈는 이렇게 해명했다. "당신이 당신에게서 신임을 받지 못한 다른 많은 이들과 더불어 한탄한 저 '도도한 고독'이라는 것은 결국(그런 것이 존재한다면) 내게는 축복이나 다름없는 일이 될 것입니다."

실제로 카뮈가 자신이 하고자 하는 그 일들을 모두 하기 위해서는 세 개의 삶과 여러 개의 심장이 필요할 터였다. 심지어 원하는 만큼 친구들을 만나지도 못하고 있다. "내가 친형제처럼 사랑하는 샤르에게 우리가 한 달에 몇 번이나 만나는지 물어보시오." 그는 글을 쓸 시간도 없었고 심지어는 병에 걸릴 시간도 없었다.

그러나 무엇보다 좋지 않은 것은 내게 더 이상 책을 쓸 시간도 내적인 여유도 없다는 것입니다. 자유로운 상태라면 2년이 걸렸을 작품을 쓰는 데 4년을 허비하고 있습니다. 벌써 몇 년째 내 일이 나를 해방시켜주기는커녕 나를 노예로 삼아버렸습니다.

만일 그가 일을 계속한다면 다른 무엇보다도, 심지어 자신의 자유보다도 일을 더 좋아하기 때문이다.

어떻게든 체계를 잡아서 일정표와 효율성 증대로 나의 에너지를 증가시키고 사람들도 자주 만나려고 애쓰는 것은 사실입니다. 매번 편지를 보내면 세 통의 편지가 더 날아들고, 사람을 만나면 열 명을 더 만나게 되고, 책을 낼 때마다 백 통의 편지와 스무 명 가량의 투고자가 생기고, 그 사이에도 시간이 흐르고,

할 일이 있고, 사랑하는 사람들, 나를 필요로 하는 사람들도 있습니다.

생활은 계속됩니다. 그러는 동안 내 경우에는 어느 날 아침이면 소음에 지치고, 앞으로 해야 할 끝없이 이어지는 작업에 용기를 잃고, 신문에서 읽는 세상의 어리석음에 진력이 나서, 내가 모든 사람들을 충분히 만족시키지 못하고 또 모두를 실망만 시킬 거라고 확신하고는 그냥 자리에 멍하니 앉아서 저녁이 되기를 기다리기도 한답니다. 나는 그런 식으로 느끼고 또 종종 그런 식으로 행동하곤 합니다.

베르제가 그런 카뮈의 상황을 이해할 수 있었을까? 카뮈는 그런 상황은 다른 사람들도 참기 힘들 것임을 알았다. 어쨌든 그의 경우는 참기 힘들었다. 베르제의 신랄한 어투에 슬퍼진 나머지 카뮈는 이렇게 덧붙였다. "이런 모든 이유 때문에 나는 이 도시와 이곳에서의 삶에서 벗어나야 합니다."[16]

은둔하는 요나

그가 글을 쓰고 있지 않은 것은 확실했다. 1952년에 그가 한 유일한 작업은 제임스 터버의 『최후의 꽃』에 나오는 아주 짧은 글을 번역한 것뿐이었다. 「요나」는 아마 1953년에 씌어졌을 것이다.

「요나」 이전에 카뮈는 일련의 판토마임 장면들로 구성되었고 스스로 '무언극'이라고 일컬은 작품을 구상했다. 그 작품은 죽는 인물이 화가가 아니라 아내이며, 남편의 예술 때문에 희생되는 것도 아내라는 사실만 제외하면 그 다음에 쓰게 될 단편과 비슷하다. 그 내용은 같은 주제에 대해 카뮈가 일기에 처음 쓴 것과 일치한다.

소설에서 질베르 요나는 '자신의 운명'을 믿는다. 서른다섯 살인 그는 성공을 거둔 화가다. 그러나 그는 아내와 함께 오래된 동네에서 18세기에 지어진 건물의 비좁은 아파트에서 살았다. 실제로 요나가 사는 아파트는 세귀에가에 있던 카뮈의 아파트였다.

특히 천장이 높고 거대한 창이 달린 방들은 그 웅대한 크기로 볼 때 원래 화려한 의식을 위해 설계되었음이 분명했다. 그렇지만 사람들로 북적대는 도시라는 여건과 부동산 거래의 필요에 의해 훗날 그 집의 소유주들은 지나치게 큰 이 방들을 분할할 수밖에 없었다.

예술에서 성공을 거둔 요나는 오찬과 만찬 초대, 전화, 즉흥적인 내방객들의 표적이 되었다. 자신들의 직무상 작업 시간에도 마음대로 요나를 방문할 권리를 가진 다른 화가와 비평가들이 수시로 드나든 것은 말할 것도 없었다. 그러고 나서 얼마 후에는 그의 신봉자들이 생겨났다.

이 잡다한 사람들 틈에서 요나는 그림을 그려보려 했지만 작업 속도는 점점 떨어졌다. 작업을 덜했는데도 다행히 명성은 계속 올라갔다. 그에게 더 많은 편지들이 왔으며 예절 바른 그로서는 답장을 하지 않을 수가 없었다.

요나의 예술과 관련된 편지도 있었지만 대부분은 편지를 보낸 이의 신상에 관한 것이었다. 그의 이름이 언론에 오르내리기 시작하면서, 그 역시 다른 모든 사람들이 그렇듯이 혐오스러운 불의를 비난하기 위한 인터뷰 요청을 받았다.

그에게 몰려드는 사람들은 꾸준히 늘어났다. 그러나 이제 그는 혼자 있을 때도 전만큼 그림을 그리지 않았으며, 자신이 그러는 이유도 알 수 없었다. "그는 그림을 그리는 대신 그림에 대해, 자신의 천직에 대해 생각했다."

이윽고 명성은 기울기 시작했다. 어느 긴 평론은 그의 그림이 "과대평가되었고 시대에 뒤떨어졌다"고 했다. 화랑은 그에게 매월 지급하는 비용을 낮추었다.

내방객 때문에 점점 짜증이 나고 공공장소에서 아는 얼굴들을 피하게 된 그는 마침내 높다란 천장을 이용해서 캔버스를 가지고 틀어박힐 자신만의 좁다란 로지아(한쪽에 벽이 없는 복도 모양의 방—옮긴이)를 마련한다. 그는 임시로 만든 이 로지아에서 점점 많은 시간을 보내고 밤까지도 그곳에서 보내게 되지만 그림은 그리지 않는다.

마침내 그는 충실한 친구 라토에게 빈 캔버스 하나를 올려달라고 부탁한다. 프랑스어로 '갈퀴'를 의미하는 라토는 요나의 삶에서, 프랑스어로 '수레'를 의미하는 샤르가 카뮈의 삶에서 맡은 것과 같은 역할을 했다. 더 이상 음식도 먹지 않고 지칠 대로 지친 요나는 의사의 진찰을 받지만, 의사는 그의 아내에게 요나가 살게 될 것이라고 장담한다.

다른 방에서는 라토가 아무것도 그려져 있지 않은 캔버스를 들여다보고 있었다. 그 한복판에 요나는 작은 글자로 겨우 알아볼 수 있는 한 단어를 써놓았는데, 그것이 '은둔'(solitaire)인지 '관계'(solidaire)인지는 확실치 않았다.

낙심했음에도 불구하고 요나는 계속 '은둔' 상태에 머물렀다. 그는 이제부터는 상류사회로부터 등을 돌리고 자신을 동료 죄수들과 동일시한 오스카 와일드에 관한 에세이를 썼다. 카뮈의 "투옥된 예술가"는 이 무렵 그의 심상에 대한 은유에 가까운 글이다.

1952년 11월 중순 카뮈는 좌파 행동주의자 루이 드 빌포스의 방문을 받았다. 그는 카뮈에게, 프랑스–인도차이나 전쟁에 반대하는 소책자를 배포한 혐의로 5년형을 선고받은 젊은 해군 장교 앙리 마르탱을 위해 중재에 나서줄 것을 부탁했다. 마르탱 구제 운동은 원래 공산주의 동조자들이 이끌었는데, 이번에도 카뮈는 선전지에 자신의 이름을 빌려주는 데 신중을 기했다.

빌포스는 카뮈가 『탕 모데른』 그룹과 합동으로 씌어질 예정인 소책자에 기고할 수 있는지를 물어보았는데 카뮈의 반응은 예상할 만한 것이었다. 카뮈는 기꺼이 도울 생각이 있지만 자기 나름대로 돕겠다고 말했다. 실제로 그는 좌파면서 반공주의 간행물인 『프랑 티뢰르』지에 호소문을 게재했다. 그 글은 12월에 발표되었고 『시사평론 3』에 재수록되었다.

그는 해명하는 말로 허두를 떼었는데, 자신은 『탕 모데른』 편집자들과 공동으로 소책자에 기고하기를 거부했다고 썼다. "이유는 간단하다. 이후로는 『탕 모데른』 관련자 및 그 잡지를 인정하는 이들과 함께 그들을 옹호할 경우 무엇보다도 자유에 대한 가치를 훼손하게 될 것이기 때문이다."

모두가 사면을 요구했던 로젠버그 사건에서처럼 인명이 위험에 처했을 때에만 이와 같은 연합을 받아들일 수 있었다. 해군 장교 마르탱의 경우 그 자신은 어느 누구라도, 군복무 중인 사람일지라도 공산주의자가 될 권리가 있을 뿐 아니라 "유혈과 고통이라는 값비싼 대가를 치르고 있고 자신의 양심은 물론 조국의 예산에도 큰 부담이 되고 있는" 프랑스의 식민 전쟁에 반대할 권리가 있음을 옹호한다. 자신은 공산주의 지도자들의 민주적 성향에 대해서는 아무런 환상도 없다. 서구에서 스탈린주의의 쇠퇴에 기여했던 것은 바로 "형평성의 힘과 자유의 위력"이었다. 마르탱의 반대는 정치적인 것이었고, 그가 받은 선고는 그의 활동과 어울리지 않기 때문에 부당한 것이다.

카뮈는 계속해서 세계평화회의에서 평화 문제를 논의하기 위해 비엔나로 가려던 공산주의자 피고 11명을 처형한 프라하의 슬란스키 숙청 재판을 언급하면서 세계 다른 곳에서도 자유가 침해받고 있다고 말했다.[17]

그러나 공산주의자들이 앙리 마르탱 사건을 이용하고 있다는 것은 아무래도 좋은 일인데, 왜냐하면 정의라는 대의가 그런 이용에 맞설 만큼 강하기 때문이었다.

따라서 마르탱 운동은 스탈린주의의 반유대주의와 숙청 재판의 거짓 자백을 옹호하는 자들이 아니라(이것 역시 프라하 재판에 대한 언급이다) 자유의 진정한 수호자들에 의해 이루어지지 않으면 안 된다고 카뮈는 주장했다.

카뮈는 11월 30일 파리의 살 와그램에서 '공화국 스페인의 친구들'의 후원 아래 열린 공화국 스페인을 위한 집회에서 콜롬비아의 전 대통령 살바도르 데 마다리아가, 신문 발행인 에두아르도 산토스, 미술비평가 장 카수 등과 함께 다시 한 번 연설을 했다. 어쨌든 스페인은 보수주의 수상 앙투안 피네 휘하의 프랑스 정부 덕분에 유네스코에 들어갈 수 있었던 것이다.

카뮈의 연설 내용에는 파시스트들에 대한 독설과 프랑코의 스페인을 지지하는 서구 민주국들에 대한 빈정거림이 들어 있다. 그는 지식인들은 이제부터 유네스코에 대한 협력을 거부할 뿐 아니라, 그 기구의 겉치레를 폭로하기 위해 공개적으로 투쟁할 것이라고 말했다. "유네스코는 문화에 헌신하는 지식인들의 회합소가 아니라 정책 같은 것은 아무래도 상관하지 않는 정부들의 연합체입니다."[18]

자동차 여행

카뮈가 적극적으로 연극인이 되려는 의사를 처음 드러낸 것은 바로 이 무렵의 일로서, 책이 아니라 연극이 그의 생애 가운데 마지막 10년을 차지하게 된다. 집필 활동 중에 벌어진 격랑과도 같은 사건들을 감안할 때 카뮈가 1930년대 알제리에서 행복하게 여겼던 삶의 방식으로 돌아가기로 결심한 일은 특히 의미심장하다.

연극은 집필 장애의 탈출구가 될 수도 있었다. 그는 당시 거의 1년 반 동안이나 글다운 글을 쓰지 못했으며, 머리에 언뜻 떠오른 소설이라든가 비평이나 정치론을 제외하면 글을 쓰겠다는 아무런 계획도 없었다. 연극은 또한 혐오감만 주는 파리의 문학—지성계로부터 빠져나와, 자신이 공감할 수 있고 공감해주는 사람들과 어울릴 수 있는 길이기도 했다.

그의 머리에 떠오른 생각은 조그만 극장을 인수해서 자신이 직접 극단을 경영하고 감독해보자는 것이었다. 그러기 위한 첫 번째 시도로서 그는 소르본 앙티크 극단을 이끌고 있던 젊은 연출자 장 질리베르를 만났다. 당시 장 질리베르는 스물일곱 살이었다. 카뮈는 그를 마튀랭 극장의 마르셀 에랑에게 소개시켜주었고, 에랑은 1952년 여름 루아르 강 계곡에 있는 앙제 야외 연극제 공연을 위해 질리베르를 고용했다.

카뮈는 생 제르맹 데 프레에서 몇 분 떨어지지 않은 좌안에 위치한 비영리 기구로서 프랑스 무종교 교사 단체인 '교육 연맹' 소유의 레카미에 소극장을 임대하기로 했다. 질리베르는 카뮈의 보조를 맡고 단원 가운데는 물론 마리아 카자레스뿐 아니라 당시 떠오르던 별이던 여배우 피에르 블랑샤르의 딸 도미니크도 들어갈 예정이었다. 그녀는 몰리에르의 「아내들의 학교」에서 루이 주베의 상대역 아그네스를 맡아 파리를 흔들어놓고 있었다. 예전 작업극단의 단원이었던 장 네그로니도 참여할 예정이었다.[19]

그러나 당장은 그 극장을 쓸 수가 없었다. 훗날 카뮈는 다시 한 번 똑같은 제안을 하게 된다. 그리고 마침내 자신의 극장을 갖게 되는 결정이 내려지는 달에 세상을 떠났다.

12월 1일 카뮈는 다시 한 번 겨울에 알제리로 떠났다. 이번에는 전에 가보지 못했던 곳들, 이를테면 사하라 일대의 저 유명한 오아시스 마을들도 가볼 예정이었다. 알제에 도착한 카뮈는 며칠 동안 남쪽 여행을 미룰 수밖에 없었는데, 그 지방에 반란의 징후가 있어서 여행을 할 수 없었기 때문이었다.

그 사이에 기회를 잡아 티파사로 간 그는 이번에도 예전에 그곳에서 느끼던 감정, 그때와 똑같은 노스탤지어를 느끼고는 안도했다. 카뮈는 나중에 한 친구에게, 자신이 알제리에 간 것은 바로 그런 감정을 느끼기 위해서였다고 토로하게 된다. 그것은 단순한 행복이 아니라 뭔가 그의 마음을 움직일 수 있는 감정이었다. 오히려 슬픔에 가까운 감정이었다. 알제에는 비가 내리고 있었고, 카뮈는 일주일간 머물며 어머니와 형을 만났다.

그 주에 그는 또 다른 일을 한 가지 했다. 12월 6일 차를 몰고 어머니의 조부모가 정착했던(아버지의 조부모 역시 그곳에 정착했지만 카뮈는 그 사실을 몰랐다) 조그만 농촌 마을을 관통해 흐르는 알제의 서쪽 사헬 강변을 따라 달린 것이다. 그곳 어느 공동묘지 외진 구석에서 그는 외증조부의 이름이 새겨져 있고 이끼에 덮인 비석을 발견했다. 또한 외가 쪽으로 아직 살아 있던 친척도 한 사람 찾아냈다.

지중해와 저 멀리 눈 덮인 아틀라스 산봉우리 사이에 있는 경사진 골짜기의 풍경은 그의 마음에 들었다. 그곳에서 고향 땅을 발견한 카뮈는 어느 정도 외로움을 씻어낼 수 있었다.

하지만 그해 가을 내내 그에게서 떠나지 않은 우울증은 여전히 상흔으로 남아 있었다. 그는 자신이 껍질을 깨고 나와야 한다는 것, 그 일이 중요하다는 것을 알고 있었으면서도 여전히 알제에서 머뭇거리며 여행을 떠나는 것조차 망설였다.

이윽고 차를 몰고 고원과 사하라 아틀라스 산맥을 가로질러 여행을 떠난 카뮈는 그곳의 단조로운 풍경에 매혹되었다. 12월 14일 일요일에는 알제에서 430킬로미터쯤 남쪽에 위치하고 사하라의 붉은 바위산을 배경으로 빽빽한 야자수 숲이 납작한 주택들을 에워싸고 있는 커다란 오아시스 마을 라구아트에 도착했다. 그는 라구아트에, 특히 사막의 순수한 빛과 토양의 다채로운 색채, 유목민들의 검은 천막에 매혹되었다. 그는 그 다음날을 오아시스 사이를 거닐며 보냈다. 혼자였고 아는 이도 없는 그는 자신이 이런 식으로 혼자 있는 것이 몹시 마음에 들었다.

카뮈는 아마도 바로 이때 "유형 소설들"이라는 선집에 첫 번째로 들어갈 「간통한 여인」(La Femme adultère)이라는 소설의 배경으로 라구아트를 삼기로 마음먹었을 것이다. 이 지방은 추웠고 바람이 사막의 모래를 말아올렸다. 카뮈는 이곳의 모래 때문에 가벼운 기관지염에 걸리고 말았다.

12월 16일 그는 계속해서 혼자 차를 몰고 200킬로미터 가량 남쪽으로 내려가 가르다이아로 향했다. 산기슭에 벌집 모양으로 형성된 그 마을은 얼핏 피라미드처럼 보였다. 이곳은 자신들만의 독특한 건축법을 갖고 있으며 이슬람교의 이단자로 불리는 저 기묘한 모자비테족의 땅이었다. 그 다음 12월 18일에는 알제로 돌아가는 먼 길을 달렸다.

심신을 지치게 만든 여행이었으나 카뮈의 건강에는 도움이 되었고, 이곳에서 보면 파리는 훨씬 무기력한 도시처럼 여겨졌다. 그는 그 모든 것에서 멀리 떨어져서, 이를테면 알제리 같은 곳에서 자신이 사랑하는 사람과 살고 싶었다. 이제부터 해야 할 일은 자신에게 해로운 모든 것들로부터 벗어나는 것이었다. 그것은 확고한 결심이었다. 카뮈는 새로 쓸 글에 대한 온갖 착상으로 가득 차 있었고 이제는 글쓰기에 집중해야 할 터였다.

카뮈는 오랑에서 마르세유까지 항해한 후 그곳에서 다시 해안을 따라 니스로 가서 병석에 누운 마르셀 에랑을 방문한 다음 칸으로 가서 미셸 갈리마르 일가와 만났다.

그는 1953년 새해 초에 미셸, 자닌과 함께 차를 타고 파리로 돌아갔다. 그들은 분명 파리와 리비에라를 연결하는 고속도로를 이용했을 것이다. 또한 이때 카뮈가 운전을 맡은 미셸 옆 조수석에 앉았고 자닌은 딸과 함께 뒷좌석에 앉았으리라는 것도 충분히 상상할 수 있는 일이다. 그로부터 7년 뒤 카뮈가 같은 고속도로에서 죽은 바로 그날처럼.[20]

4 길 위의 배덕자

39 바다

서로 사랑하면서도 떨어져 있는 사람들은
고통 속에서 살 수는 있지만 절망적이지는 않다.
두 사람은 사랑이 존재한다는 것을 알고 있기 때문이다.
• 「가장 가까운 바다」

카뮈는 1952년 가을 『반항인』에 대한 보유편을 썼는데, 친구들은 그것을 발표하라고 부추겼다. 십중팔구 플레야드판 작품집에 수록된 「『반항인』에 대한 변호」였을 텐데, 발표를 권한 친구 중에는 분명 샤르도 있었을 것이다. 카뮈는 주저한 끝에 결국 발표하지 않기로 했다.[1] 그 내용은 자신이 물의를 일으킨 그 책을 쓰게 된 전말과 그 책이 체화된 경험과 성찰의 산물이라는 것, 그리고 자신이 과잉의 반대인 공정한 절제라는 그리스적 개념을 도입한 이유 등을 냉정하게 설명하고 있다.

그 대신 카뮈는 제1권이 마감된 해인 1948년 이후의 사건을 다룬 각종 잡문과 서문, 인터뷰 기사, 논쟁 서한 들을 한데 모은 『시사평론 2』를 준비했다. 그리고 이제 1953년 1월, 자신의 희망이 담긴 새 선집에 넣을 짤막한 서문을 썼다.

새로운 세계, 진정한 해방은 아직 도래하지 않았으나 허무주의는 과거지사가 되었고, 언제나 가능한 창조는 이제 필연 이상의 것이 되었다. 『시사평론 2』의 장황한 한 부는 물의를 일으킨 자신의 책을 변호하거나 해명하는 서한들로 구성돼 있다. 그러나 "창조와 해방"이라는 제목의 마지막 부는 예술에 대한 끊임없는 욕구를 증명하기 위한 시도였다. "시대를 비판하는 것만으로는 충분치 않다. 그 시대에 형식과 미래를 부여하도록 노력해야 한다."

간통한 여인

새 선집 중에는 그가 1942년과 1943년 사이에 많은 날을 보낸 산업 도시 생테티엔의 직업소개소에서 1953년 3월에 한 강연이 수록돼 있다. 현지에서 "자유의 옹호"라고 불렸던 그 모임은 프랑스 기독사회 노조 연맹, 스페인 UGTE(망명 노동자), 프랑스 교사 연합 등 노동 기구의 단체가 마련했다.

생테티엔 강연에서 카뮈는 동구는 물론 서구 사회의 자유에 대한 위협을 비판하고, 두 세기에 걸친 위대한 혁명적 성과의 유산이며 유익한 선(善)으로서의 자유를 호소했다. 그는 자유를 선택한다는 것이 소련 체제를 부르주아적 체제로 바꾸려는 크라프첸코의 방식을 따르자는 의미가 아니라고 했다. 또한 자유를 선택한다는 것은 정의에 대립되는 의미로서의 자유를 선택하는 일이 아니다. 그것은 고통 받고 투쟁하는 모두와 연대하는 것, 정의와 '더불어' 자유를 선택하는 행위이다. "만일 누군가 당신의 빵을 빼앗는다면 그는 동시에 당신의 자유를 억압하는 것입니다. 그러나 만일 누군가 당신의 자유와 보장된 휴식을 강탈한다면 당신의 빵이 위협받는 것입니다. 왜냐하면 이제 그것은 당신이나 당신의 투쟁이 아니라 주인의 뜻에 좌우되는 문제이기 때문입니다."

그는 모임에 참석한 노동조합원들에게 자신이 사회 정의를 무시한 관념적이고 본질적으로 지적인 자유를 옹호할 생각이 없음을 분명히 밝혔다.

사막의 오아시스 라구아트에서 카뮈는 나중에 "간통한 여인"이 될 작품의 개요를 적어두었다. 이곳 아랍 지역과 잘 어울리지 못하여 일찌감치 잠자리에 들곤 하는 촌스러운 남편에 싫증난 여주인공 자닌은 신비로운 사하라의 밤에 간통을 범하게 된다.

아마도 카뮈는 1943년 알제 시에서 서점과 '랑피르'라는 조그만 출판사를 설립하여 운영하던 노엘 슈만과의 우연한 만남 때문에 예정보다 일찍 그 소설을 쓰도록 자극받았을 것이다. 슈만은 유명한 작가의 소설에 유명한 화가들의 삽화를 넣은 한정판 총서를 출판할 생각이었다. 그는 카뮈에게 80페이지 분량이 필요하다고 했다. 그러나 나중에 카뮈는 그에게 33페이지 분량의 원고를 넘긴다.

카뮈가 그 단편의 제목이 "간통한 여인"이라고 하자 소심한 슈만은 외설스러운 작품으로 여겨질지 모른다고 반대했다. 그러자 카뮈가 정색을 하고 이렇게 대꾸했다. "여보게, 하지만 거기에 내 이름이 들어가면 아주 적절한 제목이 될 거야."

슈만은 도덕주의자로 널리 알려진 인물이 자신이 원하는 대로 제목을 붙이겠다는 데 동의하지 않을 수 없었다. 그 글에 전통적인 구상 화가로서 애장판 『결혼』의 삽화를 그린 적이 있는 피에르 에밀 클레렝의 삽화를 넣자는 의견을 꺼낸 것은 카뮈였다.

그해 가을 슈만은 카뮈에게 교정지를 주기 위해 파리로 왔다. 갈리마르 사무실의 쉬잔 라비슈는 그에게, 자신의 상사가 그날은 아무도 만나지 않는다고 말했다. 그날은 1953년 11월 7일로서 바로 카뮈의 40세 생일이었다.

결국 슈만은 그의 사무실에서 세 시간 동안 머물렀다. 카뮈는 그때 이렇게 말했다. "내가 신경 쓰이는 것은 마흔 살이 된다는 게 아니라 시간을 묶어둘 수 없다는 것이라네."

카뮈는 프루스트의 회상을 불러일으킨 과자 얘기를 했다. "티파사에 갈 때면 모든 것이 전과 똑같다고 생각하지만, 사실은 똑같은 게 아니지. 그 속에서 경험을 하고 있는 동안은 사태를 정확하게 파악하지 못하게 마련이야. 그러다 나중에 지금 내가 보고 있는 것이 무엇이었는지를 알 만큼 충분한 경험이 생길 땐 이미 늦은 거지."

비외 콜롱비에가의 모퉁이에 있는 인쇄소에서 책을 조판하는 동안 카뮈는 수시로 들러서 교정을 보거나 고쳐 쓰곤 했는데, 어떤 때는 적지 않은 내용을 새로 추가하기도 했다. 인쇄업자는 슈만에게, 저자가 이런 식으로 계속 수정을 할 경우 인쇄비가 비싸질 것이라고 경고했다.

실제로 1953년 초여름, 루소가 좋아했던 숲 언저리인 에르므농빌에서 휴가를 보내면서 카뮈가 소설을 읽어주자 마리아 카자레스가 몇 가지 구체적인 의견을 제시했다. 즉 소설의 서두에 나오는 병사가 나중에 나오는 언급 때문에 훨씬 상징적인 존재로 보일 수 있다는 것이었다. 소설 속의 남편 역시 좀더 동정적인 인물로 바뀌었다. 카뮈는 소설이 인쇄되는 마지막 순간에도 자닌이 사막의 밤을 향해 자신을 토로하는 중요한 대목을 고쳤다.[2]

마침내 1954년 가을에 책이 나올 무렵 신간 안내서에는 책 전부에 작가와 삽화가 두 사람의 서명이 들어갈 것이라는 예고가 실렸다.

한정판 300부는 6주일 만에 다 팔렸다. 나중에 알제를 방문했을 때 슈만에게서 소설의 인세로 얼마를 받겠느냐는 질문을 받은 카뮈는 20만 프랑을 제시했으며, 출판사도 적당한 액수라고 보고 동의했다. 슈만이 수표를 쓰려 하자, 카뮈는 그 돈을 자신의 어머니에게 보내달라고 말했다.[3]

카뮈는 슈만판에 다음과 같은 서문을 썼는데, 그 서문은 후속판에는 수록되지 않았다.

라구아트에서 나는 이 소설의 등장인물들을 만났다. 물론 나는 여기서처럼 그들의 삶이 정말 끝났는지는 확신할 수 없다. 확실한 것은 그들이 사막으로 나가지는 않았다는 사실이다. 그러나 '나'는 그로부터 몇 시간 후 사막으로 갔으며, 그 동안 내내 그들의 영상이 내 머리를 떠나지 않았다. 문득 내가 본 것이 실재했었는지 의아해졌다.

알제의 연극제전

1953년 3월 20일 파리에서 쥘 루아, 가브리엘 오디지오와 함께 점심식사를 하던 카뮈는 이듬해 봄에 티파사에서 알제리 작가 회의를 열자고 제안했지만, 그 제안에 부응할 만한 일은 실현되지 않았다.[4]

이번이 아니면 다음번에 하자는 이야기라도 있었던 것일까? 그 해 가을, 파리에 집과 직장이 있는데도 알제 시장 자크 슈발리에의 문화 담당 보좌관으로 임명된 어린 시절 친구이자 리세 동창이기도 한 옛 친구 폴 라피가 카뮈를 찾아왔다.

라피는 카뮈에게 티파사와 알제에서 연극제를 열 것을 부탁했다. 라피의 집에서 슈발리에를 만나 점심 식사를 하면서 이야기를 나눈 카뮈는 그 계획에 마음이 끌렸다. 결국 '알제-티파사 연극제'라는 프로그램을 만들어보기로 의견이 일치되었다. 그런데 정작 그가 만든 프로그램은 알제 사람들이 필요하다고 여길 만한 것이 아니었다. 카뮈가 간절히 원했던 도스토예프스키의 소설 『악령』을 각색한 작품처럼 무거운 프로그램이 포함되었기 때문이다. 프랑스령 알제리인들은 그보다 대중적인 레퍼토리를 원했을 것이다.

한편 몇몇 친구들은 카뮈에게, 자유주의적이긴 하지만 본질적으로는 부르주아적인 알제 행정부에 협력하지 말 것을 촉구했다. 그 말에 카뮈는, 자신이 거부한다면 그것은 정치적이 아니라 개인적인 이유 때문일 것이라고 대꾸했다. 고독에 싫증이 난 상태였던 그는 자신의 진정한 조국을 위해 뭔가 하고 싶었던 것이다.[5]

아무튼 1953년에 카뮈의 주된 관심은 연극이었다. 이 무렵 「요나」의 줄거리를 수정한 무언극 『화가의 생애』(*La Vie d'artiste*)가 오랑의 문화 잡지 『시문』(*Simoun*, 사하라 사막의 열풍을 의미함—옮긴이)에 발표되었는데, 카뮈는 아마도 누군가가 그 작품을 무대에 올려주기를 바랐을 것이다.

그는 3월에 극단 피콜로 테아트로 디 밀라노를 이끌고 파리에서 이탈리아어로 된 세 편의 연극을 공연 중이던 이탈리아 연출가 파올로 그라시에게 그 작품 한 권을 주면서, 그라시의 판토마임 학교에 도움이 될지 모르겠다고 했다. 실제로 그 짧은 작품은 1959년 7월 피콜로 테아트로 연극학교 학생들에 의해 공연되는데, 그것이 아마도 최초의 공연이었을 것이다.[6]

그보다 의미 있는 일은 이 무렵 카뮈가 비공식적으로 앙제 연극제전의 책임을 맡았다는 것이다. 예전에 마튀랭 극장의 공동 연출자였으며 당시 중병에 걸려 있던 마르셀 에랑이 그 전해의 연극제전에서 비평가들로부터 호평을 받았다. 원래 에랑은 1953년에도 연극제전을 다시 맡을 예정이었다. 그러나 전해 12월 말 니스에서 카뮈와 만난 일이 사실상의 위임식이 되고 말았다. 에랑은 1953년에도 연극제전의 책임자로 공표되지만, 개막식을 일주일 앞두고 사망했다.

연극은 13세기 봉건 시대에 생 루이(루이 14세)가 시내 마인 강둑에 건축한 성의 안마당에서 공연되었다. 그 성은 800미터가 넘는 둘레에 둥근 탑들이 늘어선 위풍당당한 요새다. 해자 위의 도개교를 건넌 관객들의 눈앞에 두 개의 탑 사이에 걸린 무대가 보였다. 연극 공연은 3층 높이의 성벽에서 펼쳐졌다. 그 제전의 첫 번째 준비 작업으로 파리의 마튀랭 극장에서 리허설이 열렸다. 이후에도 그 극단이 10년 넘게 이 제전을 맡게 된다.

마침내 카뮈가 전시 초기에 각색하기 시작했던 피에르 드 라리베의 16세기 작품 「정신」(Les Esprits)이 초연되었다. 마리아 카자레스가 에랑의 동료 장 마르샤, 폴 외틀리와 함께 주역을 맡을 예정이었다. 그러나 라리베의 즉흥 가면희극과 나란히 페드로 칼데론의 비극 「십자가로의 귀의」(La Dévotion à la croix)도 공연되는데, 여기서도 세르주 레지아니(그는 저 불운했던 「계엄령」에서도 연기한 적이 있다)와 장 마르샤, 폴 외틀리와 더불어 카자레스가 주역을 맡는다.

칼데론의 희곡은 카뮈 자신이 카자레스의 도움을 받아 스페인어 원본을 번역했는데, 훗날 연극제전의 프로그램이 될 로페 드 베가의 『올메도의 기사』(Le Chevalier d'Olmedo)를 번역할 때도 역시 두 사람이 공동 번역을 하게 된다.[7]

개막 행사로 앙제의 시인 요아힘 뒤 벨레의 시를 카자레스와 레지아니, 외틀리가 낭송한 뒤 1953년 6월 14일, 18일, 20일에 「귀의」가, 그리고 6월 16일과 19일에는 「정신」이 각각 공연되었다.

카뮈가 각색한 작품들은 전국적인 주목을 끌었고, 지역 언론에서도 칼데론의 작품이 너무나 완벽하게 공연되어 정상적인 극장 무대에서 두 번 다시 그런 공연을 볼 수 없을 정도라고 평했다. 카뮈는 "겸손과 자상함"에 맞먹는 "충실하고 빈틈없는 작업"[8]으로 찬사를 받았다.

훗날 카뮈는 칼데론의 희곡에 대해 다음과 같이 말한다. "나는 그 스페인 작가의 거친 면을 좋아했고, 그 스타일에 매혹되었다. 그 작품을 번역하면서 칼데론 특유의 음률과 박자를 재발견했으며 어떤 면에서는 그것을 본뜨려고 시도했다."[9]

그는 한 인터뷰 기자에게 라리베의 희극에서는 간결이라는 관점에서 원전으로부터 한껏 벗어나 희곡의 장황한 주제부를 가지고 프롤로그를 만들었다고 말했다.[10]

그 경험은 기분 전환이 되었다. 카뮈는 프로 연기자를 감독하고 전국적인 관심의 대상이 되었으며, 매일 밤 2천 명이 넘는 관객 앞에서 공연한다는 점을 제외하고는 다시 알제의 저 널찍한 살레 피에르 보르데 시절로 돌아온 셈이었다. 이전에는 연극에 전면적으로 복귀해야겠다는 유혹을 받았다면, 이제는 연극이 유일한 구원이라고 여겨졌다. 여기에는 친구들, 즉 배우들 그리고 때로는 연출자들이 있었다. 카뮈는 비평가도 일반 대중도 두려워하지 않는 듯이 보였다.

새로 사귄 친구들 중 마튀랭 극단의 젊은 부연출자가 있었다. 카뮈보다 아홉 살 연하였다. 스위스인 부친와 유대인 모친 사이에서 태어난 로베르 세레졸은 리비에라 출신이었다. 전쟁 전의 유명한 배우이며 1950년 에랑으로부터 마튀랭 극장을 인수받은 아리 보르 여사가 세레졸을 데려온 것이다.

그는 작가 지망생이기도 했으며, 에랑의 소개로 자신이 쓰고 있던 에세이를 들고 카뮈를 찾은 적도 있다. "자네는 철학자로군." 카뮈가 세레졸에게 말했다. "그런 것 같습니다."

"난 철학 용어를 쓰지 않은 지 오래 되었다네" 하고 카뮈가 말했다.

그러나 세레졸의 어떤 면이 카뮈의 관심을 끌었다. 그것은 분명 지중해 태생과 야망, 그리고 카뮈가 사랑해 마지않던 연극계에 몸을 담고 있다는 점이 한데 결합되었기 때문일 것이다. 아무튼 그날 이후로 두 사람은 가까운 친구가 되어 식사를 하고 술을 마시거나 아니면 그저 무궁한 즐길 거리가 있는 파리 시내를 쏘다니며 저녁 시간을 함께 보내곤 했다. 당연한 말이지만 세레졸은 함께 극장에 가기에 이상적인 동반자이기도 했다. 카뮈는 세레졸과 대화가 통하며, 그가 자신의 말을 이해한다는 느낌을 받았다. 무엇보다 중요한 점은 나이 어린 이 친구와는 같은 무대에서 다툴 여지가 없다는 사실이었다. 카뮈는 그를 신뢰할 수 있었다.[11]

그 무렵 또 한 사람의 가까운 친구로는 집단극장 시절의 옛 친구 레몽 시고데가 있었다. 카뮈는 그와 함께 파리의 프렝스 공원 스타디움에서 일요일에 열리는 축구 시합(특히 레이싱 팀이 시합할 때)을 자주 관전했다. 그 레이싱 팀은 사실 파리의 레이싱 클럽 소속이었지만, 향수 어린 그들의 눈에는 옛날 알제의 대학 팀을 상기시켰던 것이다. 카뮈와 시고데는 미리 약속하고 만나 귀빈석 바로 오른쪽에 예약해둔 자리에 앉곤 했다.[12]

유혈 충돌

여름 휴가철이 오기 전까지 카뮈는 정치판과 세 차례 연관을 맺었다. 5월의 일은 관용과 관련한 것으로서, 옛날 동료이며 작가이자 비평가인 빅토리아 오캄포가 아르헨티나에서 체포된 사건에서 야기되었다. 카뮈는 오캄포가 잡지 『쉬르』(Sur)를 통해 문학에 기여한 업적을 강조하며 파리 주재 아르헨티나 대사 앞으로 보낸 항의 서한에 모리악과 앙드레 모루아, 로제 마르탱 뒤 가르, 폴랑을 비롯한 여러 작가들에게 서명할 것을 요청했다.[13]

앙제의 개막 공연 직후인 6월에는 동독 노동자들이 공산주의 정권에 대항하여 봉기했으나 소련군으로부터 무자비한 진압을 당했다. 6월 30일 카뮈는 파리의 공제 조합에서 열린 항의 집회에서 연설했다. 그는 스탈린주의의 범죄가 바로 그 주 미국에서 집행된 로젠버그 부부의 처형과 상쇄된다는 부르주아 언론에 공감할 수 없다고 말했다. "그러나 베를린 폭동 때문에 우리가 로젠버그 사건을 잊을 수 있다는 사실을 믿지 않는다 해도, 이른바 좌파라고 자처하는 사람들이 로젠버그 사건의 그늘 속에 독일인 희생자들을 감추려 할 수 있다는 사실이 제게는 더 끔찍해 보입니다."

그는 베를린 폭동이 프랑스 해방 이후 가장 심각한 사건이라고 보았으며, 집회 후원자들과 더불어 동독에 국제노조조사위원단을 급파할 것을 요구했다.[14]

7월 14일, 메살리의 단체인 자유민주 승리운동의 지지자들이 시위를 벌이고 있는 동안 파리 경찰이 당시 프랑스 남서부 외딴곳에 감금돼 있던 메살리 하드지의 석방을 요구하는 현수막을 들고 가던 이슬람 교도들의 행진을 저지했다. 나시옹 광장에서 충돌이 일어난 결과 이슬람 교도 7명이 사망하고 44명이 부상했다. 경찰은 82명이 부상했다.

카뮈는 이번에도 실제로 입에 담을 수 없는 폭력 행위가 인종차별적으로 북아프리카인들에게 자행되었다면서, 경찰을 습격한 이들을 비난한 데 대해 항의하는 예의 '주필 귀하' 투의 서한을 『르 몽드』 앞으로 보냈다. 그는 경찰에게 발포 명령을 내리고, 정부 내에서 "알제리 노동자들을 근절시키고 그들을 비참한 빈민가에 살게 하며 폭력의 수준에 이를 정도로 절망에 빠뜨린, 그러면서 때때로 그들을 죽이기까지 하는 잔혹하기 짝이 없는 이 오래된 무언의 음모"를 수행한 자를 색출하기 위한 조사를 요구했다.[15]

이 경고 역시 프랑스 본토나 북아프리카의 알제리계 이슬람 교도를 위한 다른 모든 탄원과 마찬가지로 무시되었다. 그 결과 1년도 지나지 않아 그간 쌓인 분노는 무장 봉기로 나타나게 된다.

남은 것은 창조뿐

1953년 여름에는 프랑신 카뮈가 병에 걸렸다. 그녀의 병명은 신경쇠약증을 제외하면 확인되지 않았는데, 길고도 힘든 여름이 지나면서 회복은커녕 악화일로로 치닫게 된다.

이때부터 카뮈는 아내의 고통을 보고도 손을 쓸 수 없는 무력한 증인의 신세가 되었다. 그는 책임감을 느끼고 자신의 의무를 다하려 했다.

그러나 카뮈는 그때에도 그 이후에도, 아내의 병의 주요 원인이거나 주요 원인의 일부였을지도 모르는 삶의 방식을 단념하려 들지 않았던 것처럼 보인다. 그는 여자들에게 자극을 가하는 사람이었다. 그것에 대해서는 그 자신도 어쩔 수 없었다.

카뮈는 레만 호(제네바 호)의 프랑스 영토 쪽 로잔의 맞은편 토농 레 바엥에 있는 가족과 합류했다. 그에게 토농 체류는 다시 작업할 수 있는 기회였으나 물론 일은 순조롭지 않았다. 글이 잘 풀리지 않았던 것이다. 그래서 카뮈는 경치 좋은 요양지에 온 사람이 하는 일을 했다. 산책을 한 것이다. 그 장소는 루소의 책에도 나오는 곳이다. 그는 의사의 금지에도 불구하고 두 차례 호수에서 수영을 했지만, 이제 자신이 수영을 제대로 할 줄 모른다는 사실을 깨닫고 슬픔만 느꼈을 뿐이다. 그러나 독서는 언제든지 할 수 있어서 톨스토이의 서한집을 읽었다. 날씨가 좋지 않고 주위는 쌀쌀했지만, 신경쇠약에 빠진 환자가 이런 풍경에서 안정감을 얻으리라는 희망은 있었다.

이곳에서 그는 『시사평론 2』의 교정을 끝냈는데, 마지막 순간에 최근에 생테티엔에서 했던 연설을 추가했다. 또 이곳에서 카자레스가 에르메농빌에서 했던 제안대로 「간통한 여인」의 내용을 수정했다.

마지막으로 그는 오랫동안 마음속에 품고 있던 작품에 달려들었다. 바다에 관한 송시로서 이 작품은 다음번 에세이집 『여름』의 마지막에 수록되었다. 카뮈는 「가장 가까운 바다」가 좀 이상한 글이라고 여겼지만, 당시 그가 쓴 것은 그런 이상한 글들이었다. 항해 일지인 그 작품은 모든 바다를 다루고 있는데, 여기서 항해는 인생 그 자체다. 그 항해는 북소리와 더불어 시작된다.

나는 바다에서 자랐고, 내게 가난은 찬란한 어떤 것이었다.

그 뒤로 바다를 잃고 나자 모든 화려한 것들이 칙칙하고 견딜 수 없을 정도로 비참하게만 여겨졌다. 그때 이후로 나는 글을 쓰고 있다. 나는 귀환하는 배를, 바다의 집을, 눈부신 낮을 기다리고 있다……

마담가의 아파트로 돌아온 카뮈는 아내의 병을 지켜보면서, 그녀가 자신을 필요로 할 때 도와주려 애썼다. 아직 대작을 시작할 엄두는 낼 수 없었지만 적어도 노트만큼은 온갖 착상들로 메워지기 시작했다. 그는 일기에 이렇게 썼다. "목록은 완성됐다. 논평과 논쟁. 이제 남은 것은 창조뿐."16)

그는 파리로 돌아온 그해 가을 처음 며칠 동안 갈리마르사의 책상을 정리하면서 결실의 해를 위해 스스로를 다져나갔다.

우선 그는 앙제의 일에 자극받아 연극으로 돌아가게 된다. 맨 처음 그의 머리에 떠오른 생각은 야심만만하게도 도스토예프스키의 연극이었다. 그러나 1953년 10월부터 『악령』의 각색에 본격적으로 착수하긴 했지만 완성을 보기까지는 힘겨운 시련을 겪어야 했다. 그 작품은 그가 다룬 것 중에서 가장 까다로운 희곡이었다. 각색을 끝내기까지 거의 6년이 걸렸으며 그 과정에서 다른 각색 몇 가지가 나왔다. 결국 『악령』은 그의 생애 마지막 해에 비로소 대중 앞에 나타나게 된다.

그러나 카뮈는 그 작업을 시작하는 동시에 가능한 한 모든 연극을 보면서 『악령』을 공연할 배우를 찾았다. 얼마 지나지 않아서 연극의 핵심 인물인 스타브로긴 역을 맡을 만한 인물을 발견했다. 그는 일기에 이렇게 써놓았다. "스타브로긴의 수수께끼, 스타브로긴의 비밀, 그것이 『악령』의 유일한 테마다."17)

그는 매일 밤 침대 속에서 희곡을 여러 장면으로 나누었다. 물론 그는 자신이 까다로운 작품을 다루고 있다는 것을 알고 있었다. 각색하기도 힘들고 일반 대중이 이해하기도 어려운 작품이었다. 이야기라기보다는 전설에 가까운 그 작품은 압축한 프랑스어 번역판으로 652페이지에 달하는 대작이었다.

그러나 어느 날 밤, 아마 10월 17일 토요일에서 10월 18일 일요일 사이였을 것이다. 불면증에 걸린 그는 새벽 4시에 자리에서 일어나 다음 소설의 줄거리를 다듬었다. 아무튼 한 친구에게 이야기한 바에 의하면 그랬다. 그런데 그 소설이 무엇이었을까? 『전락』이었을까? 그럴 가능성이 높은 것이, 당시 그는 암울한 시기를 보내고 있었는데 그 작품의 주제가 바로 암울함이었던 것이다. 혹은 당시 무르익어가고 있던 『최초의 인간』을 일컬었을지도 모른다. 그것이 무엇이든 그 작품은 이제부터 하게 될 작업의 시작이었으며, 그는 필사적으로 다시 본격적인 작품을 쓸 수 있기를 바랐다. 그러나 마담가의 분위기는 갈수록 무겁게 가라앉았다.

카뮈는 자신이 일부러 논쟁을 회피하고 있다고 여겼다. 장 다니엘의 잡지 『칼리방』에 루이 기유의 『민중의 집』을 재수록하면서 쓴 서문이 이 무렵 책으로 간행되었다. 그 서두는 고의적인 도발이나 다름없었다.

오늘날 자칭 프롤레타리아의 대변인이라고 일컫고 있는 거의 모든 프랑스 작가들은 안락하거나 유복한 가정 태생이다.

충분히 예상할 수 있는 일이지만 그에 대해 『리베라시옹』에 반박문이 실렸다. 하지만 그 도발적인 문장을 쓴 것은 오래 전 일이었고 이제 그는 지쳐 있었다. 그는 반박에 대한 응수를 친구인 기유에게 맡겼다.

한편 『시사평론 2』가 발간되면서 카뮈는 보도자료용 증정본에 서명을 했다. 예상한 서평자들로부터 정중한 서평이 나왔을 뿐 그 이상 아무 일도 없었다. 그러나 런던에서 『반항인』이 출간되면서 대대적인 찬사가 쏟아졌다. 카뮈는 『캠브리지 저널』의 리처드 월하임이 『반항인』을 홉스와 루소, 로크, 헤겔 등의 위대한 전통의 계승자라고 쓴 서평을 읽었다. 그는 그 서평을 서류철에 보관해두었다. 월하임은 다음과 같이 썼다. "20세기는 카뮈에게서 이사야와 예레미야 같은 대예언자들에 맞선 스바냐나 스가랴 같은, 또한 쇼펜하우어와 헤르젠과 니체 같은 예언자라는 칭호가 결코 부끄럽지 않은 예언자를 발견하게 된다."

카뮈는 그 서평을 분명 즐겁게 받아들여야 마땅했음에도 별다른 감정을 느끼지 않았다. 이제 그 책을 생각하는 것만으로도 넌더리가 났던 것이다. 그러나 그는 초현실주의자에 대한 표현을 놓고 엉뚱한 증거를 들이대며 자신을 비난했던 앙드레 브르통이 재판에서 성격 증인(원고나 피고의 평판, 소행 등에 대해 증언하는 사람―옮긴이)이 돼줄 것을 부탁했을 때는 은밀한 즐거움을 맛보았다.[18]

카뮈는 「사르트르와 친스탈린주의」라는 명쾌한 분석으로 창간호의 서막을 장식한 벨기에의 정치 · 문학 잡지에 열두 가지 간결하고도 반어적인 일화나 그날의 사건을 수록한 "캘린더"를 독특한 선물로 주는 것이 어떻겠느냐고 제안했다. 그 보기는 다음과 같다.

열 명가량의 프랑스 의사들이 수천 킬로미터 떨어진 독재 정부의 주장 이외에 다른 아무런 정보도 없이 소련 동료들의 체포(그럼으로써 사형이 확실시되는)를 성원하는 선언서에 서명했다. 과학 정신의 승리(1953년 1월 스탈린의 말년에 발생한 "의사들의 음모"를 언급한 부분—지은이).

그리고 얼마 후 같은 정부가 아무 예고도 없이 그 의사들의 무죄를 선포했다. 그들의 프랑스 동료들은 선언서를 발표하지 않았다. 겸허한 정신의 위력.

주제넘게 구는 거지에게 식당 주인이 바닷가재를 먹고 있는 자신의 손님들을 보호하기 위해 나지막한 목소리로 이렇게 나무랐다. "저 신사숙녀분들과 한번 입장을 바꿔놓고 생각해보라고."[19]

카뮈는 훗날 한 인터뷰 기자에게 자신이 먼저 윌리엄 포크너의 『어느 수녀를 위한 레퀴엠』(*Requiem for a Nun*)을 각색해서 공연하겠다고 한 것이 아니라 그런 제안이 들어와서 수락한 것뿐이라고 말했다. 마르셀 에랑이 죽기 직전 그 작품을 마튀랭에서 공연할 계획을 세웠고 카뮈가 그 일을 대신 떠맡은 것 같다. 실제로 포크너의 그 작품은 소설로 발표되긴 했어도 극적 형식을 취하고 있고 등장인물들 역시 배우들처럼 말을 한다.

카뮈는 미셸 갈리마르의 누이 니콜 랑베르에게 포크너와 연락해서 『어느 수녀를 위한 레퀴엠』을 프랑스에서 번역하여 무대에 올리는 데 대한 허락을 구하자고 했다. 포크너는 분명 그 제안을 마음에 들어 했지만, 먼저 여배우이자 친구인 루스 포드의 승인을 받고 싶어 했다. 그 문제는 결국 포크너의 저작권 대리인인 해럴드 오버의 손으로 넘어갔다. 그러고서 연극 판권에 대한 허락 문제 전체가, 영어판 각색을 준비하고 있던 루스 포드의 장황한 작업의 와중에서 수렁에 빠지고 말았다.

뉴욕으로부터 답장이 없자 니콜 랑베르는 1954년 1월 다시 한 번 접촉을 시도했다. 결국 그해 10월 카뮈가 직접 포크너에게 좋은 배역을 확보했다는 내용의 편지를 썼다. 카뮈는 자신이 번역을 감수할 것이며, 포크너의 허락이 있을 경우 연출까지도 감수하겠다고 했다. 아무튼 자신이 그 작품의 공연에 대해 총체적인 책임을 지겠노라고 했다.[20]

그러고서 11월 7일 마흔 번째 생일을 맞은 카뮈는 울적함과 깊은 외로움에 잠겼는데, 노엘 슈만이 뜻하지 않게 그날의 증인이 된 셈이었다.

카뮈의 아내는 여전히 침울해 보였고, 마리아 카자레스는 순회공연을 떠난 상태였다. 카뮈는 친구가 많기는 하지만 속마음을 털어놓을 만한 사람은 거의 없다는 사실을 깨달았다. 그의 생일에 비서 쉬잔 라비슈(그 무렵 결혼하여 쉬잔 아넬리가 되었다)가 그에게 고급 메모지를 선물했고, 어느 시인으로부터 4행시를 받았으며, 라이터도 들어왔지만, 카뮈는 마흔 번째 생일날 담배를 끊기로 결심했기 때문에 그 선물은 쓸모없는 것이 되고 말았다.

그날 밤 카뮈는 지로두의 「뤼크레세를 위하여」라는 형편없는 연극 한 편을 보았다.

훗날 카뮈는 그해 12월에 언론사에 보도 자료를 보낸 『여름』으로 작업이 마감된 이 마흔 번째 해를 "내 작품과 인생에서 일종의 문턱이었다"라고 회상하게 된다. 그리고 마치 그 삶이 벌써 끝나기라도 한 것처럼 그에 대한 회고전 "알베르 카뮈에 관한 다큐멘터리"가 생 제르맹 거리에서 열렸는데, 그 전시회는 사진과 희곡의 무대 장치, 집필 중인 「간통한 여인」 두 판본의 원고, 『안과 겉』의 원본, 『알제 레퓌블리캥』에 실린 기사들, 1944년 8월 21일자 『콩바』의 대중판 창간호, 그리고 『뉴욕 타임스 북 리뷰』를 비롯한 외국 간행물에 실린 서평들로 구성돼 있었다.[21]

그로부터 얼마 지나지 않아 카뮈가 병에 걸려 침대에 누워 있을 때 알제 시절의 친구이며 로베르 조소의 아내인 마들렌이 찾아왔다. 그녀가 그에게, 그 다음날이 자신의 마흔 번째 생일이라고 말했다. 그러자 카뮈가 이렇게 대꾸했다. "만약 당신이 오늘 차에 치인다면 신문은 젊은 여성이 교통사고를 당했다고 쓸 거요. 만약 내일 그런 일을 당하게 되면 신문에서는 '한 40대 여인이 ~'라고 쓸 테고."[22]

40세의 전직 작가

그는 40세에 유명 인사가 되어 있었지만 그것은 과거 때문인가 아니면 현재 때문인가? 이후로 그의 작업은 대부분 다른 사람이 쓴 작품의 번역과 각색, 이따금씩 쓰는 에세이들로 이루어지는데, 모두 한 권의 책 분량에 미치지 못했다. 그는 계속해서 뛰어난 단편들을 손질했으며 『유형과 왕국』에 수록될 작품들 하나하나가 그에 대한 실마리를 담고 있었다. 그리고 그는 『유형』에서 벗어나 한 권의 독자적인 장편소설 『전락』으로 독자들에게 놀라움과 기쁨을 선사하게 된다.

그 다음 카뮈는 톨스토이적 작품이라고 할 『최초의 인간』이라는 야심적인 계획에 착수하게 된다. 그것을 제외하면 그의 생애에서 이제 남은 6년이라는 시간은 좌절과 우울, 집필 장애의 연속이었다. 그의 명성과 영향력이 증대되어갈수록 일반 대중, 심지어는 친구들까지 멀리할 필요성도 그만큼 증가했다. 프랑신의 병, 그리고 불가피한 알제리 식민 전쟁의 발발에 뒤이어 노벨상 수상이라는 사건도 겪게 된다.

그는 1954년 7월 로제 키요에게 자신이 지난 6개월 동안 일을 전혀 할 수 없었다면서 그 이유들을 꼽았다. 아내의 병, 자식들의 건강…… 그러고서 그는 갑자기 입을 다물었다고 한다.[23]

그가 의지할 대상은 친구들이었다. 르네 샤르는 좋은 친구이긴 했으나 곁에 없을 때가 더 많았다. 밤 친구인 세레졸도 있었다. 그리고 그가 아직 관심을 갖고 있는 정치 운동권에 속한 사람들, 극좌파들, 자신들이 선택한 영토에서 그 자신만큼이나 외로운 사람들이 있었다.

스위스에서 팸플릿 크기의 잡지 『테무앵』(Témoins, 목격자)을 내고 있던 그룹과의 특별한 관계는 전형적이며 암시적인 것이었다. 그 잡지의 발행인은 장 폴 상송으로, 시인이며 제1차 세계대전 당시 탈영병이던 그는 프랑스에 거주할 수 없어서 스위스에 살고 있었다. 그는 실로네의 친구이자 번역가였다. 스위스에서뿐 아니라 독어권 스위스 지역에서도 망명 생활을 하고 있던 상송만큼 외로운 인물도 없었을 것이다. 1953년 취리히에서 독립적이며 반교의적인 무정부주의 평론지 『테무앵』을 발행하기 시작한 그는 카뮈의 동조를 얻을 수 있으리라고 확신했다.

그 잡지의 프랑스인 편집자는 좌파 노동조합주의자이며 교정을 직업으로 삼고 있던 로베르 프루아였다. 그가 카뮈를 처음 만난 것은 쉬잔 아넬리를 위해 그녀의 사무실에서 교정을 보고 있을 때였다. 『테무앵』이 마음에 든 카뮈는 마담가의 서재에서 일단의 좌익 무정부주의자와 혁명적 신디칼리스트, 상숑, 피에르 모나트 등과 회동을 가졌다.

모나트는 제1차 세계대전 이전부터 혁명적 노동조합주의자였다가 전후의 정책에 반발하여 노동 연맹을 탈퇴했다. 그는 1920년에 이른바 국가 안보에 반하는 음모에 연루되어 체포되었고 1년간 재판 없이 구금되었다가 무죄 방면되었다. 그는 프랑스 공산당에 입당했다가 1924년 제명되고, 앞에서도 언급된 바대로 공산당과 대립한 좌파 노동지도자들과 사회주의자들을 위한 기반이 된 『레볼뤼시옹 프롤레타리엔』을 창간했다. 2차 세계대전 전의 기고자들 중에는 가명으로 글을 쓰던 시몬 베유도 있었다. 모나트는 시 외곽의 한 조그만 아파트에서 교정직의 보수로 생계를 유지하다가 1960년 79세의 나이로 사망했다.

카뮈의 집에서 열린 모임의 또 다른 참석자는 모나트의 젊은 제자 질베르 발루진스키였는데, 그는 이미 국제연대그룹에서 카뮈와 함께 일한 적이 있다.

카뮈는 『테무앵』 그룹의 다른 모임에도 참석했는데 한번은 프루아가 1937년 스탈린의 지시에 따라 스페인에서 피살된 이탈리아 혁명가의 미망인 지오바나 베르네리와 카뮈의 만남을 주선한 적도 있었다.

보다 중요한 점은 카뮈가 『테무앵』 그룹의 친구들에게 프랑스를 비롯한 각국의 잡지 편집자들이 시기할 정도로 자신의 이름을 이용하도록 했다는 사실이다. 그는 국제연대그룹 소속이기도 한

다니엘 마르티네, 프루아, 발루진스키 등과 함께 그 잡지의 '특파원'으로 등록돼 있었다.

처음 몇 호에서 카뮈는 편집위원회의 일원으로 표기되었는데, 아마도 이렇게 하는 것이 보다 많은 책임을 시사한다고 여겼을 것이다. 그는 『테무앵』에 자신의 이름을 빌려주기만 한 것이 아니라 상당수의 짤막한 정치론을 보내기도 했는데, 예를 들면 동베를린 폭동에 대한 연설과 나중에 헝가리 폭동의 소련 진압 사건에 대한 연설 등이었다.

이따금씩 발루진스키는 카뮈에게 『레볼뤼시옹 프롤레타리엔』에 쓸 원고를 청탁하기도 했으며, 카뮈는 그에게 「고통과 자유」(Le Pain et la Liberté)라는 제목으로 생테티엔에서 한 연설문을 주기도 했다.[24]

카뮈가 국외자라는 공통된 속성 외에 『테무앵』 및 『레볼뤼시옹 프롤레타리엔』의 좌파 사회주의자와 무정부주의자들과 공통으로 지니고 있었던 것은 아마도 부르주아 사회와 그 사회적 불의에 대한 경멸감, 그런 사회를 변화시키려는 본능적이고도 그다지 조직적이지 못한 계획이었을 것이다.

로베르 프루아는, 그가 심정적인 자유주의자, 다시 말해서 자각이 결여된 무정부주의자라고 결론지었다. 그의 위치는 모나트 그룹의 혁명적 신디칼리스트와 더불어 극좌 '저 너머'에 있었다.

카뮈는 『리베르테르』(그리고 『몽드 리베르테르』)와 연합해서 사실상 혼자만의 무정부주의 운동을 주도하고 있던 모리스 주아외와 친구가 되었다.

카뮈가 그를 처음 만난 것은 『리베르테르』의 필자인 모리스 르마이트르가 전시에 나치와 이념적으로 협력한 이후 추방된 작가

셀린을 데려오기 위한 운동을 전개하자고 제의했을 때였다. 작가들은 청원서에 서명할 것을 요청받았으며 카뮈도 거기에 서명함으로써 주아외 그룹과 공식적으로 관계를 맺게 되었다. 나중에 1952년 스페인 공화파를 위한 집회에서 사회주의자 다니엘 마이어가 연단에서 "이 자리에는 역사를 만들고 있는 한 인물(주아외)과 역사를 글로 쓰고 있는 인물(카뮈)이 참석했다"고 언급했을 때, 두 사람은 처음으로 만나게 되었다.

카뮈는 주아외를 자신의 원칙에 따라 행동하는 노동자의 놀라운 본보기라고 여겼다. 그들은 스페인 공화파 집회 같은 공적인 모임에서 만나곤 하면서 편지를 주고받았으며, 주아외가 몽마르트르에 '안개의 성'(그 이름은 도르젤레의 소설에서 따온 것이다)이라는 서점을 냈을 때 카뮈가 종종 그곳에 들러 대화를 나누곤 했다.[25] 훗날 주아외는 모든 현대 문학 작품을 통틀어서 카뮈의 『반항인』이야말로 1968년 5월 프랑스의 무정부주의 봉기를 창출한 젊은 대학생과 노동자들의 열망을 가장 잘 표현한 것으로 보았다.[26]

카뮈는 1953년 8월 8일 어느 노동 잡지 앞으로 보낸 프롤레타리아 문학에 관한 한 편지에서 노동자와 예술가의 '본질적인 연대감'에 관한 자신의 입장을 명확히 했다. 그 편지는 카뮈 사후 『레볼뤼시옹 프롤레타리엔』지에 처음으로 공개되었다.

돈의 민주제 같은 횡포는 지배를 위해서는 노동과 문화를 분리시켜야 한다는 것을 익히 알고 있다. 노동의 경우는 얼마간의 경제적 억압만으로도 족하며, 문화의 경우에는 타락과 조롱이 같은 역할을 맡는다. 상업 사회는 화려하게 꾸민 광대들을 예술

가라고 부르며 황금과 특권으로 그들을 감싸고, 자기들에게 필요한 모든 양보를 이끌어낸다.[27]

그와는 다른 문맥에서 카뮈는 훗날 1951년 3월~1953년 12월로 기록된 종이 위에 자신이 좋아하는 낱말들을 써나가기 시작했다.

세계, 고통, 대지, 어머니, 인간, 사막, 명예, 가난, 여름, 바다.[28]

40 거리의 꿈

왼손에 인권 선언문, 오른손에 억압을 위한 몽둥이를 들고
문명의 교사인 체하는 일이 가능한가?

• 『메사주』(1954년 5월)

자신의 적인 알제리 총독이 '알제리 소설상'에 자금을 지원한
다는 사실만으로도 카뮈가 그 심사위원단에서 사퇴할 충분한 이
유가 되었다. 처음엔 좋은 생각처럼 여겨졌기 때문에 카뮈는 마
흔 번째 생일 직후였던 전해 11월에 심사위원단에 참여하기로 했
다. 문학 심사위원에 대한 그의 '오랜 반감'도 알제리에 이바지할
기회가 생겼다는 사실로 극복할 수 있었다. 그는 쥘 루아도 심사
위원으로 합류하게 했다.

문학상에 대한 착안은 예비 작가이며 공무원인 장 포미에르의
머리에서 나왔는데, 그는 알제리작가협회라는 단체를 이끌면서
『아프리카』라는 잡지도 간행하고 있었다. 그는 또한 젊은 알베르
카뮈가 알제 도청의 공공사업국 '자동차 등록 및 운전면허' 부서
에서 일할 때 그 공공사업국의 책임자이기도 했다.

포미에르가 이끌던 작가 단체에서도 문학상을 수여하고 있었
지만 점점 열의가 식어가면서 상을 주는 간격이 뜸해졌기 때문
에, 파리에 근거한 유명 심사위원단을 구성하고 대상을 소설가로
한정함으로써 영향력을 키워보자는 의도에서 나온 것이었다.

포미에르는 『아프리카』에 다음과 같이 썼다. "이 상을 매개로 알제리에 이바지함으로써 알제리의 젊은이들이 이 세상에, 세계의 관심 속에, 그리고 무엇보다도 프랑스의 관심 가운데 자리잡도록 돕자는 것이다."

충실한 프랑스계 알제리인이며 공무원이기도 한 가브리엘 오디지오가 카뮈를 포함한 파리 거주 프랑스계 알제리인과의 연락을 맡게 되었다. 그렇게 해서 1953년 11월 12일 카뮈가 심사위원단 참여를 수락했다. 그러나 그 직후 오디지오는 포미에르에게, 카뮈가 수상자에게 수여되는 10만 프랑이라는 자금의 출처가 심사위원단의 판단을 구속하지 않는지 확실히 알고 싶어 한다는 편지를 보냈다. 포미에르는 오디지오에게, 그 자금은 결코 수상쩍은 돈이 아니며 알제리 입법부의 연간 예산에 포함되는 것임을 밝혔다.

카뮈는 분명 공적인 예산이 상금과 관련된다는 사실을 몰랐던 것 같다. 알제리에 있던 에마뉘엘 로블레가, 총독부가 그 행사를 지원한다는 것을 명백히 밝힌 포미에르의 글이 실린 『아프리카』 한 부를 급히 보냈다. 카뮈는 1954년 2월 26일자로 포미에르에게 다음과 같은 편지를 보냈다.

방금 오디지오에게도 말했듯이 알제리 총독부 및 공적 인사와의 관련이 명백해진 지금(우리는 이것이 명백히 밝혀진 데 대해 감사를 표하는 바이지만) 본인은 정말 유감스럽게도 심사위원단에 남아 있을 수 없게 되었습니다.

그는 계속해서, 자신은 언제나 알제리의 공적 프로그램에는 관여하지 않기로 했다고 말했다.

　따라서 당연한 말이지만 무엇보다도 본인은 언제나 이런 공적 활동을 인정하지 않고 있습니다. 또한 공교롭게도 본인은 오래 전 알제리에서 기자로 있을 때 총독부의 압력과 위협의 표적이 된 바 있습니다. 그 결과 본인은 15년 전 고향을 떠나야 했습니다. 당시 본인의 독립적인 태도 때문에 실직하지 않을 수 없었던 것입니다.

　그의 어조는 적의에 차 있지는 않았지만, 입장을 명확히 밝히고 싶어 했다. 그는 애초에 새로운 문학상이 다른 작가들을 돕고자 한 작가들에 의해 수여되는 줄 알고 있었다면서, 자신은 늘 '조국의 동포'를 도와왔으며 앞으로도 그렇게 할 생각이라고 말했다.
　카뮈와 함께 다른 중요한 심사위원들도 모두 사퇴했다. 『아프리카』 다음호에는 다음과 같은 표제의 기사가 실렸다.

문학상, 암살되다

　그 제목에 이은 기사에서 포미에르는 카뮈가 당연히 이전의 서신 교환 때 그 상이 '행정부의' 보조금에서 나오는 것임을 알았어야 했다고 주장했다. 그런데 그 상이 암살된 지금 과연 암살자는 누구일까? 누가 카뮈로 하여금 사퇴하게 한 것일까? 포미에르는 그 문제에 대해서는 언급하지 않았다. 그는 카뮈에게 적의를 품었다. "알베르 카뮈의 마음속 깊은 곳에 과연 인간이라는 것이 있을까? 내 눈에는 천박하고 악의에 찬 분노만이 똬리를 틀고 있는

것만 보인다." 몇 년 후 포미에르는 오로지 그 사건에 대해서만
언급한 책 한 권을 자비로 출판하게 된다.[1]

태양을 향한 책

1954년 초봄, 『여름』과 더불어 카뮈는 서정적 에세이들을 엮
은 마지막 선집을 출판한 셈이다. 피에르 드 부아스드프르는 『콩
바』지에서, 그 에세이들이 "카뮈의 본질적인 성향과 일치한다"
고 평했다. "그 작품들은 꾸밈없이 햇빛을 향한 얼굴을 투영하
고 있다."

부아스드프르는 『여름』이 모차르트나 비발디를 들을 때처럼
마음으로 읽어야 하는 책이라고 했다. 카뮈 자신은 판촉문에서
그 에세이집을 '태양적인 것'으로 규정하고 그것을 『결혼』과 비
유했다.

여기에는 샤를로 출판사에서 소책자로 간행한 적이 있는 오랑에
대한 초기 에세이 「미노타우로스 또는 오랑에서의 휴식」을 비롯해
서, 알제에 바쳐진 짤막한 글인 「과거가 없는 도시를 위한 작은
안내서」, 그리고 진정한 의미에서 『결혼』으로의 회귀나 다름없는
「티파사로의 귀환」, 마지막으로 「가장 가까운 바다」가 실려 있다.

이 선집에는 1950년에 쓴 「불가사의」라는 매우 개인적인 에세
이도 들어 있는데, 지은이는 즉석에서 명성을 얻는 시대, 즉 책이
읽히지 않고도 작가로서 명성을 얻을 수 있는 시대의 작가의 사
회적 위치를 묘사하고 있다. 나아가서 카뮈는 누이와 잠자리를
하지 않고도 근친상간에 관한 글을 쓸 수 있는 것과 마찬가지로
절망해보지 않고도 '부조리'에 관한 에세이를 쓸 수 있다는 사실

을 지적함으로써 한층 핵심에 다가서고 있다. 소포클레스가 자기 부친을 살해하고 어머니를 능욕했단 말인가?

3월 중순 카뮈는 스위스 신문의 문학 증보판을 위해 인터뷰 기자 프랑크 조테를랑을 만나 『여름』과 다른 작품들에 대해 말하는 가운데 현재와 앞으로의 계획에 대해 이야기했다. 조테를랑은 그 때 갈리마르에 있는 카뮈의 사무실로 찾아왔는데, 물론 그곳의 테라스도 보게 되었다. 방문객이 창턱에 놓여 있는 히아신스 구근을 유심히 바라보자, 카뮈가 동료인 자크 르마르샹의 것이라고 말했다. "나는 내가 엄숙하고 고결하다는 말——그건 정말 나에게 어울리지 않는 평가인데——에 화가 납니다. 나는 언제나 선의를 품은 사람들 때문에 난처해집니다."

그는 이제 막 출간된 『여름』이 그러한 이미지를 불식하는 데 도움이 되었으면 좋겠다고 말했다. 그는 자신이 이미 어느 타입으로 분류된 느낌이며, 이제는 더 이상 평범한 대화에서 "그건 부조리하다"는 표현을 쓸 엄두를 내지 못한다면서, 자신은 '한계, 절도'의 개념을 뛰어넘은 길을 모색하고 있다고 말했다.

카뮈는 그 기자에게 『악령』을 무대에 올릴 계획이라고도 말했다. 그러나 보다 중요한 것은 자신이 알제리에서 성장한 한 젊은 이에 관한 소설, 즉 『최초의 인간』을 쓸 계획임을 처음으로 공표한 사실이다. 카뮈는 "나는 본격적인 작품을 쓴 지 오래 되었습니다"면서 자신이 현재 기분전환 삼아 단편 소설들을 쓰고 있다고 했다.

『최초의 인간』에 대해서는 이렇게 말했다. "제목과 주제는 이 미 정해져 있지만 언제나 그렇듯이 나머지 부분은 쓰는 도중에 달라지게 될 겁니다. 작품 배경은 내가 『여름』에서 말하고 있는,

과거가 없는 땅, 상상의 대지, 온갖 인종이 섞여 있는 나라가 될 것입니다."

기자가 그 이주민들이 자신들의 전통을 알제리로 들여왔는지 물어보았다. 그에 대해 카뮈는 이렇게 대답했다. "그들은 대체로 그다지 강인하지 못했기 때문에 기후에 저항하지 못하고 순식간에 사라져갔습니다."

결국 나는 읽거나 쓰지도 못하고, 도덕도 종교도 없는 제로 상태에서 시작하는 '최초의 인간'을 상정하는 겁니다.

그런 것도 교육이 될 수 있다고 말할 수도 있겠지만, 그렇다 해도 교사가 없는 교육인 것이죠. 그것은 여러 차례의 혁명과 전쟁에 걸친 현대사 속에 아로새겨지게 될 겁니다.

조테를랑은 마지막으로 카뮈에게 우리가 모두 죄를 범했다는 식의 관점을 어떻게 생각하는지 물어보았다. 그 질문에 카뮈는 이렇게 대답했다. "무신론적 실존주의자 같은 많은 현대 작가들은 신을 은폐시켰지만, 원죄의 개념만은 그대로 유지하고 있습니다. 사람들은 창조의 결백에 대해 지나칠 정도로 자주 주장해왔어요. 오늘날 사람들은 우리에게 죄의 짐을 지우고 싶어 합니다. 내 생각에는 그것을 중재하는 진실이 있을 것 같습니다."

그는 인간에게 방종에 대한 욕구가 있다고 생각한다면서, 섬의 지사로 임명된 산초 판자의 말을 인용했다. "우리는 간단한 정의도 이행할 수 없으므로, 최소한 자비에 호소해야 합니다."

카뮈는 이 말을 하면서 미소를 지었다. "오늘날 파리의 거리에서 자비에 대해 이야기하려 들다니……"[2]

이제 쓰는 법을 잊었기 때문

늦봄이 되면서 나아질 것 같았던 그의 아내의 병세는 갑자기 악화되는 듯이 보였다. 그는 그녀를, 그리고 가정을 어떻게 해야 좋을지 몰랐다. 1954년 7월이 되면서 카뮈 자신도 더할 나위 없이 깊은 우울증에 사로잡혔다. 그는 사무실을 오가는 것을 제외하면 더 이상 외출도 하지 않았으며, 나머지 시간에는 무력하고 어설픈 상황의 증인으로서 대기하고 있었다. 그는 자신을 위해서뿐만 아니라 모두를 위해서라도 일을 해야 한다고 생각했다. 하지만 일을 할 수 없었다. 정말이지 불가능했다.

7월 13일 로제 키요와 대화를 하던 카뮈는 자신의 집필 장애가 6개월째에 접어들었다고 털어놨다.[3] 그 침묵의 시간 때문에 그는 초조하고 걱정이 되었다. 혹시 자신의 상상력이 바닥난 것은 아닐까 하는 생각도 들었다. 그러나 여전히 일할 계획은 세우고 있었다. 그는 또다시 『최초의 인간』과 『악령』 이야기를 하면서, 『시시포스의 신화』에 제시된 바대로 '돈 후안'에 대해서도 쓸 계획이라고 했다. 카뮈는 또한 사랑에 관한 에세이도 쓰고 싶다고 했다. 『유형과 왕국』에 수록될 단편들 중 두 편은 그때 이미 씌어진 상태였다. 아마 「간통한 여인」과 「변절자」를 말하는 것이리라.[4]

그해 파리에서 출판될 콘라드 비버의 『레지스탕스 작가들이 본 독일』 서문 원고를 보내면서 카뮈는 르네 샤르에게, 자신의 원고가 형편없다고 "이제 쓰는 법을 잊었기" 때문이라고 말했다.[5]

그래서 그는 자신이 일하고 있다는 느낌을 줄 만한 잡다한 일에 매달렸다. 4월에는 프랑스 라디오의 연속 방송에 쓸 『이방인』의 본문 전체를 녹음했다.[6] 6월에는 알제리 작가에 대한 라디오 연

속 프로그램의 한 인물로 선정되었으며, 7월 17일에는 알제의 속
어와 관련한 프로그램에서 카가유스 방언으로 텍스트를 읽는 방
송에도 출연했다.[7] 그리고 한 달 동안 로베르 브레송을 위해 「클
레브의 왕녀」 시나리오 작업을 했으나 결과가 마음에 들지 않았
다. 어차피 계약도 하지 않은 채 작업한 것이어서 대가는 전혀 받
지 못했다.[8]

또 마르셀 에메와 루이 브롬필드 같은 다른 유명 작가들과 함께
월트 디즈니사가 제작하는 「살아 있는 사막」에도 비싼 원고료를
받고 짤막한 원고를 써주기도 했다. 그 제안을 중개한 사람은, 이
런 일을 제안하면 자신이 카뮈의 사무실에서 그대로 쫓겨날 줄
알았지만, 당시의 카뮈는 분명 돈이 궁해 보였다고 말했다.

10월에 카뮈는 한 번 더 『어느 수녀를 위한 레퀴엠』을 연극으로
각색하기 위한 허락을 구하기 위해 윌리엄 포크너에게 편지를 썼다.

그해 가을에도 스웨덴 한림원은 카뮈에게 노벨상을 수여하는
문제를 논의했다.[9]

암스테르담의 매혹

이 무렵 카뮈는 다른 여행들에 비하면 별로 언급되지 않았던 여
행을 하게 되는데, 그 경험으로 그의 생전에 출판된 마지막 소설
『전락』의 무대 배경이 탄생한 셈이었다.

이번 네덜란드 여행은 기차 여행을 포함해서 1954년 10월 4일
부터 7일 사이의 짧은 여정이었다. 게다가 그 나흘 중 『전락』의
주인공인 고해 판사 장 밥티스트 클라망스가 독백을 하게 되는
장소인 암스테르담에서 보낸 시간은 이틀이 채 되지 않았다. 카

뮈가 네덜란드를 방문한 것은 그때가 유일했다. 그렇다면 그 나라가 그토록 깊은 인상을 심어준 것일까? 실제로 그의 인생에서 가장 암울한 시기에, 그것도 『반항인』에 관한 논쟁의 여파가 아직 남아 있는 상태에서, 또한 가정에 문제가 있는 때에 혼자서 여행했다는 것만으로도 그랬다. 그 일들은 그의 가장 개인적인 작품인 이 소설에 중요한 재료를 제공해주었던 것이다.

여느 때와 마찬가지로 해외여행에는 공식 리셉션이 뒤따랐다. 그는 혐오해 마지않는 무대 위에 다시 올랐다. 그러나 10월 5일 그 조그만 나라의 조그만 수도 헤이그에서 그가 연설하기로 된 강당은 너무 작았기 때문에, 마지막 순간에 연설 장소가 프로테스탄트 교회로 바뀌었다.

다음날 그는 빗속에서 헤이그 시내를 돌아다니다 경이로운 마우리추하위스 미술관에 들렀고, 그곳에서 베르메르의 「진주 귀고리를 한 소녀」와 「해부학 교실」, 「수잔나와 노인들」, 「다비드와 사울」을 포함한 렘브란트의 작품들을 둘러보았다.

오후에는 암스테르담으로 가는 기차에 올랐다. 그곳까지는 한 시간도 채 걸리지 않았다. 그는 관광객들을 태우고 도시의 중심을 흐르는 운하를 따라 야트막한 다리 밑을 돌아다니는 유리로 된 납작한 유람선을 발견했다. 그날 저녁 식사 후 카뮈는 이 오래된 도시의 생기에 넘치는 거리를 돌아다녔다. 그는 그 거리에 매혹되었으나 내내 비가 내렸고 찬바람이 불었다. 10월 6일 저녁이었다. 이튿날 그는 프랑스로 돌아왔다.[10)]

『전락』의 무대가 지니는 중요성은, 다시 말해서 그 작품이 홍등가와 좁고 천박한 지디크 거리(1970년대 중반까지도 그곳에는 멕시코 살롱과 시티 카페라는 이름의 술집이 있었다)를 배경으로 하고 있다는 사실은 카뮈가 암스테르담에서 보낸 시간으로부터 추론될 수 있을 것이다. 『전락』의 테마와 내용은 잠시 후 논의될 것이다.

독립을 위한 무장 투쟁

알제리의 위기가 있었던 이 해, 카뮈는 북아프리카 이슬람 교도의 정당한 열망이 식민지 행정부에 의해 진압된 데 깊은 관심을 쏟고 있었다. "왼손에 인권 선언문, 오른손에 억압을 위한 몽둥이를 들고 문명의 교사인 체하는 일이 가능한가?"

카뮈는 1954년 5월 '해외정치범사면위원회'에 보낸 메시지에서 이렇게 반문했다. 그는 식민주의자들이 '무시무시한 권력'의 대리인임을 경고했다. 알제리의 시장들이 1930년대 프랑스 의회에서 블룸-비올레트 투표권이 토의 없이 철회된 데 대한 항의 운동에 단결했다는 사실만 봐도 충분한 일이라고 그는 동포들에게 상기시켰다. 그는 북아프리카 영토 내의 언론과 공공기관을 장악한 소수의 부유한 자들에 대해서도 설명했다. 그들이 최근 달성한 업적은 세 명의 튀니지 민족주의자를 처형한 일일 것이다. 그들을 위해 카뮈는 사면을 호소했으나 헛수고가 되고 말았다.[11]

7월에 카뮈는 "해외 정치범에게 자유를"이란 제목의 잡지 창간호를 위해 글을 보냈다. 거기에서 그는 제2차 세계대전 직후 틀렘센에서 한 아랍 민족주의자가 자신에게 한 말을 인용했다. "우리의 가장 큰 적은 프랑스 식민주의자들이 아니다. 우리의 적은 당신 같은 프랑스인이다. 왜냐하면 식민주의자들은 우리에게 역겹긴 하지만 거짓 없는 프랑스라는 사상을 주고 있는 반면 당신들은 회유한다는 의미에서 우리를 현혹케 하는 사상을 전하기 때문이다. 당신들은 우리의 투쟁력을 약화시킨다."

카뮈는 빈정거리는 투로, 프랑스 자유주의자들이 형제애를 설교하고 있지만, 그 말에 감동한 아랍 자유주의자들은 식민주의자들로부터 몽둥이질을 당하고 있다고 덧붙였다. 그는 아랍의 테러 행위는 의지할 것이 아무것도 없으며 장벽이 너무 두껍다는 고립감에서 나온 것이라고 경고했다. 자유주의자들은 억압뿐만 아니라 아랍 테러 행위에도 책임이 있었다. 사면 같은 적극적인 활동을 할 시기에 형제애에 대한 연설을 한다는 건 너무 늦은 일이긴 하지만, 그 원인을 해명해야 한다고도 했다.[12]

1954년 11월 1일이라면 실제로 연설을 하기엔 너무 늦은 시기였다. 바로 그날 새벽, 막후에서 협상을 통해 개혁을 모색해왔던 온건파에 대한 젊고 투쟁적인 알제리 민족주의자들의 승리를 의미하는 새로운 운동의 이름으로 무장 투쟁이 시작되었던 것이다. 메살리 하드지의 자유민주승리운동이 여러 갈래로 분할되었기 때문이다. 그중에서 가장 결연한 갈래는 자유민주승리운동의 '특별 조직'으로 구성된 것으로서, 1954년 여름 무장 봉기를 위한 혁명위원회로 발전된 비밀 활동을 전담하고 있었다.

그해 봄 프랑스가 인도차이나의 디엔비엔푸 전투에서 패배하고, 튀니지에서는 민족주의적 여론 선동의 결과 7월에 내정의 자치권을 약속받은 상태에서 알제리 반군이 할로윈 전야에 공격을 감행했다. 표적은 식민지 권력의 상징인 군 기지, 경찰서, 지방 관공서들이었다. 새로운 '민족해방전선'은 식민 제도뿐만 아니라 '수정주의의 모든 흔적'을 철폐하고 알제리 독립을 목표로 싸우겠다고 선언했다.[13]

카뮈는 즉각적인 반응을 보이지 않았다. 그가 봉기의 중요성을 인식하지 못했을 가능성도 있었다. 당시 그는 알제리의 다른 문제, 즉 알제와 오랑의 중간에 위치한 인구 3만의 도시 오를레앙스빌에서 9월에 지진이 발생하여 1,500명의 희생자를 낸 일로 분주했다.

카뮈는 모금 활동을 거들었는데, 그 활동 중에는 북아프리카 출신 작가들이 총독부의 파리 지부가 있던 오페라가에서 자필 서명한 책을 판매하는 일도 포함되어 있었다. 피에르 맹데스 총리의 부인이 개막식을 주도했다. 카뮈는 에마뉘엘 로블레 같은 친구들과 합류했고, 프랑스-알제리의 연결 고리인 가브리엘 오디지오도 물론 그 자리에 참석했다. 언론 보도에 의하면 작가협회가 『계엄령』 원고를 15,000프랑에 구입했다고 한다.[14]

카뮈는 이외에도 연극에 관한 계획들로 분주했다. 그는 마튀랭의 극장주 보르 여사와 전국 민중 극장의 극장주 장 빌라르를 만났으며, 결단성과 권위가 없는 빌라르에게 질리긴 했지만 그에게 『계엄령』과 앙제 연극제에 쓰인 칼데론의 『십자가로의 귀의』 번역본을 포함한 다수의 희극 원고를 보내주기로 했다. 그러나 결국 그 일은 아무 성과도 거두지 못하고 만다.[15] 그는 짬을 내서 파르크 데 프랑스에서 프랑스 레이싱 팀이 모나코 팀에게 패한 축구 경기를 관전하기도 했다.

마침내 겨울이 다가왔다. 무엇보다도 그는 젊은 시절 자신에게 그토록 중요한 의미를 띠고 있던 또 다른 태양의 나라로 돌아갈 준비를 하고 있었다.

그는 1937년 이후 이탈리아에 가본 적이 없었다. 그는 이 지중해의 국가로 돌아감으로써 원래의 자신을 되찾게 될 것이라고 여겼다. 가정뿐 아니라 알제리의 새로운 위기에서 도피한 상태에서 어쩌면 다시 글을 쓸 때 꼭 필요한 내면의 힘을 되찾을 수 있을지도 몰랐다.

그 여행은 이탈리아 문화협회의 초청으로 이루어졌는데, 협회에서는 그에게 투린과 제노바, 밀라노, 로마에서 연설해줄 것을 요청했다. 연설과 연설 사이에, 그리고 일단 로마까지 가고 나면 남은 2주간을 혼자서 보낼 여유가 있었다.

실제로 그는 자신이 혼자 있게 된다는 것, 어디든 원하는 대로 돌아다닐 수 있다는 사실이 마음에 들었다. 그는 피로에도 불구하고 침대차에서 제대로 잠을 이루지 못했는데, 그 이유 중 일부는 이탈리아를 다시 보게 된다는 데 있었다.

아침 7시, 그는 이제 드디어 이탈리아에 왔을 것이라 생각하고 객차의 블라인드를 올렸다. 그러곤 웃음을 터뜨렸다. 밖에는 눈보라가 치고 있었던 것이다. 두 시간 후 투린 역에 기차가 도착했을 때도 함박눈이 여전히 쏟아지고 있었으며, 눈은 그날 하루 종일 내렸다.

그는 시내의 유명한 이집트 박물관에 가서 미이라에 감탄했으며, 점점 쌓여가는 눈을 헤치고 니체가 광기에 사로잡혀 마지막 책들을 쓴 집으로 걸어가면서 몸이 얼어붙었다. 그는 태양의 나라에 돌아온 자신을 잔뜩 찌푸린 하늘과 눈보라가 맞이한 데 실망했다. 그래도 그는 투린이 마음에 들었다. 돌로 된 포장도로와 우아한 건물들, 그리고 물론 이탈리아인 특유의 친절함도 마음에 들었다.

그는 11월 25일 기자들과 만난 다음 이튿날 스탕달이 좋아했을 매력적인 18세기식 극장에서 첫 번째 강연을 했다. 그 건물은 그가 투숙하고 있던 답답하고 화려한 호텔에 대한 보상이 되었지만, 갑자기 그는 무대 공포에 휩싸였다. 그는 강연 전 한 시간 동안 호텔 방으로 돌아가 휴식을 취하면서 최초로 이탈리아 청중과 대면하게 된다는 생각에 이를 덜덜 떨며 시간을 보냈다.

투린과 다른 세 도시에서 그가 한 강연 제목은 "예술가와 그의 시간"이었다. 이는 그의 플레야드판 작품집에 같은 제목으로 수록돼 있는 인터뷰 내용이나 비슷한 제목이 붙은 노벨상 수상 강연과는 다르다.

이탈리아 강연에서 카뮈는 현실에 기반을 둔 동시에 현실에 대한 반항으로 예술을 정의하고자 했다. 그것은 거부도 전면적인 동의도 아니며, 결과적으로는 영원히 반복되는 비탄을 재현하는 것이었다. 문제는 현실에서 도피하거나 현실에 굴복하는 것이 아니라, 무기력하게 사라지지 않도록 작품에 얼마만큼의 현실성을 부여할지를 정확히 인식하는 일이다. 한 세기 반 동안 작가들은 행복한 무책임 속에서 살 수 있었지만 이제는 더 이상 그런 일이 가능하지 않기 때문이다.

우리는 우리가 공통의 고통에서 피할 수 없다는 사실을 알아야 하며, 예술가로서의 유일한 정당성은 고통을 피하지 못하는 이들의 대변자가 되는 데 있다. 자유로운 예술가란 안락한 인간이나 내적인 혼란에 싸여 있는 인간이 아니라, 질서가 부여된 인간을 말한다.

카뮈는 예술가의 자유를 위해 탄원한 것이 아니었다. 예술은 모든 압제자의 적이며, 예술가와 지식인은 좌우로 나뉜 오늘날의 폭력의 첫 번째 희생자다. 오늘날의 전제주의는 예술가를 공공의 적으로 규정하고 있는데, 이는 그들이 품는 두려움으로 정당

화된다.[16]

제노바에서는 눈 대신 폭우가 그를 맞았다. 그러나 이 도시는 카뮈가 기억하고 사랑하던 그대로였다. 생기에 넘치고 눈부시게 빛나며 화려했던 것이다. 그리고 로마에 이르렀을 때 날씨는 한결 좋아졌다.

공식적인 일정을 마치자마자 카뮈는 마치 세계의 백화점 같은 그랜드 호텔을 나와 빌라 보르게스 미술관이 마주 보이는 펜션을 발견했다. 그곳 테라스에서는 공원이 내다보였다. 그는 화창한 날씨 속에서 시내를 돌아다녔으며, 치아로몬테는 물론이고 이그나치오 실로네, 기도 피오베네, 알베르토 모라비아 등 아는 작가들과 저녁 식사를 했다. 매일 밤 잠자리에 눕기 전이면 발코니에 서서 도시를 바라보았다. 물론 그는 로마를, 그곳 하늘은 물론 그곳 사람들을 사랑했다. 그리고 이제 마침내 예술을, 그리고 예술과 삶이 하나라는 사실을 발견했던 전쟁 전의 이탈리아에 있던 27년 전의 자신으로 돌아갔다. 그는 무엇보다 로마의 언덕들(자니쿨룸, 팔라티네)과 분수들이 마음에 들었다.

그는 약간의 운이 따른다면 이제 자신의 삶을 바꿀 힘을 얻게 될 것이라고 여겼다. 어떤 식으로든 삶을 바꾸어야 했다. 이제는 지금까지의 불행한 삶과 더 이상 대면할 수 없었던 것이다. 이탈리아에서 일을 하지는 않을 테지만, 그는 이곳에서 자신의 의지를 키울 수 있기를 기대했다. 다시 일을 하려면 반드시 그래야 했다.[17]

치아로몬테는 프란체스코 그란자케트라는 화가 친구의 차를 타고 카뮈와 함께 로마 남쪽 나폴리와 파에스툼으로 향했다. 그러나 12월 7일 나폴리에 도착하자 카뮈의 몸이 좋지 않아 여행을 계속할 수가 없었다. 병이 재발한 게 아닌가 하는 불안감에 싸인 채 방에 있던 카뮈는 초조하고 불행했다. 다시 방을 나서게 된 카뮈는 친구들과 함께 피아자 카푸아나 같은 가난한 동네를 돌아다녔는데, 그곳은 옛날의 알제 시를 연상시켰다.

나폴리에서 사흘 밤을 보낸 다음 그들은 남쪽의 파에스툼, 여전히 매혹적일 정도로 황량한 고고학 유적지 위에 우뚝 솟은 그리스 신전으로 여행을 계속했다. 인적이 없는 폐허 위를 까마귀들이 낮게 날고 있었다. 그들은 아말피 해안까지 나아갔으나, 나폴리에서 예기치 못하게 며칠을 묵는 바람에 소렌토까지는 가지 못했다. 카뮈는 파리로 돌아가야 했다. 그는 12월 14일 파리에 도착했다.[18]

파리로 돌아와 의사의 정밀 진단을 받았으나 특별히 심각한 징후는 발견되지 않았다. 의사는 그에게 식이 요법을 지시했다. 카뮈는 이내 건강을 되찾은 느낌이 들었지만, 이제는 식이 요법 때문에 침울해졌다.[19]

1955년 1월 초부터 카뮈는 글을 쓰기 시작했다. 1월 6일 그는 연하의 친구이며 연극 동료인 질리베르에게 다음과 같이 편지를 썼다. "난 지금 얼마 남지 않은 기운에 매달려 이상한 장소들에서 일을 하면서 숨어 있네."[20] 그가 말한 '이상한 장소들' 중 하나는 쥘 루아가 빌려준 몽모랑시가의 조그만 아파트였을 텐데, 그곳은 파리의 전경이 내려다보이고 가정부도 딸려 있었다.

며칠 후 그는 『이방인』의 미국 판본을 위한 짤막한 서문을 완성했다.[21] 그 글에서 그는 이 작품의 의도를 설명했다. 그리고 1월 11일에는 『페스트』에 대한 비평가 롤랑 바르트의 해석에, 특히 그가 이 작품이 "반역사적 모럴과 고독의 정치학에 근거했다"고 언급한 부분에 대해 이의를 제기하는 편지를 썼다. 카뮈는 그 작품의 명확한 내용이 "나치주의에 저항하는 유럽의 투쟁"이라고 대답했다. 그는 그 증거로 『페스트』의 본문이 『도멘 프랑세즈』에 상당히 길게 수록되었다는 사실을 들었다.

카뮈는 이 작품을 『이방인』과 비교하면서 『페스트』가 '혼자만의 반항'에서 공동체의 인정으로의 전이를 명확히 표현하고 있다고 말했다. 바르트는 『페스트』에서 고립이라는 주제에 역점을 둔 것인가? 정확히 말해서 그 주제의 화신인 기자 랑베르는 공동 투쟁에 참여하기 위해 자신의 사적인 슬픔을 포기한다. 나아가서 그 작품은 이제 다가올 투쟁의 선언과 수락으로 끝나는 것이다.[22]

신년 초에 카뮈는 무정부주의 친구들로부터 협조 요청을 받았다. 프랑스-인도차이나 전쟁의 마지막 단계에서(그 전쟁은 1954년 7월 제네바 협정으로 종결되었다) 무정부주의 단체인 '평화 자유군'의 선전국장이며 『몽드 리베르테르』의 편집자이기도 한 모리스 레샹은 정부의 모병 포스터 양식을 이용하여 반전 포스터를 제작했다. 그는 즉각 정부 전복 기도 혐의로 기소되었다. 1955년 처음 몇 주간 파리에서 진행된 재판에서 피고 측을 위한 성격 증인들이 소환되었는데, 제일 먼저 나온 인물이 알베르 카뮈였다. 카뮈는 법정에서 이렇게 진술했다.

나는 사형 선고를 받은 이웃 나라 사람들을 석방시키기 위한 요청을 하는 모임에서 레샹을 만났습니다. 그때 이후로 그를 종종 만나면서 인류를 위협하는 불행과 맞서 싸우는 그의 의지에 감탄하게 되었습니다. 그토록 철저하게 만인의 이익을 위해 행동하는 인물을 비난할 수 있다는 것이 내겐 불가능해 보입니다. 점증하고 있는 불길한 위험과 맞서 싸우는 사람이 극소수인 마당에 말입니다.

진술을 마친 카뮈가 주로 노동자와 투사들로 방청객이 구성된 법정에 앉자 모두들 애정을 품고 그를 에워쌌다고 보도되었다. 마지막 진술에서 피고 측 변호사는, 이 재판이 이미 몇 달 전에 끝난 전쟁을 계속하기 위한 수단이라고 경고했다. 그러나 레상은 운이 좋지 않았다. 프랑스는 아직 식민 전쟁의 시기에서 벗어나지 못한 상태였다. 그는 유죄 판결과 함께 무거운 벌금형을 선고받았다.[23]

알제의 햇빛, 파리의 우울

그는 다시 실의에 빠졌으며, 자신의 사무실에서조차 긴장을 풀지 못했다. 그곳 분위기가 마음에 들지 않았던 것이다. 카뮈는 친구 미셸 갈리마르에게 조만간 예전으로 돌아갈 필요가 있을 것 같다고, 1955년 2월 18일 비행기 편으로 파리를 떠나 다시 한 번 알제를 방문할 것이라고 말했다.

노엘 슈만과 대화를 나누기 위해 랑피르 출판사에 들렀을 때도 그의 기분은 달라지지 않은 상태였다. 슈만은 그가 불안해 보였지만, 그런 식의 반응을 보일 줄은 몰랐다고 말했다. "그렇게만 된다면……" 카뮈는 이렇게 입을 열더니 다음 순간 "더 이상 글을 쓸 수 없소!"라고 외쳤다. 그는 자신을 탓하는 것 같았다. "난 점점 더 내 형식에 갇히고 있단 말이오……"[24]

알제리 전쟁? 전쟁은 아직 한참 남아 있었다. 이 시기는 적어도 그 도시 주민들에게는 독일의 공격이 있기 전 1939~40년의 '가짜 전쟁' 때와 비슷해 보였다. 그는 당시 최고급 호텔인 생 조르주에 묵고 있었는데, 그곳에 들자마자 '귀여운 도미니크 블랑샤르'

와 맞닥뜨렸다. 그는 그녀와 저녁 식사를 하고 나서 옛 친구들 몇
몇과 함께 춤을 추었으며, 다음날은 티파사로 향했다.[25]

2월 22일에는 에드몽 브뤼아의 『알제 저널』과의 인터뷰를 위해
미슐레가의 한 카페 야외 테이블에서 브뤼아와 만났다. 카뮈는
옛 친구에게, 2년 만에 처음 알제를 방문했다면서 새로운 고층 빌
딩들이 늘어섰음에도 불구하고 여전히 이 도시가 마음에 든다고
말했다. 그리고 가능하다면 매년 6개월 정도를 영감의 원천지인
이곳에서 보내고 싶다고 했다.

브뤼아는 알제를, 또 하나의 지중해의 기적에 대한 계시를 받은
카뮈의 '아크로폴리스'라고 불렀다. 그들은 심각한 주제들에 대
해서뿐만 아니라 스포츠에 대한 이야기도 나누었다. 카뮈는 『뤼
아』가 자신이 정기적으로 글을 쓰는 유일한 간행물이며, 다음 시
즌에는 정기적으로 파리 축구 시합을 보러 갈 것이라고 말했다.
브뤼아는 또한 『뤼아』의 주필이기도 했다. 카뮈는 파리의 북아프
리카 동료들에 대해 이야기하면서, 『카르푸』에 나오는 막스 폴 푸
셰의 문학 칼럼을 칭찬하고, 알제리 소설가 장 세냑과 시인 야신
카텝에 대해 언급했으며, 북아프리카 출신이 아닌 작가로는 장
그르니에에 대해서 말했다. 2월 24일자 『알제 저널』에는 이 인터
뷰 기사가 다음과 같은 제호와 더불어 큰 판형의 전면 꼭대기를
장식했다.

알베르 카뮈와의 짧은 만남,
"알제가 전보다 더 아름다워졌다"

신문이 나온 그날 카뮈는 지진 피해 상황을 조사하기 위해 오를

레앙스빌과 인근 마을들을 둘러보러 갔다. 그는 울적한 심정으로 알제로 돌아왔다.

2월 25일 금요일, 알제 레이싱 대학 팀과 축구팬 협회인 '알레-뤼야'가 카뮈를 위해 라탱 식당에서 리셉션을 연다면서 2월 23일자 협회 주간지에 다음과 같이 공표했다.

모든 선배들과 협회 회원이 우리의 동지를 위한 아페리티프 석상에 초대되었다.

사람들은 만세 소리로 카뮈를 맞이했으며 덕분에 그의 기분이 약간 풀렸다. 카뮈는 다음 번 일요일에 그들의 시합을 보겠다고 약속했다. 그는 자신이 활약하던 시절 선수였으며 프랑스의 유명한 축구 선수가 된 회원과 동행했다. 팀의 다른 고참들이 한마디씩 하고 난 뒤 '베베르'가 일어서서, 이렇게 함께 알제에 있어서 반갑다고 말했다.[26]

날씨는 좋았고 아침마다 화창했다. 카뮈는 호텔 창문을 열어놓고 일광욕을 하면서 하루 종일 태양빛을 즐겼다. 그는 한 번 더 자신이 알제에서 느끼는 한 인간이라는 감정과 파리에서 자신을 엄습하던 암흑의 차이를 실감했다. 이곳에 있는 무언가가 그를 각성하게 해주었다. 그는 일을 하고 있지는 않았으나, 이제 파리로 돌아가면 일을 '할 수 있다'는 느낌을 받았다. 다만 해결되지 않은 가정사만이 파리로의 귀환에 유일한 장애물이었다.[27]

41 엑스프레스

> 고독하면서도 자신의 동포와 연대감을 가진 작가가 숙고 끝에
> 솔직하게 말한다는 것은, 그리고 무엇보다 자유를 위하여
> 글로써 전쟁을 벌이겠다고 말한다는 것은 나쁜 일이 아닐 것이다.
> • 「자유의 징표 아래서」(『엑스프레스』)

본격적인 작업에 착수할 수 없는 상태에서 어찌할 바를 모르고 있던 이 무렵 카뮈가 수락한 계획 가운데 하나는 이탈리아의 소설가 디노 부차티가 쓴 희곡 『어떤 임상 사례』를 각색하는 일이었다. 연출자 조르주 비탈리가 카뮈에게 그 작품을 프랑스의 무대에 올리도록 도와달라고 부탁했던 것이다.

최근 몇 달 동안 카뮈 자신이 처한 곤경을 감안할 때 그가 그 일을 흔쾌히 수락한 것은 쉽게 이해할 수 있다. 부차티의 좀 불길해 보이는 그 희곡은 이탈리아의 한 사업가가 상태가 점점 악화될 때마다 매번 아래층으로 옮겨지는(비록 그 동안에도 정신은 맑았지만 그는 그것을 자신의 쇠퇴의 상징으로 여긴다) 병원을 무대로 한 것이다.[1]

카뮈는 3월 12일 브뤼에르 극장에서 개막되는 그 연극의 최종 리허설에 맞춰 3월 1일 비행기 편으로 알제에서 돌아왔다. 연극은 이런 암울한 희곡의 흥행주가 예상할 만한 평판을 받았다. 『피가로』의 장 자크 고티에는 이렇게 외쳤다. "나는 이런 끔찍한 작품을 결코 본 적이 없다. 이 작품은 아주 사디스트적이고 억압적

이며 오싹하고 혐오스럽고 도저히 참을 수 없을 정도다."

부차티는 자신의 희곡을 각색한 유명 작가를 만난다는 생각에 약간 겁을 먹은 채 개막식에 참석하기 위해 파리로 왔다. 그러나 그는 카뮈의 겉모습을 보고 안도했다. 카뮈는 지식인이라기보다는 자동차 정비공 같았으며, 공연이 끝난 후 리셉션에서 끊임없이 춤을 추었다.[2]

프랑스판 제목이 "재미있는 사례 한 가지"였던 희곡 서문에서도 고백한 바처럼 카뮈는 현재의 연극계 상황에서 볼 때 부차티의 작품은 분명 모험이라는 사실을 알고 있었지만, 그건 흥미로운 모험이 될 것이라는 비탈리의 견해에 동의했다. 그 연극은 톨스토이의 『이반 일리치의 죽음』과 쥘 로맹의 블랙코미디 『노크』를 섞어놓은 듯했다. 카뮈는 어느 친구에게, 그것은 '사악한' 작품이라고 말한 적도 있었다.[3]

3월 26일 카뮈는 녹탕빌르 극장에서 젊은 청중들에게 『칼리굴라』 전체를 낭송해주었다. 처음엔 단조로운 어조로 내용을 낭송했지만, 마지막 막에서는 각각의 배역을 연기하듯 낭송하여 청중들은 실제로 공연을 보고 있는 것 같은 느낌을 받았다.[4]

사르트르는 나의 적이 아니다

좌파 가톨릭 월간지 『에스프리』는 콘라드 비버의 선집 『레지스탕스 작가들이 본 독일』에 대한 서평을 실었는데, 카뮈가 쓴 서문에 대해서는 아무 언급도 하지 않았다. 장 폴 상송은 자신의 잡지 『테무앵』 1955년 봄호에 그 서문을 게재하면서 『에스프리』에서 언급하지 않은 사실에 주의를 환기시켰다. 그러면서 그것이 무의

식중에 저질러진 일이거나 아니면 "신스탈린주의나 신좌파 교구가 우리 기독교 진보주의자들에게 요구하는 정신적 속박의 한 가지 사례"일 것이라고 말했다.

『에스프리』의 편집자 장 마리 도메나슈는 상송에게 보낸 반박 서한에서, 그때 언급하지 않은 것은 실제로 고의적이었으며 그 까닭은 그 주제는 물론 서문을 쓴 당사자에 대한 배려에서였다고 선언했다. 도메나슈의 주장에 따르면 카뮈가 『탕 모데른』이나 『누벨 누벨 르뷔 프랑세즈』(N. N. R. F.)에서 사르트르와 논쟁을 주고받은 일은 적절했으며, 『에스프리』는 그 전개 양상을 보도할 예정이었다. 그렇지만 카뮈가 레지스탕스 기념 행사를 이용하여 자신의 적에게 '불성실한 태도'로 임한다는 것은 도메나슈가 보기에는 수치스러운 일이었다. 카뮈는 비버의 책에 쓴 서문에서 사르트르에 대한 언급을 하지 않은 채, 새로운 적과 협력할 준비가 된 지식인들에게 경고했던 것이다.[5] 도메나슈는 카뮈가 자신이 미래의 레지스탕스 유격대가 될 것임을 암시했다고 빈정거리는 투로 언급했다. 도메나슈는 이렇게 썼다. "자신의 손에 과거와 미래를 틀어쥔 채 카뮈는 그들로부터 결정적인 순간에 자신의 증오심이 사칭하는 것 이외의 다른 것을 선택할 자유를 빼앗은 다음 자신이 혐오하는 모든 대상을 분쇄하고 있다."

사르트르의 관점과 공통점이 거의 없었으면서도 도메나슈는 카뮈의 서문이 자신의 정견과도 반하는 것으로 여겼다. 카뮈는 어째서 독일의 재무장과 '북아프리카에서의 테러 행위'에 항의하지 않는단 말인가?

카뮈는 도메나슈가 아니라 상송에게 답변했는데, 그의 서한은 1955년 『테무앵』 여름호에 도메나슈의 글과 나란히 발표되었다.

카뮈는 오늘날 '우리의 운동'이 지닌 본질적인 문제는 자유 좌파와 진보 좌파 사이, 다시 말해서 독립 좌파와 공산주의 성향을 띤 좌파 사이의 이런 갈등이라고 항변했다. 그리고 만일 자신이 이러한 문제를 제기하면서 구태의연한 문학 논쟁으로 복귀한다는 비난을 받아야 한다면 자신이 취할 유일한 해결책은 침묵이 될 텐데, 도메나슈와 그의 친구들은 그 침묵 역시 비판할 것이다. 사르트르는 그의 적이 아니다. 그들은 문학 논쟁을 벌인 적이 없다. 그들은 카뮈가 모두에게 극히 중요하다고 보는 문제에 대해 대립한 것이며, 사르트르는 그 역할에 충실치 못했다.

게다가 비버의 책은 자신이 존중해야 할 정도로, 레지스탕스 운동에 대한 근엄한 기념물은 아니다. 그 책은 일종의 대학 논문이며 카뮈는 그들의 공통된 과거의 이름으로 용기 있게 말하는 것을 자신의 의무로 여겼다. "나는 오늘날의 지식인이 일과 문화의 해방을 위한 투쟁이라는 공통의 모험이 아닌 다른 어느 곳에서 자신의 특권을 정당화할 수 있다는 것인지 모르겠다." 그리고 카뮈는 계속 모호한 채로 남아 있는 문제를 선명하게 하기 위해 답변했다.

나는 마치 우리 진보주의자들이 안이하게 전쟁터에서 한 자루의 손상된 칼만을 휘두르고 있기라도 한 것처럼 언제나 똑같은 잘못을 범하는 진술, 똑같은 인신공격, 똑같이 장황한 오류를 정정하는 데 지친 나머지 오랫동안 그 일을 망설였다.

카뮈가 『전락』이라는 독특한 모놀로그를 쓰기 불과 몇 개월 전에 도메나슈와 주고받은 이런 기본적인 논쟁점들은 기억할 만한 일이다.

지중해의 자양분

1955년 4월 26일 카뮈는 최초의 그리스 여행의 첫 번째 일정인 아테네로 날아갔다. 도착 후 아테네 일간지의 한 기자에게 말한 것처럼, 카뮈는 이 여행을 15년 전부터 계획했으며 1939년 9월 2일발 증기선을 예약하기까지 했다.

그는 열의를 띤 어조로 그리스가 지중해 문명의 발상지라면서 이번에도 지중해적 균형에 대해 상세히 설명했다. 즉, 이탈리아에 들어온 파시즘은 독일 파시즘처럼 야만스럽지 않았고, 유고슬라비아의 공산주의는 그런 대로 참아줄 만하다. 그는 지중해적 특성 때문에 그리스 문학의 자양분을 받고 자란 자신은 독일 문학에서 자양분을 얻은 동료 프랑스 작가들 대부분과 이질감을 느낀다고도 했다. 그에게 플라톤은 헤겔보다 훨씬 중요했다. 그렇지만 파스칼과 톨스토이와 니체의 영향력도 무시할 수는 없었다. "이러한 선택은 이상해 보일 것이고 나 자신도 그들이 양립하기 어렵다는 것을 알고 있다. 솔직히 말하자면 나는 나 자신의 내면적 모순을 해결하려 하지 않았다."

카뮈는 그리스 작가들 중에서 특히 니코스 카잔차키스를 존경했으며, 그의 작품 중에서도 특히 '그리스적'이고 다채로운 『그리스인 조르바』를 좋아했다. 그는 언젠가 카잔차키스의 『꿀벌』을 무대에 올리고 싶으며 이미 자크 에베르토에게 텍스트를 넘겼는데, 에베르토는 작품이 마음에 들긴 하지만 그것을 공연하면 적지 않은 돈을 잃을 것이라고 대답했다고 했다. 카뮈는 그 반론이 결정적인 것이라고 생각하지만, 자신이 에베르토를 잘 알고 있기에 계속 희망을 걸고 있다고 말했다.

그는 『반항인』이 반혁명적인 작품이 아니라고 강변하면서, 자신은 10월 혁명 이전의 테러리스트들을 숭배한다고 했다. 프랑스 작가들 중에서는 르네 샤르를 최고의 시인으로 손꼽고 있지만 자신이 틀렸을 수도 있다. 아라공은 훌륭한 재능의 소유자이지만 자신은 그의 정치적 성향과 미학에 찬성하지 않는다.

이탈리아에서는 누구보다도 실로네를 손꼽을 수 있고, 미국과 영국, 독일에서는 별달리 새로운 점이 보이지 않는다.

그가 영화를 만들지 않는 이유는 무엇인가? 자신이 참을성도 없고 영화를 제작하는 데 필요한 돈을 구하려는 기질과 거리가 멀기 때문이다. 영화가 독립적이 된다면 고려해볼 것이다.[6]

4월 29일 초저녁 그는 여행의 공식적인 일정으로 아테네 프랑스연구소에서 "비극의 미래"에 대해 강연했는데, 코포와 카뮈 자신이 관심 있는 연극론을 중심으로 현대 연극에 관한 간단한 역사와 비극의 르네상스 가능성에 대한 성찰을 이야기했다. 그는 참된 비극의 회귀에 대한 징후가 보이는 지드와 지로두, 몽테를랑, 클로델의 희곡 작품들을 인용했다.[7]

이어서 카뮈는 아테네를 떠나 미케네, 미스트라, 델포이, 살로니카를 포함한 북부, 그가 좋아하는 델로스 섬과 올림피아를 둘러보았다. 그는 더없이 행복했으며 프랑스로 돌아가야 하는 것을 아쉬워했다. 그는 5월 11일 샤르에게 다음과 같은 내용의 편지를 보냈다. "나는 내가 찾던 것 이상의 것을 찾았다네. 이제 다시 일어선 거야."

16일 파리로 돌아와 보니 프랑신이 달라져 있었다. 마치 그의 여행이 그녀에게 도움이 되기라도 한 것 같았다. 그녀는 치료된 듯이 보였다. 그는 중요한 비평적 에세이 중 하나가 될 작업에 착수했다. 당시 74세로 1937년에 노벨상을 수상한 마르탱 뒤 가르의 전집 서문이었다.[8]

돌아온 탕아들

카뮈는 다시 한 번 현역 기자가 되기로 했다. 야심만만한 장 자크 세르방 슈라이버가 발행하고 편집하는 자유주의 성향 주간지 『엑스프레스』에서 제의가 들어온 것이다. 그는 훗날 『미국의 도전』이라는 책을 쓰고, 스타일상으로 프랑스보다는 미국에 가까운 정치가가 된 인물로서, 그 당시에는 프랑스 정치의 새로운 바람을 대표하는 피에르 맹데스 프랑스의 적극적인 지지자였다.

예를 들어 맹데스는 식민주의의 문제에서 인도차이나 정책을 정면으로 비판하여 인도차이나 전쟁을 정리하고, 그 다음에는 튀니지에서의 프랑스 통치 문제로 눈을 돌려 단계적으로 해결해나갔던 것이다.

그는 알제리의 상황에도 그와 비슷한 합리적인 해결 방식을 제의하는 듯이 보였다.

세르방 슈라이버와 그의 보좌관 프랑수아즈 지루의 관점에서 볼 때 프랑스에서 정말로 중요한 지식인은 얼마 되지 않았으며, 그들 거의 모두가 『엑스프레스』에 기고하고 있었다. 모리악, 사르트르, 메를로퐁티가 그 잡지에 글을 쓰고 있는 상황에서 카뮈 역시 자신들을 위해 글을 쓴다는 것은 논리적으로 여겨졌다. 그에게 청탁해보는 게 어떨까?[9] 세르방 슈라이버는 카뮈의 친구이자 숭배자이며 자신의 편집자인 장 다니엘의 책상으로 걸어가 이렇게 말했다. "이제 불가능한 일을 한 가지 해야겠네."

카뮈와의 개인적 유대를 강화하기 위한 기회라면 얼마든지 환영인 다니엘은 카뮈가 그 동안 정치 간행물과의 협력을 피해왔지만, 한편으로 친구의 잡지를 위해서라면 원고료도 받지 않고 글을 써준다는 사실 역시 알고 있었다. 다니엘 자신이 간행하는 『칼리방』의 경우에도 그랬다. 다니엘은 그 일을 성사시키기 위해 최선을 다하겠노라고 말했다.

세르방 슈라이버는 그리스 여행 중인 카뮈에게 전보에 이어서 편지를 보냈다. 카뮈는 황폐해진 오를레앙스빌의 재건과 그리스 아르고스 유적에 대한 프랑스 고고학자들의 발굴을 비교하는 글로 답장을 대신했다.

카뮈는 최근 지진으로 파괴된 그리스 볼로스 시의 희생자들에 대한 호소로 끝을 맺었다. 그것을 읽은 세르방 슈라이버는 다니엘에게 이렇게 말했다. "그런 기사에 누가 관심을 갖겠나?" 그 말에 다니엘은 "그 글을 싣지 않으면 카뮈를 손에 넣지 못할 겁니다" 하고 대답했다. 물론 세르방 슈라이버는 1955년 5월 14일자에 그 기사를 게재하고 카뮈에게 아주 훌륭한 글이었다는 내용의 전보를 보냈다.

파리로 돌아온 카뮈는 맹데스 프랑스의 정책이 인상적이라는 데 다니엘과 의견을 같이했다. 그는 자신의 정부가 실각하던 무렵 맹데스가 했던 연설에 감명을 받았다. 그 연설에서 맹데스는 자신이 모로코 감옥에서 아이들이 수감된 사실을 발견했다는 이야기를 했다. "맹데스 프랑스를 복권시키기 위해서라면 무슨 일이든 하겠어" 하고 카뮈가 다짐했다.

맹데스는 2월에 실각했다. 그때 다니엘이 맹데스를 돕는 최선의 길은 『엑스프레스』에 글을 쓰는 것이라고 말했다. 카뮈는 자신도 그러고 싶지만 얽매이고 싶지는 않다고 말했다.

카뮈는 맹데스 프랑스와 몇 차례 만나 이야기한 적이 있었다. 한번은 프랑스와 알제리 문제들에 관해 대화를 나누기 위해 맹데스가 의회에서 대표하고 있는 노르망디의 루비에르까지 여행한 적도 있었다. 맹데스는 카뮈가 알제리의 위기에는, 진정한 형제애와 그때까지 과도한 인종 차별을 받고 있던 민족의 해방이라는 방향으로 프랑스의 태도가 변화할 필요가 있다고 여긴다는 인상을 받았다. 그가 보기에 카뮈는 이러한 변화의 형식에 애매한 입장을 취하고 있는 듯이 보였다. 카뮈는 알제리 사태에 대해 진정한 의미의 프랑스의 태도 변화를 희망하고 있으면서도 전면적인 알제리 독립을 가능성 가운데 하나로 생각하는 것 같지는 않아 보였던 것이다. 그러나 당시 카뮈의 관점은 프랑스 정부가 수용할 수 있는 범위를 훨씬 앞지른 것이었다.[10)]

확실히 카뮈가 『엑스프레스』에 기고하기로 한 동기 중에는 언론계에 대한 향수도 포함돼 있었을 것이다. 그는 또한 세르방 슈라이버의 박력에도 깊은 인상을 받았던 것 같다. 세르방 슈라이버의 꾸밈없는 성격은 맹데스 프랑스는 물론 다니엘과 모리악, 주필인 피에르 비앙송 퐁테 같은 이들을 매혹시켰다. 그는 자신의 잡지를 팀 형식으로 운영했다.

고위 간부들은 기내식을 담는 식반으로 식사를 하면서 종종 외부인들을 이런 미국식 카페테리아 오찬에 초대하기도 했는데, 그 중에는 파리의 추기경이나 공산당 당수, 또는 카뮈 같은 기고가도 포함되었다. 수요일에 잡지를 인쇄소로 넘긴 편집자들은 샹젤

리제의 우아한 푸케 식당 맨 위층에서 한밤중에 식사를 하곤 했다. 카뮈도 이런 자리에 몇 번 참석했을 것이다.

『엑스프레스』는 총선에 대비하여, 맹데스 프랑스가 복권되리라는 희망을 품고 일간지가 되었다. 맹데스가 승리를 거두고 나서 일간지로 계속 남을 가능성도 있었지만, 수입이 줄어들자 세르방 슈라이버는 1956년 3월에 주간지로 전환하여 손실을 줄이기로 했다.[11]

『엑스프레스』와의 연계는 처음부터 카뮈를 포함한 또 다른 논쟁의 실마리가 되었다. 1955년 5월 12일 클로드 부르데의 『프랑스 옵세르바퇴르』(France-Obeservateur) "문학계 동정" 페이지의 "술에 물 타기"라는 제하의 짧막한 기사는, 몇몇 초현실주의자들이 인습적인 주간지에 글을 쓰기 시작했다는 내용으로 시작되었다. 익명의 필자는 빈정거리는 어투로 다음과 같이 논평했다.

> 문학은 뒤늦게 돌아온 탕아들로 북적대는 대가족이 되었다. 언론의 본질이라는 면에서 당연히 프랑수아즈 지루 여사와 견해를 달리할 알베르 카뮈 씨가 『엑스프레스』의 문학 칼럼을 맡기로 했다.

그리스로부터 귀국하자마자 카뮈는 『프랑스 옵세르바퇴르』의 '주필 귀하' 앞으로 반박 서한을 발송했다. 그는 프랑수아즈 지루가 『엑스프레스』와 그 스타일의 여러 책임자들 가운데 한 사람이기 때문에 자신이 그녀의 언론관을 인정하는 데 아무런 무리가 없고, 그 잡지에 자유롭게 기고하는 일은 얼마든지 설명될 수 있는 일이라고 말했다. 한편으로 그와 반대의 이유에서 자신은 여론 주간지의 역할과 객관성이라는 면에서 편집자들과 견해를 달리하고 있기 때문에 『프랑스 옵세르바퇴르』에는 글을 쓰지 않을 것이라고 했다.

카뮈의 편지는 5월 25일자 『프랑스 옵세르바퇴르』에 부르데와 그의 동료 편집자 질 마르티네가 서명한 답변서와 함께 게재되었다. 그들은 현대 저널리즘과 『엑스프레스』에 경의를 표하면서, 자신들의 잡지에서 프랑수아즈 지루의 언론관을 문제 삼은 일을 유감으로 여긴다는 말로 서두를 떼었다.[12]

그들은 자신들이 다루려는 것이 그녀의 도덕 관념이라고 했다. 그들은 그녀의 말을 인용하면서 그녀가, 자본으로부터 언론을 해방시켜 고급 독자에게 걸맞는 논조와 진실을 담아야 하며 스타의 변덕스런 사생활에 관한 기사가 사람들의 불행이나 군대의 유혈 사태, 진실을 찾고자 하는 국민의 노력보다 반드시 더 흥미롭다고는 할 수 없다는 『콩바』 시절 카뮈의 입장과 상충되는 미국식 스타일이 성공하리라고 믿고 있다는 점에 주목했다. '바로 이 점이' 『프랑스 옵세르바퇴르』가 이야기한 '다른 견해'라는 것이다. 엄격한 저널리즘의 극단을 옹호하는 사람이 '농락'을 일삼는 잡지에 글을 쓴다는 것은 실로 이상한 일이라는 주장이었다.

『프랑스 옵세르바퇴르』의 편집자들은 자신들의 주간지에 대한 카뮈의 경멸적인 언급을 '무례하고 우스꽝스럽다'고 표현했다. 그들은 피에르 에르베의 『반항인』 비평에 대한 예전의 논쟁을 검토하면서, 최근 카뮈는 로제 스테판의 체포에 대한 항의서에 서명하기를 주저하고 있다고 주장했다. 카뮈는 스테판의 언론에 이의를 제기한다는 유보 조항이 붙을 경우에 한해 서명하기로 했는데, 그것은 예전에 스테판이 사르트르와 카뮈의 논쟁을 기사화한 일을 언급하는 것이라고 했다. 카뮈는 스테판이 소박하게 사르트르가 옳다고 믿었다고 여긴 것이 아니라 부정직하다고 보았다는 것이다.

부르데와 마르티네는, 카뮈의 '자기중심적인 반응'은 빈번한 일이라고 했다. 하지만 스테판이 투옥된 상황에서는 중요한 의미를 띤다는 것이다.[13)]

그들은 카뮈의 경우 "자존심과 상하기 쉬운 감정이 유례없을 만큼 혼합돼 있다"고 기탄없이 공격하면서, 바로 그런 점에서 스테판에 대한 그의 태도에 대해 이전에 보도하지 않았던 것이라고 말을 맺었다. 하지만 이번 주에 그는 한계를 넘어섰고 따라서 자신들로서는 그에게 말하지 않을 수 없었던 것이라고 주장했다.

카뮈는 『엑스프레스』 6월 4일자 한 페이지 전부를 할애하여 「참된 토론」이라는 제목의 반박 기사를 게재했다. 그는 『프랑스 옵세르바퇴르』의 공개서한의 마지막 구절을 조롱했다. "우리는 3층에서 꼼짝도 하지 않는 화가 때문에 불행한 수위나 다름없다."

그는 스테판 사건에 대한 그들의 해석에 이의를 제기했다. 그 유보 조항은 '사적'인 문제이기 때문에 자신이 설혹 그 기자에 대해 유보 조항을 내세웠다고 해서 스테판을 지지하지 않는 건 아니라고 했다. 그에 대한 증거로서 카뮈는 질 마르티네에게 보낸 자신의 편지를 인용했다. "나는 로제 스테판의 석방에 대한 당신의 요구에 동참하는 바입니다. 당신은 아무런 유보 조항 없이 이 진술을 그의 석방을 좌우하는 당국자에게 이용해도 좋습니다."

그런 다음 카뮈는 논쟁을 다른 국면으로 이동시켰다. 그는 『프랑스 옵세르바퇴르』에 대한 자신의 태도가 사르트르-카뮈 논쟁에 대한 그 잡지의 견해에서 파생된 것이 아니라고 했다. 하지만 그 논쟁의 기저에 깔린 몇 가지 문제들, 특히 '혁명적 데카당스'는 사실상 여전히 살아 있는 문제이며, 그것은 계속해서 카뮈를 부르데 그룹과 분리시켜놓을 것이라고도 했다. 우리 시대에 혁명은 냉소주의와 기회주의를 포기할 경우에 한해서, 다시 말해서 현대 공산주의와의 협력을 거부하는 경우에 한해서 그 위엄과 효능을 되찾을 것이다. 우정이나 마음의 평화에 어떤 대가를 치르게 되든 자신은 부르주아와 사이비 혁명적 반동 양자와 맞서 싸워나갈 것이다.

부르데는 『프랑스 옵세르바퇴르』에 다시 한 번 반박문을 게재했다. 이번에는 스테판 사건에 관해 명확하게 카뮈를 공격했다. 카뮈는 로제 스테판의 석방을 요구하는 집회에 참석할 것을 부탁받았으며, 그에 대해 메시지를 보내기로 약속했다는 것이다. 그들은 다른 사람들의 것과 더불어 카뮈의 메시지도 받았지만 그의 메시지는 이용하지 않았는데, 왜냐하면 카뮈 자신이 인용한 부분 이외에도 카뮈는 스테판에 대한 유보 조항이 있다는 것, 자신의 메시지가 스테판이나 그의 언론 방식에 대한 승인으로 간주돼서는 안 된다는 사실을 덧붙였기 때문이라는 것이다.

부르데는 카뮈가 「참된 토론」에 이 부분을 언급하지 않은 이유는 아마도 프랑스-인도차이나 전쟁에 대한 반대와 대립되는 것처럼 보일 수 있기 때문이었을 것이라고 했다.

인도차이나 전쟁은 부르데의 잡지뿐 아니라 『엑스프레스』도 반대해왔다. 그러나 자신들은 거부의 내용이 담긴 카뮈의 편지를 이용할 수 없었는데, 왜냐하면 자신들이 판사에게 비밀 메시지를 보내는 것이 아니라 당국을 상대하고 있었기 때문이다. 게다가 카뮈의 분노가 두려운 나머지 그들은 메시지의 후반을 빼고 전반만 발표할 수도 없었다고 했다.

부르데는 계속해서 자신들은 다른 사람들과 함께 의견을 제시해달라고 한 일을 제외하면 카뮈에게 글을 부탁한 적이 없다고 말했다. 그것은 그의 견해가 자신들의 견해와 다르기 때문이 아니라, 카뮈의 경우 책을 통해 의견을 진술하기를 선호한다는 것을 알고 있었기 때문이다. 그들은 카뮈가 현재 『엑스프레스』에 정치 기사를 쓰고 있다는 사실을 환영하고 있다. 그러나 카뮈는 『프랑스 옵세르바퇴르』가 공산주의 좌파를 지지한다고 비난함으로써 프랑스의 매카시주의자들 흉내를 내고 있다.

부르데는 말하기를, 공산주의자들은 부르데 무리를 반공주의적이라고 비난하고 있기 때문에 카뮈의 그런 비난은 자못 흥미롭다고 했다. 실제 문제는 카뮈가 공산주의자와의 협력을 거부하는 데서 비롯되는데, 그것은 부르주아 체제의 오류와 범죄를 상대로 싸우기 위해서는 공산당과 그 체제를 비판하면서도 다른 한편으로 그들과 협력하는 일도 필요하기 때문이라고 했다. 또한 부르데는 맹데스주의의 입장에서는 부르주아지와의 투쟁을 위해서라도 프랑스 공산당과의 관계 문제를 고려해야 하므로 『엑스프레스』에서 카뮈가 정치판과 드잡이하지 않을 수 없을 것이라고 경고했다.

카뮈의 입장에서 볼 때, 작가가 일반 대중 위에 군림하는 것이 금지돼 있지는 않기 때문에 그는 혼자서라도 만인의 선을 위한 자신의 과제를 달성할 수 있을 것이다. 그러나 그가 참여를 원한다면 집단행동의 규칙과 거기에 함축된 책임감을 받아들여야 할 것이다. 공격을 받아도 유머러스하게 받아넘겨야 한다는 것 역시 규칙 가운데 한 가지다.

그는 카뮈가 현재 자신들과 같은 진영에 있으며 자신들과 같은 편에 서서 전쟁을 수행하는 것이라고 결론지었다.

실제로 그들은 그 일 이후 두 번 다시 같은 진영에 서지 않게 된다.

이런 불쾌한 사건을 별도로 하면 카뮈는 『엑스프레스』의 고정 필자로 나섰다. 그 무렵 『엑스프레스』는 타블로이드판으로 발간 되었으며, 전면에는 주요 제목과 사진, 내용 요약이 실렸다. 프랑 수아 모리악은 그 뒷면에 매주 정기적인 칼럼을 게재했다. 카뮈 를 처음 소개한 1955년 5월 14일자에는 전면에 붉은 고딕체로 세 사람의 이름이 게재되었다.

맹데스 프랑스
모리악
카뮈

그 호에는 또한 맹데스가 정부를 떠난 이후 쓴 최초의 글들이 실려 있었다. 6월 4일자 『프랑스 옵세르바퇴르』에 답변서를 쓰고 나서 실질적으로 카뮈가 쓴 첫 번째 글들(6월 9일자, 23일자)은 알제리에 관한 것이었다. 마침내 그는 주요 언론 매체를 이용하 여 발언할 기회를 잡은 셈이었다. 그는 그 기회를 이용하여 모든 알제리인들과의 유대감을 강조하면서 알제리 폭도들의 테러 행 위와 식민 당국의 억압을 동시에 비난했다.

그는 자신이 북프랑스의 상점 주인보다는 아랍의 농부나 카빌 리의 목동 쪽에 더 친숙함을 느낀다고 했다. 알제리는 150만의 식민주의자만 살고 있는 것이 아니었다. 다시 말해서 반동적인 프랑스인은 극소수에 불과하며, 프랑스령 알제리인들은 그 땅을 이슬람 교도에게 맡긴 채 쫓겨날 수 없다고 했다.

그는 이를 해결하는 길은 프랑스 정부와 식민 당국, 아랍 민족주의 운동 대표자들이 한자리에 모여 회의를 갖는 것이라고 했다. 그러면서 그 회의에서 할 수 있는 일을 상세히 열거했다. 부정선거로 탄생한 현재의 알제리 입법부를 해산하고, 정직한 투표로 프랑스인과 이슬람 교도 양쪽의 진정한 대표를 선출하고, 그들로 하여금 한자리에 앉아 알제리를 프랑스 연방의 새 일원으로 받아들이고 내정 자치권을 갖는 새로운 공동체를 만들도록 하면 된다는 것이다.

『엑스프레스』 편집자들은 임박한 프랑스 선거를 대비해 주간지가 아닌 일간지로 체제를 재정비하는 중이었다. 물론 필자들이 그만큼 더 필요했는데, 세르방 슈라이버는 카뮈의 알제 시절 동지이며 당시 직원이던 로베르 나미아 앞에서 카뮈가 일간지 사업에 참여하면 좋겠다고 말한 적이 있다.

그로부터 얼마 후 나미아는 거리에서 카뮈와 우연히 마주쳤다. 나미아는 버스에서 내리던 중이었고 카뮈는 지하철 역에서 올라오는 중이었다. 카뮈는 나미아에게, 세르방 슈라이버가 자신에게 일간 『엑스프레스』의 사장이 돼달라는 말을 했다고 했다. 그러고는 나미아에게, 자신은 이미 사양했지만 그것에 대해 어떻게 생각하느냐고 물어보았다. 나미아가 단호하게 말했다. "자네 바보로군. 우리에겐 좌파 신문이 필요해."

두 사람은 사무실을 향해 나란히 걸었다. 그로부터 몇 시간이 지나서 세르방 슈라이버가 나미아를 자기 방으로 불렀다. 나미아가 그의 방에 가보니 프랑수아즈 지루, 주필 비앙송 퐁테와 카뮈가 있었다. 카뮈가 나미아에게 말했다. "우린 조간 『르 몽드』처럼 제목 크기를 줄이고 체제도 딱딱하게 해야 해. 자넨 그렇게 생각하지 않나?" 나미아는 동의하지 않았다. 그는 정치 캠페인 기간에는 외관을 눈에 띄게 만들어야 한다고 생각했다. "그리고 같은 체제로 몇 시간 일찍 신문을 낸다고 해서 『르 몽드』와 경쟁하지는 못할 거야." 그러자 세르방 슈라이버가 말했다. "이젠 가도 좋아, 로베르." 나미아는 그 방을 나왔다.

나중에 나미아는 카뮈가 나미아의 반대를 이유로 신문사 일을 맡지 않겠다고 했다는 소리를 들었다. 그러면서 카뮈는 나미아가 찬성하면 일을 맡겠다고 했다는 것이다. 나미아는 카뮈를 찾아 신문사 안을 뛰어다니다가 조판실에 있는 그를 보고 다그쳤다. "어째서 자네가 내 의견을 그토록 중시한다는 얘기를 하지 않은 거지?"[14]

『엑스프레스』는 10월에 일간지로 바뀌었는데, 판형은 계속해서 타블로이드였으나 이제는 조판까지 타블로이드식으로 바뀌었다. 전면에 전단 제목과 범죄 현장의 사진을 싣기 시작한 것이다. 그 아이디어는 맹데스 프랑스에게, 그리고 물론 야심만만한 슈라이버에게도 대중적인 기반을 제공해주었다.

10월 8일자에는 카뮈가 신문사 간부로 참여하기로 했다고 발표되었다. 카뮈는 일주일에 두 번씩 기고할 예정이었다.

같은 호에 카뮈는 "자유의 징표 아래서"라는 제목으로 신조라고 할 만한 것을 발표했는데, 자신이 언론이라는 장에 뛰어든 이유, 일과 짧은 인생과 결점에도 불구하고 지식인이 그래야만 하는 이유를 해명하고 있다.

그러나 적의 죽음이나 심지어 모욕까지도 원치 않을 때, 좌파는 물론 우파의 무능에 의해서도 상처를 입는 마당에 어떻게 정치판에 남아 있을 수 있을까? 경찰 국가나 상업 국가를 반대하는데 두 가지가 하나로 합쳐지는 경우, 그리고 동구에서 성원하는 것을 서구에서는 반대할 수 없는 경우, 노동 계급에 충실한 한편으로 부르주아나 사이비 혁명의 속임수를 거부할 경우 어떻게 참여가 가능한가? 차라리 침묵하는 편이 더 낫지 않을까?

그러나 새벽이 다가오면서 자신감도 되살아나게 마련이다. 물론 침묵하는 편이 더 쉽다. 그러나 예술가는 침묵할 수 없다. 노동과 문화의 해방을 위한 오랜 투쟁에 가담하지 않을 경우 어떻게 자신의 특권을 정당화하겠는가?

모든 것을 파괴해도 좋다는 난폭하면서도 공허한 면허증이나 모두들 되는 대로 살아가는 혼잡한 빈민가에서 혼자만 굶주린다는 식의 시시한 자유가 아니라, 어떤 사회를 선택하든 끊임없이 요구하고 때로는 성취하기도 하는 완강한 자유, 그것이 바로 정의인 것이다.

1955년 10월 13일 최초의 일간지가 나왔으며, 여권 크기만한 사진과 함께 "시사평론"이라는 제목으로 카뮈의 첫 번째 칼럼이 10월 18·21·25·28일, 11월 1·4일, 그리고 1956년 1월에 게재되었다. 여기서 카뮈는 알제리의 위기를 다루었다. 이 칼럼들은 『시사평론 3』에 "알제리 연대기"라는 부제와 함께 수록된다.

알제리가 아닌 다른 주제를 다룬 11월 8일자의 첫 번째 칼럼은 노동 조건에 대한 것으로서, 여기서 그는 노동 조건이 영국의 마거릿 공주와 타운센드 공군 대령의 결별만큼도 일반 대중의 관심을 끌지 못하고 있는 현실에 우려를 표하고 있다.

11월 11일의 칼럼에서는 강대국과 중국, 핵무기 같은 제반 문제를 논하고 있다. 이 칼럼과 나란히 "11월 11일"이라는 제목의 무기명 논설이 게재되었는데, 이것 역시 카뮈가 쓴 것이 분명하다. 11월 11일의 휴전 기념일에 에드가르 포르 내각이 신임을 묻는 의회 투표를 요청한 데 대한 신랄한 논평이었다. 익명의 논설자는, 전사자들은 자신들을 죽음으로 내몬 이 정부에 대한 신임을 거부할 것이라고 말했다.

미슐레의 표현을 따르자면 이것이 바로 오늘날 프랑스 때문에 고통 받고 있는 사람들이 공식 행사라든가 자신들을 표현하는 참을 수 없을 만큼 현란한 수사학에 가담하지 않는 이유다. 그러나 그들은 조국의 불행이나 희망에서도 떠나지 않을 것이다. 그 희망은 굴욕만큼이나 크다. 그럼에도 불구하고 노동도 지성도 위계를 잃지 않을 강력하고 공정한 프랑스에 대한 희망은 여전히 남아 있다. 불행한 사람들에 대해, 내일의 확고한 이바지를 위해, 오늘 생각해야 할 것이 바로 이러한 희망인 것이다.

알제리에서는 10월 1일, 페르하 아바스의 선언에 동참한 운동원이었던 사회주의자 아지즈 케수스가 "알제리 공동체"라는 제목의 잡지를 펴냈다. 그 잡지의 목적은 유럽인과 이슬람 교도 사이의 이해 증진이었으며, 이러한 정신에서 카뮈가 케수스에게 보낸 편지가 창간호에 게재되었다. 이 편지는 『시사평론 3』에 재수록되었다.

카뮈는 "나는 현재 사람들이 폐 때문에 고통스러워하는 것만큼 알제리 때문에 고통받고 있다"는 말로 시작했다. 지금껏 조용하기만 했던 땅에 게릴라 활동이 시작된 이래로 그는 거의 절망하고 있었다. 설혹 프랑스령 알제리인들이 이 학살의 희생자들에 대해 잊을 수 있다 해도, 그리고 아랍인 대중들이 무자비한 진압을 잊을 수 있다 해도, 이 두 공동체는 현재 대립되어 있다. 그러나 자신들(케수스와 카뮈)은 너무나 비슷하게 동일한 문화권에 속하고 공통된 희망을 품고 있으며 마치 형제처럼 자신들의 땅에 대한 사랑으로 결합되어 있다. 그들은 자신들이 서로 적이 아니라는 사실을 잘 알고 있다. 그리고 자신들은 '함께 살도록 운명지어져' 있는 것이다.

그것이 바로 문제의 핵심이다.

알제리의 프랑스인들은(그리고 나는 그들이 모두가 피에 굶주린 지주가 아니라는 사실을 상기해준 데 대해 감사를 드리는 바이지만) 이미 한 세기가 넘도록 알제리에 살아왔고, 현재는 백만이 넘는 수에 달하고 있다. 이 사실 하나만으로도 튀니지와 모로코에서 제기된 것과 알제리 문제를 차별화할 이유가 충분하다.

그러나 동시에 900만에 달하는 이슬람 교도들(카뮈는 그들을 집단적으로 아랍인으로 언급하고 있다)이 망각된 채 살아야 할 아무런 이유가 없다. 침묵과 복종에 길들여진 이슬람 교도에 대한 꿈은, 알제리에 살고 있는 프랑스계 토박이들 모두에게 떠나라고 한다는 생각만큼이나 터무니없는 것이다.

한편 『엑스프레스』에 게재된 카뮈의 칼럼은 알제리뿐만 아니라 그에게 절박해 보였던 다른 문제들도 다루었다. 물론 프랑코 치하의 스페인도 그중 하나였다.

그는 2월 초까지 계속해서 그 신문에 글을 썼다. 그 동안 내내 카뮈는 매주 월요일과 목요일 『엑스프레스』 사무실로 가서 편집자들과 어울리곤 했다. 이제 그중에는 그의 옛 친구 장 블로슈 미셸도 포함돼 있었다. 서열상으로 그는 발행인 세르방 슈라이버에 가장 근접해 있었다. 카뮈는 물론 프랑스계 알제리인 동료 장 다니엘과도 만났고, 칼럼 집필자 모리악과도 두어 차례 희극에 가까운 사소한 충돌을 했는데, 카뮈에 대한 그의 질투심은 직원들 사이에서 화젯거리였다.[15] 다니엘은 카뮈가 그다지 유능한 기자가 아니라고 보았다. 카뮈는 기사를 쓰고는 고친 다음 타이핑을 했으며, 그런 다음 다시 고쳐 쓰곤 했다. 그는 기자가 아니라 작가처럼 기사를 쓰고 있었던 것이다.[16]

망명지의 카타콤

카뮈가 『엑스프레스』를 그만둔 주요 원인은 분명 1956년 1월에 여러 차례 실망을 한 데 있었다. 다시 말해서, 알제리에서 정치적 분위기가 급속하게 냉각된 징후, 총선에서 인민공화당이 승리했음에도 불구하고 맹데스 프랑스가 프랑스의 차기 정부 구성원으로 임명되지 못했다는 사실, 그와 동시에 『엑스프레스』의 알제리에 대한 노선이 그와 일치하지 않는다는 점 등이었다. 『엑스프레스』는 알제리의 경우 독립을 포함한 어떠한 해결책도 반대하지 않는다는 입장으로 전환한 상태였는데, 카뮈로서는 그런 입장을 수용할 수 없었다.

경영진의 관점에서 볼 때 카뮈는 분노해서 『엑스프레스』를 그만둔 것이 아니었다. 그는 그저 모차르트에 대해 막연한 경의를 표현한 1956년 2월 2일자의 마지막 기사를 쓴 후 더 이상 기사를 보내지 않은 것이다. 카뮈는 또다시 집필 요청을 받았는데 거기에 대해 아무런 응답도 하지 않았다. 그러나 공식적인 사표도 제출하지 않았다. 그는 그 뒤로도 이따금씩 세르방 슈라이버나 비앙송 퐁테 또는 다른 직원들에게 전화를 걸어 『엑스프레스』의 기사 내용에 대해 이의를 제기하곤 했다.

사실상 그의 복직을 위한 문은 언제나 열려 있었다고 보아야 할 것이다. 그러나 그가 다시는 그 신문에 알제리에 관한 기사를 쓰지 않겠다고 말했을까? 얼마 후 그가 『엑스프레스』에 스페인에 관한 기사를 제의했을 때 세르방 슈라이버는 한 친구에게 이렇게 말했다. "이제 곧 돌아올 거야." 그러나 카뮈는 돌아오지 않았다.[17]

3월 11일 일간 『엑스프레스』는 갑자기 주간으로 전환하기로 결정했다. 이들은 1956년 3월 9일에 발행된 첫 번째 주간지에서, 일간지의 경우 15만 부의 발행 부수로 파리의 조간 중 4위를 차지하고 있지만 필연적으로 정치적 연줄을 의미하는 외부의 경제적 지원 없이는 운영할 수 없는 상태라고 공표했다.

실제로 카뮈는 『엑스프레스』에 대해 마음이 편한 적이 없었다. 우선 앞에서도 언급했던 대로 그 일간지 체제가 마음에 들지 않았다. 첫 번째 일간지를 보고 나서 카뮈는 세르방 슈라이버와 프랑수아즈 지루에게 "아예 처음부터 다시 시작해야 한다"고 말했다. 그는 그 신문이 알제리 전쟁의 희생자를 이용하고 있다고 느꼈는데, 다니엘은 그와 견해가 달랐다. 다니엘은 대중의 여론은 어느 한쪽 길로 움직여질 필요가 있다고 보았던 것이다.

또 프랑스의 정치적 상황도 요인 가운데 하나였다. 카뮈는 맹데스 프랑스를 복권시키기 위해 『엑스프레스』에 가담했는데, 그들이 얻은 것이 과연 무엇이었나? 카뮈는 기 몰르가 알제리에 아무런 보탬도 되지 못할 거라고 여겼다.[18]

나중에 비아송 퐁테도 『엑스프레스』가 『타임』 체제를 선택하자 그곳을 떠났는데, 카뮈는 자신도 그 잡지에 비아송만큼 실망했다면서 도덕적인 지원을 제의했다. 카뮈는 그 잡지를 더 이상 읽지도 않고 있었다.[19]

1955년 7월 말 카뮈는 마리아 카자레스와 함께 이탈리아의 아드리아 해안으로 떠났다. 그들은 리미니의 인기 있는 해변 휴양지를 근거지로 삼고 8월 한 달 동안 시에나 등 피에로 델라 프란체스카의 그림을 볼 수 있는 모든 곳을 돌아다녔다. 그러나 피렌체에는 들르지 않았는데, 그녀가 조만간 전국민중극단과 함께 그곳에 가기로 돼 있었기 때문이다. 그는 친구들에게 자신이 글을 쓰러 떠난다고 말했는데, 실제로 그 달과 다음 달 동안 『유형과 왕국』에 수록될 단편들의 초고를 완성했을 것이다.

그 이전에 카뮈는 아이들을 데리고 샤모니 인근 산악 휴양지의 별장 한 채를 빌렸다. 그의 친구이며 미셸 갈리마르의 주치의로서 일요일에 초청을 받아 그곳을 방문한 르네 레만은 근심에 싸여 있는 카뮈와 만났다. 높은 산악 지대는 심리적으로 그에게 불안감을 주었을 뿐 아니라 그의 호흡에도 영향을 미쳤다. 설상가상으로 카뮈는 기관지염까지 앓고 있었다. 그래서 의사는 카뮈에게 로잔에 가서 엑스레이를 찍어보자고 했다.

엑스레이 필름에는 결핵의 후유증이 흔적을 남기고 있었다. 늑

막이 부어 있었고 오랫동안 기흉 치료를 받으며 생긴 자국들도 남아 있었다. 조직이 경화하여 폐활량이 줄어든 것이었다. 당황한 레만은 폐의 신축성을 어느 정도 회복시키기 위해서 늑막 절제술을 권했다. 그러나 카뮈가 떠나고 난 뒤 레만은 편지를 써서 자신의 충고를 번복했다. 사실상 오래된 상처들을 감안할 때 늑막 절제술이 도움이 될 가망이 거의 없다는 것이었다.

파리로 돌아온 카뮈는 브루에 박사를 만났는데, 그는 환자의 상태에 근본적인 변화는 없으며, 경화증과 부은 정도가 걱정스럽기는 하지만, 그 점에 대해서는 체념하고 지내야 할 것으로 판단했다. 수술 이야기는 카뮈가 아니라 브루에가 꺼냈는데, 카뮈는 수술을 비롯해서 다른 궁극적인 치료를 거부했다. 기다리는 수밖에 도리가 없었다.

레만은 이후로 정확한 예후를 파악하기가 불가능하다고 여겼다. 기능 쇠퇴가 얼마나 빨리 일어나느냐는 환자의 생활 양식, 흡연, 기관지염에 대한 초기 치료, 육체적으로 힘든 일을 피하는 정도 등 여러 가지 요인에 달려 있었다. 아직 해야 할 말이 많이 남아 있다는 것을 알고 있던 카뮈는 건강에 좀더 신경을 쓰기 시작했다.[20]

1955년 9월 하순 윌리엄 포크너가 파리에 오자 갈리마르사는 저 유명한 대대적인 가든 파티를 열어주었는데, 거기에는 400명가량의 프랑스 문학 엘리트들이 운집했다. 당연한 일이지만 파티의 주빈은 참석자 모두와 일일이 악수를 나누었다. 포크너의 전기 작가가 표현한 대로 "밀실 공포증 증세에다 의기소침해 있던" 그는 카뮈와도 악수를 나누었으나 그 이상의 일은 일어나지 않았다. "역시 이따금 내성적인 인물이 되곤 하는 카뮈는 애처로울 정도로 울적해 보였다."[21] 포크너는 『어느 수녀를 위한 레퀴엠』의 각색에 대한 동의서에 서명한 뒤였고, 이 무렵 카뮈는 그 작품의 초벌 번역본을 갖고 있었다.

그해 가을 카뮈가 관심을 가진 유일한 공적 행사는 모두 스페인과 관련된 일들이었다. 그 밖의 일은 중남미에 관련된 것이었다고도 할 수 있는데, 12월 7일 카뮈는 콜롬비아 엘 티엠포의 망명 출판업자이며 스페인 공화파의 친구인 에두아르도 산토스를 기리는 연설을 하게 된다.

10월 23일 아침, 『돈 키호테』의 출판 350주년 기념식이 파리 대학 총장과 다른 인사들이 참석한 가운데 카뮈의 사회로 소르본의 리슐리외 원형 극장에서 거행되었다. 그 집회의 후원자들 중에는 첼리스트 파블로 카잘스와 역사가 살바도르 데 마다리아가도 있었다.

그 행사는 사실상 무정부주의 전국노동연맹의 기관지 『솔리다리다드 오브레라』에 있는 카뮈의 옛 친구들이 연 것이었다. 그 신문은 결국 프랑코 장군의 심기를 건드리지 않으려는 드골 정부에 의해 간행 금지 처분을 받았다.[22]

강연에서 카뮈는, 주인공이 손쉬운 승리와 당대의 현실을 거부했다면서 반어적이고 다층적으로 해석될 수 있는 『돈 키호테』에 경의를 표했다.

그러나 이러한 거부가 수동적이 아니라는 사실에 유념할 필요가 있습니다. 돈 키호테는 투쟁을 하면서도 결코 자신을 포기하지 않았습니다. 이것은 포기의 반대로서의 거부, 겸허한 자 앞에서 무릎을 꿇는 명예, 무기를 든 박애인 것입니다.

당대에 패배했던 스페인 기사에 대해, 그리고 그가 겪었던 조롱에 대해 이야기하는 카뮈는 흡사 자신의 경험담을 이야기하는 것 같았다. 그는 아이러니컬하게도 그 책의 출판 기념식 덕분에 『돈 키호테』라는 종교의 참된 신자들이 망명지의 카타콤에 한데 모이게 되었노라고 말했다.

나 자신처럼 언제나 이 신앙을 공유한 사람들, 실제로 다른 아무 종교도 믿지 않는 이들은 그것이 희망이면서 확신이라는 사실도 알고 있습니다. 그것은 패배가 승리로 바뀔 것이라는 불굴의 확신인 것입니다.

하지만 그러기 위해서는 끝까지 버텨야만 합니다. 스페인 철학자의 몽상 속에서처럼 돈 키호테는 가장 불행한 자들에게 문을 열어주기 위해 지옥까지 내려가야 하는 것입니다.[23]

42 전락

그러나 불신의 시대에 허위와 진실의 분리를 거부하지 않는 인간은 일종의 유형에 처해진 것이다.
• 장 질리베르에게 보낸 편지에서

카뮈의 작품 가운데 『전락』만큼 그 착상이나 근원이 알려지지 않은 작품도 없을 텐데, 아마 이 작품은 가장 사실 규명적이고 개인적인 작품인 동시에 카뮈의 가장 암울한 시대의 실마리일 것이다. 그 해답의 일부는 그 당시에 씌어진 일기에 확실하게 나와 있다. 그러나 그 작품이 갑자기 튀어나오게 된 사정은 여전히 수수께끼인 채로 남아 있다.

원래 『유형과 왕국』에 수록될 단편으로 착상된 그 작품은 카뮈가 친구에게 이야기하거나 편지에 쓸 사이도 없이 순식간에 짧은 장편으로 발전했다. 전해 가을까지만 해도 『전락』은 존재하지 않았으며 친구나 가족에게 언급된 적도 없다가, 마치 자연 발화라도 한 것처럼 1956년 2월 초에는 완성되었거나 완성 단계에 접어들었고 3월 중순에는 원고를 인쇄소에 넘길 수 있었다. 이런 식으로 그 작품은 다음 가을에 가서야 출판될 『유형과 왕국』의 단편들을 앞질렀다.

자조적인 자화상

장 밥티스트 클라망스(그는 이것이 자신의 본명이 아님을 시인하고 있다)는 파리의 유명한 변호사였다. "나는 점잖은 소송을 전문 분야로 하고 있었습니다."

그는 레지옹 도뇌르까지 거절했으며, 사려 깊은 위엄 속에서 진정한 보람을 느꼈다. 그는 길을 건너는 맹인을 즐겨 도와주었다. 그는 허물없는 태도와 침묵과 냉정함과 진지함을 갖출 줄도 알았다. 그의 명성은 높았다. "나는 못생긴 편도 아니고 정력적인 춤꾼인 동시에 사려 깊은 학자가 될 수도 있었고 쉬운 일은 아니지만 여자들과 정의를 동시에 사랑할 수도 있었고 운동과 예술을 즐겼죠." 게다가 허영심이 섞이긴 했지만 겸손하기까지 했다.

여자들에 대해서는 "무엇보다도 내가 언제나 별 어려움 없이 여자들과의 관계를 성공적으로 끌어왔다는 사실을 알아야 합니다"라고 클라망스는 뒤에 말했다. "그렇다고 여자들을 행복하게 해준다거나 여자들을 매개로 나 자신 행복을 느낀다는 의미는 아닙니다. 그저 성공했다는 것뿐이죠." 그의 용모는 거기에 한몫을 했고 게다가 관능적이기까지 했다. "단 10분간의 정사를 위해서조차도 나는 쓰디쓴 후회를 무릅쓰고 아버지와 어머니를 부인했을 겁니다."

물론 그에게는 친구들의 부인은 신성불가침이라는 식의 몇 가지 원칙이 있었다. "나는 사건을 만들기 며칠 전에 그 남편들과의 우정을 간단히 끊어버렸습니다." 그는 사회를 따분하게 여겼지만, 여자들에 대해서는 그런 적이 없었다. "길에 서서 친구들과 열띤 대화를 나누는 와중에도 길을 건너는 예쁜 여자 때문에 대화의 실마리를 잃었던 적이 한두 번이 아니었습니다."

그는 변호사로 일하는 데는 아무 문제가 없었고, 연기 실습생으로서도 마찬가지였다.

그러나 클라망스의 바람기가 문제를 불러왔다. 사람들은 그가 여자들과 놀아난 것에 분개했다. 그는 자신이 실제로는 거센 비판의 대상이 되고 있음에도 모두의 호감을 사고 있다고 여겼다. 제정신이 돌아온 그는 단번에 모든 상처를 받아들이기로 했다.

카뮈의 친구들은 이것이 작가의 자조적인 자화상이라는 사실을 쉽게 알 수 있었을 것이다.

그러던 어느 날 저녁 모든 면에서 성공한 이 인물은 프랑스 연구소와 루브르 박물관 사이의 퐁데자르를 건너다 말고 갑자기 어디선가 정체를 알 수 없는 웃음소리를 듣고 경악한다. 그것은 두 해 전 같은 곳에서 강을 건널 때 자신이 익사 중인 한 여자를 구하려 들지 않았다는 사실에서 야기된 일이었다. 그 순간 그의 모든 자신감이 흔들리고 만다.

그는 자신과 동료들의 기소자가 되어, 가정과 집과 경력을 모두 버린 채 스스로를 고해 판사로 설정하고 암스테르담 뒷골목의 한 싸구려 술집까지 오게 된다. 그러곤 잇달은 독백으로 자신의 이야기를 들려주는 것이다. 우연히 그 술집에 들른 프랑스에서 온 상상의 손님 앞에서.

이 무뚝뚝한 자기 비판, 또는 자기 비판을 가정한 타자 비판, 충격적인 테마, 암스테르담의 음울한 지역을 무대로 했다는 사실 때문에 카뮈의 고정 독자들은 십중팔구 당혹했을 것이다. 비평가와 학계에서는 이 신작을 도스토예프스키의 『지하 생활자의 수

기』에 비유했다.

물론 당시 카뮈는 도스토예프스키의 『악령』과, 도스토예프스키 풍으로 씌어진 『어느 수녀를 위한 레퀴엠』과 함께 살다시피하고 있었다. 그러나 카뮈를 작가로서뿐 아니라 인간으로서 알고 있던 사람이라면 『전락』을 다른 면으로 해석할 수도 있었을 것이다. 집 필 장애 끝에 자신의 진정한 소명을 잡문과 각색으로 대체하고 있던 그는 마침내 글을 쓸 만한 방편을 찾은 셈이었다. 자신의 상 황 때문에 글을 쓸 수 없다면 그 상황에 '대해서'는 쓸 수 있을 터 였다.

왜냐하면 충격적인 작품 『전락』에 대해 가장 수긍이 가는 실마 리는 자전적인 것이기 때문이다. 조난당한 여자를 돕지 않은 일 은, 친구들도 모르는 카뮈의 개인적 상황에 대한 너무나도 분명 한 은유였다. 그것이 『반항인』에 대한 논쟁의 여파라 해도 놀랄 일은 아닌데, 그 사건은 카뮈에게 그만큼 깊게 오랫동안 영향을 미쳤던 것이다. 이미 출판된 카뮈의 노트를 보면 이 오랜 논쟁에 서 그가 동시대인들에 대해 비관적인 관점을 품었음을 알 수 있 다. 예를 들어 1954년 11월 카뮈는 일기에 다음과 같이 썼다. "실 존주의: 사람들이 자신을 꾸짖을 때는 그럼으로써 타자를 분쇄할 수 있다고 확신할 때다. 요컨대 고해 판사들의 경우."[1]

그 당시 아직 "유형의 소설들"이라는 제목을 달고 있던 『유형과 왕국』의 초기 목록을 발표하던 카뮈의 플레야드판 편집자는 계 획된 소설 중 두 편 즉 「지식인과 간수」와 「광기에 관한 이야기」 가 씌어지지 않았다는 사실을 알게 되었다. 두 작품 가운데 한 편 이 『전락』의 초기 제목일 가능성도 있다. 그리고 물론 정기적으 로 간수들이 뱉는 침을 맞았던 지식인 얘기도 『전락』에 포함돼 있다. 1953년에 씌어진 카뮈의 일기에는 다음과 같은 내용이 담겨 있다.

공시대(公示臺). 우린 그를 나무라야 한다. 실제론 그렇지 않은데도 정직해 보이는 그 추한 몰골을 나무라야 한다. 그 최초의 인간에게서…… 사랑이 불가능한. 그는 애쓴다, 등등.

그리고 "인간이 가장 수락하기 힘든 것은 심판받는 일이다"라는 내용도 있다.[2]

카뮈는 진행 중인 그 작품에 다른 제목도 달았는데, 첫 번째 원고에는 "최후의 심판"이라는 제목이 붙어 있다. 또는 1956년 8월 『르 몽드』에 얘기했던 "우리 시대의 영웅"이라는 제목도 있다. 1954년 일기에는 '우리 시대의 청교도'라는 제목도 나온다.[3] 카뮈는 『전락』의 여러 원고 중 하나에 1840년 『우리 시대의 영웅』을 출간한 미하일 레르몬토프의 제사(題詞)를 달아놓기도 했다. 카뮈는 그 소설에 대한 레르몬토프의 말을 인용해놓고 있다. "실제로 이 작품은 초상이지만 인간의 초상은 아니다. 이 작품은 발전의 극한에 놓인 우리 세대의 결함을 한데 모아놓은 것이다."

1956년 2월 8일 갈리마르와 계약을 맺었을 때, 다시 말해서 그 작품이 '중편'의 수준을 벗어나 독자적인 책 한 권 분량이 됐을 때, 카뮈는 거기에 "의사 일정"이라는 제목을 붙였다.[4]

카뮈는 친구 장 블로슈 미셸에게 원고를 읽고 평해달라고 부탁했다. 블로슈 미셸은 그에게 오늘날 볼 수 있는 작품에서 마지막 단락에 해당하는 부분을 덧붙이도록 충고했는데, 그것이 없을 경우 결말이 『이방인』과 너무 비슷해 보인다는 이유 때문이었다. 이

옥고 일요일에 카뮈가 전화를 걸어 "우리 시대의 영웅"이 아닌 다른 제목을 붙여달라고 했다. 두 사람은 그날 온종일 머리를 맞대고 제목을 생각했다. 나중에는 거의 우스개가 될 정도였다.[5] 한번은 카뮈가 '외침'이라는 제목을 생각해냈지만, 미켈란젤로 안토니오니가 만든 영화 제목과 같아서 제외하기로 했다.[6] 며칠 후 카뮈가 블로슈 미셸에게 말해준 바에 의하면, 결국 지금의 제목을 생각해낸 사람은 마르탱 뒤 가르라고 한다.[7]

카뮈는 자신의 서명이 든 판촉문에 다음과 같이 작품 전체에 대해 아주 간결하게 설명해놓았다.

『전락』의 화자는 계산된 고백을 하고 있다. 이 전직 변호사는 운하와 차가운 빛의 도시 암스테르담에 유배 당한 채 은자와 예언자 행세를 하며 음침한 술집에 앉아 자진해서 자신의 말에 귀를 기울여줄 사람을 기다린다.

그는 현대적 심성의 소유자, 다시 말해서 심판받는 것을 견디지 못하는 인물이다. 이렇게 해서 그는 서둘러 자신을 심리하지만, 그것은 남을 더욱 심판하기 위해서다. 그가 들여다보게 될 거울은 결국 타자를 향한다.

고백은 어디서부터고 비난은 어디서부터인가? 이 작품의 화자가 심판하는 것은 자신인가, 아니면 그의 시대인가? 그는 특별한 경우인가, 아니면 오늘날 흔히 볼 수 있는 인간인가? 어느 경우든 이 작품의 거울 놀이에서 볼 수 있는 유일한 진실은 고통과 그것이 약속하는 것뿐이다.

그는 자신이 좋아하는 크고 광택 나는 원고지에 써나가던 작품의 원고를 타이핑할 수 있도록 쉬잔 아넬리에게 계속해서 넘겼다. 그녀는 그 작품이 단편적으로 씌어졌다고 말했다. 어떤 부분은 몇 차례씩 고쳐 썼으며, 중간에 삽입할 구절을 건네주곤 했다는 것이다. 글을 쓰는 동안 카뮈는 새 원고를 들고 수시로 갈리마르사에 있던 자신의 사무실에 들르곤 했으며, 심지어는 타이핑이 끝날 때까지 기다렸다가 사무실에서 수정과 교열 작업을 하기도 했다.

어떤 때는 비서에게 자신의 원고에 대해 묻기도 했다. 그녀는 솔직하게 대답했고 그때마다 카뮈는 그녀의 제안을 진지하게 여기는 것 같았다. 그녀는 카뮈가 작품의 배경을 암스테르담으로 선택한 이유가 궁금했다. 그녀 자신은 그곳을 매력적인 도시라고 여기고 있었던 것이다. 그러나 카뮈는 그녀에게, 자신은 암스테르담을 추한 곳이라고 여겼으며 그곳에 있는 일이 형벌 같았다고 대답했다. 요컨대 그의 고해 판사에게 딱 맞는 장소였던 것이다.

쉬잔 아넬리는 어느 날 밤 카뮈가 술에 잔뜩 취해, 자신이 퐁데자르에서 자살하는 광경을 본 일이 있으며 그 사람을 구해주지 못한 일에 양심의 가책을 느껴왔다는 말을 한 적이 있다고 했다. 그러나 그녀는 또한 카뮈가 자신에게 건네준 수정 부분이 대개의 경우 『전락』에서 개인적인 부분을 줄이고 일반적인 부분을 늘이는 방향으로 진행되었다고 생각했다.[8]

카뮈는 마리아 카자레스에게 그 작품이 고백이 아니라 "시대 정신, 그보다는 시대의 혼란된 정신"이라고 말했다. 그녀는 그가 자기 자신에 대해서 쓴다는 느낌을 받지 않았지만, 그가 그 작품을 쓴 시기가 심각한 죄책감에 시달리고 있던 때라고 여겼다. 그런 일은 폐쇄 공포증에 사로잡힐 때면 종종 겉으로 나타나곤 했는데, 그러면 카뮈는 거리에서부터 질식하는 것 같아 문에 들어서면서 넥타이를 잡아떼듯 풀곤 했다는 것이다.[9]

확실히 『전락』에는 작가의 친구들이라면 쉽사리 작가 자신에 관한 언급이라는 점을 알아볼 만한 구절이 군데군데 눈에 띄었다. 레지옹 도뇌르를 사양한 일, 아파트나 자동차의 문을 잠그지 않는 습관, 물질적 소유에 무관심했던 것 등등. 어떤 사람들은 르 샹포에 나오는 가수가 카뮈가 주먹다짐에 말려들 때 있었던 나이트클럽의 댄서라고 주장하기도 했다.

아마도 보다 중요한 점은 그 소설이 출간되자마자 일종의 시한폭탄으로, 다시 말해서 1952년 8월 『탕 모데른』에 게재된 사르트르의 공격에 대한 뒤늦은 반격으로 간주되었다는 사실일 것이다. 그리고 물론 같은 『탕 모데른』의 이전 호에 게재되었던 장송의 공격에 대한 반격이기도 했다.

훗날 미국의 학자 워렌 터커는 그 정확한 증거를 상세히 제시한다. 자신의 주인공이 그랬던 것처럼 카뮈 역시 패배를 인정할 수 없었다. 그는 예술로 반격을 하기로 결심했다. 카뮈는 자신의 치부를 드러내고, 그럼으로써 타자의 심판에서 벗어나는 방식으로 반격을 가했다는 것이다. "물론 난 그자들과 같습니다. 우리는 같은 배를 탄 셈이죠. 그럼에도 불구하고 내게는 그 사실을 알고 있다는 이점이 있습니다. 바로 그 이점 덕분에 나는 말할 권리를 얻은 것입니다."

터커는 사르트르와 장송의 구체적인 비난 부분을 클라망스의 자기 비판과 비교해놓았다. 사르트르와 장송은 카뮈가 스타일에 지나칠 정도로 관심을 쏟았다고 말하지 않았던가? 그런데 이 작품에서도 클라망스는 자신의 스타일이 "지나치리만큼 엄격한 어조, 감정에 정확을 기하려는 태도"라고 비웃는다. 또 다른 예를 들면 다음과 같다.

사르트르: "맙소사! 카뮈, 자넨 너무 '심각해.' 그런 것으로 입씨름을 벌이다니, 너무 하찮은 일이 아닌가!"

클라망스: "물론 나도 때로는 삶을 심각하게 받아들이는 척하기도 했습니다. 하지만 이내 그 심각성 자체가 내겐 하찮게 느껴졌습니다."

장송: "당신에게는 고독한 자의 어조가, 불손함과 오만함이 있다."

클라망스: "당신도 아시겠지만 사람은 고독하면, 특히 피곤할 때는 더더욱 자신을 예언자로 여기기 쉬운 법이지요."

장송은 카뮈를 "온갖 계파 위로 솟구치는 위대한 음성"으로 간주했는데, 소설 속의 클라망스는 자신을 "생각 속에서, 이유도 알지 못한 채 나에게 순종하는 이 전 대륙 위로 떠도는" 존재로 간주한다.

사르트르는 카뮈에게 1945년의 표본에 근접했다는 사실을 상기시켜준 적이 있는데, 클라망스 역시 같은 말을 했다. 사르트르는 카뮈가 심판자 노릇을 한다고 비난하고, 클라망스는 위협을 느낀 끝에 자신이 판사가 되었다는 점을 시인한다. 사르트르는 카뮈가 비난할 상대를 필요로 한다면서, "그런 상대가 없으면 온 세상이 비난의 대상이 된다"고 말했는데, 그것에 대해 클라망스는 누구나 어떤 대가를 치르더라도 "온 인류와 하늘을 비난하는 한이 있더라도" 결백할 필요가 있다고 대꾸한다.[10]

프랑스 학자 앙드레 아부의 유사한 분석 역시 이와 비슷한 사례를 제시해주었다. 사르트르가 비난하자 클라망스는 자신이 부르주아라는 점을 시인하고, 사르트르가 비난하자 클라망스는 자신이 관념, 즉 "변명이라는 아말감"으로써 죄의식을 이용했다는 점을 시인하는 식이다.[11]

선거에 어울리지 않는 인물

『전락』의 집필과 출판 사이, 정확히 말해서 원고가 완성되기까지 수정을 거듭하던 무렵 카뮈의 삶에 또 하나의 결정적인 사건이 일어난다. 이 일이 '공적인 삶'의 영역에서 일어났다고 보기에는 주저되는 점이 있다. 왜냐하면 그 사건 역시 마무리도 되기 전에 카뮈에게 또 한 차례 개인적인 상처를 입혔기 때문이다.

그는 급속히 악화돼가는 알제리의 상황에 개입할 방법을 모색해왔으나 어디서 어떻게 시작해야 할지 몰랐다. 카뮈는 젊은 시절 이슬람 교도 주민의 해방(투표권과 동시에 경제 및 사회적 평등을 의미하는)에 대한 신념과 그것을 적극적으로 지지하는 프랑스계 알제리인의 전위에 서 있었으며, 당연한 일이지만 자신의 친이슬람 견해를 굽힐 생각이 없었기 때문에 공산당과도 결별했다. 그는 이슬람 교도의 해방이 반드시 알제리의 프랑스(유럽) 주민들의 퇴거를 수반할 필요가 없다고 생각했다. 그들에겐 그곳이 바로 고향이었던 것이다. 그의 가족도 알제리가 고향이었으며, 다른 프랑스계 알제리 친구들도 마찬가지였다.

친구들은 계속해서 그곳의 상황을 카뮈에게 알려주었고, 『엑스프레스』에 칼럼을 쓰면서 어느 정도 영향력을 행사할 기반을 얻은 카뮈는 샤를 퐁세 같은 옛 동지에게 새로운 상황을 알려달라고 요청했다. 퐁세는 1930, 40년대에 좌파 운동을 벌인 사람들로 구성된 유럽 자유주의 소수파의 일원이었다. 그 단체의 프랑스계 알제리인들은 알제리에 남기 위하여, 알제리가 이슬람 교도 주민의 정당한 요구를 수용하는 쪽으로 변모되어야 한다는 것을 받아들였다. 훗날 프랑스의 공식적인 정책은 프랑스계 알제리인들과 똑같은 권리를 부여하면서 이슬람 교도를 '통합한다'는 쪽이 되었지만, 그때는 이미 알제리가 그 정도의 정책에는 영향을 받지 않을 정도가 되었다.

자유주의자들은 얼마 후 자신들의 활동을 위한 공개 토론장을 만들게 되지만, 자신들이 그 영토에 거주하는 의견이 분분한 프랑스 주민들 가운데 무정형의 소수를 대표한다는 사실을 의식하고 있었다. 그들은 폭력의 확대 없이도 효과적인 협상이 가능하리라는 자신들의 희망과 뜻을 같이할 이슬람 온건파를 찾았다.

두 공동체 사이의 협력을 위한 조그만 매개체로서 '아랍 표현 극단의 친구들'로 발전한 연극 단체가 있었으며, 그 단원들 중에는 카뮈의 옛 친구 루이 미켈과, 이슬람 교도로서 아마르 우제간, 결혼에 의해 그의 조카가 된 모하메드 레자위, 부알렘 무사우이 등이 있었다.

우제간 집안 소유인 마르사 카페 뒷방에서, 아마도 미켈과 동료 건축가 롤랑 시무네가 선원 구역에서 작업하던 아랍 연극에 대한 계획을 의논하고 난 후 연 '아랍 표현 극단의 친구들'의 모임에서 레자위가 전쟁이 임박한 현재의 위기 상황에서는 연극보다 절박한 이야기를 할 필요가 있다고 말했다. 그들은 우정 어린 분위기 속에서 함께 일하고 있었다. 그러니 그들의 밀접한 관계를 이용해서 두 공동체를 결집시키기 위한 방법을 모색해보는 것이 어떻겠는가?

대개의 경우 시무네의 사무실에서 열린 그 이후의 모임에서 구체적인 활동 계획이 논의되었다. 그들은 카뮈가 다음 번 알제를 방문할 때 자신들의 운동을 발전시키는 데 주도적인 역할을 맡기고 그 선언문을 작성해줄 것을 요청하기로 결정했다. 그러나 당시는 프랑스 총선 때로서 카뮈가 『엑스프레스』를 통해 맹데스 프랑스의 입후보 문제로 정신없던 때였다.

카뮈는 12월 7일 퐁세에게 다음과 같은 편지를 보냈다. "어떤 일이 있어도 해치워야 할 개인적 작업(『전락』)과 출판과 언론, 그리고 그에 수반한 모든 의무적인 일들 사이에 묻혀 지내고 있네. 나는 이런 생활을 얼마간 더 계속하게 될 텐데, 내가 겪고 있는 심각한 위기를 대체하기 위한 유일한 방법이기 때문일세. 그런 다음에야 좀더 합리적인 생활로 돌아갈 수 있을 것 같네."

그는 맹데스 혼자서 모든 일을 해결할 수는 없을 것이라는 말을 덧붙였다. 카뮈는 자신의 한계를 알고 있었다. "게다가 나는 정당이나 선거에 적합한 인물이 아니라네." 그러나 카뮈는 그것이 맹데스가 프랑스를 경제적이고 도덕적으로 자립시킬 기회이며, 그가 만인의 권리를 존중하는 알제리에 관한 프로그램을 짜낼 수 있는 유일한 인물이라는 사실도 알고 있었다.

카뮈는 자유주의 친구들을 돕겠다고 약속했지만 1956년 1월이 되어야 알제리로 갈 수 있다고 했다. 그는 그렇게 시간을 유예함으로써 새 정부로 하여금 대처할 수 있도록 하고, 친구들에게는

독자적인 계획을 수립할 여유가 생길 거라고 생각했다.[12]

1956년 1월 초에 시작된 총선이 끝나자 퐁세와 그 친구들은 카뮈에게 알제리에서 연설해줄 것을 제의했다. 그 제안에 대해 카뮈는 자신은 양쪽 공동체가 참여하는 보다 광범위한 토론에 참석하고 싶다면서, 어떻게 되든 그 프로그램에 단독 연사로 나서고 싶지는 않다고 대답했다. 결국 알제리를 대표하는 여러 종교의 대표자들을 초청하기로 했다.

시장은 그들에게 빌 호텔의 홀을 빌려주기로 했다. 그 뒤로도 카뮈는 계획의 진행 상황에 대해 보고받았으며 수시로 이런저런 제안을 했다. 마침내 카뮈도 연설로써 자유주의 친구들의 운동을 발전시키기로 동의했다. 알제의 격한 상황에서 공식 집회 허가를 받을 가능성이 없었기 때문에 초청한 사람만 참석한 가운데 은밀한 모임을 갖기로 결정했다. 날짜는 1956년 1월 22일로 잡혔다.[13]

그 전해 11월, 1년 전의 민족해방전선 봉기를 기념하는 『엑스프레스』의 칼럼에서 카뮈는 전쟁의 양쪽 당사자가 시민들을 해치지 않기로 동시에 합의할 것을 제의한 적이 있다. 카뮈는 이렇게 말했다. "이러한 합의는 당장 어떤 상황도 변화시키지 못할 것이다. 다만 그 충돌에서 앙심을 제거하고, 창창한 미래가 있는 결백한 생명들을 보존하려는 것뿐이다." 카뮈는 후속 칼럼에서 그 생각을 발전시켜나갔다. 그는 1월 10일 "시민을 위한 휴전"이라는 칼럼에서 "결국 우리는 그럼에도 불구하고 휴전을 외쳐야 한다"고 탄원했다. "해결책이 있을 때까지 휴전할 것, 양쪽 모두 시민의 학살을 중지할 것!"

그때까지 알제리 위기에서 그의 역할은 한정된 것처럼 보인다. 그는 자신의 노력을 임박한 전쟁에서 시민을 구하는 데 집중시켰다. 그는 1월 17일자의 후속 칼럼에서 "이 정전만 이루어진다면 십중팔구 휴지기가 뒤따를 것"이라고 희망에 찬 어조로 덧붙였다.

그리하여 카뮈는 양쪽 진영의 이성적인 사람들이 자신의 말을 들어주리라는 희망에서 전쟁터인 알제 시에서도 이 메시지를 전하기로 마음먹었다.

그는 1월 18일 알제로 향했으며, 퐁세와 미켈이 공항으로 마중 나왔다. 친구들은 이번에는 카뮈가 여느 때처럼 농담을 하지 않았다고 말했다. 그는 이미 알제리로부터 협박 편지를 받았기 때문에 조심하기로 마음먹은 것이다.[14] 친구들은 집회 연설을 방해하려는 과격파가 그를 납치할지도 모른다고 생각하고 카뮈에게 생 조르주 호텔보다는 퐁세와 함께 묵을 것을 권했다. 그러나 첫날 밤에 카뮈는 자신의 호텔로 돌아가 그곳에서 퐁세에게 전화를 걸었다. 그는 한편으로 그날 집회 때 경호원 두어 명의 보호를 요청했는데, 경호원은 벨쿠르 시절의 친구들 중에서 선발했다.[15]

카뮈는 프랑스와 이슬람 교도 친구들 진영의 열띤 예비 모임에 참석했다. 그중 한 번은 우제간이 참석한 가운데 카슈바의 마히딘 극장에서 열렸다. 그 모임이 열린 것은 아마도 1월 19일이었을 것이다. 카뮈가 에마뉘엘 로블레에게 1월 22일의 집회에서 사회를 맡아달라고 요청한 것이 이때였다.[16]

마히딘 집회의 참석자 한 사람은 카뮈가 지하에 있는 그 방에서 불편해하는 기색이었다고 회상하면서, 아마도 그 집회가 불순한 집단의 모임처럼 보였기 때문일지 모른다고 했다. 카뮈가 여기서 "우린 어느 쪽의 범죄 행위도 인정할 수 없다"고 말하자, 열다섯 살 가량 돼 보이는 이슬람 교도 소년이 일어서더니 아랍의 공격은 해방 투쟁이라는 대의명분으로 정당화된다고 말했다. 그 말에 카뮈는 단호한 어조로, 목적이 수단을 정당화해서는 안 된다고 대답했다.[17] 그 이슬람 소년은 훗날 전쟁에서 피살되었다.

그 다음에는 드루예가에 임대한 강당에서 '알제리 자유주의자 위원회' 모임이 있었다.

카뮈는 회원 중에 공산주의자들이 있다는 이유로 이 단체와의 공식적인 접촉을 거부했지만, 그 회의의 기관지 『에스푸아르 알제리』 편집자인 로블레가 설득하여 결국 참석했다. 카뮈는 강당 뒤편에 머물러 있었다. 몇몇 이슬람 교도 민족주의자들이 연단에 올랐는데, 로블레는 카뮈가 그들의 솔직한 말에 곤혹스러워하는 것을 눈치 챘다.

카뮈와 로블레는 함께 강당을 나와, 작가이며 훗날 캘리포니아 샌디에이고에서 기술자가 된 앙드레 로스펠더와 함께 차를 몰고 퐁세의 집으로 향했다. 카뮈는 비관적인 기분으로, 자신은 이 전쟁이 훨씬 더 잔혹스러워질 것 같은 느낌이 든다고 말했다.

로블레가 보기에, 카뮈는 여전히 이슬람 교도들이 마치 미국 정권하의 푸에르토리코처럼 프랑스 연방 치하에서 살 생각이 있다고 믿는 것이 분명해 보였다.[18] 로블레가 단호한 어조로 말했다. "푸에르토리코처럼 되기는 너무 늦었네."

자유주의 집회의 또 다른 참석자(그는 그 집회가 비밀리에 열렸다고 회상했다)는 이슬람 교도 연사 하나가 알제리 독립에 대한 합의에 이르지 못할 경우 테러가 확대될 것이라고 경고했다고 했다. 그러자 트렌치코트 차림으로 강당 뒤편에 서 있던 카뮈가 이렇게 대꾸했다. "그렇다면 내가 뭐 하러 여기 있는 건지 모르겠

군." 그는 그곳을 나와버렸고, 그것으로 집회도 끝나고 말았다.[19]

1월 21일에는 10여 명이 바그다드 식당에 모여 쿠스쿠스를 먹음으로써 식당에 있던 다른 손님들을 놀라게 만들었다. 손님들은 모두 이슬람 교도였다. 시내의 긴장된 분위기 때문에 프랑스계 알제리인들은 더 이상 그 식당에 오지 않았기 때문이다. 그날 식사를 한 사람들이 훗날 '시민 휴전을 위한 위원회'의 핵심 멤버였다.

퐁세는 그 자리에 카뮈의 대학 동창이며, 당시 메살리 하드지와 다른 알제리 민족주의자들의 변호사로 활약하던 이브 드슈젤르를 데려왔다. 그러나 그곳에 참석한 이슬람 교도는 모두 친민족해방전선주의자들이었다. 카뮈는 이 사실을 깨닫고는, 비록 친구들에게 아무 말은 하지 않았지만 언짢은 기색이었다.[20]

실제로 아마르 우제간은 카뮈를 메살리 운동에 협조하도록 시도함으로써 민족해방전선에 불리한 결과를 초래하려는 드슈젤르와 격한 언쟁을 벌였다.[21] 식사를 마친 후 프랑스 및 알제리 공동체와 주요 종교 단체 대표자들의 예비 모임이 열렸다. 그 자리에는 마히딘 극단의 젊은 배우들 몇 명을 포함해 모두 50명가량이 참석했다. 이 모임이 1월 19일에 열린 것으로 돼 있는 그 모임일 수도 있는데, 왜냐하면 여기서 로블레가 1월 22일 집회의 사회자로 선출되었으며 그가 그 사실을 안 것이 20일이기 때문이다.[22]

슈발리에 시장은 막바지에 가서 1월 22일 집회 때 청사 안의 강당을 빌려주기로 한 제의를 철회했다. 그래서 장소는 옛 관청가인 바스 카스바 언저리에 아늑하게 자리 잡은 이슬람 교도 조직 소유의 빌딩인 진보 클럽으로 바뀌었다. 이곳은 어린 시절의 카뮈가 전차에서 내려 리세까지 걸어가던 바로 그 자리로, 늦은 오후마다 그가 좋아하던 아이스크림 행상들이 나와 있곤 했다.

진보 클럽에서는 예비 집회가 두 차례 열렸다. 첫 번째 집회에서 로블레는 당시 프랑스 정치 경찰인 정보국 책임자로 있는 옛 친구의 전화를 받았다. "내가 여기 있는 줄 어떻게 알았나?" 하고 로블레가 친구에게 물었다. 그러자 그 친구가 딱딱한 어조로 "난 모든 걸 다 알고 있지" 하고 말했다. 그러면서 급히 카페에서 만나자고 요청했다.

로블레는 롤랑 시무네를 증인 삼아 데리고 그 자리에 갔다. 경찰 친구는 혼자 그곳에 도착했다. 그가 말했다. "다음 일요일 집회에 나를 초대하지 않은 건 잘못한 일이라네." 그 말에 로블레가 어리둥절한 표정을 지었다. 경찰은 계속해서 말했다. "다행히 내겐 초청장이 있지만 말이야." 그러면서 친구는 주머니에서 초청장을 몇 장 꺼냈다. 믿을 수 있는 인쇄업자에게 초청장을 주문한 로블레는 단번에 그 친구가 내민 초청장에서 이상한 점을 발견했다. 글자체는 같았지만 초대자의 이름을 적는 칸의 점선이 틀렸던 것이다. "이 정도면 속겠나?" 하고 경찰 친구가 물었다. "나를 속이진 못하겠지만 접수원들은 속일 수 있겠군." 로블레가 대답했다.

경찰 친구는 흔히 '울트라'로 알려져 있던 극우파가 집회를 방해하기 위해 무슨 짓이든 할 것이라고 경고했다. 단순한 야유 정도가 아닌 짓을 시도할 것이라는 얘기였다. 그러나 그는 로블레와 그 친구들이 독자적으로 보호 수단을 강구해야 할 거라고 말했다. 그래서 로블레는 즉각 새 초청장을 제작한 후 자신이 직접 서명을 했다. 그런 다음 고무지우개에 대강 세잎 클로버 모양의 도장을 새긴 다음 위조 방지를 위해 초대장마다 찍어놓았다.

카뮈가 진보 클럽에 도착하자 그들이 그간 있었던 일을 말해주었다. 그가 옛 벨쿠르 시절의 친구들을 경호원으로 뽑은 것은 그때의 일이었다.[23]

비밀 반란 조직

여기서 잠시 사건의 진행을 멈추고 이슬람 교도 집회 후원자의 관점에서 1월 22일의 시민 휴전 호소를 위한 집회의 예비 단계를 살펴보는 것이 좋을 것 같다. 왜냐하면 그들 모두 민족해방전선으로 알려진 비밀 조직의 지도자들이었기 때문이다. 그들은 위험에 처해 있는 비밀 운동의 책임자들로서, 훗날 독립 알제리에서 주도적인 역할을 한 인물들이었다. 카뮈의 1월 22일 집회에 발표된 후원자 명단에 나와 있는 순서대로 열거하면 다음과 같다.

아마르 우제간
물루드 암라네
부알렘 무사우이
모하메드 레자위

민족해방전선의 지하전문위원회 일원인 우제간은 훗날 각료가 되며, 암라네는 내각의 일원, 무사우이는 새 알제 공화국의 파리 주재 대사, 민족해방전선 프랑스 연맹의 첫 번째 책임자인 레자위는 최초의 독립 정부에서 자문으로 일하게 된다.

'알제리 시민 휴전을 위한 위원회'의 프랑스계 알제리 멤버들은 장 드 메종쇨, 롤랑 시무네, 샤를 퐁세, 에마뉘엘 로블레, 모리스 페렝, 루이 미켈 등이었다.

이슬람 교도 멤버의 관점에서 볼 때 이 시민휴전위원회는 민족해방전선의 공동 전선인 셈이었다. 원래 이는 프랑스에서 비정치적인 인물로 간주되고 있던 우제간의 생각이었다. 그가 공산당에서 축출된 일은 모두가 기억하고 있었지만, 그가 반란군의 초안 프로그램을 작성했다는 사실은 물론 아무도 몰랐다. 그의 생각은, 민족해방전선 시민 휴전 같은 무익한 목표를 추구하는 공동 전선 조직을 결성함으로써 이슬람 교도들이 이미 알고 있는 바, 이제는 이와 같은 치유책은 효과가 없고 폭력만이 그들이 추구하는 정의를 위한 유일한 구제책이라는 사실을 프랑스계 알제리인들도 깨닫게 만든다는 것이었다. 결국 민족해방전선에서는 시민 휴전 제의의 성공 여부에 대해 어떠한 환상도 품고 있지 않았던 것이다.

반면 반란자들은 프랑스계 알제리인 상당수로 하여금 중립을 지키게 하면서 그들 중 소수를 혁명 분자로 만들 수 있기를 희망했다. 민족해방전선에서는 아직까지 봉기 쪽으로 돌아서지 않은 방관적인 이슬람 교도들로 하여금 휴전 호소 집회의 참석 거부를 유도하기 위해 카뮈가 시민 휴전을 발의했다는 사실을 부인하는 공식 성명을 발표하기까지 했다.

훗날 프랑스 당국에 체포되어 5년형을 선고받은 레자위는 나중에 책을 썼는데, 거기에서 카뮈의 시민 휴전 호소가 권모술수로 가득한 음모의 소산이라고 기록해놓았다. 그는 예비 집회에 대해 묘사하면서 "우리의 눈에 비친 카뮈는 긴장되고 결연하고 단호한 동시에 불안하고 꼼꼼하게 판단하는, 그런 한편 해결책에 대해선 확신하지 못하는 동시에 당시의 현실과 동떨어진 인물로 보였다"고 했다.

카뮈가 보기에 그 전쟁은 범죄인 동시에 어리석은 짓이었다. 그는 시민 휴전 계획을 위해서 프랑스 정부와 민족해방전선, 그리고 메살리 하드지의 운동들로부터 동의를 이끌어내기를 희망했는데, 이 당사자들이 모두 동일한 중요성을 갖고 있다고 간주하는 우를 범한 것이다. 알제리로 오면서 카뮈는 자신이 실제로 민족해방전선의 대표자들과 만날 수 있으리라는 희망은 꿈도 꾸지 못하고 민족주의자들과의 접촉을 희망했다.[24]

레자위의 회상에 의하면, 유럽 과격파들이 가짜 초대장을 인쇄한 사건이 있고 나서 상황을 보다 정확하게 파악하기 위해 아주 제한된 회의가 진보 클럽에서 열렸다고 한다. 두 번째 회의는 1월 21일 토요일 밤에 열렸을 것이다. 그 회의에는 우제간, 암라네, 레자위, 카뮈, 그리고 메종쇨을 포함한 두어 명의 카뮈의 친구들이 참석했다.

카뮈는 상황이 위험하다는 사실을 확인했다. 개인적으로 알고 있는 프랑스의 고위 관료들이 최근의 프랑스 총선에서 맹데스 프랑스와 더불어 '공화 전선'을 지지했기 때문에 '울트라'가 그의 목숨을 노릴 수도 있다고 말했던 것이다. 카뮈는 심지어 집회를 취소해야 하는 게 아닌지 망설이기까지 했다. 이슬람 교도들은 카뮈에게 취소하지 말라면서, 진보 클럽의 경비를 장담했다.

훗날 레자위가 회상한 바에 의하면, 그때 그는 카뮈를 한쪽으로 데려가서 비밀을 지키도록 요청한 다음 자신이 실제로는 민족해방전선 소속임을 밝혔다고 한다. 카뮈는 경악했다. 그러나 마침내 민족해방전선의 멤버와 얘기하게 된 카뮈는 곧 만족해하는 기색을 보였다고 한다.

레자위는 계속해서, 민족해방전선은 모스크바나 카이로의 지시를 받지 않으며 자신들은 프랑스계 알제리인들을 독립 알제리의 훌륭한 시민으로 간주할 생각이지만, 지금 당장은 그렇게 간주되지 못하고 있는 이슬람 교도가 문제라고 말했다. 이어서 그는, 민족해방전선은 프랑스 정부만 그렇게 한다면 자신들도 시민 휴전의 규칙을 존중할 의사가 있다고 말했다. 그러자 카뮈는 "그렇다면 우린 승리한 거나 다름없소!"라고 외쳤다. 그러나 그 이슬람 교도는 프랑스 당국이 그 일을 수락할 리가 없다면서 카뮈의 흥분을 가라앉혔다. 그러자 카뮈는 만약 민족해방전선에서 시민 휴전안에 동의하고 프랑스 당국이 그렇지 않을 경우 자신이 프랑스 전국에 그 사실을 공표하겠다고 말했다.

그런 다음 레자위는 자신이 일요일 집회의 안전을 개인적으로 책임지겠노라고 했다. 이슬람 교도들은 카뮈가 납치될 수도 있다는 소문을 들었다면서, 그를 안전한 장소로 옮기겠다고 제의했다. 그러나 그 문제를 잠시 생각해본 카뮈는 그럴 경우 자신이 도망치는 것으로 간주될 수 있다고 보았다. 카뮈는 그 자리를 떠나면서 레자위를 포옹하고 이렇게 말했다. "이제부터 난 당신을 형제처럼 여기겠소."[25]

한때 공산당 내에서 카뮈의 상관이었던 아마르 우제간에게 시민 휴전 제의는, 자신이 기초한 민족 해방 알제리군의 프로그램으로서, 자유주의자들을 포함한 알제리 내의 프랑스인들에 관련한 전술을 분석해놓은 '수망 강령'과 딱 맞아떨어지는 전술상의 작전이었다. 그러나 민족해방전선은 시민 휴전 호소 운동에서 자신들의 역할을 비밀에 부쳐야 했다. 만약 우제간이 의원회 의장직을 거부하고 1월 22일 대중 연설도 거절했다면 의원회가 미칠 여파는 그만큼 보장되었을 것이다.

민족해방전선 투사들은 매일 밤 우제간의 마르사 카페에서 스페인 카드 놀이인 '론다'를 하면서 일요일 집회를 위한 준비 과정을 토의했으며, 그 다음에는 우제간의 집으로 자리를 옮겨 실무회의를 열곤 했다. 시민 휴전 호소를 토의하는 정치 고문단은 사실상 알제리 혁명을 위한 전문 위원회였다. 그러나 구성원 중 한 사람인 아바네 람다메는 우제간이 시민 휴전안에 중요성을 부여하는 데 놀랐는데, 우제간은 그것을 심리적인 전술 작전으로 간주했다. 그들은 휴전 호소가 꼭 실패하기를 원한 것은 아니지만 실패할 것을 알고 있었던 것이다.[26]

성마른 알제리인

집회가 있는 일요일 오후 이슬람 교도들은 카뮈와 만났다. 그는 혼란스러워 보였다. 그는 유럽 '울트라'에 의한 대대적인 맞불 시위가 있을 것이라는 보고를 받았던 것이다. 카뮈는 그 집회를 취소해야 하는 게 아닌지 생각하고 있었다. 레자위는 극우파는 실제로 시위를 벌이겠지만, 집회가 취소된다면 양쪽 진영을 결집시키려는 모든 이들의 사기를 꺾는 일이 될 것이라고 말했다. 울트라의 위협만으로도 그들에게 승리를 보장해줄 터였다. 그 말에 카뮈는 동의했다. "어떤 일이 있더라도 난 연설을 하겠소. 내가 물러서기를 원하는 그 성마른 알제리인들은 나 역시 그들만큼이나 성마른 알제리인이라는 사실을 알아두는 게 좋을 거요."

다른 문제도 있었다. 카뮈는 이슬람 교도 대표자 한 사람도 연단에 서야 한다고 주장했다. 그러나 민족해방전선 지도자들은 연단에 나섬으로써 경찰의 표적이 될 모험을 감행할 수가 없었다. 민족해방전선이 이 집회에서 맡은 역할에 대해 모르고 있던 중립 이슬람 교도 지도자들은 만약 자신들이 프랑스계 알제리인들과 함께 연단에 설 경우 민족해방전선이 자신들을 친프랑스주의자로 여길 것을 두려워하고 있었다. 거기에는 페르하 아바스가 앉을 자리가 마련돼 있었으나 그는 늦게 도착했다. 그 역시 민족해방전선이 비밀리에 집회를 후원하고 있다는 사실을 모르고 있었다.

결국 그들은 프랑스 쪽도 민족해방전선 쪽도 아닌 '제3세력'의 주창자인 압델라지즈 칼디 박사를 발견하고 그를 연단에 앉혔다. 나중에 그가 민족해방전선으로부터 사형을 '선고'받았을 때 레자위가 경고를 발하여 구해주었다.[27]

카뮈는 또한 예전의 『알제 레퓌블리캥』 시절 무프티의 암살 혐의를 받았을 때 변호해주었던 옛 친구 셰이크 엘 오크비도 참석하기를 원했다. 로블레가 그와의 만남을 주선했는데, 두 명의 아랍인들이 그를 엘 오크비의 자택까지 호위해서 데려갔다가 다시 데려왔다. 로블레가 보기에 그들은 분명 민족주의 진영의 훈련을 받은 것처럼 보였다. 이 무렵 그는 민족해방전선이 시민 휴전 호소의 조직에 연루되지 않았을까 하는 의심을 품기 시작했던 것이다. 집회가 끝나기 전 시민휴전위원회와 관계한 다른 프랑스계 알제리인들 대부분도 로블레와 비슷한 느낌을 받았다.

로블레는 열병에 걸려 병석에 누워 있는 노인을 보았다. 그러나 엘 오크비는 카뮈가 그의 참석을 원한다는 말을 듣자 꼭 참석하겠노라고 약속했으며, 실제로 들것에 실려 집회 장소에 나타났

다. 카뮈는 강당 뒤편으로 가서 노인을 맞이하고는 들것 위로 몸을 숙여 포옹을 나누었다.[28)

일요일 오후 2시부터 모두가 맡은 자리로 향했다. 3시가 되자 중앙 홀과 인접한 방들은 사람들로 가득 찼는데, 절반은 프랑스계 알제리인, 절반은 이슬람 교도였다. 양쪽 진영이 그렇게 자발적으로 한자리에 모인 일은 알제리에서 오랫동안 볼 수 없었던 일이었다. 초대장이 없는 사람 하나가 안으로 들어오겠다고 우기는 바람에 로블레가 정문으로 내려가 보았다. 그 사람은 "내가 카뮈의 형이오"라고 말했다. 로블레가 뤼시앵 카뮈를 만난 것은 그때가 처음이었다.[29)

모인 군중의 숫자에 대해서 증언이 엇갈린 것처럼(퐁세는 3천 정도로 보았고, 『르 몽드』의 특파원은 집회 참석자를 1,200명으로, 도심을 가로질러 관청 광장까지 행진한 반집회 시위자들의 수를 1천 명 정도로 보았다) 민족해방전선이 배치해놓은 경호대의 수에 대해서도 여러 가지 추측이 나와 있다. 중요한 점은 이슬람 교도들에게는 이 지역이 앞마당이라는 사실이었다. 유럽의 온갖 노동 계급 구역인 바브 엘 우에드가 광장 저편에서부터 시작된다면 이편은 그들의 통제하에 있었던 것이다. 카슈바는 바로 그들 뒤편에 있었다. 불과 얼마 전만 해도 프랑스 자유주의자 정객 하나가 시 경찰국장이 사회를 보는 집회가 열린 시 청사 건물에서 쫓겨난 적이 있었다.

그러나 진보 클럽에서는 사정이 다를 터였다. 바깥 광장에서 "카뮈를 몰아내라!" "맹데스를 몰아내라!" "유대인을 타도하라!"는 '울트라'들의 최초의 외침이 들리자 홀 밖으로 나와 경비대를 확인하던 카뮈는 널찍한 관청가 광장이 반시위대를 저지하기 위해 카슈바에서 내려온 수천 명의 이슬람 교도들로 인산인해를 이루고 있는 광경을 보았다.[30] 알제 지사와 가까운 장 드 메종쇨이 시민 휴전 집회에 대해 이야기하자 지사는 개인적으로 자신이 광장의 안전을 책임지겠다고 약속한 바 있었다.[31]

경호대에 깊은 인상을 받은 카뮈가 우제간에게 물었다. "당신 친구들이 무장하고 있나요?" 그러자 우제간은 솔직하게 대답했다. "그건 모르겠지만, 무장을 하고 있다 해도 비상사태에만 무기를 사용하라는 명령을 받았을 거요." 실제로 바깥 광장의 '인산인해' 말고도 건물 주위에 경비원들이 있었고, 집회장으로 올라가는 층계에도 경비원들이 2열로 줄지어 서 있었으며, 홀 안에는 권투 챔피언들이 자리 잡고 있었다. 경비 업무를 맡은 조직은 알제시의 민족해방전선 무장 정치 행동대장 담당이었는데, 그는 레인코트 속에 기관총을 숨기고 있었다. 레인코트를 입었다는 것 역시 그가 민족해방전선 소속이라는 증거였다.[32]

이렇게 해서 집회가 시작될 수 있었다. 로블레가 사회를 맡았다. 가톨릭 사제의 일원인 블랑 신부가 가톨릭을 대표했고, 목사한 사람이 신교도 대표로 참석했으며, 이슬람 교도 집단의 공식 대표자는 없었지만 칼디 박사가 표면상 대변인 역할을 맡았다. 유대인 대표는 참석하지 않았다.

카뮈가 연설을 하는 도중 마침내 페르하 아바스가 홀에 들어와 연단에 올랐다. 아바스에게 쏟아지는 박수 소리에 카뮈는 연설을 중단하고 그를 맞았다. 두 사람은 꽤 오랫동안 포옹을 나누었는데, 청중들에게는 감동적인 장면이었다.

카뮈의 연설 내용은 이미 『엑스프레스』 칼럼에 발표됐던 제안의 반복이었다. 그는 "오늘 우선 손을 잡고 인명을 구한 다음 합리적인 토론을 위한 보다 우호적인 분위기를 조성하는 일"이 여전히 가능하리라고 믿고 있었다. 그러나 그러기 위해서는 '아랍운동 조직'과 프랑스 당국이 서로의 접촉이나 다른 언질 없이 동시에 시민을 존중하고 보호한다고 선포해야 할 필요가 있었다. 이런 식으로 무구한 인명을 구제할 수 있을 것이며, 동시에 훗날 서로를 이해할 희망을 제시할 수도 있는 것이다.

카뮈가 연설하는 동안 바깥 광장에서 성난 고함 소리가 들려왔다. 카뮈는 "카뮈를 처단하라"는 그 소리를 들었을 것이다. 퐁세는 친구의 '창백하고 초조한' 얼굴을 보았다. 카뮈는 침착하려고 애쓰며 절망에 찬 눈길로 성난 폭도들 쪽으로 난 커다란 창을 바라보곤 했다.

연사와 청중들에게는 보이지 않았지만 아래층에서는 울트라들 몇몇이 파시스트식 인사로 무기를 들어올리고 있었다.[33] 마음만 먹으면 언제든 경찰의 비상선을 뚫어버릴 것 같은 극우주의자들은 대형 유리창을 향해 돌을 던져 그중 몇 장을 깨뜨렸다. 울트라에 의해 경찰이 궤멸될지도 모른다는 이야기가 나돌았다. 이는 민족해방전선 투사와 프랑스 극우주의자들의 정면충돌을 의미했다. 그리고 이 모든 일이 카뮈 한 사람을 보호하기 위해서 벌어질 터였다. 그는 연설문을 더욱 빨리 읽기 시작했다. 연설을 마치고 나면 카뮈의 요청에 따라 바로 의견을 주고받기로 예정돼 있었으나, 카뮈로부터 무슨 말인가를 들은 로블레가 폐회를 제의했다.[34]

청중들 사이에 시민 휴전 호소안을 지지하는 짤막한 문안을 돌릴 여유조차 없었으며 불과 수십 명으로부터 서명을 받았을 뿐이었다.

카뮈의 연설문은 알제에서 발행되었는데 보복을 피하기 위해 고의로 인쇄자의 이름을 알아볼 수 없게 만들었다. 그만큼 분위기가 험악했다.[35) 카뮈는 이 연설문을 『시사평론 3』에 재수록했다.

청중들은 울트라들이 말에 탄 오를레앙공의 동상 바로 앞에 피워놓은 화톳불 곁을 지나 안전하게 그곳을 빠져나왔다. 로블레가 카뮈를 대동하고 생 조르주 호텔로 향했으며, 나중에 풍세에게 전화를 걸어서 카뮈가 화합과 형제애를 호소하기 위한 자신의 행동이 양쪽 진영의 비극적 충돌 사건으로 비화될 수도 있었다는 사실을 몹시 우려했노라고 말했다.[36)

다음날 에드몽 브뤼아가 근무하고 있고, 자유주의자인 자크 슈발리에 시장의 지원을 받는 프랑스계 알제리인 소유인 『알제 저널』은 그 지역에서 유일하게 카뮈의 호소문 전문을 게재했다. 길에서 만난 브뤼아의 극우파 친구 하나는 이렇게 말했다. "카뮈가 무슨 얘기를 할 건지 미리 알았다면 그렇게까지 집회를 반대하지는 않았을걸세."[37)

카뮈는 알제를 떠나기 전에 자크 수스텔 총독을 방문했다. 총독은 시민 휴전의 가능성에 대해 자발적으로 의논할 의향은 있지만 그것만으로는 낮에는 시민으로 있다가 밤이 되면 게릴라로 돌변하는 자들까지 포용할 수 없을 거라고 말했다.[38) 또 다른 설에 의하면, 수스텔이 저녁 나절에 많은 이야기를 하면서 적어도 어느 한 진영은 응할 수 없으리라는 이유에서 시민 휴전안이 실행 불가능하다는 것을 카뮈에게 납득시키려 했다고 한다.[39) 나중에 카뮈는 브뤼아에게 전화를 걸어 『알제 저널』 덕분에 수스텔이 자신의 연설문을 읽을 수 있었다면서 문안 전부를 게재해준 데 대해 감사를 표했다.[40)

카뮈는 자동차 뒷자리의 로블레와 로스펠더 사이에 앉아 프랑스로 가는 비행기를 타기 위해 메종 블랑슈 공항으로 향했다. 로블레는 무장하고 있었고 로스펠더 역시 무장했을 테지만, 카뮈는 그 사실을 알지 못했다. 그들이 탄 차의 전방과 후방에는 친구들이 탄 다른 차들이 호위하고 있었지만 뒤쪽에 있던 차는 공항으로 가는 도중 그들과 떨어졌다.[41]

파리로 돌아온 카뮈는 퐁세에게, 자신이 이제 아랍인들을 좀더 이해하게 되었다는 편지를 보냈다. "그 이해의 결과 휴전을 위해서는 모든 것을 희생해야겠다는 결심이 굳어졌다."

카뮈는 자신이 아랍인과 프랑스인 친구들을 실망시키지 않았는지 우려했다. 그 이유는 자신이 연설에서 휴전이라는 주제를 너무 고수했기 때문인가 아니면 그 집회가 그 목적에 한정됐기 때문인가? 카뮈는 자신이 한 행동이 옳았다고 여기고 있지만 친구의 의견을 듣고 싶다고 했다. "외모의 유사성에도 불구하고 알제보다는 파리에서 더 고독하다."[42]

결정적 오보

알제의 시민휴전위원회는 여전히 활동을 계속했다. 소위원회에서는 휴전 협정안 초안을 작성했다. 카뮈는 초안 한 부를 메살리 하드지에게 보여주도록 드슈젤르에게 보냈다.

2월 6일 신임 수상 기 몰레가 알제에 도착했지만 울트라들이 쏟아붓는 토마토 세례를 받고는, 자유주의자를 총독에 앉히려던 원래의 계획을 바꿔 강경파인 로베르 라코스트를 총독에 앉혔다.

2월 12일 몰레는 자신들을 프랑스인과 이슬람 교도를 형제로서 결합시킬 유일한 단체로 내세우는 카뮈의 친구들을 맞이했다. 그러나 몰레는 그들의 말에 귀를 기울이는 것 같지 않았다. 그는 생각해볼 시간이 필요하다면서 휴전안을 받았다. 그는 또 자신이 나중에 자유주의자들과 전화를 해보겠다면서 그들이 만난 일을 비밀로 해달라고 부탁했다. 마지막으로 그는 그들에게 민족해방전선과의 접촉을 유지해달라고 했으며, 거기에 대해 그들은 자신들에게는 그런 연결선이 없노라고 대답했다. 실제로는 우제간과 무사우이도 대표단의 일원으로 그 방에 함께 있었다.

시간이 흘렀다. 결국 자유주의 그룹은 몰레에게서도 그의 총독인 라코스트에게서도 아무런 답변이 없자 다시 한 번 수상을 만나기 위한 대표단을 파리에 보내기로 했다. 미켈과 칼디도 함께 가기로 했다. 그들은 몰레에게 보내는 서한 초안을 가지고 파리로 갔으며, 몇 군데를 수정한 후 카뮈도 그 서한을 내는 데 동의했다. 그들은 로베르 나미아를 통해 수상의 보좌관과 만날 약속을 받아냈고, 그 보좌관은 자신이 몰레와의 면담을 주선하겠노라고 약속했다.

얼마 후 『르 몽드』는 착오로, 휴전위원회 대표단이 몰레 수상을 이미 만났다고 보도했다. 이 오보의 책임은 칼리 때문에 벌어진 것일 테지만, 그는 민족해방전선과 무관했기에 그 임무를 방해하라는 지령을 받지는 않았을 것이다. 카뮈는 경악했다. 보도 자체가 틀린 것은 고사하고 기사에서는 '시민 휴전'이 아닌 '휴전'이라는 표현을 썼으며, 게다가 그 기사를 알제리의 새로운 테러 활동을 보도하는 속보와 함께 다루었다. 카뮈는 정정 기사를 실으라고 주장했으며, 미켈과 레자위(그는 그 사이에 프랑스에 입국했다)의 도움을 받아 『르 몽드』 앞으로 보내는 편지를 썼다. 신문사는 미켈의 서명으로 부인 기사를 게재했다.

그러나 대표단은 수상과 만나지 못하고 만다. 결국 파리에서 수상의 호출을 마냥 기다릴 수 없었던 미켈은 알제로 돌아갔다. 시민 휴전 운동은 5월에 메종쇨이 체포되고 나서 본격적인 내란의 발발로 알제의 정치 분위기가 악화되면서 완전히 사그라들고 말았다.[43)]

그때쯤 카뮈는 다시 한 번 정치판에서 발을 뺐다. 토마토 사건이 결정적인 요인이 되었다. 이제부터는 군대가 알제 거리를 장악할 터였다. 그런 마당에 그가 무슨 일을 할 수 있겠는가? 그는 장 다니엘에게, 자신은 더 이상 『엑스프레스』든 어느 곳에든 알제리에 관한 글을 쓰지 않을 것이라고 했지만, 물론 그때는 이미 몇 주 전에 그 잡지에서 발을 뺀 뒤였다.[44)]

그가 2월 10일 장 질리베르에게 쓴 편지에는 이미 이렇게 발을 빼겠다는 암시가 담겨 있지만, 아직 모든 희망을 포기한 것이 아니라는 흔적도 들어 있다.

받아들이지 않으면 안 되는 고독이란 것이 있는데, 난 여러 해 동안 그것을 피해왔다. 무엇이든 격리시키는 것은 두려움의 대상이기 때문이다. 하지만 아무리 기준을 낮춘다 해도 그것은 불가피하다.

인간은 만인의 사랑과 인정을 받고 싶어 하며 그것이 존재 이유다. 그러나 그것은 청춘기의 욕망이다. 조만간 나이가 들게 되면서 재판받고 선고도 받으며 사랑의 달갑지 않은 선물들(욕망, 애정, 우정, 연대감)도 받게 마련이다. 도덕도 도움이 되지 않는다.

오직 진실만이…… 진실의 끊임없는 추구, 어느 면으로든 진실을 알았을 때 그것에 대해 이야기하겠하는 결의, 진실된 삶을 살고 그 진행에 의미와 방향성을 부여하는 일 등이 도움이 되는 것이다. 그러나 불신의 시대에 거짓으로부터 참을 분리하기를 거부하지 않는 인간은 일종의 유형에 처해지고 만다. 적어도 그는 이러한 유형이 현재와 미래의 재결합을 전제로 한다는 것, 유일하게 가치 있다는 것, 그것에 이바지하는 것이야말로 우리의 의무라는 것을 알고 있는 것이다.

나는 어느 정도 좌절감을 느끼며 알제리에서 돌아왔다. 그곳에서 일어나고 있는 일은 나의 확신을 굳게 해주었다. 내게 있어서 그 일은 개인적 불행이다. 하지만 우리는 끝까지 저항해야 하며 어떠한 타협도 있을 수 없다.[45]

3월에 에마뉘엘 로블레가 개인적인 용무로 파리에 왔다. 그에게는 자유주의자위원회에서 맡은 임무(프랑스계 알제리인이며 프랑스 사회당을 대표하는 클로드 드 프레맹빌과 접촉한다는 임무)도 있었다. 그때 카뮈를 만난 그는 훗날 카뮈가 한 말 중에서 특히 인상적인 부분을 기록으로 남겼다. 카뮈는 이렇게 말했다. "테러리스트가 벨쿠르 시장에 수류탄을 던져 그곳에서 장을 보고 있던 나의 어머니를 죽인다면, 설혹 내가 정의를 옹호하기 위해 테러리즘을 옹호했다 하더라도 나는 그 일에 책임을 져야 할 것이다. 나는 정의를 사랑하지만 내 어머니 역시 사랑하기 때문이다."[46]

43 어느 수녀를 위한 레퀴엠

글을 쓰면 쓸수록 점점 더 확신을 잃고 있네.
예술가가 걷는 길 위로 어둠은 더욱 빽빽하게 몰려오고 마네.
마침내 그는 눈먼 채 죽어간다네.
• 르네 샤르에게 보낸 편지(플레야드판 카뮈 선집에서 인용)

『전락』을 받은 시몬 드 보부아르는 호기심 어린 심정으로 책을 펼쳤다. 그녀는 알제리에서 카뮈가 공적으로 한 말 때문에 화가 나 있었다. 프랑스계 알제리인의 편견이 엿보였던 것이다. 그러나 그녀는 동시에 『반항인』에 대한 공박이 그를 얼마나 고통스럽게 했는지를 알고 동요되기도 했다. 그녀는 또한 카뮈의 사생활에 몇 가지 고통스런 일이 있고 혼란을 겪었다는 사실도 알고 있었다.

그런데 이제 『전락』에서 그녀는 자신이 전시에 만났던 카뮈를 다시 발견했다. 마침내 그는 자신이 오랫동안 소망했던 목표, 즉 "진실과 개인 사이의 틈을 메운다"는 일을 성취한 것이다. 요즘 들어 경직되고 형식적이 된 카뮈는 이 책을 통해서 자신이 스스로에게 공적으로 부여한 단순한 인상 때문에 고통스러워하고 있었다. 그러나 다음 순간 그녀는 그의 치열함이 갑자기 멈췄다고 판단했다. 그는 진부한 일화로 자신의 패배를 위장하기 시작한 것이다. 그는 지나치게 명확하게 모든 고백에서 떨어져 나와 분노에 예속됨으로써 참회자에서 심판자가 되었다.[1]

하나의 고백서

1956년 5월 마침내 『전락』이 세상에 나왔을 때 책에 대한 반응은 그 책 자체만큼이나 흥미로웠다. 프랑스 문학계는 그 책을 시대의 보고서라기보다는 하나의 고백서로 간주했다. 그 책은 보부아르와 사르트르에게도 그랬듯이 대부분의 사람들에게 작가의 사생활을 드러낸 작품이라는 인상을 주지 않았다. 문학계에서조차 그의 사생활까지 알고 있는 사람은 얼마 되지 않았기 때문이다.

독자를 감동시킨 사실은 카뮈가 질문을 통해 『반항인』의 주장과는 대립되는 듯한 비관주의로 복귀했다는 점이었다. 적어도 주의 깊은 독자 한 사람은 나중에 『전락』과 사르트르의 자전적 작품인 『말』(Les Mots) 사이의 유사성을 발견하고, 전자가 후자에게 영향을 주었으리라고 판단했다.

카뮈 자신은 전락을 겪었다. 친구들 대부분을 실망시켰던 『반항인』을 내놓은 뒤로 한동안 그는 알제리에 대해 침묵을 지켰으며(친구들은 그렇게 느꼈다) 그의 정치관 역시 모호했다. 그것은 훌륭한 책이었으나 동시에 혼란스럽고 탐색적이기도 했다. 분명 도스토예프스키적이라고 할 수 있었다.[2] 카뮈가 신비보다는 냉담함에 더 가까운 뻣뻣한 대가가 될지 모른다고 우려했던 장 다니엘은 『전락』을 보고 안도했다.[3]

카뮈에 관한 첫 번째 연구서 『바다와 감옥』에서 카뮈의 편집자 로제 키요는, 이후로 카뮈의 작품은 도덕과 관념적 의문이 줄어들면서 주관적이고 내밀한 성격이 강화될 것이라고 예견했다. 카뮈가 키요에게 보낸 신작 소설에는 그에게 바치는 헌사가 붙어 있었다. "로제 키요에게, 그의 예언이 적중했음을 입증하기 위하여."[4]

훗날의 학자들은 『전락』에서 훨씬 많은 사실을 발견하게 된다. 기독교 정신은 물론 도스토예프스키까지 말이다. 주인공의 이름은 물론 '황야에서 울부짖는 목소리' 세례 요한을 암시하는 것이다. 코너 크루즈 오브라이언이 『스펙테이터』(The Spectator)에서 그 소설에 기독교적 함축이 담겨 있다는 사실을 지적했을 때 카뮈는 영국 출판사에 보내는 편지에서 그러한 접근 방식이 올바른 것임을 확인해주었다.[5)

『전락』은 대중적인 성공도 거두었다. 출간한 지 한 달이 지났을 때 하루 판매량은 500부에서 1,000부에 육박했다. 게다가 카뮈는 이제 출판사와 그 어느 때보다도 나은 조건을 맺은 상태였다. 15퍼센트의 인세에 부차권(원저작물 출판권 이외의 권리—옮긴이)의 3분의 2를 받기로 한 것이다. 부차권에는 통상적으로 50대 50인 외국어 번역 판권도 포함돼 있었다.[6)

카뮈는 이제 개인적인 문제를 처리할 여유가 생겼다. 그가 마담 가의 아파트에 사는 것은 그를 위해서나 아내를 위해서나 반드시 이롭기만 한 것은 아니었다. 그래서 그는 종종 다른 곳에 임시 거처를 마련하곤 했다.

그 자신의 독립은 물론 집필을 위해 정말로 필요한 것은 독자적인 공간이었는데, 이 무렵 카뮈는 샤날레유가에 그런 공간을 마련했다. 그곳 역시 갈리마르사에서 걸어서 10분 이내의 거리였다. 그는 그 조용한 거리의 타운 하우스 3층에 있는, 알렉시스 드 토크빌의 종손인 콩트 드 토크빌 일가로부터 조그만 아파트 한 채를 세냈다. 그러나 무엇보다 중요한 점은, 그와 아주 가까운 친구 르네 샤르가 같은 건물에 살고 있다는 사실이었다.[7) 샤르는 물론 샤날레유가와 릴 쉬르 라 소르그의 은거지를 번갈아가며 썼는데, 후자의 거처에서 더 많은 시간을 보냈다.

플레야드판 카뮈 선집에 5월에 쓴 두 통의 편지가 나와 있는 것으로 봐서 샤르는 카뮈가 새 아파트로 옮겼을 때 그곳에 없었을 가능성이 높다. 그 편지는 샤르에 대한 찬사와 그 무렵의 심정을 담고 있다.

자네를 만나기 전에는 시가 없어도 지낼 수 있었네. 기존에 발표된 시에는 관심도 두지 않았지. 그런데 지난 2년 사이에 나의 내면에 있는 공동은 자네의 시를 읽을 때만 가득 차고 넘치게 되었다네.(5월 16일)

실로 중요한 문제는, 적어도 숭배할 가치가 있는 삶이 어떤 식으로 귀결될 것인지를 아는 것뿐일세. 그것만으로도 충분히 괴로울걸세. 하지만 우리가 불행하다면 적어도 진실로부터 격리돼 있지는 않을걸세. 나 혼자서는 그것을 알 수 없네. 자네와 함께라면 알 수 있을 테지만.(5월 18일)

샤날레유가의 아파트는 현관 안쪽에 수수한 방 두 칸이 있었는데, 하나는 거실, 다른 하나는 침실로 쓰였다. 카뮈가 서서 글을 쓸 수 있는 책상을 놓아둔 곳은 침실이었다. 두 방 모두 좁다란 거리 쪽으로 나 있었다. 샤르의 아파트도 크기는 같았으나 방의 위치는 달랐다.

그 아파트에는 가구가 딸려 있었으나 카뮈는 곧 거기에 자신이 좋아하는 물건들, 즉 묵직한 루이 13세식(또는 스페인풍의) 목재 가구와 역시 나무로 만든 로마네스크식 상(像)들을 들여놓기 시작했다. 또 원숭이를 테마로 한 낡은 이탈리아식 칸막이도 들여놓았다. 얼마 후에는 도스토예프스키와 니체의 초상화가 들어왔다. 사방에 책이 쌓여 있었지만 그럼에도 어딘지 질서가 있다는 인상을 주었다. 그러나 나중에 그곳을 찾은 한 방문객은 카뮈가 방금 이사를 온 것 같다는 인상을 받았다. 어느 것 하나 제자리에 놓여 있지 않은 듯이 보였던 것이다. 벽에 기댄 채 바닥에 그대로 놓여 있던 그림들도 그 예였다.

카뮈는 서서 일하는 책상 말고도 책이 잔뜩 쌓인 거실의 커다란 테이블에서 일할 수도 있었다. 그는 조그만 부엌에서 포리지(오트밀에 우유를 넣은 죽―옮긴이)와 달걀로 아침 식사를 만들어 먹었으며 자신이 쓸 다리미와 옷을 삶을 솥, 다른 가재 도구들도 마련했다. 얼마 후 그의 일상은 자리가 잡혀 아침에는 글을 쓰고 오후에는 갈리마르사에 들르거나 리허설을 보러 외출했다. 그 사이에 가정부가 아파트를 청소해놓곤 했다.[8]

그의 아파트를 나와 왼쪽으로 꺾어서 거리 끝까지 간 다음 다시 왼쪽으로 가면 몇십 미터 떨어지지 않은 곳인 바노가 1번지 2호에 지드가 한동안 생활한 집이 있다. 오늘날 그곳에는 '지드의 거처'라는 명패가 붙어 있다.

카뮈의 아파트가 있는 건물 뒤편에는 예전에 그의 논쟁 상대였던 에마뉘엘 다스티에 드 라 비제리가 사는 시테 바노가 있다. 특히 문인들이 많이 살았던 그 동네에서는 이와 유사한 일이 많았는데, 1930년대에는 카뮈와 샤르의 아파트가 있는 건물 바로 맞은편에서 앙투안 드 생텍쥐페리가 살았다. 또한 갈리마르사로 가는 도중에 카뮈는 베르나노스가 자주 들락거렸던 유명 문학 살롱이며 도데 일가의 거처가 있던 벨르샤스가 앞도 지나가곤 했다.

반역자는 누구인가

자신만의 공간을 마련했다는 기쁨은 알제리에서 들려온 소식 때문에 곧 사라지고 말았다. 어린 시절의 친구 장 드 메종쇨이 프랑스 비밀 경찰에 체포된 것이다.

물론 메종쇨은 1월의 시민 휴전 집회에 관련되었고, 그것을 추진시키기 위해 설립된 위원회의 일원이었다. 그는 개인적으로 시민 휴전 운동이 며칠만 계속되었더라도 프랑스 당국이 민족해방전선 반군을 암묵적으로 인정하는 효과를 가져왔을 것이고 결국 협상으로 이어졌을 거라고 생각했다.

그러나 완강한 식민지 행정 관리들 역시 그 사실을 알고 있었으며, 바로 그 때문에 자유주의자 가운데 하나에게 반역 혐의를 씌우려 한 것이다. 그것만 아니라면 메종쇨의 견해와 활동은 그의 동료 자유주의자 프랑스계 알제리인들과 비슷했다. 그들 모두 이슬람 교도의 요구을 수용하는 한편 프랑스계 알제리인들은 그들이 살 수 있는 유일한 땅에서 계속 살도록 함으로써 위기에서 벗어나기 위한 평화적인 방법을 모색하고 있었다.

실상(그때까지만 해도 카뮈는 그 일을 몰랐다) 알제에서 모로코로 떠나던 한 젊은 여성이 알제리의 젊은 변호사에게 전해달라고 맡겨놓은 한 통의 편지를 메종쇨이 갖고 있었던 것이 화근이었다. 그 편지에는 알제리 독립 운동에 동조하는 모로코인들에 대한 정보가 담겨 있었다.

지진으로 폐허가 된 오를레앙스빌의 재건 계획에 정신이 없었던 메종쇨은 그 편지를 즉각 전해주지 못하고 사무실 책상 위에 있던 책갈피에 끼워놓았다. 며칠이 지난 후 편지를 찾아보았으나 편지는 사라져버렸다. 그리고 5월 25일 사무실에 나와보니 프랑스 비밀 경찰(DST)이 와 있었다. 그들은 그의 앞에서 사무실을 수색했는데, 무슨 기적이라도 일어난 것처럼 엉뚱한 장소인 먼지 투성이 서랍 밑바닥에서 편지가 나왔다. 비밀경찰은 그것 말고도 시민 휴전안에 관련된 서류철도 찾아냈다.

메종쇨은 사무실에서 누군가 그 편지를 보고 수색을 의뢰했으며, 자신이 희생자로 선택되었을 것이라고 여겼다. 새로 부임한 라코스트 총독은 이슬람 테러리스트와 프랑스 자유주의자들을 상대로 한꺼번에 두 전쟁을 벌일 생각이 없음을 분명히 밝힌 바 있었다. 이렇게 해서 메종쇨은 국가 안보를 위태롭게 한 혐의로 중형을 받을 위험에 처한 것이다.[9]

카뮈 역시 두 개의 전선을 상대로 싸우게 되었다. 그는 즉각 몰레 수상 앞으로 한 통의 서한을 쓰고 라코스트 총독에게 항의 전보를 보내는 한편 『르 몽드』에 강경한 어투의 편지를 보냈다. 5월 28일자 편지는 『르 몽드』 5월 30일자에 게재되었다.

예의 "주필 귀하"로 시작된 이 편지에서 카뮈는, 자신이 알제리에 대해 그 동안 침묵을 지키고 있었다면서 "그것은 프랑스의 재난에 일을 더하지 않기 위해서였으며, 무엇보다도 우파와 좌파에 대해 나돌고 있는 모든 이야기를 인정하지 않기 때문"이라고 했다. 그러나 이제 자신은 알제리에서 프랑스의 이익을 침해할 "이 어리석고도 무지막지한 선제 공격"에 직면해서 더 이상 침묵을 지킬 수 없게 되었다고 했다.

그가 메종쇨을 안 지는 20년이나 되었다. 정확히는 거의 25년이었다. 그 동안 메종쇨은 한 번도 정치에 관여한 적이 없었으며, 그의 유일한 열정의 대상은 건축과 그림이었다. 그는 오를레앙스빌 재건을 책임지고 있었다. 요컨대 그는 남들이 파괴하고 있을 때 알제리를 건설하려 한 것이다.

당시 메종쇨은 시민 휴전 호소 운동에 관여한 적이 있는데, 그것은 결코 협상이 아니라 인간애에서 우러난 제안일 뿐이며 어느 누구도 그것을 범죄 행위로 보지 않았다. 한 언론에서는 메종쇨의 체포 기사와 관련하여 '조직'이라는 표현을 쓴 바 있다. 그 조직은 시민휴전위원회를 의미하는 것이다. 메종쇨은 또한 알제 자유주의자 단체의 일원으로 보도되었는데, 그것이 범죄란 말인가? 이젠 극우파가 알제리를 통치하고 있다는 것인가? 그렇다면 기 몰레로 하여금 그렇다고 말하게 하라.

카뮈는 자신이 여론을 일깨워 메종쇨의 석방을 요구하기 위해 할 수 있는 모든 수단을 동원할 것임을, 그리고 그 뒤에는 배상이 따르게 될 것임을 경고했다.

그는 추신에서 최근 보도에 의하면 메종쇨이 경솔한 행위에 관해서만 기소되었으며 따라서 그렇게 대단한 혐의는 아닐 것이라고 덧붙였다. 하지만 카뮈는 이미 라디오 방송과 신문의 전면 기사로 메종쇨은 피해를 봤다고 주장했다.

아무 일도 일어나지 않았다. 카뮈는 메종쇨을 위한 두 번째 호소문을 작성하여, 이번에는 『르 몽드』 6월 3, 4일자에 "통치하라!"라는 고딕체 제목의 칼럼으로 발표했다.

카뮈는, 자신은 사전에 체포에 대해 보고를 받지 못했으며 그 사건을 "유감으로 여기는 한편 경악했다"는 라코스트 총독의 말을 인용했다. 그렇다면 어째서 메종쇨은 아직 자신의 변호사를 면담할 허락조차 받지 못한 채 감옥에 있는가? 다시 말하자면 이는 본토 프랑스 정부도 총독부도 알제리를 통치하지 못하고 있다는 의미다. 거기에 음모가 있다면 국가의 권위와 알제리에서의 프랑스의 미래에 반하는 것이다. 왜냐하면 자유주의자들이 적이라면 프랑스는 자신의 무기에 '관대한 정의'가 포함되어 있지 않다는 사실을 인정하는 셈이기 때문이다.

정부가 메종쇨의 체포를 유감으로 여기는 것만으로는 충분하지 않다. 정부는 독단적인 구류에서 그를 풀어주고 불법 행위를 보상해야 할 것이다.

카뮈는 한편으로 프랑스가 조만간 프랑스 병사를 향해서 사용될 무기를 이집트와 시리아로 넘기고 있다는 사실도 지적했다. 그렇다면 메종쇨과 아랍 국가들에게 무기를 판매하는 자들 중에서 누가 반역자란 말인가?

장 드 메종쇨의 장기 구금은 이후로 정부가 책임을 져야 하는 수치스럽고 독단적인 행위다. 여론에 직접 호소하여 가능한 모든 수단을 동원하여 항의하기 전에 마지막으로 나는 정부에게, 장 드 메종쇨을 지체 없이 석방하고 공적 보상금을 지급할 것을 요구하는 바이다.

나중에 메종쇨이 들은 바에 의하면, 수상의 사무실에서 캠페인 중단을 요구하기 위해 카뮈에게 전화를 걸었다고 한다. 카뮈는 전화 받기를 거부했으며, 쉬잔 아넬리를 시켜 자신은 메종쇨이 석방되거나 그 자신이 체포되면 더 이상 그 사건에 관한 기사를 쓰지 않겠다고 대답했다. 6월 초 사업상의 일로 파리에 왔을 때 카뮈를 방문한 샤를 퐁세는 카뮈에게서, 메종쇨이 체포됐기 때문에 자신은 프랑스 정부와의 관계를 끊었으며 메종쇨이 석방되지 않으면 『레볼뤼시옹 프롤레타리엔』의 친구들과 함께 시위를 벌일 것이라는 말을 들었다.

알제 검사가 파리의 법무성으로 소환되었으며 그가 돌아간 다음날 메종쇨은 가출옥으로 풀려났다. 사건은 파리로 옮겨졌고 카뮈는 친구를 변호하기 위해 유명한 변호사를 고용했으나, 메종쇨은 드골 장군이 복권되고 나서야 비로소 기소 이유가 없다는 이유로 면소 판결을 받았으며, 다시 몇 개월이 지나서야 원래의 공직에 복귀할 수 있었다.

나중에 알제리가 독립하고 나서 메종쇨은 알제의 국립미술관 큐레이터로 임명되었고, 그후 1975년 프랑스로 돌아올 때까지 알제대학의 도시공학연구소 소장으로 재직했다.

새로운 여배우

르네 샤르가 파리로 돌아오자 카뮈는 그와 대화를 나누고 속마음을 털어놓을 수 있었다. 샤르는 우락부락한 외모에도 불구하고 열정적인 예술가일 뿐 아니라 호인이었다. 게다가 그는 생 제르맹 데 프레의 문학 생활과 그것에 대한 염증까지도 공유할 수 있는 인물이었다.

샤르는 또한 카뮈가 프랑스령 알제리에 대해서 품고 있는 감정도, 그곳의 '나약한 좌파'는 물론 좌파의 존재를 위협하는 우파에 대한 감정도 이해해주었다. 예를 들어서 샤르는 이 무렵 카뮈에게, 젊은 지식인 세대를 보면 좌약이 생각난다고, 그들이 좌약처럼 흐물흐물하게 녹아버리는 것도 놀랄 일이 아니라는 식으로 말했던 것이다.[10]

마침내 카뮈는 속죄에 대한 포크너의 이상한 이야기 『어느 수녀를 위한 레퀴엠』 각색을 위한 대본을 받아들었다. 어느 흑인 매춘부가 남부의 한 부부를 방문하는 이야기로서 실제로 그녀는 부부의 천사 역할을 한다.

이는 포크너의 초기 소설 『성역』에 나오는 작가 자신의 주석을 작품화한 것이다. 카뮈가 친구인 루이 기유에게 넘겨준 포크너의 소설 원전을, 파리 공연을 위해 개작과 각색을 할 수 있을 정도로 초역한 것이다.

카뮈와 기유는 갈리마르사에서, 유명한 미국 소설 번역가로서 당시 프린스턴 대학 교수로 재직 중이던 모리스 에드거 크앙드로에게 의뢰한 포크너의 소설 번역과는 완전히 별개로 이 작업을 했다.

카뮈의 각색에 대해서는 그 동안 많은 평가가 있었는데, 대부분은 연극을 위해 개작한 주요 부분의 출처를 밝히는 데 집중되었다. 그것은 카뮈의 각색이 포크너의 소설 원전과 다르다 해도 포크너의 감독하에 이루어진 영어판 각색도 마찬가지이며, 몇몇 장면의 경우 양자의 각색에서 비슷한 부분을 찾아볼 수 있기 때문이다. 카뮈가 이 영어판 각색을 입수했을까? 아니면 영어판 각색자들이 카뮈의 각색을 이용한 것일까? 그렇지 않으면 그 유사점들은 우연의 일치인가?

포크너의 여자친구이며 배우인 루스 포드는 그 소설을 연극용으로 각색하여 1957년 11월 런던의 로열 코트 극장에서, 그리고 1959년 1월 뉴욕에서 공연했다. 포드가 각색을 할 때 카뮈의 파리 공연 각색본을 이용했다는 설이 있었다.

실제로 가장 확실한 증거로 볼 때 카뮈가 각색하면서 포드의 각색본을 갖고 있었다는 주장이 우세하다.[11] 카뮈는 포드의 각색본을 받았으며[12] 그는 포크너와 그의 친구가 공연 가능한 작품을 만드는 데 필요하다고 생각했던 각색본을 이용하는 것이 논리적이라고 여겼을 것이다. 그러나 설혹 그 각색본들을 이용했다 하더라도 카뮈는 배우들이 더 쉽게 쓸 수 있도록 대화를 압축시키고, 등장인물을 발전시키고, 심지어 배경을 고치기까지 하면서 (예를 들면 감옥에서의 마지막 장면의 설교조를 완화시킨 일) 앞서 나온 각색본들을 뛰어넘었다. 그는 제목에 '수녀'라는 표현을 사용할 것인지를 놓고 망설였지만, 크앙드로가 그 표현에는 꼭 정통적인 교리까지는 아니더라도 깊은 신앙이 함축돼 있으며 '성인' 같은 단어는 적절하지 않다고 설득했다.

카뮈는 1957년 갈리마르사에서 나온 크앙드로의 번역판 서문을 쓰면서 자신이 원전 소설에 손을 댄 일에 관해 설명했다. 요컨대 포크너의 스타일을 계속 유지하는 한편 그것을 연극으로 공연할 가능성을 고려했다는 말이었다.

특히 카뮈의 경우 이제는 공연할 수 있는 작품이 절실했던 것이다. 그러면서 카뮈는 처음으로 파리 무대에 올릴 작품을 쓰거나 각색했을 뿐 아니라 연출까지 하게 되었다. 그는 배우들을 선정하고 그들의 역량을 시험하며 전체 효과를 책임졌을 뿐 아니라, 1956년 6월 18일 희곡을 처음 낭독하고 나서 마리아 카자레스에게 불만을 표시한 데서도 분명히 알 수 있듯이 그 일을 진지하게 여겼다.

카뮈는 가우언 스티븐스 역에 영화와 고전극 배우인 미셸 오클레어를 기용했다. 그런데 여배우의 경우는 마리아 카자레스를 쓸 수 없었다. 요컨대 새 여배우를 찾아야 했던 것이다.[13]

카뮈는 아리 보르 여사의 동료이며 자신의 술친구이기도 한 로베르 세레졸과 함께 그해 봄 포크너 작품의 여주인공인 템플 드레이크 역을 맡을 여배우를 찾기 위해 수없이 극장을 들락거렸다. 또 캐스팅 후보 명단을 작성하기 위해 극장 프로그램을 수집하기도 했다. 그들은 모든 대중적인 연극뿐 아니라 코메디 프랑세즈의 비극 작품까지도 열심히 둘러보았다. 그러면서 연습장도 수시로 찾아다니곤 했다.

5월 어느 날 극장에서 돌아온 카테린 셀러스는 어머니로부터, 알베르 카뮈가 배역 문제로 이야기를 나누고 싶어 전화를 걸었다는 메모를 전해 받았다. 당시 그녀는 아틀리에 극장에서 체호프의 「갈매기」를 공연하고 있었다. 그녀는 카뮈에게 전화를 걸었고 두 사람은 리프 식당에서 만나기로 했다.

당시 스물아홉 살이었던 셀러스는 결코 스타라고 할 수 없었다. 카뮈는 그녀를 동등하게 대했고, 처음 만난 지 몇 분도 지나지 않아 두 사람은 편하게 이야기를 나눌 수 있었다. 카뮈는 그녀에게 「어느 수녀를 위한 레퀴엠」의 주역을 맡아주겠는지 물으면서 대본 한 부를 건넸다. 그녀가 마음에 든다면 오디션 없이 배역을 주겠다는 이야기였다.

그러나 그녀는 당시 알제리 순회 공연을 떠날 예정이었다. 그녀는 희곡을 읽어보고 돌아올 때까지 마음을 결정하겠다고 대답했다. 그녀에게서 긍정적인 대답이 나왔다. 첫 번째 리허설은 8월 10일로 예정되었다.

카테린 셀러스는 파리의 북아프리카 출신 유대인 부모 밑에서 태어났다. 나치 점령기 때 그녀의 부친은 아우슈비츠 수용소로 끌려가 그곳에서 목숨을 잃었다. 그러나 그는 아내와 어린 딸을 프랑스에서 탈출시켜 알제리로 보냈고, 두 사람은 전쟁 동안 비교적 안전하게 그곳에서 지냈다. 엘리자베스시대 연극을 전공한 카테린은 영문학 학위를 딸 예정이었지만, 연극에 대해 이야기하는 것보다는 직접 연극에 참여하는 쪽을 택했다. 그녀는 영국인과 결혼한 후 1년간 『폭풍의 언덕』의 나라에서 살았다. 그 후 혼자 프랑스로 돌아온 그녀는 1952년 가르시아 로르카의 「피의 결혼식」에서 첫 번째 배역을 맡았고, 카뮈가 「갈매기」를 공연하는 그녀를 발견하기 전까지 베르나노스의 「카르멜파 수녀들의 대화」에서 공연했다.[14]

카뮈는 카테린 셀러스에게서 새로운 면모를 발견하게 된다. 자신의 의사를 명확히 표현할 뿐 아니라 연극사와 극문학에 정통하고 관심이 있는 연극인, 함께 레퍼토리를 의논할 수 있는 상대를 찾은 것이다.

그녀는 그의 여배우일 뿐 아니라 그의 동지가 될 수도 있었다. 그녀는 그가 공연하려는 작품을 판단할 줄 알았고, 게다가 카뮈 자신의 글에 대한 이야기에 귀를 기울일 줄도 알았다. 물론 꿋꿋하게 대화를 이끌어갈 줄 아는 다른 파트너를 찾을 수도 있을 테지만, 뭐 하러 다른 데서 구하겠는가? 카테린은 매혹적인 젊은 여성이었고, 세련되고 총명했으며 당연한 말이지만 그와 같은 지중해인이었던 것이다.

다른 한편으로 카뮈는 『유형과 왕국』에 들어갈 단편들을 본격적으로 마무리하고 있었다. 그러나 그는 끊임없이 알제리에서 찾아오는 손님들 때문에 방해를 받았다. 그들 한 사람 한 사람이 카뮈에게 급속히 악화돼가는 알제리의 상황을 알려주고 싶어 했다. 비교적 짧은 시기에 이런 우호적인 밀사를 10여 명까지 만난 적

도 있었다.[15]

그는 릴 쉬르 라 소르그의 거처 팔레르모로 떠날 준비를 했지만, 출발 전에 또 다른 일에 관여하게 되었다. 자신들이 처한 여건에 항의하기 위해 들고 일어났다가 공산주의 당국으로부터 유혈 진압을 당한 폴란드 노동자들의 일이었다.

"노동자가 비참한 상태가 아니면 죽음이라는 양자 사이에서 선택해야 하는 정부는 정상적인 정부라 할 수 없다." 카뮈는 7월 13일자 『프랑 티뢰르』지 1면에 항의문을 게재했다. 그는 또한 봉기 후에 체포된 노동자들을 위한 청원서에 서명하기도 했다. 한 친구에게 고백한 바에 의하면, 카뮈는 항의문이 발표됐을 때쯤 이미 신경이 극도로 소진된 상태에서 파리를 떠나 릴 쉬르 라 소르그에 도착했다.[16]

그럼에도 불구하고 그는 프로방스에서 열심히 글을 쓰기로 마음먹었다. 무엇보다도 8월 10일로 정해진 시한을 바꿀 수 없었기 때문에 「어느 수녀를 위한 레퀴엠」의 무대 지시를 마쳐야 했던 것이다. 그러나 동시에 오랫동안 마음을, 그리고 그의 일기를 차지해왔던 의욕적인 장편소설 『최초의 인간』도 시작할 수 있게 되기를 바랐다.[17]

그곳에 도착한 직후 카뮈는 마튀랭 극장에서 연극이 개막되는 것과 때를 맞춰 9월에 갈리마르에서 출판하게 될 『어느 수녀를 위한 레퀴엠』의 각색본을 제대로 손보았다.[18]

또 작품들이 자신이 원했던 대로인지에 대해서는 계속 의구심을 품긴 했지만 단편들 역시 출판이 가능하게끔 마무리 지었다.[19] 원래의 계획은 9월에 『유형과 왕국』을 출판하는 것이었지만, 『전락』이 아직 왕성하게 판매되고 있고 문학상 시즌인 가을에는 문

학상 후보들에게 모든 관심이 쏠리기 때문에 카뮈는 12월에 책을 내는 편이 낫겠다고 생각했다.[20]

그러나 갈리마르사가 단편 원고를 인쇄에 넘기기 전에 그는 출판사로 전화를 걸어 원고를 돌려받은 다음 『어느 수녀를 위한 레퀴엠』이 손에서 떠난 10월에 원고를 마지막으로 한 번 더 수정했다. 그렇다면 그는 이 무렵 『최초의 인간』도 쓰고 있었던 것일까? 아니었다. 아직은 준비가 되어 있지 않았던 것이다. 카뮈는 10월부터는 쓰기 시작하겠다고 다시 한 번 다짐했다.[21]

그는 어머니와 함께 그해 여름을 무덥고 격리된 릴 쉬르 라 소르그에서 보냈으며, 8월 초에 어머니를 비행기에 태워 알제로 떠나보냈다.

카뮈는 매년 방학 때에 맞춰 적어도 한 달은 아이들과 함께 보내기 위해 애썼다. 그는 자신이 아버지 노릇을 해야 한다는 것을, 그리고 쌍둥이에게 아버지라는 존재가 필요하다는 것을 잘 알고 있었다. 부녀 관계에서 종종 찾아볼 수 있듯이 그는 특히 딸과 호흡이 잘 맞았다. 그는 딸 카테린이 자신의 생동감을 물려받았으며 사고 방식뿐 아니라 필적까지 자신과 똑같다고 말한 적이 있다.

아들과의 관계는 그만큼 좋지 않았는데, 아마도 기대치가 그만큼 높았기 때문이었을 것이다. 아들 장에게 재능이 있다고 판단한 카뮈는 그 아이가 재능을 낭비하는 것을 원치 않았다. 그 때문에 카뮈는 아들에게 좀더 엄격하게 대했던 것 같다.

장은 시간이 흐를수록 아버지의 외모를 닮아갔으며 수줍은 성격과 빈정거리는 어조, 반응하는 방식 혹은 반응을 보이지 않는 방식까지 아버지의 태도를 닮아갔다. 심지어 함께 소풍이라도 갈 때는 아버지가 즐겨 입는 것과 비슷한 조그만 레인코트를 입기까지 했다. 장은 몸이 약했는데, 카뮈 부부에게 정작 근심거리를 안겨준 것은 카테린이었다. 딸이 걸린 수수께끼 같은 병이 류머티즘성관절염이라는 진단을 받은 것이다. 옛날 병원에 대해 품고 있던 공포감이 되살아난 카뮈는 카테린이 입원해서 검사를 받는 데 반대했다. 결국 그들은 마담가에서 병원으로 아이를 데리고 다녔다.

카뮈와 그의 아내는 작가 알베르 카뮈의 명성을 가능하면 드러내지 않으려고 노력했으나, 아버지의 명성은 차츰 아이들에게 인식되었다. 언젠가 카뮈가 집안일로 아들에게 화를 내며 저녁 식탁에서 일어나 방으로 돌아가라고 명령하자 장은 "그럼, 안녕히 주무세요. 별 볼 일 없는 이류작가님"이라고 웅얼거리며 주방을 나섰다.[22]

몸으로 하는 숭고한 이야기

리허설은 예정대로 8월 10일에 시작되었고, 카뮈는 처음으로 연극 전체를 책임지게 되었다. 그는 자신이 연극 이론을 무시한 실제적인 연출자임을 입증했다. 그가 발탁한 여주인공은 그의 연극에서 몸의 움직임이 중요했다고 말했다.

그 무렵 프랑스에는 두 종류의 연극이 있었다. 그녀가 보기에, 하나는 군소리가 많은 연극이고 다른 하나는 러시아 연극식으로 심오한 심리를 다루는 연극이었다. 카뮈는 그 둘을 결합시킨 후 육체를 더했다.

훗날 그녀는 1970년대의 파리 연극계에서 젊은 연출자들이 하게 될 일을 그 당시 카뮈가 하고 있었다고 생각했다. 추상적 개념을 좋아하지 않은 그는 자신이 뜻하는 바를 보여주기 위해 무대 위로 뛰어올라(그는 무대로 난 계단을 이용하지 않았다) 그 부분을 직접, 그것도 언제나 즐겁게 연기해 보여주곤 했다. 그녀는 그가 대본을 중시하기는 했지만, 다른 연출가들과 카뮈가 다른 점은 그의 경우 배우들도 중시했던 것임을 알고 있었다.[23]

그는 마치 연극이 다음날 개막되기라도 할 것처럼 모든 일을 한꺼번에 해치우려고 드는 정력적인 연극인이었다. 실제로 얼마 지나지 않아서 하루에 열 시간씩 리허설을 강행했으며, 그 뒤에도 무대 장치 작업을 계속했다. 그 부분은 카뮈로서는 처음 경험하는 일이었기 때문이다. 숫자를 이용하여 조명의 위치를 정하는 표준 방식이 있었으나 당시 카뮈는 그것을 몰랐다. 그는 매일 밤 절반 이상을 꺼져버린 조광기를 대체하느라 기다린 것 같은 기분이 들었다.

카뮈는 시간이 흐르면서 리허설이 한밤중까지 진행되자 일에 열중하기 위해 아예 극장 건너편의 수수한 호텔에 방을 하나 얻었다. 공식적인 리허설 시간은 오후 1시부터 새벽 1시까지였다.

쉬잔 아넬리는 그런 카뮈의 주의를 조금이라도 돌려보기 위해 우편물을 가지고 극장까지 찾아가서 기다렸다가 지시를 받아오곤 했다. 이런 작업을 몇 시간씩 계속하고 나서도 그는 여전히 단원들에게 자신의 뜻을 전달하기 위해 무대 위로 뛰어오르곤 했다. 그러면서 그는 "이것 봐, 난 아직 팔팔하다구" 하고 말했다.

그는 연극이 머리가 아니라 근육을 움직여서 하는 작업이라고 생각했다. 그는 연극이란 "몸으로 하는 숭고한 이야기"라고 했다. 그는 한 배우에게 "대사를 읊으면서 무대를 걸어가봐. 그러면 감정이 저절로 우러날 테니까" 하고 말하기도 했다. 그러나 배우가 대사를 가지고 애를 먹을 때는 아예 대사를 바꿔버리기도 했다.[24] 그는 "이건 심리학이 아냐" 하고 카테린 셀러스에게 주의를 주었다.

그는 대본에 아랑곳하지 않고 템플 드레이크 역에 몸집이 작고 피부색이 검은 여배우를 썼고, 호리호리한 미국인 등장인물 역을 뚱뚱하고 키가 작은 배우에게 맡겼다. 그가 그런 일에 신경을 썼다면 자신이 아무 관심도 없던 종류의 리얼리즘도 받아들였을 것이다. 그는 카테린에게, 템플이 극중 내내 실을 푸는 털 뭉치와 같은데도 마지막에 가서는 온전히 남아 있다는 말을 했다.[25]

카뮈는 종종 원하는 대로 할 수 없어서 끊임없이 타협해야 하는 조그만 마튀랭의 무대 때문에 불만을 토로하곤 했다. 또 몇몇 배우에게 실망하기도 했다. 마지막 몇 주 동안에는 하루에 네 시간도 자지 못했다. 배우들은 준비가 된 것처럼 보였지만, 저렇게 좁아터진 곳을 극장이라고 할 수 있을까?[26] 그는 자신의 작품을 확신할 수 없었던 나머지, 세레졸에게 관객의 반응이 어떻든 100회 공연을 약속해달라고 청하기도 했다. 1956년 9월 2일에 막이 오르기까지 스태프들은 모두 네 차례의 총연습과 70회의 리허설을 가졌다.

그 결과는 카뮈가 상상할 수 있는 모든 것을 뛰어넘었다. 첫날 밤 관객들은 숨을 죽인 듯이 보였는데 카뮈 자신도 극장 안에 가득 넘치는 감동을 느낄 수 있었다. 마지막 막이 끝나자 관객들이 일제히 열광했다. 매일 밤마다 똑같은 반응이었다. 처음엔 눈물이, 그 뒤에는 갈채가 이어졌던 것이다.[27]

결국 연극은 경제적으로도 성공을 거둔 셈이었다. 그 극장의 좌석은 497석뿐이어서 처음 몇 주 동안은 많은 관객들이 바닥에 앉아서 연극을 봤다. 하룻밤에 입장권이 530장씩 팔려나가서 매표소에 임시직원을 고용하기까지 했다. 결국 「어느 수녀를 위한 레퀴엠」은 마튀랭 극장의 보르-세레졸 팀 시절이 거둔 최대의 흥행작으로 남게 되었다. 그 연극은 일주일 내내 만원인 채 두 시즌 동안 공연되었으며, 카뮈가 더 많은 돈을 끌어들일 순회공연을 원치 않았다면 폐막일로 예정됐던 1958년 1월 12일을 훨씬 넘겨서 계속 공연되었을 것이다.[28]

새해가 된 직후인 1957년 1월 4일 카뮈는 윌리엄 포크너가 보낸 한 통의 해외 전보를 받았다. "새해를 맞이하여 축하를 드리며 본인의 작품에 대한 귀하의 협력에 감사를 표합니다."

훗날 카뮈는 「어느 수녀를 위한 레퀴엠」이 자신의 바칼로레아였고, 「악령」이 교수 자격시험이었다고 말했다. 그 다음 연극이 무대에 오를 때까지 그가 살았다면 그 작품은 그의 박사 학위가 되었을 것이다.[29]

게다가 그 작품은 비평에서도 성공을 거두었다. 이번만은 파리에서 공연한 카뮈의 작품이 조건 없는 호평을 얻은 것이다. 까다로운 장 자크 고티에르는 『피가로』에 쓴 평을 "마침내 진정한 의미에서 흥미진진한 공연"이라는 말로 시작했다. 그는 '분별'과 '절도'를 갖춘 카뮈의 각색과 연출에 찬사를 보냈다. 그는 캐스트, 그중에서도 '젊고 진정한 비극 배우'인 카테린 셀러스를 "탁월하다"고 호평했다. 『엑스프레스』의 평자는 '압도적'이라고 외쳤다. 비평가 모르방 레베스크는 "이건 하나의 계시인가?"라는 말로 서두를 시작했다. "아니 그 이상이다. 이건 하나의 사건이다."

『프랑스 옵세르바퇴르』조차 작가이자 연극인인 카뮈에게 찬사를 보내며 긍정적인 평을 했으며, 카테린 셀러스에 대해서는 "이후로 그 세대의 선두를 차지하게 될 것"이라고 했다. 그동안 내내 마리아 카자레스의 목소리만 들어왔던 카뮈는 그 새로운 목소리에도 경탄했다. 그는 자신이 앞으로도 많은 작품을 연출해야 하는데 이제는 마리아 없이 해나가야 한다는 사실을 쓰라린 심정으로 깨달은 것이다.

헝가리 봉기

긴장했던 그 몇 주일이 카뮈에게 미친 영향은 충분히 예측 가능한 것이었다. 카뮈는 허탈감에 사로잡히고 독감에 걸렸으며, 격렬하고 불규칙했던 70회의 리허설을 하고 난 이제 갑자기 울적하고 외로워졌다.

파리에서 자신의 첫 번째 연극이 거둔 성공이 즐거워야 마땅했지만, 오히려 지독한 슬픔과 고립감에 젖었을 뿐 아니라, 경주를 하고 난 뒤의 말처럼 맥이 풀리고 공허했다. 마리아조차도 그를 도와줄 수 없었다. 그녀는 해외에 있었는데, 프랑스 레퍼토리 극단과 함께 소련을 순회하며 공연 중이었다. 이렇게 무기력에 빠져 있었음에도 카뮈는 10월 초 출판사에 최종적으로 원고를 넘기기 전에 한 번 더(마지막으로) 『유형과 왕국』의 단편들을 손질했다. 그 원고가 식자공의 손에 넘어간 것은 11월 26일이었다.

그는 또다시 반체제 스페인인을 위한 항의 운동에 참가하여 10월 30일 스페인 공화파 정치가이며 역사가인 살바도르 데 마다리아가의 70회 생일을 기리는 집회에서 연설했다. 그 행사는 다양한 정치 성향을 지닌 망명자의 친구들로 구성된 위원회를 비롯하여 콜롬비아인 에두아르도 산토스, 정치학자 앙드레 지그프리드,

쥘 로맹 등이 포함된 국제위원회가 후원했다.

카뮈의 스페인인 찬미자들은 전체주의 옹호자들의 위협에 굴하기를 거부하는 자유주의에 대해 강력한 지지를 표한 그 연설을 "지극히 스페인적인 연설"이었다고 여겼다.[30] 카뮈는 물론 마다리아가를 평하는 것으로 자신의 입장을 밝혔다.[31]

그 연설에는 다른 이야기도 포함돼 있었다. '헝가리 학생 및 노동자들의 영웅적이고 세상을 놀라게 한 봉기'가 그것이다. 그 무렵의 심리 상태에도 불구하고 그 사건의 비극적인 전개 양상이 카뮈의 주의를 끌었고, 그 때문에 그는 일선에서 물러나 편안히 쉴 수 없었다.

헝가리인들이 공산주의 정부와 소련 점령군에 반대하여 봉기함으로써 역사의 한 페이지를 장식하게 된 그 사건은 10월 23일에 일어났다. 카뮈가 마다리아가를 위한 연설을 하고 있을 때는 헝가리인의 저항을 분쇄시키기 위한 소련군의 반격이 아직 시작되지 않았던 때였다. 그 봉기는 새 정부를 탄생시켰다. 한때 전체주의적 통치에 빠진 것으로 여겨졌던 전국에서 지방의 제반 문제들을 처리하기 위한 진정한 노동자위원회 및 혁명위원회가 설립되고 있었다. 그러나 얼마 후인 11월 초에 소련군의 탱크가 밀고 들어왔다.

소련의 반격이 반체제 정부를 분쇄시키기 직전인 11월 8일, 카뮈는 헝가리 망명 작가 그룹으로부터 한 통의 전보를 받았다. 거기에는 헝가리의 반군 라디오를 통해 방송되었으며 뮌헨에서 청취된 다음과 같은 내용의 호소문이 들어 있었다.

전 세계의 시인, 작가, 과학자들이여. 헝가리 작가들이 당신들을 부르고 있습니다. 우리의 호소에 귀를 기울여주십시오. 우리는 우리 조국의 자유를 위한, 아니 유럽의 자유, 인간의 존엄성을 위한 바리케이드에서 싸우고 있습니다. 우리는 아마도 목숨을 잃을 것입니다. 그러나 우리의 희생이 헛되지 않도록 해주십시오. 최후의 순간, 암살된 한 국민의 이름으로 우리는 당신들, 카뮈, 말로, 모리악, 러셀, 야스퍼스, 에이나우디, T. S. 엘리어트, 케스틀러, 마다리아가, 히메네스, 카잔차키스, 라게르크비스트, 락스네스, 헤세 및 다른 모든 정신의 투사들에게 말합니다. 행동하라고.

카뮈는 즉각 독자적인 호소문으로 그에 응답했다. 그는 그 호소문을 자신이 선호하던 자유주의 좌파지인 『프랑 티뢰르』에 발표했다. 11월 9일자에 헝가리 작가들의 호소문이 실렸고, 11월 10일에 카뮈의 호소문이 게재됐다. 자신의 이름이 방송에 나왔기 때문에, 비록 최근처럼 비참한 무력감을 느낀 적도 없었음에도 그는 개인적인 응답을 원했던 것이다.

오랫동안의 기다림 끝에 마침내 중동에 개입할 힘을 얻게 된 국제 사회는 이제 20년 전 스페인 공화국이 분쇄되도록 방치하여 세계대전을 야기하게 되었던 것처럼 헝가리가 암살당하도록 방치하고 있었다. 카뮈는 라디오 호소문에서 거론된 모든 인사들에게, 현재 헝가리에서 벌어지고 있는 집단 학살을 의제로 다루도록 국제연합(UN)에 촉구하는 메시지에 서명할 것을 권유했다. 그는 만일 국제연합이 그 메시지를 거부한다면 서명자들은 국제연합과 그 문화 기구를 보이코트할 뿐 아니라 가능한 모든 기회를 총동원해서 이를 규탄할 것이라고 했다. 카뮈는 또한 유럽의 모

든 작가들에게 국제연합 사무국 앞으로 보낼 지식인들의 서명을 받아줄 것을 요청했다.[32]

이틀 후 『프랑 티뢰르』지는 프랑스에서 접수된 최초의 서명들, 즉 르네 샤르, 피에르 에마뉘엘, 쥘 루아, 마네 스페르버를 비롯하여 이탈리아에서 접수된 서명들, 즉 귀도 피오베네와 이그나치오 실로네 등의 동참을 발표했다.

11월 23일 카뮈는 소련군의 개입에 항의하는 프랑스 대학생 집회에 다음과 같은 메시지를 보냈다. "여전히 자유에 대해, 그 의무만큼이나 권리에 대해서도 충실하기 위해 우리가 얼마 전까지 겪었던 일들을 잊지 마십시오. 여러분은 상대가 아무리 위대한 인간이라도 또 아무리 강력한 당이라도 결코 여러분을 대신해서 생각하고 여러분의 행동을 지시하도록 허용해서는 안 됩니다."[33]

헝가리 사태는 이후 줄잡아 1년간 프랑스에, 그리고 다른 곳에도 영향을 미쳤다. 카뮈는 그 문제를 잊지 않기 위해, 그리고 무엇보다도 저항 때문에 처벌당하는 헝가리인들을 위해 수많은 공적 활동에 관여하게 된다.

여러 차례 알제리 문제에서 손을 뗄 의사를 표명했음에도 불구하고 카뮈는 여전히 알제리 일에 깊숙이 관여하고 있었는데, 이번에는 좀더 신중을 기했다. 샤를 퐁세가 공산주의자이며 네 자녀를 둔 홀아비인 한 친구(가족 중에 공산주의자가 많기는 했지만 실제로 그 자신은 공산주의자가 아니었다)가 체포됐다는 사실을 알렸을 때 카뮈는 자신이 공적 활동을 단념했기 때문에 이번에는 글이 아니라 사적인 방식으로 돕겠다고 약속했다. 실제로 카뮈는 개인적으로 이 문제에 관여했는데, 부분적으로는 그의 개입 덕분에, 체포된 사람은 얼마 후에 석방될 수 있었다.

카뮈는 보다 위험한 협조도 했다. 모하메드 레자위가 그 무렵 프랑스 본토의 민족해방전선 비밀 책임자로서 파리에 있었다. 카뮈는 오가르 식당에서 그를 만나 쿠스쿠스를 주문했다. 레자위는 카뮈가 그 음식을 좋아한다는 것을 알고 있었다. 레자위는 카뮈가 지난 1년간 큰 성공을 거둔 사실을 흐뭇한 어조로 이야기했다. 카뮈는 알제리인들이 추구하는 바를 누구보다도 잘 알고 있었다. 레자위는, 만약 민족해방전선이 카뮈와 우호적인 관계를 유지한다면 카뮈의 지성과 알제리에 대한 사랑으로 민족해방전선 측과 더욱 가까워질 수 있으리라고 확신했다.

그러나 레자위 자신은 얼마 후 체포되어 알제리가 독립될 때까지 투옥되고 만다. 레자위의 회상에 따르면 두 사람이 식당을 나설 때 카뮈가 그의 팔을 잡고 자신의 주소를 알려주며 이렇게 말했다고 한다. "내 집은 당신 집이나 다름없소. 언제든 필요하면 은신하러 오시오."[34]

44 노벨상

이 불모성, 이 갑작스런 무감각이 내게 큰 영향을 미쳤다네.
• 르네 샤르에게 보낸 편지(플레야드판 카뮈 선집에서 인용)

계속해서 알제리 문제에 열중하고 끊임없이 개입했으며, 프랑스와 알제리의 관계 악화에 대한 소식이 들릴 때마다 괴로워했음에도 불구하고 카뮈는 알제리 문제에 침묵을 지킨다는 이유로 종종 비난을 받았다. 그 한 가지 이유는 자신이 침묵할 의사를 표명했기 때문일 텐데, 그의 적들은 그의 행동과 성과를 생각해보지도 않고 그가 한 말을 그대로 받아들였다.

카뮈 자신의 기록에는 자신의 이러한 침묵을 정당화하기 위한 여러 시도가 담겨 있다. 1957년 2월에 쓴 다음과 같은 기록도 있다. "나는 알제리에 관해 침묵을 지키기로 결정했다. 그것은 그 불행에 대해, 또한 그것에 대해 씌어진 어리석은 말에 무언가 보태지 않기 위해서다."

이 글은 편지의 초고일까? 써두기만 하고 보내지 않은 편지였을까? 어쨌든 카뮈의 글은 계속된다. "이 문제에 대한 나의 견해는 변함이 없으며, 설혹 내가 해방의 투사를 이해하고 숭배한다 해도 부녀자를 살해하는 행위에 대해서는 혐오감만 느낄 뿐이다."[1]

이 알제리 독립 투쟁의 경우 쌍방간에 대규모 전투가 벌어진 적은 거의 없었지만 습격, 특히 공공장소의 폭발 같은 별개의 사건들이 끊임없이 발생했다.

확실한 것은 카뮈가 알제리의 위기에서 한 번도 물러난 적이 없다는 사실이다. 그것은 그를 고통스럽게 했다. 전쟁이 벌어지면서 그의 고뇌는 그만큼 깊어져갔다. 그리고 그는 남아 있는 36개월의 삶 동안 결코 그 고통에서 치유되지 못했다. 언론 앞에서는 침묵을 지켰을지 몰라도 카뮈는 언제든 요청이 있을 때면, 그리고 종종 자신의 의사에 따라 도움이 될 만한 분별 있는 행동을 계속했다.

이탈리아 잡지 『템포 프레젠테』(Tempo Presente)의 요청에 의해 카뮈는 세계 지식인의 역할에 대한 일반적인 질의에 답변한 적이 있다. 이 짧막한 문답은 『템포 프레젠테』의 런던 자매지 『인카운터』(Encounter) 1957년 4월호에 재수록되었다.[2]

그때 영국 잡지의 한 독자가 '알제리에서의 프랑스전'에 관련하여 카뮈에게 설명을 요청하는 편지를 보냈다. 그에 대한 카뮈의 답장이 『인카운터』 6월호에 실렸다.

거기서 그는 알제리의 식민 상태에 대해 종결을 선포하고 모든 이해 당사자가 한자리에 모여 앉아 원탁회의를 열어 알제리에 살고 있는 두 민족 모두의 자유를 보장해줄, 스위스를 모델로 한 자치적인 연방 국가에 대해 토론하는 것에 찬성한다고 말했다. 그러나 자신은 그 이상의 일은 할 수 없다고 했다. 자신은 아랍 게릴라 부대에 입대할 수도 없고, 프랑스인보다는 아랍 민간인에게 피해를 주는 테러 행위를 인정할 수도 없다는 것이었다. 그는 프랑스의 진압에 대해서도, 아랍의 테러 행위에 대해서도 항변할 수가 없다고 했다.

대의를 위한 살상에 대한 이와 같은 포괄적 반대가 그의 적들이 비난한 것처럼 단순히 상황에 따른 편의주의적 전략이 아니라는 사실은, 카뮈의 삶을 알고 있는 독자들이 잘 알고 있을 것이다.

자신도 잘 모르는 아버지와 공유한 사형에 대한 공포는 스탈린주의의 공포정치 시대에 『반항인』과 『정의의 사람들』에 표현된 대로 조직적이고 '합법적인' 살인에 대한 공포가 되었다. 실제로 1957년 초 카뮈는 극형에 반대하는 에세이를 쓰고 있었다.

말로의 친구 마네 스페르버는 이미 런던에서 처음으로 발표된 아서 케스틀러의 에세이 「교수형에 대한 성찰」과 카뮈의 에세이를 한데 엮어 한 권의 책을 낼 생각을 하고 있었다.[3]

그 일에 동의한 카뮈는 2월 말쯤에는 참수형의 잔혹한 역사와, 그것을 정당화한 사법제도에 몰두하고 있었다. 그러나 이번에도 글쓰기가 쉽지 않다는 사실을 깨달았는데, 이번 글은 특히 혐오스러웠다. 카뮈는 (3월 3일자) 편지에서 샤르에게 이런 말을 하게 된다.[4] "이상하게도 벌써 몇 개월째 이런 식의 황폐함이 반복되고 있네."[5]

스페르버는 또한 파리에서 이 무렵 카뮈의 가장 가까운 친구였던 장 블로슈 미셸에게 프랑스의 제도에 대한 긴 서문과 연구를 집필해줄 것을 의뢰했다. 그 서문에서 블로슈 미셸은 케스틀러의 글이 영국에서 사형 폐지에 대한 전국적 운동이 시작된 이후에 씌어진 것이라는 사실을 지적했는데, 그 캠페인의 결과 의회에서 사형 제도에 대한 토론과 투표가 이루어졌다. 그는 카뮈의 글 「단두대에 대한 성찰」은 그것과는 다른 문맥에서, 즉 무관심이라는 문맥에서 씌어진 것이라는 사실을 덧붙였다.

『사형에 대한 성찰』(*Réflexions sur la peine capitale*)이라는

제목으로 출간된 책에서 케스틀러의 에세이는 92페이지, 카뮈의 에세이는 60페이지를 차지했다. 블로슈 미셸은 거기에 프랑스 사형 제도에 대한 연구와 다른 나라의 상황을 분석한 글을 부록으로 덧붙였다. 카뮈의 글은 그 책의 출간과 동시에 *N. R. F.* 6월호 및 7월호에 분재되었다.

카산드라

한편으로 그의 관심을 요하는 다른 일들도 있었는데, 스페인에 관련된 일은 물론이고 이제는 헝가리 문제도 포함되었다. 3월 15일 카뮈는 소련의 헝가리 점령과 진압에 반대하여 파리의 살 와그렘에서 열린 항의 집회에서 연설했다. 그는 "오늘의 헝가리는 20년 전 스페인이 우리들에게 가졌던 의미를 되새기게 한다"면서 다음과 같이 말했다.

> 이 점에서 나는 다시금 카산드라(불행의 예언자 – 옮긴이) 역을 맡아야 함을, 그리고 지치지 않는 내 동료들의 새로운 희망을 실망시키게 되었음을 유감으로 여깁니다. 하지만 전체주의 사회에서는 어떠한 발전도 있을 수 없습니다. 공포는 악화될 뿐 발전하지 않으며, 단두대는 자유가 아니고, 교수대는 관용을 베풀 대상이 아닙니다. 세계 어느 곳에서도 절대 권력을 가진 당이나 인간이 그것을 유용하게 쓰는 법은 없었습니다.[6]

마침내 『유형과 왕국』이 한 권의 책으로 세상에 나왔다. 자신의 서명이 든 판촉문에서 카뮈는 여섯 편의 단편 하나하나가 내적인 독백에서 사실적인 이야기에 이르기까지 각각의 방식으로 유형이라는 주제를 다룬 것이며, 각각의 작품은 한꺼번에 씌어졌지만 추고와 개작은 별도로 이루어졌다고 밝혔다. '왕국'이라는 말의 의미에 대해서는 다음과 같이 말했다.

그것은 새로 태어나기 위해서는 반드시 재발견해야 할 자유롭고 적나라한 삶과 상응하는 것이다. '유형'은 그것 나름대로의 방식으로, 한 번에 그리고 동시에 예속과 소유를 거부할 수 있다는 유일한 조건으로 그 방법을 제시해주고 있다.[7]

출간된 책은 각양각색의 비교적 온화한 평을 받았다. 아무도 그 책이 카뮈의 작품 가운데 최고라고 생각하지 않았으나, 지각 있는 비평가라면 이 단편들이 카뮈의 전작에 대해 모종의 의미를 띠고 있음을 알 수 있었다. 가에탕 피콩은 이렇게 평했다. "이전에 나온 카뮈의 모든 작품은 사상의 어느 한쪽을 '극단으로 밀어붙였다.' 그런데 여기서 우리는 다시 어중간한 지대, 혼란, 신중하게 교차하고 있는 평범한 삶들을 보게 된다."[8]

그런 반면 그의 주요 경쟁자인 프랑수아 모리악은 카뮈가 「단두대에 대한 성찰」에서처럼 도덕적 문제를 제기하자마자 달려들었다. 여전히 『엑스프레스』에 일기 형식의 칼럼을 쓰고 있던 모리악은 7월 5일자에 다음과 같이 썼다.

나는 언제나 알베르 카뮈가 사형 제도에 반대하여 *N. R. F.*에 글을 쓰고 있다고 여겨왔다. 그런데 그것을 읽고 새삼스럽게 언짢은 기분이 드는 것은 무슨 까닭일까?

모리악은 스페인 내전과 나치의 유대인 학살 사건 이후로 백인종, 기독교도와 그 후계자들을 막론하고 그들의 옹호권이나 반박권을 거부했다. "사형 제도를 논함으로써 선의를 지닌 사람들로 하여금 좀더 화급한 문제들을 면제시키게 되지나 않을지 우려된다." 이것이 연하의 작가에 대한 모리악의 일격이었다. "고문이 다시 자행되고 있는 마당에 사형 제도를 폐지하자니. 카뮈, 그것이 당신이 말하는 논리인가!"[9]

주간 『다맹』(Damain)에 있던 카뮈의 친구들은 모리악에 대한 자신들의 반박문을 "프랑수아 모리악의 죄악"이라는 제목으로 크게 실었다.[10]

1957년 6월, 카뮈는 다시 마튀랭 극장을 위해 앙제 연극제에 내놓을 작품들을 연출하기로 했다. 그는 마리아 카자레스에게 그것은 순전한 '바라카'라고 했다. 아랍어로 '멋진 호의'를 의미하는 이 바라카라는 말은 70회의 리허설을 의미하는 것이기도 했다.[11]

그 해의 연극제를 위해 카뮈는 두 편의 희곡을 선정했다. 하나는 자신의 『칼리굴라』였고 다른 하나는 로페 데 베가의 『올메도의 기사』였는데, 두 번째 작품은 그 자신이 직접 번역했다. 그는 마리아 카자레스와 함께 그 작품을 한 줄 한 줄 번역했으며, 1957년 초 봄이 오기 전 몇 주일에 걸쳐 청중에게 맞는 화법을 감안하여 윤색하고 군데군데 손질을 했다.

공연을 위한 준비에 4월을 모두 보내고, 5월에는 리허설에 들어갔다. 그의 예정표에 의하면 이번에도 일이 끝난 후, 이를테면 7월부터 『최초의 인간』을 집필하기로 되어 있었다.

카뮈는 4월에 들어서면서, 이번에는 정부로부터 어떤 일에 관여할 것을 요청받게 된다. 알제리에서 경찰과 군대의 테러 행위가 점증하는 데 놀란 자유주의 단체로부터 압력을 받은 몰레 수상은 시민권의 오용과 고문, 그 밖의 잔혹 행위 혐의들을 조사하기 위해 어떤 당파에도 속하지 않은 위원회를 구성하기로 결정하고, 유명 인사들과 지식인, 법률 전문가들에게 위원회 가입을 요청했다. 카뮈도 그중 한 사람이었다.

카뮈는 그 요청을 거부했다. 4월 25일 몰레 수상 앞으로 쓴 편지에서 카뮈는 계획된 '알제리의 개인의 권익 보호 및 자유위원회'의 권한이 명확히 설명되지 않았으며, 그것은 위원회 회원들이 장차 무슨 일을 하게 될지 알지도 못한 채 그 직을 수락할 것을 요청받고 있다는 의미임을 지적했다. 그러면서 자신은 그러한 요청은 수락할 수 없다고 했다.

그러나 위원회 회원에게 조사권이 주어지고 정부를 포함한 모든 단체로부터 완전히 독립해서 활동할 권한이 부여될 경우에 한해서 요청을 수락할 뜻이 있다고 했다. 그렇지 않을 경우 자칫하면 위원회가 견해 차이로 분열될 수 있으며, 그럼으로써 총체적 혼란을 치유하기는커녕 가중시키게 될 것이라면서 "오늘날 우리나라의 분열과 나약함으로부터 고통 받고 있는 어느 누구도 경솔하게 머릿속으로 이런 식의 전망을 그리지 못할 것"이라고 언급했다.[12]

어느 누구도 카뮈가 이 위원회에 가담하기를 회피함으로써 빠져나갈 방법을 모색한 것이라고 여기지는 않을 것이다. 맹데스 프랑스는 카뮈가 이런 식으로 거리를 유지하는 것이 옳다고 여겼다. 이는 그 위원회가 진실을 은폐하기 위해 계획되었기 때문이다.[13]

그런 반면 같은 4월에, '알제리 자유주의자 위원회'의 이슬람 교도 회원인 물루 망메리가 실종됐다는 소식을 접한 카뮈는 즉각 사건의 진상을 알기 위해 에마뉘엘 로블레와 연락을 취하고 자신이 도울 방법이 없는지 알아보았다. 그 진상은 작가이며 대학 교수인 망네리가 자유주의 진영 기관지 『에스푸아르 알제리』에 익명으로 글을 쓰고 난 후 경찰의 추적을 받아왔다는 것이다. 망네리는 무엇보다 그의 형이 반군에 가담한 사실 때문에 요주의 인물이 되어 있었다. 그러나 그는 위험에 처해 있지 않았다. 그는 이미 알제리에서 모로코로 빠져나간 뒤였던 것이다. 그리고 그곳에서는 카뮈의 도움이 필요 없었다.[14]

또 한 번은 로블레가 파리에 와서, 이슬람 교도 친구 하나가 자기 동생 문제로 도움을 청했다는 말을 전했다. 당시 18세였던 그 동생이 프랑스계 알제리인 '울트라' 한 명을 총으로 쐈는데, 상대가 죽지 않았음에도 사형 선고를 받았다는 것이다. 그 무렵은 드골이 권좌에 복귀한 때였으며 카뮈는 그와 약속을 한 상태였다. 카뮈는 서랍을 열고 로블레에게 편지 한 뭉치를 보여주었다. "이것이 내가 드골에게 건네야 할 것들일세. 자네 서류도 주게."

카뮈는 훗날 로블레에게 그 젊은 이슬람 교도는 사면될 것이라고 말했는데, 실제로 얼마 후 그 젊은이는 사면을 받았다.[15] 카뮈의 서류철에는 드골 정권 이전과 드골 정권하에서 이슬람 교도 개인이나 단체가 관대한 처분을 탄원하는 서한들이 상당수 들어 있었다.[16]

그는 친구이며 민권 변호사인 이브 드슈젤르의 대들보나 다름없었다. 그는 모든 사건마다 카뮈의 개입을 요청했는데, 그에 대한 카뮈의 유일한 부탁은 그 모든 일에서 자신의 역할을 비밀로 해달라는 것뿐이었다.

이 무렵 카뮈는 아침에는 샤날레유가의 아파트에서 글을 쓰고, 오후에는 갈리마르사에서 보냈다. 그는 여전히 출판사의 전화와 우편물 주소를 이용했고, 무엇보다도 충실한 비서를 두고 있었던 것이다. 이제 출판사에서 그가 하는 일은 크게 줄어들었다. 그에게는 원고를 검토할 보조 심사자들이 몇 명 있었지만, 정원이 보이는 위니베르시테가 타운 하우스의 타원형 방에서 열리는 원고 심사위원회 모임에는 꼬박꼬박 참석했다.[17]

그의 사무실은 무엇보다도 집안의 근심거리에서 빠져나오기 위한 피난처 역할을 했다. 카뮈는 한 친구에게 말했다. "이곳은 내 섬이라네. 하지만 아쉽게도 금요일마다 사람들이 들끓지."[18] 그가 사무실에서 언제나 행복하기만 했던 것은 아니다. 그는 종종 그곳을 그만둘 생각이라고 말하곤 했는데, 그 꿈은 생애 마지막 몇 달 사이에 거의 실현될 것처럼 보였다. 적어도 한 번 그의 이러한 반란은 비슷하게 전복적인 가스통의 조카 미셸 갈리마르의 생각과 일치했는데, 그는 독자적으로 출판업을 시작해볼까 생각하고 있었다. 두 사람은 어쩌면 그 일을 함께 했을지도 몰랐다.[19]

한편 카뮈는 자신이 착취당하고 있다면서 돈 문제로 갈리마르 부부를 놀리곤 했지만 자신의 책이 실제로 어느 정도로 판매됐는지에 대해서는 관심이 없다고 했다. 사실상 그는 말로나 다른 성공적인 작가들과 마찬가지로 출판사에 자신이 번 돈 대부분을 맡겨두고 있었다. 그래서 이들 유명 작가들이 그 출판사의 은행이나 다름없다는 말이 나돌 정도였다.

카뮈는 세상을 떠날 때 인세 장부에 적지 않은 금액을 남겨놓은 상태였다. 그의 생활 방식에는 돈이 들었다. 사람들을 만날 때도 점심값은 언제나 그가 냈으며, 그는 돈을 빌리기 쉬운 상대였다.

다른 편집자들도 마찬가지였지만 갈리마르사에서 그가 받는 봉급은 수수한 편이었다. 봉급만으로는 그처럼 여유 있는 생활을 못했을 것이다. 그러나 그는 한 번도 더 많은 봉급을 원한 적이 없었고, 갈리마르사 측에서도 카뮈가 많은 인세를 받고 있었기 때문에 봉급 인상이 필요하지 않으리라고 여겼다. 카뮈는 봉급 문제로 출판사와 이야기하고 싶어 하지 않았고, 단지 언제든 마음 대로 장기 결근을 하고 싶어 했다.[20]

성벽 위의 공연

앙제 연극제를 2주 앞둔 6월 초에 카뮈는 까만 시트로엥에 배우 장 피에르 조리스, 도미니크 블랑샤르, 쉬잔 아넬리를 태우고 앙제로 갔다.

파리에서 리허설을 시작한 그들은 이제 성벽 위에서 리허설을 했다. 「올메도의 기사」는 6월 21·23·26·29일, 그리고 「칼리굴라」는 6월 22·25·27·30일에 언제나 오후 9시 30분에 공연될 예정이었다.

로페 데 베가의 연극에서 미셸 에르보가 배신한 경쟁자에게 피살되는 주인공 기사 역을 맡고, 조리스가 돈 로드리고 역을 맡았으며, 그 밖에 장 피에르 마리엘과 도미니크 블랑샤르가 나왔다. 미셸 오클레어는 조리스 엘리콩과 함께 칼리굴라 역을 맡았다.

처음부터 몇 가지 문제가 있었다. 카뮈는 연극제를 주최한 마튀랭 극장 측에 대해 인내심을 잃어가고 있었다. 무대가 제때 준비되지 않아서 목수들이 톱질하고 전기공들이 망치질을 하는 소란 속에서 리허설을 해야 했다. 엑스트라들도 첫 번째 공식 공연이 있기 48시간 전까지 준비되지 않아서 배우들은 거의 두 달 가까이 같은 대사를 읊고 있었음에도 새벽 3시까지 리허설을 해야 했다. 첫 번째 공연은 비 때문에 망쳤고, 전쟁 장면을 연출하기 위해 무술감독까지 초빙했음에도 불구하고 조리스가 검으로 발에 부상을 입었고, 또 한 배우가 무릎을 다쳤고, 세 번째 배우는 단도 자루에 다쳤다. 그때부터 배우들은 오토바이 순찰대가 쓰는 장갑을 이용했다.

카뮈는 칼리굴라 역을 맡은 배우 미셸 오클레어와 사이가 좋지 않았다. 카뮈는 그 역을 장 피에르 조리스에게 맡기고 싶었으나, 극장주들이 그 배역에 좀더 유명한 배우를 쓸 것을 요구하여 결국 오클레어가 맡게 되었던 것이다. 카뮈와 오클레어 사이에는 개성의 충돌이 있었던 것 같은데, 낭만주의자인 세레졸은 그것을 지중해인과 슬라브인의 기질 차이 탓으로 보았다. 오클레어는 스타였으며 카뮈의 지시에 쉽게 따르려 하지 않았다. 그는 뒤에서 이렇게 말했다고 한다. "그 사람은 쓰기만 하고 연출에는 관여하지 못하게 해야 해."[21]

첫 번째 공연은 비 때문에 불편하기는 했지만 그런 대로 성공을 거두었다. 자크 르마르샹은 『피가로 리테레르』에 그 공연에 관해 다음과 같이 썼다.

연극은 그 훌륭한 성곽의 모든 면을 이용했다. 그럼으로써 이 화려한 이야기는 서사적 작품의 언저리에서 뚜렷하게 빛을 발한 익살스러운 세부들과 더불어 금박과 검은색, 희고 붉은색의 보기 좋은 태피스트리가 되었다.

「칼리굴라」는 대중적인 작품이 아니었다. 청중을 끌어 모으긴 했으나 대학생의 비율이 높았고, 고통스러운 철학적 작품이 아니라 여름 연극제에서 흔히 볼 수 있는 장중한 고전을 기대했던 관객들 대다수는 어리둥절해했다. 파리의 비평가는 오클레어가 1945년 「칼리굴라」 공연 때의 제라르 필리프보다 "더 묵직했다"고 평했다. 미숙한 청년은 이제 무르익은 연기를 펼치게 되었지만, 덕분에 그 작품에는 인간미가 담기게 되었다.[22]

물론 변한 것은 배우만이 아니었다. 희곡도 바뀐 것이다. 카뮈는 칼리굴라의 말투를 가볍게 바꾸고 엘리콩의 말투도 개선했으며 칼리굴라의 다의적인 면을 강화시켰다. 카뮈의 편집자는 그 부분에서 『전락』을 연상했다. 이듬해 초의 파리 공연 때도 쓰일 이 새 원고는 몇 군데 수정이 더해졌지만 책으로 출판될 원고의 토대가 되기도 했다.

코르드 언덕의 그리스도

파리에서는 더 많은 알제리 문제가 기다리고 있었다. 이브 드슈젤르와 그의 조수 기젤르 알리미가 유력한 프랑스계 알제리인을 살해한 혐의로 기소된 어느 이슬람 교도를 도와줄 것을 요청했다. 카뮈는 도와주기로 했다.

테러 행위로 기소된 이슬람 교도를 옹호하는 일은 당시 알제리에서 무척 용기 있는 행동이었다. 점증하는 도시 게릴라 활동은 프랑스군의 소탕 작전과 충돌을 일으켰는데, 그것이 알제 전투다. 드슈젤르와 그의 성격 증인인 모리스 클라벨은 살해 위협에도 불구하고 도시 밖으로 빠져나갈 수 있었는데, 이는 울트라

들이 그날 면직된 한 대학 학장에게 신경을 쓰고 있었기에 가능했다.[23]

7월과 9월에도 드슈젤르는 옛 친구에게 호소했다. 그는 바로 카뮈의 부친이 그와 비슷한 처형 장면을 보았던 바르베루스 감옥에서 단두대로 처형된 세 명의 이슬람 교도 전사들에 관해 알려주었다. 그러면서 그는 실제로 테러를 자행하지 않은 훗날의 테러리스트들이 처형되는 일을 방지할 수 있도록 카뮈에게 성명서를 요청했다.

카뮈는 코티 대통령 앞으로 사면에 대해 보다 관대한 정책을 취해줄 것을 요청하는 편지를 보냈고, 대통령의 보좌관은 그렇지 않아도 재심의하고 있다는 답변을 보냈다. 카뮈는 10월에 다시 한 번 대통령 앞으로 편지를 썼고, 그의 탄원이 고려될 것이라는 취지의 답장을 받았다.[24]

카뮈는 여름 휴가 때 툴루즈에서 가까운 코르드로 떠났다. 중세에 카타리 종파가 십자군에 맞서 세운 방위 거점으로서, 알비에서 24킬로미터 가량 떨어져 있는 평화로운 마을이었다. 전에도 코르드에 온 적이 있는 그는, 그곳의 조그만 언덕 위까지 늘어선 고풍스러운 집과 요새풍의 관문, 둥근 탑, 가파르고 좁은 자갈 골목길에 매혹되었다. 그때 그는 한때 알제의 샤를로 서점 매니저였던 클레어 타르게바이르의 초대로 칼데론의 「살라메아 시장」 야외 공연을 관람하기까지 했다. 훗날 카뮈는 그녀가 만든 그 옛 마을의 안내서에 짤막한 서문을 써주게 된다. 그 시적인 서문은 다음과 같다.

코르드의 언덕 위에서 여름밤을 지켜보는 여행자라면 더 이상 여행할 필요가 없다는 것을, 그가 원하기만 한다면 이곳에서 보내는 아름다운 나날이 자신을 고독으로부터 지켜줄 것임을 알게 될 것이다.[25]

클레어 타르게바이르는 한 친구와 함께 고풍스런 고딕식 장원을 그랑 에퀴에르 호텔로 개조했다. 카뮈는 그녀의 첫 번째 손님 중 한 사람이었다. 그곳의 '붉은 방'은 이제 '카뮈의 방'으로 불리고 있다.[26]

1957년 여름 카뮈는 코르드에서 사실상 연극 회의라고 할 만한 것을 열었다. 그는 "탁월한 배우" 마리아 카자레스와 함께 장 피에르 조리스도 그곳에서 연극에 관해 의논하자고 초대했다. 그들은 카테린 셀러스도 데리고 왔다. 카뮈는 그들에게 자신이 작업하고 있던 『악령』의 각색에 대해 말해주었다. 그러나 실제로 그는 다른 친구들에게, 코르드에 머무는 동안 일은 거의 하지 않았다고 실토했다. 그는 주로 휴식을 취했는데, 그럴 필요가 있었다. 기분은 좋았고 몇 년 만에 처음으로 어느 정도 마음 편히 잘 수 있었다.[27]

그는 조리스와 함께 「칼리굴라」의 파리 공연을 의논했다. 카뮈는 이번에는 확실히 그 젊은 배우에게 주역을 맡기고 싶었다. 그들은 누벽 위를 산책하다 석양을 가장 오래 볼 수 있는 성벽 위에 앉았다. 마을에는 이미 땅거미가 내려앉고 있었다.

카뮈는 그들을 마을 밖 수 킬로미터 떨어진 옛 교회당으로 데려갔다. 카뮈는 그들에게 교회당 안의 그리스도 상을 보여주기 위해 시장에게서 열쇠를 얻었다. 그가 분명히 그곳에 와본 적이 있었던 것 같았다. 카뮈는 담담한 어조로 이렇게 말했다. "난 이곳에서 아름다움을 보았어." 그리고 불쑥 말했다. "이곳의 황홀경에 오래도록 도취하지는 못할 테지만 그래도 한번 보라고."[28]

이번에야말로 카뮈는 혼자 힘으로 새로운 길을 개척할 결심을 한 것 같았다. 그는 완전한 자율권을 행사할 수 있는 자신만의 극장을 인수하여 관리하기를 원했으며, 미셸 갈리마르를 설득하여 연극 사업에 가담시키겠다는 희망도 품고 있었다.[29]

얼마간 파리에서 보내고 난 카뮈는 다시 여행을 떠났는데, 이번에는 쌍둥이와 함께 미셸 갈리마르의 집이 있는 소렐로 향했다. 그러나 그는 여전히 일을 하지 않았다. 이 무렵 그의 어조에는 새로운 불안이 담겨 있었다. 카뮈는 9월 17일 르네 샤르에게 편지를 썼다. "우린 무척 닮았네. 사라지고자 하는 소망이 그것이지. 다른 말로 하면 무가 되고 싶은 것일세." 그러고는 이렇게 말했다. "난 올 여름에 아무것도 하지 않았지만, 그것을 중요하게 여겼네. 이 불모성, 이 갑작스런 무감각이 내게 큰 영향을 미쳤다네."[30]

이 상은 우리 모두의 명예

마치 이 불모성의 고백이 징을 울리기라도 한 것처럼 카뮈는 노벨상을 받았다. 스웨덴 한림원 측에서 내린 결정이었다. 일반적으로 노벨상 수여는 완성된 작품과 충분한 경력을 의미했다.

카뮈는 마흔네 살이 채 되지 않았고 그해 프랑스에서만 아홉 명의 후보가 있었다. 예를 들어서 말로는 프랑스와 스웨덴 양국의 문학 단체에서 추천을 받았고, 스웨덴 국왕을 접견한 적이 있으며, 렘브란트 강연을 위해 스톡홀름을 방문했을 때도 대대적인 영접을 받은 인물이었다.

노벨상위원회가 1907년, 마흔세 살에 노벨상을 받은 키플링 이후 최연소 수상자가 될 카뮈를 선택한 사실은 20년 전 마르탱 뒤가르가 그의 연장자이며 스승인 지드를 뛰어넘어 선택됐을 때만큼이나 경악을 자아냈다. 지드는 그 후 다시 10년이 지나서야 노벨상을 수상했다. 1957년의 다른 수상 후보는 보리스 파스테르나크, 생 종 페르스, 사무엘 베케트(이들 모두 훗날 노벨상을 수상하게 된다), 그리고 핀란드인 베이노 린나였다.[31]

카뮈는 자신이 노벨상을 타리라고 예상했을까? 언젠가는 분명 상을 탈 테지만, 그때 상을 탈 것이라고 짐작이나 했을까? 미국인 출판업자로서 그해 8월 스톡홀름에 들렀다 파리에 와서 카뮈를 만난 블랑슈 크노프는 자신이 노벨상과 관련하여 그의 이름이 거론되는 소리를 들었다고 말했다. 훗날 그녀는 "우리 둘 다 웃고 말았다. 우리가 보기에 그런 일은 불가능했던 것이다"라고 회상했다.[32]

카뮈는 샤날레유가의 아파트에 있는 상자 안에 마르세유의 간행물 『마살리아』 1954년 11월 18일자에서 오려낸 기사 하나를 보관해두었는데, 그가 아니면 누군가가(어쩌면 그것을 쓴 사람일지도 모르지만) 비평가 르네 윌리가 파리에서 보낸 문학 서한에 붉은 표시를 해놓았다. 필자는 그해의 노벨상이 헤밍웨이에게 돌아간 사실을 이야기하면서, 카뮈의 이름도 언급되었으나 젊은 나이 때문에 심사위원들이 망설였던 모양이라고 썼다. "하지만 그의 고매하고도 순수한 작품은 인정을 받아 마땅하다!"

르네 윌리는 프랑스와 해외에서 점증하는 그의 영향력과 작품에 대해 찬사를 던지고 난 후 이렇게 말을 맺었다.

노벨상은 경력에 대해서만 영예를 주어서는 안 될 것이다. 확실함과 가능성을 모두 갖춘 예술가에 대한 독자적인 평가만이 그 상의 영예를 보다 높이는 길이다.

1957년 10월 16일 패트리샤 블레이크가 포세 생 베르나르 가의 한 식당 위층에서 카뮈와 함께 앉아 있을 때 젊은 웨이터가 다가오더니 카뮈가 노벨상 수상자로 선정됐음을 알려주었다. 카뮈는 그 식당에서 잘 알려져 있었던 모양이다. 카뮈는 창백한 얼굴에 혼란스러운 표정을 지으면서, 말로가 노벨상을 탔어야 했다는 말을 몇 번이고 되뇌었다.[33]

카뮈는 즉각, 심지어 그 일이 일어나기도 전에, 아니 적어도 자신의 비판자들이 깨달았던 것만큼 빨리, 자기에게 닥치고 있는 일이 무엇인지를 알았던 것이다. 그는 글을 쓰고 있지 않았으며, 자신의 과거와 현재, 미래에 확신이 없었다. 대중의 눈앞에 자신을 드러내고 갖가지 의식에 참석해야 하는 고문을 겪게 될 시기가 하필이면 그런 때였던 것이다. "난 거세된 거야!" 카뮈는 훗날 한 친구에게 그렇게 하소연했다.[34]

자닌 갈리마르는 카뮈 부부가 침실에서 마치 우리에 갇힌 사자처럼 서성였으며, 기쁨과 당혹감에 휩싸인 채 경악한 모습이었던 것으로 기억했다. 여기서도 카뮈는 말로가 그 상을 탔어야 했다는 말을 몇 번이고 중얼거렸다.[35]

"그럴 줄 알았지." 그의 적들이 샐쭉해서 내뱉은 소리다.[36] 그중에서도 가장 잔인한 논평은 주간 『아르』에 실렸는데, 1면에 카우보이 차림에 권총을 늘어뜨린 카뮈의 캐리커처를 싣고 그 옆에 다음과 같은 제목을 달았다.

노벨상위원회, 끝장난 작품에 월계관을 씌우다!

그 기사의 필자이며 『아르』의 편집자이고 우파 논쟁가에 대중 소설가인 자크 로랑은 아마도 말로가 한림원의 비위를 건드렸을 것이라고 했다. 그러면서 "한림원 회원들은 이번 결정으로써 자신들이 카뮈를 끝장난 인물로 여기고 있다는 사실을 증명한 것"이라고 했다.

보수적인 프랑스인들에게 카뮈는 위험한 과격 분자였으며, 알제리 문제에는 결코 망설이지 않았고, 폭도들의 위험한 친구였다. 그들의 이러한 심정은 우파 주간지 『카르푸』의 비난 기사로 표출되었다. 그들은 노벨상이 통상적으로 해당국 외무장관과의 협의를 거쳐 결정하게 마련이지만, 이번 경우는 스웨덴 한림원이 명백히 알제리 문제에서 알제리를 프랑스령으로 유지하려는 세력이 아닌 자유파의 역성을 들어준 것이라고 했다. "우리의 내정에 대한 기묘하고도 새로운 형식의 간섭이 아니고 무엇이란 말인가."

정치권의 다른 한편에 선 로제 스테판도 『프랑스 옵세르바퇴르』에서 자크 로랑이 한 말과 비슷한 이야기를 했다.

이제 카뮈는 내리막길에 선 것인지, 그리고 자신들이 젊은 작가에게 영예를 안겨주는 것이라고 생각한 스웨덴 한림원이 혹시 때 이른 경화증에 찬사를 바친 것은 아닌지 모르겠다.

한때 카뮈의 빈정거림의 표적이 된 적이 있는 스테판은 이제 분풀이를 했다. 그는 카뮈를 말로와 사르트르보다 못한 인물로, 즉 무기력한 사르트르로 간주했으며 『페스트』가 아나톨 프랑스의 독자와 프란츠 카프카의 독자 모두에게서 평가를 받았다는 사실을 특기했다. 어째서 카뮈는 알제리 문제에 대해 용기 있게 큰소리로 말하지 않았던 것일까? 자신의 평판을 유지하고 싶었던 것일까? "하지만 그 평판을 뒀다 뭐에 쓰려고 그러는 걸까?"

『파리 프레스』의 파스칼 피아는 자신의 옛 동지가 더 이상 '반항인'이 아니라 시대에 뒤진 휴머니즘에 골몰하는 '사이비 성인'에 불과하다고 말했다. 그는 카뮈가 이웃 핀란드와 노르웨이가 침략당할 때도 "무엇보다 완고한 평화에 대한 사랑"만을 내세우던 스웨덴 사람들을 즐겁게 해준 것이 분명하다는 말도 덧붙였다. 그리고 카뮈가 예전에 일하던 『콩바』의 비평가 알랭 보스케는 작은 국가들이 "말 잘 듣는 소인배 사상가들"에 탄복했다고 말했다.

카뮈는 물론 공산주의 진영으로부터도 파리 일간지 『위마니테』에서 받은 것 이상의 평가를 기대할 수 없었다. "그는 추상적 자유라는 신화를 내세우는 '철학자'다. 그는 몽상에 빠진 작가다." 나중에 카뮈가 스톡홀름에서 상을 받게 될 때 체코슬로바키아 작가 연맹의 기관지 『리테라르니 노비니』(*Literarni Novini*)는, 카뮈에게 상을 수여함으로써 스웨덴 한림원은 냉전 진영에 가담한 것이라고 썼다.

스웨덴에서도 언론은 처음부터 부정적인 태도를 취했으며, 문학인으로서보다는 정치인으로서 카뮈에게 관심을 가졌다. 스톡홀름의 영향력 있는 일간지 『다옌스 뉘헤테르』(*Dagens Nyheter*)의 문학 편집자 올로프 라게르크란츠는 카뮈를 수상자로 선택한 것은 불가해한 일이며 그보다는 말로나 특히 사르트르가 나았을

것이라고 썼다.[37)]

10월 17일 갈리마르사는 카뮈를 위해 축하 파티를 열어주었다. 카뮈는 파티장에 일찍 도착하여 기자들과 이야기를 나누었다. 수상 소식을 듣고 기분이 어땠느냐는 질문을 받은 카뮈는 "무척 놀랐으며 기분이 좋았다"고 대답했다.

이름은 이전에도 몇 차례 거론된 적이 있었지만, 그는 한 번도 그 일이 실제로 일어나리라고는 생각하지 않았다고도 했다.

카뮈는 "나는 노벨상이, 완성된 작품이나 적어도 내 것보다 탁월한 작품에 수여돼야 한다고 생각했다"고 말한 것으로 전해졌다. "만약 내가 투표에 참여했다면 앙드레 말로를 선택했을 것임을 밝혀두고 싶다. 그는 내가 숭배하고 우정을 느끼는 인물로서, 나의 젊은 시절 우상이었다."

현재 하고 있는 일에 대해 질문을 받은 카뮈는 『악령』의 각색에 관해 말했으며, 자신은 신작을 쓰는 데 전념하기 위해 연극 일을 포기할 생각이라고 했다. 신작의 가제는 『최초의 인간』이며, 일종의 성장소설이 될 것이라는 말도 덧붙였다.

얼마 후 살롱에는 사진 기자와 라디오 방송 기자들이 구름처럼 밀려들었다. 그는 몇 차례 포즈를 취해주었으며 자신을 축하하기 위해 찾아온 마들렌 르노와 함께 포즈를 취하기도 해서 그녀가 카뮈의 부인이라는 오해를 낳았다. 카뮈는 사진 기자들의 요청에 따라 스웨덴 대사와 몇 차례 악수를 나누었다.[38)] 더 많은 손님들이 몰려들면서 파티는 정원으로까지 이어졌다. 대사는 짧막하고 공식적인 연설을 했고, 갈리마르사는 행사장에 스웨덴의 민속주 아콰비트를 제공했다.[39)]

카뮈에게 노벨상이 돌아간 일을 어떻게 생각하느냐는 질문을 받은 말로는 망설임 없이 카뮈에게 축하를 보낸 후, 그가 수상 소식을 접하고 자신에 대해 한 말에 감사를 표했다. 말로는 "당신의 답변은 우리 두 사람 모두의 명예"라고 말했다.[40]

5 루르마랭의 노래

45 스톡홀름

나는 정의를 믿지만, 그에 앞서 내 어머니를 지킬 것입니다.
• 스톡홀름에서(1957년 12월 12일)

카뮈는 파티가 끝난 후 낭패감에 빠졌다. 이것은 카뮈가 니콜라 치아로몽테에게 자신의 상태를 설명하며 쓴 표현이다. 자신이 얼마나 걸맞지 않는 인물이며, 노벨상이 더 이상 글을 쓰지 못하는 사람에게 수여된 것이 얼마나 큰 실수인가를 깨닫기 위해 극우파와 좌파 비평가들의 말을 들어볼 필요까지도 없었다. 카뮈는 그것 때문에 몇 달 동안 앓게 된다. 그가 내심으로 얼마나 속을 끓였는가는 관찰자의 친분 정도에 따라 다를 것이다. 그가 표면상으로는 아무런 내색도 하지 않았기 때문이다.

그는 스톡홀름에 갔고 필요한 모든 의식에 참석했으며 연설문을 쓰고 연설을 하고 인터뷰에도 응했다. 그는 노벨상 수상자답게 행동했다.

물론 호평도 있었다. 『뉴욕 타임스』는 1957년 10월 18일자의 1면에 수상 기사를 게재하면서, 당연한 일이지만 상금도 발표했다. 4만 2,000달러였는데, 프랑스 언론에서는 1천 877만 6천 593.80프랑으로 보도했다. 『뉴욕 타임스』는 스웨덴 한림원이 카뮈를 전체주의와 대립한 세계의 주요 문인으로 보았으며, 그를 수상자로 선정한 이유는 "우리 시대의 인간적 양심의 문제를 명석하고 진지하게 다룬 중요한 문학 작업" 때문이라고 보도했다.

얼마 후 스웨덴 한림원의 종신 간사인 안데르스 오스테를링 박사는 카뮈로서는 결코 시인하지 않을 언급을 했다. 오스테를링은 "카뮈는 이미 허무주의에서 멀찌감치 떨어져 나왔고 그의 실존주의는 인문주의의 한 형식이라고 할 만하다"라고 말했다.

10월 19일자 『뉴욕 타임스』 논설은 카뮈가 실존주의와 "인간의 삶이 부조리하고 무익한 것이라는 철학"에서 벗어났다고 썼다. "그의 철학은 인간성에 대한 균형 잡히고 침착한 견해로서 전후의 혼란스런 세계에서 떠오른 소수의 문학적 목소리다."

『르 몽드』는 카뮈가 프랑스의 아홉 번째 노벨문학상 수상자라는 사실을 보도했다. 1901년 노벨상 제1회 수상자로 시인 쉴리 프뤼돔이 있었고, 그 밖에 로맹 롤랑, 아나톨 프랑스, 앙리 베르그송을 비롯하여 마르탱 뒤 가르, 지드, 모리악이 있었던 것이다.

마르탱 뒤 가르는 연하의 동료이자 친구에 대해 이야기해달라는 요청을 받고 한 문학 주간지에서 다음과 같이 말했다.

유쾌하게 빈정거리는 듯한 눈과 미소 때문에 얼핏 오해할 수도 있다. 그러나 대화가 진행되면서 속에 숨은 깊이가 나타난다. 억눌려 있던 섬세한 감정은 끊임없이 약동하며 내면의 근저를 흐르는 우울함은 거의 손을 댈 여지가 없어 보인다. 그리고 현실과 접촉하기라도 하면——그 어떤 현실도 그의 시선을 벗어나지 못한다——거의 언제나 반항적인 신랄함이 폭발하는데, 그는 정신위생상 그러한 반항을 끊임없이 시도하는 것이다.[1]

모리악조차 논평을 요청받은 후 카뮈에 대해 이야기했다. 이는 카뮈가 사고로 죽었다는 소식을 접하고 발표한 성명서와 함께 그가 카뮈에 대해 좋게 말한 유일한 언급이었다. "이 젊은이는 젊은 세대가 가장 많이 따르는 스승이다. 그는 젊은 세대가 던지는 질문에 대답을 들려준다. 어떤 면에서 그는 젊은 세대의 양심이다."[2]

고마운 사람들

1957년 11월 『레볼뤼시옹 프롤레타리엔』에 게재된 글 역시 카뮈에게는 중요한 내용이었다. 그 글은 이 노벨상 수상자가 몇몇 비평가들이 그리고 있는 것처럼 오만한 저명인사가 아니라는 사실을 보여주었다. 거칠기 짝이 없는 비판들이 한데 요약돼 있었는데, 그중에는 카뮈가 "위험은 전혀 없고 이익만 볼 손쉬운 사회주의"를 선택했다는 주장도 들어 있다.

카뮈는 삶의 인간, 따라서 과오와 약점이 있을 수 있는 모순의 인간이다. 우리가 알고 있는 카뮈는 스페인과 불가리아, 헝가리 투사들과 연대감을 나누는 인물이다. 집회나 선언뿐만 아니라 익명 이외의 다른 증인이 없을 때조차. 우리를 제외한 다른 사람들도 이 사실을 알고 있다. 나이든 모반자와 미국의 외국인들, 등사판 대자보로 그의 글을 발표하는 몬테비데오의 대학생들, 프라하나 바르샤바의 젊은 노동자들. 그리고 바르셀로나 출신의 한 인물은 카뮈에게 "고맙습니다"라고 짤막하게 적은 엽서를 보내기도 했다.

익명의 그 기사 제목은 "우리의 친구, 알베르 카뮈"였다.

윌리엄 포크너는 카뮈에게 프랑스어로 전문을 보냈다. "끊임없이 자신을 탐색하고 스스로에게 질문을 던지는 영혼에게 경의를 표합니다."[3] 그리고 카테린 셀러스와 함께 「어느 수녀를 위한 레퀴엠」을 성공리에 공연하고 있던 마튀랭 극장의 보르 여사와 세레졸은 그 연극이 '두 명의' 노벨상 수상자가 쓴 작품이라는 사실을 알리는 새 포스터를 내걸었다.

이제껏 카뮈를 만난 적이 있는 사람 모두가 이제 그에게 편지를 보냈고, 카뮈는 가능한 한 모든 편지에 답장을 쓰려고 노력했다. 쉬잔 아넬리는 통신과 전화를 처리하기 위해 넉 달 동안 보조 타이피스트를 고용해야 했다. 카뮈는 어머니에게, 그때처럼 어머니가 그리운 적이 없었다는 전보를 보냈고, 한 이웃사람이 그녀에게 전보를 읽어주었다.[4] 아르망 질베르가 축하를 보내면서, 카뮈에게는 아직 그를 자랑스럽게 여길 어머니가 있다는 사실을 질투하자, 카뮈는 이렇게 답변했다.

그래요. 지나친 영광 때문에 당혹스러운 나는, 언제나 위안이 되는 한 가지 생각 덕분에 도움을 받고 있습니다. 나는 알제 쪽으로 마음을 돌립니다. 거기에는 내가 세상에서 가장 사랑하는 분이 있으니까요. 그리고 나는 내게 일어나고 있는 일을 어떻게 생각해야 하는지를 알기 위해, 어머니가 그 일을 좋아하실지 알기 위해 기다렸습니다.[5]

그리고 그는 자신을 벨쿠르에서 벗어나게 해준 엄격한 스승인 루이 제르맹에게 다음과 같은 편지를 썼다.

저의 어머니 다음으로 떠오른 분은 선생님이었습니다. 선생님이 없었다면, 선생님께서 어린 소년이었던 제게 내밀었던 그 애정 어린 손길이 없었다면 이 모든 일은 일어나지 않았을 것입니다.[6]

그는 『드맹』 10월 24일자에서 블로슈 미셸과 "1957년 노벨상의 유일한 인터뷰"라는 제목으로 인터뷰를 했다. 카뮈는 그 자리에서 알제리에 대해 이렇게 말했다.

알제리에서의 내 역할은 과거와 마찬가지로 앞으로도 결코 분리되는 일이 없을 것입니다. 나는 프랑스인이든 아랍인이든 고통을 받는 이들과 같은 운명체입니다. 그러나 나 혼자서 그토록 많은 사람들이 파괴하려 애쓰는 것을 재건할 수는 없습니다. 나는 내가 할 수 있는 일을 했습니다. 모든 증오와 인종 차별의 산물인 알제리 재건을 도울 기회가 또다시 찾아온다면, 나는 다시 한 번 노력할 것입니다.

그는 제2차 세계대전 당시 리샤르 일라리가 죽어가면서 했던 말, 즉 우리는 절반의 진리라는 이름으로 거짓과 투쟁하고 있다는 말을 환기시켰다. 그런데 오늘날은 4분의 1의 진리로 바뀌었다. "서구 사회가 담고 있는 4분의 1 진리가 오늘날 자유라 일컬어지고 있습니다. 그리고 자유만이 완전성을 향해 나아가기 위한 유일한 길입니다.[7]

그는 꼭 필요한 행사에는 참석했지만 그 이상 나서지는 않았다. 라그나르 쿰린 대사는 카뮈와 오찬을 나눈 뒤 스웨덴 대사관에서 좀더 공식적인 만찬을 열었다.

카뮈는 오랑 시절의 옛 친구 앙드레 벨라미슈에게 알제리 친구들의 상징적 대표로서 도덕적 지원이 필요하다며 함께 가자고 부탁했다. 벨라미슈는 턱시도를 빌려야 했고 카뮈도 양말을 빌려주었다. 자클린 베르나르는 카뮈와 함께 일했던 옛 팀을 집으로 초청했으며, 그곳에서 카뮈는 즉흥 연설을 하면서 스톡홀름에서도 그렇게 연설할 것이라고 했다.[8]

그는 스웨덴 한림원으로부터 스톡홀름에 체류하게 될 12월에 각각의 의식이나 행사에서 입어야 할 의복에 대한 상세한 목록을 받았다. '훈장' 패용에 대한 말도 있었다. 카뮈는 어떤 훈장도 패용한 적이 없었지만 스페인 공화파 망명자들에게서 받았던 것만은 달기로 마음먹었다. 앙드레 베니슈의 아내가 그 훈장을 구해주었으나 결국 달지 않았다.[9] 아내가 레지스탕스 훈장을 구해주었지만, 카뮈는 그것도 달지 않았다.[10]

여행 준비를 하면서 쉬잔 아넬리가 카뮈와 함께 뷔치가의 코르드 샤스 의상실에 가서 스톡홀름의 행사에 입을 공식적인 예복을 빌렸다. 카뮈는 스톡홀름에서 돌아와서 턱시도 한 벌을 맞췄는데, 빌린 턱시도를 입은 그를 본 사람마다 험프리 보가트 같다는 말을 했기 때문이었다. 카뮈는 그 말이 마음에 들었다. 이후로도 카뮈는 연극 개막식 때마다 턱시도를 입곤 했다.[11] 셔츠 가슴판은 로베르 세레졸이 보석상을 하는 친구에게서 빌려다주었다.

카뮈는 케 볼테르의 조그만 카페에서 세레졸과 저녁 식사를 하면서 그에게, 말로가 자신의 정중한 발언에 대해 감사를 표한 글을 적은 종이쪽지를 보여주었다. 그런데 세레졸의 눈에는 친구가 우울해 보였다. 그는 자기에게 닥칠 일에 겁을 먹은 듯이 보였다.

이제 비평가들이 줄지어 기다리고 있을 텐데 자신은 더 이상 글을 쓸 수 없다는 것이다. 그는 열이 있어 보였으며, 결핵에 대해서도 이야기했다. 카뮈는 주먹을 쥐며 말했다. "이렇게 조그만 폐라면 경화증 때문에 죽고 말 거야."

그는 심지어 세레졸에게 스톡홀름까지 같이 가자고 말하기도 했다.[12] 그러나 마리아 카자레스에게는 그런 말을 하지 않았다. 그녀가 수상식에 참석할 수 없으리라는 사실을 잘 알고 있던 카뮈는 그녀 앞에서는 일부러 노벨상에 대한 이야기를 꺼내지 않았다.

얼마 지나지 않아서 친구들은 카뮈에게서 변화의 조짐을 눈치채기 시작했다. 카뮈는 자신을 좀더 중요한 인물로 여기는 듯이 보였다. 카뮈는 오랜 친구들과도 어느 정도 거리를 두지 않을 수 없다고 여겼다. 하지만 자기 일을 계속하기 위해서는 그러지 않을 수 없었다.[13] 친구들을 냉대한 것도 "거물이 되기라도 한 듯이군" 것도 아니었다. 실제로는 아무것도 변한 것이 없었다. 자신에 대해서는 언제나 확신이 있었기 때문에 자신의 진정한 가치에 대한 생각도 바뀐 것이 없었다.

그가 사람들로부터 물러선 것은 일종의 불안감 때문이었다. 그리고 그 자신은 성공이 어떻게 자신을 바꿔놓을 수 있다는 건지 의아하게 여겼다. 그는 블로슈 미셸에게도 세레졸에게 했던 것과 비슷한 말을 했다. "이제 글을 쓸 때마다 사람들이 내 어깨 너머로 들여다볼 거라고 생각하면 기분이 좋지 않다네."[14]

그는 스톡홀름에서 당할 시련에 대비하여 마음을 다잡는 한편 가능한 한 눈앞에 닥친 일들을 처리하려고 애를 썼다. 거기에는 물론 정치적인 활동이 포함되어 있었다. 이제 그는 노벨상 발표가 있고 난 후 축전을 보내준 코티 대통령이나 다른 정치 지도자들에게 좀더 권위가 담긴 편지를 쓸 수 있었다. 또한 이곳저곳에서 관여할 것을 요청받기 시작했다.

헝가리에 관련된 일도 늘어났다. 민중 봉기의 지식인 지도자들인 티보르 데리(헝가리에서 가장 유명한 소설가이며 사회주의 혁명의 친구로서 당시 예순두 살), 티보르 타르도스, 궐라 헤이, 졸탄 잘크 같은 작가들이 부다페스트에서 재판을 받고 있었기 때문에 카뮈는 동료 노벨상 수상자 마르탱 뒤 가르, 모리악과 함께 10월 29일 헝가리의 수상 야노스 카다르 앞으로 르네 타베르니에르가 쓴 전보 호소문을 보냈다.[15] 그래도 11월에 그 작가들이 형을 선고받고 투옥되자 카뮈는 파리의 헝가리 공사관 공사에게, 자신과 T. S. 엘리어트, 이그나치오 실로네, 칼 야스퍼스 등의 대표단과 접견할 것을 요청했다.

공사는 접견을 거절했으나 대신 12월 6일에 갈리마르사로 젊은 부관을 보냈다. 그 자리에는 루이 드 비예포스가 함께 참석했다. 부관이 전한 말에 따르면 공사는 데리 사건을 헝가리만의 문제라고 여기고 있기 때문에 호소문을 받아들일 수 없었다. 카뮈는 그것이 잘못된 생각임을 주장하면서 날카로운 어조로, 청원과 공표 같은 통상적인 방법보다는 이런 식으로 신중하게 처리하는 편이 나을 것이라는 말을 덧붙였다. 그러면서 필요하다면 자신들은 다른 방법들을 동원할 것이라고 했다. 얼마 후 카뮈는 스톡홀름으로 떠났으며, 비예포스가 대신 전화로 공사관의 답변을 확인하려 했으나 허사였다. 카뮈는 귀국 후 편지로 캠페인을 계속했지만 효과가 없었다.[16]

카뮈는 헝가리해외작가연맹 앞으로 다음과 같은 메시지를 보냈는데, 그는 1년 전 방송된 헝가리 작가들의 호소를 기념하는 런던 행사에 참여하겠다고 앞서 요청한 적이 있었다.

우리가 헝가리의 투사들로 하여금 죽게 만든 그 고독, 그리고 그곳 생존자들에게 덮어씌운 그 고독이라는 관념만큼 잔혹한 것일지 몰라도, 그럼에도 불구하고 유럽에서 이루어진 이 운동을 위한 재규합은 이런 필사적인 투쟁에 어느 만큼의 의미를 부여할 것이다.[17]

테러는 안 된다

테러 행위 때문에 고발당한 알제리계 이슬람 교도들의 문제에 개입하는 문제는, 그가 신스탈린주의 좌파로 간주되고 있다는 사실 때문에 피고에 대한 지지를 복잡하게 만들었다. 그러한 딜레마는 반란에 관여하지 않은 유력한 이슬람 교도(알제리 의회 부의장)를 살해한 혐의로 고발된 벤 사독의 기소 과정에서 야기되었다.

피고의 변호사는 카뮈에게, 자신의 의뢰인이 정치적 행동을 했으며, 그 변호사 자신은 카뮈가 반대하는 정치 운동과 관련되어 있음에도 불구하고 카뮈가 「단두대에 대한 성찰」의 저자인 까닭에 그에게 호소하는 것이라는 내용의 편지를 보냈다. 이브 드슈젤르가 그 호소를 재청했다.

카뮈는 자신이 법정에 보내는 서한을 어떠한 이유로도 공개하지 않겠다는 조건을 변호사가 보장하기만 한다면 벤 사독을 위한 탄원에 나서보기로 했다.

나는 지난 2년 동안 거부해왔다. ……또한 유익한 행동이 무엇인지를 알게 될 때까지는 계속 거부할 것이다. 정치적으로 이용 가능한 공적인 선언은 어느 것이든 조국에 불행만 더해줄 것이다.

특히 나 자신에게 아무런 위험도 없는 진술을 함으로써, 내 어머니와 사랑하는 사람들이 있는 알제의 군중에게 총을 난사하는 어리석은 미치광이들에게 도의적인 떳떳함을 부여해줄 생각은 추호도 없다.

그는 벤 사독을 지원하기 위해 법정에 보내는 문안을 작성했고 카뮈의 편집자는 그 서한이 발송되기라도 한 것처럼 인용하고 있지만, 실제로는 카뮈는 스톡홀름으로 출발하기 전에 그 서한을 그저 초안 상태로 남겨두었던 것 같다.

귀국한 카뮈는 변호사에게, 처음에는 피고를 도와줄 의사가 있었지만 방금 『프랑스 옵세르바퇴르』가 이미 자신이 우려하던 것, 그리고 자신이 처한 상황에 대해서 공표했다는 사실을 알았으며, 그것 때문에 자신이 불리해졌다고 말했다. 그러나 카뮈와 벤 사독의 변호사를 갈라서게 만든 것은 정치적 견해차라기보다는 오히려 방법론 때문이었다. 이후로 극좌파의 공격과 개인적 접촉은 묵살되고 만다.[18]

스웨덴 여행

카뮈는 스톡홀름으로 떠나기에 앞서 한 가지 직업상의 문제를 처리해야 했다. 「칼리굴라」가 다시 파리 무대에서 공연될 예정이었지만, 카뮈는 주역으로 오클레어를 원치 않았다. 카뮈는 이전 6월 앙제에서도 주역을 맡은 오클레어와 갈등이 있었다. 카뮈가 원한 사람은 장 피에르 조리스였다. 그러나 마튀랭 극장의 책임자들은 조리스가 그 역에 적합하지 않다고 여겼다.

그래서 카뮈는, 자신들의 크고 유명한 파리 극장 건물 안에서 소극장 누보 테아트르를 이제 막 시작하려던 참인 엘비르 포페스코와 위베르 드 말레에게로 연극을 가져갔다.[19]

이번에도 카뮈는 대본을 수정했는데, 이는 중대한 변화 중 하나였다. 예를 들면 조리스는 칼리굴라의 살인이 실제로는 자살이라고 여기고 있었는데, 카뮈는 대본을 수정함으로써 그의 생각을 다시금 확인시켜주었다. 리허설은 12월, 이제 막 하얗게 칠하고 선홍색 비품을 들여놓은 상자 같은 극장에서 시작되었다.[20]

스웨덴으로 여행하게 될 일행 중에는 카뮈와 그의 아내 말고도 미셸 갈리마르 부부 그리고 클로드 갈리마르 부부도 포함돼 있었다.

미국의 출판인 크노프 부부가 노벨상 소식을 들었을 때 블랑슈는 남편에게 이렇게 말했다. "우리도 스톡홀름으로 가서 수상식에 참석해요." 그 말에 남편도 "그럽시다"라고 대답했다. 그는 뉴욕에서 스톡홀름으로 날아갔고, 그 사이에 그의 아내는 카뮈 일행과 합류하기 위해 파리에 들렀다. 그리고 난 후 그녀는 자신들이 장거리 기차 여행을 하게 될 것이라는 사실을 알게 되었다.[21]

그 일행의 또 다른 일원은 스웨덴 목사의 아들로서 파리에서 성장한 칼 구스타프 비유르스트룀이었는데, 그는 카뮈의 스웨덴과 덴마크 출판사인 보니에르와 길덴달의 업무 대행인일 뿐 아니라 번역가이기도 했다. 그는 보니에르 출판사에서 발행하는 스웨덴 문학지를 위해 카뮈의 짤막한 작품 두 편을 번역한 적이 있고, 한 해 여름 동안 카뮈 연구 논문을 쓰면서 그와 만나려고 한 적도 있었다. 그러나 쉬잔 아넬리 때문에 카뮈와 만나지는 못했다.

이제 보니에르 출판사는 당시 38세였던 비유르스트룀에게 출판사와 카뮈 일행을 위해 스톡홀름으로 가줄 것을 요청했다. 보니에르는 1946년에 이미 게오르그 스벤손이 편집한 파나슈 총서로 『이방인』을 간행한 적이 있는데, 스벤손이 스톡홀름에서 카뮈를 맞이할 예정이었다.

비유르스트룀은 앞서 카뮈에게 편지를 보내, 스톡홀름으로 가는 도중 코펜하겐에 잠시 들러주면 좋겠다는 덴마크의 길덴달 출판사의 요청을 알렸으나, 카뮈는 스웨덴 한림원에 대한 예의상 스웨덴에 먼저 가야 한다고 생각했다. 그런데 비행에 대한 카뮈의 망설임 때문에 기차로 스웨덴에 가기로 결정되자 어차피 코펜하겐을 들르지 않을 수 없게 되었다. 결국 코펜하겐에서 짤막한 리셉션이 열렸다.

실제로 비유르스트룀은 길덴달 출판사에서 카뮈의 책을 내도록 한 장본인이다. 카뮈의 작품은 이미 다른 출판사에서 번역했으나 그 출판사가 교육 관련 출판으로 방향을 바꾸는 바람에 일반 도서는 출판되지 않았다. 『전락』이 출판됐을 때 비유르스트룀이 그것을 길덴달로 보냈는데, 그곳 편집자들은 이런 기묘한 책을 판매할 수 있을지 확신이 서지 않았다. 그때 비유르스트룀이 그들에게 이렇게 경고했다. "당신들 제정신이 아니군요. 이건 작은 책이어서 번역하기도 쉽잖소. 게다가 그 사람은 언젠가 노벨상을 받을 사람이란 말이오!"

노르 특급 열차는 12월 7일 토요일 밤 파리를 출발했다. 열차가 북역을 막 빠져나왔을 때 알고 보니 블랑슈 크노프의 파리 저택에서 일하는 가정부가 여전히 블랑슈와 이야기를 하고 있었다. 결국 그 가정부는 벨기에 국경에서 기차에서 내려야 했다.

지나치게 수줍음을 타는데다 유명 인사들 틈에서 신중하게 처신하며 되도록 사람들 눈에 안 띄려고 애쓰던 비유르스트룀은 여행의 일부를 블랑슈 크노프와 이야기를 하면서 보냈다. 그러나 스웨덴에서 어떤 사람들을 만나게 될지 궁금해진 카뮈가 그가 있는 객실로 찾아와 이야기를 나누고 싶어 했다. 그래서 비유르스트룀은 스웨덴의 문학계에 대해, 특히 패르 라게르크비스트와 에이빈 욘손의 작품에 대해 이야기해주었다.[22]

『파리 마치』의 기자 두 사람도 기차에 동승하여 사진을 찍었는데, 처음엔 그 때문에 카뮈의 신경이 곤두섰지만 나중에는 그들과도 친해졌다.[23]

당시 덴마크의 전통 깊은 출판사 길덴달의 젊은 출판국장이던 오토 린드하르트가 몇몇 영향력 있는 작가와 비평가들과 함께 코펜하겐에서 그들 일행을 위해 조촐한 파티를 열어주었다. 그 파티 후 일행은 다른 열차를 타고 이틀째 야간 여행길에 올랐다. 그 열차는 도중에 페리호로 옮아가게 된다. 카뮈 일행은 몹시 추운 월요일 아침(12월 9일) 8시에 스톡홀름에 도착하여 왕궁과 구시가지와 면한 해변의 고급 호텔인 그랜드 호텔에 투숙했다.

오전 11시 30분, 카뮈는 프랑스 대사관에서 스웨덴 언론과 최초로 대면했다. 2년간의 임기를 마치고 프랑스에서 막 돌아온 스웨덴 외무장관의 젊은 보좌관 한스 콜리안더가 그를 수행했다. 카뮈의 작품 세계와 알제리 문제에 대해 잘 알고 있었던 그가 카뮈 일행에게 도움을 주도록 선발된 것이다.

원래 노벨상 수상식에 참석하는 손님들에게는 이렇게 외무장 관의 부관이 배정되었다. 앞서 언급했던 현지 언론의 적대감 때문에 그 일은 쉽지 않았을 테지만, 정부로서는 가능한 한 격하지 않은 분위기를 유지하기를 희망했다.

언론의 부정적인 분위기는 카뮈 일행이 스톡홀름 역에 채 도착하기 전부터 나타나기 시작했다. 역으로 그들을 마중나온 콜리안더는 카뮈에게 코펜하겐에서 그와 한 인터뷰를 보도한 『다옌스 뉘헤테르』의 표제 기사를 보여주었다. 그러나 카뮈는 자신이 그곳에서 그런 인터뷰를 한 적이 없다고 했다.

콜리안더는 최악의 사태에 대비할 수 있도록 카뮈에게 표제와 처음 한 단락을 번역해주었다. 그 내용은 다음과 같았다. "어째서 언제나 큰소리로 의견을 발표해왔던 이 인물은 알제리 문제에 대해서는 침묵을 지킨 것일까?" 그에 뒤이은 카뮈에 대한 비판에서 그 신문은 종종 카뮈가 정치가가 아니라 작가라는 사실을 간과했다. 비록 카뮈가 그런 흐름 자체를 역전시킬 수는 없었지만, 그에 대한 비판은 점점 사그라들었다.[24]

카뮈는 계속해서 서 있겠다는 허락을 구하는 말로 대사관에서의 기자 회견을 시작했는데, 앉아서 말을 하고 싶지 않았던 것이다. 그는 작가의 책임에 대해 질문을 던지면서 동시에 그것이 자발적인 것이 아니라 '의무적인 병역'과 같은 것이라면서 빈정거렸다.

그는 예술가가 창의력을 유지하면서 동시에 자신을 시대와 분리시킬 수 없다고 여겼으며, 작가가 그 시대를 형성하는 것인지 아니면 시대가 작가를 형성하는 것인지 모르겠다고 했다. 그는 종종 '고독'해지고 싶으면서도 한편으로는 언제나 '연대감'을 유지하고 싶었다는 것이다.

『콩바』를 떠난 이유는? 3년을 운영하고 나자 자본금이 필요했지만 예속되지 않은 자본금이란 없게 마련이다. 결국 자신은 양쪽 모두 거부하고 언론에서 물러났다.

알제리 문제에 대해 카뮈는 프랑스-이슬람 교도의 공동체가 가능하리라고 생각하며, 그러는 편이 다른 어떤 형태의 분리보다도 바람직하다고 답변했다. 그는 이러한 공동체가 알제리의 다양한 종족들이 서로 분리되지 않고 섞여 있기 때문에 연방제도에—스위스식의 지역적 연방제가 아니라 아랍인, 프랑스인, 베르베르인 같은 각각의 공동체가 이제부터 규정돼야 할 입법 회의에서 평등하게 대표 자격을 갖는 '개별적 연방제'에—기초할 수도 있다고 생각했다.

문학에 대해 이야기할 때가 되자 카뮈는 17세 이후 자신의 가장 가까운 인물이 된 장 그르니에에 관해 언급했다. 그러면서 그는 알제리의 '모든' 젊은 작가들, 다시 말해서 프랑스인은 물론 아랍인까지도 자신의 친구라고 했다.

그는 그들의 작품을 출판하도록 도와주고 싶으며 자신과 그들 모두에게 똑같이 고통스러운 위기에 대해 그들과 공감한다고 말했다. 카뮈는 로블레와 루아뿐 아니라 페라오운, 디브, 마메리에 대해서도 언급했다. 그는 대부분의 프랑스인들과 친한 사이인데, 예를 들면 시몬 베유도 그중 한 사람이다. 죽은 사람에 대해서도 산 사람만큼이나 친밀감을 느낄 수 있기 때문이다. 그리고 자신은 아폴리네르 이후 최고의 시인인 동시에 '형제'이기도 한 르네 샤르와도 친밀한 사이라고 했다.

그는 자신의 소설 속 등장인물에 대해서는 어느 한 사람도 자신의 대변인이라고 내세울 수 없다고 했다. 그가 가장 애정을 느끼는 인물은 반드시 자신을 가장 닮은 인물일 필요는 없으며, 그가 가장 닮고 싶은 인물이라고 말했다.

작가의 작품은 연대기적이다. 1938년부터 1941년 사이에 씌어진 『시시포스의 신화』는 1947년부터 1951년 사이에 씌어진 『반항인』과 같은 작품이 될 수 없는 것이다. 상황뿐 아니라 사람 역시 변했기 때문이다. 예술가의 심장은 전쟁터고 그의 작품은 그 전쟁의 연속적인 영상이다.

카뮈는 지금 신작을 쓰고 있는가? 그는 일종의 미신에서 『최초의 인간』에 대해서는 이야기하고 싶지 않았다. 아마도 전통적인 유형의 소설이 될 것 같지만, 그는 자신이 전통적인 작가인지에 대해서는 확신이 없었으며 부담을 느끼고 있었다. "원한다면 나의 성장을 그린 소설이라고 생각해도 좋다. 그렇기 때문에 나는 그 작품에 다른 작품들보다 더 정서적 가치를 부여하고 있다. 요컨대 지금으로서는 그 작품을 불명확한 대로 남겨두는 편이 좋을 것이다."

그는 자신의 사형제 반대 운동의 경우 아무런 논란이 벌어지지 않았는데, 그 이유는 사람들이 그것을 그보다 더한 공포에 비교할 때 사소하다고 여겼기 때문이며, 자신은 그런 논거에는 반대한다고 설명했다.

카뮈는 낙관론자인가? 건물 안의 어느 누구도 에르네스트 르낭이 과학의 진보에 대해 말한 의미에서 낙관론자가 될 수 없을 것이다. 그렇지만 그는 세계가 파멸의 위험에 처했다고 해서 존엄성을 버리고 살 필요가 있다고는 보지 않았다. 결국 "나는 뿌리 깊은 낙관론자다." 그는 당파와 무관한 '고독한 자'였으며, 중요한 사건에 증언할 어떤 기회도 마다하지 않으면서 20년이란 세월을 보내고 난 후에도 자유는 여전히 가장 확실한 지고의 목표라고 믿었다. 자유는 여건들을 개선시킬 수 있지만 전제 정치는 그렇지 못하다.

종교에 대해서는 이제 새삼스럽게 귀의할 생각이 없다고 대답했다. 그는 오랫동안 무신론자나 유물론자로 여겨져 왔는데, 그건 그의 잘못 때문이다. 그렇지만 그는 인간에게는 어느 만큼의 신비가 있음을 알고 있었다. 그리스도에 대해서는 우호적으로 글을 써왔고, 존경과 숭배의 감정을 품었지만, 그리스도의 부활은 믿지 않았다. 그는 이른바 몇몇 좌파 단체에서, 무지와 인지의 한계를 고백하고 신성한 존재를 숭배하는 것을 약점으로 간주한다는 사실에 우려를 품었다. 정말 그것이 약점이라면 자신은 이러한 약점을 기꺼이 받아들일 것이다.

공산주의 철학자들은 그를 반동이라 부르고, 반동주의자들은 그를 공산주의자라고 부르며, 무신론자들은 그를 기독교도라 부르고, 기독교도는 그의 무신론을 개탄한다. 그는 앞으로도 계속해서 지금 그대로, 자신이 가능한 존재가 될 것이다.

사르트르에 대해서? 사르트르와는 깊은 관계를 맺고 있으며, 이는 서로 만나지 않는 사이에서도 가능한 최선의 관계다. 그들 각자는 존경할 만한 견해를 갖고 있으면서도 '정반대'다.[25]

그 다음날인 12월 10일에 공식적인 수상식이 열렸다. 프랑스 대사관에서는 비유르스트룀에게 카뮈의 연설문을 스웨덴어로 빨리 번역해달라고 부탁했지만, 연설문은 수상식이 있는 날에야 받아볼 수 있었다. 카뮈가 그 전에 연설문을 보여주고 싶어 하지 않앗던 것이다.

그래서 비유르스트룀은 다른 모든 일을 제쳐놓고 번역에 착수했으며, 공식 석상에 나가기 위해 옷을 입는 동안 대사관 직원이 원고를 가져가려고 기다리고 있는 옆에서 타이핑된 원고를 다시 한 번 읽어야 했다.

그날 스톡홀름에는 한파가 몰아쳤고 아직 오후인데도 어둠이 깔리기 시작했다. 오후 3시쯤이 되자 옛 콘서트홀 근처로는 행인의 접근이 허용되지 않았다.

금박을 입힌 가느다란 기둥에 발코니로부터 장밋빛 태피스트리가 걸려 있고 밝은 노랑색 다알리아로 연단을 장식한 파스텔조의 청색 상자 모양의 그 건물은 전통적으로 노벨상 수상식장으로 쓰였다.

노벨상 수상식은 연례 대행사였으며, 식장에 참석하는 고관들을 보기 위해 집집마다 사람들이 나와 서 있었다. 노벨상 수상자들과 스웨덴 한림원 회원들이 연단에 자리를 잡고 국왕 구스타브 6세와 왕비, 그리고 다른 왕족들이 맨 앞 줄 귀빈석의 청색 안락의자에 자리를 잡았으며 그들 바로 뒤로 수상자들의 가족들, 외교관들, 스웨덴 정부 요인들이 앉았다.

전통적인 의식은 노벨재단의 사무국장이 상의 창설자이며 화학자이자 발명가, 폭발물 제조가였던 알프레드 노벨에 경의를 바치는 것으로 시작되었다. 그들 국가의 언어로 각국 수상자들에 대한 찬사가 이어지고, 국왕이 상장과 메달, 수표를 건네주었다. 각각의 수상자들은 국왕과 악수를 나누기 위해 연단을 내려왔으며, 국왕 자신이 직접 수상자와 이야기를 하고 미소를 지으며 일일이 악수를 나누었다. 그 순간 박수갈채가 터져나오고 다음 수상자가 연단으로부터 내려왔다. 이따금 간주곡이 울려 퍼졌다.

카뮈 차례가 됐을 때는 모리스 라벨의 「죽은 왕녀를 위한 파반느」가 울려퍼졌다. 스웨덴 아카데미 간사인 안데르스 오스테를링이 카뮈에게 경의를 표했다. 비유르스트룀은 연사가 카뮈를 실존주의자로 묘사했을 때 움찔했다. 국왕은 다른 수상자보다는 카뮈와 좀더 오래 이야기를 나눈 것 같았고 청중들 역시 기뻐하는 것처럼 보였다.

『르 몽드』의 특파원은 카뮈가 스톡홀름을 정복했다고 보도하고, 5단짜리 표제어로 카뮈가 노벨상 수상자들 중 가장 두드러진 존재였다고 대서특필했다.[26]

남자들은 모두 연미복에 코트를 입지 않았기 때문에 비유르스트룀은 보온을 위해 클로드 갈리마르의 부인 시몬의 모피 어깨걸이를 걸치고 택시를 잡기 위해 식장 밖으로 뛰어나갔다. 그는 왕실 가족이 참석하는 공식 연회가 열리는 시청까지 가기 위해 사람들이 미친 듯이 몰려들 것이라는 주의를 사전에 들었던 것이다.

황금빛 모자이크 장식이 된 골든 홀에서 카뮈는 짤막한 공식 연설을 했다.[27] 연회가 끝나자 내빈들은 좀더 큰 블루 홀로 자리를 옮겼다. 그곳에서 스톡홀름의 의식용 가운 차림을 한 여학생들과, 하얀 안감을 댄 케이프가 달린 청색 제복 차림을 한 남학생들이 합류했다.

카뮈는 무도회에 참가했다. 블랑슈 크노프는 카뮈가 "밤새도록 춤을 잘 추는 학생들과 차차차를 추었다"고 회상했다.[28] 그는 그 모든 행사를 즐기는 것 같았다. 비유르스트룀이 알고 지내던 한 노부인이 자기 프로그램에 카뮈의 사인을 받아달라고 부탁했지만, 수줍은 비유르스트룀이 엄두를 내지 못하자 노부인이 직접 카뮈에게 걸어갔다. 카뮈는 그녀의 프로그램에 사인을 해주었다.

카뮈는 스톡홀름의 건조한 추위가 마음에 들었다. 여자들은 그곳 추위를 탐탁스러워하지 않았다. 그들은 스타킹 두 켤레에 모직 속옷을 입었으며 택시가 목적지 가까이 접근하지 못하자 몹시 곤혹스러워했다. 그들은 언제나 눈밭을 얼마간 걸어야 했고 그런 다음에는 난방이 지나치게 잘된 실내 공기에 질식할 것 같은 느낌을 받곤 했다.[29]

12월 12일 목요일 오후 5시 30분에 카뮈는 스톡홀름 대학생들과 만나 비공식 질의 응답 시간을 가졌는데, 이것 역시 정치적인 방향으로 흐르고 말았다. 문학에 관련된 질문은 하나뿐이었는데, 그나마 멍청한 질문이었다. 그 질문은 프랑수아 사강에 대한 것이었다. 긴장이 흘렀지만 프랑신 카뮈 바로 옆에 앉아 있던 외무장관의 보좌관 콜리안더는 끼어들 수가 없었다. 그 대학 총장도 마찬가지였다.[30]

헝가리의 반체제 인사들에 대한 질문이 쏟아졌으며, 알제리에 대한 화제를 꺼낸 것은 카뮈 자신이었다. 언론인과 작가의 표현의 자유에 대한 질문을 받은 카뮈는, 알제리에 검열이 있다는 사실을 인정하면서 "본토 프랑스 언론처럼 전체적이고 위안을 주는 자유"를 주장했다.

어느 젊은 이슬람 교도(『르 몽드』는 그를 민족해방전선의 일원으로 보도했다)가 어째서 카뮈가 동구의 문제에는 그토록 선뜻 개입했으면서도 알제리의 경우에는 그렇지 않았는지를 질문한 것은 바로 그때였다. 그 시점에서 대화는 혼란에 빠지면서 일방적이 되었고, 그 청년은 카뮈가 말하는 것을 가로막고 구호와 비난과 모욕을 늘어놓았다.

카뮈는 상대가 잠잠해지기를 기다린 다음 날카로운 어조로 이렇게 말했다. "나는 지금껏 한 번도 아랍인이나 당신네 투사들과 당신이 지금 공개석상에서 내게 한 것처럼 말한 적이 없소." 그리고 이렇게 말했다. "당신은 알제리의 민주화를 요구하고 있는 만큼 지금 당장 민주적으로 내게 말할 기회를 주시오. 종종 문장이란 끝에 가서야 그 의미가 완전히 전달되는 것이니까 내가 말을 다 끝내도록 해달란 말이오."[31]

콜리안더는 카뮈가 화났다는 것을 알았다. 그의 얼굴은 창백해졌으며 인내심은 한계에 달해 있었다.[32] 카뮈는 청중에게 자신이 이슬람 교도를 옹호한 이유로 알제리를 떠날 수밖에 없었던 유일한 프랑스 언론인이며, 그곳의 완전한 민주화를 선호하고, 지식인의 진술이 테러를 악화시킬 뿐이라는 것이 명확해질 때까지 끊임없이 발언해왔다는 사실을 상기시켰다.

카뮈는 그 알제리 투사에게, 자신의 친구들 중 몇몇은 그 젊은 이로서는 알지 못하는 모종의 조치 덕분에 오늘날까지 살아 있으며, 그 일에 대해 말해야 한다는 것은 유감스러운 일이라고 말했다. "나는 언제나 테러리즘을 비난해왔습니다"면서 카뮈는 이렇게 말을 이었다.

나는 또한 이를테면 알제의 거리에서 맹목적으로 자행되는, 그리고 언젠가 내 어머니나 가족을 공격할 테러리즘을 비난할 수밖에 없습니다. 나는 정의를 믿지만, 그에 앞서 내 어머니를 지킬 것입니다.[33]

『르 몽드』는 그 말에 박수가 터져 나왔다고 보도했다. 비유르스트룀은 그 젊은 이슬람 교도가 자신의 무리와 함께 집회 장소에 나타났는데, 발언을 주고받은 후 의논을 위해 수시로 홀 뒤편으로 가곤 했다고 회상했다. 카뮈는 침착했으며 울적해 보이기까지 했지만, 갈리마르 부부는 안절부절 못했다.

카뮈는 나중에 비유르스트룀에게, 자신은 자신을 곯린 그 아랍인에게 공감한다고 말했다. 또한 그는 자신이 프랑스 정부가 알제리 문제를 처리하는 과정에서 사소한 과오만 저질렀다고 말했다는 보도를 부인하기 위해 『르 몽드』 앞으로 보낸 서한에서, 자신이 알지도 못하면서 알제리에 대해 떠드는 다른 많은 프랑스인보다는 그 젊은 알제리인에게 친밀감을 느꼈음을 덧붙였다. "그는 자신이 무슨 말을 하는지 알고 있었고, 그의 표현은 증오가 아니라 절망과 불행에서 나온 것이다. 나는 그 불행에 공감한다."

그 행사는 카뮈가 정의와 어머니에 대해 언급한 직후에 끝났다. 그들 일행이 차에 올랐을 때 카뮈의 부인이 울기 시작했으며, 카뮈 자신도 그 사건을 불쾌하게 여기는 듯이 보였다.[34]

예술가와 그의 시간

그런 불운한 사건은 더 이상 일어나지 않았다. 다음날 아침의 행선지는 세인트 루치아였고, 카뮈 부부는 잠옷 차림의 어린 소녀들과 촛불을 든 광대들로부터 아침 식사 시중을 받았다. 그것은 연중 낮의 길이가 가장 짧은 날을 환기하는 전통의 일부였다. 그날 각 가정에서는 막내딸이 제일 먼저 일어나 머리에 촛불을 꽂고 다른 가족의 아침 식사 시중을 들었다.[35]

금요일에는 보니에르 출판사가 스톡홀름 북쪽의 숲이 우거진 호숫가에 면한, 18세기에 역마차 여인숙이었던 스탈매스타레게르덴에서 카뮈를 위해 오찬회를 열었다. 이외에도 보니에르사가 있는 스톡홀름의 디유르게르덴 섬에서 리셉션이 열렸다.[36]

오후에는 프랑스 대사관에서 프랑스 문화에 관심 있는 스웨덴 지식인들과 공동 토론회도 열렸다. 스웨덴 주빈들이 숫기가 없자 비유르스트룀이 소설과 극작의 차이에 관해 질문을 던짐으로써 토론의 실마리를 열어주었고, 카뮈는 『악령』의 각색에 대해 이야기했다. 이어서 대사관 리셉션이 열렸다.

『다엔스 뉘헤테르』의 편집자들이 그날 비공식 인터뷰를 요청했으나, 사람들은 그 동안 카뮈를 적대적으로 대한 그들과 인터뷰하지 말라고 충고했다. 카뮈는 결국 일요일에 그들을 만나겠다고 했는데, 그날은 신문 기자들에게 적당한 시간이 아니었다.[37]

또한 세인트 루치아의 시청에서 리셉션이 있었는데, 그때 카뮈는 성인의 역할을 맡은 키 큰 금발 소녀에게 관을 씌워주기로 돼 있었다. 그때 무대 뒤편에서 혼란이 벌어졌다. 루치아 역을 맡은 소녀가 신경이 잔뜩 곤두서서 안절부절 못하고 있었던 것이다. 사태를 알게 된 카뮈는 자신이 감독이 되어 모든 참가자가 설 자리를 정해주었으며, 그 덕분에 행사가 원활하게 진행될 수 있었다.[38]

12월 14일 토요일에는 스웨덴에서 가장 오래된 웁살라 대학에서 노벨상 수상자의 강연회가 열렸다. 콜리안더는 이곳이 고향이어서 자신이 직접 개입하지 않고도 모든 일을 쉽게 통제할 수 있었다. 그는 학생회 회장에게 전화를 걸어서 스톡홀름에서 벌어졌던 사태를 설명하고, 문학에 관련된 질의를 준비하도록 요청했다.

그곳에 도착한 뒤 역에서 콜리안더가 카뮈에게 이렇게 말했다. "이곳은 내 고향이니까 만사가 잘될 겁니다." 그 말에 카뮈가 이렇게 말했다. "무슨 일을 한 거죠? 당신이 개입하지 않으면 좋겠는데요. 나 혼자서도 해낼 수 있어요." 90분간의 집회에서 학생들은 문학에 관한 질문만을 던졌다. 모임이 끝나고 난 후 콜리안더가 말했다. "정치적인 질문은 나오지 않았군요." 그러자 카뮈가 미소를 지으며 이렇게 대꾸했다. "그런 것 같군요."

카뮈 일행은 웁살라의 유명한 대성당과 마주한 대학교의 수수한 벽돌 건물에서, 주로 학위를 수여하는 장소로 쓰이는 아울라라는 강당으로 자리를 옮겼다.

원주와 천장의 도금한 꽃들로 에워싸인 원형 홀의 널찍한 연단에서 카뮈는 강연을 했다. 그 강연 제목은 "예술가와 그의 시간"이었는데, 이는 1954년 이탈리아에서 같은 제목으로 한 연설과, 『시사평론 2』에 수록된 같은 제목의 인터뷰 기사와 다른 내용이다. 그 연설은 예술가가 세계사에 필수적으로 관여해야 한다는 데 대한 광범위한 성찰인 동시에, 예술을 국가나 사회주의 리얼리즘에 예속시킬 수 있는 위험에 대한 날카로운 비판이었다.[39]

그날 밤 스톡홀름으로 돌아온 카뮈 일행은 극장에 가서 스트린드베리의 연극 한 편을 보았다. 일요일에는 가볍게 소풍을 떠나 살츠외바덴 그랜드 호텔에서 점심 식사를 했다.

그들은 일요일에 파리로 떠났다. 파리로 돌아온 카뮈는 스웨덴 알제리 연맹에서 보낸, 학생 집회 사건을 유감으로 여기는 한 통의 편지를 받았다. 카뮈에게 고함을 친 그 알제리인은 어느 단체의 대표도 아니며, 협회는 그 청년이 자신들의 단체나 알제리 민족주의 단체 어디에도 소속돼 있지 않다는 사실을 입증할 수 있다는 내용이었다.

몇 달 후 우연히 비유르스트룀을 만난 카뮈는 스웨덴 은행으로부터 상금을 어떻게 할 것인지 문의를 받았다고 말했다. 카뮈는 12월에 그 은행에 수표를 입금하고 난 후 까맣게 잊고 있었다.[40]

46 어떤 침묵

나는 어느 한쪽 극단에 끼어들 수 없는 상황에서, 그리고 아직
냉정함을 잃지 않을 수 있는 제3진영이 점차 사라지는 현실과 직면해서,
그렇지 않아도 증오와 파벌의 독소에 물든 프랑스를 분할시킬 뿐
아무 성과도 없는 끝없는 논쟁에 가담하지 않기로 결심했다.
• 『시사평론 3』 머리말

이후로 카뮈가 만나는 사람들은 속내를 털어놓을 수 있고 공감할 수 있는 친구들뿐이었다. 물론 스페인 공화파와는 언제나 만났다. 그들은 1월 22일 카뮈를 위한 파티를 열었는데, 그때 카뮈는 그들에게 자신이 그 자리에 참석한 사실이 전례 없는 일임을 밝혔다. "비록 장기간 칩거하기로 작정했지만, 여러분의 초대에는 응하고 싶었습니다."

무엇보다도 그곳에 자신의 동포들이 있어서 요청을 거절할 수 없었기 때문이고, 다음으로 '그들'이 힘들 때마다 '자신'을 지원해주었기 때문이었다.

"내가 스페인에 진 빚"이라는 감사 연설에서 그는 좌우로부터 공격당하고 모든 이들을 언짢게 하면서도 꿋꿋하게 자신의 길을 가지 않을 수 없는 작가의 고통을 이야기했다. 또한 자신은 그 동안 올바른 일을 하고 자신의 일을 존중하며 필요할 경우 참여와 서명을 하기 위해 노력했다고 말했다.

자신이 지금까지 살아 있는 것은 친구들, 다시 말해서 자신들의 국가가 반식민주의의 이름 아래 위협당하고 있으면서도 그 존재

권이 마땅히 옹호되어야 할 이스라엘의 친구들과 남아메리카, 그리고 물론 스페인 공화파 덕분이라고도 했다. 그는 이 친구들을 위해 자신의 명성과 노벨상이라는 위엄을 사용하고 싶다고 했다.[1]

반쯤은 침묵에 대한 변명이고 반쯤은 참여를 약속하는 이 이상한 연설은 노벨상을 수상한 이후의 그의 심정을 잘 나타내고 있다.

그리고 카뮈는 다시 한 번 대중 앞에 모습을 나타냈는데, 그가 애정을 품은 혁명적 좌파 노조인 교정자들의 집회로서, 파리노동조합 사무실에서 열린 행사였다. '교정자 연구 서클'이 주최한 그 집회에는 200명가량의 노동자들이 참석했다. 행동 강령에 대해 질문을 받은 카뮈는 이렇게 대꾸했다. "나는 내가 노동 계급의 지도자로 간주되는 것을 단호히 거부하는 바입니다. 사무실에 앉아서 임금 생활자들이 해야 할 일을 정한다는 것은 너무나 쉬운 일이기 때문입니다."[2]

위축된 유명 인사

그러나 스페인 망명자들, 혁명적 신디칼리스트 등 공적인 친구들은 그가 얼마나 병약해졌는지, 그리고 얼마나 휴식이 절실한지 알지 못했다. 사적인 친구들 몇 명만 그 사실을 알고 있거나, 나중에 가서야 알게 된다.

카뮈가 스톡홀름에서 돌아왔을 때 에마뉘엘 로블레가 알제에서 올라와 피에르 샤롱가에 있는 프랑스 펜클럽에 체류하고 있었다. 두 사람은 1957년 마지막 주에 만나 점심 식사를 하기로 했다. 그런데 카뮈가 나타나지 않았다.

카뮈가 언제나 약속을 정확히 지킨다는 것을 알고 있는 로블레는 쉬잔 아넬리에게 전화를 걸어보았다. 그녀의 말에 의하면 카뮈는 얼마 전에 사무실에서 나갔다는 것이다. 마침내 약속 장소에 나타난 카뮈의 목소리는 잔뜩 쉬어 있었다.

카뮈는 자신이 생 제르맹가로 나와 택시를 잡으려는데 갑자기 숨이 막히기 시작했으며, 가까스로 지나는 행인에게 부탁하여 택시에 올라 운전기사에게 주치의의 주소를 일러주었다고 했다. 카뮈는 아슬아슬하게 제시간에 산소 치료를 받을 수 있었다. 그는 그런 무력감은 터무니없을 정도였다면서, 이런 일이 처음이 아니라고 말했다.[3]

쉬잔 아넬리가 그를 집까지 바래다준 경우도 종종 있었는데, 그때의 카뮈는 거리로 나서는 일조차 겁을 냈다. 그는 누군가 자기에게 접근하고 자신이 사람들에게 에워싸이는 일을 두려워했다. 이제 그는 유명 인사였던 것이다. 그는 주치의는 물론 정신과 의사와도 만나기 시작했다.

비서는 그에게 호흡기 질환 전문의도 만나보라고 권했다. 그 전문의는 그가 반쯤 질식한 상태이며 뇌가 충분한 산소를 공급받지 못하고 있다고 말했다. 그때부터 카뮈는 호흡 운동을 위해 정기적으로 의사를 찾아갔다.

그는 자신의 상태를 '위축된 상태'라고 표현했다. 그는 밀실 공포증 때문에 지하철을 탈 수 없었다. 비행기를 탈 때는 비서가 항공사에 전화를 걸어 카뮈가 익명으로 여행하기를 원하며 급환에 걸릴 수도 있다고 미리 일러주곤 했다.[4]

그러나 카뮈는 1958년 1월 1일자 편지에서 다음과 같이 르네 샤르를 안심시켜주었다. "나는 점점 나아지고 있네. 너무 불안해

하지 말게. 의사의 도움으로 안정과 유쾌한 지혜를 되찾는 데 꼭 필요한 조치를 취할 거라네."⁵⁾

그럼에도 그의 무기력은 1958년 내내 지속되었다. 그후 카뮈는 『최초의 인간』을 본격적으로 쓰기 시작했다. 그 작품은 그를 치유해주었거나, 적어도 치유의 조짐이었던 셈이다.⁶⁾

한편 그는 자신의 희곡 미국판에 서문을 썼다. 그보다 중요한 일로 『알제 레퓌블리캥』에 게재했던 카빌리의 빈곤에 관한 탐사 기사로부터 『콩바』에 게재한 연재 기사를 비롯하여 『엑스프레스』와 그 이후에 쓴 글들을 한데 엮은 알제리 관련 선집의 서문을 썼다. 그 선집은 그해 늦봄에 출간되었다.

그리고 1월 중순 「어느 수녀를 위한 레퀴엠」이 성공적인 파리 공연을 마치고 역시 성공을 거두게 되는 순회공연을 시작했다. 카뮈는 힘겨운 몇 달 동안에도 연출가로서의 본분을 잊지 않고 공연을 수시로 점검하면서, 필요할 경우에는 개입하곤 했다.

총독 역을 맡은 배우가 병에 걸렸을 때는 카뮈가 직접 그 역할을 맡기도 했다. 그는 가짜 콧수염을 붙였지만 수염이 코를 간질이는 바람에 두 번째 공연 때는 수염을 붙이지 않았다. 콧수염 외에도 선글라스를 착용했는데 그것 때문에 대본을 읽을 수 없었다. 그는 대사를 외우지 못했기 때문에 수시로 대사를 곁눈질해야 했던 것이다. 첫 번째 공연 때는 제대로 해냈고 두 번째 공연 때는 떨기 시작했으며 세 번째 때는 더 나빠졌다. 그는 로베르 세레졸에게 자신이 네 번째는 제대로 연기를 할 수 없었다고 말했다.

100회 공연 때는 무대의 전통에 따라 극장 전체가 새벽 5시까지 파티를 벌였다. 극장과 로비에서 악사들이 연주를 하고 모두

가 만취했다.[7]

그러나 이는 그 전해의 일이었다. 이제 카뮈는 새 희곡을 무대에 올렸는데, 장 피에르 조리스가 주역을 맡은 「칼리굴라」 리바이벌이 그것이었다. 공연은 좋았으나 큰 주목을 받지는 못했다. 예를 들면 『르 몽드』의 로베르 캉프는, 여러 해가 지나면서 「칼리굴라」 원작이 약간 퇴색했는데 이는 작품 자체의 결함 때문이라기보다는 모방작들 때문이라고 생각했다. 그리고 조리스의 연기가 제라르 필리프의 연기와 달랐기 때문이라고도 했다.

조리스는 자신이 필리프의 낭만적인 성격에 비해 더욱 침착한 성격을 연기하고 있으며, 자신의 해석이 그 작품에 대한 카뮈의 관점의 변화와 일치한다고 생각했다. 그렇지 않으면 카뮈가 단순히 조리스가 그 배역에서 얼마만큼을 해낼 수 있는지에 호기심을 품은 것일 수도 있다. 그 연극은 남부끄럽지 않을 만큼만 공연하고는 막을 내렸다.[8]

자살은 가치가 없다

집필 장애의 나날 가운데 어느 이른 아침 파리를 가로질러 산책을 하던 카뮈는 세레졸에게, 침묵기를 거치고 난 작가가 더 많은 작품, 보다 나은 작품을 쓸 수 있다는 브리스 파랭의 이론에 대해 이야기했다. 카뮈는 또한 그 이론을 자신이 지금 당장 창작을 할 수 없는 무능력에 대한 설명으로 여기고 있었다.[9]

또 한 사람의 친구인 카테린 셀러스는 카뮈가 실제로는 글을 쓸 수 있고 지금도 생산 활동을 하고 있다면서 그를 위로하려 했다. 그녀는 그를 만난 이후 카뮈가 쓴 모든 글과 각색한 희곡들의 목록을 열거했다. 그러나 그는 그녀에게, 그것들은 사소한 것이며 본격적인 작품에 비해 무의미한 작품들이라고 말했다.

그녀는 도스토예프스키가 카뮈의 나이 때 중요한 작품을 쓰지 못했으며, 다른 많은 예술가들이 오랫동안 창작을 하지 못하는 증세를 보였다는 사실을 지적했다. 카뮈는 극장에서 좀더 많은 일을 하면서 자신이 적어도 뭔가를 성취하고 있다는 느낌을 받기 시작했다. 극장은 그가 써내던 잡다한 글들에 비해 '본격적인 작업'에 대한 보다 확실한 대안으로 여겨졌다.

그는 이 분야에서 몇 가지 프로젝트를 시작했다. 그중 하나가 셰익스피어의 기묘한 미완성 작품 『아테네의 티몬』(Timon of Athens)을 번역하는 일이었는데, 친구들에게 배신당하고 극도의 염세주의에 빠지는 아테네인 주인공은 명백한 상징을 보여주고 있다. 카뮈는 두 나라 말로 편집된 텍스트의 여백에 끄적거리는 것으로 프랑스어판 작업을 시작했다.

그는 또한 18세기 당대 주요 작가들의 친구였던 쥘리 드 레스피나스에 관한 희곡도 계획했는데, 그 작품으로 이중 연애(동시에 두 여자를 사랑한다는 것으로, 1930년대 말 이미 외제느 다비의 작품과 생애에서 그를 매료시켰던 주제)에 대한 자신의 이론을 피력할 예정이었다.

그러나 그 다음부터 카뮈는 마치 숨기라도 하듯 아파트에 칩거하게 된다. 그는 아플 때면 마치 혼자서 어디론가 사라져버리는 동물이라도 된 기분이라고 말했다. 그는 종종 '병든 동물'이라는 표현을 쓰곤 했다. 그리고 자살이라는 관념의 유혹을 받을 때도 실제로는 이를 '무가치한 것'이라면서 뿌리쳤다.[10]

알제리 시절의 오랜 친구 중 하나는 이 무렵 그에게 전화를 건

일을 회상했다. 그때 카뮈는 안부 인사도 건너뛴 채 다짜고짜 "돈이 필요해서 전화를 걸었나?"라고 말했다고 한다. 그의 목소리에 농담기라고는 전혀 없었다. 그는 분명 궁지에 몰린 사람처럼 보였다.[11]

그가 가족과 알제리 문제에 관련하여 친구들로부터 받았던 이런 압박감에 대한 사례들은 이 무렵 카뮈에게 연락하려던 사람들의 증언에서 찾아볼 수 있다. 그중 하나는 그의 가족과 가까이 지내던 한 사람이 보낸 편지로, 카뮈에게 알제리로 가는 것을 경계하라고 주의를 주는 내용이었다. 그 사람은 카뮈에게, 지난번 알제리에 있을 때 하마터면 음모의 희생자가 될 뻔했다는 사실을 상기시켜주었다. 프랑스계 알제리인들은 그가 알제리를 아랍인들에게 넘기려 든다고 여겼기 때문에 카뮈를 죽이고 싶어 했고, 반면 프랑스인들은 아랍인들을 몰아내지 않고 그 영토에 체류하기만을 원하고 있다는 것이다. 그 편지는 이렇게 이어졌다.

그 비열한 유대인 맹데스는 우리를 팔아치우려 하고 있다네. 그자를 조심하게. 그자의 말에 귀를 기울이지 말라구. 그는 우리가 가진 모든 걸 팔아치웠고, 호감을 보이는 자네를 자기의 제물로 이용하려 들고 있는 거야. 여보게, 그 뱀 같은 작자를 조심하게.[12]

다른 한편으로 알제 출신의 오랜 작가 친구 한 사람이 갈리마르 사에 걸어 들어와서는 흥분한 어조로 카뮈를 만나게 해달라고 요구한 적이 있다. 쉬잔 아넬리는 카뮈가 사무실에 없다고 말했으나, 바로 그때 카뮈가 비서에게 무슨 말을 하려고 사무실에서 나왔다.

방문자와 카뮈는 비서 앞에서 격한 어조로 말다툼을 벌였다. 그는 어째서 카뮈가 이슬람 교도 해방 운동에 가담하지 않는지 따지고 들었다. 카뮈는, 자신은 폭력과 살인을 거부한다고 대답했다. 그러자 방문자는 그가 나치 점령기 때는 그런 일을 용인했다는 사실을 상기시켰다. 그 말에 카뮈의 얼굴이 창백해졌다.

그는 손님을 보내고 나서 비서에게 이렇게 말했다. "내가 나치에 대한 저항 운동을 용인했다는 건 사실이야. 그건 내가 프랑스인이고 조국이 점령됐기 때문이었지. 나는 알제리 저항 운동도 용인해야 하지만, 난 프랑스인이거든……"[13]

아마추어 극단 시절부터 카뮈의 동지였고 일요일에는 공원에서 벌어지는 축구 시합을 함께 보러 다니던 친구이며 1943년 이후 공산당원이기도 한 레몽 시고데는 카뮈가 노벨상을 받기 직전 그를 방문했다.

시고데는 친구에게 알제리 독립 운동에 대한 지지를 천명하도록 촉구했지만 카뮈는 그럴 수 없다고 대답했다. "그 이유는 자네가 솔직한 의견을 말하면 노벨상을 못 받게 될까 봐 두렵기 때문이지!" 하고 시고데가 외쳤다.

카뮈는 그 말에 화가 난 것 같았다. 그 이후로 두 사람은 두 번 다시 만나지 않았다. 훗날 시고데는 자신이 한 말을 후회했지만, 친구에게 사과의 말을 할 기회는 영원히 찾아오지 않았다.[14]

적어도 벨쿠르 시절의 옛 동지들 중 한 사람은, 카뮈가 알제리의 좌파 친구들 사이에 섞여 계속 살았다면 이슬람 교도들이 용인할 수 있는 일이 무엇인지를 이해했을 것이라고 여겼다. 그러나 파리에 살고 있던 카뮈는 프랑스 좌파의 한결같은 적대감에

반하여 '프랑스령 알제리인'의 이익을 옹호하는 데 그만큼 더 의무감을 느꼈을지도 모른다.[15]

카뮈의 친구들 대부분은 맹목적인 테러, 즉 자신의 어머니를 죽일지도 모르는 공공장소에 대한 폭탄 투척 행위에 대한 두려움이 카뮈가 민족해방전선에 반대했던 진정한 동기라는 것을 깨달았다.[16]

샤를 드골은 프랑스령 알제리를 구할 의사가 있었을까? 연이은 프랑스 내각들이 게릴라전을 종식시키기는커녕 알제리의 딜레마를 해결하는 데 무력하다는 것이 입증되면서 드골주의자가 복귀할 것이라는 소문이 갈수록 무성해졌다. 가능하다면 합법적으로 드골을 복권시키기 위한 강력한 운동이 공개적이면서도 은밀하게 일어났다. 하지만 어차피 정당한 복권은 되지 않을 것이었다. 그럴 경우 드골은 그가 경멸해 마지않던 제4공화국 헌법으로 정해진 게임 규칙을 받아들여야 할 입장에 놓이기 때문이었다.

드골은 파리에서 동쪽으로 약간 떨어진 콜롱베 레 되 제글리즈에 살고 있었는데, 매주 수요일에는 방문객들을 맞이하기 위해 파리로 오곤 했다.

그 가운데는 대사들을 비롯해서 아들레이 스티븐슨이나 원칙적으로 프랑스 정부의 입장을 대변해야 하는 알제리 총독 같은 방문객까지 포함돼 있었다. 이들 방문객 대부분은 당시 프랑스의 상태를 안타깝게 여기면서 드골에게 권좌에 복귀하도록 촉구했다. 그들 중 일부는 실제로 드골을 국가 수반으로 앉히거나, 그 자리를 수락하도록 만들기 위한 계획을 꾸몄다.

1958년 3월, 전쟁의 국제화 위험이 점차 커져가면서 그러한 압력은 가중되었다. 방문객들은 드골의 의도에 대해 서로 다른 관점을 갖고 그곳을 떠났다. 예를 들면 3월의 두 방문객들 가운데 한 사람은 드골이 알제리 독립을 허용할 것이라고 믿었고, 다른 한 사람은 드골이 그 지역을 프랑스의 통제하에 둘 것이라는 인상을 받았다.[17]

1958년 3월 5일 오전 11시 30분에 카뮈가 드골을 방문한 때는 바로 이런 시기였다. 드골은 수요일 면담에 대해 아무 기록도 하지 않았고 그를 대신해서 기록하는 사람도 없었기 때문에 그때 일어난 일에 대해서는 공식적인 자료가 남아 있지 않다.[18] 실제로 이 만남은 아주 은밀하게 진행되었기에 카뮈와 함께 일을 하던 쥘 루아도 그 일에 대해 아무 말도 듣지 못했다.

훗날 드골이 정부에 복귀한 1958년 5월의 사건을 픽션으로 구성한 『천둥과 천사들』(Le Tonnerre et les Anges)에서 쥘 루아는 드골이 이렇게 말한 것으로 기록했다. "아아, 카뮈와 이야기를 해 보았더라도."[19] 카뮈의 아내는, 카뮈가 드골에게 권좌에 복귀할 의사가 있느냐고 묻자 드골이 자신은 합법적인 수단으로만 그럴 생각이라면서 현재로서는 그런 수단이 없다고 대답했다는 것만 기억했다.[20]

참된 미래에 대한 희망

3월 20일 무렵 카뮈는 자신이 최악의 노이로제에서 벗어났다고 여겼다. 그는 로제 키요에게 이렇게 털어놓았다. "난 오랫동안 호흡기 질환으로 지독한 우울증을 겪었고, 일을 할 수 없었네. 그런데 최근에는 말 그대로 다시 숨을 쉬게 됐지."[21]

카뮈는 다시 한 번 알제리로 떠났다. 이번에는 성공을 거둔 토박이로서였다. 시내에서 전투가 벌어지고 있는 분위기였음에도 그의 방문에는 적지 않은 의식이 따를 터였다. 그는 비행기 여행을 피해 마르세유에서 배에 올랐다. 알제 항구에는 형 뤼시앵이 예비군복 차림으로 마중 나와 있었다. 당시 그는 질서 유지를 위해 매주 며칠씩 예비군으로 일했다.[22]

알제 대학에서 리셉션이 예정돼 있었다. 카뮈는 친구들로부터 진심 어린 축하를 받기도 했다. 또한 벨쿠르에 있는 어머니를 방문하여 의미심장한 침묵의 시간을 나누었다.

카뮈는 또한 카빌리의 소설가이며 에세이스트로 가난한 집에서 태어나 당시 교장이었던 물루 페라웅과 오랜 대화를 나누었다. 카뮈가 『알제 레퓌블리캥』에 카빌리의 가난함을 기사로 썼던 것처럼, 페라웅은 자신의 책 『가난한 아이들』(*Fils de pauvre*)에서 똑같은 일을 했다. 그는 알베르 카뮈와 우정을 돈독히 쌓을 만한 인물이었지만, 그들은 가까워질 만한 시간도, 그럴 기회도 없었다.

극단적인 민족주의자가 아니었음에도 페라웅은 프랑스 울트라들의 표적이 되어 있었다. 그는 1962년 3월 15일 보복 테러의 전문가인 극우파 '비밀 군사 조직'의 총격을 받고 50세의 나이로 사망했고, 그날까지 쓴 일기를 남겼다.

페라웅은 1951년에 첫 책을 출간하고 난 뒤부터 서신으로 카뮈와 우정을 쌓았는데, 1958년의 만남은 아마도 두 사람이 처음으로 얼굴을 맞댄 계기였을 것이다. 카뮈는 시간을 내어 페라웅이 가르치는 교실을 찾아가 운동장에서 학생들과 기념 촬영을 했다. 그리고 두 사람은 가난한 이슬람 교도의 주거지인 이웃 빈민가를 찾아갔으며, 전쟁에 대해 대화를 나누었다.

페라웅은 그날 카뮈가 한 다음과 같은 말을 회상으로 남겼다.

　　우리 형제 두 사람이 무자비하게 싸움을 벌이고 있을 때 그들 중 어느 한쪽을 선동하는 일은 범죄에 가까운 미친 짓이다. 지혜의 침묵과 악을 쓰는 광기 중에서 나는 차라리 침묵의 미덕을 선택하고 싶다. 그렇다, 언변으로 가차 없이 타인의 존재를 말살하려는 때에 침묵을 지킨다는 것은 결코 부정적인 태도가 아니다.[23]

　4월 11일자 일기에 페라웅은 다음과 같이 기록했다. "우리는 소박하고 솔직한 대화를 나누며 두 시간을 보냈다." 그는 친구 로블레와 그랬던 것처럼 편안한 마음으로 카뮈와 이야기를 나눌 수 있었다. "그에게는 로블레처럼 효과나 형식에 구애받지 않는 형제애가 있다." 카빌리의 그 작가는 알제리에 대한 카뮈의 견해가 자신이 생각했던 대로 지극히 인간적이라고 여겼다. 카뮈는 연민이 사악함을 이길 수 없다는 사실을 알면서도, 고통 당하는 이들을 가엾게 여겼던 것이다.[24]

　파리로 돌아온 카뮈는 페라웅에게 이런 편지를 보냈다. "저는 보다 참된 미래를 희망하게 되었습니다. 불의나 정의에 의해서도 우리가 분리되지 않으리라는 희망 말입니다."[25]

　그가 아직 알제리에 있을 때 에마뉘엘 로블레의 아들이 자기 총으로 죽고 말았다. 로블레의 집으로 달려간 카뮈는 신문사로 전화를 걸어서 기사를 싣지 말 것을 요청했다. 당시 로블레의 아내가 집을 떠나 있는 상태였는데, 아들의 죽음을 신문을 통해 그녀에게 알리는 것을 원치 않았기 때문이다. 카뮈는 그날 밤을 로블

레와 함께 보냈다.[26]

카뮈는 알제 만의 봄볕 속에서 글 쓸 시간을 낼 수 있었다. 적어도 미래의 계획에 대해 생각할 짬은 있었다. 그는 한 번 더 도스토예프스키의 『악령』에 대한 까다롭고 농밀한 각색에 착수했다. 그는 작품을 완전히 손봐야 한다고 마음먹었고, 그 작업을 여름이 되기 전에 끝낼 수 있으리라고 생각했다. 집필 장애 때문에 카뮈의 생각은 끊임없이 연극 쪽으로 쏠렸다. 그는 다른 어느 때보다도 자신만의 극장과 극단을 마련하기로 마음먹었다.

카뮈는 마침내 알맞은 파트너를 만났다고 여겼다. 그 사람은 파리의 젊은 연극 대리인인 미슐렌 로장이었다.

파리로 돌아온 카뮈는 바로 극장을 손에 넣는 데 도움이 될 만한 모든 사람들과 진지한 협상을 시작했다.

카뮈는 몇 가지 개인적인 결정도 내려야 했다. 그는 이제 남프랑스에 가족이 살고 집필도 할 만한 집을 구해야겠다고 생각했다. 이는 봄의 비망록을 차지하던 또 하나의 항목이기도 했다.

또한 샤날레유가의 집주인과 불화를 빚은 카뮈는 파리에 자신을 위한 독신자용 아파트 한 채도 마련하려고 했다. 그는 미슐렌 로장에게 그런 아파트 한 채를 알아봐달라고 부탁했다. 그녀는 여느 때처럼 사무적인 방식으로 카뮈를 위한 질문서를 작성했다. 그는 마음에 드는 항목에 동그라미를 치고 그렇지 않은 항목을 지우기만 하면 되었다.

로장을 위해 마음에 드는 순으로 번호를 매긴 파리 지역은 다음과 같다. 포부르 생 제르맹(그 무렵 자신이 살고 있던 지역), 방돔 광장(아마도 갈리마르사와 극장이 있는 구역의 중간이기 때문에), 생 제르맹 데 프레(이곳은 당연히 포함되었다), 유쾌할 정도로 고립된 일 생 루이(이곳은 그 아름다움을 제외하면 특별한 이유는 없었다), 몽파르나스, 오페라(극장들과 인접한), 뤽상부르 공원, 자르뎅 데 플랑트, 파시 등이었다.

아직 보헤미안들의 거주 지구로 쇄신되지 않았던 마레와 파르크몽쇠, 몽마르트르는 제외되었다. 아파트 구입을 위한 상한선은 300만에서 600만 프랑이었다. 그럴듯한 셋집이 나올 경우에는 월세 3만에서 4만 프랑으로 정했다. 그러나 그는 아파트를 구하고 집을 한 채 구입하고 동시에 극장에 투자를 하기에는 돈이 부족하다는 것도 깨달았다.[27]

4월 12일에 배를 타고 프랑스로 귀국한 그는 16일 칸에 있는 갈리마르 일가의 아파트에 묵었으며, 다음날에는 카테린 셀러스가 공연하는 「어느 수녀를 위한 레퀴엠」을 보기 위해 니스에 갔다가 그곳에서 로제 마르탱 뒤 가르를 병문안한 후 칸으로 갔다. 갈리마르 부부는 그에게 "아야"라는 7.6미터짜리 경주용 보트 한 척을 남겨두고 갔다. 그 배는 두 명의 브르타뉴 선원이 조종하기로 되어 있었다. 카뮈는 오전에는 항구가 보이는 방에서 글을 쓰고 오후에는 항해를 했다. 기분이 점점 좋아지기 시작했다.[28]

5월 9일, 보나파르트가의 조그만 화랑에서 열리는 자신의 전시회 개막식에 참석하기 위해 장 드 메종쇨이 파리에 왔다. 카뮈는 그 전시회 초대장의 머리말을 써주었다.

지난 20년 동안 파리에서 1천 킬로미터 이상 떨어진 곳, 모두가 서로 알면서도 모두가 잊혀지는 곳에서 한 예술가가 고독 속에서, 자신이 하고 있는 것을 보여준 적도 없이 작업을 하고 있다.

물론 카뮈의 명성이 적지 않은 작용을 했다. 베르니사주(전시회 개최 전날로, 작품에 가필이 허용되는 날—옮긴이)에 참석하자마자 카뮈는 순식간에 신문기자들에게 에워싸였다. 메종쇨은 기자들을 경멸적인 태도로 대하는 카뮈를 보고 놀랐다. 친구가 당혹스러워하는 모습을 본 카뮈는 그에게 이렇게 털어놓았다. "여보게, 장. 난 연기하는 법을 배운 거라네."[29]

알제리의 존엄성

그가 다녀간 직후 마침내 알제는 폭발했다. 제4공화국이 알제리를 저버리고 있다고 여긴 식민주의자들, 부유한 프랑스계 알제리인, 그리고 온건파 울트라들이 프랑스군 장교들과 동맹하여 일으킨 조직적 항명이었다. 그러나 그들은 설혹 이슬람 교도들에게 관대한 대우를 해주는 대가를 치르더라도 프랑스를 위해 알제리를 지킬 수 있으리라고 확신했다. 이슬람 교도들은 형제나 다름없는 프랑스계 알제리인들을 위해 그들과 나란히 뉴스 카메라 앞에서 시위를 벌이면서 폭동으로 말려들었다.

1958년 5월의 항명 운동(또는 쿠데타)은 단일한 지도자가 나서지 않은 이상한 음모로서, 샤를 드골에 의한 것이 아니라 드골을 '위한' 쿠데타였다.

그에 이은 혼란 때문에 파리는 공포에 사로잡히고 제4공화국은 급속히 붕괴했으며 권력을 행운의 영웅의 손에 떠맡기게 되었다. 드골은 옛 통치권 아래서 수상직을 시작하여, 새로운 헌정과 새로운 공화국(제5공화국)을 마련할 여유를 얻었으며, 그 자신이 새 공화국의 강력한 대통령에 취임하게 된다.

카뮈는 5월 13일의 사건을 어떻게 생각했을까? 사건이 발발했을 때 알제리에 관한 문집 원고는 이미 인쇄소에 넘어가 있었으나, 서문 앞에 다음과 같은 짤막한 메모를 넣을 여유는 있었다.

알제리인들의 마음속에 엄청난 변화가 일고 있으며, 이 변화는 두려움은 물론 엄청난 희망을 품게 해준다. 그러나 사실 자체는 변하지 않았으며, 내일이 돼도 여전히 용인할 수 있는 유일한 미래——즉 프랑스가 그 행동을 자국의 자유에 기초하여 어느 한쪽으로 차별하지 않고 알제리의 모든 공동체에 정의를 부여하는 미래——를 달성하기 위해 그 사실들을 고려해야 할 필요가 있을 것이다.

"알제리 연대기"라는 부제를 단 『시사평론 3』은 분명 알제리에 대해 침묵을 지키는 수단은 아니었다. 그 책에 실린 글들은 바로 그해인 1958년에 씌어진 것들로서, 이를테면 이슬람 교도의 고난에 대한 자신의 지지와 이러한 고충을 처리하지 않고 있는 프랑스에 대한 실망감 등 작가의 입장을 명확하게 진술한 부분들을 담고 있다.

본토 프랑스의 자유주의자들과 그가 다른 점은, 그가 프랑스 및 유럽 주민이 알제리 영토를 떠날 수도 있다는 사실을 염두에 두지 않았다는 데 있다. 프랑스계 알제리인들은 이슬람 교도들과 마찬가지로 그곳 원주민이었던 것이다.

그 책은 얼핏 막다른 길처럼 보였지만, 실제로는 아무 영향도 미치지 못했던 것이 분명하다. 그 열광적인 시절에 거의 아무도 단계적이고 합리적인 해결책에는 관심이 없는 것 같았다.

드골 자신은 처음에는 프랑스령 알제리를 지지하는 듯 보였다. 바로 그 때문에 반란자와 울트라들이 그의 권좌 복귀를 요구했는데, 일단 그 일을 할 만한 위치에 오르자 그는 알제리 독립을 밀어붙였다.

드골이 정부에 복귀한 날 미셸 갈리마르의 아파트에서 점심 식사를 하고 있던 친구 기 뒤뮈르가 보기에, 카뮈는 '장군'이 진실로 알제리를 구원할 수 있으리라고 확신하는 듯이 보였다. 카뮈는 뒤뮈르와 갈리마르 부부의 점심 식사 자리에는 참석하지 않았으나 그 아파트에 있었다. 그는 식사 후 뒤뮈르와 함께 이야기를 나누었다. 뒤뮈르는 그 자리에서 카뮈가 민족해방전선 반란의 의미에 대해 현실적이지 못하다는 인상을 받았다.[30]

그보다 더 오랜 친구인 샤를 퐁세 역시 카뮈가 5월 사건의 '진실성'을 굳게 믿고 있다는 것을 알았다. 이를테면 카뮈는 그날 광대하고 대리석이 깔린 총독부 앞 광장에 운집한 프랑스계 알제리인과 이슬람 교도들 사이에 진정한 형제애가 있었다고 믿었다. 퐁세가 그에게 프랑스군이 트럭 여러 대를 시골로 보내 이슬람 교도들을 검거함으로써 시위를 진압했다는 설명을 하자, 카뮈는 서글픈 어조로 이렇게 웅얼거렸다. "그것이 진상이라면 모든 게 끝난 셈이야."[31]

아마 그는 드골주의자들에게 유용한 자산이 됐을지도 모른다. 한번은 그들이 카뮈에게 정부에 참여하여 문화 분야의 고위직을 맡을 의사가 있는지 타진한 적도 있었지만, 그는 거절했다.[32]

친구들은 카뮈가 알제리인들을 위한 사면을 얻기 위해 여러 차례 드골과 만났으리라는 인상을 받았다.[33] 그러나 그해 후반 수상 관저인 마티뇽관에서 공식 오찬을 가진 것을 제외하면 두 사람이 만났다는 아무런 기록도 없다.

카뮈는 이런 공식적인 행사를 싫어했기 때문에 가지 않으려 했지만, 드골과 만나고 싶어 했던 그의 아내가 오찬식에 참석하도록 권유했다. 그는 쉬잔 아녤리에게, 그 오찬식에 사람이 많이 오는지 확인하도록 했는데, 소규모 모임이 될 거라는 확인을 받았다. 그러나 카뮈가 도착해보니 참석자가 10여 명에 이르렀다. 그는 자신을 그런 자리에 끌어들인 아내에게 화를 냈다.

드골은 손님 한 사람 한 사람에게 질문을 던졌다. 카뮈는 드골의 보좌관 한 사람에게, 정부가 선거에서 다수 의석을 차지하게 될 경우 이슬람 교도와 프랑스계 알제리인의 통합을 위해 무슨일을 할 거냐고 물었다. 그 보좌관은 "알제리인들은 통합이 아니라 경제 개선을 원하고 있다"고 대답했다. 그 말에 카뮈와 그의 아내가 동시에 외쳤다. "그들이 원하는 건 존엄성이라구요!"

카뮈는 통치술에 대해 이야기했으며, 톨스토이의 『전쟁과 평화』에 대한 대화도 오갔다.

그 일 직후에 카뮈는 한 친구에게 다음과 같이 속마음을 털어놓았다. 제4공화국이 알제리에서는 고문을 자행한 정부였다면, 제5공화국은 불안정한 군주정이다. 이어서 그는 프랑스는 제왕에 대한 향수에 젖어 있는 모양이라는 말도 덧붙였다.[34]

그러나 그해 5월 카뮈의 개인적인 일 가운데 앞자리를 차지한 것은 연극과 미슐렌 로장이었다. 그녀는 23세 때 전성기를 맞은 레퍼토리 극단인 전국 민중 극장의 홍보 업무를 시작했는데, 그당시에는 제라르 필리프가 스타로 이름을 날리고 있었다.

마리아 카자레스와 가까운 사이였던 그녀는 미국 연극 대행사 MCA의 프랑스 지부에서 일을 했는데, 그곳에서 그녀는 아서 밀러와 테네시 윌리엄스 같은 MCA의 미국 극작가들은 물론 연출가 피터 브룩, 잔 모로, 장 폴 벨몽도를 비롯한 프랑스 배우들도 접했다.

그녀는 마리아 카자레스를 통해 카뮈와 만났는데, 그는 노벨상을 받은 후 자기 작품의 해외 공연을 관리해줄 대리인을 필요로 하고 있었다. 얼마 가지 않아서 그녀는 카뮈 연극의 국내 공연까지 거들게 되었으며, 두 사람이 함께 일을 한 처음 몇 개월 사이에 그가 각색한 「악령」을 공연하려는 시도에도 관여하기 시작했다.

물론 쉬운 일이 아니었다. 그들이 처음 짜낸 생각은 실제로는 예전에도 했던 생각으로서, 조그만 르카미에르 극장을 인수한다는 것이었다. 카뮈는 1952년에 교육 연맹으로부터 그 극장을 세내려 한 적이 있었다. 이제 그는 미슐렌 로장과 함께 공식적인 제안서를 작성했다. 카뮈 자신이 2년의 시험 기간 동안 르카미에르를 운영하는 극단의 대표가 되고 레퍼토리와 배우 선정에 전적인 자유를 행사한다는 내용이었다.[35]

연맹으로부터 답변을 기다리는 사이에 카뮈는 그리스로 떠났다. 미셸 갈리마르 부부는 아테네의 항구 피레우스에 계류한 배한 척을 세내어 쓰고 있었다. 그들은 자넌 딸 안느, 그들이 좋아하는 파트너인 화가 마리오 프라시노스와 그의 아내 이오, 그리고 그들의 아이 카테린과 함께 아테네로 향했다. 프라시노스는 종종 카뮈 작품의 첫 번째 판으로 간주되는 장정본 디자인을 맡았다. 카뮈는 도중에 마리아 카자레스를 만나 함께 로도스로 향했다. 그곳에서 그들은 보트를 탄 다른 일행과 합류했다.

여행 전에 카뮈와 미셸 갈리마르는 프랑스가 위기에 처한 상황에서 여행을 한다는 데 대해 우려 섞인 대화를 나누었다. 언론에서는 분명 카뮈의 여행을 비난하고 나설 터였다. 상황이 이랬기 때문에 미셸은 안느를 파리에 혼자 남겨두고 떠나기가 두려웠다. 그래서 그 애도 함께 데려가기로 한 것이다.

그러나 그들은 곧 이런 생각을 떨쳐버렸다. '판타지아'라는 이름의 보트는 해군 초계정을 개조한 배였는데, 영국인 부부가 승무원으로 일하고 있었다. 탑승객들의 예상대로 영국인 부인이 요리를 맡았다. 그런데 그녀의 닭요리는 도저히 먹을 수 없을 정도여서 그들은 가능하면 눈에 띄지 않게 음식을 배 밖에 버렸다. 결국 사흘째가 되자 그들은 용기를 내서 선장에게, 그의 부인의 닭요리는 자신들에게 맞지 않는다고 말했다. 선장이 아주 신중하고 사려 깊은 항해사라는 사실이 그나마 위안이 되었다.

어느 섬에서 그들은 체크무늬 카우보이 셔츠를 입은 브뢱베르제 신부를 만났는데, 어느 귀족 미망인과 동행한 신부는 배들이 들어오는 것을 바라보고 있었다.

프라시노스는 항해 중에 연필로 스케치를 했는데, 거기에 카뮈가 일종의 여행 일지 삼아서 자신들의 선상 생활을 시로 풍자한 서정적 모험담을 잉크로 써넣었다. 거기서 그는 자신을 순결한 성알베르로 묘사해놓았다.

카뮈는 사포의 섬 레스보스로도 불리는 미틸레네 섬의 서쪽 끝 시그리에 마음을 빼앗겼다. 그곳은 포도밭과 올리브 숲이 우거진 산악 지대였다. 그는 언젠가 다시 그곳에 오겠다고 다짐했다.[36]

반면 터키 연안에 잠시 상륙했던 일은 별로 좋지 못했다. 그들은 마르마리스 마을 일대를 둘러보려고 했으나 어디서나 호기심 어린 마을 사람들이 에워싸곤 했다. 결국 달아나듯 판타지아호로 돌아올 수밖에 없었다.[37]

이런 목가적인 생활은 프랑스에서 발발한 사건으로 방해를 받았다. 드골이 집권하자마자 내각에 끌어들인 앙드레 말로는 6월 24일 파리에서 열린 기자 회견에서, 드골이 방문한 이후 알제리에서는 어떠한 고문 행위도 자행되지 않았다고 선언했다. 6월 4일 드골은 광장에 모여 자신에게 환호하는 프랑스계 알제리인들에게 "여러분의 심정을 이해합니다!"라는 애매모호한 말을 한 바 있다.

말로는 계속해서 이렇게 말했다. "프랑스 정부의 이름으로 나는 노벨상이 그 특별한 권위를 부여하고 이미 이러한 문제를 연구한 바 있는 세 명의 프랑스 작가를 알제리를 방문하는 위원단의 일원으로 초대하는 바입니다. 나는 그들이 드골 장군으로부터 적절한 신임장을 받게 될 것임을 약속드릴 위치에 있습니다."

그러나 마르탱 뒤 가르는 중병을 앓고 있어서 2개월 안에 사망하게 될 형편이었고 모리악은 그 제의에 회의적이었다. 카뮈는 이런 종류의 집단행동을 혐오해 마지않았다.

카뮈는 비서를 통하여 자신이 그 계획에 대해 좀더 정보를 얻게 되면 적절한 응대를 하겠노라고 언론에 알리도록 함으로써 최대한 빨리(7월 1일 아테네에서) 응답했다.

말로의 전기에는 카뮈가 민족해방전선의 게릴라와 어깨를 나란히 하는 캠페인에 참여하기를 원치 않았다고 기록되어 있다. 말로는 심지어 카뮈에게, 드골의 이름으로 알제에 프랑스 양심의 영원한 대사가 될 것을 간청하기까지 했지만 카뮈는 사양했다.[38]

말로의 즉흥적인 초청은 그의 다른 정치적 발의가 그랬듯이 실질적이었다기보다는 일종의 열의에서 나온 것이었다. 그는 그런 초대를 하기 전에 노벨상 수상자들이 그것을 수락할지 여부조차 확인하지 않았다.[39]

「악령」을 무대에 올려라

카뮈가 없는 사이에 교육연맹은 카뮈-로장의 제안서를 거절했다. 이제 카뮈로서는 자신의 이름을 딴 극장을 갖고 있는 자크 에베르토와 장소는 제공할 수 있지만 재원은 마련할 수 없는 장 루이 바로 사이에서 선택하는 도리밖에 없었다. 그러나 그리스의 섬들을 둘러본 뒤 새로운 활력을 얻은 카뮈는 이제 개인적으로 협상을 벌이기 시작했다.[40)

7월 17일 카뮈와 만난 에베르토는 외부의 후원이 있을 경우에 한해서 「악령」과 카뮈에게 관심이 있다고 말했다.

한편 그해 10월, 사라 베른하르트 극장을 이용할 수 있게 되었지만 카뮈는 그때까지 배우들이 준비할 수 있으리라고 보지 않았다. 그는 특히 카테린 셀러스와 도미니크 블랑샤르를 염두에 두고 있었다. 카뮈 자신도 준비가 되기 어려웠고, 그가 쓰기에는 극장이 너무 컸다.

그런데 보다 규모가 작은 팔레 루아얄 극장에서 연극을 공연할 생각이 있었던 바로가 마음을 바꾸었다. 그는 르카미에르 극장을 손에 넣을 수 있을 경우에 파트너 자격으로 카뮈와 합류할 생각이 있었다.

카뮈는 한 번 더 연맹 측에 간청해보았다. 그러나 이번에는 카뮈 자신이 그 일을 단념해야 했는데, 르카미에르 극장이 너무 비좁고 공연 비용을 마련할 수 없었으며 연맹 측이 극장에 마련해 놓은 제반 여건들 때문에 「악령」을 공연할 수 없다는 사실을 알게 되었기 때문이다.

이러한 세부 사항들은 중요한 것이 아니다. 이런 일들은 연극이 그 당시 얼마 남지 않은 카뮈의 인생에 무척 중요한 부분을 차지하고 있었음을 의미한다. 결국 「악령」은 극장 열네 곳을 전전한 끝에 연극 공연에 이상적인 장소라고는 할 수 없는 대중 극장에서, 부분적으로는 극장 소유주들의 재원으로, 나머지는 카뮈와 친구들과 동료들의 재원에 의해 공동 제작 형식으로 공연되었다.

미슐렌 로장도 자금을 댔는데, 그녀는 이를 위해 돈을 빌리기까지 했다. 카뮈와 미셸 갈리마르는 각기 200만 프랑을 댔는데, 이에 덧붙여 카뮈는 제작비로 400만 프랑을 냈다. 카뮈가 투자한 돈의 일부는 미국의 세븐 아츠 프로덕션에서 나왔는데, 그들은 그 대가로 카뮈 연극의 미국 공연권을 따냈다. 그 밖에 MCA 프랑스 지부도 얼마간을 투자했다. 이들 투자자들은 돈을 돌려받지 못하고 만다.[41]

그것 말고도 외경심에서 우러나온 두 가지 일이 있었는데 학생이었던 알베르 카뮈에게 그토록 큰 영향을 준 장 그르니에의 『섬』 신판 서문을 쓴 일과, 마르탱 뒤 가르의 죽음에 성명을 낸 것이 그것이다. "작가는 대중에게 그 자신이 아니라 작품이라는 빚을 지고 있다고 믿고" 사생활에서 신중을 기했던 마르탱 뒤 가르에 대한 사려 깊은 성명이었다.

지난 5월 니스에서 마지막으로 그분과 죽음에 관해 많은 이야기를 나누었을 때도, 내게 예술가의 겸양과 은둔의 필요성에 대한 몇 마디 언급을 해주었다.

조사에서 카뮈는 "이 비길 데 없는 인물이 우리로 하여금 살아나가도록 도와주었다"라고 단언했다.[42]

8월 말에 그는 릴 쉬르 라 소르그에서 멀지 않은 카브리에르 다비뇽에 세낸 집에 있던 가족에게 돌아갔다. 수수한 집이었는데 주된 용도는 이제 때가 된 '구입할' 집을 위한 지역 탐사의 기지였다. 그들은 생 레미 드 프로방스 인근의 알피유 산지에 있는 집을 보고 흥분했다. 그 집은 외따로 떨어진데다 그 자체가 비탈이었다. 다른 집도 보았지만 의견의 일치를 보지 못했던 것이다. 그러나 결정을 하지 못한 채 9월이 되어 프랑신이 파리에서 학교에 복귀할 때가 되고 말았다.[43]

나머지 일은 순식간에 이루어졌다. 카뮈와 그의 아내는 이미 읍내 카비용의 부동산 대리인으로서 르네 샤르의 친구의 친구인 장 코르뉘와 함께 어느 집을 방문한 적이 있었다. 실제로 그들은 오래된 시골집에 마음이 흔들렸다. 그 집은 프로방스 지방에서 '마스'(일종의 농가 주택—옮긴이)라고 부르는 주택이었다. 그러나 너무 오래 망설인 나머지 다른 사람이 사버리고 말았다.

그로부터 얼마 지나지 않아서 코르뉘는 파리의 유명한 의사 올리비에 모노 박사가 루르마랭에 있는 집을 팔려고 내놓았다는 사실을 알게 되었다. 그 집을 본 코르뉘는 이것이 바로 카뮈가 찾던 집이라고 생각했다. 카뮈도 동감했다. 코르뉘는 집 주인에게 노벨상 수상자가 그 집을 사려 한다는 사실을 알리고 48시간의 유예를 얻어냈다. 카뮈는 아내에게 전화를 걸어 그곳으로 내려오도록 했다.[44] 그 집을 본 그녀는 곧 자신들이 보았던 외딴 집들을 아쉬워했다. 이 집은 마을 한복판에 있다는 느낌을 주었던 것이다. 그러나 집을 보는 데 지친 그녀의 남편은 이렇게 말했다. "이 집을 사든가 아니면 아예 사지 말자고." 그들은 그때까지 모두 열다섯 채의 집을 보았다. 그녀도 다른 도리가 없었다.[45]

1958년 9월 24일, 그곳을 두 번째로 방문했을 때 카뮈는 값을 깎아보려고 했다. 당시 열다섯 살이던 모노 박사의 딸은 즉석에서 원래 값보다 70만 프랑을 깎아주었다. 결국 최종가는 930만 프랑이 되었다.

그들은 10월 18일 모노 일가가 루르마랭에 갖고 있던 다른 집에서 매매 계약서에 서명했으며, 집값의 일부를 계약금으로 걸었다. 카뮈는 그 집에 있는 올리브 나무를 잘 돌보겠노라는 약속도 했다.[46]

47 루르마랭

극장은 내가 필요로 하는 공동체를 제공해준다.
• 「웅대한 계획」

다른 대부분의 프로방스 지방과 달리 루르마랭은 개발이라든가 관광객의 손길을 타지 않았다. 그곳에는 뤼베롱 산맥의 부드러운 언덕 밑으로 포도밭에 에워싸인 촌락이 그대로 남아 있었다. 보클뤼즈의 주도인 아비뇽은 서북쪽으로 56킬로미터, 예술과 대학 도시인 엑상프로방스는 동남쪽으로 37킬로미터 떨어져 있었다. 르네 샤르가 살고 있던 릴 쉬르 라 소르그는 32킬로미터 남짓 떨어져 있었다.

600명가량의 주민이 거주하는 루르마랭은 비교적 외졌으며 피서객도 별로 없고 급속한 성장도 없는 곳이었다. 그 지방 주민들조차 오래된 주택들 중 몇 채가 외지인 소유인지 몰랐다.

그 마을의 들판 건너에는 오래된 성 한 채가 있었다. 중세와 르네상스 시대의 별채가 남아 있는 그 성은 교통사고가 있은 후 현재의 용도로 쓰이게 되었다. 원래 그 성은 부유한 제조업자의 양자인 로베르 로랑 비베르가 복구한 것이다.

뛰어난 학자이며 역사학 교수이자 문필가인 로랑 비베르는 폐허가 된 루르마랭 성을 발견하여 복구한 뒤 엑상프로방스의 '과학 농업 문학 아카데미'에 기증했다. 1925년 봄 미국 여행 후 시리아에서 발견한 로마 유적지에 대한 고고학 탐사를 계획하던 로랑 비베르는 조르주 크레라는 파리의 출판업자와 함께 루르마랭에서 리옹으로 돌아가던 중 속력을 높이다 차가 미끄러지면서 전복하여 두 사람 모두 길바닥에 팽개쳐졌다. 친구는 살았지만 로랑 비베르는 사망했다.[1]

그의 유언장에 따라 엑스 아카데미는 루르마랭 로랑 비베르 재단을 설립하고 그 성을 예술가와 작가들(1920년대 말에는 장 그르니에 같은 인물)을 위한 여름 별장으로 개장했다. 초대받은 손님들은 이상하게 조각된 르네상스 시대의 벽난로와 묵직한 참나무 가구, 돌을 깎아 만든 구불구불한 층계, 해묵은 도자기 속에서 생활했다.

루르마랭에는 신교와 가톨릭 교회가 있다. 신교도가 다수를 차지한 적도 있었지만, 신구교도 사이에서 난 자녀는 가톨릭 교회 내에서 양육되어야 한다는 가톨릭의 규칙 덕분에 후반에 들어서는 가톨릭교도의 수가 더 많아졌다. 신구교의 차별이 사라지고 있음에도 그 지방 공동묘지의 두 종파 사이에는 여전히 담장이 가로놓여 있다.

시골 생활

올리비에 모노 일가는 오랫동안 루르마랭 지방과 관계를 맺었다. 모노 박사는 파리의 개업의이면서도 루르마랭의 시장으로 선출되었다. 모노 일가는 1938년에 그 마을을 발견한 뒤 훗날 카뮈 일가에게 판 그 집을 사들였다. 그들은 옛 주택 구조를 약간 변형시켰다. 원래 그 지방 농부면서 성직자인 사람이 그 집에 살았는데 그들은 돼지우리를 하녀방으로, 포도주 짜는 기구로 샤워 설비를 만들었다. 그 다음 마을 한복판에서 약간 떨어져 살기로 마음먹고 그 집을 팔려고 내놓은 것이다.

그 집은 여느 저택과 다른 구조로서 여러 층으로 이루어져 있고, 각각의 건물에 프로방스풍의 적갈색 기와를 얹었다. 마을 쪽에서 보면 중세풍으로 보이는 그 건물은 청동사자의 머리에서 물줄기를 뿜어내는 돌 분수에서 시작된 구불구불한 소로(당시에는 레글리즈가, 지금은 알베르 카뮈가로 불린다)에 맞춰 만들어졌다.

다른 편으로 들판을 향해 있는 저택은 흡사 받침대 위에 올라선 형상인데, 이 받침대는 실제로 저택이 들어앉은 테라스며 석조 난간으로 에워싸여 있다. 이곳에서는 뒤란 골짜기와 바로 맞은편에 있는 성, 그리고 왼쪽으로 마을 공동묘지 구역을 표시하는 삼나무 숲이 훤히 내다보인다.

정원에는 무화과나무, 장미덤불, 로즈메리 등이 우거져 있다. 카뮈가 이사할 무렵 정원은 대체로 돌보지 않은 상태였다. 카뮈는 정원사에게 정원을 잘 다듬고 잔디밭을 손질하되 '이상한 장식 따위는 하지 말도록' 요청했다. 아래쪽에 정원에 면한 마구간이 하나 있었는데, 카뮈 일가는 그곳에 피에르 블랑샤르가 알제리에서 보내준 조그만 당나귀를 키웠다. 그리고 그 위쪽의 차고에는 카뮈가 줄곧 써온 낡은 시트로앵을 넣어두었다.

카뮈 일가는 이사한 즉시 돌 분수와 긴 의자로 조그만 안뜰을 장식하고, 샌드백이 있는 탁구장으로 들어가는 문 위쪽 벽에는 태양 무늬를 박아 넣었다.

그는 모노 일가가 '도제의 방'이라고 이름 지은 위층의 큰 방을 사무실로 썼다. 그곳은 아마추어 극단이 쓰는 방이었다. 아이들도 그곳에서 연극을 했는데, 그 중에는 「베니스의 상인」도 있었다. 그들이 쓰기 전에 그 방은 누에치는 곳이었다.[2]

그 집 덕분에 카뮈는 자신이 좋아하는 종류의 쇼핑, 즉 윤기 없는 고물과 낡은 가구들을 구입할 기회를 마련했다. 그는 로베르 세레졸에게 이렇게 말했다. "세상에 그토록 비참한 일이 많은데 낡은 옷장 하나에 15만 프랑이나 쓰다니 부끄럽네."

그러나 파리에서 자클린 베르나르와 마주쳤을 때 카뮈는 그녀에게, 딸이 쓸 루이 14세풍의 침대 등을 구하러 상점을 돌고 있는 중이라고 말했다. 그 말에 그녀가 이렇게 놀렸다. "당신은 언젠가 수수한 호텔방으로 만족하겠다고 말한 적이 있지 않나요?" 그 말에 카뮈는 웃으며 이렇게 말했다. "난 그런 호텔방에서 죽고 싶다고 말한 거요. 호텔방에서 살겠다는 말이 아니라."

물론 카뮈에게 루르마랭은 무엇보다 그르니에의 루르마랭이었다. 카뮈가 읽었던 스승의 초기 에세이 몇 편은 이곳을 환기시켰으며, 앞에서도 언급했듯이 카뮈는 이미 제2차 세계대전 전에, 그리고 전쟁 직후에 이곳에 와본 적이 있다.

"저는 선생님의 족적을 따르고 있습니다." 카뮈는 그르니에에게 그렇게 말하곤 했다. 그곳은 샤르가 살고 있던 릴 쉬르 라 소르그가 아니었지만, 달리 살 만한 집이 없었으며, 비록 길이 구불거리긴 했어도 샤르의 집까지 자동차로 30분이면 충분했다.

텍스트가 주는 영감

파리에서는 「어느 수녀를 위한 레퀴엠」의 두 번째 순회공연을 위한 리허설이 진행되고 있었고, 카뮈가 루르마랭 저택의 매매 계약서에 서명을 하고 돌아온 직후에는 「악령」이 리허설에 들어 갈 준비가 되었다. 초기의 각색은 타이프한 원고로 268페이지나 되어, 공연하는 데만 다섯 시간이 소요되는 분량이었는데, 잘라 내기를 거듭했음에도 여전히 28명의 배우와 장면 여덟 개가 필요 했다.[3] 1953년에 그 소설을 처음 각색했을 때는 장면만 65개였 다.[4] 배우로는 피에르 블랑샤르(스테판 베르호벤스키 역), 피에르 바네크(스타브로긴 역), 베르호벤스키의 아들 역으로 미셸 부케, 그리고 마리아 티모페예브나 레뱌트킨 역을 맡은 카테린 셀러스 들이 예정되었다.

그녀는 카뮈의 연출 기법이 「어느 수녀를 위한 레퀴엠」 때보다 훨씬 세련되고 정교해졌다고 느꼈다. 도스토예프스키의 소설을 몇 개의 장면으로 줄이는 일만으로도 연출 행위였다.

카뮈는 소설의 기본 골격을 유지하는 한편 스타브로긴의 '고 백'과 도스토예프스키의 일기에서 구한 자료를 통합했다. 그는 등장인물의 폭력과 심지어 광기에 중점을 두었는데, 배우들이 지 나칠 정도로 유순하다고 여겼다.[5] 그는 원문을 중시했고, 배우들 에게도 중시할 것을 요구했지만, 그 밖의 대부분을 배우들의 해 석에 맡겼다.[6]

배우들은 테이블 주위에 둘러앉아 원고를 읽는 것으로 연습을 시작했다. 노련한 블랑샤르는 그 다음 순서에서 카뮈가 새로운 방식을 도입했다는 것을 알게 되었다. 두 번째 낭송부터 연기에 들어간 것이다. "여러분의 감정대로 연기하십시오" 하고 카뮈는 말하곤 했다. "앉을 필요가 있다고 느끼면 앉으세요. 텍스트가 주 는 영감에 따라 행동하세요." 그리고 그는 배우들에게서 주어진 인물의 성격이 발현되기를 기다리며 지켜보았다. 그는 그 결과로 주어지는 해석이 진짜라고 믿었으며, 자신의 해석을 강요하려 하지 않았다. 일례를 들면, 어느 배우가 두 가지 역할 중에서 하나를 선택하게 됐을 때 카뮈와 배우가 원하는 배역이 서로 다를 경우에는 배우의 선택을 받아들였다.

그는 결코 어조나 몸짓, 표정에 대해 제안을 하지 않았다. 그는 배우가 수긍이 가도록 설명하면서 연출했다. 무대에 서지 않을 때 텅 빈 객석에서 카뮈 옆에 앉아 있던 블랑샤르는 친구의 표정과 호흡이 긴장하는 것을 목격했다. 배우들이 맡은 역을 제대로 하기를 바라고 있었기 때문이다. 그는 개별 배우들을 위한 짧막한 메모를 하곤 했으며, 어떤 제의를 할 때는 소설 원문을 언급하곤 했다. 또한 분위기를 만들기 위해 리허설 전과 휴식 시간에 민속 음악을 틀어놓곤 했다. 분만과 살인 장면을 삭제하면 청중들의 반응이 더 나아질 것이라는 말을 들었을 때 카뮈는 도스토예프스키를 배신하느니 차라리 이익을 희생시키겠다면서 삭제를 거부했다.[7]

개인적인 개입

대중 앞에서의 침묵과 개인적인 활동에 몰두하던 이 시기에 그의 심중에 있던 유일한 정치적 문제는 알제리만이 아니었다. 전쟁은 군 복무를 원치 않는 징병 대상 젊은이들에게 점점 큰 부담을 주었지만, 프랑스에는 그들을 보호할 법이 없었다. 양심적 병역 기피자에 관한 알맞은 선례조차 없었다. 이제 그는 젊은이들로 하여금 조국을 위해 봉사할 대안을 선택하도록 하자는 캠페인을 주도하는 평화론자들에게 신중하게 자신의 펜과 이름을 빌려주게 된다. 그는 함께 일하기를 좋아하던 좌파 혁명 투사들과 더불어 이 일에 관여했다.

루이 르쿠앵은 평생 동안 평화론자이며 무정부주의자, 자유를 위한 개혁 운동가였다. 그는 프랑스 감옥에서 12년을 보냈는데, 그보다 더 많은 기간을 옥중에서 보낸 양심수는 1848년 혁명 지도자이던 루이 블랑키뿐이었다. 그는 1927년에 사코와 방제티를 석방시키기 위해 운동을 벌였으며, 파리의 미국재향군인회 회의에 대표단의 일원으로 가담하여 "사코와 방제티 만세!"를 외치다가 투옥되었다.

1936년 르쿠앵은 '국제 반파시스트 연대'의 전신인 '스페인해방위원회'를 설립했는데, 그 단체의 기관지는 종종 압수되거나 기소되곤 했다. 행동파 평화론자인 그는 제2차 세계대전 때 사하라 남부에서 구금되기도 했다.

1958년 1월, 그는 양심적인 병역 기피자들을 위한 캠페인의 일환으로 정기 간행물 『리베르테』(Liberté)를 창간했다. 카뮈는 즉각 앙드레 브르통, 장 콕토, 장 지오노 등과 함께 새로 구성된 '양심적병역기피자 구제위원회'의 발기 위원회에 가입했다.

그 당시 징병을 거부한 사람들은 자칫하면 장기 투옥형을 받을 수 있었기 때문에 카뮈는 르쿠앵을 도와 신설 위원회를 대표하는 서한을 작성했고, 그 서한은 1958년 10월 15일 정부에 제출되었다. 그 서한에는 양심적인 병역 기피자에게 합법적인 지위를 부여하는 법률이 고려되어야 하며, 이미 징병을 거부하여 투옥된 사람들은 군 복무 기간과 같은 기간 동안만 투옥된 후 석방돼야 한다는 내용이 담겨 있었다.

카뮈는 또한 그 위원회가 정부에 제출한 입법 초안도 거들었다. 그는 1959년 3월 드골 대통령 앞으로 보내는 서한에서도 '구제 위원회'를 대표하여 그 문제를 거론하게 된다. "우리는 모든 일이 한꺼번에 처리될 수 없다는 것을 알고 있으며 인내가 필요하다는 사실도 이해합니다"라고 카뮈는 썼다. 그러나 당시 30여 명의 양심적인 병역 기피자들이 27개월 이상 투옥되어 있으며, 그들의 경우 다른 사람들보다 훨씬 느리게 흘러갈 시간 때문에 인내심을 갖기 어렵다고 말했다.

드골은 그 문제를 알아보겠지만 인내심이 필요하다는 답장을 보냈다. 그때 카뮈의 삶은 불과 9개월 남짓 남아 있었다. 심장병을 앓고 있던 일흔네 살의 르쿠앵은 단식 투쟁에 돌입했다. 그의 단식 투쟁은 1963년 12월 양심적인 병역 기피자들에게 관공서 근무의 형태로 특별한 지위를 허용하는 법률이 통과되는 데 이바지했다. 그러나 르쿠앵은 여전히 카뮈가 제시한 징병법과 같은 맥락에서 처벌 조항을 삭제한 법안이 통과되기를 희망했다.[8]

1958년 11월 12일 카뮈는 또 다른 활동에 관여했다. 그는 알제리에 관련된 행사에 참석하지 않는다는 자신의 원칙에 한 가지 예외를 만들어, '랄제리엔'이라고 불리는 단체의 회원들인 프랑스 거주 프랑스령 알제리인들의 만찬에 주빈 자격으로 참석해달라는 초대를 수락했다. 진정한 의미에서 프랑스령 알제리인을 위한 행사였다. 내빈 중에는 공무원과 사업가들뿐 아니라 예술가와 작가들도 포함돼 있었다. 피에르 블랑샤르는 물론 예전에 알제리에 배속되었던 파리 경찰국장 모리스 파퐁도 그 자리에 참석했다.

랄제리엔의 의장인 퇴역 대령은 카뮈를 소개하면서, 1956년 1

월 시민 휴전에 대한 카뮈의 호소는 먹혀들지 않았지만 그것은 드골 정부가 현재 관여하고 있는 형제애 정책의 때 이른 본보기였다는 사실을 언급했다. 카뮈는 긴장을 풀고 자신의 프랑스령 알제리인의 억양 그대로 '알제리인들' 사이에서 이야기했다.

나는 알제리에 행복에 대한 교훈뿐 아니라 고통과 불행의 교훈까지 빚지고 있습니다. 이 교훈들은 최근 들어 어느 정도 부담이 되었습니다.

그러나 그는 희망을 가져야 할 이유도 알고 있었다. 그는 알제리 작가들은 오랫동안 자신들의 의무를 다해왔다고 말했다. 그는 내일의 알제리가 어떤 모습이 될지, 어떤 모습으로 창조될지, 유혈과 불행 속에 어떤 대가를 치르게 될지 모른다고 했다. "하지만 내가 말할 수 있는 것은 우리 알제리 작가들은 어제, 내일의 알제리를 창조했다는 것입니다."[9]

그가 할 수 있는 일들은 이런 것들이었다. 그러나 글을 쓸 수는 없었다. 그는 니콜라 치아로몽테에게, 자신이 서문이나 다른 행사용 잡문을 써야 할 때만 겨우 글을 쓸 수 있노라고 고백했다. 물론 노력을 했으나 허사였다. 그는 일종의 심리적 마비 상태에 빠진 채 내면에 혁명이 일어나기를 기다리면서 살고 있었다.

그리고 그해가 끝나갈 무렵 카뮈는 갈리마르의 동료 편집자 로베르 말레에게, 알제리 전쟁의 쌍방이 이해를 위한 기반을 쌓기 위해 같이 있어야 마땅하다고 말했다. 말레가 그 일을 위해 도와줄 수 없겠느냐고 하자 카뮈는 이렇게 대답했다.

난 그렇게 생각하지 않네. 난 양 진영의 국수주의자들에게 의심을 받고 있다네. 한쪽에서는 충분히 애국적이지 못하다고 비난받고 있네. 그리고 다른 한쪽에서는 지나치게 애국적이라고 비난받고 있네. 너무도 많은 아랍인들이 이해하지 못하는 사실은, 아랍인을 사랑하는 어떤 프랑스인이 그 이유 때문에 이방인이라는 기분에 사로잡히지 않고 아랍인이 알제리를 고향처럼 여기며 살기를 바라는 것처럼 내가 알제리를 사랑하고 있다는 사실일세.[10]

기소되거나 유죄 판결을 받은 알제리인들을 위한 그의 개인적인 개입은 생애 마지막 해 동안에도 계속되었다. 새해 들어 카뮈가 처음 개입한 사건은 공교롭게도 옛 친구를 위한 일이었다. 한때 알제의 공산당 간사이자 카뮈의 상관이었으며 훗날 민족해방전선 지하 고문단의 일원이고 시민 휴전 위원회 회원이던 아마르 우제간이 위험한 폭도로 체포되었던 것이다. 그는 꼬박 1년 후인 1959년 1월 재판에 회부되었으며, 카뮈는 알제리의 군 상임 재판소에 다음과 같은 메시지를 보냈다.

아래에 서명한 본인 알베르 카뮈는 아마르 우제간 씨가 1956년 2월 알제리의 프랑스인과 이슬람 교도 민간인들의 생명을 구하기 위한 휴전을 계획했으며, 순수하게 인도주의적 목적에 입각한 이 계획의 성공을 위해 최선을 다한 인물임을 증명하는 바입니다.

우제간이 사형 선고를 각오한 게 아니라면 몰라도 그 일은 별로 도움이 되지 않았다. 왜냐하면 그는 8년형을 선고받은 후 1962년 4월 정전 선언이 있고 나서야 풀려났기 때문이다. 이후 그는 독립 알제리 정부의 각료가 되었다.[11]

카뮈는 드골 앞으로, 드골의 절친한 의논 상대인 말로 장관 앞으로, 그리고 마침내 신설된 '보호위원회' 앞으로 끊임없이 절박한 탄원서를 보냈다.[12] 카뮈는 자신이 참여를 거부한 바 있는 이 단체에게 문자 그대로 각종 탄원서를 퍼부어댔는데, 그런 다음에는 그가 명단을 보내 주목을 끌 것을 요구한 사건들에 대한 위원회 명의의 보고서를 받았다. 카뮈는 자신이 개입하여 감옥에서 풀려난 이슬람 교도들의 명단을 보내기도 했다. 말로는 카뮈에게, 자신이 적어도 한 번 이상 개인적으로 드골에게 사형 선고에 관용을 탄원하는 그의 서한들을 제출했다고 말했다.[13]

부재자의 기도

말로는 1959년 1월 말 파리 앙투안 극장에서 열린 「악령」의 개막식에 참석했다. 개막식 세 시간 전에 그의 수석 보좌관이 쉬잔 아넬리에게 전화를 걸어서, 장관을 위한 박스 좌석 하나를 마련해줄 것을 요청했다. 그녀는 그 보좌관의 어조에서 말로가 카뮈에게 뭔가를 해주고 싶어 한다는 것, 다시 말해서 일종의 보상을 하고 싶어 한다는 느낌을 받았다.[14] 동기가 무엇이든 말로는 그자리에 참석했으며, 석간지 『프랑스 수아르』는 다음과 같은 표제와 함께 그의 사진을 1면에 게재했다.

앙투안 극장의 「악령」 개막식의 스타는

(객석의) 앙드레 말로였다

그 신문의 가십 칼럼니스트는 역시 1면에, 그 연극이 3시간 40분 동안 공연되었으며 첫 번째 휴게 시간이 되자 관객들 모두가 간이식당으로 몰려들었는데 그곳에서는 위스키가 한 잔에 700프랑인 반면 보드카는 250프랑밖에 되지 않았다고 보도했다. 한때 드골의 보좌관이었으며 훗날 그를 이어 프랑스 대통령이 된 조르주 퐁피두도 말로와 함께 있었다. 파퐁 경찰국장, 루이 아라공, 엘자 트리올레도 참석했고, 부케, 블랑샤르, 바네크, 카테린 셀러스가 주로 박수 갈채를 받았다.

「악령」은 언론으로부터 호평을 받았으나 공연 기간은 비교적 짧았으며, 앞에서도 언급했듯이 투자금을 회수하지는 못했다. 공연에 비용이 많이 든데다 극장이 작품과 맞지 않았던 것이다. 파리에서는 연극에 따라 극장이 달라졌는데, 사르트르와 테네시 윌리엄스의 작품도 이곳에서 공연된 적이 있긴 했지만 이 작품은 앙투안 극장 같은 대중 극장을 찾는 관객에게는 지나치게 심각했다. 1959년 10월 이 작품은 프랑스의 지방과 스위스, 벨기에, 룩셈부르크, 북아프리카, 포르투갈로 4개월에 걸친 순회공연을 떠나게 된다.

다시 연극 일에 뛰어든 카뮈는 행복을 느꼈다.[15] 그는 새로운 친구이자 이웃인 올리비에 모노에게, 도스토예프스키의 그 연극은 자신이 이전에 쓴 어떤 작품보다 소중하다고 말했는데, 아마도 그 작품에 그만큼 많은 노고를 치렀기 때문이었을 것이다.[16] 다른 이유도 있을 수 있다. 다른 어느 때보다도 이 무렵 그 작품의 정치적인 내용이 그의 마음을 사로잡았던 것이다.

본질적으로 소설 『악령』은 신생 러시아의 감동을 기록한 작품이다. 그 소설은 제정 러시아의 가장 탁월한 부분과 극히 미심쩍은 자유주의적 관점에 대해 묘사하고 있다. 처음부터 도스토예프스키의 소설은 허무주의의 폭로이면서 동시에, 도스토예프스키가 허무주의라고 규정지은 좌파 자유주의 변증론자들에 대한 공격으로 간주되었다. 이런 정치적 내용 때문에 소련은 『악령』을 '사회적으로 불쾌하고 유해한' 우파 선전물로 취급했으며, 10월 혁명 이후 공산주의 비평가들에 의해 정규적으로 공격을 받았다.

도스토예프스키의 독자인 마르크 슬로님은 도스토예프스키 자신이 자기 소설을 "혁명 세력의 악마 같은 본성"에 대한 공격으로 여겼다는 글을 남겼다. 그는 무익한 자유주의자들의 '아름다운 영혼'을 조롱하고, 19세기 러시아의 진보적 인도주의자들이 다음 세대의 사회주의적 성향에 책임이 있음을 논증하고 싶어 했다는 것이다. 슬로님은 순전한 냉소주의로 인간을 대하고 "언제나 음모와 술책, 스캔들에 싸여 있는" 표트르 베르호벤스키라는 인물이 "스탈린 시대의 전형적인 공산주의 정치가"라고 말했다.[17]

카뮈가 도스토예프스키의 소설에 담긴 이런 의도를 파악하지 못했을지 모르지만, 이 작품이 혁명 선동의 무책임한 형태를 다룰 절호의 기회라는 것은 알았을 것이다. 아무튼 생애 마지막 순간까지도 카뮈는 이 소중한 작품을 관심을 가지고 지켜보았다. 배역들과 만날 수 없는 시간과 공간에서도 카뮈는 각각의 배우들과 제안이나 혹은 격려의 말이 씌어 있는 메모와 편지를 주고받았다.[18] 그중 "부재자의 기도"라고 표시된 메모에는 다음과 같은 말이 씌어져 있다.

이 연극은 불꽃으로 시작하여 화염 방사기로 진행되고 불구덩이로 끝나야 하네. 따라서 소방수들은 모든 적신호를 무시한다는 사실을 잊지 말게.[19]

1959년 7월 막을 내렸을 때 「악령」의 적자는 1천121만 2천 프랑이었다. 극장 대표는 이제 미셸 드브레 수상의 내각에서 문화장관이 된 말로에게 편지를 써서 적자를 메우기 위한 방책의 일환으로 세금 800만 프랑을 변제해달라고 호소했다. 말로의 사무실은 처음 30회 공연에 대한 세금 변제액 150만 프랑 외에는 아무런 조처도 취할 수 없다는 답장을 보냈다.[20]

그럼에도 불구하고 정부는 카뮈와 미슐렌 로장이 새 극단을 만들려는 계획에 주된 자금줄 역할을 맡게 된다. 프랑스는 예로부터 정부가 연극을 지원해온 전통이 있다. 코메디 프랑세즈, 전국 민중 극장, 그 밖에 파리나 지방의 다른 레퍼토리 극단들은 대부분 국가의 재정 지원을 받았다.

희망 사항은, 말로가 직접 결정을 내리지는 않더라도 영향력을 행사할 수 있는 위치에 있을 때 카뮈가 계획한 극장에서 예상되는 운영 적자(연간 4천만 프랑으로 추산되었다)에 상응하는 재정 지원을 정규적으로 떠맡는다는 것이었다. 카뮈는 이 문제를 말로와 직접 의논했다. 그러나 이제 곧 명확해지겠지만 탁월한 개혁가였던 말로도 정부를 자신의 도구로 이용하는 데는 실패하고 말았다.

그래서 말로는 카뮈에게 필요한 자금을 마련해줄 방도를 모색하는 대신 그 문제를 관료들 손에 넘기고 말았고, 그들은 관료적 절차에 따라 처리하고 말았다. 훗날 카뮈가 죽고 난 뒤 이런 종류의 극장 보조금은 통상적인 일이 되었지만, 말로의 재직 중에 나온 카뮈의 계획은 너무 때 이른 것이었다.

그 협상은 1959년 1월 「악령」이 개막된 시점으로부터 거의 1년 후 카뮈가 사망할 때까지 진행되었다. 그리고 카뮈가 계속 살았다면 그들이 1960년 초에 구체적인 성과를 내놓았으리라는 확실한 증거가 남아 있다.[21]

1959년 3월 18일, 카뮈는 르네 샤르에게 자신의 우울한 심정을 편지로 전했다. "우울증에 맞서기가 정말 힘들어지고 있네. 젊음이 사라져가는 시기에 우울증과 싸운다는 일은 너무도 버거운 일일세. 그것 말고도 오만과 무관심이라는 난공불락의 요새도 있는데 말이야. 그래, 난 지금 지쳤다는 걸 시인하고 있네."[22]

그 직후 또 다른 시련이 있었다. 그는 알제리로부터 연락을 받았다. 어머니가 탈장 이후 장폐색으로 수술을 받게 된 것이다. 그는 이제 77세인 어머니의 노령을 걱정했지만 수술은 성공적이었다. 알제리에 있는 동안 노벨상 수상자인 그는 그곳 유지 자격으로 출생지인 몬도비로부터 초대를 받았다. 그곳은 이제 곧 시작하게 될 자전 소설을 위해서 한번 가보고 싶었던 장소이기도 했다. 그러나 카뮈는 마지막 순간에 사과 전보를 쳐야 했다. TV 프로그램을 찍기 위해 파리로 돌아가야 했던 것이다.[23]

그 프로그램은 「웅대한 계획」(Gros plan)으로서, 제작자이자 연출자인 피에르 카다날이 착상한 시리즈물이며 문자 그대로 클로즈업 프로그램이었다. 피에르 카다날은 공교롭게도 프랑스계 알제리 집안의 후손이었다. 그 프로그램에서는 텔레비전 화면이 독백을 위해 마련됐다는 이론에 근거하여 명사가 단독으로 카메라 앞에서 이야기를 했다.

카디날은 배우 미셸 시몽, 미슐레 모르강과 함께 그 시리즈를 시작했다. 1956년에 마리아 카자레스가 출연했는데, 피에르 카디날은 그때 카뮈와 만났다. 사실 그는 예전에 알제의 한 부유한 집에서 카뮈를 본 적이 있었다. 카뮈가 상류 사회에서 그토록 편안하게 처신하는 것을 보고 깊은 인상을 받았지만, 카디날은 자신이 처한 환경 때문에 그에게 반감을 품었다.

「웅대한 계획」 카뮈 편을 위해 카디날은 전해 10월부터 그와 함께 작업을 시작했다. 두 사람은 그 프로를 계획하면서 몇 시간씩 시간을 보내곤 했다. 전체 구성은 카뮈가 연극에 관해 독백하는 중간 중간에 앙투안 극장의 원래 배우들로 찍은 「악령」의 장면들을 삽입한다는 것이었다.

카뮈는 카디날 앞에서 원고를 쓴 뒤 그것을 읽어주곤 했다. 카디날이 카뮈가 쓰고 있는 원고를 가져가서 타이프로 치겠다고 제안하자 카뮈는 자신이 초고를 어느 미국인에게 팔았기 때문에 자신이 직접 타이프 작업을 하고 나서 원고를 갖고 있겠다고 말해서 카디날을 놀라게 했다. 두 사람은 원하는 원고가 나올 때까지 전혀 다른 세 가지 원고를 썼다.

카뮈는 텔레비전 앞에서 겁을 먹은 것처럼 보였으며, 어떻게 접근해야 할지 모르는 것 같았다. 그는 자신의 원고가 지나치게 문학적이 아닐까 두려워했다. 그런데 카디날은 오히려 문학적이 되어야 한다며, 텔레비전이 의도하는 바가 그것이라고 말했다.

배우들은 사전에 찍어두었다. 카디날은 배우들에 관한 협상을 위해 배우 조합의 대표인 제라르 필리프와도 담판을 지어야 했다. 배우들에게는 출연료가 지급되지 않았던 것이다. 필리프가 조합의 조건을 존중해달라고 요구하자 카뮈가 이렇게 대꾸했다.

"내 배우들은 어쨌든 내게서 돈을 받을 거요."[24] 실제로 배우들은 불만을 품었다. 그들은 만약 그들이 출연료 없이 「웅대한 계획」에 출연할 경우 연극을 계속하는 데 도움이 될 거라는 말을 들었다. 카뮈는 고용주 역할을 불편하게 여긴다는 인상을 주었다.[25]

카뮈는 4월에 나흘 동안 카메라 앞에 섰으며, 카디날은 촬영 기간 동안 일어난 한 가지 사건을 결코 잊지 못했다. 어느 때인가 카디날이 카메라맨에게 친칭인 '튀'(tu)를 써서 소리쳤다. "알베르, 그런 식으로 해. 서둘러!" 그 말을 자기에게 한 말인 줄 오해한 카뮈가 딱딱한 어조로 "부탁인데 경칭을 써주시겠소?" 하고 요구했다. 다음 순간 진상을 알게 된 카뮈는 사과를 했고, 며칠 후에는 서로 친구가 되자고 제의했다. 그러나 두 사람은 진정한 의미에서 친구가 되지는 못했다.[26]

1950년대 프랑스의 텔레비전 프로그램이라는 관점에서 볼 때 「웅대한 계획」 시리즈는 괜찮아 보였다. 당시에는 자발적인 대화로 이루어지는 프로그램이 없었다. 무대 공포증을 우려한 카뮈는 자신의 대사를 암송했다. 그 결과 경직되고 어색한 느낌을 받은 시청자들도 있었다. 카뮈가 미리 써놓은 원고를 암송하고 있다는 사실이 빤히 보였던 것이다. 그러나 그것은 연극에 대한 카뮈의 신조가 담긴 중요한 원고로서, 굳이 그 방송을 보지 않더라도 연출자로서 카뮈가 행복했으리라는 사실을 충분히 이해할 수 있다.[27]

「웅대한 계획」의 촬영 직전 로베르 말레와의 대화에서 카뮈는 자신이 임기응변에 서투르고, 자신이 한 인터뷰들에 준비 과정이 고스란히 드러났다고 털어놓았다. "나는 주의를 기울여 명확히 말하고 싶네."

그는 말레가 '아름다운 문체'에 대해 말하자 움찔했다. "난 사람들이 문체가 작가와 어울린다고 말하는 걸 좋아해. 난 좋은 작가란 기교를 등한시하지 않고 있는 그대로 자신의 감정을 표현할 줄 아는 작가라고 생각해. 그것이 내가 타성적인 작가보다 혼란스러운 작가를 더 좋아하지 않는 이유지." 결론 삼아 그는 이렇게 말했다. "내겐 단 하나의 확신밖에 없어. 글을 잘 쓰기 위해 자리를 옮겨야 할 필요가 있다는 거야."[28]

카뮈를 연극인으로 알았던 사람들은 1959년 5월 12일 프랑스 텔레비전에 처음 방영된 「웅대한 계획」에서 자신들이 이미 알고 있는 사실을 다시 한 번 확인했다. 그가 연극을 하는 이유는? 카뮈는 그 대답이 "실망스러울 정도로 진부해 보일까 봐" 겁을 냈다. "그 이유는 아주 간단한데, 연극 무대가 내가 행복을 느끼는 곳 가운데 하나이기 때문이다." 그는 무대에서 "작가로서의 일을 성가시게 만드는 것" 다시 말해서 시간에 대한 몰지각한 요구들로부터 달아날 수 있었다. "극장에서는 누구나 일을 존중하기 때문"이었다.

그 말은 사실이었다. 그와 함께 일했던 사람은 모두 알고 있었다. 문학계에 만연한 질투심 때문에 그는 문단에 진정한 의미의 친구가 없었으며, 생 제르맹 데 프레의 동료 작가들 대부분을 진심으로 좋아하지도 않았던 것이다. 그는 자신이 "극장의 깊은 우애 관계"라고 일컬은 것으로 달아나고, 자신의 스태프들과 함께 작업하고 먹고 마시며 저녁나절을 보내고 싶어 했다. 연극이 공연되는 동안 그는 극장을 찾아가 배우들과 함께 저녁 식사를 하거나 술을 마시며 밤늦도록 그곳에 머물곤 했다.

뿐만 아니라 희곡을 쓰고 연극을 공연할 때는 비평가들과 혼자서 맞서는 것이 아니라는 느낌을 받았다. 그에게는 '동료들'이 있었던 것이다.

문학에서는 가면을 쓰고 (넥타이까지 매고) 경직된 태도를 취해야 했는데, 극장에서는 자유로웠다. 예를 들면 불로뉴 숲의 프레카틀랑 야외극장에서 앙제 연극제를 위한 리허설이 있었을 때 카뮈는 자신의 아이들을 데려갔는데, 갈리마르사에는 아이들을 데려간 적이 단 한 번도 없었다.

비서가 문학계와 관련된 편지와 메시지를 가지고 카뮈가 있는 극장에 찾아오면 그는 웃으면서 이렇게 말하곤 했다. "난 여기서 공연할 쇼가 있어." 그는 연극을 위해서라면 문학도 기꺼이 포기했을 것이다.

그래도 그는 자신의 '본업'이 고독 속에서 글을 쓰는 일임을 충분히 의식하고 있었다.[29]

도미니코 수도회 알베르 형제

1959년 5월 마침내 루르마랭의 새 집으로 옮겨갈 수 있었다. 그는 화창한 날 그곳에 도착하여 자리를 잡기 시작했고 얼마 지나지 않아서 틀에 박힌 일상을 영위하기 시작했다. 아침에는 집에서 일을 하고, 오후에는 책상 앞에 앉았으며, 저녁 때는 벽난롯가에서 책을 읽었다. 그의 아내와 딸도 며칠 동안 와서 머물렀다. 카뮈는 기분이 나아졌다고 여겼으며 수도원 같은 생활을 마음에 들어 했다. 그는 친구들에게 보내는 편지에 "도미니코 수도회 알베르 형제"라고 서명했다.

시간이 지나면서 카뮈는 마을 사람들과도 어울리기 시작했다. 산책을 많이 한 그가 이 무렵 새로 사귄 친구 중에 마을 대장장이 세자르 마리우스 레이노가 있었는데, 그의 집안은 16세기 이후로 대장장이 집안이었다. 레이노는 카뮈의 새 집을 손질해주면서 그에게 과거의 루르마랭에 대한 이야기를 들려주었다.[30]

마을 사람들은 이 새로운 인물이 파벌을 좋아하지 않는다는 사실을 알게 되었다. 카뮈는 누구와도 허물없이 지냈던 것이다. 처음에 정비소 주인이 그를 작가에 대한 존칭인 "마이트르"(선생님)라고 불렀으나 카뮈는 그 호칭이 마음에 들지 않는다고 했다. 정비소 주인이 그에게 언제 프랑스 아카데미에 선출되느냐고 묻자 카뮈는 "그런 말 말아요. 난 아무 일도 안 하고 둘러앉아 빈둥거리는 사람은 딱 질색이에요"라고 대꾸했다.[31]

그곳 사람들은 아비뇽 태생의 소설가이자 시인이며 당시 71세였던 앙리 보스코와도 간혹 마주치곤 했으나 보스코는 언제나 쌀쌀맞고 거만해 보였다. 보스코는 1976년에 사망하여 루르마랭 공동묘지에 묻혔다.

어느 날 카뮈가 재정 지원을 시작한 루르마랭 축구 팀과 함께 동네 카페에 앉아 있을 때 누군가 파리에서 전화가 왔다고 하자 그는 이렇게 말했다. "나중에 다시 전화하라고 해요. 지금 친구들과 같이 있으니까." 일요일에 루르마랭에 있을 때 카뮈는 그 지방 청년 스포츠 팀이 벌이는 시합을 관전하곤 했다.

요리를 해줄 가정부를 두었지만 카뮈는 집에서 불과 몇 걸음 떨어지지 않은 곳에 있는 오래된 올리에르 호텔 식당에서 식사를 하곤 했다. 그 호텔은 백 년 동안 한 집안이 운영하고 있었다. 수수한 건물인 그 호텔에는 시골 생활에 알맞게 만들어진 전통적인 식탁과 의자, 체크무늬 식탁보가 있었다. 인근 성에 사는 화가들은 화가 에디 르그랑이 주인 폴레트 올리에르를 위해 만들어준 숙박부에 스케치를 하거나 수채화를 그리곤 했다. 그곳 식당에 걸린 풍경화 사이에는 지금도 에디 르그랑의 그림 두 점이 걸려 있다.

카뮈가 식당의 단골손님들과 섞이지 않으려고 현관 오른편의 조그만 사실에서 혼자 식사할 때에도 마담 올리에르는 주방 쪽으로 "카뮈 씨에게 커틀릿 1인분!"이라고 외치며 돌아다녔기 때문에 그가 루르마랭에서 익명이 되는 것은 거의 불가능했다.[32]

얼마 후에는 보기 드문 정원사 프랑크 크레아츠도 두게 되었다. 자신의 설명에 의하면 사회의 가장자리에서 '소외된' 삶을 영위하는 그는 전시에 동원 해제를 받기 위한 방편으로 프로방스에 왔다. 그는 양심적 병역 기피자이며 무정부주의자였다. 크레아츠는 카뮈의 집 아래쪽 골목에 오래된 시골 동네를 복구해놓았다.

파리 태생의 브르타뉴 사람이며 독학자인 그는 브르타뉴 지방 어부들에 관한 역사 소설로 성공을 거둔 작가의 아들이기도 했다. 카뮈와 마찬가지로 그 역시 루이 르쿠앵 운동에 관계했다. 결국 카뮈는 그곳에서 관심사를 논할 상대를 얻은 셈이었다. 훗날 크레아츠는 루르마랭 시절의 카뮈에 관한 짤막한 일화들을 회상했다. 한번은 카뮈가 대장장이 친구들과 대화에 몰두하고 있을 때 낯선 사람이 다가왔다. 그때 카뮈는 이렇게 말했다. "죄송합니다만, 선생, 보시다시피 난 지금 이 신사분들과 볼 일이 있소."

마을의 목사에게는 이렇게 말한 적도 있다. "여러분 같은 신자들은 선택받은 분들이죠. 바로 그 때문에 제가 언제나 그렇지 못한 사람들 편에 서는 거랍니다." 목사의 부인이 이렇게 대꾸했다. "사람들은 종종 실망스럽지만 하느님만은 그러시지 않는답니다." 카뮈는 잠시 침묵한 후 이렇게 반문했다. "정말 그렇다고 생각하시는 겁니까?"

카뮈는 성을 자주 방문했으며, 자신의 손님들과 함께 그곳에 가기도 했다. 그는 5월에 처음으로 그곳을 방문했을 때 방명록에 다음과 같은 말로 서명을 대신했다.

매일같이 흡사 살아 있는 생물이기라도 하듯 달려가 축조된
대지의 단편과 맞닥뜨릴 수 있음을 깨닫는다면,
이 고요한 땅에 감사할지어다!
• 보리스 파스테르나크

카뮈는 곧 그 성이 연극제를 열기에 적당한 장소가 되리라고 생각했다. 만약 요절하지 않았다면 카뮈는 틀림없이 성의 운영을 관리하는 재단 이사회의 일원으로 임명되었을 것이다.[33] 카테린 셀러스는 루르마랭의 모든 후원자들이 돌연사했다는 전설을 들었다.[34]

다른 지방 사람이 그 동네 서점에 들러 카뮈의 서명이 든 책을 부탁하면 서점 주인은 종이쪽지에 손님의 이름을 적어놓았다. 그러면 파리의 신문과 디스크블뢰 담배를 사러 서점에 들른 카뮈가 책에 서명을 해주었다.[35]

모든 것을 허용하는 연극

그는 5월에 글을 쓰기 위해 루르마랭에 있었지만, 정말 글을 썼을까? 아마 그때는 쓰지 않았을 것이다. 그는 파리로 돌아와 한 친구에게 "아무래도 끝장난 것 같아. 더 이상 일이 안 돼"라고 말

했다. 하지만 여전히 연극에 대해서는 생각하고 있었다. 그는 루르마랭의 카페에 앉아 「웅대한 계획」을 보곤 했다.

카뮈는 친구 장 질리베르에게, 자신이 돈 후안 해를 맞아 몰리에르와 티르소 데 몰리나, 푸슈킨, 로페 데 베가, 코르네유, 그리고 어쩌면 모차르트의 오페라를 공연할 오랑 인근 메르젤케비르의 연극제에 관심이 있다는 편지를 보냈다. 만약 계속 살았다면 카뮈는 분명 그 작품들을 제작하거나 감독할 기회를 얻었을 것이다. 그는 질리베르에게 이렇게 말했다. "내가 모든 것을 다 할 수는 없어. 그건 분명해." 그러면서도 질리베르에게 연극제가 열리는 곳의 기술적 설비를 알아봐줄 것을 부탁했다.[36]

새로 사귄 스웨덴 친구 칼 구스타프 비유르스트룀(그는 카뮈가 독자적인 극장을 마련할 계획임을 전혀 알지 못했지만 그의 각색에 감탄했다)은 스트린드베리의 『몽상극』을 번역했는데 어쩌면 카뮈가 그 작품을 연극용으로 각색하고 싶어 할지 모른다고 생각했다. 카뮈는 이 작품보다는 스트린드베리의 『유령 소나타』 같은 작품에 더 흥미가 간다면서, 다른 작품이라면 함께 일할 수도 있다고 말했다.[37]

카뮈는 루르마랭에 자리잡은 첫 달부터, 연극 보조금에 관해 정부의 문화 당국자와 협의하고 있던 미슐렌 로장의 일을 진척시키기 위해 말로의 보좌관 중 한 사람인 작가 피에르 무아노와 의견을 주고받기 시작했다. 그는 5월 30일 파리에서 낮 공연 후 열리는 「악령」에 대한 공개 토론회에 참석하기 위해 루르마랭을 떠났다. 공연장은 이미 그달 초에 모두 예약되었다.[38] 청중 가운데 한 사람이 카뮈의 모순을 지적하자 그가 "내게도 발전할 권리가 있소"라고 반박했던 것은 분명 활발하고 열기마저 띤 이 공개 토론

회 때의 일이었을 것이다.[39)]

이제 카뮈가 정부의 지원하에 운영할 극장에 대해 구체적인 계획을 세울 때가 되었다. 카뮈는 미슐렌 로장과 마주앉아 관련자들에게 보낼 정관을 작성했다. 그들은 그것을 "신극을 위한 이론적 명제"라고 불렀는데, 타이프용지로 다섯 장 분량인 그 정관에는 세 가지 방식으로 현대 연극을 고무시키기 위한 레퍼토리 극단에 대한 카뮈의 생각이 담겨 있다.

그 세 가지 방식이란 그리스 비극과 스페인의 황금시대, 엘리자베스시대의 연극, 프랑스 고전과 그 이전의 연극에서 걸작을 모범으로서 제시하는 것, 여느 때는 희곡을 쓰지 않는 작가들로 하여금 연극에 손을 대도록 하는 것, 그리고 이미 마련된 희곡을 개발하는 것 등이었다. 중점은 좋은 희곡에 두고 '텍스트'에 공연의 역점을 두기로 했다.

적어도 세 편의 연극을 번갈아 무대에 올리기로 했고, 연간 모두 210회의 공연을 예정으로 잡았다. 그리고 할 수 있다면 세 편 모두 신작으로 하되, 그렇지 않을 경우에 적어도 한 편은 신작으로 공연할 예정이었다.

단장인 카뮈가 총괄적인 책임을 맡고 독자적인 극단을 구성한다. 핵심 극단과 「여객선 테나시티호」는 물론 오델로도 공연할 수 있는 700석 규모의 극장도 마련할 예정이었다. 당시 그들은 연간 적자를 1,710만 프랑에, 세 편의 제작 비용(3천만 프랑), 총연습 비용(315만 프랑)을 더한 금액으로 추정했으며, 매년 정부 보조금 규모를 5,025만 프랑으로 잡았다.

카뮈는 '실험극'(théâtre d'essai)이라는 용어보다 '신극'(Nouveau Théâtre) 쪽을 선호했는데, 아무것도 막지 않으면서 모든 것을 허용하는 연극을 의미했다. 그는 1959년 6월 25일자로 제안서에 서명했다.

이제 남은 것은 정부의 결정뿐이었다. 그런데 정부 측은 혼란 그 자체였다. 카뮈-로장의 신극은 1960년 9월에 시작할 예정이었지만 토의는 질질 끌었다. 정부 측에서는 비어 있는 극장 몇 군데를 제의했다. 사라 베른하르트 극장이 다시 거론되었고, 팔레 루아얄, 심지어는 오페라 코미크까지 거론되었다. 소규모 민간 극장주들은 카뮈의 착상을 받아들일 준비가 되어 있었지만, 카뮈가 운영을 맡을 경우 엄청난 적자가 따를 것이라고 경고했다.

또 다른 문제는 말로 휘하의 관료들이었다. 카뮈는 자신이 시간을 낭비하고 있다고 느꼈다. 뭔가 성과를 보기 위해서는 1년 내내 관청 사무실에서 어슬렁거려야 하는데 자신은 도저히 그럴 수 없다고 여긴 것이다.[40]

결국 1959년이 거의 끝나가는 시점에서 말로의 묵계 아래 카뮈와 로장은 아테네 극장 측에 상세한 제안을 할 수 있게 되었다. 카뮈는 극장 소유주와 3년 시한의 계약서에 서명을 하고 레퍼토리와 배역 선정을 임의로 선정하며 언론과 홍보를 맡은 상태에서 1960년 9월 최초의 작품들을 무대에 올릴 예정이었다.[41] 그 연극들 중에는 베르톨트 브레히트의 「사천의 선인」이 포함되고, 영구 공연단에는 카자레스와 셀러스가 들어갈 예정이었다.[42]

카테린 셀러스는 카뮈가 공연하고 싶어 하는 연극 50편의 목록을 작성했는데 그중에는 「아테네의 티몬」, 존 포드의 「그녀가 매춘부라니」, 존 웹스터의 「하얀 악마」, 몰리에르의 「돈 후안」, 유진 오닐의 「이상한 간주곡」, 딜런 토마스의 「밀크우드 아래서」, 피란델로의 「당신이 내게 원하는 대로」 등이 포함돼 있었다

말로는 자신의 총체적인 문화 프로그램에 새로운 재능을 개발할 극장이 전무함을 깨닫고 실제로 1억 프랑 가량을 별도로 떼어 놓았으며, 계획을 마무리하기 위해 1960년 1월 첫째 주에 카뮈와 만날 예정이었다.[43] 그 일이 제대로 되지 않을 경우 카뮈는 마튀랭 극장의 옛날 파트너들과 협의할 생각까지 하고 있었다.[44]

48 마지막 나날

주어진 짧은 시간에 그는 죽음의 길에서 벗어남 없이 열광하고 빛을 뿌리네.
바람이 뿌리고 바람이 수확한 덧없는 씨앗,
그럼에도 불구하고 창조적인 태양, 그것이 수 세기 동안
한순간의 삶에 긍지를 느끼는 인간이라네.

• 르네 샤르에게(1959년 12월 19일, 플레야드판 카뮈 선집에서 인용)

텔레비전 프로그램 「웅대한 계획」 작업을 하던 카뮈는 피에르 카디날에게, 홀로 고백하는 인간이 등장하는 자신의 소설 『전락』이 카디날의 텔레비전 시리즈에 어울릴 것이라고 말했다. 따라서 그 소설로 텔레비전 드라마를 만들어보면 어떻겠느냐고 제의했다.

카뮈는 주인공에 쥘 베리 같은 타입의 배우가 걸맞을 거라고 생각했다. 베리는 주로 악마 역 같은 냉소적인 역할을 맡았다. 얼마 후에는 카뮈가 자신이 장 밥티스트 클라망스 역을 맡겠노라고 제의했다. 카디날은 베리의 스타일이 카뮈에게 어울리지 않는다고 여겼기 때문에 그 말을 듣고 놀랐다.

그러나 그들은 이 계획에 대해 진지하게 의논을 나누기 시작했다. 카뮈는 이미 자신의 녹음기로 소설 전체를 테이프로 낭송해두었다.[1] 그들은 『전락』을 독백 형식의 90분짜리 영화로 찍을 예정이었다. 그들은 촬영 장소를 찾아보기 위해 1960년 1월 초 카뮈가 루르마랭에서 돌아오는 길에 함께 암스테르담에 가기로 했다. 그들은 소설책에 내용을 적기 시작했으며 카디날은 스튜디오

로부터 카뮈와 함께 네덜란드로 출장을 떠나기 위해 허락을 받아 놓았다.

그들은 앙투안 극장에서 「악령」 공연이 끝난 후, 늦은 저녁에 만나곤 했다. 카디날은 자신의 차를 스트라스부르 가의 극장 근처에 세워놓고 카뮈와 함께 파리를 가로질러 그의 아파트까지 갔는데, 그런 다음에는 카뮈가 다시 그의 차가 있는 극장까지 데려다주겠다고 고집하곤 했다. 카뮈는 밤의 파리를 걷기를 좋아했다. 한번은 센 강의 다리를 지나면서(아마도 퐁 루아얄이었을 것이다) 카뮈가 이렇게 말했다. "여기가 『전락』에 나오는 그 다리라오." 또 한번은 카뮈가 카디날에게 불쑥 물었다. "『전락』과 『이방인』 중에서 어느 쪽이 마음에 드시오?" 카디날이 대답을 주저하자 카뮈가 계속 말했다. "난 『이방인』의 작가로만 알려진 데 신물이 났어요."

카뮈는 자신의 귀가 튀어나와서 사진이 잘 받지 않으리라고 여겼다. 그는 촬영을 시작하기 전에 귀를 수술하겠다는 말을 하기도 했다.

이렇게 만나는 동안에 카뮈는 종종 문학계로부터 발을 빼고 싶다는 말을 하곤 했다. 자신은 배우로 경력을 시작했으니 앞으로 몇 년 동안 다른 일은 않고 다시 무대로 돌아가고 싶다고 했다.

카디날은 「웅대한 계획」을 제작하고 『전락』의 텔레비전 프로그램을 위한 계획을 세우는 내내 자신이 노벨상과 알제리, 그리고 문학계에 의해 외상을 입은 사람과 만나고 있다는 느낌을 받았다. 그는 「웅대한 계획」에서 카뮈가 지식인 사회에 대해 "언제나 내가 뭔가에 용서를 구해야 할 것 같은 인상을 받았다"고 했던 말을 회상했다.

일종의 묵계에 의해 두 사람은 알제리에 관한 화제를 꺼내지 않았다.

그는 카뮈가 결코 웃거나 긴장을 풀지도 않은 채, 자기 집에서조차 의자 등받이에 편안히 기대앉는 대신 자세를 똑바로 하고 앉는다는 사실에 주목했다. 그가 한 모든 말은 단호하고 건조하고 명확했다. 물론 카디날은 어머니와 딸 모두가 앓고 있는 지금이 카뮈에게는 고통스러우리라는 사실을 잘 알고 있었다. 그러나 카디날은 책이나 사람에게 '영혼'이 있다는 말을 하고 나자 카뮈가 딱딱한 어조로 "영혼 따위는 존재하지 않소!"라고 말하자 경악했다. 마치 카디날이 무심코 한 말에서 종교적 의미를 찾아내고 그것에 반발하기라도 한 것 같았다.[2]

난 아직 할 말이 있다

7월 7일 카뮈는 아침 기차로 베네치아에 갔다. 그곳에서 파리 무대의 배역들이 출연한 「악령」이 7월 9일과 10일, 11일 사이에 페니체 극장의 테아트로 페스티발에 참여하게 되었던 것이다. 그날 밤 베네치아에 도착한 카뮈는 이튿날 오후 배우들과 함께 이탈리아 기자들을 만났다.

당면한 문제는 찌는 듯한 무더위 속에서 자신의 작품을 고상한 페니스 오페라 무대에 맞게 손보는 일이었다. 카뮈는 그 무대가 골도니나 마리보, 몰리에르의 작품에는 어울릴지 몰라도 자신의 작품과는 맞지 않는다고 여겼던 것이다. 카뮈는 장면을 빨리 전환시킬 시설을 갖추지 않으면 안 되었다. 그는 한 인터뷰 기자에게, 20개 이상의 장면이 있는데 만약 하나당 30초 이상이 걸린다면 관객이 지루하게 여길 것이라고 말했다.

그는 이제 곧 쓰기 시작할 소설에 대해서도 말했다. 자신이 벌써 1년 동안 『최초의 인간』 작업을 하고 있는데 앞으로도 1년은 더 걸릴 것이라고 말했다. 그는 그 책의 제목을 "아담"이라고 붙일 생각이었다. 금세기 초에 시작되는 단순한 이야기로서 한 집안과 이 시대를 살아가는 자기 자신을 발견하는 한 인간의 이야기라고 했다. "복잡한 건 아무것도 없소. 살아남을 가능성이 가장 많은 작품은 유별나거나 예외적인 소재를 피한 작품이라오."

인터뷰 기자는 우리들 하나하나가 최초의 인간이며 나름대로 아담이 아니겠느냐고 말했다. 그러자 카뮈는 바로 그렇다고 대답했다. 따라서 자신의 책이 갖는 시야는 아주 넓을 것이며 대하소설은 아니지만, 무가치하지 않은 삶을 사는 사람의 이야기가 응당 그렇듯이 꽤 긴 소설이 될 거라고도 했다. 그리고 등장인물은 우리 시대의 중요한 문제와도 무관하지 않을 것이었다.[3]

개막 공연에 대한 평에서 그곳의 비평가는 빠른 장면 전환이 계획대로 이루어졌으며 연극이 3시간 반 동안 공연되었음에도 뜨거운 호평을 받았다는 점에 주목했다. 그리고 여기서 뜨거운 호평이란 극장 내의 높은 온도를 의미하는 것이 아니라고 했다. 관객들은 막이 내려가기 전부터 박수를 치기 시작했으며, 연극이 끝난 후 작가는 박수갈채를 받았지만 무대 옆에 모습을 감춘 채 나타나지 않았다.[4]

토요일 밤 프랑스 대사인 가스통 팔레브스키가 참석하자 발코니는 온통 꽃으로 장식되었다. 이날 저녁만큼은 공연이 '예외적으로' 정시인 밤 9시에 시작되었다.[5] 카뮈는 7월 13일 밤에 파리로 돌아왔다.

그는 7월의 남은 기간 동안 아침에 수영을 하고 오후에는 일을 하면서 보냈다. 이 무렵 그가 자주 만난 사람은 매혹적인 젊은 여성으로서, 그의 문학 생활이나 연극과는 아무 관련이 없었다. 그래서 그는 오히려 마음이 편했다.

그가 그녀를 처음 만난 것은 2년 전 플로르 카페에서였다. 그때 카뮈가 혼자 앉아 있는 그녀를 보고는, 마실 것을 가지고 온 청년을 보내 합석하지 않겠느냐고 권했다. 그리고 생애의 마지막인 이 무렵 그 여인은 카뮈의 여행에 동반했으며, 자신이 쓴 소설의 첫 페이지를 읽는 그의 목소리에 귀를 기울였다. 그녀는 생애 마지막 몇 주 동안 카뮈와 지나칠 정도로 가까워졌다. 적어도 한 명의 친구는, 이 활달하고 건강한 여성에 대한 카뮈의 관심을 그 자신의 젊음을 붙잡아보려는 시도로 파악했다.

그해 여름 미셸 부케 역시 카뮈와 만났다. 부케는 프랑스계 알제리 프로모터가 운영하는 생 제르맹 데 프레의 매력적인 식당 레 프티 파베에서 우연히 카뮈와 마주쳤다. 그 달에 별다른 일이 없었던 부케는 저녁마다 카뮈를 만났고 그때마다 매번 다음번에 만날 약속을 하곤 했다. 레 프티 파베 외에 그들이 즐겨 만난 다른 장소는 그랑 오귀스탱가의 카탈랑이었는데, 그곳에는 플라멩코 가수와 무희들이 나왔다. 그곳은 피카소가 예전에 살던 거리였는데, 피카소 역시 그 술집을 좋아했다.[6]

카뮈는 그해 8월 루르마랭에서 희곡을 각색했을 수도 있는데, 그렇다면 그중 하나는 『오델로』였을 것이다. 그는 다른 사람이 번역한 타이프 용지 위에 개정 작업을 하고 있었다.[7] 그렇다면 『최초의 인간』은? 분명 그 작업도 하고 있었을 것이다. 그러나 8월 16일 샤르에게 보낸 편지에는 다음과 같은 말이 있다. "이곳에 온

지 일주일이 됐고, 하잘것없는 일이라도 제대로 하게 되기를 기다리고 있는데 잘 되지 않고 있네."[8] 소설의 앞부분이 머리에 떠오르기 시작한 것은 그달 말쯤이었을 것이다. 8월 말, 카테린 셀러스가 루르마랭에 있는 카뮈와 프랑신, 그리고 카뮈의 아이들과 합류했다.[9]

장 피에르 조리스가 미셸 부케가 했던 역을 맡는 등 일부 출연진이 바뀌었기 때문에 「악령」의 리허설을 위해 9월에 파리로 돌아온 카뮈는 다른 연극 일의 유혹을 받았다. 어쩌면 자신의 극장을 열 수 있을 때까지 지리한 기간 동안을 버틸 만한 작품이었다. 그는 인기 있는 가톨릭 작가 미셸 드 생 피에르의 『작가들』(Les Ecrivains)이라는 소설을 읽은 적이 있었다. 1959년에 생 피에르가 마튀랭 극장에서 공연할 예정이었던 자신의 소설을 각색하고 있을 때, 카뮈는 부르 여사를 통해 자신이 그 작품의 주인공 알렉상드르 당빌 역을 맡을 수 있을지 물어보았다.[10]

사실 좀 이상하기도 하고 그렇지 않기도 한 아이디어였다. 생 피에르의 당빌은 프랑스 문학계의 원로로서 자신의 시대와 조화를 이루지 못하는 염세가였던 것이다. 그는 작품과 사랑에서 자신의 여자들이 겸허하고 '순종적인' 쪽을 마음에 들어했다. 그는 인간을 창조자와 무능력자로 구별했으며, 작가에게 요구되는 사회생활, 다시 말해서 작가에게 모든 일에 대해 어떤 태도를 취할 것을 요구하는 사회를 싫어했다. "사람들은 나를 찾아다니고 전화하고 내 집 초인종을 울리며 내게 편지를 써보낸다"고 소설 속의 당빌은 불평을 늘어놓는다. "사람들이 작가를 고문하기 위해 얼마나 열성적인지 모를 것이다."

그는 종교를 싫어했고, 레지옹 도뇌르 훈장을 두 차례나 거부했으며, 공식적인 여행과 연회와 왕실과의 만남을 혐오했다. 당빌은 훌륭한 작가라면 언제나 정치와 그 혼란에서 벗어나 있어야 한다고 여겼다. "알렉상드르 당빌, 그는 바로 나라오." 카뮈는 미셸 드 생 피에르에게 그렇게 말했다.

어느 날 밤 늦게 세레졸이 연극 대본을 들고 샤날레유가의 아파트를 찾아왔다. 그는 카뮈가 생 피에르 같은 가톨릭 작가의 작품에 매혹된 것을 보고 놀라워했다. 그 소설에는 당빌을 선한 기독교인으로 만들려는 의도가 들어 있었다. 그러나 카뮈는 분명 그 소설에서 다룬 갈등이 마음에 든 것 같았다. 하지만 카뮈는 대본의 어투는 별로 마음에 들어하지 않았으며, 자신이 희극을 연기할 수는 없다고 생각했다.[11] 결국 그는 생 피에르에게 원래의 생각을 포기해야겠다고 말했다. "아무래도 무대 공포증이 너무 심해서요."[12]

그의 갈리마르 동료인 말레는 긴 여행을 떠날 준비를 하고 있었다. 그를 보고 카뮈는 "그렇게 떠날 수 있다니 행운아로군" 하고 말했다. 말레는 그 대화를 나눈 날짜를 9월 28일로 기록했다. 이어서 카뮈는 이렇게 말했다. "파리의 생활은 지옥 같다네. 초조와 과로에 빠지기 십상이지. 발전도 할 수 없어. 그리고 얼마 후에는 사람들이 자네를 공적인 인물로 만들어버리지. 더 이상 사생활 따위를 누릴 권리가 없어지고 말이야."

카뮈는 심지어 자신의 극장 계획을 추진할 시간조차 없다면서, 자신은 그곳에서만 긴장을 풀 수 있기 때문에 꼭 극장이 필요하다고 말레에게 말했다. 소설의 경우는 그렇지 않은데, 소설은 작가를 격리시키기 때문이다. "소설은 지속적인 긴장을 요구하는 반면, 연극은 반복적인 휴식을 허용하거든."

그는 자신이 쓰고 있는 소설에 대해 이야기하려 들지 않았다. "난 아직 그게 뭐가 될지 모른다네. 지금은 만족스럽지 못해. 원고를 여러 장 찢어버렸지. 그래서 속도가 더디다네."

그러고는 이렇게 덧붙여 말했다. "그건 그 작품이 내가 지치도록 일하게 만들지 못하기 때문일세." 그는 자리에서 일어나 마치 눈에 보이지 않는 적을 가리키듯 손을 내밀었다. "난 아직 할 말이 있단 말이야!"[13]

최초의 인간

생애의 마지막 가을인 이 무렵 그에게는 분명 고통스러웠을 만남이 있었다. 스위스에서 5년간 치료를 받은 시몬 이에가 프랑스로 돌아오려 했다. 카뮈는 그녀의 전 남편 코탕소 박사에게 스위스 의사들이 어떤 충고를 했는지 물어보았다. 의사들이 그녀가 이제 정상적인 생활을 하기 바란다는 말을 했다는 것을 들은 카뮈는 거의 파멸한 이 여인과 만나기로 했다. 그는 문학적 판단력이 뛰어난 그녀에게 원고 심사 일을 맡겨볼 생각을 했다. 그는 이듬해 초에 그 문제를 다시 이야기하기로 약속했다.[14]

그의 마지막 연극 일은 「악령」의 순회공연이 무사히 진행되고 있는지 확인하는 일이었을 것이다. 그는 개막식을 위해 공연단과 함께 대성당이 있는 라임으로 갔다가 글을 쓸 생각으로 파리로 돌아왔다.

그러나 그는 아직 알제리라는 드라마에 이끌리고 있었으며, 이제 그곳에 어느 정도 희망이 있다고 여겼다. 9월 14일 드골은 알제리인의 자결권을 인정했는데, 카뮈는 치아로몽테에게, 자신이 드골의 성명에 찬동한다는 뜻을 표했다. 또 에드몽 브뤼아에게는 그해 겨울 그 상황에서 자신이 할 일이 있는지 알아보기 위해 알제리에 가고 싶다면서, 언론사에 뭔가를 발표할 생각이 있을 경우에는 브뤼아의 신문을 이용하겠노라고 약속했다. 그 신문은 알제리 언론 중에서 유일하게 카뮈의 시민 휴전 호소문을 게재했다.[15]

드골이 알제리의 장래를 선포한 이 시점이 침묵을 깨뜨릴 때가 아니겠느냐고 물어본 장 블로슈 미셸에게 카뮈는 이렇게 대답했다. "그래. 알제리 문제에 대해 국민 투표가 열리면 난 알제리 언론에 반독립운동을 벌이겠네." 그는 여전히 프랑스와 이슬람 교도 알제리인이 그곳에서 공생할 수 있으리라고 믿었다. 이 만남이 두 친구의 마지막 대면이었다.

파리에서 마지막으로 메종쇨을 만난 카뮈는 그와 함께 센 강의 방파제를 따라 산책했는데, 그때 메종쇨은 카뮈가 알제리에서 현재 벌어지고 있는 일을 제대로 이해하지 못하고 멀리서 관망이나 하면서 6개월에 겨우 1주일 동안 들러서는 호화로운 생 조르주 호텔에 묵으며 어머니만 만나고 간다며 비난했다.

메종쇨은 친구가 최소한 한 달 정도는 알제리에 있어야 한다면서 그때는 자신의 아파트를 숙소로 제공하겠다고 했다. 카뮈는 그러겠다고 약속했다. 그 계획은 아주 중요한 것이었다. 그의 형 뤼시앵은 알제리 사회보장청의 일에서 일주일간 휴가를 받아 동생과 함께 출생지인 몽도비를 방문하기로 했다. 그럼으로써 『최초의 인간』의 원고 앞부분에 쓸 직접적인 자료를 구할 생각이었다.

그는 또한 메종쇨에게 자신이 쓰고 있는 소설에 대해 이야기하면서, 스무 살 때 작업 계획을 세웠는데 이제 겨우 4분의 1을 썼으며 본격적인 작품은 이제부터 쓸 것이라고 말했다.[16]

카뮈는 이제 본격적으로 『최초의 인간』을 쓰기 시작했다. 파리로 돌아온 카뮈는 '신극장'에 관한 토의와 루르마랭에서의 장기 체류 준비로 시간을 나누었다. 파리에서는 도저히 글을 쓸 수 없었던 것이다. 그는 "갈수록 질식할 것 같은 파리에서 떠나고 싶네"라는 편지를 샤르에게 보냈다.[17] 카뮈는 11월 7일 자신의 마지막 생일을 카테린 셀러스와 함께 셰르셰미디가의 한 음식점에서 점심 식사를 하는 것으로 자축했다.

그는 11월 12일 퐁텐블로 근처에서 공연하는 「악령」을 보기 위해 파리에 머물렀다가 짐을 꾸리기 시작했다.

작별할 때

이 시점에서부터 전설이 시작된다. 카뮈가 파리에서 마지막 몇 시간을 보냈기 때문에, 훗날 그의 친구들이 회상한 사실들은 그만큼 더 중요성을 띠게 되었다. 그의 사후에 발표된 인터뷰에서, 에세이스트이자 소설가인 에마뉘엘 베를은 당시 37세였던 자신이 그 11월의 파리에서 카뮈와 마지막으로 만난 일을 다음과 같이 회상했다.

카뮈와 함께 점심 식사를 막 끝냈을 때 내가 이렇게 말했다. "무엇보다 조심하게. 난 그 고속도로가 영 마음에 안 들어." 그러자 카뮈가 내게 말했다. "걱정 마. 난 과속을 싫어하고 자동차도 좋아하지 않으니까." 그러면서 카뮈는 주머니에서 루르마

랭에 가기 위해 구입한 왕복 기차표를 꺼내 보였다.[18]

이 왕복표에 대해서는 훗날 많은 이야기가 나오게 된다.

카뮈는 브라세리 리프에서 로블레와 마지막 점심 식사를 하면서, 어째서 요즘은 희곡을 쓰지 않느냐고 친구를 나무랐다. 로블레는 카뮈가 잘못 알았다면서 '마침' 한 가지 쓸 거리가 있다고 했다. 그런 다음 어느 전기공의 실화에 바탕을 둔 『어느 반군을 위한 변호』의 줄거리를 이야기해주었다. 그 전기공은 친이슬람교도 독립 운동의 일환으로 시한폭탄을 설치했지만, 동포인 프랑스계 알제리인들도 목숨을 잃으리라는 사실을 깨닫고 현장으로 돌아와 폭탄의 시계를 정지시켰다. 그는 체포되어 재판을 받고 단두대에서 처형되었다.

로블레는 그 사건을 주인공이 덫에 걸린 비극으로 파악했다. 즉 유럽인들은 그를 비난했는데 이는 아랍인들도 마찬가지였다. 왜냐하면 그는 생명을 구하기 위해 그들의 운동을 희생시켰기 때문이다. 법정도 그를 비난했는데, 테러 행위는 일단 시작되기만 하면 응징의 대상이었기 때문이다. 카뮈는 친구에게, 자신이 독자적인 극장을 마련할 계획인데 일이 잘 되기만 하면 그 연극을 무대에 올리고 싶다고 말했다.[19]

이제 마리아 카자레스와 마지막으로 작별할 때가 되었다. 그는 무심결에 이렇게 말했다. "우리가 떨어지는 때가 오리라는 걸 상상할 수 있소?" 그런 다음 카뮈는 털썩 주저앉아 흐느껴 울었다. "'나'는 그럴 수 없어." 카뮈는 다시 그렇게 말했다. 그녀는 그의 물음도 그의 답변도 이해하지 못했다. 그녀는 나중에 그것이 하나의 전조였다고 여겼다.[20]

11월 14일 카뮈는 루르마랭에서 미슐렌 로장에게, 언제 파리로 돌아가게 될지 모르겠다고 말했다. 그는 『최초의 인간』 초고를 완성할 계획이었고, 그러려면 꽤 많은 시간이 걸릴 터였다. 그는 다시 연극으로 돌아가기 전에, 즉 '신극장'이 9월에 개장할 경우 7월부터 리허설을 시작해야 하므로 8개월의 시간을 마련했다. 그는 늦가을과 겨울 내내 루르마랭에서 외롭게 지내게 될 테지만, 그것이 조금이라도 작업을 하기 위한 유일한 방법이었다. 연극 계획을 위해 반드시 파리에 가야 할 일이 생기면 가야겠지만 그렇지 않은 경우에는 적어도 12월 한 달 동안만이라도 계속 머물 작정이었다.

　그러나 루르마랭에서도 그는 당시의 정신적인 상태를 감안하지 않는다면 경솔하다고 볼 수 있을 정도의 유혹을 받았다. 로장은 그 동안 피터 브룩의 대리인으로서 MCA를 통하여 마르그리트 뒤라스가 그 전해에 출간한 소설 『모데라토 칸타빌레』의 영화화 계획을 추진하고 있었다.

　그녀는 브룩이 그 영화를 감독하는 한편 MCA의 또 다른 클라이언트인 잔 모로가 여주인공 역을 맡기를 원했다. 그녀는 카뮈가 모로의 상대인 남자 주인공 역을 할 수 있을 것이라고 여겼다. 남자 주인공의 성격이 카뮈의 성격과 비슷했기 때문이다.[21]

　그 소설에서 사업가의 아내이며 어린 소년의 어머니인 여주인공 안느는 쇼뱅이라는 과묵한 남자와 불가능한 사랑을 연기하는 보바리 부인 같은 인물이다.

　잔 모로와 감독 후보자는 카뮈가 화면에서 어떻게 보일지 알아보기 위해 「웅대한 계획」의 시사회에도 참석했다. 그들은 아마 자신들의 선택에 만족했을 것이다.[22] 그들은 카뮈의 연기보다는 개

성이 마음에 들었다.[23) 로장이 그 계획을 제안하자 카뮈는 마음
이 흔들렸다. 카뮈가 대본을 읽어보라고 했을 때 마리아 카자레
스는 애정 어린 심정으로, 그것이 바로 카뮈의 '바람둥이' 기질이
라고 여겼다.[24)

마침내 카뮈를 대신해서 시간이 결정을 내렸다. 『최초의 인간』
초고를 쓰는 데 8개월의 여유밖에 없다면 그로서는 영화를 만드
느라 한 달을 허비할 수 없었던 것이다. 그렇지만 그는 분명 자신
의 다른 어떤 의무보다도 그 영화에서 연기한다는 데 흥미를 느
꼈던 것 같다. 그리고 브룩이 1년만 기다려줄 수 있다면 그 역을
맡겠노라고 약속했다. 그들 모두에게 말했듯이 그의 유감은 진심
이었다.[25) 그러나 영화는 카뮈가 맡을 예정이었던 역을 장 폴 벨
몽도가 맡은 채 진행되기로 했다.

증오해서는 안 된다

이제 그는 고독이 글쓰기에 필요하리라는 확신을 품고 자신이
수도원 생활이라고 부르는 생활에 전념하게 된다. 마을 산책, 대
장장이와 무정부주의자 정원사, 그리고 다른 지방 사람들과의 대
화, 올리에르 호텔에서의 외로운 식사. 루르마랭에서 일주일을
보내고 나서야 카뮈는 파리의 한 친구에게 소설이 진척되어 기쁘
다는 소식을 전할 수 있었다. 원고에 생명이 깃들기 시작했다는
것이다.[26)

그달 말이 되면서 카뮈는 다시 대도시로 빠져나갔다. 마르세유
공연 중이던 「악령」의 제작진과 또 한 차례 만난 것이다. 그는 그
곳으로 까만 시트로앵(당시 시트로앵은 루르마랭 차고에 보관돼

있었으며, 그곳에 있을 때만 사용했다)을 몰고 갔다. 6주간의 순회공연 막바지여서 배우들은 지쳐 있었고, 카뮈와 그들과의 만남이 그다지 유쾌하지 않았던 것으로 봐서 아마 연기도 엉망이었을 것이다.

여느 때처럼 카뮈는 배우 한 사람 한 사람을 위한 짤막한 '쪽지'를 썼다. 나중에 자신들의 쪽지를 비교해본 그들은 당시 카뮈가 한 말 모두가 부정적이었음을 알게 되었다. 장 피에르 조리스는 카뮈가 다른 뭔가에 마음을 뺏겨 그랬다는 느낌을 받았으며, 카뮈의 불만이 자신들의 공연 때문만은 아니라고 여겼다. 조리스는 알제리가 카뮈의 심중에 있었을 것이라고 추측했다. 카뮈는 마르세유의 비외포르에 있는 한 식당에서 제작진과 식사를 한 후 같은 날 밤 루르마랭으로 차를 몰고 돌아왔다.[27]

이 무렵 로베르 세레졸이 루르마랭의 카뮈와 합류했다. 지면에 눈이 쌓이고 도로는 결빙돼 있었다. 그들이 그곳에 있는 2주 동안 더 많은 눈이 내렸다. 기온은 영하 5도 이하로 뚝 떨어졌는데 남프랑스 치고는 추운 날씨였다. 카뮈는 낮 동안 글을 쓰고 저녁이 되면 자신이 '황혼의 돌'이라고 이름붙인 세 개의 큼직한 석판으로 만든 테이블까지 친구와 산책했다. 그들은 그 위에 앉아 풍경을 보며 생각에 잠기곤 했다. 카뮈는 남녘의 밤은 왠지 서글프다고 말했다.

그들은 저녁 식사를 직접 요리했다. 카뮈는 오믈렛을 위해 거품을 저었고 세레졸은 큼직한 벽난로에서 스테이크를 구웠다.

때로는 카뮈의 낡은 차로 드라이브를 하기도 했다. 그들은 지방 신문을 읽으면서 교통사고를 당한 지인들의 이름을 발견하곤 했다. 두 사람 모두 자동차 사고로 죽는 것은 '개죽음'이나 다름없다고 생각했다. 한번은 카뮈가 이렇게 말했다. "이것 봐, 아무개 (그들 두 사람이 알고 있는 친구—지은이)가 교통사고로 죽었군." 그 소식은 사실이 아니었지만, 그 말은 그들의 냉소적인 유머와 일맥상통했다. 나중에 카뮈는 파리를 향해 출발하기 전날인 1월 2일 이탈리아 자전거 경주 선수인 파우스토 코피가 교통사고로 죽었을 때 자신의 가정부에게 이렇게 말하며 애석해했다. "요즘 특히 유명인사들이 운명의 여신에 사로잡히는 모양이야."[28]

세레졸은 마튀랭 극장에서 카뮈를 위한 프로그램을 작성했다. 아테네 극장이 손에 들어오지 않을 경우 카뮈를 위한 대안이었다. 카뮈가 예술감독이 되고 극장은 극장주 바우어 여사가 세레졸과 함께 계속 운영한다는 프로그램이었다. 카뮈는 세레졸에게, 보리스 파스테르나크의 누이에게서 얻은 그의 유일한 희곡이 수중에 있다면서 그 작품을 무대에 올리고 싶다고 말했다. 그는 또한 쥘 드 르스피나스의 삶에 바탕을 두고 세 인물이 등장하는 희곡 한 편을 쓰고 싶다는 말도 했다.

세레졸은 루르마랭에서의 마지막 날 카뮈가 침대 곁 탁자에 원고 한 뭉치를 놓아두었다고 말했다. 세레졸이 원고를 들춰보니 자신에게 헌정된 원고였다. 담황색 종이에 금언을 적어 넣은 원고 여섯 장이 있었는데, 제목은 "네메시스를 위하여"였다. 책 한 권 분량의 장편 에세이였다. 세레졸은 그것이 카뮈가 '소크라테스주의 이전으로의 복귀'라고 일컬은 에세이, 다시 말해서 시와 철학의 융합을 위한 직관적인 시학의 기록이라고 여겼다.

훗날 세레졸은 나이 먹는 일과 죽음에 대해 나누었던 대화도 회상했다. 카뮈는 한 가톨릭 교도가 죽음은 도덕적이라고 말했는데, 죽음은 결코 도덕적인 일이 아니기 때문에 분개했다는 말을 했다. 그는 자신은 무드셀라(성경에 나오는 인물 가운데 가장 오래 산 인물. 노아 홍수 이전에 969살까지 살았다고 한다—옮긴이)만큼 오래 살고 싶지 않다고 했다. 그러나 자신은 죽기 위해서가 아니라 살기 위해 이 지상에 있는 것이다. 사람은 세상에 태어날 것을 요구하지 않았지만 세상을 떠나야 한다는 것은 생각도 할 수 없는 일이다.

카뮈는 세레졸에게 몇 가지 개인적인 희소식도 전해주었다. 갈리마르에서 "추상에 대한 분석"이라는 부제가 붙은 세레졸의 철학 에세이 『분열』(Le Déchirement)을 출간하기로 한 것이다. 세레졸은 그 에세이를 1950년대 초에 쓰기 시작했다. 원래는 그 책 때문에 카뮈를 만나게 되었던 것이다. 카뮈는 그 책의 서문을 쓰기로 했고, 두 사람은 세부 사항을 의논하기 위해 1월 6일 가스통 갈리마르의 사무실에서 다시 만나기로 했다.

세레졸이 떠나기 전에 카뮈는 자신이 몹시 외롭다면서 1월 1일쯤 자기와 함께 파리로 돌아가면 어떻겠느냐고 제의했다. 그는 다시금 사람들과 어울리고 싶었고, 굴을 먹고 싶었던 것이다.[29]

카뮈는 그 직후 출발했지만 그가 향한 곳은 룩셈부르크 공국의 조그만 도시 그랑뒤쉬였는데, 그곳에서 「악령」 공연이 끝난 후 미셸 갈리마르 부부가 합류했다. 그들은 공작 저택에서 대공 부인 샬로테의 영접을 받았다. 그런 다음 프랑스 연구소의 초청으로 엑스에서 외국인 학생들과의 대화를 위해 12월 14일에 프로방스로 돌아왔다. 엑스는 프랑스 내의 외국인 학생들의 중심지였다. 당시 그곳 대학에는 모두 38개국 학생들이 있었다.

이것이 카뮈의 마지막 공적 행사로서, 그가 마지막으로 연설을 한 행사이기도 했다. 고풍스럽고 우아한 마이니에르 도페드 호텔의 소강당에서 열린 집회에서 의장을 맡은 프랑수아 메이에르 교수에 의하면 카뮈는 자신을 작가로 소개하면서, 이는 '은총으로 부여된 재능' 같은 것이 아니라 '남자가 할 만한 직업'이라고 말했다. 또 창작을 할 때 어떤 일이 일어나느냐에 대한 질문에 대해 카뮈는 많은 시간과 인내심, 도로에 그치고 마는 노력 속에서 아무것도 쓰지 못한 채 몇 날을 보내기도 하고, 그저 책상 앞에서 창가까지 서성거리기도 했노라고 대답했다. 그리고 때로는 몇 날에 그치는 것이 아니라 몇 달 동안 그런 식으로 보내기도 했다고 말했다.

『이방인』을 쓰는 데 3년이라는 세월이 걸렸으며, 자신의 기법이라는 것을 찾고 나서야 비로소 소설을 완성할 수 있었다는 것이다. 그가 쓴 책 중에서 어떤 것을 좋아하느냐는 질문에는 "다음번에 쓸 작품!"이라고 대답했다. 그 작품에 대해 설명해달라는 요청을 받자 그는 그 작품을 '한 인간의 40년에 걸친 생애'를 다룬 일종의 자서전일 뿐 아니라 금세기 인간의 삶을 다룬 것이라고 말했다.

그는 학생들 입에서 나올 수 있는 모든 당돌한 질문들, 그의 목표와 꿈, 심지어 그의 신앙에 대한 질문까지 받았다. 그는 기독교인의 신은 자신을 위한 것이 아니고, 자신은 그 신을 갈구할 영적인 필요성을 느끼지 않는다고 했다. 그러면서 자신의 종교는 인간에 기초한 것이라고 말했다. 그렇다면 카뮈는 '좌파 지식인'인가? 그 질문을 받은 카뮈는 잠시 생각해보고는 자신이 지식인인지는 확실치 않다고 답변했으며 나머지 문제에 대해서는 "나는 나 자신과 좌파의 의사에 반해서 좌파를 지지한다"고 말했다.

여성 지식인들에 대해 어떻게 생각하느냐는 질문에는, 자신은 여성의 본질에 대해 진부한 문구를 되풀이하고 싶지 않다고 대답했다. 그는 여성들이 섬세한 증인이라면서, 그런 점에서 지적인 활동이 전부가 아니라 인간의 진정한 운명이 형제애와 애정, "그리고 정신의 증언을 전달하는 데" 그 본질이 있음을 상기시켜준다고 말했다.[30)]

그는 1959년 12월 20일자로 미국 잡지 『벤처』에 '최후의 인터뷰'로 불리는, 자신의 예술에 관련한 기사를 보냈다.[31)] 실제로 그는 12월 29일자로 적어도 한 편 이상의 원고를 보냈는데, 이것이 아마도 그의 '마지막 메시지'일 것이다. 정치적 내용이 담긴 그 기사는 부에노스아이레스의 반정부 간행물 1960년 1·2월 통합호에 실렸다.

기사는 비관적인 진술서로서, 강한 권력에 대한 비판이었다. 권력은 권력을 소유한 자들을 광기로 몰아넣으며, 강력한 권력들은 아무 두려움 없이 공존한다는 것이다. 그는 라틴아메리카와, 훗날 민족주의자라는 '바이러스'가 위력을 잃은 아시아와 아프리카의 지원을 받는 통합된 유럽을 믿었다.

우주선이라든가 다른 과학적 업적에 대한 생각은? 오히려 영양실조에 걸린 사람들을 먹이는 데 돈이 쓰여야 하는 것이 아닐까? 과학의 진보는 선악이라는 결과를 낳았으나, 그가 말할 수 있는 것은 적어도 기술적으로는 훌륭하지만 정치적으로 비열한 업적을 내세워서는 안 될 것이다.

덜 비참하고 좀더 자유로운 세상을 만들기 위해서는 어떻게 해야 할까? 할 수 있을 때 줘야 한다. 그리고 가능하다면 증오해서는 안 된다.[32)]

끝마치기로 합시다

그는 연말의 관례로 연하장을 썼는데 우정과 의무와 관련된 몇 가지 일도 있었다. 12월 28일에는 장 그르니에에게 편지를 쓰면서, 고독 속에서 일이 잘되고 있으며 루르마랭과 파리 두 곳에서 번갈아가며 지낼 생각이라고 했다.

그는 또 어머니에게 다음과 같은 편지를 썼다. 그녀의 이웃인 빵장수가 편지를 읽어주었다. "조만간 어머니를 모시러 갈 거예요. 어머니는 여름 내내 프랑스에서 저희와 함께 지내시게 될 거예요."[33]

카뮈는 프랑수아 모리악이 맥베스 부인에 대한 마리아 카자레스의 해석을 비판한 일에 격분했으며, 그녀에게 자신이 곧 파리에 가서 함께 있어주겠노라고 했다. 그녀는 카뮈에게, 자기 때문에 일을 중단하지 말라고 했다.[34]

실제로 작업은 이제 아주 '순조롭게' 진행되었다. 그는 커다란 원고지에 『최초의 인간』을 쓰고 있었다. 이 무렵 그는 맨 위에 자신의 이름이 인쇄된 원고지를 사용했다. 그는 1월 2일까지 작은 글자로 이 커다란 원고지 145페이지를 메웠다. 그때까지 모두 8만 단어 정도를 썼을 것이다.

카뮈는 지금까지 쓴 부분은 자서전적 성격이 강하지만 이후로는 그런 부분이 대폭 줄어들 것이며 젊은 주인공도 두 인물로 분리될 것이라고 아내에게 했다. 그는 그 작품이 자신의 '감정교육'이라면서, 주요 목적이 본토 프랑스에 대해 자신의 알제리를 드러내는 데 있다고 했다.

그의 부인이 이해하기로, 그 작품의 제목은 모든 인간은 최초의 인간임을 의미하면서 동시에 프랑스계 알제리인은 과거가 없는 존재, 인종 도가니의 산물임을 의미하기도 했다.[35]

카뮈의 미완성 원고는 어린 주인공이 열네 살에 이른 부분까지였다. 카뮈는 그 다음에 '청소년기' 부분을 쓸 참이었다. 어느 한 독자는 카뮈의 글에 새롭게 나타난 요소를 알아보았다. 카뮈는 그 작품에 처음으로 낱말의 반복과 포크너의 서정시체를 도입했다는 것이다. 물론 최종 원고에 그런 특징이 얼마나 남게 되었을지는 의문이다.

확실한 것은 카뮈가 알제리의 역사에 서사적 형식, 다시 말해서 일종의 보편성을 부여하려고 시도하는 한편 자신의 어린 시절을 꼼꼼하게 그려놓았다는 사실이다. 또한 미완성 원고에는 개인적인 테마들, 카뮈 자신의 삶에서 일어났던 사건들이 강한 흔적을 남기고 있다.[36]

예정대로 1960년 7월에 그 작품을 다 썼다고 가정할 경우 카뮈가 초고를 그대로 놔두었을 가능성이 높다. 그는 십중팔구 1960년 9월부터 이듬해 봄까지 이어지는 신극장의 첫 시즌에 달라붙었을 것이며, 그 다음 다시 1961년 여름쯤 원래의 원고에 손을 대서 두 번째이자 최종판이 될 원고를 썼을 것이다.

카뮈의 아내와 쌍둥이는 성탄절 휴가 때 도착했다. 아이들은 이제 열네 살이 되었고 프랑신은 앙드레 베니슈의 파리 학교에 재직 중이었다. 이 연말 휴가 기간에 그의 아내는 카뮈가 여느 때보다 더 병적으로 말하고 행동한다고 여겼다. 카뮈 역시 기분이 이상하다면서, 혹시 자신이 미치는 게 아닌지 모르겠다고 말했다.

다락방에 커다란 궤짝이 있었는데, 한번은 카뮈가 사람이 관에 누우면 어떤 모습일지 알고 싶다면서 딸에게 궤짝 속에 들어가보라고 한 적도 있었다. 그는 아내에게 자신이 죽으면 바로 이곳 루르마랭에 묻히고 싶다고 말했다. 거창한 장례식은 싫지만 어설픈 장례식도 싫다고 덧붙였다.[37]

미셸 갈리마르 부부 역시 안느의 방학에 맞춰 성탄절 휴가를 보냈는데, 그들은 파셀 베가를 몰고 칸으로 내려가 '아야호'를 타고 바다를 돌아다녔다. 아마 미셸이 칸에 있는 자기들과 합류하라고 카뮈에게 권하지는 않았을까? 그리고 카뮈가 그들 부부에게, 그러는 대신 루르마랭으로 오는 게 어떻겠느냐고 대답했을 것이다. 그래서 갈리마르 일가는 새해를 루르마랭에서 카뮈와 함께 보냈다.

아비뇽과 인근 지역 상점에서 고가구와 예술품을 사들이고 있던 카뮈는 자닌 갈리마르에게 다음과 같이 끝나는 연하장 인사말과 함께 은제 골동품 담뱃갑을 선물했다.

그리고 처음에 시작한 것처럼 끝마치기로 합시다. 우리 함께 말이에요.

그들은 마을을 이리저리 돌아다녔다. 카뮈는 갈리마르 일가를 대장장이 친구에게 소개했다. 프랑신과 아이들이 파리로 돌아갈 때가 되자 미셸과 자닌은 카뮈에게 기차를 타지 말고 자기들과 함께 자동차로 파리로 돌아가자고 권유했다. 카뮈는 동의했다.

1월 2일 토요일, 그들 모두 올리에르 호텔에서 함께 점심 식사를 한 다음, 파리행 기차에 탈 프랑신과 쌍둥이를 아비뇽까지 태워주었다. 아비뇽까지 두 대의 차를 동원했는데, 카뮈의 아이들은 스포티한 파셀 베가에 타고 싶어 했고 안느 갈리마르는 카뮈의 낡은 시트로앵에 탔다. 그녀는 카뮈 부부에게, 다음 주가 자신의 열여덟 번째 생일인데 부모에게서 생일 선물로 자동차를 받을 것이라고 말했다. 카뮈는 차를 타고 가는 동안 내내 안느에게 조심해서 운전하라는 충고를 했다.[38]

미셸 갈리마르는 카뮈와의 여행을 위해 그 지방의 르노-셀 정비소에서 파셀 베가의 연료 탱크를 가득 채웠다. 카뮈가 찾아올 때를 대비해 『이방인』 한 부를 갖고 있던 정비소 주인 앙리 보마가 책을 내밀며 사인을 부탁했다. 그러자 카뮈가 이렇게 말했다. "책을 사지 않아도 됐을 것을 그랬소. 당신이 원하는 만큼 주었을 텐데요." 그리고 다음과 같이 사인했다.

종종 내가 아름다운 루르마랭으로 돌아갈 수 있도록 도와준 보마 씨에게.[39]

그들이 출발하는 날 아침, 정원에 있던 프랑크 크레아치는 이른 산책에 나선 카뮈와 갈리마르 부부를 보았다. 카뮈는 침울한 표정으로 다른 사람들에게서 25미터쯤 뒤처져 가고 있었다. 크레아치는 카뮈가 루르마랭을 떠나기 싫거나 아니면 자동차로 파리에 가는 게 마음에 들지 않는 모양이라고 여겼다.[40]

49 빌블르뱅의 어둠

희망은 당신이 달리고 있는 동안 거리 모퉁이에서,
그것도 유탄으로 저격당한다는 것을 의미했다.
• 『이방인』

1960년 1월 3일 일요일 아침, 카뮈는 미셸 갈리마르 부부, 자닌의 딸 안느와 그들의 스카이테리어종 개와 함께 갈리마르의 자동차를 타고 루르마랭을 떠나 북쪽으로 750킬로미터쯤 떨어진 파리로 출발했다. 느긋하게 이틀을 잡고 도중에 몇 군데서 쉬기로 계획을 세웠다. 일종의 미각 여행도 될 터였다.

그들은 느지막히 출발했기 때문에 아비뇽에서 북쪽으로 30분 정도 떨어진 오랑주에서 간단히 점심 식사를 했다. 프랑스가 파리–리비에라 유료 고속도로를 점유하기 전인 당시로서는 그 길이 일반적인 노선이었다. 먼저 아비뇽에서 리옹까지 7번 고속국도를 이용하고, 그 다음에 버건디를 관통하는 6번 중부 도로를 이용해서 마콩, 샬롱, 솔리외와 아발롱, 옥세르, 상스를 지난 뒤 상스에서부터 5번 국도를 이용하여 퐁텐블로를 경유해 파리까지 이르는 길이었다.

첫날 밤 그들은 마콩 조금 못 미쳐서 간선 도로를 벗어나 샤퐁팽이라는 아담한 여인숙이 있는 투아세 마을에서 차를 세웠다. 16개의 객실과 레스토랑이 있는 그 여인숙은 미슐랭 여행 가이드에 별 2개짜리 등급으로 평가되어 있었는데, 이는 "우회해서 들러볼 만큼 좋은 요리"를 맛볼 수 있음을 의미했다. 그때까지 대략 320킬로미터 가량을 달린 셈이었다.[1]

연말 휴가를 지내고 돌아가는 귀성객들로 도로와 숙소가 붐볐기 때문에 일행은 미리 방을 예약해두었다. 식당은 만원이었다. 거의 25년간 남편과 함께 샤퐁 팽을 운영해온 여관 주인 폴 블랑 부인은 명사에 걸맞는 정중한 예우로서 손님들을 맞았지만, 손님들이 많아서 미처 방명록에 서명을 받을 짬을 내지 못했다. 그러나 카뮈는 그녀의 숙박부에 서명을 했는데, 그것이 아마도 그가 한 마지막 서명일 것이다.[2]

투아세에서의 식사는 축하를 겸했는데, 그날이 안느의 열여덟 번째 생일이었기 때문이다. 그들은 당연히 그녀를 위해 건배를 했다. 블랑 부인은 손님들이 즐겁게 식사했으며 아주 편해 보였다고 말했다.

그들은 카뮈의 연극 계획에 대해 이야기를 나누었고, 카뮈는 미셸 갈리마르에게 고등학교 과정을 마친 안느가 바칼로레아를 통과하고 나면 자기와 함께 일하도록 해주겠다고 했다. 미셸은 딸이 연기하는 것을 원치 않았기 때문에 카뮈는 연극에서 다른 일을 배우도록 해주겠노라고 약속했다.

그들 4인조가 여행할 때면 그가 '아누쉬카'라고 부르곤 했던 꼬마 안느는 혼자인 카뮈와 방을 썼는데, 물론 둘 사이는 정숙했다. 아침이 되면 카뮈는 "네 귀여운 눈을 뜨렴" 하는 노래로 안느를 깨웠다.

서두를 필요 없네

느지막하게 아침 식사를 마친 그들은 1월 4일 월요일 아침에 다시 길을 떠났다. 블랑 부인은 그들이 여인숙을 나선 것이 오전 10시쯤이었다고 기억했지만, 미셸 갈리마르의 친구 하나는 나중에 그 시각이 9시였다고 했다. 그들은 점심 전까지 300킬로미터를 달리게 될 터였다.

북쪽으로 차를 타고 가던 중에 미셸이 생명보험 문제를 화제로 꺼내며, 보험을 하나 들어두었으면 좋았을 것이라고 말했다. 그 시절만 해도 생명보험을 들 생각을 한 프랑스인은 그다지 많지 않았다. 그러자 카뮈가 둘 다 폐에 구멍이 잔뜩 나 있어서 생명보험을 들기 힘들지 모르겠다고 말했다. 죽음에 대해 종종 생각하던 미셸은 툭하면 죽는 문제를 입에 올리곤 했다. 그는 이미 아내에게 유산을 잔뜩 남겨놓는 유언장을 작성해둔 상태였다. 카뮈는 작가의 상속인들이 그 작가의 판권 인세로 먹고 사는 것을 못마땅하게 여겼다.

그들은 유머 있게 그 울적한 대화를 끝냈다. 미셸이 자신은 자닌 없이는 도저히 살 수 없으므로 그녀보다 먼저 죽고 싶다고 하자, 자닌이 자신은 남편과 함께든 아니든 계속 살고 싶다고 말했다. 미셸과 카뮈는 자신들이 죽으면 방부 처리해서 자닌이 매일 말을 걸 수 있도록 거실에 놓아두겠다고 했다. 그녀는 "끔찍한 얘기 말아요!"라고 말했다. 그녀는 자신은 시체가 싫다면서 그런 일이 생기면 아파트를 나가겠노라고 말했다.

카뮈가 파리에서 친구와 만날 약속이 있었기 때문에 그들은 예정보다 일찍 파리에 도착할 예정이었다. 그들은 안느가 치과에

가야 하기 때문에 일찍 가는 거라고 둘러대기로 했다. 카뮈가 심술궂은 어조로, 자기는 모든 여자들을 행복하게 해준 것 같다고, 동시에 사랑한 여자들의 경우에도 그랬던 것 같다고 농담했다.

그들은 차를 천천히 몰고 있었다. 미셸 갈리마르는 속도광으로 유명했고 파셀 베가는 스포츠카라고 할 수 있었다. 하지만 뒷좌석은 그다지 안락하지 않았다. 여자들은 뒷좌석에 앉아 있었는데, 앞좌석 밑으로 발을 놓을 공간이 없어서 발을 위로 세우고 있어야 했다. 그래서 자닌과 안느는 미셸에게 이따금씩 속도를 늦추라고 말해주곤 했다.

카뮈는 자신이 직접 운전할 때가 아닐 경우에는 속력 내는 것을 좋아하지 않았다. 그래서 미셸이 속도를 높이기라고 하면 "이봐, 친구. 그렇게 서두를 필요 없네"라고 말하곤 했다. 미셸 갈리마르는 자신이 지칠 것을 염려하여 파리−리비에라를 하루에 주파하려 든 적이 없었다. 그래서 전부터 파리에서 칸으로 내려갈 때면 아발롱에서 하루를 쉬어 가곤 했다.

프랑스에 남북을 관통하는 고속도로가 생기기 전에는 파리−리비에라 코스에서 상스가 휴식처 역할을 했다. 그 마을은 고딕 성당들이 있는 관광지로서 호텔과 식당이 줄지어 있어서 관광객들에게 인기였다.

드 파리 에 드 라 포스트 호텔 역시 미슐랭 가이드에서 별 2개를 매긴 곳이었다. 당시 고속도로변 여인숙 대부분이 그렇듯이 그곳 역시 마을 중심가에 면해 있었다. 이는 전국을 연결하는 고속도로의 경우도 마찬가지였다. 카뮈는 여기에 온 적이 있었다. 호텔 주인은 입구에서부터 식당까지 카뮈를 영접해주고(호텔 주인은 그때까지 갈리마르 식구들을 만난 적이 없었다) 그들 일행을 부르고뉴풍의 식사가 나오는 테이블까지 안내해주었다. 큼직한 석재 벽난로가 있고 붉은 식탁보에는 자수가 놓여 있었으며 벽과 천장은 널을 댄 곳이었다.

그들은 그 식당의 특선 요리로 사과를 곁들인 순대와 수수한 보졸레산 포도주인 플뢰리 한 병을 주문했는데, 프랑스인 네 사람이 먹을 음식 치고는 소박한 편이었다.[3]

상스로부터 북쪽의 파리로 향하는 오래된 5번 국도는 작은 촌락들을 관통했다. 그 길은 3차선으로, 양방향으로 각각 1차선씩이고 중앙 차선은 추월 차선이었다. 대부분 국도 가장자리는 도로면으로부터 일정하지 않은 거리를 두고 가로수가 늘어서 있었다. 지면은 평탄했다. 주택들은 지역적 특성이 없어 보이고 주유소와 호텔, 식당, 카페 간판들이 도로 주변 풍경을 이루고 있었다.

퐁 쉬르 욘은 매력적이고 유서 깊은 촌락이지만 자동차에 탄 사람들은 그 마을을 거의 눈여겨보지 않고 지나갔다. 도로가 가로지르는 마을 외곽은 전형적인 국도변 풍경을 보여주었다. 그 다음으로 주택 몇 채가 흩어져 있는 조그만 마을 프티 빌블르뱅이 나온다. 별도로 마을 길이 나 있지 않은 이곳 역시 국도 양쪽으로 가로수가 늘어서 있다.

사고가 났을 때 미셸 갈리마르는 운전석에 앉고 카뮈는 그의 오른쪽에 앉아 있었다. 당시에는 모든 차에 안전벨트가 장착되어 있지 않아서 두 사람 모두 안전벨트를 하지 않고 있었다. 그들은 과속이라고 생각할 만한 속도로 달리고 있지 않았다. 미셸은 누군가와 대화를 나누고 있을 때는 대개 속력을 늦추었는데, 그때 그들은 차안에서 대화를 나누던 중이었다. 딸과 함께 뒷자리에 앉아 있던 자닌은 사고 직전 이상한 일이 있었다고 여기지 않았다. 남편이 외치는 소리라든가 특별히 주의할 만한 말을 하지 않았던 것이다.[4] 그녀는 갑자기 직선 도로에서 차가 커브를 그리고 발밑에 있던 변속기 같은 뭔가가 부서지는 느낌을 받았다. 다음 순간 그녀는 들판에 앉아 있거나 누워 있었다. 사람들이 발견했을 때 그녀는 자신의 개 플록을 부르고 있었다.

고통 없는 죽음

경찰과 언론이 사고 순간을 재구성해보니, 갈리마르의 차는 1월의 이슬비로 표면이 살짝 젖어 있었던 도로를 벗어나 키 큰 플라타너스와 충돌한 다음, 12미터 가량 앞쪽에 있던 두 번째 가로수를 들이받고 멈췄다. 뒤쪽으로 팽개쳐지면서 유리창을 뚫고 나올 때 두개골이 깨지고 목이 부러진 카뮈는 즉사했다. 차에서 그의 시신을 끄집어내는 데 두 시간이 걸렸다. 땅바닥에서 피를 잔뜩 흘리고 있던 미셸 갈리마르는 즉각 인근 병원으로 옮겨졌다. 자닌은 얼이 빠진 채 남편 곁에 있었는데, 손에 개 목줄을 쥔 채로 개를 부르고 있었다. 안느는 흙탕물을 뒤집어쓴 채 차에서 20미터쯤 떨어진 들판에 있었다. 두 여자 모두 큰 부상이 없어 보였지만 그래도 병원으로 옮겨졌다.

그 사고는 타이어 펑크가 아니면 차축이 부러지면서 일어난 것처럼 보였다. 전문가들은 그 사고가 폭이 9미터에 이르는 긴 직선 도로 구간에서 일어났다는 데 어리둥절해했다. 게다가 그 시간에는 다른 차도 거의 없었다.

신문에는 48미터 가량 아스팔트 표면이 팬 사진이 실렸다. 파편은 반경 150미터에 흩어져 있었다. 일그러진 파셀 베가의 차체 사진을 보면 앞쪽 흙받이와 대시보드가 9미터 돌출되고, 도로 맞은편 12미터 떨어진 지점에 엔진과 라디에이터 그릴이 있었다. 바퀴 하나는 도로 위에 떨어져 있었다. 대시보드의 시계는 오후 1시 54분 혹은 55분에 멎어 있었는데, 사고가 발생한 시각으로 추정되었다. 그러나 속도계 바늘이 시속 140킬로미터(시속 약 90마일)에 멎어 있는 데 대해서는 의견이 분분했다. 한 바퀴 돌아서 0에 온 것으로 볼 수도 있었기 때문이다.

인근 빌블르뱅 마을(프티 빌블르뱅과 달리 그 마을은 국도에서 약간 떨어져 있었다)에 살던 한 자동차 운전자는 파셀 베가가 도로 한복판에서 지그재그를 그리다 가로수와 충돌한 다음 튕겨나가 두 번째 가로수에 부딪치면서 멎었다고 했다. 그녀는 사고 순간 국도로 진입하기 위해 갈랫길에서 대기하고 있었다. 또 다른 목격자이며 역시 자동차를 운전하고 있던 사람은, 그 차가 시속 150킬로미터로 자기 차를 앞질러 갔다고 말했으며, 갈리마르의 차에 추월당한 한 트럭 운전사(그가 같은 목격자인지는 알 수 없다)는 그 차가 "춤을 추듯" 움직이다가 "폭발을 일으킨 것처럼 보였다"고 말했다.

사고 지점에서 북쪽에 있는 비예뇌브라기야르 마을의 의사 마르셀 카뮈는 자신과 이름이 같은 사고 희생자가 두개골과 척추의 골절, 으스러진 흉곽 때문에 사망했으며 즉사한 것으로 진단했다. "그는 고통을 느끼지 못했다"고 의사는 말했다. 한 기자는 알베르 카뮈의 얼굴에 공포 어린 표정이 떠올라 있었다고 묘사했다. 카뮈는 눈을 뜨고 있었고, 눈에 띄는 상처는 없었다.

이윽고 준비가 되자 고속도로 경찰 소속 헌병들이 시신을 사고 현장에서 가까운 빌블르뱅의 시청으로 옮겼다.[5]

작가의 까만 가죽 서류가방은 진흙탕 속에서 발견되었는데, 나중에 확인된 바에 의하면 그 안에 여권과 개인 사진, 『최초의 인간』 원고, 일기, 니체의 『즐거운 지식』과 쥘 드로키니가 프랑스어로 번역한 교재용 『오델로』 등의 책 몇 권이 들어 있었다.[6]

빌블르뱅 시 청사는 19세기에 건축되었다. 그 마을이 서류에 오른 것은 9세기부터였는데, 1214년에 빌블르뱅의 영주인 쇼몽경이 부빈 전투에서 필리프 오귀스트(필리프 2세―옮긴이)의 목숨을 구해주었다. 13세기에는 그의 후손 가운데 하나가 마을 주민들을 노예 상태에서 해방시켜주었다. 제1차 세계대전 때는 빌블르뱅에 군 병원이 있었는데, 마을 주민들은 그때 죽은 병사 53명의 무덤 앞에 매년 꽃을 놓아주곤 한다. 전사자 가운데는 이슬람 교도들도 있었는데, 그들의 묘비에는 아랍어로 된 비명이 적혀 있다.

이 글을 쓰고 있는 현재와 마찬가지로 빌블르뱅은 1960년에도 파리에 인접하여 여기저기 작은 주거지가 자리 잡고 있음에도 불구하고 거의 눈에 띄지 않게 성장하는 평화로운 마을이었다.[7]

카뮈의 시신은 처음에 모르텔리가에 있는 어느 조그만 방으로 운구되었다가 수수한 시청의 큰 방으로 옮겨졌다. 그곳은 폭 4.5미터에 길이 7.6미터인 평범한 방으로, 벽에는 공화국 대통령인 샤를 드골의 공식 사진이 걸려 있었다. 시의회가 열리고 결혼식이 거행되는 방이었다.

사람들은 카뮈를 큼직한 시트로 덮인 간이침대에 놓았다. 시신 위에 서둘러 마련한 수수한 조화 다발이 놓이고 밋밋한 벽에 검은 휘장이 드리워진 것은 그날 오후 늦게였다. 괘종시계는 멎어 있었다.

자닌과 안느는 사고 현장에서 20킬로미터쯤 떨어진 몽트로 병원에 입원했다. 미셸의 상태는 심각했다. 조향축에 비장이 파열되었던 것이다. 그는 구급차 안에서 제정신이 아니었던 것 같았다. 그는 아내에게 "내가 운전하고 있어?" 하고 물었다. 수술을 받기 전에 우선 충격에서 빠져나올 필요가 있었다.

친구인 기 쉴러가 미셸의 부친 레몽과 삼촌 가스통 갈리마르를 몽트로까지 데려왔고, 이후 그들을 안느와 함께 집으로 데려갔다.[8] 자닌은 남편 곁에 남았다. 그녀는 이 병원에 여유가 없어서 카뮈를 다른 병원으로 데려갔다는 말만 들었다.

미셸 갈리마르는 호전되는 기미가 없자 파리의 개인 병원으로 이송되었으며, 1월 10일 그곳에서 뇌출혈로 사망했다. 자닌 역시 단순히 얼굴에 타박상을 입은 정도가 아니라는 사실이 밝혀졌다. 목뼈 하나가 부러져 있었던 것이다. 자닌은 이후 4개월 동안 목에 고정 장치를 차게 된다.[9]

떠날 준비

헌병들은 곧 파셀 베가에 타고 있던 사망자가 중요한 인물이라는 사실을 알게 되었다. 신문기자들이 그곳으로 달려와 사진을 찍고 카뮈의 신원을 확인한 다음 헌병들에게 그가 누구인지 말해 주었다.

프랑스 정부가 소식을 들은 것은 한 시간도 채 지나지 않아서였다. 문화성 실장이자 앙드레 말로의 수석보좌관인 조르주 루베가 비서인 폴 메요를 사고 현장에 급파했다. 출발 전에 그는 말로의 장관실로 불려갔다. 말로가 그에게 말했다. "카뮈는 모든 종교 의식을 거부했네. 그러니 시신을 축복한다는 식으로 종교 의식을 제안하는 사람이 나서면 그게 무엇이든 제지하게." 그것이 메요가 유일하게 지시받은 사항이었다.

그는 서둘러 빌블르뱅이 있는 남쪽으로 향했다. 그곳에서는 그가 최고위 관리일 터였다. 그러나 그가 도착해보니 시신은 벌써 시청 시의회실로 옮겨진 상태였고 사망증명서가 작성되고 있었다. 주변을 어슬렁거리는 사람들이 있는 것을 본 메요는 헌병들에게 유품 도둑을 감시하도록 지시했다. 그는 카뮈의 개인 서류와 원고가 분산될까 봐 걱정이 되었다.

빌블르뱅 시장이 사고 현장에서 발견한, 입구가 찢어진 가방과 진흙투성이가 된 카뮈의 서류가방을 보여주었다. 그들은 모든 것을 시장실에 넣고 잠가두기로 했다.

메요는 그곳에 밤 10시까지 머무른 다음 미셸 갈리마르를 보기 위해 몽트로로 떠났다. 그러나 빌블르뱅을 떠나기 전에 그는 정부를 대신해서 몇 마디 공식적인 조사를 남겼다. "본인은 고인 앞에 깊이 머리를 숙이는 바입니다……."[10]

아무도 카뮈의 미망인과 연락이 닿지 않았다. 그 월요일에 그녀는 에콜가에 있는 마르셀 프루스트 초등학교 교직에 복귀했다. 그 학교의 설립자 겸 운영자는 그녀의 오랑 시절 친구 앙드레 베니슈로서, 그는 비시 정부 아래에서 인종차별적 금지령이 시행되었을 때 유대인 아동들을 위해 임시로 설립한 자신의 비밀 학교에 알베르 카뮈를 채용한 적이 있었다.

프랑신 카뮈는 앙드레 베니슈의 아내 마들렌에게 전화를 걸어서 자신이 루르마랭에서 돌아왔으며 아이들을 학교에 보낸 다음 에콜가의 직장으로 복귀할 예정이라고 했다. 그런 다음 "좀 걱정이 돼요" 하고 말했다. 마들렌 베니슈가 이유를 물었다. "역에서 알베르의 아름다운 손가방을 찾지 못했거든요." 그 손가방은 파셀 베가의 짐을 덜기 위해 역으로 부쳤던 것이다.[11]

오후 4시경 주간지 기자인 베니슈의 아들 피에르가 어머니에게 전화를 걸어 카뮈가 사고를 당했다고 말했다. "심각하니?" "아주 심각해요……." 이윽고 피에르가 사실을 말하자 마들렌이 비명을 질렀다. 베니슈 부인은 프랑신의 언니 쉬지에게 연락하려 했으나 연락이 되지 않았다. 그래서 그녀는 학교에 있는 남편에게 전화를 걸었다. 그 스스로도 알지 못할 이유에서 그녀는 남편에게 프랑신에게 사실을 말하지 말라고, 그녀가 먼저 집으로 가게 놔두라고 간청했다. 하녀에게 『프랑스 수아르』지를 사오게 한 마들렌 베니슈는 사건이 신문에 실리지 않은 것을 보고 안도했다.

마담가의 아파트로 돌아왔을 때 프랑신 카뮈는 혼자였다. 복도에 기자들이 있었다. 어느 누구도 감히 사고 소식을 입 밖에 꺼내지 못했다. "여행에서 돌아오신 건가요?" 이윽고 기자 한 사람이 그녀에게 말을 걸어보았다. 그녀는 남편은 아직 돌아오지 않았다고 중얼거리며 기자들 곁을 지나갔다.[12]

쉬잔 아넬리가 그 사고를 알게 된 것은 피에르 베르제라는 기자가 전화를 걸어서였다. 그 기자는 흐느끼고 있는 듯했다. 그는 이제 막 프랑스 통신사 전신에 뜬 급보를 보았던 것이다.

급보!
상스 인근 욘에서
작가 알베르 카뮈
교통사고로 사망

그녀는 갈리마르의 원형 사무실로 들어갔다. 모두 그곳에 모여 있었다. 그들 중에서 프랑신에게 전화한 사람은 없었다. 그래서 쉬잔 아넬리는 자기 사무실로 돌아와 프랑신에게 전화를 걸었다. 프랑신은 이제 막 집에 들어왔다고 말했는데, 아무것도 모르는 것이 분명했다.

"제가 갈 때까지 기다려주세요. 제가 갈 때까지 아무에게도 문을 열어주지 마세요." 쉬잔 아넬리가 그녀에게 말했다.

"알베르가 죽었군요." 프랑신이 말했다.

"누구에게도 문을 열어주지 마세요. 제가 갈게요."[13]

카뮈 부인은 그 전화를 받은 일을 기억하면서, 그때 아넬리가 사고가 일어났다는 말을 했다고 했다. "그이는 살아 있나요?" 프랑신이 물었다. 잠시 후 수화기에서 답변이 들려왔다. "아뇨."

카뮈의 비서가 카뮈 부인과의 대화를 끝내고 수화기를 내려놓는 순간 전화벨이 울렸다. 갈리마르사에 있던 말로의 비서였다. 그는 말로의 출판 관련 업무를 처리하기 위해 갈리마르사에서 일하고 있던 중이었다. 그는 그녀에게, 말로가 자신의 보좌관 메요를 빌블르뱅으로 보냈으며 그녀가 카뮈의 미망인을 그곳으로 데려갔으면 한다는 말을 전했다. 퐁텐블로에서 오토바이 호위대가 그들을 기다리고 있을 것이라고 했다.

쉬잔 아넬리의 남편이 즉각 차를 빌렸다. 그들이 마담가에 도착해보니 프랑신 카뮈는 여전히 멍한 상태였다. 그녀는 자신이 아래층에 기자들이 있다는 사실을 알고 있었고, 수위가 "가엾은 카뮈 부인"이라고 하는 말까지 들었다고 했다. 그래서 학교에서 돌아왔을 아이들이 걱정이 된 그녀는 아무것도 묻지 않고 곧장 위층으로 뛰어올라갔다고 했다.[14] 그녀가 떠날 준비를 하는 데는 시간이 걸렸다. 장과 카테린을 돌볼 사람을 구해야 했던 것이다.

작고 소박한 무덤

퐁텐블로로부터 남쪽으로 향하는 동안 사이렌 소리가 따라왔다. 시청 광장에 도착하자 밤 10시가 다 되어 있었다.

폴 메요는 카뮈의 비서를 한쪽으로 데려가서, 카뮈의 소지품을 조사해달라고 부탁했다. 그녀는 그 말을 카뮈 같은 공적인 인물을 보호하려는 의도에서 나온 말로 받아들였다. 장 블로슈 미셸이 그녀와 함께 까만 서류가방을 비롯해서 카뮈의 주머니와 지갑을 조사했다. 그러나 블로슈 미셸은 자신들에게는 원고를 읽을 권리가 없다고 여기고 그것을 카뮈의 미망인에게 넘겨주었다.

이제 다른 친구들도 속속 도착하기 시작했다. 에마뉘엘 로블레와 장 그르니에는 쉬잔 아넬리에게 파리로 돌아가라고, 그곳에서 그녀를 필요로 할 것이라고, 시신 곁에는 자신들이 있겠노라고 말했다.[15] 베니슈 부부 역시 프랑신과 함께 빌블르뱅에 있고 싶어 했지만, 마들렌은 시트를 들추고 친구를 보려 하지 않았다. 그녀는 카뮈가 '비밀스러운 사람'이어서 지금 그를 본다는 것은 그런 비밀스러움을 모독하는 행위가 될 것이라고 여긴 것이다. 시청을 나와 건물 앞에 선 그녀는 자신이 『이방인』의 한 장면 속에 있는 듯하다고 느꼈다.[16]

에마뉘엘 로블레는 시트를 들추고 마지막으로 본 친구의 얼굴을 기억했다. "전구 불빛 아래 그의 얼굴은 몹시 지친 채 잠든 사람 같았다." 그러나 이마에는 마치 한 페이지를 삭제하기라도 하듯 길쭉하게 긁힌 자국이 가로로 나 있었다.[17]

마침 현장에 있어서 처음에 시신을 지키게 된 사람들은 그 수수한 마을의 시의회 의원들이었다. 그들은 고인의 가족과 친지들이 도착하자 그들에게 자리를 넘겨주었다. 그리고 사람들이 몰려들자 문 앞에 헌병을 배치해서 조문객들을 거르도록 했다.

시장은 그 건물에 살면서 아이들을 가르치던(프랑스의 시골 마을에서는 그런 일이 흔했다) 샤를과 비르지니 푀그네 부부에게 질서를 유지하면서 카뮈 부인과 다른 가족들을 돌보도록 부탁했다. 푀그네 부부는 카뮈 부인이, 그 다음에는 그녀의 언니 쉬지와 쉬지의 남편이 언제든 쉬고 싶을 때면 자신들의 집 거실에서 쉴 수 있게 해주었다. 다른 손님들은 시신이 안치된 시의회 회의실이나 두 방을 나눠놓고 있는 현관 홀에 있었는데, 적지 않은 사람들이 드나들고 있었다.

쉬잔 아넬리와 그녀의 남편은 푀그네 부부와 교직에 대해 이야기를 나누면서 학생들이 카뮈의 작품을 알고 있는지 물어보았다. 그들은 열 살에서 열네 살 사이의 학생들이 그의 작품에서 발췌된 부분을 읽고 있으며 카뮈의 이력에 대해서도 잘 알고 있노라고 대답했다. 나중에 비르지니 푀그네는 긴장을 푸는 데 도움이 되리라고 생각하고 프랑신 카뮈에게 교실을 보여주었고, 두 사람 역시 교직에 대해 이야기를 나누었다.

자정 무렵이 되자 프랑신 카뮈는 아이들 곁에 있어주기 위해 마들렌 베니슈와 함께 파리로 돌아가야 했다. 그녀는 그날 밤을 마담가에서 보냈다. 그녀의 언니와 형부는 시신 곁에 남아 있겠다고 했다. 새벽 2시가 지나자 푀그네 부부는 위층으로 물러가고 헌병대장과 부하 한 사람이 경비를 맡았다.[18]

이튿날 아침 푀그네 부부는 현관 복도로 연결되어 있는 부엌에 자리를 잡았다. 푀그네 부인은 시신이 운구되는 것을 보고 울음을 터뜨린 장 그르니에를 보고 감동을 받았다.[19] 새벽에 나팔 소리가 마을 사람들을 장례식에 불러 모았고 시청에는 조기가 게양되었다. 마을 학생들이 두 줄로 도열해서 상스로부터 빈 관을 싣고 오는 영구차를 맞았다.

카뮈 부인은 머리에 하얀 스카프를 두른 차림으로 9시 30분에 파리에서 도착했다. 한 시간 후 시신은 관 속에 담겨 떠날 준비를 했다. 상스에 주재 중인 욘의 지사와 부지사는 작가이며 비평가로서 말로의 문화성을 대표한 가에탕 피콩과 함께 소박한 의식에 참석했다.

말로는 이미 다음과 같은 성명서를 발표했다. "20년이 넘는 세월 동안 알베르 카뮈의 작품은 정의에 대한 열정과 불가분의 관계에 있다. 우리는 우리 프랑스를 만인의 가슴에 심어놓은 한 인물에게 경의를 표하는 바이다."

네 명의 건장한 남자들이 수수한 참나무 관을 들고 나왔다. 비가 내리고 있었다. 관이 영구차에 실릴 때 차려 자세를 취하고 있던 헌병들이 군대식 경례를 했다.[20] 마을 사람들은 헌병들 뒤편에 몰려 서 있었다. 카뮈의 몇몇 친구들 눈에 그들은, 이런 행사가 자신들의 마을에서 벌어진다는 사실을 슬퍼하면서도 자랑스러워하는 것처럼 보였다.[21] 아비뇽행 급행열차에 오른 미망인과 아이들은 저녁 무렵에 도착했다. 그들은 저녁 8시 30분 무렵에 루르마랭에 있었고, 영구차가 그곳에 도착한 시간은 자정이 되기 전이었다.

7년 후 빌블르뱅 시청 광장 맞은편의 돌로 장식된 거대한 석조 분수에 얕은 부조로 카뮈의 두상이 새겨졌다. 『시시포스의 신화』

의 한 구절도 같이 새겨졌다.

정상을 향한 노력 그 자체만으로도 인간의 심장을 채우기에
충분하다.

분수대 다른 쪽에는 다음과 같은 청동 판이 붙어 있다.

욘 지방의 총의회가
1960년 1월 4일에서 5일 사이
빌블르뱅 시청에서 밤을 보낸
작가 알베르 카뮈에게
경의를 표하며

알제에서는 1월 4일 오후에 카뮈의 어머니가 사는 아파트로 기
자들이 들이닥쳤으나, 그녀가 아무것도 알지 못한다는 사실을 깨
달은 기자들은 다른 사람을 찾으러 왔다고 더듬거리며 해명했다.
이윽고 친구들이 그녀에게 소식을 전해주었고, 뤼시앵이 어머니
를 시내 중심가에 있는 자기 집으로 모시고 갔다.[22] 그녀는 알베
르보다 9개월 남짓 더 살다가 1960년 9월, 벨쿠르에 있는 자신의
아파트에서 사망했다.

프랑스 라디오 방송국 직원들은 그때 파업 중이었는데, 파업위
원회는 녹음된 음악을 내보내던 프로그램을 중단하고 5분간 카뮈
에게 바치는 방송을 내보냈다.[23] 전 세계 주요 뉴스 매체들이 사
고 소식을 다루었다. 그 소식은 『뉴욕 타임스』 1월 5일자 1면에도
실렸으며, 같은 날 다음과 같은 사설이 실렸다.

알베르 카뮈가 무의미한 자동차 사고로 우연한 재난의 희생자가 되었다는 사실은 냉혹한 철학적 아이러니다. 증여된 인생이 부과한 재앙에 사유하는 인간으로서 적절하게 반응한다는 것이 그의 사상의 핵심 주제였던 것이다.

사설은 다음과 같이 결론지었다.

우리 시대가 카뮈의 메시지에 응답했던 것은 놀라운 일이 아니다. 양차 세계대전의 끔찍한 살육, 전례 없는 수소폭탄의 위협, 이런 것들이 카뮈의 준엄한 철학을 이해할 수 있게 해주고 그의 기억에 소박한 인간들이 부여할 수 있는 불멸성을 부여할 수 있게 해주는 현대적인 배경인 것이다.[24]

프랑스 북부 투르쿠앙에서 예정대로 「악령」을 순회공연 중이던 피에르 블랑샤르는 1분간의 묵념을 요청했다. 그 다음 사흘 동안 단원들은 루르마랭에서 카뮈가 부친 메모를 받았다. 기운을 내라는, 그들이 잊혀진 게 아니라는 내용이었다. 다른 극장들은 리허설이나 공연을 취소하거나 묵념의 시간을 가졌다.[25]

루르마랭 마을에서는 주민 가운데 사망자가 나오면 언제나 그랬듯이 회람을 돌렸다. 장례식은 1월 6일 수요일 오전 11시 30분으로 잡혀 있었고, 마을 사람들은 카뮈의 집에 모였다.

루르마랭에서 장례식이 거행될 때는 대개 반대하는 종파가 나오게 마련이었으나 이번에는 아무도 반대하지 않았다. 자유사상가 프랑크 그레아치가 자신이 그토록 싫어하던 독실한 가톨릭 신자와 함께 관을 멨고, 축구 선수인 마을 젊은이들이 힘을 보탰다.

그때까지 관은 카뮈의 집에 안치되어 있었다.

미망인뿐 아니라 망자의 형인 뤼시앵, 르네 샤르, 장 그르니에, 에마뉘엘 로블레, 쥘 루아, 루이 기유, 그리고 예전 동지였던 로베르 조소 등이 곁을 지켰다. 뤼시앵 카뮈, 조소와 의논한 미망인은 카뮈의 이름과 생몰 일자만 적은 수수한 묘비를 무덤에 놓기로 결정했다.

그들은 교회가 아닌 마을 언저리, 성과 카뮈의 집이 포함된 주택을 마주하고 있는 루르마랭의 조그만 공동묘지로 관을 운반했다. 신자가 아닌 사람이 사망하면 가톨릭이나 프로테스탄트 교회가 아니라 마을 위로 우뚝 솟아 있는 시계탑에서 조종을 울렸다.

화창한 겨울날이었다. 나들이옷을 입은 마을 사람들의 행렬 사이에 파리와 인근 지방 언론사에서 온 기자들이 섞여 있었다. 그러나 카뮈의 친구들 모두가 시간 맞춰 도착하지는 못했다. 행렬 선두에는 카뮈 부인이 서고 그 곁에 뤼시앵과 샤르가 있었다. 가브리엘 오디지오는 문인협회와 파리 거주 프랑스령 알제리인의 총대표 자격으로 참석했다. 가스통 갈리마르 일가와 보클뤼즈 지사도 장례식에 참석했다.

비록 공동묘지는 그때도 여전히 가톨릭과 프로테스탄트 두 구역으로 분할되어 있었지만, 구분은 점점 무용지물이 되어가고 있었고 공동묘지의 증축분에는 사고의 진전을 반영하듯이 아예 이런 구분이 없었다. 샤르를 비롯한 친구들과 카뮈 부인은 고인이 가톨릭 구역(아무튼 그렇게 불리던 구역)에 매장되는 것이 좋겠다고 합의를 보았다.

프랑신 카뮈는 관 위에 붉은 장미 한 송이를 떨어뜨렸다. 드니스 상뷔크 시장이 당대의 위대한 작가인 카뮈가 몇 개월 사이에 모든 루르마랭 주민들로부터 사랑을 받았다는 내용의 짤막한 연설을 했다. 그는 이렇게 결론을 맺었다. "당신이 사랑한 이 땅에서 평안히 잠드소서. 당신을 같은 주민으로 받아들여준 나의 동향 시민들 사이에서." 앞으로 그의 무덤에서 꽃이 떨어지는 일은 없을 것이라고 그는 약속했다.

그곳에는 다음과 같은 단체들이 보낸 조화들이 있었다. "헝가리의 친구에게—헝가리 망명가 일동", "전국민중극단", "문화의 자유를 위한 회의", "엑상프로방스 대학" 등등.[26]

나중에 피에르 앙드레 에므리는 카뮈가 그토록 사랑했던 티파사의 쑥풀을 그의 무덤에 심었지만, 프로방스의 기후 때문에 너무 무성하게 자라서 그 지방 토종 식물들을 위협할 정도가 되자 결국 제거할 수밖에 없었다.[27]

오늘날 그 공동묘지를 방문하는 사람은 액센트 표시가 잘못 찍혀 있는 묘지의 간판을 지나쳐서 로즈메리가 빽빽하게 우거지고 조그만 흙무덤 하나뿐인 소박한 무덤을 보게 될 것이다. 망자의 이름과 생몰 일자가 새겨진 비석은 수백 년 묵은 것처럼 보인다. 이따금 그곳을 지나가는 방문객이 무덤에 십자가를 떨구곤 하는데, 대개는 묵주에서 빼낸 소박한 십자가지만 한번은 오래된 채 폐허가 된 무덤에서 가져온 것처럼 보이는 커다란 돌 십자가가 놓인 적도 있었다.[28]

50 남겨진 이야기

광기 어린 사회가 기꺼이 마련해준 시간 동안 그는 자기 나름대로
삶을 사랑하는 데 몰두했다. 소박하면서도 강인한 삶을.
• 리샤르 마그를 위한 서문에서

전화벨이 울렸을 때 시몬 드 보부아르는 보나파르트가에 있는
사르트르의 아파트에 혼자 있었다. 그녀의 친구이자 저널리스트
인 클로드 랑츠만이 빌블르뱅에서 일어난 사고에 대해 말해주었
다. 수화기를 바꿔 잡던 그녀는 목이 바싹 타고 입술이 떨렸다. 그
녀는 울지 않을 거라고, 카뮈는 이제 자신에게 아무 의미도 없는
존재라고 중얼거렸다.

사르트르 역시 그 소식에 동요했다. 그날 저녁 내내 그들은 자
크 로랑 보스트와 함께 카뮈 이야기를 나누었다. 실로 오랜만에
보부아르는 수면제를 먹어야 했지만 그래도 잠을 이룰 수 없었
다. 그녀는 자리에서 일어나 춥고 이슬비가 내리는 1월의 파리 거
리를 걸어다녔다.

이튿날 오전 잠에서 깬 그녀는 '그는 이 아침을 보지 못해' 하
고 생각했다. 카뮈는 세상으로부터 떠나기는커녕 그 사고의 폭력
성 때문에 오히려 세상의 중심이 되었다. 그녀는 이제 그의 죽은
눈을 통해 세상을 보고 있었다. 그녀는 그의 죽음 속에서 자신의
죽음을 보았다. 거리에서는 사람들이 대문짝만한 표제 기사와 그

녀의 눈을 멀게 만드는 사진에는 무관심한 채 신문을 읽고 있었다. 그녀는 그런 식으로 그의 사진을 만인 앞에 들이미는 것이 카뮈를 사랑했던 여자에게는 얼마나 고통스러울지를 생각했다.[1]

흔히 1월 7일, 장 다니엘의 『프랑스 옵세르바퇴르』에 실린 카뮈에 대한 사르트르의 송사가 가장 감동적이었다고 한다. 사르트르는 카뮈가 그동안 모순에 분열된 채 일시적으로 침묵했으며, 그런 침묵은 높이 평가되어야 한다고 썼다. 그러나 카뮈는 천천히 결정을 짓고 자신이 내린 결정에 충실한 희귀한 사람이었다. 그의 선택을 보면 그가 세계와 더불어 발전하고 있음을 알 수 있다.

사르트르와 카뮈 두 사람은 결별했지만, 결별이란 무엇인가? 그것은 함께 살아가는 또 하나의 방식일 뿐이며, 그렇다고 해서 사르트르가 그에 대해서 생각하지 않는 것은 아니다. 사르트르 자신이 읽고 있던 책이나 신문에 대해 카뮈는 어떻게 생각할지 궁금해하면서 말이다.

그는 '역사'에 반하여 금세기를 대표했으며, 도덕주의자의 긴 계보를 잇는 현대판 상속자였다. 그의 작업은 아마도 프랑스 문학계에서 가장 독창적일 만한 내용일 것이다. 엄격하고 순수하며 준엄한 동시에 관능적인 그의 완강한 인문주의는 이 시대의 거대하고 기형적인 사건들과 맞서 승패가 불확실한 싸움을 벌여왔다. 그러나 역으로, 거부라는 예기치 못한 태도를 통해서 그는 우리 시대의 한가운데에서 마키아벨리즘에 반(反)하고 리얼리즘이라는 황금 송아지에 맞서 도덕적 행동의 현존을 재확인시킨 셈이다.

얼마 지나지 않아서 공적인 선언문도 나오게 된다. 그중 주목할 만한 것은 그해 1월 프랑코 치하의 스페인에서 500명가량의 화가와 작가, 마드리드의 대학생들이 참석한 집회와 그해 2월에 공산 치하 폴란드의 바르샤바 대학 강당에서 열린 집회였다. 그리고 그의 사망 1주년 기념일에는 스페인 공화파들이 추모 예배를 열어서, 내방객들에게 파리의 망명정부 본부에 걸린 커다란 초상화 앞에 꽃을 놓을 것을 요구하게 된다.[2]

사고를 둘러싼 논쟁

생 제르맹 데 프레는 말할 것도 없고 언론에서도 사고사가 벌어진 상황에 대해 계속해서 물고 늘어질 것은 분명했다. 한 가지 공통된 반응은 차를 너무 빨리 몰았거나 자동차 또는 타이어를 제대로 관리하지 못한 미셸 갈리마르를 탓하고, 그 다음으로 자동차 제조사의 책임을 따졌다는 것이다. 아무튼 사람들은 그렇게 말했다.

사람들은 저마다 카뮈가 과속에 질색했다는 증언을 내놓았다. 훗날 장 그르니에도 옛 제자에게 경의를 표하면서, 카뮈가 과속을 싫어해서 되도록이면 파리에서 리비에라까지 차를 몰지 않고 기차로 아비뇽으로 가곤 했으며, 자신을 마중 나온 사람에게 차를 너무 빨리 몰지 말라고 말하곤 했다는 사실을 상기시켰다.[3] 오래 전 카뮈가 빈센트 반 고흐가 살던 방을 보러 마리아 카자레스와 미셸 부케를 오베르 쉬르 우아즈까지 태워주었을 때 마리아 카자레스가 서둘러 극장으로 돌아갈 생각에서 차를 천천히 몰고 있던 카뮈에게 좀더 빨리 달리라고 하자 그는 "차 사고로 죽는 것만큼 바보 같은 일도 없어"라고 말했다.[4] 로블레가 한 말도 인용되었다. "내가 가속 페달을 밟으면 카뮈는 '그러다 다리 불구가 될 거야'라며 제지하곤 했다."[5]

카뮈가 차를 빨리 모는 미셸 갈리마르에게 잔소리를 한 것은 사실이고, 앞에서 말했듯이 1953년 1월 파리로 돌아갈 때 파리-리비에라 노선을 함께 한 것도 사실이다.

언론은 낡은 타이어나 공기압이 균일하지 않은 타이어에 대해 떠들었다. 보도에 의하면 시속 140킬로미터의 속도에서 왼쪽 뒷바퀴가 터졌으며, 운전자는 그 순간 절대로 밟아서는 안 되는 브레이크 페달을 밟았다는 것이다.[6] 타이어가 40퍼센트 정도 마모되어 있었다는 보도도 있었는데, 거기에 대해 미셸 갈리마르의 친구들은 1만 킬로미터도 채 달리지 않은 타이어였다고 반박했다.[7]

미셸 갈리마르의 오랜 친구 한 사람이 이 논쟁에 끼어들기로 마음먹은 것은 그 무렵이었다. 미셸의 가정교사였던 르네 에티앙블이 갈리마르사의 로비에서 루이 아라공과 맞닥뜨렸는데, 공산당에 대해 의혹을 품고 있던 아라공은 예전 『레트르 프랑세즈』에서 에티앙블을 공격했던 일을 바로잡고 싶어 했다. 그러자 에티앙블이 이렇게 대꾸했다. "좋소, 내가 원하는 것은 당신네 신문에다 그 사고에 대해 몇 가지 사실들을 공표할 자리를 얻었으면 하는 거라오." 아라공은 필요한 모든 지면을 내주겠노라고 약속했다.[8]

에티앙블의 글은 1960년 1월 21일 『레트르 프랑세즈』 1면에 실렸다. 미셸 갈리마르도 이미 세상을 떠난 뒤였다. 그는 그 글에서, 미셸 갈리마르를 살인자라고 암시하는 언론과 라디오 방송의 비방에 대해 반박하고 싶다고 했다.

어느 라디오 방송에서는 미셸 갈리마르가 '과실치사'로 기소될 가능성이 있다고까지 했다. 낡은 타이어와 과속을 거론하는 기사들도 나왔다. 그가 병자였기 때문에 어쩌면 '불안정한 상태'였을지도 모른다는 소문도 나돌았다. 추정에 의하면 그는 루르마랭에서 상스까지 쉬지도 않은 채 젖은 도로 위를 시속 145킬로미터로 달리고 있었다는 것이다.

에티앙블은 그런 모든 혐의에 대해 증거를 요구했고, 그게 없을 경우 사과할 것을 요구했다. 그는 갈리마르의 가정교사를 맡고 나서도 30년 동안 갈리마르와 친구로 지냈으며, 매년 휴가 때 몇 개월씩 함께 보내기도 하고 갈리마르사에서 함께 일했다고도 말했다.

타이어는 닳지 않았다. 미셸 갈리마르는 타이어가 닳을 경우에 대비해서 여분의 타이어 세트를 갖고 있었다고 에티앙블은 말했다. 그 다음 에티앙블은 대형차와 속도에 대한 사례를 들었다. "스포츠카를 제조하고 수입하는 현실에서 이런 차량의 소유자들에게 파리에서 칸까지 소형차의 긴 행렬 뒤에 얌전히 앉아서 가라고 요구할 수 있는 일인가?"

그는 자신이 모는 종류의 자동차는 도로 위에서 안전하게 다른 차들을 추월할 수 있다고 했던 미셸 갈리마르의 말을 인용했다. 속도는 차의 크기와 운전자의 솜씨에 따라 상대적인 것이다. 갈리마르는 거의 100만 킬로미터를 운전한 경력자였다. 카뮈는 다른 사람의 차에 타는 것을 좋아하지 않았다. 에티앙블은 "미셸이 운전하는 차라면 겁나지 않아요"라고 한 카뮈의 말을 인용했다.

에티앙블은 갈리마르의 차에 수없이 탔으며, 한번은 갑자기 펑크가 난 적도 있었다고 했다. 피로라고? 불안정한 상태였다고?

갈리마르는 결핵에 걸린 신장을 제거한 뒤부터 아주 건강했다.

에티앙블은 이어서 루르마랭으로부터의 일정을 설명했다. 그들이 투아시를 떠난 시각이 9시였고 점심 식사를 하기 위해 상스에 도착한 시각이 12시 30분이었으니, 3시간 반 사이에 306킬로미터를 달렸고, 평균 시속은 83킬로미터였다. 갈리마르는 과식을 하지 않았다. 그는 보통 하루에 한 끼만 제대로 된 식사를 했으며, 포도주 두 잔을 마셨다. 그는 느긋하게 카뮈와 농담을 주고받았다. 차가 제어되지 않았을 때 그의 아내와 의붓딸은 운명에 필사적으로 저항하던 그를 보았다. 그런데 어째서 비방을 해야 한단 말인가?

부잣집 자식이 가난한 집 자식을 죽인다는 것이 눈길을 끄는 이미지라서? 아니면 이 사건에서 카뮈의 영광을 위해서는 무슨 수를 쓰더라도 희생자와 집행인이 필요하기 때문에?

그는 미셸 갈리마르의 명예를 깎아내림으로써 카뮈를 신격화하려는 시도를 공격하며 글을 마쳤다.

에티앙블은 사고가 난 차인 파셀 베가 HK 500의 결함 의혹을 비공개적으로 제기할 생각이었다.[9] 그는 제조 회사를 상대로 소송을 거는 데 도움이 되리라고 여긴 증거 목록을 작성하기 시작했지만, 갈리마르 일가가 세인의 주목을 끄는 일에 겁을 냈다.

에티앙블이 내세운 논거는 왼쪽 뒷바퀴가 잠겼다는 것(이전에도 두 차례나 일어난 적이 있었다), 그래서 그 점이 걱정이 된 미셸 갈리마르가 에티앙블에게 불안감을 고백한 적이 있다는 것, 차를 수리한 기술자가 갈리마르에게 "이 차는 무덤이나 마찬가지”라고 말했던 것 등이었다. 에티앙블은 재판 때 그 사람에게 증언을 부탁할 수 있을 거라고 보았다.[10] 파셸 베가는 1965년 이후로는 제작되지 않았다.

제한 없이 사랑할 권리

파리에서는 카뮈가 르네 샤르를 자신의 문학 관련 유언 집행자로 임명해두었을 서류를 찾아내기 위한 수색 작업이 벌어졌다.

샤르가 없는 가운데 카뮈의 비서가 블로슈 미셸을 현장 증인으로 세워둔 채 샤넬레유가에 있던 카뮈의 물건을 조사했으나 서류가 발견되지 않았다. 개인적인 서신들만 서신을 보낸 이들에게 반환되었고, 카뮈의 원고 일체는 사적인 일기와 『최초의 인간』 원고를 갖고 있던 가족에게 돌아갔다. 원고들의 최종 처분에 대한 결정은 카뮈 일가에게 맡겨졌다.

「악령」은 순회공연을 계속했다. 1960년 2월 16일에는 뉴욕에서 시드니 루메트의 연출로 「칼리굴라」가 개막되었다. 카뮈는 원래 개막식에 참석할 계획이었고, 실제로 리허설을 지켜볼 의향까지 있었다.

『뉴욕 타임스』의 연극 비평가 브룩스 앳킨슨은 그 작품이 유능한 배우들이 눈부신 연기를 펼치는 등 무자비할 정도로 호화롭게 연출되었다고 말했다. 그러나 “연극의 수수한 내용을 감안할 때 결국 과잉 연출되었다는 인상을 받게 된다.” 앳킨슨은 “(카뮈를 기리기 위해서는) 이렇게 비사교적이고 같은 말을 반복하는 공포극보다는 좀더 지속적인 작품”이 필요하다고 결론지었다.[11] 그는 같은 해 4월 로스앤젤레스에서 무대에 오른 작품에 대해서도 만족하지 않았다.

"동아리 회원들은 이제 막 알베르 카뮈의 「칼리굴라」를, 할리우드를 개심시킬 가망이 없는 지적인 대본을 연기한다는 소름끼치는 경험을 끝냈다."[12]

현지에서 지진이 일어난 후 프랑스 학생들이 모은 기금으로 알제리 오를레앙스빌에 루이 미켈과 롤랑 시무네가 설계한 '알베르 카뮈 센터'라는 복합 문화관이 건립되었다. 거기에는 건축가들과 장 드 메종쇨(그는 재건되는 도시의 도시 계획을 맡고 있었다)과 카뮈 자신이 토의한 끝에 야외 공연과 실내 공연이 동시에 가능한 극장이 들어섰다. 극장은 카뮈의 사망 1주년에 맞춰 개관되었다.[13] 카뮈의 탄생지에서 가까운 몬도비의 주 도로는 알제리 독립 이전에 '알베르 카뮈가'로 명명되었으며, 이슬람 교도 전승자들이 즉각 거리 이름을 다시 바꿀 것이라는 우려가 있었지만 그 이름은 적어도 1975년까지는 그대로 유지되었다.

카뮈가 죽고 나서 1년 후 그의 친구인 에드몽 브뤼아는 그 지역을 여행하다가 자신이 있는 곳이 몬도비 근처임을 알고 친구의 차를 이용해서 그곳에 가보았다.

가는 도중에 그들은 차 사고를 목격했다. 부서진 차가 있고 어느 농가 아래쪽 도랑에는 병사 한 사람이 누워 있었다. 가까이 다가가본 브뤼아는 죽은 사람이 카뮈와 닮았다는 것을 알았다. 너무나 닮아서 충격을 느낄 정도였다. 그가 카메라를 꺼내는 순간 프랑스 경찰이 다가왔다. 브뤼아가 자신의 기자증을 보여주었음에도 불구하고 경찰은 사진을 찍으면 카메라를 압류하겠다고 위협했다.

나중에 몬도비의 시장이 그를 카뮈가 태어난 농가로 데려갔는데, 그때 브뤼아는 병사의 시체가 누워 있던 곳이 바로 시장이 카뮈의 생가라고 가리킨 그 집 창밖임을 알았지만, 그때는 이미 시체를 치운 뒤였다. 시장은 브뤼아에게 그 농가는 너무 낡아서 조만간 철거될 예정이라고 말했다.[14)]

1961년 4월 알제리에서는 피에르 앙드레 에므리, 루이 미켈, 에드몽 브뤼아, 장 피에르 포르, 마르셀 보네 블랑셰를 포함한 카뮈의 친구들이 티파사에서 열린 카뮈의 추모비 건립식에 참석했다. 티파사의 폐허에서 발견된 페니키아의 묘석으로 만들어졌는데 크기는 사람 키 정도였다. 이따금 게릴라전이 벌어지곤 하던 티파사 현장에서는 작업을 할 수 없었기 때문에 알제로 옮긴 다음 루이 베니스티가 조각을 했다. 훗날 카뮈의 이름은 훼손되었지만, 거기에는 다음과 같은 비명이 적혀 있다. 그 석판은 1975년에도 그대로 남아 있었다.[15)]

여기서 나는
사람들이 영광이라고 부르는 것을 이해한다.
그것은 제한 없이
사랑할 권리임을.
알베르 카뮈

감사의 말

• 후기

마주 앉아 질문을 할 수 없는 사람의 전기를 쓰고자 할 때는 다른 사람들에게 의지하지 않으면 안 된다. 그 사람을 알았던 동시대인들, 보다 앞서 자료를 수집하기 시작한 학자들 등등. 나는 앞에서 말했던 것처럼 이런 증인 수백 명과 전화로 이야기할 수 없을 경우에는 직접 만나 대화를 나누거나 서신을 주고받았다. 내가 활용한 자료 가운데 일부는 구하기가 쉽지 않았지만, 자발적으로 자료를 공유해준 많은 분들의 헌신과 고집 덕분에 입수한 것이다.

그러나 여기 장황하게 나열해놓은 출처를 맞닥뜨리는 것은 독자들에게 또 다른 고역이 될 것이다. 이 책에 특별한 정보를 제공한 분들의 이름은 당연히 미주 부분에 올라 있다. 이것으로 그분들에 대한 감사를 대신하고자 한다. 혹시라도 여기에 빠뜨린 사람이 있다면 나는 용서받을 수 없을 것이다.

물론 주석만 보고서는 이 훌륭한 분들이 이 계획에 할애해준 시간이 어느 정도인지 명확히 알기 어려울 것이다. 인터뷰를 위해 길고긴 몇 날이 걸리기도 했고 때로는 몇 주, 심지어 몇 달이 걸린 경우도 있었다. 인터뷰 상대가 카뮈 가족이나 미셸 갈리마르의 미망인 자닌, 카뮈의 개인 비서 쉬잔 아넬리, 장 블로슈 미셸이나 에마뉘엘 로블레 같은 친구들처럼 중요한 인물인 경우에는 특히 그랬다. 그들 가운데 일부는 나를 위해 독자적으로 조사를 벌였고(고 가브리엘 오디지오, 고 에드몽 브뤼아, 피에르 앙드레 에므리 같은 이들), 나를 위해 다른 사람들과 인터뷰를 하거나 유품을 이용할 수 있게 해주었다(블랑슈 발랭, 장 드 메종쇨, 샤를 퐁세 등).

증인 대부분이 언제나 카뮈의 편이었던 것은 아니었다. 나를 대신해서 알제 시절의 회고담을 작성해준 이브 부르주아라든지, 파스칼 피아, 클로드 부르데, 아마르 우제간, 프랑시스 장송, 자크 로랑 보스트가 그 예일 것이다. 그럼에도 이들은 다른 사람들과 마찬가지로 관대하게 시간과 정보를 내주었다.

아직 논쟁의 여지가 있는 인물에 관해 글을 쓰면서 모든 사실과 정보를 흡족할 정도로 입수한다거나, 앞서 서로 다른 방식으로 서술된 사건들에서 진실을 파악하는 것은 불가능한 일이다. 나는 어느 정도의 오류는 바로잡았지만, 분명 새로운 오류를 범했을 것이다. 나중에 나올 전기에 알맞은 정보를 제공한다거나 새로운 오류들에 주의를 촉구함으로써 이 전기의 개정판이 나오도록 하는 것은 독자의 몫으로 돌리자.

나는 수많은 분들의 이름을 중요도에 따라, 혹은 철자 순으로 늘어놓기보다는 그저 미주에 수록함으로써 그분들에 대한 고마움을 전하고자 한다. 수백 번 고맙다는 인사를 늘어놓기보다는 진심에서 나온 이 한 번의 감사하다는 표현으로 말이다.

오래된 거울에 맺힌 새로운 상

• 옮긴이의 말

허버트 로트먼의 카뮈 전기는 당시로서 수집 가능한 모든 자료를 집대성해놓은 것입니다. 그리고 그 결과로서 파악된 카뮈에 대한 인상은 지금까지 우리에게 알려져 왔던 인물과는 상당한 거리가 있어 보입니다. 그는 어떤 면에서는 우리가 알고 있는 것보다 좀더 탁월한 인간이면서, 지금껏 알려진 것보다는 좀더 평범한 인간, 요컨대 '실제'에 상당히 근접한 인간으로 다가옵니다. 추상적인 거인이나 대가가 아니라, 고통받고 고뇌하는 진솔한 인간, 야심과 두려움을 고스란히 안고 있는 격동기의 한 유럽인이라는 인상입니다.

어떻게 보면 우상파괴적인 전기는 한 작가를 이해하는 데 방해가 될지 모릅니다. 이 텍스트를 번역하면서, 책꽂이에 꽂혀 있던 카뮈들을 다시 한 번 훑어보았습니다. 표지가 떨어진 『시지프스의 신화』를 비롯해서, 이미 누렇게 퇴색하고 읽기 까다로운 종조로 된 무수한 카뮈들을 말입니다. 덕분에 역자가 (잘못) 알고 있던 카뮈는 사라지고, 살과 뼈가 있는 인간 카뮈를 새롭게 알게 된 셈입니다. 그래서 제가 카뮈를 다시 읽고 싶어졌을까요? 그렇습니다. 언제 시간이 나면, 카뮈를 다시 한 번 차근차근 읽고 싶어졌습니다.

이 책을 옮기면서 한 사람의 삶을 기록한다는 일이 쉽지 않으리라는 생각을 했습니다. 어쩌면 진실이라는 것은 생각만큼 쉽게 찾을 수 있는 것도 아니고, 혹은 아예 그런 것이 존재하지 않을지도 모른다는 생각도 들었습니다. 인간은 그처럼 다채롭고 깊고 복잡한 존재일 듯싶습니다. 그런 인간이 엮어내는 삶을 다룬 모든 글 역시 마찬가지일 것이고, 그런 글을 쓴 작가에 대해서 안다는 것은 거의 불가능해 보입니다. 다만 '관념적' 인간의 상을 부수고 좀더 '살아 있는' 인간을 접할 수 있다면 최선일 테고, 그 점에서 로트먼의 전기는 한 모범을 보여주고 있습니다.

화가가 그리는 모든 초상은 자화상이라고 합니다. 침대에 누워 있는 뚱뚱한 노파를 그리든 바싹 여윈 몸을 떨면서 길 모퉁이에서 구걸하는 걸인 소년을 그리든 그 화가의 자화상이 들어 있다는 말은, 이 같은 전기 장르를 읽는 독자에게도 적용될 수 있습니다. 그런 의미에서 잘 씌어진 모든 전기는 우리네 삶에 직접적으로 도움이 된다고 볼 수 있습니다. 이 점은 전기문학이 다른 어떤 문학 장르보다 매력적인 한 가지 이유일 것입니다. 로트먼은 가짜로 부풀려진 카뮈에게서 진짜를 가려내는 데 골몰했습니다. 이 책을 모두 읽고 나면 그의 작업 결과가 어느 정도 성공을 거두었음을 실감할 수 있을 것입니다. 그가 노력한 결과로 카뮈는 좀더 단단하고 살아 있는 모습을 띠게 되겠지요. 그것은 (사실이 알려지면 카뮈에게 해가 될까 두려워했던 카뮈 일가의 불안과 달리) 카뮈 자신에게 빛을 더해줄 것입니다.

2007년 2월
한기찬

카뮈 연보

1913   11월 7일, 알제리 몽도비에서 알베르 카뮈 출생.

1914   제1차 세계대전 중 마른 전투에서 부상당한 아버지 뤼시앵 오귀스트 카뮈가 브르타뉴의 군 병원에서 사망. 어머니 카트린 카뮈는 두 아들과 함께 알제의 빈민촌인 벨쿠르의 친정 어머니 집으로 이사.

1918~23 벨쿠르 초등학교에 다님. 교사 루이 제르맹의 각별한 지도를 받음.

1924~31 장학생으로 고등학교에 다님. 1931년, 장 그르니에를 만남. 폐결핵 발병. 교양 있는 푸줏간 주인 귀스타브 아코 이모부의 집에서 생활.

1933~36 알제 대학에서 철학 전공.

1934   시몬 이에와 결혼. 장 그르니에의 권유에 따라 알제리 공산당에 입당.

1935   '노동극장' 창단.

1936   철학과 졸업. 중부 유럽 여행. 시몬 이에와 별거함.

1937   공산당에서 제명됨. 『안과 겉』 출간.

1938   『알제 레퓌블리캥』의 기자로 취직하여 파스칼 피아를 만남.

1939   군대에 지원하나 폐결핵 병력 때문에 거부당함. 잡지 『리바주』 창간. 에드몽 샤를로의 출판사에서 『결혼』 출간.

1940   『알제 레퓌블리캥』의 후속 신문 『수아르 레퓌블리캥』이 발행을 금지당함. 파스칼 피아의 소개를 통해 파리로 가서 『파리 수아르』지에 취직. 시몬 이에와 이혼하고, 오랑 출신이며 수학교사인 프랑신 포르와 리용에서 재혼.

1941   직장을 잃고 오랑에서 생활.

1942   폐결핵 재발로 남프랑스에서 휴양. 갈리마르에서 『이방인』 출간.

1943   파리로 돌아온 후 레지스탕스 신문 『콩바』지에서 기자로 일함. 갈리마르 출판사에서 고문으로 활동하기 시작. 『시시포스의 신화』 출간.

1944	장 폴 사르트르와 친교를 맺음. 「오해」를 무대에 올림.
1945	쌍둥이 자녀 장과 카테린 출생. 「칼리굴라」를 무대에 올림.
1946	미국과 캐나다에서 강연. 이후 삶의 본보기가 된 시인 르네 샤르와 만남.
1947	내부의 정치적 노선 갈등과 재정난으로 『콩바』에서 사직. 『페스트』 출간.
1948	「계엄령」을 무대에 올림.
1949	남미에서 강연. 폐결핵이 재발함. 「정의의 사람들」을 무대에 올림.
1950	『시사평론 1』 출간.
1951	『반항인』 출간.
1952	『반항인』에 관하여 사르트르와 논쟁한 끝에 결별.
1953	『시사평론 2』 출간. 앙제에서 연극 페스티벌 개최.
1954	『여름』 출간.
1955	잠시 『엑스프레스』의 기자로 일하며 알제리 사태에 대한 견해를 밝히는 글 발표.
1956	폭력사태가 심화된 알제리를 여행. 프랑스와 알제리 양측에 전쟁으로부터 시민들을 보호하라고 촉구. 직접 각색한 포크너의 「어느 수녀를 위한 레퀴엠」을 무대에 올림. 헝가리 민중 봉기를 지지하며 여러 행사에 참여. 『전락』 출간.
1957	12월 10일, 노벨 문학상 수상.
1958	『시사평론 3』 출간. 루르마랭의 집을 구입.
1959	도스토예프스키의 소설 『악령』을 각색하여 무대에 올림. 루르마랭에서 『최초의 인간』 집필 시작.
1960	1월 4일, 미셸 갈리마르가 운전하는 차를 타고 루르마랭에서 파리로 오는 도중 빌블르뱅에서 교통사고로 사망. 9월 22일, 알제에서 카뮈의 어머니 사망.

주(註)

3 영광과 상처의 나날

28 생 제르맹 데 프레

1. Beauvoir, *La Force de l'âge*.
2. Dussane, 앞의 책.
3. Maria Casarés.
4. Janine Gallimard.
5. Michel Bouquet.
6. Louis Miquel.
7. Beauvoir, *La Force des choses*.
8. Guy Schoeller; Jacques Schoeller.
9. Janine Gallimard.
10. Herbert R. Lottman, "Splendors and Miseries of the Literary Café", *Saturday Review*(New York), 1965년 3월 13일.
11. Herbert R. Lottman, "After Bloomsbury and Greenwich Village, St. Germain des Prés", New *York Times Book Review*(New York), 1967년 6월 4일.
12. Suzanne Agnely(처녓적 성은 Labiche).
13. Guillaume Hanoteau, *l'Age d'or de St. Germain des Prés*(Paris, 1965).
14. Beauvoir, *La Force des choses*.
15. Daniel, *Le Temps qui reste*.
16. Dominique Aury, "Deux places vides", *Hommage à Albert Camus*.
17. 이 두 건의 인터뷰 발췌문이 플레야드판 카뮈 작품집에 수록되어 있다.
18. Gabriel Audisio.
19. Suzanne Agnely(처녓적 성은 Labiche).

20. Dominique Aury, "Deux places vides", *Hommage à Albert Camus*.

21. Dionys Mascolo.

22. Albert Camus의 부인.

23. Jean Hytier.

24. Guy Dumur.

25. Guy Dumur.

26. Roger Grenier.

27. Suzanne Agnely(처녓적 성은 Labiche).

28. Janine Gallimard.

29. Marcel Moussy, "Rencontres", *Simoun*(Oran), No.31.

30. Guy Dumur.

29 뉴욕 여행

1. 플레야드판 카뮈 작품집에서 인용.

2. Pierre Rubé 박사.

3. Pierre Rubé 박사.

4. Albert Camus의 부인.

5. Claude Lévi-Strauss.

6. Pierre-André Emery.

7. Miriam Chiaromonte.

8. *La Victoire*(New York), 1946년 3월 30일. 5월 11일 이후 이 주간지는 *France-Amérique*와 합병된다.

9. Raymond Sokolov.

10. *New Yorker* 4월 20일자의 이 기사에서 Liebling은 "미국에서 처음 닷새를 보낸" 카뮈에 대해 말하면서, 인터뷰를 한 것이 두 사람이 처음 만난 3월 27일이 아니라 3월 29일 또는 30일임을 암시하고 있다. 이것은 당시 프랑스 대사관의 문화담당 부관이었던 Pierre Guédenet 교수의 회상과도 일치한다. 교수는 Liebling에게 3월 28일 컬럼비아 대학 저녁 모임의 발기인이 돼줄 것을 요청한 바 있다. 모임에 앞서 카뮈는 Liebling을 소개받았다. 그러고 나서 Liebling이 Guédenet에게 카뮈를 다시 한 번 보고 싶다고 말하자 Guédenet가 그레머시 파크에 있는 자신의 아파트에서 두 사람이 만나도록 주선해주었다. Pierre Guédenet 교수의 증언. 인터뷰는 웨스트 70번가에 있는 호텔에서 이루어졌다. 어떤 호텔이었을까?

아마 그것은 브로드웨이와 70번가가 만나는 곳에 위치한 대사관이었을 것이다. 근처에 있는 셔먼 스퀘어 호텔과 앤소니아 호텔도 예술가와 작가들이 즐겨 드나드는 곳이었지만 카뮈가 그 호텔에 머물렀다고 여겨야 할 이유는 없다.

11. Justin O'Brien, "Albert Camus, Militant", *The Columbia University Forum Anthology*, Peter Spackman과 Lee Ambrose 편집(New York, 1968). 같은 글이 O'Brien, *The French Literary Horizon*(New Brunswick, N.J., 1967)에도 수록되었으며, 프랑스어 요약본은 *Hommage à Albert Camus*에 수록되었다.

12. *Twice a Year*(New York), 1946~47년 가을-겨울호, 그리고 *Revue des Lettres Modernes*(Paris), 315~322호, 1972년에서.

13. Justin O'Brien, "Albert Camus, Militant", *The Columbia University Forum Anthology*, Peter Spackman과 Lee Ambrose 편집(New York, 1968). 같은 글이 O'Brien, *The French Literary Horizon*(New Brunswick, N.J., 1967)에도 수록되었으며, 프랑스어 요약본은 *Hommage à Albert Camus*에 수록되었다.

14. Pierre Rubé 박사.

15. Anne Minor-Gavronsky.

16. Eugene Sheffer.

17. Marthe Eidelberg; Pierre-André Emery.

18. Marthe Eidelberg.

19. 프랑스 연구소 소장 Jean Vallier.

20. Pierre Brodet.

21. Albert Camus의 부인.

22. Patricia Blake; Janine Gallimard.

23. Pierre Rubé 박사.

24. Claude Lévi-Strauss.

25. Pierre Rubé 박사.

26. Jean Daniel.

27. A. J. Liebling의 부인(Jean Stafford).

28. A. J. Liebling, *The Press*(New York, 1961).

29. Eugene Sheffer.

30. Janine Gallimard.

31. Pierre Rubé 박사.

32. Patricia Blake.

33. 부분 녹음. Patricia Blake의 호의에 의함.

34. Maria Tastevin-Miller. Tastevin-Miller 부인은 강연 주제가 "인간의 위기"(La Crise de l'homme)였다고 기억하고 있다. 따라서 카뮈는 원래 프로그램을 따르지 않았던 것 같다.

35. *Wellesley News*, 1946년 4월 25일자; George Stambolian 교수; Germaine Brée. Pierre-André Emery는 카뮈가 뉴스쿨에서 (러시아) 10월 혁명이 너무 많은 인명을 대가로 치렀다고 말했을 때 '연사 몰아붙이기' 장난에 희생된 것이라고 회상하고 있다.

36. Patricia Blake; Germaine Brée.

37. Patricia Blake.

38. *France-Amérique*(New York), 1946년 5월 19일자. 프랑스계 미국 언론의 파일은 뉴욕의 프랑스 문화국에서 참조한 것임.

39. 이것을 비롯한 카뮈의 개인적인 기록은 노트에 기록되어 *Journaux de voyage*(Paris, 1978)로 출판되었다.

40. Miriam Chiaromonte.

41. Susan Edminston과 Linda D. Cirino, *Literary New York*(Boston, 1976)에서.

42. Jacques Schoeller.

43. Blanche Knopf, "Albert Camus in the Sun", *Atlantic Monthly* (Boston), 1961년 2월호.

44. Alfred A. Knopf.

45. Patricia Blake.

46. Janine Gallimard.

47. *Publishers' Weekly*(New York), 1946년 4월 13일자.

48. *La Victoire*(New York), 1946년 4월 13일자.

49. Janine Gallimard.

50. Pierre Rubé 박사.

51. 이것을 비롯한 카뮈의 개인적인 기록은 노트에 기록되어 *Journaux de voyage*(Paris, 1978)로 출판되었다.

52. Janine Gallimard.

53. Albert Camus의 부인.

54. 이것을 비롯한 카뮈의 개인적인 기록은 노트에 기록되어 Journaux de voyage(Paris, 1978)로 출판되었다.

30 희생자도 처형자도 아닌

1. Commission Nationale de la Médaille de la Résistance.
2. 플레야드판 카뮈 작품집에서 인용.
3. Janine Gallimard. 또한, Alexandre Astruc, *La Tête la première*(Paris, 1975)와, Jean Grenier, *Albert Camus*에도 언급됨.
4. Patricia Blake.
5. Albert Camus 부인.
6. Patricia Blake.
7. Jules Roy.
8. Beauvoir, *La Force des choses*. 그 사건은 Jacques-Laurent Bost에 의해서 확인됨.
9. Beauvoir, 같은 책.
10. Raymond Aron.
11. Beauvoir, 앞의 책.
12. 플레야드판 카뮈 작품집에서 인용.
13. Beauvoir, 앞의 책.
14. Manès Sperber.
15. Malraux 전기에서 Lacouture는 Malraux의 아파트에서 있었던 그 모임에 대해, 즉 Malraux가 진보적인 작가들을 드골주의자 쪽으로 이끌 것을 발의한 것이라고 약간 다르게 보고하고 있다. Lacouture는 Koestler와의 대화에 근거해서 그렇게 설명한 것이라고 했으며, Malraux의 아파트 모임 참석자 가운데 Beauvoir도 끼워놓았다. Lacouture에 의하면 카뮈와 Malraux가 대립하는데, 카뮈가 프롤레타리아 문제를 꺼내자 Malraux가 딱딱한 어조로 "그게 대체 무슨 소리요?"라고 대꾸했고, 그 말에 카뮈는 짜증을 내고 Sartre는 분노했으며, 그것으로 계획은 실패로 돌아갔다고 한다. Lacouture, 앞의 책. 그러나 Lacouture는 필자에게, Sperber의 설명이 그 모임에 대해 좀더 정확한 보고가 될 것이라고 단언했으며, 실제로 이 책에 쓰인 것은 Sperber의 설명이다.
16. Beauvoir, 앞의 책.
17. Nicola Chiaromonte에게.

18. Albert Camus의 부인.
19. Jean Grenier, *Albert Camus*, 앞의 책; Suzanne Agnely; Janine Gallimard.
20. Léon Cottenceau 박사.
21. Janine Gallimard.
22. 플레야드판 카뮈 작품집에서 인용.
23. Gabriel Audisio.
24. *Forge*(Algiers), 1947년 2~3월호(G. A. Astre). 그 모임에 대해 여기에 나와 있는 것과, 같은 모임에 대해 다른 곳에 쓰인 내용은 Gabriel Audisio의 호의에서 나온 것이다.
25. *Les Nouvelles Littéraires*(Paris), 1946년 12월 19일자; *France Vivant* (Rennes), 1947년 1월 4일자.
26. *Alger-Soir*(Algiers), 1946년 12월 17일자.
27. Gabriel Audisio.
28. Albert Camus의 부인; Christiane Faure. 그 희곡이 공연되었다는 기록은 나와 있지 않다.

31 투쟁의 끝

1. Janine Gallimard.
2. Georges Altschuler. 그러나 Jean Bloch-Michel은 *La Parisien Libéré*는 말할 것도 없고 *Franc-Tireur*와 *Libération*이 조간 판매부수가 더 높았다고 기억했다. 판매부수가 떨어지기 시작한 것은 1945년이라고도 했다.
3. Pierre Galindo.
4. Janine Gallimard.
5. Georges Altschuler.
6. Jean Bloch-Michel.
7. Georges Altschuler.
8. Jean Bloch-Michel.
9. Marcel Chouraqui.
10. Raymond Aron.
11. Jacqueline Bernard.
12. Pierre Galindo(피아 자신은 그런 말을 한 적이 없다고 부인하고 있다).
13. Bloch-Michel, Altschuler, 그리고 *Combat*의 다른 임원들; 또한 Francis

Ponge. Altschuler의 진술에 의하면, 카뮈와 Pia는 *Combat*에서 같은 액수의 봉급을 받았는데, 1944년도에 그들이 받은 봉급은 월 1만 8,000프랑이었다.

14. Roger Grenier; Jean Bloch-Michel.

15. Pascal Pia. Pia는 훗날 자신을 카뮈보다 더 평가해주는 우파 잡지사에서 일하게 되며, 카뮈에 대한 그의 공적인 논평은 카뮈의 노벨상 수상과 관련된 언급에서 보게 되는 바처럼 극히 부정적이 된다. 카뮈는 10년 뒤, 교정자 조합 앞에서 저널리즘에 관한 강연을 하면서 자신은 신문사 일에 한번도 만족해본 적이 없었다고 시인했다. 그는 자신이 쓴 것을 다시 읽어볼 사이도 없이 순식간에 기사를 써야 했던 일이 싫었고 논쟁을 혐오했다. *A Albert Camus, ses amis du livre*.

16. Jacqueline Bernard.

17. *A Albert Camus, ses amis du livre*.

18. 플레야드판 카뮈 작품집의 편집자에 의함.

19. Jacqueline Bernard.

20. Jean Bloch-Michel.

21. Albert Camus의 부인.

22. Jacqueline Bernard.

23. Claude Bourdet. Smadja는 *Combat*에 있던 그의 주식 50퍼센트에 해당하는 3만 프랑을 지불했다.

24. Georges Altschuler.

25. Claude Bourdet.

26. *Claude Bourdet contre Henry Smadja*.

27. *A Albert Camus, ses amis du livre*.

28. Claude Bourdet.

29. Roger Grenier.

30. Jacqueline Bernard.

31. Christiane Faure.

32. Henri Cauquelin.

33. 자신의 원주(原株) 300주 가운데(Smadja는 똑같은 주식을 배당받았다) Bourdet는 Paute에게 12주, Altschuler에게 12주, 자신의 변호사이며 친구인 André Haas에게 12주를, 그리고서 1947년 9월에 Frenay와 Dhont, 그리고 퇴직 임원 두 사람에게 각각 12주씩을 주었다. 훗날 그가

Frenay에게 추가로 102주를 주고 자신이 가진 것은 총 114주가 되었을 때 각자가 가진 주식 수는 다음과 같다. Smadja 300주, Bourdet-Haas-Paute-Altschuler 150주, Frenay와 다른 세 명의 *Combat* 퇴직 임원 150주.

34. Claude Bourdet.

35. *Claude Bourdet contre Henry Smadja*.

36. Claude Bourdet.

37. Claude Bourdet. Camus-Bourdet의 *Combat*에는 사실상 두 명의 잠재적인 재정 후원자가 있었다.; 중재인은 카뮈의 친구 Jean Daniel이었다. Jean Daniel.

38. Jean Daniel.

39. Vivet가 Jean Bloch-Michel에게 한 말대로임. Vivet 자신은 그 대화의 세부를 기억하지 못했지만, "아마 사실일 것"이라고 말했다. 아마 Smadja가 카뮈에게 빚진 돈은 '양심조항'(clause de conscience: 자신이 몸담고 있던 신문사의 소유주가 바뀌면서 생기는 논조의 변화에 대해 거부할 수 있는 권리로서, 이 조항에 따라 언론인은 퇴직 시 일정기간 동안 의무적으로 보상금을 지급받게 됐다)에 따라 신문사를 떠난 사람들에게 빚진 보상금이었을 것이다.

32 베스트셀러

1. Paulhan은 카뮈에게 *Cahiers de la Pléiade*에 Jouhandeau를 넣는 문제를 어떻게 생각하느냐고 물었는데, Jouhandeau는 전시 행동 때문에 불명예를 자초했던 것이다. Paulhan 자신은 망설이고 있는 중이라면서, 그래도 프랑스의 모든 작가들이 제 목소리를 돌려받아야 한다고 여긴다고 했다. 그에 대한 카뮈의 답변은 기록에 남아 있지 않다. Jean-Claude Zylberstein.

2. *Le Monde*(Paris), 1947년 6월 14일.

3. Janine Gallimard.

4. *Partisan Review*(New York), 1948년 9월호. Chiaromonte는 공산주의자들과 그들의 적 양쪽 모두가 *La Peste*를 공산주의에 반하는 작품으로 해석한다고 보았다. 실제로 동시대인들은 카뮈가 전쟁과 나치의 프랑스 점령을 말하고 있는 것이라고 여겼던 것 같다. 카뮈 자신은 자신의 옛 아마추어 극단 시절의 동지인 Raymond Sigaudès에게 *La Peste* 한 권을 주면서 "페스트가 돌기 전 행복했던 시절의 기념물"이라고 자필 서명을

했다. Sartre와 Beauvoir는 그 소설을 같은 식으로 해석했을 뿐 아니라, 나치 점령을 자연의 재앙과 동일시한 것은 역사가 안고 있는 현실적인 문제로부터 도피하는 방식이라고 보았다. Beauvoir는 그런 방식은 너무나 쉬워서 카뮈에게 동의할 수 없다고 느꼈다. *La Forces des choses*.

5. *Les Nouvelles Littéraires*(Paris), 1955년 4월 7일자. 카뮈는 이 기사 사본을 자신의 Chanaleilles가 아파트 궤짝 속에 보관했다.

6. Janine Gallimard.

7. Janine Gallimard.

8. Grenier, *Albert Camus*.

9. Louis Guilloux.

10. Daniel, *Le Temps qui reste*.

11. Janine Gallimard.

12. René Char, *La Posterité du soleil*(Geneva, 1965).

13. Jean Bloch-Michel. 불확실한 기억과 적절한 문서가 없기 때문에, 카뮈가 처음 Char를 방문한 것이 Francine과 함께 Avignon에 체류했던 1947년 9월이었는지, 아니면 그보다 나중의 일이었는지 확실치 않다.

14. Janine Gallimard.

15. Kjell Strömberg, *Albert Camus-Winston Churchill*(Nobel Prize Library), New York, 1971.

16. M. Saint-Clair, *Galerie Privée*(Paris, 1947).

17. Suzanne Agnely(처녓적 성은 Labiche).

18. Janine Gallimard.

19. Suzanne Agnely.

20. Albert Camus의 부인.

21. Suzanne Agnely.

22. Grenier, *Albert Camus*.

23. 카뮈 친구들과의 대화에서.

24. Dionys Mascolo, "Sur deux amis morts", *Hommage à Albert Camus*.

25. 플레야드판 카뮈 작품집에 재수록됨.

26. Janine Gallimard.

27. 카뮈 친구들과의 대화에서.

28. Maria Casarès.

33 돈 키호테

1. Beauvoir, *La Forces des choses*.
2. *La Table Ronde*에 게재된 판본이 플레야드판 카뮈 작품집에 재수록됨.
3. Beauvoir, *La Forces des choses*.
4. *Combat*(Paris), 1948년 1월 30일.
5. Janine Gallimard.
6. Jean-Louis Barrault.
7. Janine Gallimard.
8. Christiane Faure.
9. Charles Poncet.
10. Janine Gallimard.
11. Albert Camus의 부인.
12. Emmanuel Roblès, "Visages d'Albert Camus", *Simoun*(Oran), No.31, 1960년 7월호.
13. Emmanuel Roblès.
14. Charles Poncet.
15. *Algeria*(Algiers), 1948년 10월호.
16. Janine Gallimard.
17. Janine Gallimard.
18. Albert Camus의 부인; Christiane Faure.
19. *La Posterité du soleil*에서 René Char.
20. Albert Camus의 부인; Christiane Faure.
21. Janine Gallimard.
22. Janine Gallimard.
23. Maria Casarès.
24. Jean-Louis Barrault.
25. Grenier, *Albert Camus*.
26. *Combat*(Paris), 1948년 12월 9일; Beauvoir, *La Forces des choses*.
27. Beauvoir, *La Forces des choses*.
28. *La Patrie mondiale* 1948년 12월호로부터 플레야드판 카뮈 작품집에 재수록됨. 참조: *Le Monde*(Paris), 1948년 12월 5~6일자.
29. Jean Bloch-Michel.
30. Maurice Joyeux, *L'Anarchie et la révolte de la jeunesse*(Tournai,

1970).

34 유럽과 미국

1. Dussane, 앞의 책.

2. *Cahiers de la Compagnie Madeleine Renaud-Jean-Louis Barrault*의 Jean-Louis Barrault. *La Table Ronde*(Paris), 1960년 2월호에 재수록됨.

3. Maria Casarès. 카뮈는 Jean Grenier에게 공연이 23차례 있었다고 말했다.

4. Jean-Louis Barrault.

5. Fernando Gomez Pelaez.

6. Albert Camus, *España Libre*(Mexico City, 1966).

7. Beauvoir, *La Forces des choses*.

8. Edmond Brua; Emmanuel Roblès.

9. Maria Casarès.

10. Mary McCarthy; Miriam Chiaromonte.

11. 미국 및 프랑스 선언문은 Roger Lapeyre가 제공해줌.

12. Roger Lapeyre; Gillbert Walusinski.

13. Robert Jaussaud.

14. Janine Gallimard.

15. Roger Lapeyre.

16. Roger Lapeyre.

17. Jean Bloch-Michel.

18. Gilbert Walusinski.

19. Gilbert Walusinski.

20. *Témoins*(Zurich), 1960년 5월호의 Daniel Martinet.

21. 같은 책.

22. *Liberté de l'esprit*(Paris), 1949년 2월호, 4월호; Jean Lescure; Suzanne Agnely. Nimier는 1962년 자동차 사고로 사망했다.

23. Maria Casarès.

24. Gabriel Audisio; *Simoun*(Oran), No.31, 1960년 7월호의 Pierre Blanchar, "Albert Camus, artisan de théâtre"; *La Dépêche de Constantine*(Constantine), 1949년 3월 24일자.

25. Albert Camus의 부인; Anna Otten 편집, *Les Meilleures pièces radio-phoniques françaises*(New York, 1968).

35 결핵 재발

1. Emile Véran.
2. Robert Jaussaud.
3. Maria Casarès.
4. Camus, *Journaux de voyage*, 앞의 책.
5. Albert Camus, "Une Macumba au Brésil", *Livres de France*(Paris), 1951년 11월호.
6. *Solidaridad Obrera*(Paris), 1949년 8월 13일자.
7. Albert Camus의 부인.
8. 앞의 내용 대부분은 Maria Casarès에 의함.
9. Camus, *Journaux de voyage*, 앞의 책.
10. Albert Camus의 부인.
11. Grenier, *Albert Camus*.
12. Strömberg, 앞의 책; Joseph Blotner, *Faulkner*(New York, 1974).
13. Georges Brouet 박사.
14. Jean Bloch-Michel.
15. Georges Brouet 박사.
16. Georges Brouet 박사.
17. Beauvoir, *La Force de choses*, 앞의 책.
18. Maria Casarès.
19. Dussane, 앞의 책.
20. Maria Casarès.
21. 카브리스 시절의 주요 출처는 Maria Casarès와 Janine Gallimard임.

36 반항인

1. Albert Camus의 부인.
2. Charles Poncet.
3. 카브리스에서 *L'Homme révolté*를 집필한 일에 대한 주요 출처는 Maria Casarès와 Janine Gallimard임.
4. Maria Casarès.
5. Jacques Ménétrier 박사. 그의 치료 체계에 대한 간단한 설명은 Jacques Ménétrier, *La Médecine en mutation*(Tournai, 1970)에서 나온 것임. 1977년 Ménétrier의 첫번째 소설이 *La Nouvelle Revue Française*에 분

재되기 시작함.

6. Janine Gallimard.

7. René Lehmann 박사. Georges Brouet 박사는 카뮈가 자기에게 Ménétrier 치료법에 대해 말한 적이 없다고 했다.

8. Janine Gallimard.

9. Jacques Ménétrier 박사.

10. Janine Gallimard.

11. Janine Gallimard.

12. 플레야드판 카뮈 작품집에서 인용.

13. 같은 책.

14. 같은 책.

15. 같은 책.

16. Albert Camus의 부인.

17. Joyeux, 앞의 책. 신중을 기한다는 규칙에 대한 주된 예외는 물론 스페인 공화국에 관련된 운동이었다. *L'Homme révolté*의 집필 마지막 몇 주에도 카뮈는 스페인 공화국의 친구들을 위한 대중 집회에 참석해서 연설을 했다. Camus, *España Libre*.

18. Beauvoir, *La Force des choses*.

19. 플레야드판 카뮈 작품집에서 인용.

20. Charles Poncet.

21. Maria Casarès.

22. 출판된 카뮈의 일기는 1951년 3월에서 한 항목이 더해진 다음에 끝난다. 비록 카뮈는 평생 동안 일기를 썼지만, 그의 상속자들은 *L'Homme révolté*의 출판과, Sartre와의 결별, *La Chute*의 시작에 뒤이은 시기를 포괄하는 이른바 Cahier VII에 속하는, 더 사적인 성격을 띠게 된 그 이상의 일기는 출판하지 않기로 결정했다.

23. Germaine Brée, *Camus*(New Brunswick, N. J., 1972).

24. 플레야드판 카뮈 작품집에서 인용.

25. 같은 책.

26. *Solidaridad Obrera*(Paris), 1951년 8월 4일. 1954년 이후 재판이 나온 플레야드판 카뮈 작품집에 재수록됨.

27. Grenier, *Albert Camus*.

28. Maria Casarès.

29. Maria Casarès.

30. Maria Casarès.

31. Marcelle Bonnet-Blanchet.

32. Maria Casarès.

33. Charles Poncet.

37 사르트르 대 카뮈

1. *Arts*(Paris), 1951년 12월 21일자.
2. "La Rèvolte en question", *Le Soleil Noir-Positions*(Paris, 1952).
3. 플레야드판 카뮈 작품집에서 인용. Guy Dumur가 *Combat*에서 초현실주의자 심포지움에 대해 주의를 촉구하자 René Char는 Dumur에게, 성실한 심포지움 기부자들은 발기인들의 짐짓 호의적인 태도에 속아넘어간 것임을 지적하는 편지를 써보냈다. *Combat*(Paris), 1952년 3월 3일.
4. Maurice Nadeau, *Le Roman français depuis la guerre*(Paris, 1963).
5. Maurice Joyeux. Joyeux, 앞의 책도 참조할 것.
6. Maria Casarès.
7. 플레야드판 카뮈 작품집에서 인용.
8. 같은 책.
9. Fernando Gomez Pelaez; 또한, Camus, *España Libre*. 카뮈가 한말은 플레야드판 작품집에 수록되어 있지만, *Esprit*(Paris) 1952년 4월호에서 재수록했기 때문에 똑같지는 않다.
10. *Comprendre*(Venice), 1952년 7월호.
11. Nicolas Nabokov.
12. *Observateur*(Paris), 1952년 4월 24일자, 1952년 6월 5일자; Claude Bourdet. 1951년 12월호 기사에서 Bourdet는 카뮈의 도덕적 기준에 부합하는 진정한 과학적 마르크스주의가 존재할 수 있다고 믿었기 때문에 *L'Homme révolté*가 첫단계에 불과하다고 말했다.
13. Francis Jeanson.
14. Jacques-Laurent Bost.
15. Francis Jeanson.
16. Beauvoir, *La Force des choses*.
17. 플레야드판 카뮈 작품집에서 인용.
18. *Le Monde*(Paris), 1952년 6월 21일자. 이 편지 때문에 카뮈는 종종

UNESCO에서 "사임"했다는 식의 오류가 범해졌다.

19. Albert Camus의 부인.

20. *Revue d'Histoire du Théâtre*(Paris), 1960년 10~12월호.

21. Janine Gallimard.

22. Francis Jeanson.

23. 카뮈의 편지는, Sartre가 그로 하여금 Jeanson에게 답변을 하도록 촉구 했다는 각주와 함께 플레야드판 작품집에 전문이 수록되어 있다.

24. 이를테면 Daniel, *Le Temps qui reste*를 참조할 것. 그러나 물론 카뮈 숭 배자였던 Daniel은, 1970년대에 자신이 그 논쟁을 다시 읽어보고 나서 Sartre가 전적인 승리를 거두었다는 사실을 더이상 확신할 수 없었다고 말했다. 이 결렬에 대한 유별난 해석을 보려면 Conor Cruise O'Brien의 *Camus*(London, 1970)을 참조할 것. 그 책에서 필자는 그 분쟁이 당시 의 일반적인 지적 풍토, 다시 말해서 반공주의자가 되기를 거부한 지식인 들에 대한 의혹 때문에 카뮈에게 '유리'하게 변형되었음을 알게 되었다. O'Brien에 따르면 이러한 결과가 된 것은 미국 정부의 은밀한 촉구 때문 이라고 한다.

25. Jean Lescure.

26. *Le Monde*(Paris), 1952년 9월 24일자.

27. Robert Gallimard.

28. Renée Gallimard(처녓적 성은 Thomasset). Mascolo와 또 한 사람의 갈 리마르사 편집자인 Robert Anthelme(두 사람 모두 한때 공산주의자였 다)은 설혹 자신들이 Sartre의 친스탈린주의에 반대한다 하더라도 카뮈의 반공주의에 공감할 수 없었을 뿐 아니라, 카뮈가 그 당시 너무 자신의 성 공에 도취해 있다고 여겼다. Dionys Mascolo.

29. Janine Gallimard.

30. 플레야드판 카뮈 작품집에서 인용.

38 요나

1. Guy Dumur.

2. Jacques-Laurent Bost.

3. Beauvoir, *La Force des choses*.

4. 갈리마르판.

5. Francis Jeanson. 카뮈는 Sartre가 정치적 입장을 밝힐 때마다 그가 틀렸

다고 여긴 반면 그 자신은 결코 "정치적인" 작가가 되고 싶지 않았다. Georges Altschuler.

6. Nadeau, 앞의 책.

7. Janine Gallimard.

8. Beauvoir, *La Force des choses*. 비록 *La Force des choses*의 경우에는 그 소설이 그녀 자신이 혐오하는 장르인 로망 아 클레(roman à clef: 유명인사를 소재로 한 작품)였다는 점을 부인했지만 Beauvoir의 소설 *Les Mandarins*은 1954년 출간되었을 당시 종종 카뮈에 대한, 그리고 Camus-Sartre의 결렬에 대한 아주 약간의 손질만 가한 묘사가 들어 있는 것으로 간주되곤 했다. 그녀는 카뮈가 "Henri Perron"이 아니며, Satre는 "Robert Dubreuilh"가 아니고, 또한 그녀 자신이 "Ann"이 아니라고 주장했다. 그럼에도 불구하고 그녀의 등장인물 "Perron"은 저널리스트이고 점령 시절에 관한 소설을 써서 호평을 받은 작가이며 그의 아내는 피아노를 연주하고 노래를 부른다. 또 그는 바람둥이이며(심지어 "Ann"까지도 좋아한다), 중도좌파이면서도 당과 대립하는 *L'Espoir*라는 신문을 발행한다. "Perron"이 "Dubreuilh"의 정치 그룹과 처음 맺었던 관계는 카뮈가 Sartre의 RDR과 맺었던 관계와 별반 다르지 않다.

9. Sartre는 자전적 소설 *Les Mots*와 별도로 *Situations X-politique et autobiographie*(Paris, 1976)에서 자신의 가족 상황에 대해 설명했다.

10. Pierre-André Emery.

11. Sartre, Situations X.

12. Manès Sperber.

13. Jacques Ménétrier 박사.

14. Francis Jeanson.

15. 플레야드판 카뮈 작품집에서 인용.

16. 같은 책.

17. 카뮈는 문화 자유 의회로부터 Jacques Maritain, Karl Jaspers, Julian Huxley, Ignazio Silone, John Dos Passos, François Mauriac 들과 함께 프라하 재판과 세계 평화 회의를 탄핵하는 호소문에 서명해줄 것을 부탁받았지만, 그는 두 개의 사건을 연결짓는 전술에 반대했으며, 그보다는 어떠한 단체의 후원도 받지 않는 호소문을 선호했다.(Albert Camus 부인의 호의에 의해 집안 문서를 이용함.) 카뮈는 단체의 발의와는 거리를 둔 상태였지만 개개인이 처한 곤경에 대해 행동을 취할 각오가 되어 있었

다. 이를테면 이 장(章)에서 논의된 Henri Martin 사건 같은 경우가 그랬다. 훗날 Czeslaw Milosz는 자신이 1951년 스탈린 치하의 폴란드를 떠났을 때 카뮈가 도움의 손길을 제안한 몇 안 되는 서구 지성인 가운데 한 사람이었다고 말하게 된다. 다른 사람들은 그를 "미래"를 반대하는 문둥이나 죄인쯤으로 여겼을 때에도 카뮈의 우정은 Milosz를 서구의 미로에서 살아남도록 도와주었다는 것이다. *Preuves*(Paris), 1960년 4월.

18. 플레야드판 카뮈 작품집에서 인용.

19. *Revue d'Histoire du Théâtre*(Paris), 1960년 10~12월호.

20. Maria Casarès; Janine Gallimard.

4 길 위의 배덕자

39 바다

1. Maria Casarès.

2. Maria Casarès.

3. Noël Schumann.

4. Gabriel Audisio.

5. Paul Raffi; Pierre-André Emery.

6. *Sipario*(Milan), 1960년 10월호.

7. Maria Casarès.

8. *Le Courrier de l'Ouest*(Angers), 1953년 6월 22일자.

9. *Gazette de Lausanne*(Lausanne), 1954년 3월 27~28일자.

10. *Le Courrier de l'Ouest*(Angers), 1953년 6월 16일자.

11. Suzanne Agnely; Robert Cérésol.

12. Raymond Sigaudès.

13. Albert Camus의 부인.

14. 플레야드판 카뮈 작품집에서 인용.

15. *Le Monde*(Paris), 1953년 7월 19~20일자. 배경에 대해서는 *Le Monde* 7월 16일자.

16. 플레야드판 카뮈 작품집에서 인용. 거기에는 날짜가 1953년 10월로 되어 있다.

17. 같은 책.

18. 앞의 내용 대부분은 Maria Casarès에 의함.

19. *Démenti*(Liège), 1953년 10월 15일자.

20. Barbara Izard와 Clara Hieronyumus, *Requiem for a Nun: On Stage and Off*(Nashville, Tenn., 1970); Blotner, 앞의 책. 플레야드판 카뮈 작품집에는 카뮈와의 인터뷰와, 그가 Faulkner의 소설을 각색한 과정에 대한 보충 정보가 담겨 있다.

21. *Combat*(Paris), 1953년 11월 28일.

22. Madeleine Jaussaud.

23. 플레야드판 카뮈 작품집에서 인용.

24. Gilbert Walusinski; Robert Proix. *Témoins*(Zurich), 특히 1963년 봄호 의 Robert Proix, "Albert Camus, tel que je l'ai connu,"를 참조할 것.

25. Maurice Joyeux.

26. Joyeux, 앞의 책.

27. *Révolution Prolétarienne*(Paris), 1960년 2월호.

28. Jean-Claude Brisville, Camus(Paris, 1959).

40 거리의 꿈

1. Gabriel Audisio; Edmond Brua. 카뮈의 편지 텍스트 및 다른 문서에 대해서는 Jean Pomier, *Chronique d'Alger(1910~1957) ou le temps des Algérianistes*(Paris, 1972)를 참조할 것.

2. *Gazette de Lausanne*(Lausanne), 1954년 3월 27~28일자.

3. 제39장을 참조할 것.

4. 플레야드판 카뮈 작품집에서 인용.

5. 같은 책.

6. Adès의 앨범 "Presence d'Albert Camus"에 보존되어 있음.

7. Gabriel Audisio.

8. Janine Gallimard.

9. Strömberg, 앞의 책.

10. Maria Casarès.

11. 플레야드판 카뮈 작품집에서 인용.

12. 같은 책.

13. Ageron, 앞의 책.

14. *Combat*(Paris), 1954년 9월 25~26일자.

15. Maria Casarès. 대중 주간지 *Journal du Dimanche*(Paris)는 11월 28일

자에, 아마도 Baur 부인과 대화를 해본 결과로서일 테지만, 카뮈가(코메디에 프랑세즈에 종사하고 있던) Jean Marchat를 연출자로 삼아, 추후에 제목이 고지될 작품을 시발점으로 삼고 이어서 *Le Malentendu*의 재공연을 하는 등 자신의 첫 파리 제작을 실행에 옮기려고 한다는 보도를 했다.

16. *Quaderni ACI 16*(Turin, Associazione Culturale Italiana).
17. 주요 출처는 Maria Casarès.
18. Francesco Grandjacquet; Miriam Chiaromonte.
19. Janine Gallimard.
20. *Revue d'Histoire du Théâtre*.
21. 플레야드판 카뮈 작품집에서 인용.
22. 같은 책.
23. *Le Monde Libertaire*(Paris), 1955년 2월호.
24. Noël Schumann.
25. 주요 출처는 Maria Casarès.
26. *L'Echo d'Alger*(Algiers), 1955년 2월 26일자.
27. 주요 출처는 Maria Casarès.

41 엑스프레스

1. 플레야드판 카뮈 작품집에 인용된 Buzzati의 언급을 참조할 것.
2. 플레야드판 카뮈 작품집에 수록된, *Corriere d'Informazione*(Milan) 1960년 1월 5일자의 인용.
3. Maria Casarès.
4. *L'Express*(Paris), 1955년 4월 2일자.
5. 플레야드판 카뮈 작품집에 수록됨. Bieber의 책에 쓴 서문에서 카뮈는 René Char의 시를 "레지스탕스에서 태어난 가장 위대한 작품"이라고 찬사를 보냈다.
6. *To Vima*(Athens), 1955년 4월 28일자(L. Karapanayotis의 번역).
7. 강연 원고는 플레야드판 카뮈 작품집에 수록됨.
8. Albert Camus의 부인; Janine Gallimard; Miriam Chiaromonte.
9. Françoise Giroud.
10. Jean Daniel; Pierre Mendès France. Jean Bloch-Michel의 말에 따르면 카뮈는 그때 Mendès를 만났고 그에게 "매혹"된 나머지 *L'Express*에 글을 쓰기로 했다고 한다.

11. Pierre Viansson-Ponté.

12. 플레야드판 카뮈 작품집에 의하면 Maurice Nadeau가 카뮈에게, 5월 12일의 기사에 대해서는 자신이 책임이 있다고 하면서 그 사건에 유감을 표하는 편지를 보냈다고 한다.

13. Stéphane은 프랑스 인도차이나 전쟁 당시 적에게 정보를 주는 기사를 쓴혐의로 기소되었다.(프랑스 장교들의 진술을 그들이 사석에서 말한 내용과 비교하는 기사들이었다.) 그는 1955년 3월에 체포되고 투옥되었으며 4월에 방면되었다. 조사는 계속되었지만 재판까지는 가지 않았다. Claude Bourdet.(*France-Observateur*, Paris, 1955년 3월 3일자, 3월 31일자, 4월 28일자를 참조할 것.)

14. Robert Namia.

15. Jean Bloch-Michel. 그러나 Françoise Giroud는, Mauriac이 카뮈가 노동계급 출신이라는 사실을 알게 되자 카뮈에 대한 태도를 바꾸었다고 말했다. 그녀는 그 일이 *Express* 시절에 일어난 일이라고 했다.

16. Jean Daniel.

17. Pierre Viansson-Ponté.

18. Jean Daniel.

19. Pierre Viansson-Ponté.

20. René Lehmann 박사. Georges Brouet 박사도 결핵에 관한 것이라면 카뮈는 비록 폐에 손상을 입고 상흔이 남기는 했어도 조심만 한다면 1960년 이후로도 20년은 더 살 수 있었을 것이라고 여겼다.

21. Blotner, 앞의 책.

22. Fernando Gomez Pelaez.

23. *Le Monde Libertaire*(Paris), 1955년 11월호.

42 전락

1. 플레야드판 카뮈 작품집에서 인용.

2. 같은 책.

3. 같은 책.

4. 갈리마르판.

5. Jean Bloch-Michel.

6. Christiane Faure.

7. Jean Bloch-Michel.

8. Suzanne Agnely.

9. Maria Casarès.

10. Warren Tucker, "La Chute: Voie du salut terrestre"(프랑스어본), *The French Review*(Chapel Hill, N. C.), 1970년 4월호.

11. André Abbou, "Les Structures superficielles du discours dans *La Chute*", *Revue des Lettres Modernes*(Paris), 238–44호, 1970년.

12. Yves Courrières, *Le Temps des léopards*(Paris, 1969).

13. 주요 출처는 Charles Poncet와 Louis Miquel.

14. Yves Courrières, *Le Temps des léopards*(Paris, 1969).

15. 주요 출처는 Charles Poncet와 Louis Miquel.

16. Emmanuel Roblès.

17. Pierre-André Emery.

18. Emmanuel Roblès.

19. Laurent Preziosi.

20. Charles Poncet.

21. Amar Ouzegane.

22. Charles Poncet.

23. Emmanuel Roblès.

24. Amar Ouzegane.

25. Mohamed Lebjaoui, *Vérités sur la Révolution Algézrienne*(Paris, 1970). 시민 휴전 집회가 있기 전, 당시 정보 장교이며 벨쿠르 초등학교 동창인 Yves Doyon이 카뮈에게 접근했다. Doyon은 카뮈가, 카뮈 자신은 모르고 있지만 FLN 멤버이자 그의 옛 친구인 Ouzegane와 Lebjaoui 에게 속은 것이라고 여겼다. Doyon은 자신이 카뮈에게, 그 두 이슬람 교도가 반프랑스주의자들이라고 경고를 했지만 카뮈는 자신의 말을 믿고 싶어하지 않는 것 같았다고 말했다. Yves Doyon.

26. Amar Ouzegane. 또한, Ouzegane, *Le Meilleur combat*(Paris, 1962) 도 참조할 것.

27. Lebjaoui, 앞의 책.

28. Emmanuel Roblès.

29. Emmanuel Roblès.

30. Amar Ouzegane.

31. Jean de Maisonseul. Ouzegane는 또한, 카뮈가 라디오로 시민 휴전 연

설문을 읽을 수 있었던 것은 FLN 덕분이라고 여겼지만, Maisonseul은 FLN이 그 일에 관여했다는 사실에 의혹을 품고 있다.

32. Amar Ouzegane. Lebjaoui는 강당 안팎에 1,200명의 FLN 전사들이 배치돼 있었으며 그들 대부분은 무장을 했지만 우발적인 사고를 피하라는 지시를 받았다고 말했다. Lebjaoui, 앞의 책.

33. Emmanuel Roblès.

34. Charles Poncet; Lebjaoui, 앞의 책.

35. 주요 출처는 Charles Poncet와 Louis Miquel.

36. Charles Poncet.

37. Edmond Brua.

38. Charles Poncet.

39. Gabriel Audisio.

40. Edmond Brua.

41. Emmanuel Roblès.

42. Yves Courrières, *Le Temps des léopards*(Paris, 1969).

43. Charles Poncet; Louis Miquel; Amar Ouzegane; Lebjaoui, 앞의 책. 이러한 귀결에 대해 Yves Dechezelles는 달리 설명하고 있는데, 그는 시민 휴전 협정 초안을 들고 멀리 Belle-Ile-en-Mer에 망명해 있던 Messali를 찾아갔다가 돌아와서 카뮈에게 Messali가 몇 가지 유보 조항과 함께 초안을 승인했다는 말을 전했다.(Messali는 프랑스인과 이슬람 교도의 폭력이 동등한 것일 수 없는데, 그것은 프랑스인들은 대량 장비를 동원할 수 있는 반면 게릴라들의 장비는 개선될 여지가 있기 때문이라고 여겼다.) 그러나 Dechezelles가 갈리마르사로 카뮈를 찾아가자 카뮈가 이렇게 말했다. "가엾은 친구, 원고를 수정할 필요가 없어졌네. 조금 전 FLN 대리인이 이 방에서 나갔는데, 그는 내게 자신들이 합의를 철회하기로 했다는 얘기를 했다네." Dechezelles는 카뮈가 신랄해진 것은 이때부터라고 여겼다. 자신에 대해 확신을 하지 못했던 카뮈는 더 깊이 개입하려 들지 않았다는 것이다.

44. Daniel, *Le Temps qui reste*.

45. *Revue d'Histoire du Théâtre*.

46. 플레야드판 카뮈 작품집에서 인용. Roblè가 필자에게 확인해줌.

43 어느 수녀를 위한 레퀴엠

1. Beauvoir, *La Force des choses*. Francis Jeanson은 처음 *La Chute*가 출판됐을 때 그 책을 읽지 않았다. 그랬다면 그 작품에 찬사를 아끼지 않았을 테니까. Jeanson은 그 작품이 주목할 만한 작품이라고 여겼다. 그러나 동시에 그는 그것이 카뮈가 "우리 모두 똑같다"고 말하는 방식이라고 여기기도 했다. 그것은 다른 사람들을 희생으로 한 '미아 쿨파'였으며, 다른 모든 사람을 유죄의 구렁텅이에 빠뜨리면서 고해를 통해 구원을 받으려는 시도였다. Jeanson.

2. Guy Dumur.

3. Daniel, *Le Temps qui reste*.

4. Roger Quilliot, *La Mer et les Prisons*(개정판: Paris, 1970).

5. 학문적 연구 성과를 요약해놓은 것으로는 *La Chute: Revue des Lettres Modernes*(Paris), 238~44호, 1970년. 참조: O'Brien, 앞의 책.

6. 갈리마르판.

7. 카뮈가 Char를 통해 아파트를 얻은 것일까? 이 무렵 카뮈와 곧잘 어울렸던 마튀랭 극장의 Robert Cérésol은(그와 Suzanne Agnely는 카뮈가 소지품을 여행가방 두 개에 꾸려 팔레 루아얄 호텔에서 새 아파트로 옮기도록 거들었다) 자신이 부동산 중개업자를 통해 그 아파트를 찾아주었다고 말했다. 그 경우 Char가 그 건물에 살았다는 사실은 우연의 일치일 것이다.

8. Suzanne Agnely; Jean Bloch-Michel; Catherine Sellers; Maria Casarès; Pierre Cardinal; Robert Cérésol.

9. Jean de Maisonseul; Louis Miquel.

10. Maria Casarès.

11. 협상과 서신 왕래의 연대기적 설명과, *Requiem*의 다양한 판본의 비교는 Izard & Hieronymus, 앞의 책에 나온 것임. 당시 테네시 주 내슈빌의 대학 극장 일을 보고 있던 미시시피 토박이인 저자들은 그 연극의 여러 공연들에 대한 상세한 조사를 수행했다.

12. Christiane Faure.

13. Robert Cérésol; Izard & Hieronymus, 앞의 책.

14. Catherine Sellers.

15. Maria Casarès.

16. Charles Poncet.

17. Maria Casarés.

18. Janine Gallimard.

19. 그 당시 카뮈가 자신의 소설에 대해 느끼던 망설임은 Char에게 보낸 편지에 나타나 있다. Char의 편집자는 그 편지를 1956년 7월 21일 날짜로 기록해놓았다.
"생산을 많이 할수록 확신은 점점 줄어든다네. 예술가가 걸어가는 길에는 어둠이 한층 더 짙게 깔리게 마련이지. 결국 그는 눈이 먼 채 죽고 만다네. 내 유일한 믿음은 빛이 그의 내면에 머물고 있다는 것, 그는 그 빛을 볼 수 없지만 그래도 빛이 비춘다는 것일세. 하지만 어떻게 확신할 수 있을까?"
플레야드판 카뮈 작품집에서 인용.

20. Janine Gallimard.

21. Maria Casarés.

22. Christiane Faure.

23. Catherine Sellers.

24. Robert Cérésol; Catherine Sellers; Suzanne Agnely.

25. Catherine Sellers.

26. Maria Casarés.

27. Maria Casarés.

28. Robert Cérésol.

29. Catherine Sellers.

30. Fernando Gomez Pelaez.

31. 플레야드판 카뮈 작품집에 수록됨.

32. 같은 책.

33. 같은 책.

34. Labjaoui, 앞의 책. 그러나 자신이 FLN과 연루돼 있다는 사실이 카뮈에게 알려진 Amar Ouzegane는 카뮈가 FLN 전사 '한 사람'을, 시민 협정 위원회의 멤버였던 한 인물을 숨겨주겠다는 제안을 했다고 기억했다. Ouzegane는 1956년 4월부터 1958년 1월까지 비밀리에 은거중이었으며, 그 뒤에는 1962년 4월까지 감옥에 들어가 있었기 때문에 그 이상 카뮈와의 접촉은 갖지 못했으며, 이를테면 Lebjaoui가 카뮈가 그런 제안을 했다고 말한 시점에도 만날 수 없는 상황이었다.

1. 플레야드판 카뮈 작품집에서 인용.
2. 그리고 Jean Bloch-Michel이 편집장으로 있던 프랑스 잡지 *Demain*에서. 이 잡지에서 나온 프랑스어본은 플레야드판 카뮈 작품집에 수록되어 있다.
3. Manès Sperber.
4. Maria Casarès.
5. 플레야드판 카뮈 작품집에서 인용.
6. 같은 책.
7. 같은 책.
8. *Mercure de France*(Paris), 1957년 5월호에서.
9. *L'Express*(Paris), 1957년 7월 12일자.
10. *Demain*(Paris), 1957년 7월 17일자.
11. Maria Casarès.
12. 플레야드판 카뮈 작품집에 수록됨.
13. Pierre Mendès France.
14. Emmanuel Roblès. 카뮈가 사망한 지 오랜 후에 한 텔레비전 인터뷰에서 Manneri는(그 자신은 Mamri라는 철자를 선호하는 듯이 보인다) 카뮈처럼 위대한 인물도 자신이 처한 조건에서 빠져나올 수 없었다고 말했다. Menneri는 프랑스계 알제리인(pied noir)이었고 지적인 노력에도 불구하고 가난한 백인의 아들이라는 조건에서 벗어날 수 없었다. Manneri는 카뮈의 작품에 이슬람 교도가 나오지 않는다는 사실에 별반 동요하지 않았다는 말도 덧붙였다. 그것은 작가의 성실성에서 나온 결과라는 것이다. "Albert Camus", 1974년 5월 프랑스 제2채널에서 방영된 Cécile Clairval의 영화.(Manneri는 1957년 카뮈가 자신을 도와주려고 했던 일에 대해서 언급하지 않고 있는데, 어쩌면 그 사실을 몰랐을 수도 있다.)
15. Emmanuel Roblés.
16. Albert Camus의 부인.
17. Suzanne Agnely.
18. Maria Casarès.
19. Janine Gallimard.
20. 갈리마르판.
21. Jean-Pierre Jorris; Jean Bloch-Michel; Robert Cérésol.

22. *Le Parisien*(Paris), 1957년 6월 24일자에서 Georges Lerminier.

23. Yves Dechezelles.

24. Albert Camus의 부인.

25. Claire Targuebayre, *Cordes*. Edouard Privat에 의해 삽화가 들어간 Sites de France 시리즈로 출판됨(Toulouse, 1954).

26. Claire Targuebayre.

27. Janine Gallimard.

28. Jean-Pierre Jorris.

29. Janine Gallimard.

30. 플레야드판 카뮈 작품집에서 인용. 그리고, Quilliot, 앞의 책에서.

31. Strömberg, 앞의 책.

32. Blanche Knopf, "Albert Camus in the Sun", *Atlantic Monthly* (Boston) 1961년 2월호.

33. Patricia Blake.

34. Pierre Cardinal.

35. Janine Gallimard.

36. Daniel, *Le Temps qui reste*.

37. Hans Colliander 대사; 또한, Kjell Strömberg의 *La Peste*(Rombaldi에 의한 Nobel edition: Paris, 날짜는 명기되어 있지 않음) 서문도 참조할 것.

38. *La Presse Libre*(Algiers), 1957년 10월 18일자. 10월 19일자 *Le Monde* 는 카뮈의 말을 다음과 같이 인용해놓았다. "나도 다른 모든 사람들처럼 공식화되기 전인 어젯밤에 그 소식을 들었다. 하지만 도무지 믿어지지 않았다. 게다가 내게는 전혀 예상치 못했던 상이었다. 내 작업은 아직 끝나지 않은 상태이며, 나의 스승이었던 André Malraux에게 영예가 돌아갔다면 더 좋았을 것이다."

39. 분명 스웨덴 아카데미 측에서는 투표를 하기 전이나 결과를 발표하기 전에 먼저 갈리마르사에 있는 카뮈의 사무실을 조심스럽게 방문하여, 카뮈가 수상할 의향이 있는지, 부인과 함께 스톡홀름에 올지 여부에 대한 의사를 타진했다. 정말 그랬다면 이것은 아마도 대사관 문관인 Kjell Strömberg가 아카데미 회원인 삼촌을 위해 수행한 비공식적이고 전적으로 정통과 어긋한 절차였다. 그러나 Strömberg는 그 사실을 대사에게 언급한 적이 없었고 자신의 회고록에도 기록해놓지 않았다. Ragnar

Kumlin 대사. 그러나 Suzanne Agnely는 이런 방문이 있었다는 사실을 기억했다. 카뮈는 훗날 Louis Miquel에게 자신이 첫날 밤(10월 16~17일)을, 상을 수락할 것인지를 자문하며 보냈다고 말했다. 만일 자신이 Malraux가 더 상을 받을 만한 인물이라고 생각하면서도 그 상을 수락한다면 그것은 그가 자신에게 상이 주어진 것은 알제리의 드라마 때문임을 자각했기 때문이다.

40. Sophie L. de Vilmorin 부인. Malraux는 Manès Sperber에게, 카뮈에게 반대하는 언론 캠페인은 비열한 짓이며 "패배자와 동성애자들"의 음모라고 말했다. Sperber는 카뮈에게 Malraux가 한 말을 전해주었다. Manès Sperber.

5 루르마랭의 노래

45 스톡홀름

1. *Le Figaro Littéraire*(Paris), 1957년 10월 26일자.
2. *Le Monde*(Paris), 1957년 10월 19일자.
3. Blotner, 앞의 책.
4. Charles Poncet.
5. Guilbert, 앞의 책.
6. 플레야드판 카뮈 작품집에 수록됨.
7. 같은 책.
8. André Belamich; Roger Grenier.
9. Madeleine Bénichou.
10. Christiane Faure.
11. Suzanne Agnely.
12. Robert Cérésol.
13. Robert Jaussaud.
14. Jean Bloch-Michel.
15. *The Times*(London), 1957년 10월 31일; Albert Camus 부인.
16. Albert Camus의 부인. Dery는 9년형을 선고받았지만 1960년 사면되었다. 그는 1977년 사망했다.
17. *Le Monde*(Paris), 1957년 11월 6일자. 그는 또한 *La Vérité sur l'affaire Nagy*(Paris, 1958)의 서문을 쓰게 되는데, 그것은 1년 후 *The Truth*

*about the Nagy Affair*라는 영어본으로도 간행되었다.

18. Albert Camus의 부인. 카뮈가 법정에 보낼 셈으로 잡았던 메시지 초안 은 결국 보내지 않았는데, 훗날 Suzanne Agnely에 의해 확인되었다. 재 판 당시 피고측 증인들은 은밀히 카뮈가 참석하지 않은 사실을 비난했다. Beauvoir, *La Force des choses*(앞의 책)에 의하면, 증인석에서 몇 차례 카뮈의 견해가 인용되었는데, 악의가 전혀 없는 것은 아니었다고 한다.

19. *Le Figaro Littéraire*(Paris), 1957년 10월 26일자.

20. Jean-Pierre Jorris.

21. 아마추어 사진작가인 Alfred Knopf가 어느 화창한 아침 그랜드 호텔 밖 에서 카뮈 사진을 찍었으며, 훗날 출판업자로서 60년을 기념하기 위한 기념 앨범 *Sixty Photographs*(New York, 1975)로 간행하게 된다.

22. Carl-Gustaf Bjurstöm. 그는 아내에게 보내는 편지 형식으로 그 여행을 일지로 남겼다. Bjurström의 회상과 편지는 스톡홀름 여행에 대한 이 책 의 내용 전반에 걸쳐 사용된다.

23. Janine Gallimard.

24. Hans Colliander 대사.

25. 녹음 앨범 "Presence d'Albert Camus".

26. 주요 출처는 특파원 Dominique Birmann의 *Le Monde*(Paris), 1957년 12월 12일자 기사; 그리고 Carl-Gustaf Bjurström.

27. 플레야드판 카뮈 작품집에 수록됨.

28. Blanche Knopf, 앞의 책. 그날 밤, *Le Malentendu*가 스웨덴 텔레비전 으로 방영되었다.

29. Janine Gallimard.

30. Hans Colliander 대사.

31. *Le Monde*(Paris), 1957년 12월 14일(Dominique Birmann).

32. Hans Colliander 대사.

33. 같은 책. *Le Monde*에 보낸 12월 17일자 편지에서 카뮈는 자신의 언급이 실린 기사 내용을 승인했다.

34. Hans Colliander 대사.

35. Carl-Gustaf Bjurstöm.

36. Georg Svensson.

37. Carl-Gustaf Bjurstöm.

38. Hans Colliander 대사.

39. 플레야드판 카뮈 작품집에 수록됨.

40. Carl-Gustaf Bjurstöm.

46 어떤 침묵

1. *Preuves*(Paris), 1958년 3월호에서. 플레야드판 카뮈 작품집에 재수록됨.

2. Raymond Guilloré, "Albert Camus et nous", *Révolution Prolétarienne*(Paris), 1960년 2월호.

3. Emmanuel Roblès.

4. Suzanne Agnely.

5. 플레야드판 카뮈 작품집에서 인용.

6. Suzanne Agnely.

7. Robert Cérésol.

8. Jean-Pierre Jorris.

9. Parain의 "Sur une philosophie de l'expression"에 대한 1944년의 에세이 겸 서평(플레야드판 카뮈 작품집에 재수록됨)에서 카뮈는 이렇게 썼다. "기적은 모든 사람의 언어를 되돌려주는 데 있지만, 거짓과 증오를 줄이기 위해서는 정직을 덧붙이는 일이 꼭 필요하다. 실제로 이것은 침묵으로(절대적인 침묵은 불가능하기에), 상대적인 침묵으로 나아가는 길이다." 그는 Parain의 말을 인용했다. "언어는 우리로 하여금 그것의 반대물, 즉 침묵이면서 신(神)을 향해 나아가게 하는 수단일 뿐이다."(Parain의 *Recherches sur la nature et les fonctions de langage*, Paris, 1943에서).

10. Catherine Sellers.

11. Madeleine Jaussaud.

12. 이 편지를 쓴 사람의 이름은 필자가 알고 있다.

13. Suzanne Agnely.

14. Raymond Sigaudès.

15. Charles Poncet.

16. Charles Poncet; Yves Dechezelles.

17. Merry와 Serge Bromberger, *Les 13 Complots du 13 Mai*(Paris, 1959).

18. Charles de Gaulle 연구소.

19. Jules Roy.

20. Albert Camus의 부인.

21. 플레야드판 카뮈 작품집에서 인용.

22. Lucien Camus.

23. Mouloud Feraoun, "Au-Dessus des Haines", *Simoun*(Oran), 31호, 1960년 7월. Jean Bloch-Michel은 카뮈를 통해 Feraoun과 접촉했다. 훗날 Feraoun은 Bloch-Michel이 편집자로 있던 Preuves에, 당시 알제리의 상황에서는 침묵하지 않으면 죽어야 했기 때문에 익명을 요구하면서 글을 보냈다. Bloch-Michel이 그 글을 받은 지 3일 후 Feraoun은 OAS로 알려진 비밀 군사 조직에 의해 피살되었다. 그럼에도 불구하고 Bloch-Michel은 서명 없이 그 글을 게재했다. Jean Bloch-Michel.

24. 플레야드판 카뮈 작품집에서 인용.

25. Mouloud Feraoun, 앞의 책.

26. Emmanuel Roblès.

27. Micheline Rozan.

28. Janine Gallimard.

29. Jean de Maisonseul.

30. Guy Dumur.

31. Charles Poncet.

32. Albert Camus 부인.

33. Guy Dumur.

34. Albert Camus의 부인.

35. Micheline Rozan.

36. Janine Gallimard.

37. Maria Casarès.

38. Lacouture, 앞의 책. 그는 또한 드골이 권좌에 복귀하기 전인 1958년 4월에 카뮈가 Malraux, Martin du Gard, Mauriac, Sartre와 함께 Coty 대통령에게, 알제리에서 자행되는 군대의 고문 방식을 묘사하고 고문에 대해 정부의 진술을 요구하는 책을 정부가 압류한 데 항의하기를 거부했다고 말했다.

39. Manès Sperber.

40. 카뮈가 그리스를 여행하는 동안 Micheline Rozan은 자신의 이름으로, 우호적인 합의에 의해 제작자 겸 연출자인 Diego Fabbri가 이미 이탈리아, 독일, 라틴아메리카에서 자신의 각색으로 공연되었던 *Les Possédés*를 파리에서는 공연하지 않기로 했다는 내용의 보도자료를 발행했다.

41. Micheline Rozan.

42. 플레야드판 카뮈 작품집에 수록됨.

43. Albert Camus의 부인.

44. Jean Cornut.

45. Albert Camus의 부인.

46. Olivier Monod 박사와 그의 부인.

47 루르마랭

1. *Robert Laurent-Vibert: In Memoriam*(Lyons, 1971). Olivier Monod 박사에 의하면 Jean Varille(재단 관리자)의 형도 루르마랭-리옹 도로에서 자동차 사고로 사망했다고 한다.

2. Olivier Monod 박사와 Olivier Monod 부인; Franck Creac'h; Laurent Vibert 재단; Henri Meynard; 개인적인 견해.

3. 플레야드판 카뮈 작품집에 의함.

4. Catherine Sellers.

5. Catherine Sellers.

6. Michel Bouquet.

7. Pierre Blanchar, "Albert Camus, artisan de théâtre", *Simoun*(Oran), 31호, 1960년 7월.

8. Louis Lecoin, *Le Cours d'une vie*(Paris, 1965). 다른 문서는 루르마랭의 Franck Creac'h의 호의에 의함. 카뮈는 Creac'h에게, 자신은 양심적 병역거부자가 아니지만 그들을 용기 있는 사람들이라고 생각하며 그들을 투옥하는 것은 과도한 처사라고 말했다. 국제 시민 봉사회의 자원봉사 프로젝트에서 일하면서 알제리에서 카뮈를 만난 Pierre Martin에 따르면 카뮈는 그들의 평화주의자적인 활동에 관심이 있다면서 양심적 병역거부에 대해 좀더 자세한 정보를 당부했다고 한다.(Martin 자신도 바로 그 위법 행위로 투옥된 경험이 있었다) 얼마 후 Martin의 친구 Lecoin이 *Liberté*를 발행하기 시작했을 때 그는 Martin에게 그 일에 참여할 것을 요청했으며, Martin도 카뮈에게 Lecoin의 후원 위원회에 가입할 것을 부탁했다.

9. Gabriel Audisio; 파리 주재 프랑스계 알제리인 대표단의 보도자료 "Informations culturelles"; *L'Echo d'Alger*(Algiers) 1958년 11월 13일 자; 녹음 앨범 "Presence d'Albert Camus".

10. Robert Mallet, "Présent à la vie, étranger à la mort", *Hommage à Albert Camus.*

11. Amar Ouzegane.

12. Lacouture, 앞의 책.

13. Albert Camus의 부인.

14. Suzanne Agnely.

15. Micheline Rozan.

16. Olivier Monod 박사.

17. Marc Slonim이 Fyodor Dostoevsky의 *The Possessed*(Andrew R. MacAndrews 번역), New American Library 편집(New York, 1962)에 붙인 "후기"(Afterword).

18. Catherine Sellers.

19. *Paris-Match*(Paris), 1960년 1월 16일자에 재수록됨.

20. Micheline Rozan.

21. Micheline Rozan.

22. 플레야드판 카뮈 작품집에서 인용.

23. Janine Gallimard; Edmond Brua.

24. Pierre Cardinal.

25. Catherine Sellers.

26. Pierre Cardinal.

27. Micheline Rozan. 텍스트는 플레야드판 카뮈 작품집에 수록되어 있음.

28. Robert Mallet, "Présent à la vie, étranger à la mort", *Hommage à Albert Camus.*

29. Suzanne Agnely.

30. Roger Reynaud.

31. Henri Baumas.

32. Olivier Monod 박사.

33. Franck Creac'h.

34. 성(城)의 큐레이터 Juliette Lisle; Lourmarin 재단의 관리인이자 Association des Amis de Lourmarin의 대표 Jean Varille.

35. Catherine Sellers.

36. *Paris-Presse l'Intrasigeant*(Paris), 1960년 1월 7일자.

37. *Revue d'Histoire du Théâtre*, 앞의 책.

38. Carl-Gustaf Bjurström.

39. Micheline Rozan.

40. Catherine Sellers.

41. 필자는 이러한 협상에서 정부 측을 대리했던 주요 인사와 얘기를 나누어 보았는데, 그는 카뮈가 주로 젊은 여자들과 만나는 장소로 극장에 관심을 가졌다고 말했다. 만약 1959년에도 그 관리가 그런 태도를 취했다면 카뮈가 Malraux의 측근들과 좌절스러운 경험을 했던 것도 이해할 만한 일이다.

42. 카뮈가 죽고 나서 아테네 극장의 어느 공연 프로그램에는, 1960~61년 시즌은 "알베르 카뮈의 대작"(sur un spectacle par Albert Camus)을 공연할 예정이라는 취지의 메모가 들어 있었다.

43. Micheline Rozan.

44. Georges Elozy. 카뮈의 심정은 그의 친구 Bloch-Michel이 *Partisan Review*(New York) 1959년 가을호 독자들에게 한 보고에서 편린이나마 짐작할 수 있다. Bloch-Michel은 쓰기를, Malraux가 정부 보조금을 받은 국립 극장의 재편에 착수한 반면, 실험 극장에 대해서는 "장관이 뭔가를 하겠다는 말을 하기는 했어도 정작 아무런 조치도 취하지 않았다는 점을 시인해야 한다. 그는 실험 연극을 위해 Vilar에게 레카미에 극장을 '내주었'으며 카뮈에게도 극장 하나를 주겠다고 약속했다. 물론 이미 극장을 하나 갖고 있는 Vilar는 극장을 받는 반면에 극장이 없는 카뮈에게는 주겠다는 약속만 한 것은 이상한 일이다." 그러나 Vilar는 이미 르카미에 극장을 넘겨받기로 예정이 잡혀 있었으며, Malraux가 한 것은 그 결정을 확인한 것뿐이었다. 카뮈의 경우, "이 약속은 당분간 지켜질 가능성이 없는 것이다. 먼저 극장을 찾아야 하는데다가, 두 개의 '실험 극장'(théâres d'essai)에게 할당된 보조금이 너무 미미한 것이어서 카뮈는 설혹 그럴 만한 극장이 발견된다고 해도 그것을 떠맡을지 망설일 것"이다. 카뮈의 비서 Suzanne Agnely에 의하면, 카뮈가 사망한 날인 1960년 1월 4일에 Malraux의 비서로부터, Malraux가 카뮈에게(그 당시 언론의 표현대로 이른바 위기에 처한) 코메디에 프랑세즈의 관장직을 제의하고 싶어한다는 내용의 전화를 받았다고 한다. 그러나 Malraux는 훗날 필자에게, 자신이 카뮈가 제안했던 실험 극장 이외에 다른 어떤 것을 제의할 의도는 없었다면서 전화 내용을 부인했다.

45. Micheline Rozan. 그녀는 1962년 회사가 해산할 때까지 MCA의 프랑스

지사에서 일한 다음, 파리를 연극 활동의 근거지로 삼은 극장 감독 Peter Brook과 함께 일했다. 카뮈와 일하는 동안 그녀는 카뮈를 위해 미국(그리고 다른 나라)의 극장 및 연극 제작자들과 접촉했는데, 이를테면 William Wyler는 한때 *La Peste*를 영화할 생각을 가졌고, Sidney Lumet는 *La Chute*를 Laurence Olivier를 주연으로 해서 미국 텔레비전용으로 제작하고 싶어했으며, Lilliam Hellman은 카뮈의 *Les Possédés*를 각색해서 미국 무대에 올릴 가능성을 의논하기도 했다.

48 마지막 나날

1. 발췌문은 앨범 "Presence d'Albert Camus"에서 접할 수 있다.
2. Pierre Cardinal.
3. *Il Gazzettino*(Venice) 1959년 7월 9일자(Aldo Camerino의 인터뷰).
4. *Il Gazzettino*(Venice) 1959년 7월 10일자(Alberto Bertolini의 인터뷰).
5. *Il Gazzettino*(Venice) 1959년 7월 11일자.
6. Michel Bouquet.
7. Christiane Faure. 카뮈가 어떤 사람의 초벌 번역을 사용하고 있었는지는 알려져 있지 않다.
8. 플레야드판 카뮈 작품집에서 인용. 그러나 Catherine Sellers와의 서신 교환에 따르면, 그가 그 편지를 썼을 때 카뮈는 2주 동안이나 루르마랭에 머물던 때였다.
9. Catherine Sellers.
10. Michel de Saint-Pierre.
11. Roebert Cérésol.
12. Michel de Saint-Pierre. 그 희곡은 1959년 9월 21일 Louis Ducreux가 Damville 역을 맡아 마튀랭 극장에서 공연되었다.
13. Mallet, 앞의 책.
14. Léon Cottenceau 박사.
15. Edmond Brua.
16. Jean Bloch-Michel; Jean de Maisonseul.
17. 플레야드판 카뮈 작품집에서 인용.
18. *Nouvel Observateur*(Paris), 1976년 10월 11일. 다른 친구들은 그 사고의 전조가 있었다고 말한다. André Chouraqui는 그때 막 친구들에게 카뮈의 작품에 대해 논평하면서 "그는 길 끝에 와 있는 거야. 그는 죽은 사

람이나 다름없어." 하고 말했다. 그런 다음 카뮈와 교제했던 여배우가 길에서 다른 남자와 같이 있는 것을 보고는 "저 여자는 카뮈와 끝낸 모양이군" 하고 속으로 생각했다. 사고 소식을 듣자 그는 마치 자기가 카뮈를 죽이기라도 한 것 같은 기분이 들었다. Suzanne Agnely는, 카뮈 자신도 무슨 예감이 있었는지 루르마랭으로의 마지막 여행을 떠나기에 앞서 마치 돌아오지 않을 사람처럼 서류를 정리했다는 것이다.

19. Roblès는 인도차이나로 행동을 옮겼으며, 루르마랭에서 그 희곡을 읽어본 카뮈는 "네덜란드인"보다 "인도차이나인" 쪽에 더 호의를 보이는 점을, 그래서 비극에 요구되는 균형을 잃는 점을 우려했다. 그 희곡은 훗날 프랑스, 벨기에, 미국, 영국에서 공연되었다.

20. Maria Casarès.

21. Micheline Rozan.

22. Pierre Cardinal.

23. Dionys Mascolo.

24. Maria Casarès.

25. Micheline Rozan.

26. 비밀 대화.

27. Jean-Pierre Jorris. *Camus par luimême*(Paris, 1963)에서 Morvan Lebesque에 의하면 한 지방 사진사가 마르세유 극장에 있는 카뮈를 사진으로 찍었다. 관객들은 웃고 있는데, 카뮈는 불안한 눈으로 배우들을 바라보고 있는 사진이었다.

28. *Le Méridional*(Marseilles), 1960년 1월 6일자.

29. Roebert Cérésol.

30. *La Semaine à Aix*(Aix-en-Provence), 1961년 1월 7일자.

31. 플레야드판 카뮈 작품집에 발췌문이 수록됨.

32. *Liberté*(Paris), 1960년 5월 1일자의 프랑스어본에서.

33. Jean Grenier, *Albert Camus; France-Soir*(Paris), 1960년 1월 6일자.

34. Maria Casarès.

35. Albert Camus의 부인.

36. Sarocchi, 앞의 책.

37. Albert Camus의 부인.

38. Albert Camus의 부인.

39. Henri Baumas.

40. Franck Creac'h.

49 빌블르뱅의 어둠

1. 자동차 여행의 주요 정보 출처는 Janine Gallimard.
2. 투아세, 샤퐁 팽의 Paul Blanc 부인.
3. 상스, 드 파리 에 드 라 포스트 호텔, M. Sandré.
4. 그녀의 남편이 마치 핸들이 말을 듣지 않기라도 하듯 "젠장"(Merde)! 하고 소리쳤다고 한다.
5. 사고의 재구성에 이용되거나 비교 대상이 된 출처들 중에는 다음과 같은 것들이 있다. *Le Figaro*(Paris), 1960년 1월 5일자와 6일자; *Paris-Presse l'Intransigeant*(Paris), 1960년 1월 6일자; *Paris-Jour*(Paris), 1960년 1월 5일자; *France-Soir*(Paris), 1960년 1월 7일자; *L'Aurore*(Paris), 1960년 1월 6일자.
6. Albert Camus의 부인. *Othello*의 타이프라이터 원고(카뮈의 필적으로 수정된 처음 세 막의 원고)는 철도 편으로 파리로 부친 여행용 손가방에서 발견되었다.
7. 빌블르뱅과, 그곳에서 보낸 1월 4~5일에 대한 설명의 출처 대부분은 그 마을 교사인 Virginie Peugnet 부인.
8. Guy Schoeller.
9. Janine Gallimard.
10. Paul Maillot.
11. Albert Camus의 부인.
12. Madeleine Bénichou. *France-Soir*의 기자 Helène Karsenty는 자신이 오후 5시 직전에 마담가의 아파트에 갔을 때 카뮈 부인이 왜 자기를 보려고 하는지를 물었는데, 기자는 차마 그 이유를 말할 용기가 없어서, 그저 현대 작가에 대한 기사를 쓰는 중이라고 대답했다고 썼다. Francine Camus는 말을 하면서 모자를 벗었고 아이들은 옆방에서 두 사람의 대화를 듣고 있었다. 기자가 막 집을 나서려는데 전화벨이 울리고, 곧 이어서 "여보, 여보"(Mon petit! Mon petit!)라고 외치는 소리가 나더니 누군가 바닥에 쓰러지는 소리가 들렸다. Francine Camus가 기절한 것이다. 아이들이 "엄마, 엄마!"(Maman! Maman!) 하고 외치는 소리가 들렸다. 이 기사에 따르면 Malraux가 Gaston Gallimard에게 전화를 건 것이 오후 3시 15분경이고, 그때 그는 Michel의 부친 Raymond와 통화를 했다.

France-Soir(Paris), 1960년 1월 6일자.

13. Suzanne Agnely.

14. Suzanne Agnely.

15. Suzanne Agnely.

16. Madeleine Bénichou.

17. Emmanuel Roblès, "Visages d'Albert Camus", *Simoun*(Oran), 31호, 1960년 7월.

18. Virginie Peugnet; Albert Camus의 부인.

19. Virginie Peugnet.

20. 언론 보도에서. 즉 *Paris-Jour*(Paris), 1960년 1월 5일자; *Paris-Presse l'Intransigeant*(Paris), 1960년 1월 6일자.

21. Mallet, 앞의 책.

22. *France-Soir*(Paris), 1960년 1월 6일자; *Paris-Presse l'Intransigeant* (Paris), 1960년 1월 7일자.

23. *Le Monde*(Paris), 1960년 1월 6일자.

24. 전미안전협회의 Charles F. Masterson은 그날 New York *Times* 편집자에게 편지를 써서(그 편지는 1월 10일자에 게재됨), 카뮈가 당한 것 같은 사고에 대해 사유하는 인간으로서의 적절한 반응이 사고를 예방하게 해줄 것이라면서 자신의 단체 활동에 기부해줄 것을 요청했다.

25. Lebesque, 앞의 책; Jean-Louis Barrault; *France-Soir*(Paris), 1960년 1월 6일자.

26. 주요 출처는 Albert Camus의 부인; Franck Creac'h, 그리고 *Le Monde* (Paris) 1960년 1월 7일자; *Le Figaro*(Paris) 1960년 1월 7일자; *Paris-Presse l'Intransigeant*(Paris) 1960년 1월 7일자 등을 포함한 언론 보도.

27. Pierre-André Emery. 쑥풀이 죽은 것은 서리 때문이라거나, 로즈메리에 밀려난 것이라는 이야기도 있다.

28. Albert Camus의 부인; Franck Creac'h.

50 남겨진 이야기

1. Beauvoir, *La Force des choses*. 우연의 일치로, Claude Lanzmann은 Pierre Bénichou와 같은 신문사에서 일하고 있었다. 그가 Beauvoir에게 전화를 걸고 있는 동안 Bénichou는 Francine Camus의 친구인 자신의 어머니에게 전화를 걸고 있었다. 제49장 참조.

2. *Le Monde*(Paris) 1960년 1월 19일자; 1960년 2월 23일자; 1961년 1월 5 일자.

3. Grenier, *Albert Camus*.

4. Michel Bouquet.

5. 1960년 1월 7일자 *Le Figaro*(Paris)에서.

6. *L'Aurore*(Paris), 1960년 1월 6일자.

7. *France-Soir*(Paris), 1960년 1월 7일자.

8. René Etiemble.

9. 이 프랑스제 자동차의 사양은 335 CV형(型), 5,907cc짜리 엔진, 최고 시속 130마일(205킬로미터). 문이 둘 달린 세단 자동차로서, 앞좌석은 분리되어 있고, 당시 판매가는 385만 프랑이었다. 보도에 의하면 차령은 1년을 약간 넘기고 주행거리는 29,700킬로미터였다. *L'Aurore*(Paris), 1960년 1월 6일자; *France-Soir*(Paris), 1960년 1월 7일자. 정비수첩에는 HK 시리즈가 1959년에 제작되었고 5리터짜리 907타입 실린더(cylindrée)로 34피스칼 마력과 상응하는 출력을 냈다(프랑스 공식 용어).

10. René Etiemble; Janine Gallimard. 카뮈의 유족이 자동차 운전자를 상대로 한 소송에서 법원 평결은, 노면 상태와 타이어 압력을 감안했을 때 Michel Gallimard가 과속으로 운전했다는 것이었다. 제조사에는 과실이 없었다.(*Jugement, Tribunal de Sens*, 1963년 4월 4일.)

11. *New York Times*(New York), 1960년 2월 17일.

12. *New York Times*(New York), 1960년 4월 23일.

13. Jean de Maisonseul.

14. Edmond Brua.

15. Louis Benisti; Jean de Maisonseul.

찾아보기

지은이 허버트 R. 로트먼Herbert R. Lottman은 미국 뉴욕에서
태어나 성장했으며, 풀브라이트 장학금을 받은 것을 계기로
처음 프랑스 땅을 밟았다. 그 당시 파리의 플로르 카페에서
알베르 카뮈를 만나게 되면서 그와 인연을 맺었다.
이후 프랑스에 살면서『뉴욕 타임스』『새터데이 리뷰』『하퍼스』등
미국의 신문과 잡지에 기고했으며『퍼블리셔스 위클리』의
국제 특파원으로도 일했다. 1996년, 프랑스와 미국의 문화에 대한
공헌을 인정받아 프랑스 정부로부터 예술문학 훈장을 받았다.
지은 책으로『뉴욕의 알베르 카뮈』『레프트 뱅크』
『파리 함락』외에『로트실트의 귀환』『플로베르』등이 있다.

옮긴이 한기찬은 연세대학교 국어국문학과를 졸업하고
시인으로 등단한 후 번역가로 활동하고 있다. 옮긴 책으로는
한길아트에서 펴낸『고갱, 타히티의 관능 1·2』(데이비드 스위트먼),
『채플린』(데이비드 로빈슨) 외에『반지의 제왕』(J. R. R. 톨킨),
『월든』(헨리 데이비드 소로),『뉴욕 삼부작』(폴 오스터),
『지식의 지배』(레스터 C. 서로우) 등이 있다.